Alexander Ecker

Die Anatomie des Frosches

SALZWASSER
VERLAG

Alexander Ecker

Die Anatomie des Frosches

Unveränderter Nachdruck der Originalausgabe von 1864.

1. Auflage 2022 | ISBN: 978-3-75259-721-9

Verlag: Salzwasser Verlag GmbH, Zeilweg 44, 60439 Frankfurt, Deutschland
Vertretungsberechtigt: E. Roepke, Zeilweg 44, 60439 Frankfurt, Deutschland
Druck: Books on Demand GmbH, In de Tarpen 42, 22848 Norderstedt, Deutschland

DIE

ANATOMIE DES FROSCHES.

DIE

ANATOMIE DES FROSCHES.

EIN HANDBUCH

FÜR

PHYSIOLOGEN, ÄRZTE UND STUDIRENDE

VON

DR. ALEXANDER ECKER,

BRAUNSCHWEIG,

1864.

VORWORT.

Die erste Idee zu dem Handbuch der Anatomie des Froschs, von welchem ich hiemit den Physiologen „und solchen, die es werden wollen“ den ersten Theil in die Hand gebe, ist bei der Bearbeitung der das Nervensystem des Froschs darstellenden Tafel in meinen *icones physiologicae* entstanden. Ich konnte mich damals recht überzeugen, dass ein derartiges Buch ein Bedürfniss sei. Leider haben mancherlei innere und äussere Gründe die Ausführung bis daher verzögert. Zum Glück für das Buch ist das Bedürfniss inzwischen nicht geringer geworden und so kommt es wohl immer noch zu rechter Zeit. Indem ich dasselbe der nachsichtigen Beurtheilung meiner Fachgenossen empfehle, fühle ich, dass dies sehr nothwendig ist; denn fast Jeder hat am Frosch gearbeitet, der eine in diesem Gebiete, der andere in jenem und Jeder wird in dem, in welchem er zu Hause ist, eine strenge Kritik üben. Allen zumal zu genügen, wird mir wohl nicht gelingen, wohl aber darf ich hoffen, dass meine Arbeit eine des weiteren Ausbaus fähige Grundlage abgeben könne, und so möchte ich auf dieselbe das Motto, was Soemmering seiner Anatomie vorgesetzt hat, angewendet wissen: „Ich wünschte ein Handbuch zu liefern und seine Einrichtung so zu treffen, dass man künftig an ihm als einer Basis nach Erforderniss leicht ändern, wegnehmen und zusetzen könnte“.

Damit aber nicht Anforderungen an das Buch gestellt werden, deren Erfüllung ich mir gar nicht zum Ziel gesetzt habe, glaube ich bemerken zu müssen, dass ich durchaus nur den Zweck einer descriptiven Anatomie des einheimischen Froschs im Auge hatte. Eine vergleichende Anatomie der Batrachier lag mir eben so ferne als eine Rücksichtsnahme auf Entwicklungsgeschichte und histologische Fragen und man wird daher z. B. in der vorliegenden Osteologie keinerlei Eingehn auf morphologische Fragen zu erwarten haben. Was die angewandte Terminologie der Muskeln betrifft, so habe ich darauf verzichtet, derselben consequent ein Prinzip zu Grund zu legen. Weder eine Bezeichnung nach der Wirkung, die wir nur zum geringsten Theil kennen, ist durchführbar, noch eine Benennung nach Ursprung und Ansatz, wie schon die unaussprechlichen Namen von Chaussier und Dugès beweisen. So habe ich vorgezogen, mich so viel wie möglich der alten bekannten Namen zu bedienen, die theils nach Wirkung, theils nach Ursprung und Ansatz, theils nach Lage und Gestalt gewählt sind und bei der Wahl neuer Namen den einfachsten den Vorzug gegeben.

Die Figuren, mit wenigen Ausnahmen lauter Originale, sind von mir selbst gezeichnet. Die treffliche Ausführung in Holzschnitt hat zu der Treue, die ich allein als mein Verdienst beanspruche, auch, wie ich glaube die erforderliche Sauberkeit hinzugefügt.

Die zweite Abtheilung, welche die Nerven-, Gefäss- und Eingeweide-Lehre enthalten soll, wird in thunlichster Bälde erscheinen.

Freiburg, im Februar 1864.

Alexander Ecker.

EINLEITUNG.

Es bedarf wohl heutzutage keiner ausführlichen Begründung mehr, wenn der Anatomie des Frosches ein eigenes Lehrbuch gewidmet wird. Geniesst doch derselbe die zweifelhafte Ehre, das physiologische Hausthier κ. ἐξ. zu sein, das in jedem physiologischen Laboratorium gehalten und auf dem Altar der Wissenschaft alltäglich in Menge geschlachtet wird. Die wichtigsten Lehrsätze der Physiologie lassen sich leicht und schnell nur durch Experimente am Frosch beweisen und bei jeder neuen Frage greifen wir, um eine Antwort zu erhalten, nach diesem Thiere, das uns immer in Menge zu Gebote steht, durch seine Lebenstenacität sich ganz besonders zu Versuchen eignet und, weil dem Menschen in der Thierreihe ferner stehend als die Säugethiere, auch den mit einer empfindlicheren Gemüthsseite begabten Physiologen zugänglich ist.

So sind diese unglückseligen Batrachier jetzt einem schlimmeren Beherrscher verfallen als dem Storch in der Fabel, und ihr prophetischer Ausruf im Fröschechor des Aristophanes „δεινὰ γὰρ πεισόμεθα"[1]) hat sich reichlich erfüllt.

Da sich die Geschichte der wichtigsten physiologischen Entdeckungen an die Einführung dieses Hausthiers knüpft, so wird es nicht ohne Interesse sein, einen kurzen Rückblick auf die Geschichte

[1]) „Schlimmes werden wir zu erdulden haben"

der Verwendung desselben zu wissenschaftlichen, insbesondere physiologischen Zwecken und damit auf die Dienste, die es der Wissenschaft bis jetzt geleistet hat, zu werfen. Swammerdam (geb. 1637, gest. 1685) ist es, welcher, wie Dubois-Reymond mit Recht sagt, „der Physiologie den Frosch, das wichtigste Organ ihrer Untersuchungen, entdeckt hat“. Derselbe lässt sich[1]) über unser Thier, wie folgt, aus: „An den Thieren, die das heisseste Blut haben, ist die Bewegung der Muskeln nicht so merklich oder hält vielmehr nicht so lange an als an Thieren, die mit kälterem Blute begabt sind. Dergleichen sind die Fische und viele andere Wasserthiere, wie auch solche, die sowohl im Wasser als auf dem trocknen Lande leben können. Deswegen habe ich insonderheit mit dem Frosch meine Versuche angestellt. Denn an diesem Thiere sind die Sehnen[2]) sehr sichtbar und lassen sich leicht entdecken und entblössen“. — Die ersten Versuche über Muskelzusammenziehung durch chemische oder mechanische Reizung ihrer Nervenstämme, die Grundlagen unserer heutigen Muskel- und Nervenphysiologie, rühren von ihm her. Auf ihnen hat sich diese im Verlauf von nicht ganz 200 Jahren, von denen aber das erste Hundert kaum durch einen weiteren Fortschritt bezeichnet ist, aufgebaut. Seit dem berühmten Septemberabend des Jahres 1786, an welchem Galvani zuerst die Zuckungen der an metallenen Haken an einem eisernen Geländer aufgehängten Froschschenkel beobachtete, bis zum heutigen Tage hat der Frosch für die Lehre von der Erregbarkeit des Nerven und die mit dieser zusammenhängende von dem elektromotorischen Verhalten desselben fast das alleinige Untersuchungsmaterial und für die gesammte übrige Nerven- und Muskelphysiologie wenigstens den grössten Theil geliefert. Der Bell'sche Lehrsatz wurde erst dann ein leicht nachweisbarer, als Joh. Müller die betreffenden Versuche beim Frosch anstellen lehrte, und die Lehre von den Rückenmarksfunctionen überhaupt beruht zum grossen Theil auf Versuchen an diesen Thieren. Ebenso waren es die Froschmuskeln, an denen die Erscheinungen und das Wesen der Muskelzusammenziehung von Swammerdam an bis auf Eduard Weber und seine Nachfolger studirt wurden. Aber auch fast alle anderen Gebiete der Physiologie haben wichtige Lehren auf-

[1]) Buch der Natur. Leipzig 1752. S. 330.
[2]) d. h. Nerven.

zuweisen, die erst durch Versuche und Beobachtungen am Frosch fest begründet wurden. Ohne die Schwimmhaut desselben (und Kiemen und Schwanz seiner Larven, bei welchen schon Leeuwenhoek[1]) das wundervolle Phänomen auf das Deutlichste beschreibt) wären wir vielleicht lange nicht zu einer genügenden Einsicht in das Wesen und die Bedingungen des Capillarblutlaufs gekommen. Dass sich hierbei auch zuerst die richtigen Ideen über die Bestandtheile des Blutes, welche zunächst und direct an der Ernährung Antheil nehmen, gebildet haben, ist bekannt. Die Physiologie des Blutes und der Lymphe selbst verdankt sehr wichtige Thatsachen, wie die nähere Kenntniss der Blut- und Lymphkörperchen, der Coagulirbarkeit des Plasma, den Untersuchungen am Frosch, und nicht minder haben die Vivisectionen an diesem Thiere die Lehre von der Herzbewegung begründen helfen. — Nicht nur die Physiologie aber ist, wie die angeführten wenigen Beispiele zeigen, dem Frosch zum Danke verpflichtet, auch für die Histologie haben die Untersuchungen an demselben manches wichtige Resultat geliefert, und auch für den Unterricht in dieser Wissenschaft ist er ein unentbehrliches Thier geworden. Abgesehen von den schon erwähnten Entdeckungen in Bezug auf die Formbestandtheile von Blut und Lymphe ist es insbesondere der Bau der Nervenröhren, der Ursprung und das peripherische Ende derselben, insbesondere in den Muskeln, das Verhalten derselben in den Ganglien und dann der Bau der Muskelprimitivbündel, deren Kenntniss durch die Verwendung des Frosches mächtig gefördert wurde. Endlich verdankt, was freilich kaum hierher gehört, die Lehre von der Zeugung und Entwickelung, nächst dem Hühnchen, diesem ihre wichtigsten Grundlagen; man denke nur an die Versuche über die Befruchtung von Spallanzani bis Newport, an die Lehre von der Furchung u. dergl. mehr.

So haben sich im Laufe der Zeit mehr und mehr die Gebiete gehäuft, in welchen der Frosch, sei es zur Beweisführung für mehr oder minder feststehende Lehrsätze vor Schülern, sei es zur Lösung neuer Fragen, der Beobachtung und dem Experimente unterworfen wird, und dieser Batrachier ist so, wie Eingangs erwähnt, das eigentliche physiologische Hausthier geworden.

Dass bei dieser mannigfachen Verwendung eine genauere anatomische Kenntniss desselben sehr nöthig ist, liegt auf der Hand;

[1]) Leeuwenhoek, arcana naturae III. epist. 65 ad. reg. soc. Lond. I, 158.

die Mehrzahl der Jünger in der Physiologie beginnt aber ihre Arbeiten ohne viel mehr als den *Nervus ischiadicus* und den Wadenmuskel und höchstens noch das Rückenmark mit seinen Nervenwurzeln oberflächlich zu kennen und erwirbt sich erst stückweise einige weitere Kenntnisse. Und ein grosser Vorwurf ist daraus nicht zu machen. Die Literatur der Anatomie des Frosches ist so weit zerstreut in Monographieen und Zeitschriften, dass das Nachschlagen eine sehr zeitraubende Sache wird. Als überflüssig wird daher der im Folgenden gemachte Versuch, eine durchaus auf eigene Untersuchungen basirte Darstellung der Anatomie des Frosches zu geben, keineswegs bezeichnet werden können, viel eher ist zu befürchten, dass diese als nicht genügend werde erachtet werden.

Den Gegenstand der vorliegenden Darstellung bildet ausschliesslich [1]) der europäische Frosch, d. h. die zwei Linné'schen Arten des Genus *Rana*, *Rana esculenta* L. und *Rana temporaria* L., und insbesondere ist es die erstgenannte Art, welche der Beschreibung im Allgemeinen zu Grunde gelegt wurde, jedoch sind überall, wo sich Verschiedenheiten im Bau zwischen den einzelnen Arten finden, die Unterschiede angegeben, so dass also, wo solches nicht bemerkt ist, die Beschreibung für beide Arten gilt. Auf eine genaue systematisch-zoologische Charakteristik der beiden Arten einzugehn, ist wohl hier der Ort nicht, jedoch scheint es nicht thunlich, davon ganz Umgang zu nehmen. Unterschieden wurden die beiden Arten namentlich durch ihren verschiedenen Aufenthalt als Wasser- und Landfrösche wohl schon sehr früh und jedenfalls durch C. Gessner, der sie als *rana aquatica*, *innoxia*, Wasserfrosch, und als *rana s. rubeta gibbosa*, Garten oder Grasfrosch unterscheidet [2]). Wenigstens ist letzterer nach der Abbildung für nichts Anderes zu halten als für *rana temporaria*, obgleich Gessner, wahrscheinlich in der Meinung, die *rubeta* alter Schriftsteller darin zu finden, beifügt: „ist für giftig zu halten". Auch Leeuwenhoek [3]) hat schon beide

[1]) Zur Vergleichung wurden auch aussereuropäische, namentlich amerikanische Arten von *rana* untersucht, die ich der Gefälligkeit meines hochgeehrten Freundes Agassiz verdanke. Es sind dies insb. die folgenden: *rana Catesbyana* Shaw (*r. mugiens Catesby* — *r. pipiens* Harlan., der Ochsenfrosch), *rana sylvatica* Leconte, *rana clamitans* Daudin, *rana palustris* Leconte, *rana halecina* Leconte, jedoch ist im Text darauf keine weitere Rücksicht genommen.

[2]) C. Gessner, Thierbuch. Zürich. Fol. S. 157.

[3]) Leeuwenhoek, arcana naturae. Vol. III meiner Ausgabe. Leyden 1722. epist. 65. ad reg. soc. Lond. S. 154.

Arten ganz bestimmt unterschieden, vor Allem aber verdanken wir Rösel [1]) eine schärfere Unterscheidung und genauere Kenntniss der Lebensweise der beiden Arten.

Rana esculenta L. Der grüne Wasserfrosch, Fig. 1, erreicht im Allgemeinen eine bedeutendere Grösse [2]), ist lebhafter als die andere Art, und kann deshalb als zu physiologischen

Fig. 1.

Der grüne Wasserfrosch, rana esculenta L.

Zwecken tauglicher bezeichnet werden. Aus diesem Grunde lege ich dieselbe auch meiner Beschreibung des Baues zu Grunde.

Der Kopf ist platt, dreieckig, eben so breit als lang, vorn mit

[1]) Rösel, Naturgeschichte der Frösche Deutschlands. ed. Schreber, Nürnberg 1815. S. 36.

[2]) Die Extreme in der Grösse sind bei dieser Art viel bedeutender. Exemplare von der Grösse mancher Wasserfrösche habe ich bei *rana temporaria* nie gesehen.

stumpfer Spitze. Die obere Schädelfläche, d. h. der Raum zwischen den Augen, ist leicht concav, rinnenförmig und schmaler als bei der anderen Art. Das Trommelfell ist kreisförmig und im Verhältniss zum Auge grösser als bei dieser. Die oberen Augenlieder haben in ihrem hintern Theil einige Querfalten. Die Pupille ist horizontal, länglich. Die Gaumenzähne des *vomer* bilden zwei Häufchen, die relativ grösser sind als bei *rana temporaria* und genau zwischen den inneren Nasenöffnungen liegen, ohne weder die eine noch die andere zu erreichen. Die Oeffnungen der Eustachischen Röhren übertreffen die inneren Nasenöffnungen an Grösse nicht so bedeutend, als dies bei *rana temporaria* der Fall ist. Die Männchen besitzen eine Stimmblase, welche unter dem Trommelfell durch eine hinter dem Mundwinkel gelegene Spalte austritt und bei grossen ausgewachsenen Exemplaren die Grösse einer Kirsche erreicht. Die Hinterbeine sind relativ länger. Die Zehen sind lang, gegen die Spitze sich allmälig verdünnend; die Schwimmhäute zwischen den einzelnen Zehen halbkreisförmig ausgeschnitten. An der längsten (vierten) Zehe geht die Schwimmhaut bis an die Spitze der Endphalanx. Das Rudiment der grossen Zehe bildet einen knorpelharten ovalen Vorsprung. Die Haut des Rückens ist mit warzenförmigen Hervorragungen versehen, welche sich in longitudinaler Richtung aneinanderreihen, so dass Längsleisten oder Riffe entstehen. Regelmässig erstreckt sich eine solche erhabene Linie vom hintern Winkel der Augenlieder bis zum Anfang des Schenkels jederseits, eine zweite umsäumt beim Männchen den hintern Umfang der äusseren Oeffnung der Stimmblasen, ist aber auch beim Weibchen vorhanden und verläuft hier in einer dieser analogen Richtung. Die Haut der Bauchfläche ist vollkommen glatt. Die Färbung zeigt mancherlei Verschiedenheiten, die von sehr verschiedenen Umständen abzuhängen scheinen. Einmal sind sie bedingt von vorübergehenden physiologischen Zuständen des Thieres. v. Wittich[1]) hat gezeigt, dass ein ganz hellgrünes Exemplar durch Abschliessen des Lichts dunkel blattgrün wird und nach Zulassung des Lichts wieder hell; dass man ganz dunkle Exemplare durch intensives Sonnenlicht fast citronengelb machen kann, und hat nachgewiesen, dass das Hellerwerden der Haut ein activer Zustand ist, bedingt durch die Contraction sternförmiger Pigmentzellen. Man wird sich darnach

---

[1]) v. Wittich, Müller's Archiv 1854. S. 41.

nicht wundern dürfen, dass man bisweilen, wie derselbe Forscher erwähnt, Exemplare von *rana esculenta* findet, deren Grundfarbe fast ganz grüngelb ist (wie z. B. in Rösel's Abbildung, Taf. XIII), während sich bei anderen dieselbe von den schwarzen Rückenflecken nur durch einen leichten grünlichen Schimmer unterscheidet. Dass die Verschiedenheiten der Localitäten im Freien, sei es auch nur durch Vermittlung des Lichts einen Einfluss auf die Farbe äussern, ist wohl ausser Zweifel; bei Fischen ist dies durch genaue Beobach-

Fig. 1.

Der grüne Wasserfrosch, rana esculenta L.

ter constatirt [1]). So können scheinbar Varietäten entstehen. In Froschkästen hat man oft Gelegenheit, solche Verschiedenheiten der

1) Agassiz und Vogt, Histoire naturelle des poissons d'eau douce. Neuchatel 1839. Planches. tb. IV. erwähnen, dass die Farbe der Forellen sehr wechsle und dass in dicht beschatteten tiefliegenden Bächen und Flüssen sich eine ganz dunkle Varietät derselben finde.

Farbe zu beobachten; nicht selten sieht man sie sogar an einem und demselben Individuum, indem z. B. der untere im trüben Wasser befindliche Theil des Körpers ganz dunkel, der über dem Wasser befindliche ganz hell ist. Dass der Häutungsprocess einen Einfluss auf die Lebhaftigkeit der Färbung ausübt, ist sicher, es giebt aber, wie v. Wittich richtig bemerkt, noch andere, von diesem ganz unabhängige Farbenveränderungen, welche offenbar mehr pathologischer Natur sind. Die Frösche bekommen hierbei ein schmutzig grünes fleckiges Aussehen, das Grün schwindet immer mehr und zuletzt erscheinen alle sonst grünen Hautstellen schmutzig graubraun mit einem leichten bronzenen Ueberzug. Nach dem genannten Autor entstehen diese Veränderungen am sichersten durch Nahrungsentziehung. Die dunkle Färbung, welche die Frösche beim Austritt aus dem Winterschlaf zeigen, ist vielleicht einem Zusammenwirken mehrerer der genannten Ursachen zuzuschreiben. Die gewöhnliche Färbung gesunder Thiere im Freien ist die folgende: der Rücken hellgrün mit drei goldgelben Längsstreifen, einem medianen und zwei seitlichen, mit einer Anzahl ziemlich gleich grosser unregelmässiger brauner oder schwarzer Streifen; am Kopf zwei schwarze Streifen, die vom Augenwinkel durch die Nasenlöcher zur Schnauzenspitze gehen; bisweilen hat das Trommelfell und dessen Umgebung auch einen schwarzen Fleck wie bei *rana temporaria*; die vordere Fläche des Armes in der Nähe der Schulter hat einen schwarzen Streifen. An den Schenkeln finden sich schwarze, gelbe und weisse Marmorirungen; die ganze untere Fläche ist weiss oder gelblich. Bisweilen fehlen auch die gelben Rückenstreifen oder sind undeutlich. Dass die Farbe der Grundsubstanz vielfachen Variationen unterworfen ist, wurde oben erwähnt. Die als neu von *Rana esculenta* L. abgetrennten Arten *rana maritima* Risso, die namentlich im Süden Europas sich finden soll, *rana alpina* Risso, in den hochgelegenen Alpenseen, ferner *rana hispanica* Fitzinger und Bonaparte, sowie *rana calcarata* Michahelles sind, wenigstens die drei letzteren, als solche nicht festzuhalten, wie wohl allgemein anerkannt ist. Wahrscheinlich haben zur Aufstellung derselben die oben erwähnten Farbenvariationen vorzugsweise Veranlassung gegeben. Dass der Wasserfrosch, dessen sich Spallanzani[1]) zu seinen Befruchtungsversuchen

[1]) Spallanzani, Versuche über Erzeugung der Thiere und Pflanzen. Leipzig 1786. 8⁰. S. 5.

bediente, die *rana maritima* Risso gewesen sei, ist nicht unwahrscheinlich. Er sagt, man dürfe seinen Frosch nicht mit dem verwechseln, welchen Rösel den grünen Wasserfrosch nenne. Der Rösel'sche sei viel grösser, dieser viel kleiner, und habe nicht die drei goldgelben Rückenstreifen wie jener. Die Laichzeit (in der Lombardei) gehe vom April bis Mai. Auch Rusconi[1]) spricht von zwei Varietäten in Oberitalien.

Rana temporaria L. (von dem grossen schwarzen Fleck in der Schläfengegend, d. h. zwischen Auge und Schulter so genannt), der braune oder Grasfrosch. Während eine Trennung der vorhergehenden Art in mehrere als nicht gerechtfertigt erscheint, hat sich dagegen gezeigt, dass man unter dem Namen *rana temporaria* bis dahin zwei Arten zusammengefasst hat. Zuerst hat, wie es scheint, Millet in Angers[2]) in einer Fauna des dép. de Maine-et-Loire als grenouille rousse eine von *rana temporaria* verschiedene Art beschrieben und der bis dahin als *rana temporaria* bezeichneten Art den Namen *rana flaviventris* (grenouille à ventre jaune) gegeben. Diese Bemerkung wurde aber weiter nicht beachtet, selbst nicht von Duméril und Bibron in ihrer herpétologie. Ganz unabhängig davon hat Steenstrup[3]) im Jahre 1846 nachgewiesen, dass unter dem Namen *rana temporaria* zwei durch Körperbau und Lebensart verschiedene Frösche von jeher mit einander verwechselt worden sind, die er als *rana platyrhinus* und *rana oxyrhinus* unterscheidet. v. Siebold[4]) hat die Angaben von Steenstrup bestätigt, ebenso Schiff[5]) zum Theil. Ich muss mich den Ausführungen von Steenstrup und Siebold nach eigenen Beobachtungen ebenfalls anschliessen, und werde daher statt der einen *rana temporaria* zwei Arten unterscheiden, nämlich 1) *rana temporaria* L., *rana platyrhinus* Steenstrup; 2) *rana oxyrhinus* Steenstrup.

1) *Rana temporaria* L., *rana platyrhinus* Steenstr. Der braune Grasfrosch, Fig. 2 (a. f. S.), erreicht nicht die bedeutenden extremen Grössen von *rana esculenta* L., wird aber immer grösser als die folgende Art. Der Kopf ist etwas breiter als lang, die obere Schä-

---

[1]) Rusconi, développ. de la grenouille. Milan. 1826. S. 6.

[2]) Annales des sciences naturelles. Zoologie. 4ème Série IV, 1855. S. 365.

[3]) Amtl. Bericht über die 24. Versammlung deutscher Naturforscher in Kiel. 1846. S. 131. — Wiegmann's Archiv 1847. Bd. II. S. 341.

[4]) Wiegmann's Archiv 1852. Bd. I. S. 14.

[5]) Annales des sciences naturelles l. c.

delfläche nicht wie bei *rana esculenta* rinnenförmig vertieft, sondern platt. Der Raum zwischen den Augen ist breiter (nach Duméril gleich der Breite des oberen Augenlides, bei *rana esculenta* gleich $^2/_3$ der Breite), die *ossa fronto-parietalia* breit und flach. Das

Fig. 2.

Der braune Grasfrosch, rana temporaria L.

Trommelfell ist im Verhältniss zum Auge kleiner als bei *rana esculenta,* und meist auch weniger durch Farbe und Durchsichtigkeit von der Umgebung verschieden. Die Oeffnungen der *tuba Eustachii* sind im Verhältniss zu den inneren Nasenöffnungen grösser als bei dem Wasserfrosch. Die Gaumenzahn-Häufchen sind relativ kleiner und liegen in zwei Gruppen in Form eines mit der Spitze nach hinten liegenden und an der Spitze geöffneten Dachs, mit anderen Worten, es geht von einem jeden ein erhabener Sparren zum vordern Umfang des Nasenlochs; sie liegen ferner nicht zwischen den inneren Nasenlöchern, sondern nach hinten von einer Linie, die vom hinteren Rand des einen quer zu dem des anderen zieht. Aeussere Stimmblasen fehlen beiden Geschlechtern. Die Hinterbeine sind relativ kürzer, die Zehen gegen die Spitze nicht so gleichmässig verdünnt, sondern an diesen eher etwas angeschwollen, die vierte

Zehe im Verhältniss zur dritten und fünften etwas länger als beim Wasserfrosch, die Schwimmhaut geht an dieser Zehe nicht bis an die Zehenspitze, sondern hört bei beiden Geschlechtern an der vorletzten (dritten) Phalanx und zwar an der Grosszehenseite derselben früher auf, als an der Kleinzehenseite. Aber auch an den übrigen Zehen sind die die Spitzen derselben säumenden Theile der Schwimmhäute schmaler als bei *rana esculenta*, und daher erscheinen bei dieser die freien Ränder mehr halbkreisförmig ausgerundet, bei jener mehr gerade. Das Daumenrudiment bildet nur eine unbedeutende und weiche Hervorragung. Der Rücken ist meist glatt, der erhabene drüsige Streifen, der vom Auge zum Schenkel zieht, ist auch hier vorhanden, aber viel schmaler und flacher als bei *rana esculenta*, ein anderer geht vom Mundwinkel zur Schulter. Die Färbung im Ganzen, insbesondere die Grundfarbe der Oberseite wechselt sehr von den hellsten Tinten bis zum dunkelsten Braunschwarz; die Bedingungen der Veränderungen sind ohne Zweifel die gleichen, wie sie oben für *rana esculenta* näher besprochen wurden, ein dunkel schwarzbraunes Exemplar, aus dem dunkeln Froschkasten genommen, ist in der Regel am anderen Tage gelbroth. Constant ist der schwarze Fleck zwischen Mundwinkel und Schulter, die Spitze am Mundwinkel der dieser Art den Namen *rana temporaria* verschafft hat. Ein anderer schwarzer Streifen geht vom Auge durch die Nasenlöcher zur Schnauzenspitze, ein gleicher findet sich auf der Vorderfläche des Oberarms. Auf den Hinterbeinen finden sich meist quere Bänder. Die untere Seite ist gelblich, bisweilen gefleckt. Die Schenkel haben ein körniges Aussehen, und diese sowie der Unterbauch und die Umgegend des Afters nicht selten eine röthliche Farbe und ein wie frattes Aussehen.

2) *Rana oxyrhinus* Steenstrup. Diese Art ist immer kleiner und zierlicher als die vorige. Der Kopf ist kegelförmig zugespitzt, mit spitzer über dem Unterkiefer vorragender Schnauze. Dies ist besonders beim Anblick von unten her sehr in die Augen fallend. Der Zwischenraum zwischen den Augen ist schmaler als bei *rana temporaria*, dagegen nicht rinnenförmig, sondern gewölbt, die *ossa fronto-parietalia* schmal und gewölbt. In Bezug auf das Verhalten der Gaumenzähne und die Grösse der Oeffnungen der *tuba Eustachii* hält dieselbe gewissermaassen die Mitte zwischen den beiden anderen Arten. Der neben der spitzen Schnauze bedeutendste Unterschied von *rana temporaria* ist das Vorhandensein eines viel grösseren und

knorpelharten, seitlich zusammengedrückten Daumenrudiments, dem ein stärkerer Knochen zu Grunde liegt [1]). Die Schwimmhäute reichen an der längsten Zehe beim Männchen bis an das vorletzte Glied, beim Weibchen dagegen ragen die drei letzten Zehenglieder frei aus der Schwimmhaut hervor. Die Zehenspitzen sind mehr zugespitzt als bei *rana temporaria* und es nähert sich in dieser Beziehung, wie in mehreren anderen, diese Art mehr der *rana esculenta*. Was die Färbung betrifft, so stimmt *rana oxyrhinus* darin so wie auch im Mangel der äusseren Stimmblasen mit *rana temporaria* überein, die Kehle ist aber bei derselben, wenigstens beim Männchen in der Regel rein weiss, die Brust schmutzig weiss und gefleckt, während bei der letztgenannten Art Kehle und Brust mehr gleich gefärbt und gelblich sind. Sehr richtig ist, was v. Siebold bemerkt, dass die Männchen zur Brunstzeit wie mit einem bläulichen Reife oder Nebel überzogen sind [2]). Da die Gesammtfärbung um diese Zeit eine sehr lichte zu sein pflegt, so entstehen dadurch sehr hübsche Farbentöne. v. Siebold [3]) giebt überdies an, dass der Ton, welchen die Männchen zur Paarungszeit hören lassen, bei beiden Arten verschieden sei. Alles zusammengenommen steht *rana oxyrhinus*, wie Siebold richtig bemerkt, gleichsam in der Mitte zwischen *rana esculenta* und *rana temporaria*.

Thomas [4]) unterscheidet ausser den drei genannten Arten noch eine *rana agilis*, welche aber die schon von Millet erwähnte *grenouille rousse* sei, und Schlotthauber [5]) hat einen Frosch beschrieben, der in Zeichnung und Färbung die Mitte halten soll zwischen *rana esculenta* und *rana temporaria* und nach der Meinung des Verfassers vielleicht ein Bastard beider sei. Dass trotz der Verschiedenheit der Laichzeit wenigstens Begattungsversuche vorkommen, ist bekannt. Pontallié [6]) erwähnt dies, und ich selbst habe öfters Männchen von *rana temporaria* mit Weibchen von *rana esculenta* in Conjunction gefunden.

---

[1]) Nach Steenstrup l. c. beträgt die Grösse desselben bei *rana temporaria* 1/2, bei *rana oxyrhinus* 2/3 der Länge der äussersten (zweiten) Zehe.

[2]) Dass derselbe ganz verschwinde, sobald die Thiere am Lande sind, kann ich nicht finden; ich habe eben jetzt Thiere in einem Glase, an denen dieser Schimmer noch ganz deutlich ist.

[3]) l. c. S. 15.

[4]) An. d. sc. nat. l. c.

[5]) Wiegmann's Archiv. X. Jahrg. I. Band 1844. S. 255.

[6]) Annales des sciences naturelles. Zoologie. III. série. Vol. XVIII. 1852. p. 243.

Was die im Folgenden angewendete Terminologie betrifft, so habe ich mich folgender Ausdrücke bedient. Ich nehme das Thier in seiner natürlichen Stellung, den Bauch nach der Erde, den Rücken nach oben gewendet. Durch einen horizontalen Schnitt von der Schnauze zum Steiss wird dasselbe in eine obere oder Rückenhälfte und eine untere oder Bauchhälfte getheilt; die Ausdrücke oben und unten, dorsal und ventral bezeichnen die relative Lage zu dieser Ebene. Vorne nenne ich, was nach dem Kopf, hinten, was nach dem Steiss zusieht. Ein senkrechter, rechtwinklig auf die Mitte der Längsaxe geführter Schnitt theilt den Körper in eine vordere und hintere oder Kopf- und Steisshälfte. Alle Schnitte und Ebenen, welche parallel mit diesem liegen, so wie dieser selbst sind frontale. Durch einen senkrechten Schnitt in der Mittellinie des Körpers endlich wird das Thier in eine rechte und linke Hälfte getheilt; die Ebene dieses Schnittes ist die Median-Ebene; die relative Lage zu dieser wird durch die Ausdrücke medial und lateral bezeichnet. Mit der Median-Ebene parallel liegende Ebenen sollen als sagittale bezeichnet werden.

I.

LEHRE VON DEN KNOCHEN

UND

IHREN VERBINDUNGEN.

I.

Lehre von den Knochen

und ihren Verbindungen.

Literatur.

1. Cuvier, recherches sur les ossements fossiles. Paris 1825. V. Bd. II. Thl. S. 386 u. ff. Taf. XXIV. Literatur.
2. — — leçons d'anatomie comparée. Paris 1835. Tome I.
3. Meckel, System der vergleichenden Anatomie. II. Thl. I. Abthlg. Halle 1824. 8⁰.
4. Stannius, Zootomie der Amphibien (Handb. der Zootomie der Wirbelthiere, 2. Buch). 2. Aufl. Berlin 1856. 8⁰.
5. Dugès, recherches sur l'ostéologie et la myologie des batraciens à leurs differents ages. Paris 1834. 4⁰. Mit 20 Tafeln.
6. Mertens, anatomiae batrachiorum prodromus sistens observationes nonnullas in osteologiam batrachiorum nostratium. Halae 1820. 8⁰.
7. van Altena, commentatio ad quaest. zoologicam in academia Lugduno-Batava a. MDCCCXXVIII propositam, qua desideratur ut systematice enumerentur species indigenae reptilium ex ordine batrachiorum addita unius saltem speciei anatomia et praesertim osteographia accurata. Lugd. Bat. 1829. 4⁰. Mit 4 Tafeln. (handelt von der Anatomie von rana esculenta.)
8. Martin St. Ange, recherches sur les organes transitoires des batraciens. Annales des sciences naturelles. 1re série. Tome XXIV. 1831. S. 366.
9. Rusconi, sulle metamorfosi delle osse della testa della rana. Annali di Bologna. 1re serie. Vol. II. pag. 357.
10. Reichert, vergleichende Entwicklungsgeschichte des Kopfs der nackten Amphibien. Königsberg 1838. 4⁰. Mit 3 Tafeln.
11. Hallmann, die vergleichende Osteologie des Schläfenbeins etc. Hannover 1837. 4⁰. Mit 3 Taf.
12. Köstlin, der Bau des knöchernen Kopfs. Stuttgart 1844. 8⁰.
13. Morren, observations ostéologiques sur l'appareil costal des batraciens. Bulletins de l'acad. de Bruxelles 1835. II, 112. — Mémoires de l'académie 1837. Tome X.
14. Troya, mémoire sur la structure singulière du tibia et du cubitus des grenouilles et des crapauds, mémoires de mathématique et de physique presentées à l'acad. de Paris. Tome IX, 1780, p. 768.

15. Pouchet, note sur les différences que le sexe imprime au squelette des grenouilles. Comptes rendus. Tome XXV, p. 761. 1847.

16. Günther, über geschlechtliche Differenzen in Knochen von lebenden und fossilen Fröschen und Fischen. Annals of natural history. 1859. 3me série. Vol. III, p. 377.

17. Gegenbaur: 1. Ueber Bau und Entwicklung der Wirbelsäule bei Amphibien überhaupt und beim Frosch insbesondere, in: Abhandlungen der naturforschenden Gesellschaft zu Halle. Band VI. Halle 1861. 2. Untersuchungen zur vergl. Anatomie der Wirbelsäule bei Reptilien und Amphibien. Mit 4. Taf. Leipzig 1862. 4⁰.

Bau des Skelets.

Der Zweck dieses Buches verbietet es, auf die Verschiedenheiten in Form, Zahl und histologischer Beschaffenheit einzugehen, welche die Skelettheile in den verschiedenen Lebensaltern erleiden. Wir haben es hier nur mit dem ausgebildeten, erwachsenen Frosche zu thun. Das Skelet desselben besteht aus verschiedenen histologisch differenten Materialien und zwar 1) aus wahrem oder ächtem Knochen, 2) aus hyalinem Knorpel und 3) aus sogenanntem Kalkknorpel. Nur über die letztere Substanz ist es wohl nöthig, noch etwas beizufügen. Ich habe für dieselbe die Benennung „Kalkknorpel" statt der ebenfalls gebrauchten „Knorpelknochen", „Knorpelverkalkung", „primordiale Verknöcherung" gewählt, da damit die Beschaffenheit kurz und unzweideutig ausgedrückt erscheint[1]); denn es ist hyaliner Knorpel, in welchem in verschiedener Ausdehnung Kalkkrümel abgelagert sind. Im frischen feuchten Zustand hat diese Substanz das Aussehen eines allerdings bisweilen etwas festen Knorpels, getrocknet wird sie undurchsichtig, weiss, den Kalkkrusten auf den Knorpeln der Plagiostomen ähnlich. Die Kalkablagerungen im Knorpel bilden zum Theil Haufen von grobkörniger, drusiger, zum Theil mehr feinkörniger Masse; nach Entfernung der Kalksalze durch Säuren kommt die Knorpelstructur wieder zum Vorschein, wenn auch nicht so vollständig, wie im unverkalkten Knorpel. Die Verbreitung dieses Kalkknorpels im Skelet des Froschs ist eine nicht unbeträchtliche, und sehr viele Theile des Skelets, die bei höheren Thieren nur vorübergehend, beim Uebergang von Knorpel zu Knochen, aus dieser Substanz gebildet waren, sind es beim Frosch zeitlebens.

---

[1]) Vergl. hierüber H. Müller. Sieb. und Köll. Zeitschrift. Vol. IX.

Ein ausgedehntes Vorkommen findet dieselbe unter Anderm in den Apophysen der Röhrenknochen, in der Hand- und Fusswurzel, den Knochen des Schultergürtels etc. Um später Wiederholungen zu vermeiden, will ich das Vorkommen am erstgenannten Orte hier in Kürze schildern. Das eigenthümliche Verhalten derselben hat schon Dugès[1]), so weit es die äussere Form betrifft, beschrieben und Bruch[2]) hat uns mit den histologischen Verhältnissen bekannt gemacht. Trocknet man einen Röhrenknochen des Frosches, z. B. das *os femoris*, so findet man das Mittelstück in Farbe und sonstiger Beschaffenheit sehr von den Apophysen verschieden. Nur das erstere hat das Aussehen von Knochen, die letzteren bestehen aus einer weissen, opaken, festen, gips- oder kalkartigen Masse, die im frischen feuchten Zustand vollkommen das Aussehen von Knorpel hat. Diese Apophysen sind mützenartig oder wie ein Stockknopf über die Enden der Diaphysen herübergestülpt (Fig. 3 *A*) und hören auf der äusseren Fläche dieser mit ziemlich scharfer Grenze auf, wie z. B. auf den Figuren 36, 39, 45 und 46 deutlich zu sehen ist. Macht man einen Durchschnitt durch die Apophyse und einen Theil der Diaphyse, so sieht man den aus ächtem Knochen bestehenden Cylinder des Röhrenknochens (Fig. 3 *D*) etwas über *o* aufhören, und über das Ende desselben ist in der That wie ein Stockknopf über den Stock die Apophyse *E* gleichsam aufgesetzt. Diese besteht vorzugsweise aus Kalkknorpel *c'* und hat einen Ueberzug von hyalinem Knorpel *A*. Der Knochencylinder der Diaphyse *o*, der im Inneren Markknochen *M* enthält, ist gegen die Apophyse durch hyalinen Knorpel *c* abgeschlossen, dessen Zellen zwischen den Enden des Knochens *o* in querer Richtung gelagert sind.

Fig. 3.

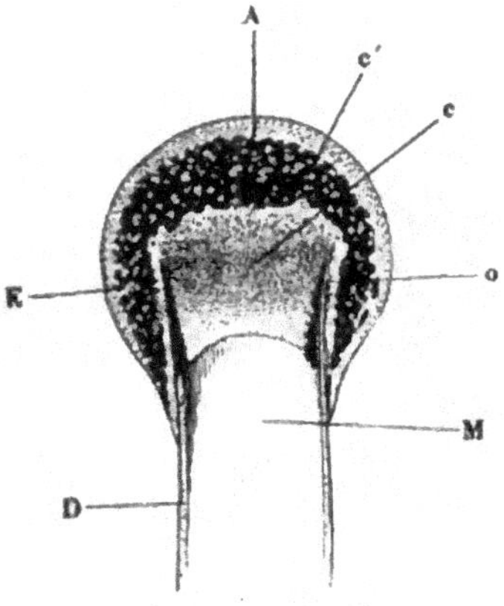

Längs-Durchschnitt des oberen Gelenkendes des os femoris, von rana esculenta, vergrössert.

D Knochencylinder des Mittelstücks.
o Ende desselben.
M Markhöhle.
E Epiphyse.
c' Kalkknorpel der Epiphyse.
c hyaliner Knorpel, das Ende des Knochencylinders schliessend.
A hyaliner Knorpel (Gelenkknorpel).

[1]) Dugès, l. c. 116.

[2]) Bruch, Beiträge zur Entwicklungsgeschichte des Knochensystems. Schweiz. Denkschriften S. 118.

I. Wirbelsäule.

Wirbelsäule. Die Wirbelsäule des Frosches besteht aus zehn Stücken, nämlich neun eigentlichen Wirbeln und dem stabförmigen Steissbein, welches allein fast so lang ist als die ganze übrige Wirbelsäule zusammengenommen.

1. Allgemeine Beschreibung der neun Wirbel.

Im Allgemeinen.

a. Die Wirbelkörper sind von oben nach unten plattgedrückt und in dieser Richtung ziemlich dünn; die hintere Fläche eines jeden Wirbelkörpers, mit Ausnahme des achten, stellt einen überknorpelten Gelenkkopf dar, die vordere, mit Ausnahme des Körpers des neunten Wirbels, eine entsprechende überknorpelte Gelenkpfanne.

b. An den Bogen, welche nach vorn und hinten ziemlich scharfe Ränder wenden, finden sich:

1. **Gelenkfortsätze** (Fig. 4 und 5 *oo*). Dieselben haben eine ähnliche Stellung wie die der Rückenwirbel des Menschen, stehen in horizontaler Ebene, die überknorpelten Gelenkflächen an den hinteren nach unten, an den vorderen nach oben gerichtet.

2. Die **Querfortsätze** (Fig. 4 und Fig. 5 *t* bis *t'*) sind stark, platt und von sehr verschiedener Grösse und Richtung. Der Querfortsatz des vierten Wirbels ist der

längste, der des dritten nur um Weniges kürzer, die kürzesten sind die des siebenten und achten Wirbels. Der Atlas besitzt keinen Querfortsatz. Was die Richtung dieser Fortsätze betrifft, so sind der zweite und dritte gerade nach aussen und etwas abwärts, der vierte, fünfte und sechste auf- und rückwärts, der siebente und achte wieder mehr gerade nach auswärts und zugleich rückwärts, der neunte aufwärts und stark nach hinten gewendet. Alle Querfortsätze haben knorplige Apophysen, die grössten der zweite, dritte, vierte und neunte Wirbel.

Fig. 4.

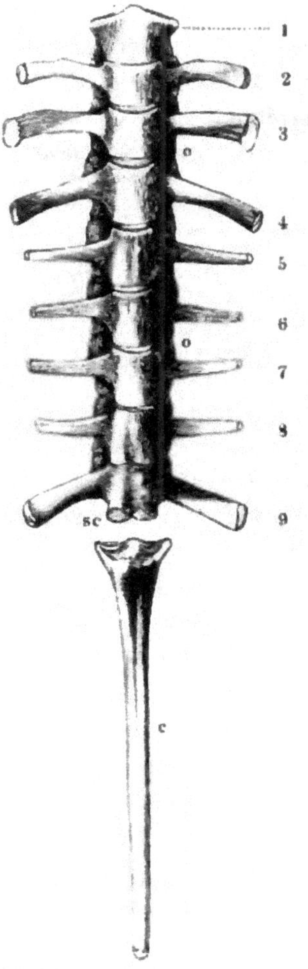

Wirbelsäule von rana esculenta von unten, 2 mal nat. Gr.

1 bis 9 erster bis neunter Wirbel.
o bis o processus obliqui.
c Steissbein.
sc Die beiden Gelenkhöcker am Kreuzbein zur Verbindung mit dem Steissbein.

3. Die Dornfortsätze sind im Allgemeinen klein, im Einzelnen aber von verschiedener Grösse, Gestalt und Richtung. Die längsten finden sich am dritten, vierten und fünften Wirbel, und hier sind sie auf dem Querschnitt von dreiseitig prismatischer Gestalt, wie die der Rückenwirbel des Menschen, rückwärts gerichtet und mit einer knorpligen Apophyse versehen. Die Dornfortsätze des sechsten und siebenten Wirbels sind kürzer, von beiden Seiten zusammengedrückt, gerade nach aufwärts stehend, meist ohne knorplige Apophyse, der des achten noch kürzer. Nach den Dornfortsätzen zu urtheilen, entsprechen der dritte, vierte und fünfte Wirbel Rückenwirbeln, der sechste, siebente und achte Lendenwirbeln. Der neunte Wirbel hat keinen Dornfortsatz oder nur eine Andeutung desselben. Was den

ersten und zweiten Wirbel betrifft, die man nach dem Vorigen als Halswirbel betrachten kann, so hat der zweite einen ganz kurzen Dornfortsatz mit knorpliger Apophyse, beim ersten stellt der Knorpel, der die beiden Bogenhälften verbindet, zugleich das Rudiment eines *proc. spinosus* dar.

Fig. 5.

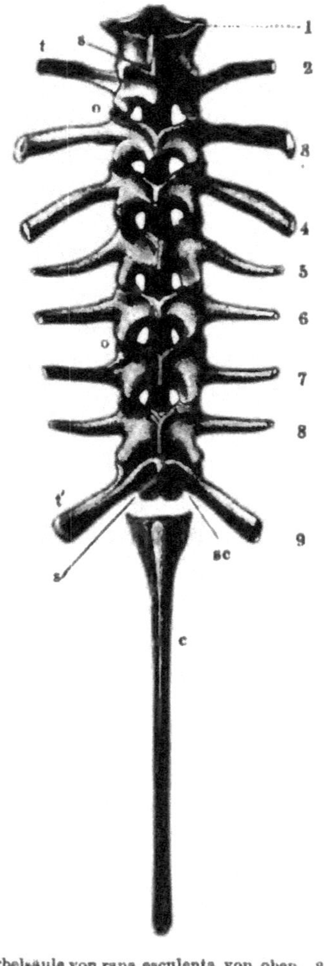

Wirbelsäule von rana esculenta von oben, 2 mal nat. Grösse.

1 bis 9 erster bis neunter Wirbel.
o bis *o* proc. obliqui.
t bis *t'* proc. transversi.
s bis *s'* proc. spinosi.
c Steissbein.
sc Gelenkhöcker am Kreuzbein zur Verbindung mit dem Steissbein.

Einzelne Wirbel.

II. Beschreibung der Wirbel im Einzelnen.

1. Der Atlas besteht aus einem im *dorso-ventralen* Durchmesser dünnen Körper und einem Bogen. Der erstere hat nach hinten einen wenig erhabenen, in der Quere breiten, überknorpelten Gelenkkopf, nach vorn zwei concave Gelenkflächen, die durch einen medianen Höcker von einander getrennt sind. Die Richtung der Gelenkflächen ist derart, dass dieselben nach unten convergiren. Der Bogen ist nach oben nur durch Knorpelmasse geschlossen, welche über den Knochen etwas vorstehend das Rudiment eines *processus spinosus* darstellt. Der hintere Rand des Bogens trägt zwei *processus obliqui*. Querfortsätze sind nicht vorhanden.

2. Der zweite Wirbel zeigt die im Allgemeinen geschilderten Verhältnisse, der Querfortsatz ist etwas nach abwärts gerichtet.

3. Der Querfortsatz des dritten Wirbels ist länger als der des zweiten, abwärts gerichtet, am freien Ende breiter als am Ursprung und trägt eine, die der übrigen Querfortsätze an Grösse übertreffende knorplige Apophyse von hammerförmiger Gestalt.
4. Der Querfortsatz des vierten Wirbels ist der längste, am Ende breiter als am Ursprung, auf- und rückwärts gerichtet und mit einer knorpligen Apophyse versehen.
5. Die Querfortsätze des fünften, sechsten und siebenten Wirbels sind kleiner, gegen das freie Ende verjüngt und aufwärts gewendet.
6. Der achte Wirbel ist von den übrigen namentlich dadurch verschieden, dass sein Körper keinen Gelenkkopf hat. Derselbe ist sowohl vorn als hinten mit einer concaven Gelenkfläche versehen. Der Querfortsatz verhält sich wie der des siebenten Wirbels.
7. Der neunte Wirbel vermittelt die Verbindung mit den Hüftbeinen und ist daher als Kreuzbein zu betrachten. Der Körper desselben hat auf seiner vorderen Fläche einen Gelenkkopf zur Verbindung mit dem achten Wirbel, auf seiner hinteren Fläche zwei neben einanderliegende kleine kuglige Gelenkköpfe (Fig. 4 und 5 *sc*) zur Verbindung mit dem Steissbein. Der Querfortsatz ist stark, am Ende breiter als am Ursprung, aufwärts und rückwärts gewendet und mit einer knorpligen Apophyse versehen.

III. Verbindung der Wirbel.

Die Gelenkköpfe und Gelenkpfannen der Wirbelkörper sowie die Gelenkflächen der *processus obliqui* sind mit hyalinem Knorpel überzogen. Das Periost bildet sowohl an den Körpern als an den Gelenkfortsätzen wirkliche Gelenkkapseln. Die Verbindung der Wirbelkörper wird noch verstärkt durch senkrechte Fasern, die, dem *ligamentum vertebrale commune anticum et posticum* des Menschen entsprechend, über die vordere und hintere Fläche der Wirbel herabziehen. Zwischen den Wirbelbogen sind Membranen ausgespannt, welche die Stelle der *ligamenta intercruralia* einnehmen, übrigens nur aus gewöhnlichem Bindegewebe bestehen, sowie die zwischen die Dornfortsätze herein sich erstreckenden Fortsetzungen derselben, die *ligamenta interspinalia*. Verbindung.

(Ueber die Verbindung mit dem Hinterhauptsbein s. bei diesem.)

Bau der Wirbel.

IV. Bau der Wirbel[1]) (Fig. 6 und 7).

Jeder Wirbelkörper besteht aus einem Cylinder von ächtem Knochen, welcher seitlich unmittelbar in die Knochenmasse der Bogentheile übergeht. Im Inneren dieses Cylinders findet sich ein abgeschnürter Rest der *chorda dorsalis* (*Ch*), umgeben von gelbem oder Markknochen (*c*), welcher nach hinten gegen den Gelenkkopf, sowie nach vorn unmittelbar in den Gelenkknorpel übergeht, so dass hier der ächte Knochen ganz fehlt. Auf einem Querschnitt durch einen Wirbelkörper erblickt man daher folgende Theile (Fig. 6): a. Eine äussere Lage von ächtem Knochen (*o*) (den Durchschnitt des vorhin erwähnten Cylinders), welche aus parallelen Lamellen von verschiedener Dicke zusammengesetzt ist; dieselben zeigen sich nach Gegenbaur und wie ich bestätigen kann in der Regel so angeordnet, dass immer eine Anzahl von 5 bis 8 dünnen Lamellen in eine durch eine schärfere Contur abgegrenzte Lage vereinigt sind; die Zahl der secundären Lamellensysteme wächst mit dem Alter des Thiers. Die innerste älteste ist immer deutlich von dem aus dem Intervertebralknorpel hervorgegangenen centralen Theil des Wirbels abgegrenzt. Diese Lamellen setzen sich auch auf die Bogen fort. Die vom Wirbelcanal aus entstandenen Knochenlamellen bilden nur eine ganz dünne Schicht über der Mitte des Wirbels. b. Im Inneren des Wirbelkörpers liegt der *Chorda*-Rest in Form eines Cylinder-Abschnitts, der aus einer doppelten Scheide

Fig. 6.

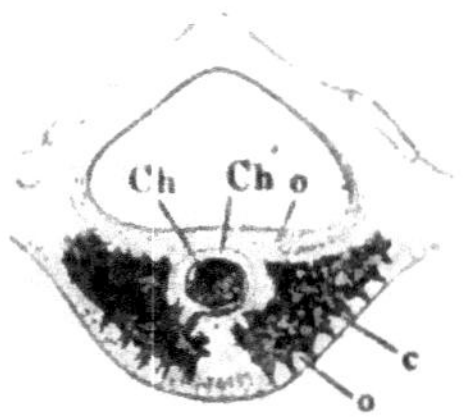

Frontaler Durchschnitt durch einen Wirbel von rana esculenta, vergrössert.

Ch Chorda.
Ch' Scheide derselben.
o Faserknochen auf der oberen und unteren Fläche des Wirbelkörpers.
c Markknochen.

Fig. 7.

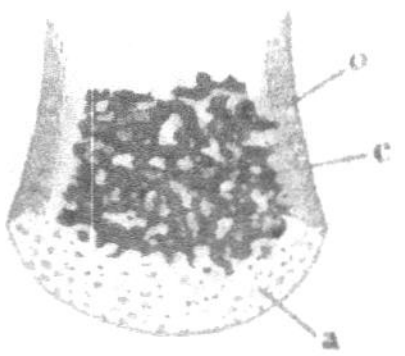

Langsschnitt durch die hintere Hälfte eines Wirbelkörpers von rana esculenta.

o Rinde von ächtem Knochen.
c Markknochen.
a Knorpel des Gelenkkopfs.

---

[1]) Vergl. insbesondere Gegenbaur: 1) über Bau und Entwicklung der Wirbelsäule bei Amphibien überhaupt und beim Frosche insbesondere in Abhandlungen der naturforschenden Gesellschaft zu Halle, Bd. VI. Halle 1861. 2) Untersuchungen zur vergleichenden Anatomie der Wirbelsäule bei Amphibien und Reptilien mit 4 Taf. Leipzig, Engelmann 1862. 4°. — Die Angaben Gegenbaurs, soweit sie das erwachsene Thier betreffen, kann ich vollkommen bestätigen und bin deshalb im Vorstehenden ganz seiner Darstellung gefolgt; auf die Entwicklungsgeschichte hier näher einzugehen, verbieten Zweck und Grenzen dieses Buchs.

(*Ch'*) und einem Inhalt von Chordazellen (*Ch*) besteht. c. Zunächst um den persistenten Chorda-Theil liegen die durch Umbildung des Intervertebralknorpels sowie durch die Anfangsstücke der ursprünglichen knorpligen Bogen gebildeten Centralpartieen des Wirbelkörpers. Zu beiden Seiten der Chorda liegen grössere Markräume (*c*), die mit Zellen erfüllt sind, und davon gehen engere Canäle in verschiedenen Richtungen gewunden und mehrfach untereinander anastomosirend nach vorn und hinten, deren Wandungen theils von ächtem Knochen, theils von Knorpel gebildet sind.

V. Das Steissbein (Fig. 8 und 9).

ist ein einfacher, langer, stabförmiger Knochen, der in der Mitte Steissbein.
zwischen beiden Hüftbeinen herunter sich erstreckt und über dem After endet. Sein vorderes Ende (Fig. 8 *a*) ist der dickste, insbesondere breiteste Theil des Knochens und hat zwei kleine Gelenkvertiefungen (s. Fig. 9) zur Articulation mit den beiden Gelenkköpfen des neunten Wirbels oder Kreuzbeins. Das hintere Ende ist zugespitzt, cylindrisch und endet in einen Knorpel, der in dem röhrenförmigen Ende des Knochens steckt. Die ventrale Fläche des ziemlich cylindrischen Mittelstücks ist vorn mit einer nach hinten sich allmälig verflachenden medialen Rinne versehen. Die Rückenfläche besitzt einen Kamm (Fig. 8 u. 9 *s*), welcher am vorderen Ende hoch und ziemlich dick beginnt, dann sofort schärfer und niedriger wird und gegen das hintere Drittheil allmälig verschwindet, so dass der Knochen auf dem Querschnitt in den zwei vorderen Drittheilen dreieckig erscheint, mit einer unteren und zwei Seitenflächen, während das hintere Drittheil cylindrisch ist. Der vorderste Theil des Knochens enthält einen Canal, *canalis vertebralis* (Fig. 9 *c. v.*), eine Fortsetzung des Wirbelcanals, und man kann an diesem Theil deutlich Wirbelkörper und Bogen unterscheiden. In diesem Canal verlaufen die letzten Rückenmarksnerven. Auf den beiden Seitenflächen des vordersten Theils des Steissbeins bemerkt man kleine Oeffnungen (Fig. 8 *c. c.*), die in Canäle führen,

Fig. 8.

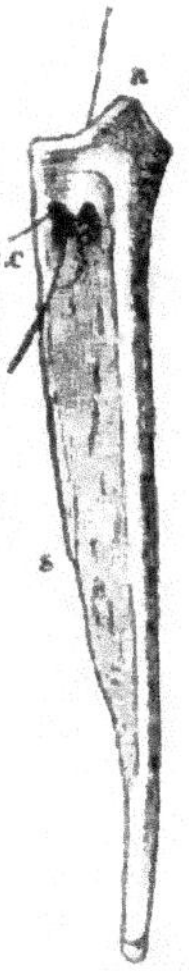

Steissbein von rana esculenta von der Seite, 2 mal nat. Grösse. *a* vord. Ende. *s* obere Kante (pr. spinos). *c.* canal. coccyg.

Fig. 9.

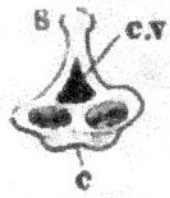

Steissbein von rana esculenta von vorn, 2 mal nat. Grösse. *c* Körper. *s* obere Kante (proc. spin.) *c. v.* canalis vertebralis.

welche im *canalis vertebralis* münden. Durch diese Canäle *(canales coccygei)* treten die Steissbeinnerven aus. Vor diesen Oeffnungen, und dieselben von vornher theilweise überdeckend finden sich kleine dreieckige Fortsätze (Fig. 8) *(rudimentäre processus transversarii)*, jedoch nicht constant und jedenfalls bei *rana esculenta* häufiger als bei *rana temporaria*, bei welcher letzteren Art die Löcher überhaupt kleiner sind.

II. Kopf.

Kopf. Die platte Gestalt des Kopfs der Frösche, wie der Batrachier überhaupt, ist insbesondere durch die grosse Entfernung der Kiefer der beiden Seiten, die Grösse der Augenhöhlen und die horizontale

Fig. 10.

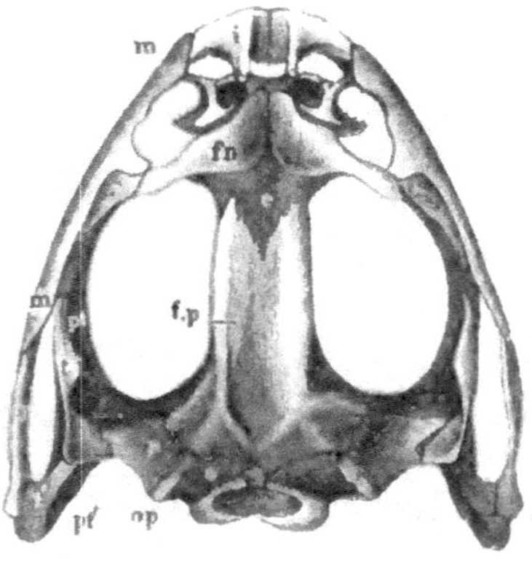

Schädel von rana esculenta von oben, 2 mal natürl. Grösse.
o os occip. laterale.
p os petros.
op Knorpel zwischen beiden.
f.p. os fronto - parietale.
e os ethmoideum.
t os tympanicum.
t' hinterer Arm desselben.
pt os pterygoid.
pt' hinterer Arm desselben.
j os jugale.
m os maxillare.
i os intermaxillare.
fn os fronto-nasale.

Fig. 11.

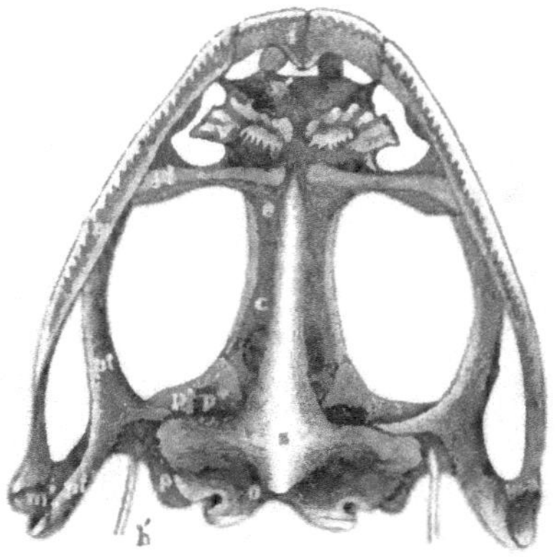

Schädel von rana esculenta von unten, 2 mal natürl. Grösse.
o os occ. laterale.
s os sphenoideum.
p os petrosum.
p' vorderer Theil desselben (ala magna autt.).
p'' Loch in dems. zum Durchtritt des trigeminus.
c knorplige Seitenwand des Schädels.
e os ethmoideum.
e' knorplige Nasenkapsel.
pt vorderer Arm des os pterygoid.
pt' hinterer Arm desselben.
m os maxillare.
m' Gelenkkopf für den Unterkiefer.
pl os palatinum.
i os intermaxillare.
v vomer.
h' vorderes Zungenbeinhorn.

Richtung des Bodens derselben bedingt. Der äussere Umfang des Kopfs stellt einen parabolischen Rahmen dar (Fig 10 u. 11), welcher von den Oberkiefer- und Zwischenkieferknochen (*m*. *i*) und den *ossa jugalia* (*j*) gebildet wird. In der Mitte dieses Rahmens liegt die längliche prismatische Schädelkapsel. Nach vorn ist dieselbe durch das knorplige Gerüste des Geruchsorgans (Fig. 11 *e'*) mit dem vorderen Ende des genannten Rahmens verbunden, nach hinten breitet sie sich in zwei quere Arme aus (*p*), die das Gehörorgan enthalten. Von diesem Vorsprung gehen wie Strebepfeiler Knochenbalken nach hinten an das hintere Ende des genannten Rahmens, die aus den hinteren Armen des *os tympanicum* (*t'*) und *os pterygoideum* (*pt'*) bestehen, und eben solche nach vorn und lateralwärts gegen die Mitte des seitlichen Theils desselben, welche aus den vorderen Armen des *os pterygoideum* (*pt*) gebildet werden. Der vordere Arm des *os tympanicum* (*t*) erreicht den Rahmen nicht ganz und ist nur durch Bandmasse mit demselben verbunden. Zwischen dem letztgenannten Arm nach hinten, der Schädelkapsel medianwärts und dem Rahmen lateralwärts bleibt ein grosser Raum übrig, welcher zugleich die Augenhöhle und Schläfengrube darstellt.

A. Schädel.

Der Schädel des Frosches bildet eine hinten breitere, vorn schmalere prismatische Röhre, deren knorplige Grundlage (s. unten Fig 15 u. 17) noch zu einem grossen Theil vorhanden ist. In der Gesammtform der Schädelkapsel unterscheiden sich unsere einheimischen Froscharten nicht unwesentlich. Bei *rana esculenta* ist dieselbe länger und schmaler, bei *rana temporaria* kürzer und breiter; zugleich ist die obere Fläche bei ersterer Art stark concav, rinnenförmig vertieft, bei letzterer platt, bei *rana oxyrhinus* gewölbt, Unterschiede, die sich schon am lebenden und unverletzten Thier erkennen lassen. Schädel.

Knochen des Schädels im Einzelnen.

1. Hinterhauptsbeine, *ossa occipitalia lateralia* Cuvier. (Fig. 10, 11, 12, 15, 17 *o*). Hinterhauptsbeine.

Cuvier, l. c. S. 387. tb. XXIV, bb.
Dugès, N. 14.

Diese paarigen Knochen bilden den hinteren Theil der Schädelkapsel, umgrenzen das *foramen magnum* und vermitteln die Verbindung mit der Wirbelsäule. Sie sind in die knorplige Grundlage des Schädels eingelassen und sowohl oben durch einen nicht verknöcherten Theil dieser Grundlage (*occipitale superius*, Dugès), welcher dem Schuppentheil entspricht, als unten durch einen eben solchen (*occipitale basilare* Dugès), welcher dem Körper des Hinterhauptbeins entspricht, von einander getrennt und repräsentiren also eigentlich nur die Gelenktheile *(partes condyloideae)* dieses Knochens. Ein jeder trägt einen überknorpelten Gelenkkopf zur Verbindung mit dem ersten Halswirbel. Diese beiden länglichen, gewölbten Gelenkköpfe umfassen, nach unten convergirend, die untere Hälfte des Umfangs des *foramen magnum*. Dieses hat bei *rana esculenta* eine mehr querovale, bei *rana temporaria* eine mehr herzförmige Gestalt mit aufwärts gekehrter Spitze, und dem entsprechend ist der ganze Knochen bei ersterer Art mehr breit als hoch, bei letzterer umgekehrt mehr hoch als breit. Nach oben und lateralwärts vom *foramen magnum* findet sich ein von oben schräg lateralwärts herabsteigender Kamm, in welchem zugleich die Naht zwischen diesem Knochen und dem Felsenbein liegt und an dessen Bildung diese beiden Knochen Antheil haben. Dieser Knochenkamm *(processus mastoideus autt.)* ist bei *rana esculenta* auch an alten Thieren grösstentheils knorplig, bei *rana temporaria* auch an kleinen Exemplaren knöchern. Bei letzterer Art verschmelzen nämlich die beiden Knochen sehr frühzeitig, während sie bei ersterer durch primitiven Knorpel getrennt bleiben. Zwischen diesem Kamm und dem *processus condyloideus* findet sich nach unten zu eine Vertiefung *(fossa condyloidea)* mit einem Loch *(foramen condyloideum)*, durch welches der *N. vagus* aus der Schädelhöhle austritt. — Diese Knochen nehmen einen später genauer zu erwähnenden Antheil an der Bildung des Ohrlabyrinths.

Fig. 12.

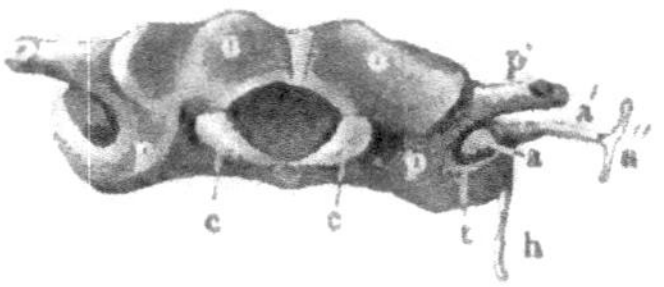

Schadel von rana esculenta von hinten, 2 mal nat. Grösse.
o os occip. lat.
c condyli desselben.
Dazwischen sieht man die knorplige pars basilaris, sowie oben die knorplige p. squamosa.
p Felsenbein.
p' Fortsatz, an welchem sich das Kiefersuspensorium anlegt.
h vorderes Zungenbeinhorn, aus dem Knorpel des os petros. entspringend.
t fossa tympanica.
a erstes, *a'* zweites und *a''* drittes ossiculum auditus.

Hinter-hhaupts-gelenk.

Verbindung der Hinterhauptsknochen mit dem ersten Halswirbel.

Von der Mitte der vorderen Fläche des Körpers des Atlas entspringt ein Band, das, gewissermaassen das *lig. suspensorium dentis* darstellend, sich am Basilartheil des Hinterhauptbeins befestigt.

2. Felsenbeine, *ossa petrosa* Cuvier. (Fig. 10, 11 u. 12, *p*). Felsenbeine

Cuvier, *rocher* l. c. S. 388 tb. XXIV. *ee.*
Dugès, n. 12 *rupéo-ptéréal* (Felsen-Flügelbein).
Stannius, *ala temporalis.*
Meckel, Schädelstück des Schläfenbeins.

Diese paarigen Knochen liegen lateralwärts und vor den *ossa occipitalia.* Wie schon erwähnt, bleiben sie bei *rana esculenta* stets durch Knorpel (Fig. 10 *op*) von diesen getrennt, während sie bei *rana temporaria* schon frühzeitig eine knöcherne Verschmelzung mit denselben eingehen, womit auch die oben erwähnte vollständigere Ossification des *processus mastoideus* bei letzterer Art zusammenhängt. Es bilden diese Knochen die oben erwähnte seitliche Ausbreitung des hintersten Theils der Schädelkapsel, in welcher das Gehörorgan enthalten ist. Die ansehnliche Höhle, welche dieselben zur Aufnahme des Ohrlabyrinths enthalten und an deren Bildung auch noch das *os occipitale laterale* Antheil nimmt, ist nach innen in die Schädelhöhle frei geöffnet und mündet an der hinteren Schädelwand durch das *foramen ovale* nach aussen, welches gemeinschaftlich von den beiden genannten Knochen gebildet wird. Der laterale hintere Theil des Felsenbeins bleibt in der Regel knorplig. Dieser Knorpel ist lateralwärts und nach vorn vom *foramen ovale* von einem kleinen Loch durchbohrt, durch welches der *nervus facialis* oder *ramus tympanicus n. vagi*, Volkm., welcher die Elemente des *N. facialis* enthält, austritt, um nach Aufnahme eines Astes vom *ramus glossopharyngeus* des *N. vagus (r. auricularis n. vagi)* als eigentlicher *facialis* weiter zu gehen. Lateralwärts findet sich ein Fortsatz, an welchem sich das Kiefersuspensorium ansetzt (Fig. 12 *p*), hinter diesem die Aushöhlung, in welcher die Gehörknöchelchen liegen und

Fig. 13.

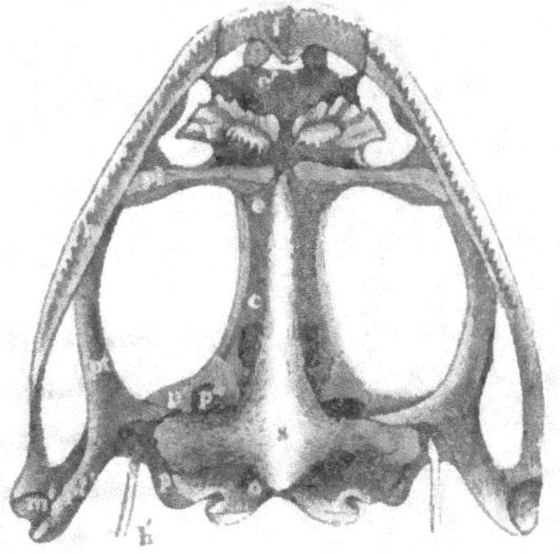

Schädel von rana esculenta von unten, 2 mal natürl. Grösse.

o os occ. laterale.
s os sphenoideum.
p os petrosum.
p′ vorderer Theil desselben (ala magna autt.).
p″ Loch in demselben zum Durchtritt des trigeminus.
c knorplige Seitenwand des Schädels.
e os ethmoideum.
e′ knorplige Nasenkapsel.
pt vorderer Arm des os pterygoid.
pt′ hinterer Arm des os pterygoid.
m os maxillare.
m′ Gelenkkopf für den Unterkiefer.
pl os palatinum.
i os intermaxillare.
v vomer.
h′ vorderes Zungenbeinhorn.

welche man als *fossa tympanica* bezeichnen kann (Fig. 12 *t*). Den vorderen Theil des Knochens begrenzt von hinten her die Augenhöhle und bildet deren hintere und mediale Wand. In diesem Theil ist das Loch gelegen (Fig. 11 *p''*), durch welches der *N. trigeminus* und mehrere Augenmuskelnerven durchtreten und welches dem *foramen ovale*, *rotundum* und der *fissura orbitalis superior* des menschlichen Keilbeins zusammen entspricht. Dieses Loch ist bisweilen, besonders bei jungen Thieren, nur ein Ausschnitt und wird erst durch einen später zu erwähnenden Knorpel vervollständigt. Wegen des Verhaltens dieses Theils des Knochens (Fig 11 *p'*) zu den durchtretenden Nerven hat man auch wohl den ganzen Knochen als *ala magna* oder *temporalis* des Keilbeins bezeichnet *(Stannius)*, oder wenigstens als einen Knochen, der diese Theile in sich enthält, wie Dugès, der ihn deshalb Felsen-Flügelbein *(rupéo-ptéréal)* genannt hat.

Dependenzen des Felsenbeins.

Dependenzen des Felsenbeins.

1. *Cartilago styloidea.* Aus dem Knorpel des Felsenbeins entspringt nach unten, hinten und innen die *cartilago styloidea*, welche sich unmittelbar in das vordere Horn des Zungenbeins fortsetzt (Fig. 11 *h'* u. 12 *h*).

Fig. 14.

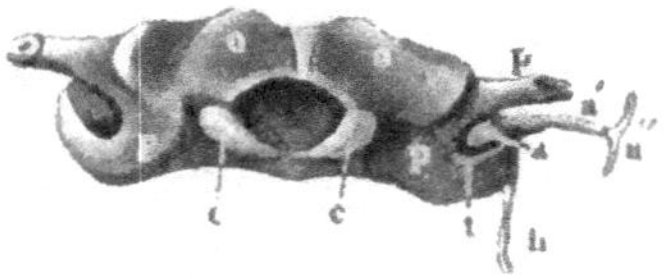

Schädel von rana esculenta, von hinten. 2 mal natürl. Gr.
o os occip. lat.
c condyli desselben.
Dazwischen sieht man die knorplige pars basilaris, so wie oben die knorplige p. squamosa.
p Felsenbein.
p' Fortsatz, an welchem sich das Kiefersuspensorium anlegt.
h vorderes Zungenbeinhorn, aus dem Knorpel des os petros. entspringend.
t fossa tympanica.
a erstes, *a'* zweites und *a''* drittes ossiculum auditus.

2. Gehörknöchelchen.
   a. Eine dicke Knorpelscheibe *(operculum)* (Fig. 12 *a*) schliesst das *foramen ovale*;
   b. an dieses schliesst sich ein knöchernes, keulenförmiges Stück (Fig. 12 *a'*), welches am dickeren medialen Ende eine knorplige Epiphyse hat und in querer Richtung, mit der Spitze nach aussen, gelagert ist;
   c. mit dieser Spitze ist das dritte knorplige Stück (Fig. 12 *a''*) unter einem stumpfen Winkel verbunden. Dasselbe ist am Trommelfell und mit seinem oberen Theil am knorpligen Trommelfellring befestigt.
3. Der Trommelfellring *(annulus tympanicus)* ist ein ringförmiger Knorpelrahmen, der, genauer gesagt, die Gestalt eines kurz

abgestutzten Trichters hat, da er sich medianwärts verengert, und am *os tympanicum* befestigt ist.

Weiteres über diese Theile siehe beim Gehörorgan.

3. Keilbein, *os sphenoideum* Cuv. (Fig. 11 u. 17 *s*). Keilbein.

Cuvier, l. c. 388. tb. XXIV. d — Dugès, n. 8. — Meckel, Theil des Grundbeins.

Ein grosser Theil der Schädelbasis wird durch einen Knochen von kreuzförmiger Gestalt eingenommen. Von den zwei in der Mittellinie liegenden longitudinalen Armen ist der hintere bei weitem kürzer und liegt vor und zum Theil unter dem knorpligen *os occipitale basilare*. Der vordere lange longitudinale Arm schliesst von unten den grösseren Theil der Schädelkapsel, und verbindet sich mit seinen Seitenrändern mit dem von Manchen als *ala magna* gedeuteten Theil des Schläfenbeins und dem vorn an diesem gelegenen Knorpel, welcher die Seitenwand der Schädelkapsel zum grösseren Theil bildet. Die vordere Spitze dieses Armes steht mit den Gaumenbeinen in Verbindung. Die queren Seitenarme des Kreuzes legen sich auf die untere Fläche der *ossa occipitalia lateralia* und der Felsenbeine an.

Der grösseren Breite der Schädelkapsel bei *rana temporaria* entsprechend ist bei dieser Art der vordere longitudinale Arm dieses Knochens ebenfalls relativ breiter.

4. Stirnscheitelbeine, *ossa fronto-parietalia* Cuv. (Fig. 10 u. 15 *fp*). Stirnscheitelbein.

Cuvier, l. c. 387. tb. XXIV. c. c. — Dugès, n. 1.

Paarige längliche und platte Knochen, welche den grössten Theil der oberen Wand oder Decke der Schädelkapsel bilden und das hier noch zum grösseren Theil vorhandene Primordialcranium von oben bedecken. Dieselben sind in der Mittellinie durch die Pfeilnaht verbunden nach hinten mit den Hinterhaupts- und Felsenbeinen, nach vorn mit dem *os ethmoideum*, über welches sich diese Knochen schuppenartig herüberlegen. Die Seitenwand eines jeden Knochens ist etwas nach abwärts umgebogen (Fig. 17 *fp*), und zwischen ihm und dem Keilbein bleibt an der Seitenwand des Schädels eine nur durch Knorpel und fibröses Gewebe ausgefüllte Lücke.

Diese Knochen sind bei *rana esculenta* schmaler und nach der *sutura sagittalis* hin rinnenartig vertieft, die seitlichen Kanten, in welchen die obere Fläche sich in die seitliche umbiegt, viel stärker ausgeprägt; bei *rana temporaria* sind sie breiter und flach, selbst etwas gewölbt. Letzteres ist bei *rana oxyrhinus* in noch höherem Grade der Fall.

Siebbein.

5. Siebbein, *os ethmoideum* (Fig. 10, 11, 15 u. 17 *e*).

Cuvier, os en ceinture l. c. 387. tb. XXIV. a. — Dugès, n. 15. — Rathke, vordere Keilbeinflügel (Vortr. z. vergl. Anat. d. Wirbelthiere Leipzig 1862. S. 42.) — Meckel, Riechbein l. c. S. 502.

Die längliche röhrenförmige Schädelkapsel ist nach vorn vervollständigt durch einen unpaaren Knochen, der sowohl Decke als Basis und Seitenwände bildet, also ringförmig ist und deshalb von Cuvier als *os en ceinture* bezeichnet wurde. Nur der hintere Theil des Knochens allein ist übrigens ringförmig, der vordere bildet vielmehr einen Doppelcanal zum Durchtritt der Riechnerven mit einer mittleren Scheidewand, und indem sich diese Canäle nach vorn trichterförmig erweitern, nimmt er Antheil an der Bildung der Nasenhöhlen, die jedoch zum grösseren Theil von einem sogleich näher zu beschreibenden Knorpel gebildet werden, in welchen der in Rede stehende Knochen sich nach vorn fortsetzt. Bei manchen Froscharten (z. B. *rana ocellata*, nach Rathke) verknöchert auch dieser Knorpel zum grossen Theil.

Das *os ethmoideum* hat jederseits einen von hinten nach vorn und medianwärts laufenden kleinen Knochencanal, durch welchen der *ramus nasalis* vom ersten Ast des Trigeminus verläuft.

Knorplige Nasenkapsel.

Knorplige Nasenkapsel (Fig. 15 u. 17 *n*, *n''*, *n'''*, *n''''*). Die vorderen Ränder der trichterförmig sich nach vorn erweiternden beiden Höhlungen des *os ethmoideum* gehen in einen Knorpel über, der zwei durch eine mediane knorplige Scheidewand getrennte, lateralwärts sich öffnende Kapseln bildet. Wir können daran unterscheiden: a) ein knorpliges Septum, welches die Fortsetzung des knöchernen bildet; b) einen Boden dieser Geruchshöhlen, nach hinten schmaler, nach vorn breiter; c) eine etwas schmalere Decke derselben. Boden und Decke gehen in einer vorderen gewölbten Fläche ineinander über. Von dieser Knorpelkapsel gehen verschiedene Fortsätze aus, welche dieselbe mit anderen Theilen des Gesichtsskelets verbinden: zunächst vom hintersten Theil der Kapsel ein Knorpelbalken quer lateralwärts (*sn*), der, nach aussen sich verbreiternd, in den Knorpel (*sp''*) übergeht, welcher dem vorderen Arm des *os pterygoideum* zu Grunde liegt. Von der vorderen Ecke geht ein Knorpelfortsatz aus (Fig. 15, 17 *n''*), der sich mit einer Zacke am vorderen Ende des Oberkiefers verbindet, von derselben Stelle krümmt sich ein geweihartig gestalteter Knorpelfortsatz n'' n''' in einem Bogen nach rück- und medianwärts. Dieser Fortsatz umgrenzt von aussen das Nasenloch, giebt im Verlauf eine freie Zacke ab (n''') und endet mit einer an die Decke der knorpligen Nasenkapsel angelegten Doppelzacke (n''''). Auf dem Boden der Nasenkapsel findet sich in der Richtung von hinten nach vorn und lateralwärts jederseits eine hügelförmige, knorplige Erhöhung, welche man vielleicht auch als Andeutung einer Nasenmuschel betrachten kann. Von der vorderen Wand ausgehend aber erstreckt sich in einer jeden Nasenhöhle eine ziemlich horizontal liegende, nach hinten mit einem freien gezackten Rande endigende, theilweise verknöcherte Platte (*c n*).

Fig. 15.

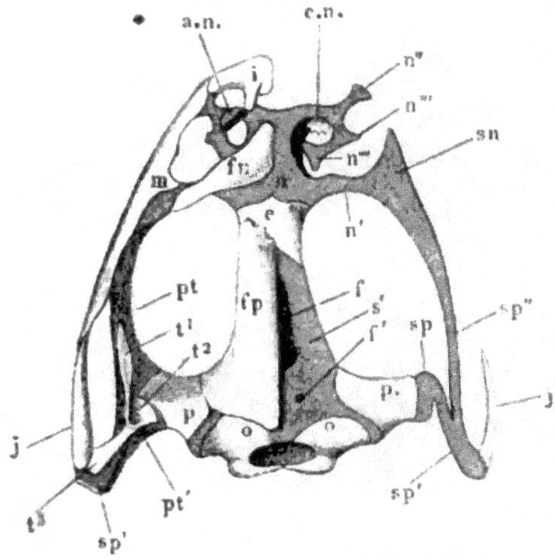

Knorplige Grundlage des Kopfskelets von rana esculenta, von oben. 2 mal natürl. Grösse.
Auf der einen (rechten) Hälfte sind die sogen. Deckknochen (nach früherer Auffassung) entfernt. Alles Knorplige ist durch blauen Druck ausgezeichnet.

o os occipitale.
p os petrosum.
fp os fronto-parietale.
e os ethmoideum.
fn os fronto-nasale.
pt vorderer Arm,
pt' hinterer Arm des os pterygoideum.
t1 vorderer, *t2* mittlerer, *t3* hinterer } Arm des os tympanicum.
j os jugale.
m os maxillare.
cn concha narium.
s Primordialcranium.
ff Lücken in demselben.
sp Knorpel des Kiefersuspensorium an seinem Ursprung aus dem Primordialcranium.
sp' hinterer Balken desselben (unter dem os tympanicum).
sp'' vorderer Balken (auf dem os pterygoideum), verbindet sich mit
sn einem Knorpelbalken, der aus dem knorpligen Nasengerüst hervorgeht.
n knorplige Nasenkapsel.
n'' n''' n'''' zackige Ausläufer derselben
an Nasenflügelknorpel.

Es sind dies die cornets von Dugès (l. c. S. 21. Tab. I. Fig. 1, 5) von diesem Forscher richtig als Nasenmuscheln, von Cuvier als Rudimente von Nasenbeinen bezeichnet [1]).

[1]) Cuvier (*ossem. fossil.* V, 2. 388) sagt, es sei dieses kleine gezahnte Knöchelchen nach aussen vom Nasenloch befestigt, so dass man vermuthen könnte, er habe den an dieser Stelle befindlichen Nasenflügelknorpel damit verwechselt. Dugès giebt richtig dessen Lage innerhalb der Nasenkapsel an. Meckel (vergl. Anat. II, 504) betrachtet dasselbe ebenfalls als Nasenbein. Bruch (Würzb. naturwiss. Zeitschrift. Bd. II. 1861. S. 213) konnte dasselbe in keinem Froschschädel auffinden, ohne Zweifel, weil er es nicht innerhalb der Nasenkapsel aufsuchte.

Nasenflügelknorpel.

Als zum Nasengerüste gehörig ist noch der **Nasenflügelknorpel** (*an*) zu erwähnen, ein muschelförmiger, medianwärts ausgehöhlter, von vorn nach hinten an Breite abnehmender Knorpel, welcher mit dem breiteren vorderen Ende an der Spitze des aufsteigenden Astes des *os intermaxillare* beweglich befestigt ist, und das Nasenloch an seinem lateralen Umfang umgrenzend dasselbe wie eine Klappe zu schliessen bestimmt ist.

Fig. 16.

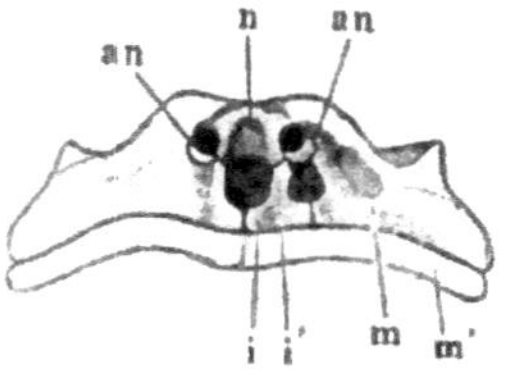

Nasenknorpel des Frosches von vorn.
m Oberkiefer.
m' Unterkiefer.
i Zwischenkiefer.
i' aufsteigender Fortsatz desselben.
n Nasenkapsel.
an Nasenflügelknorpel.

6. **Knorplige Grundlage der Schädelkapsel**, *Primordialcranium* (Fig. 15, 17).

Knorplige Grundlage der Schädelkapsel.

a. Entfernt man die *ossa fronto-parietalia*, so findet man (Fig. 15, 18) darunter einen die Schädelhöhle von oben noch theilweise schliessenden Knorpel (*s'*), welcher in der Regel jederseits durch ein Loch (*f'*) unterbrochen ist. Weiter nach vorn findet sich in der Mittellinie in diesem Knorpel eine Lücke (*f*), welche bis an das *os ethmoideum* reicht und nur durch Bindegewebe ausgefüllt ist. Nach hinten reicht der Knorpel zwischen den *ossa occipitalia lateralia*, ein *os occipitale superius* darstellend, bis an das *foramen magnum*.

Fig. 17.

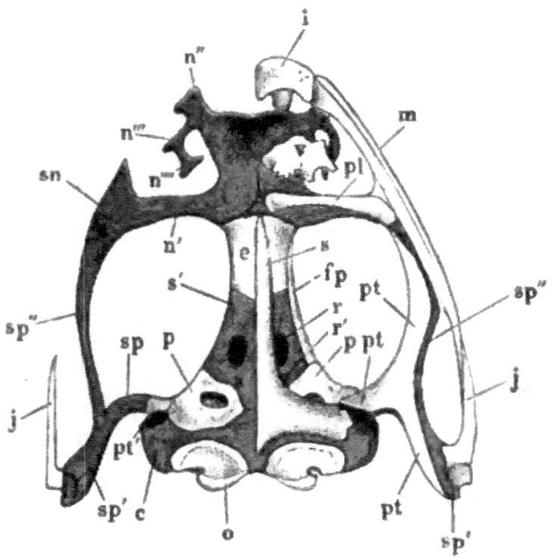

Knorplige Grundlage des Kopfskelets von rana esculenta, von unten, 2 mal natürl. Gr. Knorpel blau.

o os occipitale.
p os petrosum.
s os sphenoideum.
e os ethmoideum.
fp os fronto-parietale.
pt os pterygoideum.
j os jugale.
m os maxillare.
i os intermaxillare.
pl os palatinum.
v vomer.
s' Primordialcranium.
r foramen opticum.
r' Loch zum Durchtritt des N. abducens.
c Felsenbeinknorpel.
pt' Gelenkfläche für das os pterygoideum.
sp Knorpel des Kiefersuspensorium.
sp' hinterer Theil desselben unter dem os tympanicum,
sp'' vorderer Arm desselben, über dem os pterygoideum verlaufend.
sn Verbindung des vorderen Arms mit dem Balken
n' aus der Nasenkapsel.
n knorplige Nasenkapsel.
n'' n''' n'''' Zacken derselben.

b. Die Basis der Schädelkapsel (Fig. 17) bleibt ebenfalls zum Theil knorplig. Entfernt man das *os sphenoideum* (*s*), so findet man darüber gelagert einen Knorpel (*s'*), der sich auch nach hinten über das Keilbein hinaus zwischen die *ossa occipitalia lateralia*, einem *os occipitale basilare* entsprechend, bis an das *foramen magnum* erstreckt.

c. Die Seitenwand der Schädelkapsel ist zum grösseren Theil nur von Knorpel gebildet. Dieser Knorpel füllt den Raum zwischen den *ossa fronto-parietalia* oben, dem Keilbein unten, der sogenannten *ala magna* des Felsenbeins hinten und dem *os ethmoideum* nach vorn aus und enthält in seinem hinteren Abschnitt ein Loch (*r*), durch welches der *nervus opticus* austritt, und hinter diesem ein kleineres (*r'*) für den *nervus abducens*. Die Längenausdehnung dieses Knorpels von vorn nach hinten ist bei *rana esculenta* grösser, als bei *rana temporaria*, mit anderen Worten das *os ethmoideum* erstreckt sich bei letzterer Art weiter rückwärts.

Fig. 18.

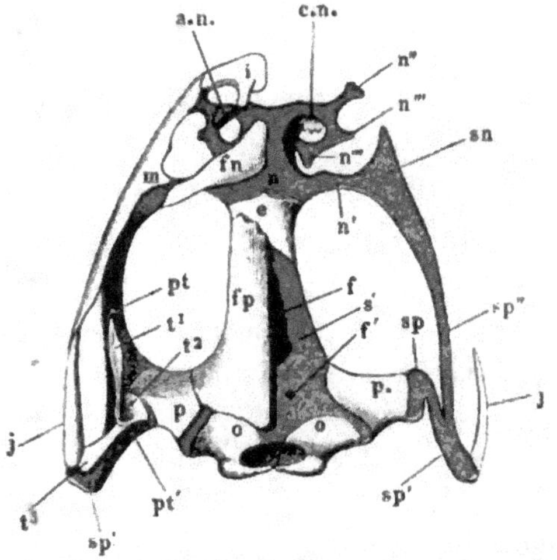

Knorplige Grundlage des Kopfskelets von rana esculenta, von oben. 2 mal natürl. Grösse.
Auf der einen (rechten) Hälfte sind die sogen. Deckknochen (nach früherer Auffassung) entfernt. Alles Knorplige ist durch blauen Druck ausgezeichnet.

o os occipitale.
p os petrosum.
fp os fronto-parietale.
e os ethmoideum.
fn os fronto-nasale.
pt vorderer Arm, | *pt'* hinterer Arm des os pterygoideum.
t1 vorderer, *t2* mittlerer, *t3* hinterer Arm des os tympanicum.
j os jugale.
m os maxillare.
cn concha narium.
s' Primordialcranium.
ff Lücken in demselben.
sp Knorpel des Kiefersuspensorium an seinem Ursprung aus dem Primordialcranium.
sp' hinterer Balken desselben (unter dem os tympanicum).
sp'' vorderer Balken (auf dem os pterygoideum), verbindet sich mit
sn einem Knorpelbalken, der aus dem knorpligen Nasengerüst hervorgeht.
n knorplige Nasenkapsel.
n'' n''' n'''' zackige Ausläufer derselben.
an Nasenflügelknorpel.

B. Gesichtsknochen.

Gesichtsknochen.

I. Kiefersuspensorium.

7. Quadratbeine, *ossa tympanica* Cuvier (Fig. 10, 15 *t*).

Quadratbein.

Cuvier, *oss. foss.* V, 2. 390. tb. XXIV, Fig. 1, 2 *n*. — Dugès, *temporo-mastoidien*, n. 10. — Meckel, Gelenkstück des Schläfenbeins — Hallmann u. A., Quadratbein.

Diese Knochen, welche die Verbindung zwischen Schädel und Kieferbogen vermitteln und aus einem Knorpel und einem diesen deckenden Knochen bestehen, sind von T förmiger Gestalt. Von den drei Armen des T endet der vordere (Fig. 15 *t*¹) frei und spitz an der hinteren und lateralen Circumferenz der *fossa temporo-orbitalis*, einen wahren *pro-*

cessus zygomaticus bildend, und ist mit dem Oberkiefer durch Bandmasse verbunden. Bei *rana temporaria* ist derselbe relativ viel kürzer als bei *rana esculenta*. Der hintere obere Arm (t^1) ist mit dem Felsenbein verbunden, der dritte oder hintere untere Arm (t^3) steigt rück- und abwärts und legt sich, auf dem im Folgenden beschriebenen Knorpel von oben aufruhend, mit seinem hinteren Ende an das hintere breitere Ende des *os jugale* seitlich an.

Die knorplige Grundlage des Knochens (Fig. 18 *sp*, *sp'*) ist eine directe Fortsetzung der knorpligen Grundlage der Schädelkapsel und geht aus derselben am lateralen Ende des *os petrosum* hervor; von hier verläuft dieser Knorpelbalken vom Knochen bedeckt nach rückwärts und theilt sich dann in zwei Aeste; der eine (*sp'*) verläuft in der ursprünglichen Richtung weiter nach hinten und lateralwärts gegen das Unterkiefergelenk, welches derselbe in Verbindung mit dem *os jugale* (*j*) bildet, der andere (*sp''*) läuft vorwärts auf dem vorderen Arm des *os pterygoideum*, um nach vorn, indem er sich verbreitert (*sn*), mit dem oben beschriebenen aus dem hinteren Theil des knorpligen Nasengerüstes hervorgehenden Knorpelbalken (*n'*) continuirlich zusammenzufliessen.

Quadratjochbein.

8. Quadratjochbeine, *ossa jugalia* Cuv. (Fig. 10, 18, 20 *j*).

Dugès, *tympano-malléal*, n. 11. — Cuvier, l. c. S. 390. tb. XXIV, Fig. 1, 2 *o*. — Hallmann, Quadratjochbein, l. c. S. 39.

Eine kleine Knochenleiste, in der Gestalt von Dugès passend mit einem Komma verglichen, welche mit ihrem hinteren breiteren Theil am Suspensorium-Knorpel angelegt, mit diesem einen Theil des Gelenkkopfes für den Unterkiefer bildet, mit seinem vorderen spitzen Ende nach vorwärts gewendet ist, um sich mit dem *os maxillare* durch Bandmasse zu verbinden.

II. Das Oberkiefergaumengerüst besteht ebenfalls zum Theil aus Knorpel, zum Theil aus Knochen.

Flügelbein.

9. Flügelbeine, *ossa pterygoidea* (Fig. 10, 11, 18, 20 *pt*).

Cuvier, l. c. S. 389. tb. XXIV, Fig. 1, 2 *m m*. — Dugès, n. 9.

Diese Knochen, von der Gestalt des griechischen Buchstaben λ, besitzen drei Arme, wovon der mediale am Ende des queren Keilbeinschenkels auf der unteren Fläche des Felsenbeinknorpels durch eine nachher zu erwähnende knorplige Verlängerung befestigt ist, während der hintere rinnenartig vertieft auf der unteren

Fläche des knorpligen Kiefersuspensoriums (Fig. 19 *sp'*) aufliegt und der vordere (*pt*) am inneren Rand des vorderen Astes des knorpligen Suspensorium (*sp''*) nach vorn verläuft und sich an das *os maxillare superius*, *palatinum* und *frontonasale* anlegt.

Fig. 19.

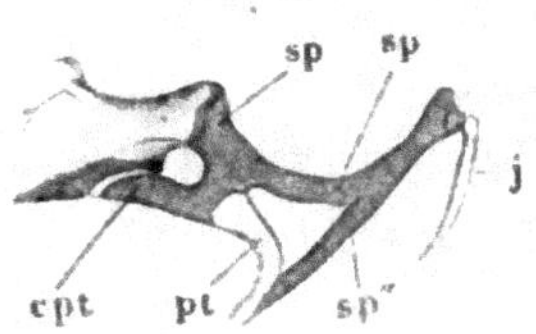

Ursprung des Suspensorium-Knorpel (*sp*) vom Schädel und Befestigung des os pterygoideum an demselben, von vorn gesehen.
sp Ursprung des Suspensorium-Knorpels vom Schädel.
sp' hinterer Arm desselben.
sp'' vorderer Arm desselben.
cpt knorplige Epiphyse des os pterygoideum aus dem Suspensorium-Knorpel hervorgehend.
pt os pterygoideum.
j os jugale.

Der eben erwähnte Knorpel, durch welchen der mediale Arm des *os pterygoideum* sich mit dem Schädel verbindet, geht (vergl. Fig. 19) aus dem Schädelursprung des Suspensoriumknorpels (*sp*) hervor, wendet sich von da nach abwärts und bildet dann eine Art knorpligen Gelenkkopfes (*cpt*), welcher auf einer ovalen platten Erhöhung des Felsenbeinknorpels (Fig. 20 *pt'*) durch ein wahres Gelenk beweglich befestigt ist. Lateralwärts setzt sich der oben erwähnte knorplige Gelenkkopf, ziemlich scharf abgesetzt, in die Knochensubstanz (Fig. 19 *pt*) des *os pterygoideum* fort.

Fig. 20.

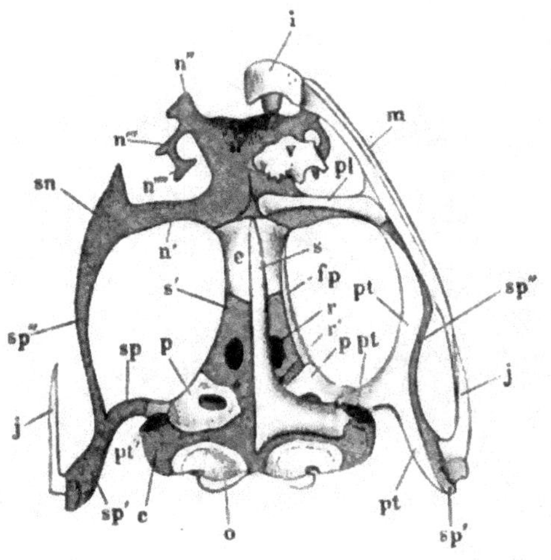

Knorplige Grundlage des Kopfskelets von rana esculenta, von unten, 2 mal natürl. Gr. Knorpel blau.

o os occipitale.
p os petrosum.
s os sphenoideum.
e os ethmoideum.
fp os fronto-parietale.
pt os pterygoideum.
j os jugale.
m os maxillare.
i os intermaxillare.
pl os palatinum.
v vomer.
s' Primordialcranium.
r foramen opticum.
r' Loch zum Durchtritt des N. abducens.
c Felsenbeinknorpel.
pt' Gelenkfläche für das os pterygoideum.
sp Knorpel des Kiefersuspensorium.
sp' hinterer Theil desselben unter dem os tympanicum,
sp'' vorderer Arm desselben, über dem os pterygoideum verlaufend.
sn Verbindung des vorderen Arms mit dem Balken aus der Nasenkapsel.
n knorplige Nasenkapsel.
n n'' n''' Zacken derselben.

10. **Oberkieferbeine**, *ossa maxillaria superiora* Cuv. (Fig. 10, 11, 18, 20 *m*). Oberkieferbein.

Cuvier, l. c. S. 389. tb. XXIV, Fig. 1, 2 *kk*. — Dugès, n. 4. *maxillo-jugal*.

Ein länglicher, hinten schmalerer, vorn breiterer Knochenbogen, welcher mit dem *os jugale* den knöchernen Rahmen bildet, der auf beiden Seiten das knöcherne Gerüste des Gesichts begrenzt. Der Knochen ist nach oben und lateralwärts convex, seine untere Fläche ist rinnenartig ausgehöhlt und trägt auf der lateralen Fläche dieser Rinne die später zu beschreibenden Zähne. Vom oberen und medialen Rande der vorderen Hälfte dieses Knochens geht ein Fortsatz *(processus frontalis)* aufwärts, der sich mit den *ossa fronto-nasalia* verbindet. Das vordere Ende des Knochens verbindet sich mit dem Zwischenkiefer, das hintere mit dem *os jugale*.

Fig. 20.

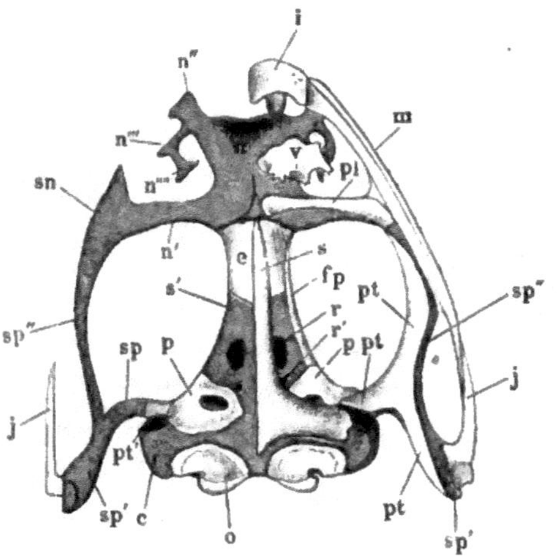

Knorplige Grundlage des Kopfskelets von rana esculenta, von unten, 2 mal natürliche Grösse. Knorpel blau.

o os occipitale.
p os petrosum.
s os sphenoideum.
e os ethmoideum.
fp os fronto-parietale.
pt os pterygoideum.
j os jugale.
m os maxillare.
i os intermaxillare.
pl os palatinum.
v vomer.
s' Primordialcranium.
r foramen opticum.
r' Loch zum Durchtritt des N. abducens.
c Felsenbeinknorpel.
pt' Gelenkfläche für das os pterygoideum.
sp Knorpel des Kiefersuspensorium.
sp' hinterer Theil desselben unter dem os tympanicum,
sp'' vorderer Arm desselben, über dem os pterygoideum verlaufend.
sn Verbindung des vorderen Arms mit dem Balken
n' aus der Nasenkapsel.
n knorplige Nasenkapsel.
n'' n''' n'''' Zacken derselben.

Das *os maxillare* steht durch sein vorderes Ende mit einer Zacke (Fig. 20 *n''*) des knorpligen Nasengerüstes in Verbindung. Von seinem *proc. frontalis* bedeckt, legt sich an dasselbe die breite Knorpelplatte (Fig. 20 *sn*) an, welche den hintersten Querbalken des Nasengerüstknorpels (*n'*) mit dem Knorpel (*sp''*), der über dem vorderen Arm des *os pterygoideum* vom Suspensoriumknorpel nach vorwärts läuft, in Verbindung setzt.

Nasenstirnbein.

11. Nasenstirnbeine, *ossa fronto-nasalia* Dugès. (Fig. 10, 18 *fn*).

Cuvier, *frontale anterius*, l. c. *h*. — Dugès, n. 2. — Meckel, Nasenbein.

Diese platten dreieckigen Knochen, welche als Deckknochen auf dem Nasengerüstknorpel (*n*) liegen, helfen von vornher die Augenhöhle begrenzen, und stehen durch ihre äussere Ecke mit dem Oberkiefer in Verbindung[1]).

---

[1]) Ueber das *os nasale*, Cuv. (l. c. *g*), cornet (*concha*), Dugès (n. 5), siehe oben bei der knorpligen Nasenkapsel.

12. Zwischenkieferbeine, *ossa intermaxillaria* (Fig. 10, 11, 18, 20 *i*). Zwischen-kieferbein.

Cuvier, l. c. 388. tb. XXIV, Fig. 1, 2 *ff*. — Dugès, n. 3.

Ein jeder dieser beiden in der Mittellinie verbundenen Knochen besteht aus einem zahntragenden Theile, welcher den Kieferbogen vervollständigt, und einem aufsteigenden Fortsatze, an dessen Spitze der die Nasenöffnung klappenartig öffnende und schliessende Nasenflügelknorpel (*an*) beweglich befestigt ist. Indem sich an diesen Fortsatz Muskeln ansetzen, wird derselbe der Hebel, durch welchen diese Bewegungen zu Stande kommen.

13. Gaumenbeine, *ossa palatina* (Fig. 20, 21 *pl*). Gaumen-bein.

Cuvier, l. c. S. 389. tb. XXIV, Fig. 1, 2 *ii*. — Dugès, n. 7.

Unter dem vorderen Theil des *os ethmoideum* liegt jederseits ein querer Knochenbalken, der sich von der Spitze des Keilbeins quer lateralwärts zum Oberkiefer erstreckt, an die Stelle, wo dieser den aufsteigenden Fortsatz zum *os fronto-nasale* abgiebt.

14. Pflugscharbein, *vomer* (Fig. 20, 21 *v*). Pflugschar-bein.

Cuvier, l. c. S. 389. tb. XXIV, Fig. 1, 2 *ll*. — Dugès, n. 6.

Paarige, platte Knochen, die jederseits in dem dreieckigen Raum zwischen den Gaumenbeinen und dem vorderen Theil des Kieferbogens in einer horizontalen Ebene auf der unteren Fläche der knorpligen Nasenkapsel gelagert sind. Sie umsäumen den lateralen Rand des Bodens dieser Kapsel und dieser liegt in einer auf der Rückenfläche des Knochens befindlichen Rinne. Der laterale Rand eines jeden Knochens ist mit drei Spitzen und dazwischen mit zwei Ausschnitten versehen; der hintere dieser Ausschnitte umfasst das innere Nasenloch. Die medialen Ränder der beiden Knochen stossen aneinander; die untere Fläche trägt eine Querreihe kleiner spitzer Zähne.

Fig. 21.

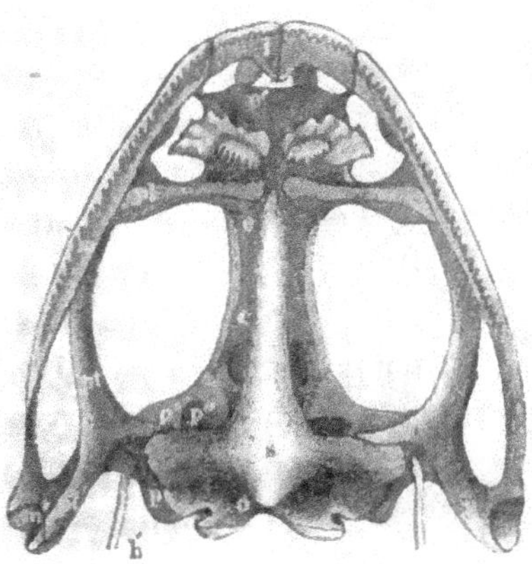

Schädel von rana esculenta, von unten, 2 mal natürliche Grösse.

Unterkiefer.

15. Der Unterkiefer, *maxilla inferior* (Fig. 22).

Cuvier, l. c. 398. tb. XXIV, Fig. 1, 2 *rst.* — Dugès, n. 16, 17, 18, 19.

Derselbe besteht aus zwei vorn in der Mittellinie durch Bandmasse verbundenen Bogenhälften, deren jede aus vier Stücken zusammengesetzt ist. Diese sind: 1) ein starkes, knöchernes Stück (Fig. 22 C, B 1, A 1), welches die untere und mediale Seite des Unterkiefers bildet, nach hinten bis unter das Gelenk sich erstreckt, nach vorn an der medialen Wand des Stückes angelegt endigt. Dasselbe ist dem grössten Theil seiner Länge nach durch eine nach oben und seitwärts gerichtete Rinne (C, *b*) ausgehöhlt und nach oben (C, *a*) mit einem Fortsatz versehen, welcher dem *processus coronoideus* entspricht; 2) ein zweites knöchernes Stück (A 2, B 2) liegt in der vorderen Hälfte des eben erwähnten Knochens von aussen her an demselben an und steht nach vorn mit dem folgenden Stück in Verbindung; es stellt dasselbe eine dünne platte Knochenlamelle dar; 3) in der Rinne des ersteren liegt der ganzen Länge nach ein Knorpel, der Meckel'sche Knorpel (A u. B 4), welcher nach hinten breiter wird und hier die Gelenkgrube des Unterkiefers ganz allein bildet, nach vorn hin vom zweiten Knochen von aussen her bedeckt wird und 4) schliesslich am vorderen Ende mit einem vierten Stück in Verbindung steht (A u. B 3), welches, mit dem gleichnamigen der anderen Seite durch Bandmasse verbunden, die beiden Hälften des Unterkiefers zu einem Bogen verbindet. Was die Deutung und Benennung dieser einzel-

Fig. 22.

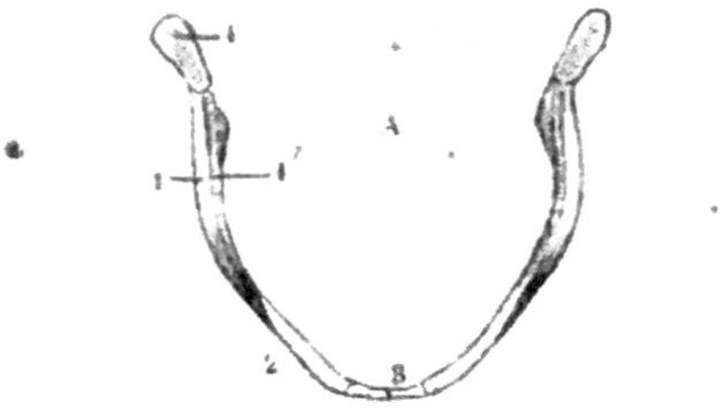

Fig. 22.

Fig. 22.

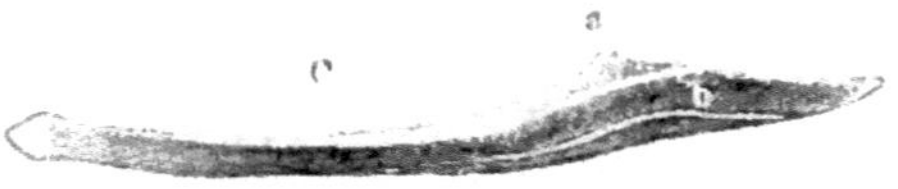

A Unterkiefer von rana esculenta in natürlicher Grösse, von oben.
B linke Unterkieferhälfte von aussen. 2 mal nat. Gr. In beiden Figuren bedeutet: 1 os opereulo angulare, 2 os dentale, 3, 4 os articulare.
C os operculo-angulare. *b* Rinne für den Knorpel (4). *a* proc. coronoideus.

nen Stücke betrifft, so ist das dritte knorplige Stück, welches die Gelenkverbindung mit dem Suspensorium vermittelt, als *articulare* zu bezeichnen, und diesem gehört auch als vorderster, ossificirter Theil das vierte Stück[1]) an; das zweite, welches als äussere Schale, als Belegknochen den Meckel'schen Knorpel deckt, müssen wir wohl als *os dentale*[2]) bezeichnen, und das erste grösste Stück, das an der Innseite des Knorpels liegt, als *operculo-angulare*, wie es auch Dugès bezeichnet hat, da es die Elemente dieser Knochen enthält.

16. Zungenbein, *os hyoideum* (Fig. 23). Dasselbe besteht Zungenbein.
aus einer breiten, dünnen Knorpelplatte von beigezeichneter Gestalt und daran ausgehenden Fortsätzen. Wir unterscheiden daran: a) den Körper (*H*), im Ganzen viereckig, vorn breiter, hinten schmaler. Von der vorderen Ecke geht jederseits ein stumpfer abgerundeter Fortsatz (*h*), von der hinteren Ecke ein mehr spitzer Fortsatz (*h'*) aus; b) die vorderen Hörner (*H'*) (*cornua styloidea*); dieselben gehen aus dem vorderen Rand des Körpers hervor, zuerst in der Richtung nach vorn, dann in einem Bogen nach rück- und aufwärts, um (vergl. Fig. 12) in den Knorpel des Felsenbeins ununterbrochen sich fortzusetzen. Da, wo die Richtung nach vorn in die nach hinten umwendet, schickt ein jedes nach vorn einen stumpfen Fortsatz aus; c) die hinteren Hörner (*cornua thyreoidea*) (*H''*) gehen vom hinteren Rande des Körpers divergirend nach hinten und umfassen den zwischen ihnen gelegenen Kehlkopf. Die hinteren Hörner bestehen aus Knochensubstanz.

Fig. 23.

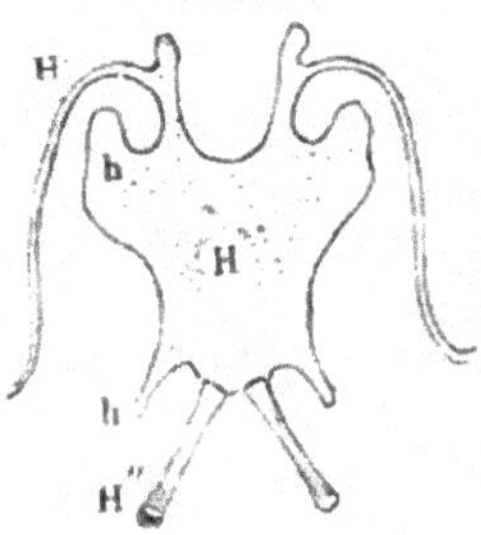

Zungenbein von rana esculenta. 2 mal nat. Gr.
H Körper, *h h'* Fortsätze desselben.
H' vorderes Horn.
H'' hinteres Horn.

III. Brustbein (Fig. 25 *es*, *hs*). Brustbein.

Cuvier, l. c. 401. tb. XXIV, Fig. 31 *ef*. — Dugès, n. 27, 28.

Die Knochen des Brustbeins stehen in genauester Verbindung mit dem Schultergürtel und man ist nicht allgemein gleicher Ansicht darüber, was zu dem einen und dem anderen zu rechnen sei.

---

[1]) Dugès, *os dentale*. — [2]) Dugès, *surangulaire*.

Als unzweifelhaft dem Brustbein angehörig sind die folgenden Stücke zu betrachten:

1. Ein vorderes, das man als Episternum bezeichnen kann und das aus zwei Theilen, einem knöchernen und einem knorpligen, besteht.

Fig. 24.

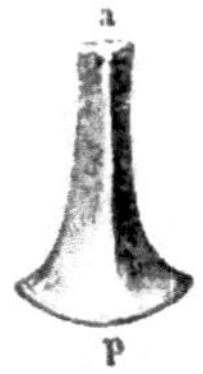

Os episternale, knöchernes Stück von rana esculenta, 2 mal nat. Gr. *p* hinteres, *a* vorderes Ende.

a. Das erstere (Fig. 24) bildet einen hinten breiteren, vorn schmäleren Stiel, und trägt

b. das zweite (Fig. 25 *es'*), eine halbmondförmige Scheibe, welche aus Kalkknorpel und nur an dem dünnen freien Rand aus unverändertem hyalinen Knorpel besteht.

2. Das hintere Stück, das man als Hyposternum bezeichnen kann, besteht ebenfalls aus einem knöchernen und einem knorpligen Theil.

a. Der knöcherne (Fig. 25 *hs*) stellt ebenfalls einen Stiel dar,

Fig. 25.

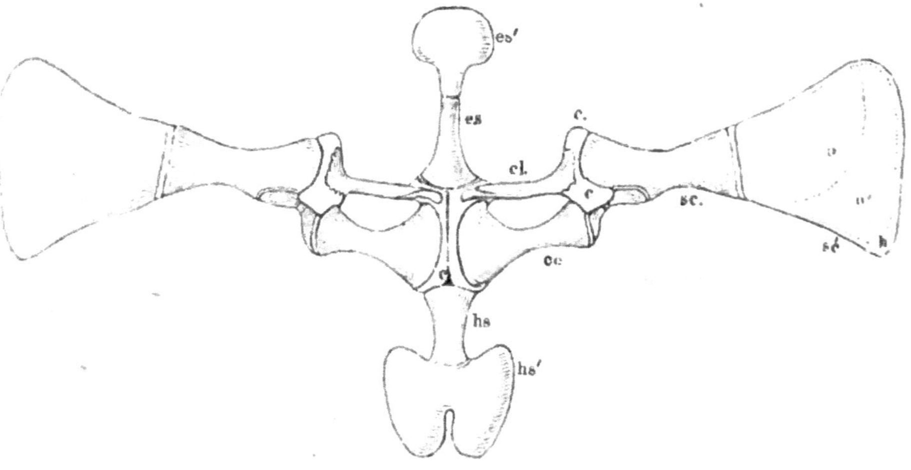

Schultergürtel und Brustbein von rana esculenta, in der Fläche ausgebreitet, 2 mal natürl. Grösse.
es knöcherner Theil des episternum.
es' knorpliger Theil desselben.
hs knöcherner Theil des hyposternum.
hs' knorpliger Theil desselben.
c c c Knorpel zwischen episternum und hyposternum und zwischen Schlüsselbein und scapula.
cl clavicula.
co os coracoideum.
sc scapula.
sc' pars suprascapularis.
o Knochen, *o'* Kalkknorpel, *h* Hyalinknorpel.

der oben etwas breiter ist als der vordere und nach hinten sich verschmälert. Derselbe trägt auf dem hinteren schmaleren Ende

b. Das knorplige Stück (Fig 25 *hs'*), eine Scheibe, deren Gestalt am besten aus Figur 25 zu ersehen ist und deren Bau derselbe ist, wie der vorderen Scheibe.

Zwischen dem Episternum und Hyposternum liegt ein Knorpel (*c*), der im Folgenden, beim Schultergürtel, seine nähere Betrachtung finden soll und der einen Brustbeinkörper darstellt[1]).

IV. Knochen der vorderen Extremität.

Vordere Extremität.

A. Knochen des Schultergürtels.

Schultergürtel.

Der Schultergürtel des Frosches (Fig. 26) besteht aus vier Stücken, zwei bilden die oberen auf dem Rücken gelegenen und die seitlichen Theile desselben, zwei den unteren die Brustgegend einnehmenden Theil.

Fig. 26.

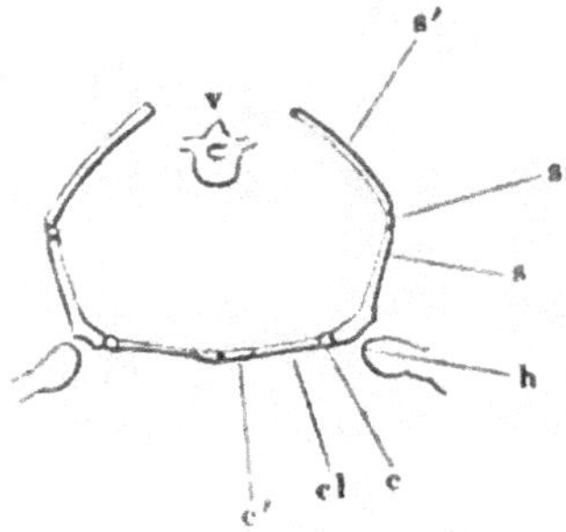

Schultergürtel des Frosches in frontalem Durchschnitt, schematische Figur.
v Wirbel.
s' knorplige scapula.
s knöcherne scapula.
ss Verbindung zwischen beiden.
cl clavicula.
c Knorpel zwischen scapula und clavicula.
c' medianer Knorpel (*c* Fig. 25).
h humerus.

1. **Oberes Schulterblatt**, *pars suprascapularis scapulae*, *scapula superior*, *s. omolita* (Fig. 27, 28. Fig. 26 *s*). Dasselbe bildet den oberen, dünneren Theil des Schulterblatts. Im frischen Zustande sieht es zum grösseren Theil wie Knorpel aus, getrocknet wie Carton oder Pergament. Seine Gestalt ist eine unregelmässig vierseitige, am schmalsten, aber dicksten untersten Rande ist es mit dem folgenden Stück verbunden. Die übrigen drei Ränder sind frei; der hintere und der mediale laufen papierdünn aus (*h*), der vordere Rand (*o'*) ist nach der Bauchfläche umgebogen. Was den Bau dieser Platte betrifft, so bestehen 1) die dünnen, medialen und hinteren Ränder (*hh*) aus hyalinem Knorpel; 2) der folgende Theil (*co*) aus Kalkknorpel, 3) der laterale Theil (*o*) und vordere Rand (*o'*) aus ächtem Knochen.

Oberes Schulterblatt.

Dieser knöcherne Theil bildet einen schuppenförmigen Schild,

---

[1]) Dugès, l. c. S. 61, betrachtet die beiden Knorpelscheiben als *os episternale* und *proc. xiphoideus*, und die beiden Knochen *es* und *hs* (Fig. 25) als Brustbein.

welcher, ähnlich wie Fischschuppen, sowohl eine radiäre als eine dem freien Rand concentrische Streifung zeigt und am vorderen

Fig. 27.

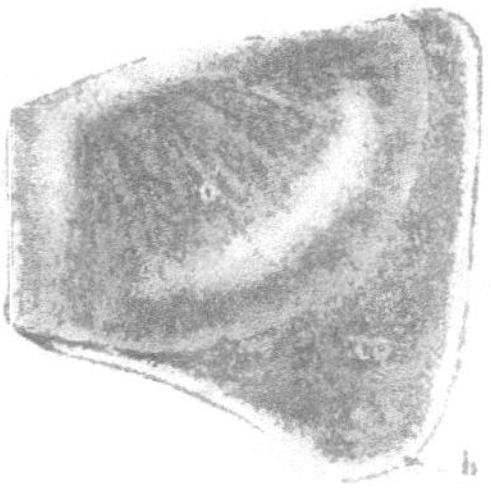

Pars suprascapularis von rana esculenta von oben, 2 mal natürl. Gr.
o knöcherner Theil.
o' vorderer umgebogener Rand desselben.
co Kalkknorpel.
h hyalinknorpliger Rand.

Fig. 28.

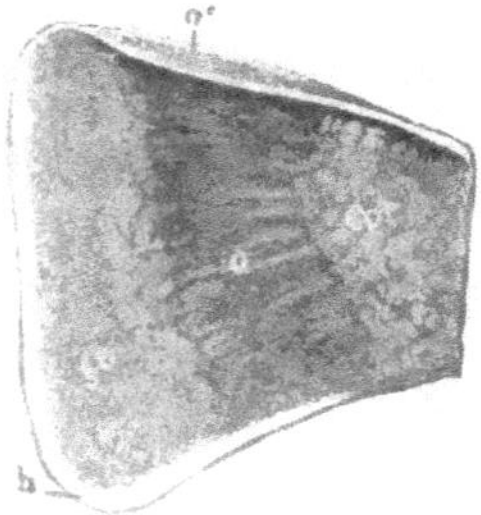

Pars suprascapularis von rana esculenta, von unten, 2 mal natürl. Gr.
o knöcherner Theil.
o' vorderer umgebogener Rand desselben.
co Kalkknorpel.
co' Lage von Kalkknorpel auf der unteren Fläche des Knochens.
h hyalinknorpliger Rand.

Rand (*o'*) so nach der Bauchfläche umgebogen ist, dass an dieser (Fig. 28) unter dem genannten Rand eine Rinne entsteht. Die Rückenfläche des Knochenschildes ist ganz glatt und nur mit dem Periost überzogen; die Bauchfläche dagegen ist zu einem grossen Theil mit einer nicht überall gleich mächtigen Lage von Kalkknorpel überzogen (Fig. 28 *co'*), welcher in die zweite nur allein aus solchem bestehende Abtheilung (*co*) unmittelbar übergeht, so dass sich an getrockneten Stücken der dünne harte Knochenschild vom unterliegenden pergamentartigen Kalkknorpel vom freien Rand her leicht absplittern lässt. Der Ueberzug von Kalkknorpel auf der unteren Fläche ist jedoch nicht so ununterbrochen, dass man sagen könnte, es bestehe die omolita ganz aus Kalkknorpel und sei nur von einem Knochenschild bedeckt.

Schulterblatt.

2. Schulterblatt. Eigentliches Schulterblatt, *scapula* (Fig. 26 *s*. Fig. 29, 30, a. f. S.). Eine länglich viereckige Platte aus ächtem Knochen gebildet, die, in der Mitte verschmälert, nach beiden Enden breiter wird. Von seinem geraden dorsalen Rand (Fig. 29 *l*) steigt es mit einer leichten Wölbung, deren Convexität nach aussen sieht, gegen die Schultergegend herab. Der untere ventrale Rand (Fig. 29 *m*), welcher zur Bildung des Schultergelenks beiträgt, ist in zwei Fortsätze gespalten, einen ventralen und einen dorsalen, wie dies besonders deutlich ist, wenn man (wie in Fig. 30) von vorn oder von hinten auf den Rand des Knochens sieht. Den un-

teren ventralen dieser Fortsätze (Fig. 30 *v*) kann man als das *acromion* oder wenigstens als dessen Anfang, d. h. als *spina scapulae* betrachten, der obere dorsale (Fig. 30 *d*) entspricht offenbar der Wurzel des *processus coracoideus*. Der vordere Rand (Fig. 29 *a*) ist frei, ziemlich scharf und leicht concav, der hintere (Fig. 29 *p*), ebenfalls concave, ist im lateralen Theile frei, während der mediale da, wo die Spaltung des ventralen Randes beginnt, Antheil an der Bildung der Schulterpfanne (Fig. 29 und Fig. 30 *ca*) nimmt.

Fig. 29.

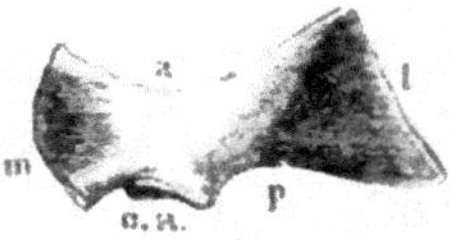

Linke scapula von rana esculenta, von unten gesehen. 2 mal natürl. Gr.
l lateraler Rand.
m medialer „
a vorderer „
p hinterer „
ca cavitas articularis.

Fig. 30.

Scapula von hinten gesehen, 2 mal nat. Gr.
d dorsaler Fortsatz.
v ventraler.
c a cav. articul.

Verbindung mit der *pars suprascapularis*.

Die *scapula* besteht aus einer Rinde von compacter Knochensubstanz und einem Innern von Marksubstanz; diese letztere geht an der Grenze zwischen diesem Knochen und der *omolita* vermittelst einer Zwischenlage von Kalkknorpel allmälig in hyalinen Knorpel über, der dann unmittelbar in den oben beschriebenen Knorpel dieser letzteren sich fortsetzt. Die compacte Rinde hört da auf, wo der Kalkknorpel liegt und das Periost der *scapula* geht unmittelbar in das Perichondrium der *omolita* über.

Den ventralen Theil des Schultergürtels bilden ebenfalls zwei Stücke, die in ziemlich paralleler Richtung hintereinander liegen.

3. Der grössere hintere Knochen, *os coracoideum* (Fig. 25 *co*, Fig. 31), ist in der Mitte schmaler, an beiden Enden, besonders aber am Sternal-Ende breiter. In der medialen Hälfte ist er im dorso-ventralen Durchmesser platt, lateralwärts wird er mehr cylindrisch. Vorder- und Hinterrand sind stark concav, der laterale Rand ist (Fig. 31 *l*) durch einen nachher zu erwähnenden Knorpel mit dem *proc coracoideus* der *scapula* verbunden, der mediale Rand (*m*) durch ein im Folgenden zu beschreibendes Knorpelstück von seinem Partner getrennt. Os coracoideum.

Fig. 31.

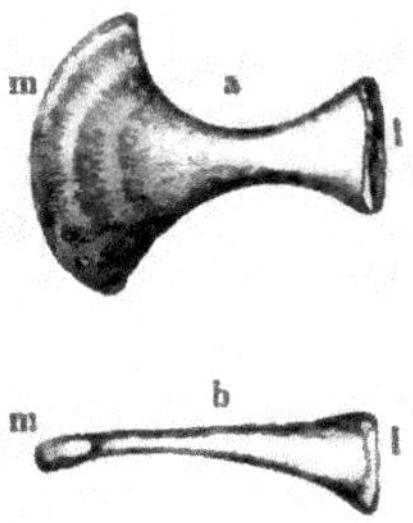

Os coracoideum der linken Seite, 2 mal natürl. Gr.
a von unten.
b vom hintern Rand gesehen.
m mediales Ende.
l laterales Ende.

Dieser mediale Rand ist so breit, dass er das mediale Ende der *clavicula* (Fig. 25 *cl*) fast berührt. Dadurch entsteht zwischen beiden Knochen jederseits eine Lücke, welche sehr an das *foramen ovale* des Beckens erinnert.

Clavicula.

4. Den kleinen vorderen Knochen des ventralen Theiles des Schultergürtels (Fig. 25 *cl*, Fig. 32) bezeichne ich mit Cuvier u. A. als *clavicula*. Dugès (n. 33) nennt ihn „*acromial*". Derselbe ist schmaler als das *os coracoideum*, medianwärts zugespitzt (*m*), lateralwärts (*l*) breiter, und verbindet sich mittelst dieses breiteren Endes mit dem nachher zu erwähnenden Knorpel, welcher die Verbindung zwischen dem dorsalen und ventralen Theil des Schultergürtels vermittelt, während die mediale Spitze auf einem in der Median-Ebene liegenden Knorpel aufruht. Der aus ächter Knochensubstanz bestehende Knochen ist fast seiner ganzen Länge nach oben und hinten rinnenförmig ausgehöhlt und diese Rinne erweitert sich nach dem lateralen Ende (*l*). In dieser Rinne liegt ein Knorpelstreifen (Fig. 33 *c*), dessen Verbindung mit lateralwärts und medianwärts davon gelegenen Knorpelstücken im Folgenden genau geschildert werden soll.

Fig. 32.

Clavicula der linken Seite, 2 mal natürl. Gr.
m mediales,
l laterales Ende.

Fig. 33.

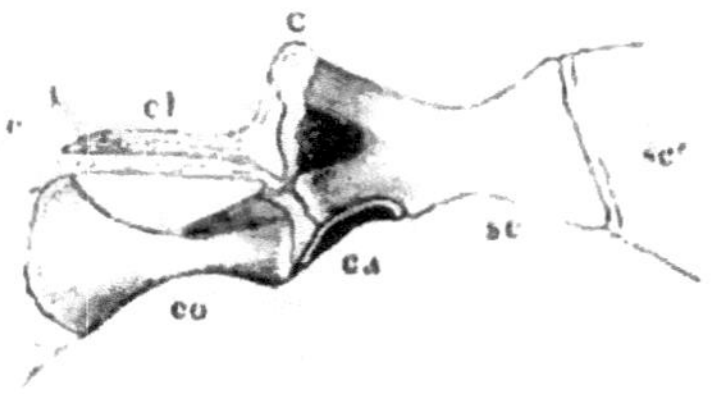

Rechter Schultergürtel von rana esculenta, von oben (Eingeweideseite) gesehen.
co os coracoid.
cl clavicula.
cc Knorpel.
ca cav. articularis.
sc scapula.
sc' knorplige scapula.

Knorpel des Schultergürtels.

Knorplige Theile des Schultergürtels (Fig. 25, 33, 35). Ein Knorpel (*c*), welchen Dugès als „paraglénal" bezeichnet, verbindet die *scapula* mit dem *os coracoideum* und verwandelt den Ausschnitt zwischen den beiden am ventralen Rand der *scapula* befindlichen Fortsätzen (*d* und *v*) in ein Loch, welches nach hinten in die Schulterpfanne mündet und hier durch den Pfannenüberzug verschlossen wird. Dieser Knorpel verbindet die beiden genannten Fortsätze mit dem *os coracoideum*, ist aber zwischen diesem und dem *proc. coracoideus* mächtiger; er nimmt einen wesentlichen Antheil an der Bildung des Bodens der Schulterpfanne. Am vorderen Rand des Schultergürtels, am lateralen Ende der clavicula bildet er eine hervorragende Ecke und setzt sich in der oben erwähnten

Rinne dieses Knochens gegen die Mittellinie fort (Fig. 33, 25); hier breitet sich der Knorpel wieder aus, verbindet sich am vorderen Rand mit dem Episternum, am hinteren mit dem Hyposternum und seitlich mit dem *os coracoideum* und steht in der Mittellinie mit dem der anderen Seite durch Bandmasse in Verbindung. Dugès bezeichnet diesen mittleren Knorpel, sowie die in der Rinne seines *acromial* verlaufende Fortsetzung als *clavicula*. Es erscheint mir naturgemässer, diesen mittleren Theil als wirklichen, knorplig gebliebenen Brustbeinkörper, *corpus sterni*, zu betrachten, der,

Fig. 34.

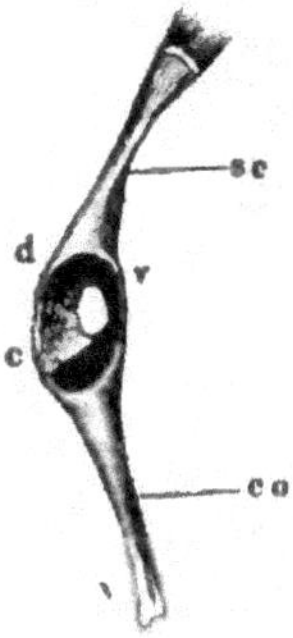

Hinterer Rand der Scapula und des os coracoideum mit dem verbindenden Knorpel und der Schultergelenkpfanne, 2mal nat. Gr.
co os coracoideum.
sc scapula.
d dorsaler Fortsatz.
v ventraler "
c verbindender Knorpel.

Fig. 35.

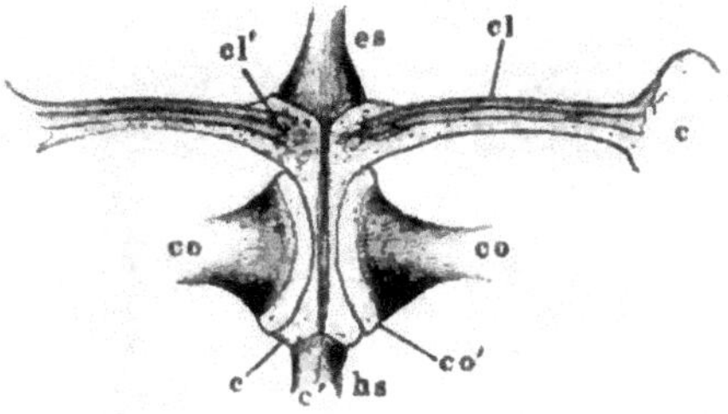

Schlüsselbeinknorpel von einem jungen Thiere von rana halecina nach gänzlich vollendeter Metamorphose, vergrössert.
cl clavicula.
co os coracoideum.
co' Knorpel desselben.
cl' Uebergang der clavicula in Knorpel.
hs hyposternum.
es episternum.
c Verbindungsknorpel.
c' Bandmasse zwischen den Hälften desselben.

der knorpligen Natur entsprechend, mit dem der Clavicula zu Grunde liegenden Knorpel in unmittelbarer Continuität steht. Die Art und Weise des Zusammenhanges sieht man insbesondere bei jungen Thieren deutlich. In Figur 35 ist der Schultergürtel von einem solchen dargestellt. Das Schlüsselbein *cl* besteht hier aus Knochenknorpel, der hier noch sehr grosse Knorpel, der später in der Rinne desselben liegt (*c*), ist hyalin und setzt sich bei *cl* in den medialen Theil fort, der aber auch aus zwei in der Mittellinie durch Bandmasse verbundenen Hälften besteht. Beim erwachsenen Thiere geht der ganze mediale Theil in Kalkknorpel über, der laterale, der an Volumen abnimmt und in einer Rinne des Schlüsselbeins gelagert ist, ebenfalls. Das Schlüsselbein besteht aus ächtem

Knochen, geht aber an seiner Spitze allmälig in den Kalkknorpel des mittleren Theiles über.

Knochen des Arms.

B. Knochen des Arms.

Oberarmknochen.

1. **Oberarmknochen**, *os humeri* (Fig. 36, 37, 38). Das Mittelstück des Oberarmknochens ist dorsalwärts leicht concav, nach der Bauchseite convex; im Ganzen ist es cylindrisch, in der Mitte am dünnsten. In der oberen Hälfte wird die Cylinderform durch

Fig. 36.

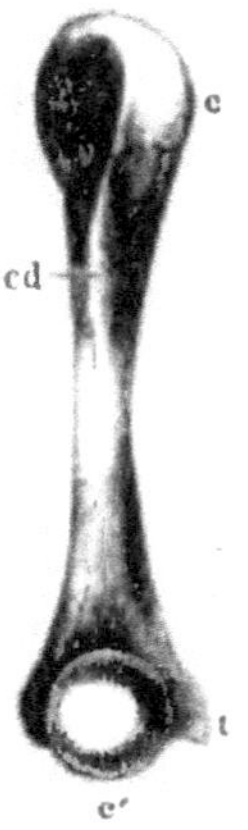

Oberarmknochen von rana esculenta, Weibchen, 2 mal natürl. Grösse von der unteren Fläche.

Fig. 37.

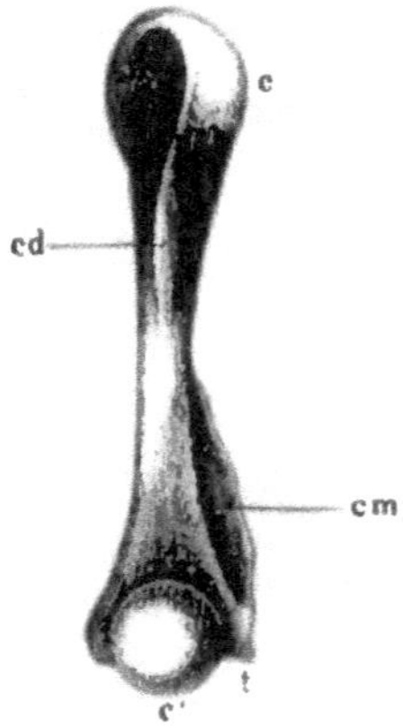

Oberarmknochen von rana esculenta, Männchen, 2 mal natürl. Grösse von der unteren Fläche.

Fig. 38.

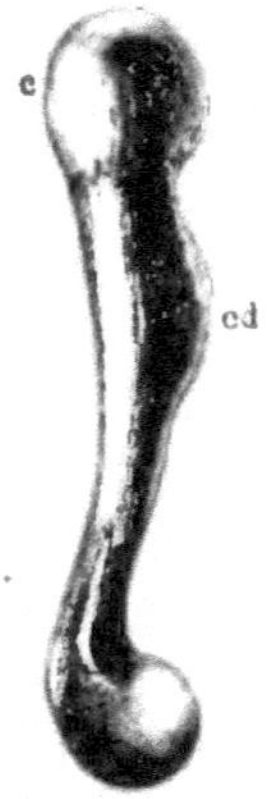

Oberarmknochen von rana esculenta, Weibchen, 2 mal nat. Gr. von der lateralen Fläche.

c vorderes Gelenkende.
c' hinteres Gelenkende.
cd crista deltoidea.
cm crista medialis.
t trochlea.

eine starke *crista (crista deltoidea)* auf der unteren oder Bauchfläche undeutlich; die hintere Hälfte des Mittelstücks zeigt bei beiden Geschlechtern eine sehr verschiedene Form; bei dem Weibchen bleibt dieselbe bis gegen das hintere Gelenkende cylindrisch, beim Männchen erhebt sich, ungefähr von da an, wo die *crista deltoidea* aufhört, auf der hinteren Seite eine sehr beträchtliche scharfe Knochenleiste *(crista medialis)* die sich allmälig mehr medianwärts wendet und am *epicondylus medialis* endet. Dieser Geschlechtsunterschied findet sich gleichmässig bei allen den drei in der Einleitung erwähnten Arten unserer einheimischen Frösche und es scheint die Knochenleiste des Männchens zur Brunstzeit an Höhe zuzunehmen. Der Muskel, welcher von dieser Kante hauptsächlich entspringt, ist der *flexor carpi radialis* (Fig. 71 *fc*), der beim Männchen zur Zeit der Brunst ein sehr grosses Volumen erreicht und namentlich am Ursprung um das Doppelte breiter ist als beim Weibchen. Dugès[1]) hatte unrichtigerweise angegeben, dass diese *crista* eine Eigenthümlichkeit der *rana temporaria* sei und bei *rana esculenta* fehle. Pouchet[2]) hat zuerst darauf aufmerksam gemacht, dass es ein Geschlechtsunterschied ist.

Das vordere Gelenkende stellt eine Kugel dar, von welcher lateralwärts ein Stück ausgeschnitten ist. Der untere, ventrale Schnittrand ist scharf und verlängert sich gegen das Mittelstück in die obenerwähnte starke Knochenleiste *(crista deltoidea)*, deren freier Rand lateralwärts etwas umgebogen ist. Ueber dem Ausschnitt findet sich auf der lateralen platten Seite des Gelenkkopfs ein kleiner Vorsprung, den man wohl als Analogon eines *tuberc. maius* betrachten kann. Die mediale Hälfte der Kugel des Gelenkkopfs ist vollkommen.

Das hintere Gelenkende besteht erstens aus einer fast vollständigen Kugel (*c'*), die von unten her auf das hintere Ende des Mittelstücks gleichsam aufgesetzt ist und den bei weitem grössten Theil des Gelenkkopfs bildet und dann aus einer medianwärts an dieser angesetzten kleinen *trochlea* (*t*), welche auf dem *epicondylus medialis* aufsitzt. Der *epicondylus lateralis* ist nur ganz klein; beide umfassen die Kugel wie mit zwei Armen einer Zange. Vor der Kugel befindet sich auf der unteren Fläche eine *fossa cubitalis anterior*. In Bezug auf ihren Bau sind die beiden Gelenkenden des *humerus* sehr verschieden, das obere zeigt denselben Bau, welcher oben für die Gelenkenden der Röhrenknochen im Allgemeinen geschildert wurde, besteht also aus Knorpel mit einem Ueberzug von Kalkknorpel, der selbst wieder vom Gelenkknorpel bedeckt ist, das untere zeigt aber einen hiervon abweichenden Bau, indem es durchweg aus schwammiger Knochensubstanz mit rundlichen Markräumen besteht und mit einer Schicht von grösstentheils verkalktem Knorpel überzogen ist.

Schultergelenk. Die Pfanne wird von dem hinteren Rand der Scapulae von den beiden Fortsätzen dieses Knochens und dem lateralen Theile des *os coracoideum* gebildet, ferner von dem oben Schultergelenk.

---

[1]) l. c. p. 68. [2]) Compt. rend. Tom. XXV, 1847, p. 761.

beschriebenen Knorpel, welcher die Verbindung zwischen diesen beiden Knochen vermittelt (s. Fig. 34). Der Boden der Pfanne öffnet sich am skeletirten Gelenke dorsalwärts in eine Grube, welche zwischen die beiden genannten Fortsätze der *scapula* (Fig. 33) eindringt. Diese Oeffnung ist am frischen Gelenke nur von der Synovialhaut verschlossen und hier fehlt der Knorpel, der den übrigen Theil der Pfanne überzieht. Die die Oeffnung überziehende Synovialhaut bildet einen Sack, welcher sich leicht sowohl von der dorsalen Grube her nach dem Gelenk als umgekehrt aufblasen lässt. Der ganze Pfannenrand ist von einem theils fasrigen, theils knorpligen *labrum* gebildet, welches sich leicht in continuo ablösen lässt. Von dem *labrum* entspringt die Kapsel, welche sich unterhalb des *caput humeri* ansetzt. Von dem Verbindungsknorpel am ventralen Rand der Pfanne sowie vom anliegenden Theil der *scapula* geht ein starkes Band aus, das sich an die platte laterale Seite des Humerus-Kopfs ansetzt.

Vorderarmknochen.

2. Vorderarmknochen, *os antibrachii* (Fig. 39). Die beiden Knochen des Vorderarmes sind in einen Knochen verschmolzen, welcher aber stets deutlich die Zusammensetzung aus zweien erkennen lässt. Von diesen beiden Knochen ist der den unteren (dem vorderen des Menschen entsprechenden) Rand bildende der *radius*, der andere die *ulna*, und die Stellung der Knochen ist demnach derart, dass es den Anschein hat, als wären sie im Zustand halber Pronation, bei welcher der Daumenrand des Arms gerade abwärts (vorwärts beim Menschen) sieht, miteinander verwachsen. Die beiden Knochen sind so verschmolzen, dass dadurch ein platter Röhrenknochen entstanden ist, dessen beide durch Rinnen bezeichnete Flächen median- und lateralwärts, dessen beide Ränder aber nach der Rücken- und Bauchseite gekehrt sind. Das Mittelstück des Knochens ist in dem angegebenen Sinn platt, oben schmal, nach unten allmälig breiter werdend. In der oberen Hälfte lässt sich die Rinne, welche die Zusammensetzung aus zwei Knochen andeutet, kaum erkennen und es hat hier vielmehr den Anschein, als bestehe das obere Ende nur aus *ulna* und sei der *radius* ganz verkümmert, nach unten wird die Rinne zunehmend deutlicher. Das obere Gelenkende besteht anscheinend aus einem *olecranon* (Fig. 39 *u'*) und einem *processus coronoideus*

Fig. 39.

Os antibrachii der rechten Seite von rana esculenta, 2 mal nat. Grösse.
u ulna.
r radius.
u' olecranon.
r' capitulum radii.

(*r'*), zwischen welchen sich die *cavitas sigmoidea maior* für den *processus cubitalis humeri* befindet. Bei genauerer Betrachtung erscheint dies aber kaum als die richtige Auffassung; der gegen den ventralen Rand des Knochens zu gegen *r'* gelegene Theil der concaven Gelenkfläche des *os antibrachii* entspricht wohl der Gelenkfläche des *capitulum radii* wie die Kugel des *humerus* (*c'* Fig. 36) dem *capitulum humeri*, und der obere Theil der Gelenkfläche (gegen *u'*) gehört der *ulna* und verbindet sich mit der *trochlea* (Fig. 36, 37 *t*) des *humerus*. Der mediale Rand des oberen Gelenkendes greift in die Tiefe der Rolle *t* des *humerus* ein. Das untere Gelenkende bildet eine gemeinschaftliche knorplige Apophyse, in welcher die beiden nach unten ziemlich von einander getrennten Knochen stecken. Der dem *radius* entsprechende Theil des unteren Gelenkendes hat eine dreieckige Form, ist convex und erstreckt sich mit einer Verlängerung auf die mediale oder untere Fläche des *os antibrachii*, der der *ulna* angehörende bildet ein *capitulum*. Was den Bau des unteren Gelenkendes betrifft, so zeigt es den oben im Allgemeinen für die Apophysen der Röhrenknochen angegebenen, nur sind es hier zwei getrennte Markröhren, die in einer gemeinschaftlichen Hülse von Kalkknorpel drin stecken; das vordere Gelenkende besteht wie das hintere des *humerus* aus schwammiger Knochensubstanz, die nur mit einem Ueberzug von grösstentheils verkalktem Knorpel bedeckt ist.

3. Knochen der Hand (Fig. 40). Knochen der Hand.

Dugès, tb. VIII, Fig. 32. 37, 38, 39, 40, 41, 42, 43.

a) Knochen der Handwurzel, *ossa carpi*. Handwurzel.

Dieselben liegen in zwei Reihen. Die erste oder vordere articulirt mit dem Vorderarm und besteht aus drei Knochen:

1. *os lunatum*, der mittlere (Fig. 40 *l*), Dugès n. 38, articulirt Os lunatum. mit dem dem *radius* angehörenden Theil der Gelenkfläche des *os antibrachii* und ist von unregelmässig viereckiger Gestalt. Mit dem *radius* articulirt er durch eine concave Gelenkfläche, mit dem grossen Knochen der zweiten Reihe (*h c*) durch einen kugligen Gelenkkopf; mit den beiden anderen Knochen dieser Reihe, dem *os naviculare* (*n*) und *pyramidale* (*p*), ist er, mit dem ersteren durch eine sattelförmige Gelenkfläche, mit dem letzteren vorzugsweise durch Bandmasse verbunden; Rücken- und Volarfläche sind rauh und frei. Ich nenne diesen Knochen mit Dugès *os lunatum*, Mertens[1]) bezeichnet ihn als *os naviculare*.

[1]) Mertens l. c.

Os pyramidale.

2. *os pyramidale* (Fig. 40 *p*), Dugès n. 37, articulirt mit dem der *ulna* angehörigen Theil des hinteren Gelenkendes des *os antibrachii* und liegt am Ulnarrand. Nach vorn hat der Knochen eine Gelenkpfanne, welche das *capitulum ulnae* aufnimmt und daneben eine kleine plane Gelenkfläche, welche am *radius* anliegt, nach hinten gegen die zweite Reihe wendet er eine in der Richtung von der Dorsal- zur Volarfläche längliche erhabene Gelenkfläche, nach der Volarfläche eine von vorn nach hinten gerichtete Kante. Mertens nennt diesen Knochen *os lunatum.*

Fig 40.

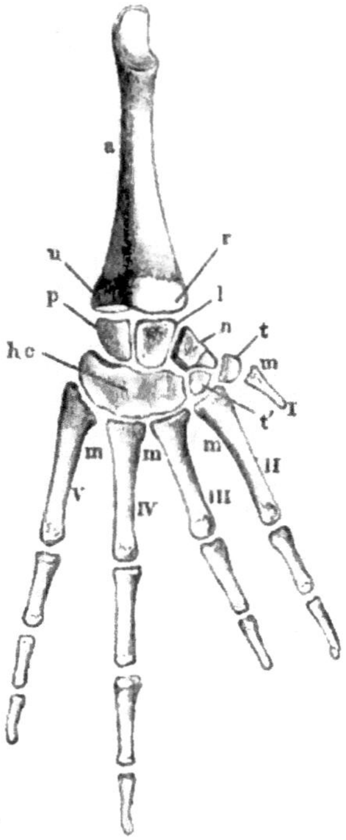

Knochen des Vorderarms und der Hand der rechten Seite von rana esculenta, von der Dorsalfläche, 2 mal natürl. Grösse.

a os antibrachii.
r Theil, welcher dem radius entspricht.
u Theil, welcher der ulna entspricht.
p os pyramidale.
l os lunatum.
n os naviculare.
h c os capitato-hamatum.
t os multangulum maius oder trapezium.
t' os multangulum minus oder trapezoides.
m ossa metacarpi.
I—V erster bis fünfter Finger, erster nur aus os metacarpi bestehend, zweiter und dritter mit 2, vierter und fünfter mit 3 Phalangen.

Os naviculare.

3. *os naviculare* (Fig. 40 *n*), Dugès n. 39. Der dritte Knochen der ersten Reihe steht nicht in Berührung mit dem Vorderarmknochen. Derselbe steht mit dem *os lunatum* durch eine sattelförmige, nach hinten mit dem *os capitatum* durch eine concave Gelenkfläche in Verbindung und daneben gegen den Daumen hin befindet sich eine kleine concave Gelenkfläche für das *os multangulum minus* oder *trapezoides* (Fig. 40 *t'*). Das *os multangulum maius* (*t*) liegt nach der Volarseite zu auf einer convexen Gelenkfläche des Knochens auf; die Radialseite ist frei und stösst mit der mit dem *os lunatum* articulirenden Ulnarfläche in einer nach vorn (armwärts) gerichteten Kante zusammen. Mertens nennt diesen Knochen *os triquetrum.* Offenbar ist, wenn man einmal die Anordnung beim Menschen als Vergleichsgrundlage annimmt, die von Dugès und hier gebrauchte Benennung die allein richtige, nur ist hier das *os naviculare* ganz ausser Berührung mit der Gelenkfläche des *os antibrachii* gekommen:

Die zweite Reihe besteht ebenfalls aus drei Knochen:

4. Das *os capitato-hamatum* (Fig. 40 *hc*), Dugès n. 40, 41, 42, entspricht dem *os capitatum* und *hamatum*[1]), die zu einem Knochen verschmolzen sind. Derselbe ist der grösste von allen und steht mit allen drei Knochen der ersten Reihe durch Gelenkflächen in Verbindung; nach hinten bildet er eine grosse Wölbung, die auf drei Facetten die drei letzten *ossa metacarpi*, das dritte, vierte und fünfte, trägt. Os capitato-hamatum.

5. *os multangulum minus* oder *trapezoides* (Fig. 40 *t'*), Dugès n. 43, ein kleiner, neben dem vorigen gelegener Knochen, welcher das *os metacarpi II.* trägt und nach vorn mit dem *os naviculare* articulirt. Dugès betrachtet denselben als *os trapezium.* Os multang. minus.

6. *os multangulum maius* s. *trapezium* (Fig. 40 *t*), ein kleiner Knochen, der auf der Volarseite des *os naviculare* auf einer convexen Gelenkfläche aufsitzt. Dugès betrachtet diesen Knochen (Dugès n.: 44) als *os metacarpi pollicis*, Mertens als *multangulum minus.* Es scheint mir die hier gegebene Deutung dadurch gerechtfertigt, dass dieser Knochen das Daumenrudiment trägt, dabei aber gar keine Aehnlichkeit mit einem Röhrenknochen hat, also nicht wohl als *os metacarpi* gedeutet werden kann. Os multang. maius.

Bau der Carpusknochen. Alle Carpusknochen bestehen aus Kalkknorpel, und Altersverschiedenheiten bestehen nur in der geringeren oder grösseren Durchdringung desselben mit Kalk. Wahre Knochensubstanz kommt nicht darin vor.

Handgelenk. Die Articulation der Hand mit dem Vorderarm vermittelt, wie schon erwähnt, das *os lunatum* und *triquetrum.* Nebst der Kapsel, die diese Theile vereinigt, finden sich Verstärkungsbänder und namentlich sind zwei derselben als für die Bewegung der Hand wichtig zu erwähnen. Das eine entspringt von der Volarfläche des hinteren Gelenkendes der *ulna* und verläuft, an der scharfen Volarkante des *os pyramidale* befestigt, zum *os capitato-hamatum*, an welchem es sich ansetzt; das zweite Band geht ebenfalls auf der Volarfläche vom *radius* zum *os naviculare.* Zwischen beiden Bändern findet sich auf der Volarfläche eine ziemlich tiefe Aushöhlung. Handgelenk.

Bewegung der Hand. Beide Knochen des Vorderarms sind, wie oben erwähnt, fest verschmolzen, so dass eine Pronation und

---

*) Nach Dugès ist darin auch das *os trapezoides* enthalten.

Supination in der Weise wie beim Menschen nicht zu Stande kommen kann. Die natürliche Stellung der Hand ist, wie schon oben beim *os antibrachii* bemerkt wurde, die einer halben Pronation (vgl. Fig. 2 und Fig. 71). Befindet sich das Thier in seiner natürlichen Stellung, den Arm im Ellenbogengelenk gebogen, auf dem Boden (vgl. Fig. 1), so kann es eigentlich nur mit dem Ulnarrand den Boden berühren, in der Regel aber berührt (vgl. Fig. 2) die ganze Handfläche den Boden und dieses geschieht auf folgende Weise. Die Ebene des Carpus, welche in der Extension mit der des Vorderarms parallel ist, kreuzt sich in der Beugung fast rechtwinklig mit derselben (Fig. 71) und hierbei rutscht das *os lunatum* auf die Verlängerung der Gelenkfläche an der medialen oder volaren Seite des *radius*, während das *os pyramidale* durch das oben erwähnte Band mehr festgehalten wird. Die Hand folgt der Bewegung des ersteren Knochens und indem zugleich die drei letzten *ossa metacarpi* etwas medianwärts gleiten, wenden sich die Finger der auf den Boden sich stützenden Hand einwärts, als wenn sie sich kreuzen wollten.

Fig 41.

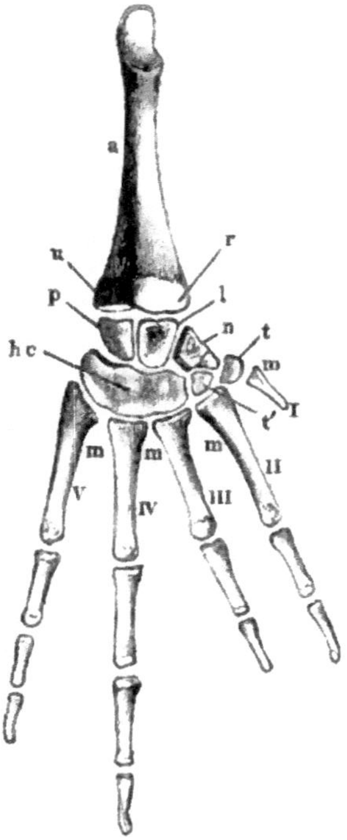

Knochen des Vorderarms und der Hand der rechten Seite von rana esculenta, von der Dorsalfläche, 2 mal natürl. Grösse.

a os antibrachii.
r Theil, welcher dem radius entspricht.
u Theil, welcher der ulna entspricht.
p os pyramidale.
l os lunatum.
n os naviculare.
h c os capitato-hamatum.
t os multangulum maius oder trapezium.
t' os multangulum minus oder trapezoides.
m ossa metacarpi.
I—V erster bis fünfter Finger, erster nur aus os metacarpi bestehend, zweiter und dritter mit 2, vierter und fünfter mit 3 Phalangen.

Mittelhand.

b) Knochen der Mittelhand, *ossa metacarpi* (Fig. 41 *m*). Es sind deren fünf vorhanden, der zweite bis fünfte von ziemlich gleicher Länge, der erste, ein unter der Haut verborgenes Rudiment des Daumens bildend, viel kürzer. Dieses *os metacarpi* des Daumens wird von Dugès u. A. als erste Phalanx bezeichnet, die Gründe, weshalb ich es als *os metacarpi* bezeichne, sind im Wesentlichen schon oben angegeben. Dieser

Knochen lässt ebenfalls eine Geschlechtsverschiedenheit erkennen. Es ist zwar unrichtig, was Meckel[1]) angiebt, dass derselbe nur beim Männchen vorhanden sei und beim Weibchen ganz fehle, er ist aber beim ersteren viel grösser als beim letzteren, breiter und mehr krallen- oder sichelförmig, und während er bei diesem nur einen rein knorpligen Stift darstellt, bei jenem ganz aus Kalkknorpel gebildet oder selbst knöchern. Beim Trocknen schwindet dieses Stück beim Weibchen fast völlig und daher erklärt sich wohl Meckel's Angabe. Der zweite Finger ist derjenige, der beim Frosch die Functionen des Daumens übernommen hat und dieser ist es, der bei den männlichen Fröschen während der Begattungszeit anschwillt und eigenthümliche Structurveränderungen eingeht. Das *os metacarpi* dieses Fingers zeigt nun ebenfalls dem entsprechend Geschlechtsverschiedenheiten, es ist nämlich beim Männchen stärker, namentlich breiter und an der Daumenseite in eine scharfe, oft in eine dornartige Spitze sich erhebende Leiste ausgezogen, welche der Sehne des *m. abductor digiti II. (pollicis) longus*, der bei dem Männchen in der Brunstzeit eine ganz ungewöhnliche Entwickelung erreicht, zum Ansatz dient. Die übrigen *ossa metacarpi*, das dritte, vierte und fünfte, sind von ziemlich übereinstimmender Form, das letztere mit einem *tuberculum* versehen. Die vorderen Gelenkenden sind ziemlich breit, concav, die hinteren bilden rundliche Köpfchen.

c) Fingerglieder, *phalanges digitorum.* Die Hand hat vier Finger und ein unter der Haut verborgenes Rudiment eines fünften, der, wie erwähnt, nur aus einem *os metacarpi* besteht. Von diesen vier Fingern ist der vierte der längste, der dritte der kürzeste, der zweite und fünfte stehen dazwischen und sind ziemlich gleichlang; der vierte und fünfte Finger haben drei Phalangen, der zweite und dritte zwei. Die Form ist der der menschlichen nicht unähnlich. Finger.

---

[1]) l. c. II, 464.

Knochen der hinteren Extremität.

V. Knochen der hinteren Extremität.

Beckengürtel.

A. Knochen des Beckengürtels (Fig. 42).

Der Beckengürtel erhält seine charakteristische V-förmige Gestalt dadurch, dass die Scham- und Sitzbeine der beiden Seiten zusammen eine verticale Scheibe (*a p*) bilden, die nach vorn sich gabelförmig in die beiden Darmbeine (*il*) theilt. Die beiderseitigen Sitz- und Schambeine sind mit ihren medialen Flächen derart verbunden, dass die Beckenhöhle auf den Raum zwischen den beiden Darmbeinen reducirt ist.

Fig. 43.

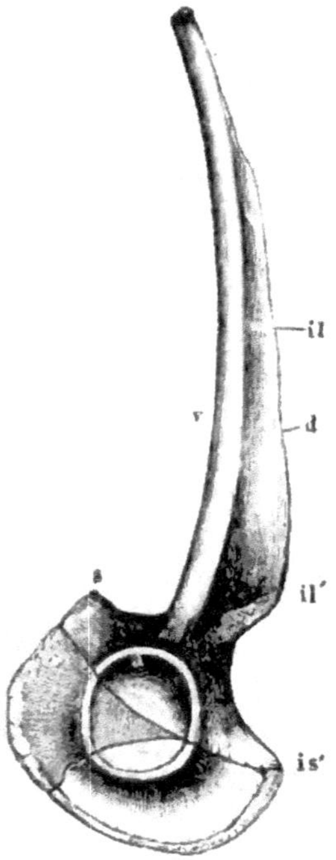

Beckengürtel von der linken Seite gesehen, von rana esculenta, 2 mal natürl. Grösse.

il Darmbein.
v unterer Rand desselben.
d oberer scharfer Rand.
il' oberer Vorsprung desselben.
s unterer Vorsprung der Symphyse.
is Sitzbein.
is' tuber ischii.
p os pubis.
a acetabulum.

Fig. 42.

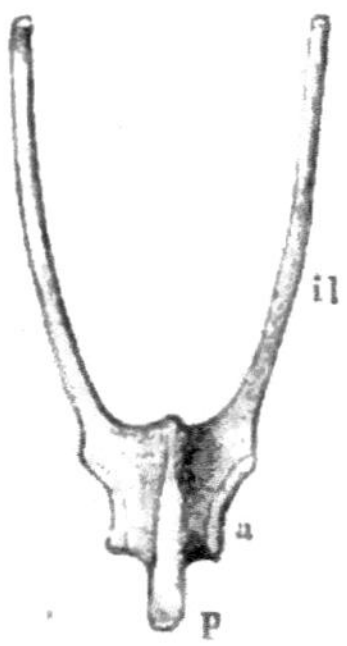

Beckengürtel von rana esculenta in natürlicher Grösse, von unten.

il Darmbein.
p Schambein.
a acetabulum.

Darmbeine.

1. Die Darmbeine, *ossa ilei* (Fig. 43 *il*). An denselben kann man einen hinteren breiteren Theil oder Körper unterscheiden, welcher an der Bildung des *acetabulum* (*a*) Antheil nimmt. Mit dem hintersten breitesten Ende sind die beiderseitigen Körper unter einander durch Bandmasse verbunden, während sie nach vorn auseinanderweichen und eine nach hinten sich konisch verjüngende Höhle, die Beckenhöhle, zwischen sich lassen. Die Naht, durch welche der Körper des Darmbeins mit Sitz- und Schambein verbunden ist, geht in der Richtung von oben nach unten mitten durch das *acetabulum* (Fig. 43 von dem Buchstaben *p* durch das *acetabulum a* zum Buchstaben *is'*).

Nach unten und vorn bilden die vereinigten Darmbeine einen Vorsprung (*s*), welcher eigentlich der *Symphysis oss. pub.* beim Menschen entspricht. — Die Flügel des Darmbeins sitzen unmittelbar über der Pfanne mit einer etwas schmaleren Stelle (Wurzel) auf. Der eigentliche Flügel ist ein säbelförmiger Knochen, dessen scharfer, convexer, der Schneide der Klinge entsprechender Rand (*d*) nach oben, dessen concaver, stumpfer, den Rücken derselben darstellender Rand (*v*) nach unten, dessen beide Flächen, wovon die mediale etwas rinnenförmig ausgehöhlt ist, median- und lateralwärts gerichtet sind. Der breitere Theil der Klinge entsteht unmittelbar aus der schmaleren Wurzel und hier findet sich (bei *il'*) als hinteres Ende des oberen schneidenden Randes ein Vorsprung, *proc. superior*, von welchem die Sehne des *m. vastus externus* entspringt. Die Spitze der Klinge bildet einen hohlen Cylinder, welcher einen Knorpel enthält. Mit dem Querfortsatz des letzten Wirbels oder Kreuzbeins ist dieselbe durch Bandmasse beweglich verbunden.

2. Die Sitzbeine, *ossa ischii* (*is*), sind unregelmässig viereckige Knochenplatten, die in der ganzen Ausdehnung ihrer medialen Flächen untereinander verwachsen sind. Die verticale Scheibe, welche durch die Verwachsung der beiden gleichnamigen Knochen entsteht, nimmt nur einen sehr geringen Antheil an der Bildung der Pfannen. Dieselbe hat einen oberen, ziemlich scharfen Rand, der nach oben in einen Fortsatz (*is'*), an dessen Bildung das Darmbein Antheil nimmt, ausläuft, welchen man als den vereinigten *tubera ischii* entsprechend betrachten kann; der hintere Rand, der sich nach unten mit dem Schambein verbindet, ist gewölbt. Sitzbeine.

Fig. 44.

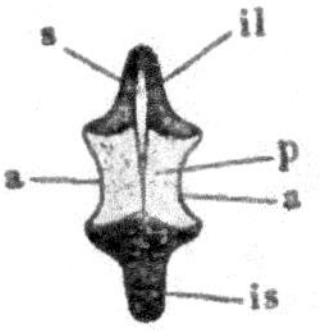

Horizontaler Durchschnitt durch Darmbeinkörper, Scham- und Sitzbein.

il Darmbeine.
p Schambeinknorpel.
a acetabulum.
is Sitzbeine.
s Bandmasse, welche Darm- und Schambeine der beiden Seiten verbindet.

3. Die Schambeine, *ossa pubis* (Fig. 42, 43, 44 *p*). Ein knöchernes Schambein ist nicht vorhanden; dasselbe besteht auch bei ganz alten Thieren nur aus Kalkknorpel. Es bildet ein dreieckiges, zwischen die beiden anderen Knochen eingekeiltes Stück, das ebenfalls Antheil an der Bildung des *acetabulum* hat. Die beiderseitigen Stücke sind, wie ein Horizontalschnitt (Fig. 44) zeigt, unter sich in der Mittellinie durch Bandmasse verbunden. Schambeine.

Knochen des Beins.

B. Knochen des Beins.

Oberschenkelknochen.

1. Oberschenkelknochen, *os femoris* (Fig 45). Das im Ganzen cylindrische Mittelstück hat eine doppelte leicht S-förmige Krümmung, ist im vorderen Theil nach oben, in den zwei hinteren Drittheilen nach unten convex; gegen das hintere Gelenkende geht die Form aus der cylindrischen mehr in eine von oben nach unten abgeplattete über. Das vordere Gelenkende bildet einen kugligen Gelenkkopf, welcher aber nicht auf einem im Winkel zum Mittelstück gestellten Halse aufsitzt und daher dem *humerus* ähnlich ist. Der Gelenkkopf ist nach vorn, oben und unten am gewölbtesten, dagegen median- und lateralwärts etwas abgeplattet. Der Bau des Gelenkkopfs gleicht dem des *humerus*. Das untere Gelenkende ist nach unten mehr gewölbt, nach oben (gegen die Kniekehle) etwas abgeplattet und hat nach hinten eine ebenfalls ziemlich platte Fläche.

Fig. 45.

Femur der rechten Seite von rana esculenta, 2 mal natürl. Grösse. *a* vorderes Gelenkende. *p* hinteres Gelenkende.

Hüftgelenk. Die Pfanne wird durch einen fibrösen Ring, ein *labrum cartilagineum*, vertieft und an das *caput femoris* anschliessend gemacht; von diesem *labrum* entspringt die Gelenkkapsel, die sich hinten am Kopf ansetzt; ganz nahe am unteren Rand der Pfanne entspringt ein *ligamentum teres*, das sich an das *caput femoris* ansetzt.

Unterschenkelknochen.

2. Unterschenkelknochen, *os cruris* (Fig. 46). Der Unterschenkel besteht aus einem einzigen Knochen, *os cruris*, gewöhnlich *tibia* genannt, welcher aber deutlich die Zusammensetzung aus zwei Knochen, einer *tibia* und *fibula*, erkennen lässt. Das Mittelstück ist nicht ganz gerade und, die eigentliche Mitte etwa ausgenommen, im dorso-ventralen Durchmesser etwas abgeplattet. Sowohl auf der oberen als der unteren Fläche des Knochens ist eine von der Mitte nach den Gelenkenden an Tiefe zunehmende Rinne bemerklich, die Andeutung der Zusammensetzung aus zwei Knochen. In der Mitte des Knochens findet sich sowohl auf der Beuge- als auf der Streckseite ein Loch, die beide unter sich

durch einen Canal verbunden sind, so dass man am macerirten und getrockneten Knochen leicht von einer Seite nach der anderen eine Borste durchführen kann. Der Canal ist von knöchernen Wänden gebildet, und diese bilden die von Meckel und Troya[1]) erwähnte Scheidewand, welche den Knochen in eine vordere und hintere Hälfte theilen soll. Der Markcanal des Knochens ist ein doppelter und nur in dem mittleren Theile einfach. Das vordere Gelenkende bildet eine Art Rolle mit mittlerer Vertiefung, die sich auf die untere Fläche verlängert, und zwei seitlichen Kanten. Das hintere Gelenkende bildet eine quergelagerte Rolle, welche am medialen Ende einen Einschnitt für die Sehne des *m. tibialis posticus* besitzt.

Fig. 46

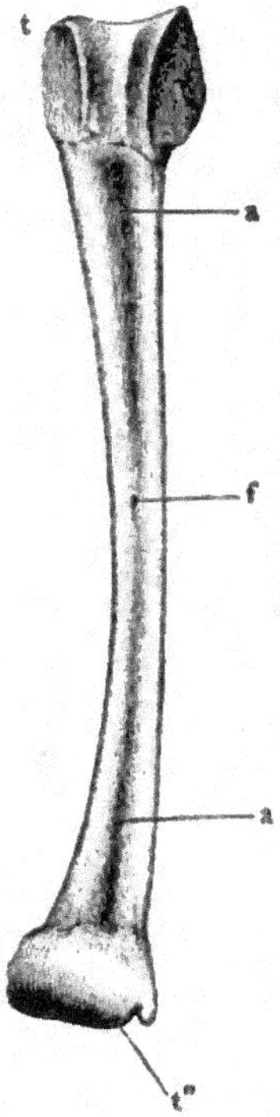

Os cruris von rana esculenta, 2 mal nat. Grösse, von der unteren Fläche.

t vorderes Gelenkende.
t' hinteres Gelenkende.
t'' Rinne am malleolus internus für die Sehne des m. tibialis posticus.
f foramen nutritium.
a a Trennungsfurche.

Das Kniegelenk besteht aus einer durch die Insertion mehrerer Sehnen, von denen in der Muskellehre die Rede sein wird, verstärkte Kapsel und innerhalb dieser werden die Gelenkflächen des *femur* und der *tibia* durch von diesen entspringende breite, sich kreuzende fibro-elastische Bänder, die die *ligg. cruciata* darstellen, verbunden und die Gelenkflächen durch lose Halbringe, die die Zwischengelenkknorpel repräsentiren, vertieft. Aussen an der Kapsel finden sich Hülfsbänder auf beiden Seiten.

Fig. 47.

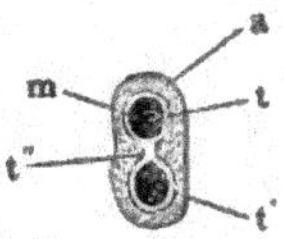

Querschnitt der tibia am hinteren Gelenkende.

tt' die beiden Knochencylinder.
t'' Verbindungsmasse derselben.
m Markhöhle.
α Apophysen-Knorpel.

3. Knochen des Fusses (Fig. 48 a. f. S). Knochen des Fusses.

a. Fusswurzelknochen, *ossa tarsi*. Der Tarsus besteht aus zwei Knochenreihen, die unter sich wenig Aehnlichkeit haben. Fusswurzel.

α. Die vordere Reihe besteht aus zwei länglichen Röhrenknochen (Fig. 48 *ac*), welche parallel neben einander liegen und ohne Zweifel dem *talus* und *calcaneus* entsprechen. Die beiden Talus. Calcaneus.

[1]) Troya l. s. c.

Fig. 48.

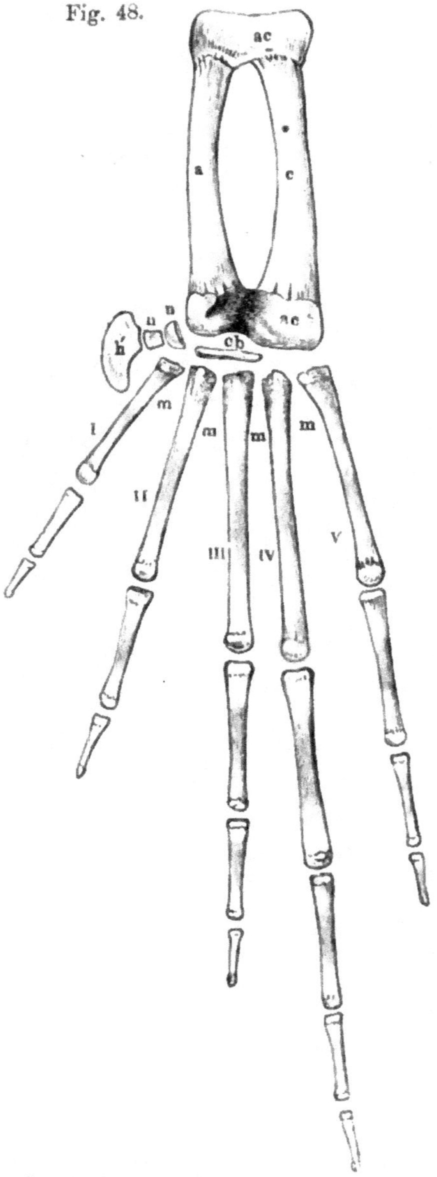

Rechter Fuss von rana esculenta von der Plantarfläche aus gesehen, 2 mal natürl. Grösse.
a astragalus.
c calcaneus.
a c gemeinschaftliche Apophyse für beide.
c b os cuboideum.
n os naviculare.
h erster, *h'* zweiter Knorpel des Grosszehenrudiments.
I bis *V* erste bis fünfte Zehe.
m ossa metatarsi.

Knochen sind in der Mitte am weitesten von einander entfernt und nähern sich einander am vorderen und hinteren Ende. Den lateralen dieser Knochen (*c*) nenne ich übereinstimmend mit Cuvier und Dugès *calcaneus*, den medialen (*a*) *talus*. Die beiden Knochen werden sowohl am vorderen als hinteren Ende von einer beiden gemeinschaftlichen Apophyse aus Kalkknorpel umfasst, welche den oben im Allgemeinen geschilderten Bau zeigt, und es findet also vom *femur* oder *humerus* mit einfacher Knochenröhre durch das durch Verschmelzung zweier, die aber in einer Apophyse stecken, entstandene *os cruris* zu diesen beiden Knochen, die durch eine gemeinschaftliche Apophyse zu einem Knochenrahmen verbunden werden, ein allmäliger Uebergang statt. Als einen abgelösten Fersenhöcker kann man wohl das unten (s. Muskeln des Fusses Fig. 85 *lc*) beschriebene *ligamentum calcanei* betrachten [1]).

β. In der zweiten Reihe zwischen den eben genannten Knochen einerseits und den *ossa metatarsi* andererseits liegen

---

[1]) Meckel l. c. II, 488 betrachtet als solches, wie ich glaube mit Unrecht, den Sehnenknorpel in der Achillessehne.

noch mehrere kleine Knochen, alle jedoch nur aus Kalkknorpel bestehend. Es sind dies:

1. *os cuboideum* (Fig. 48 *cb*). Eine nach vorn concave, nach hinten convexe platte Scheibe, die zwischen der gemeinschaftlichen Apophyse des *astragalus* und *calcaneus* (*ac*) einerseits und den *ossa metatarsi II*, *III*. andererseits liegt. Es entspricht dieses Stück, das bei anderen Batrachiern, z. B. Bufo, in zwei zerfallen ist, nach Dugès' wohl richtiger Vermuthung dem *os cuboideum* und *cuneiforme III*. Os cuboideum.

2. Medianwärts von diesem, zwischen *astragalus* und *os metatarsi I*, liegt ein kleines nach vorn concaves, nach hinten convexes Stück, das man mit Dugès als Analogon des *os naviculare* betrachten kann (Fig. 48 *n*). Os naviculare.

3. Dieses trägt einen Knorpel, der am medialen Fussrand einen von der Haut überzogenen Vorsprung bildet. Derselbe besteht aus zwei innig verbundenen Stücken, einem kleinen rundlichen Basalstück (*h*) und einem auf diesem aufsitzenden platten, sichel- oder krallenförmigen Stück (*h'*), welches eben den genannten Vorsprung erzeugt. Dugès hält diese beiden Stücke für das erste und zweite *os cuneiforme*; ich halte die Meckel'sche Anschauung, wonach die beiden einer rudimentären grossen Zehe, und zwar das erstere einem *os metatarsi*, das zweite den Zehengliedern, entsprechen, für richtiger. Die beiden Stücke bestehen aus Kalkknorpel; bei *rana temporaria* scheint die Kalkablagerung jedoch geringer als bei *rana oxyrhinus* und *esculenta*, und deshalb der dadurch gebildete Vorsprung weicher. Knochen der grossen Zehe.

b. Mittelfussknochen, *ossa metatarsi* (Fig. 48, *m I — V*). Die fünf *ossa metatarsi* sind längliche, dünne Röhrenknochen, deren vordere Gelenkenden dorsalwärts breit, bauchwärts kantig, also keilförmig sind und nach vorn, zur Articulation mit dem *tarsus* plane Flächen darbieten. Das Mittelstück ist dünn und lang und die hinteren Gelenkenden bilden rundliche Köpfchen. Der Länge nach folgen sich die einzelnen in folgender Reihe vom längsten zum kürzesten: 4, 3, 5, 2, 1. Im Bau schliessen sie sich den übrigen Röhrenknochen an. Mittelfuss.

c. Zehenglieder, *phalanges digitorum* (Fig. 48). Das Längenverhältniss der einzelnen Zehen ist dasselbe wie das der *ossa* Zehen.

metatarsi, nur ist die Differenz der einzelnen Grössen weit bedeutender, und es hängt dies theils von der verschiedenen Anzahl, theils von der verschiedenen Länge der Phalangen ab Die erste und zweite Zehe haben nur zwei Phalangen, die dritte und fünfte drei, die vierte vier, die überdies die längsten sind. Die Endphalangen sind etwas hakenförmig nach der Plantarfläche zu gekrümmt.

II.

MUSKELLEHRE.

Muskellehre.

Literatur.

1. Cuvier, leçons d'anatomie comparée. Paris 1835. Vol. I, II.
2. Meckel, System der vergleichenden Anatomie. Halle 1828. Bd. III u. IV.
3. Dugès, l. s. c.
4. Martin St. Ange, Annales des sciences naturelles. T. XXIV, 1831. p. 393. Taf. 26, 27.
5. Zenker, Batrachomyologia. Diss. c. tab. 2 aen. Jenae 1825. 4°.
6. v. Altena, l. s. c. (rana esculenta).
7. Kuhl, Beiträge zur Zoologie der rana esculenta in: Kuhl, Beitr. z. Zool. Frankfurt a/M. 1820. S. 115.
8. Klein, Beiträge zur Anatomie der ungeschwänzten Batrachier (rana temporaria L.) in: Jahreshefte des Vereins für vaterländische Naturkunde in Würtemberg. 6. Jahrgang. 1850. S. 1.
9. C. G. Carus, 1) Lehrbuch der vergleichenden Zootomie. 2. Aufl. Leipzig 1834. 2) Erläuterungstafeln zur vergleichenden Anatomie. 1. Heft. 1826. Taf. III. (Muskeln des Beins).
10. Stannius, Handbuch der Anatomie der Wirbelthiere. 2. Buch, Zootomie der Amphibien. Berlin 1856. 8°.

I. Muskeln am Kopfe.

1. Augenmuskeln.

m. rectus inf.

1. *m. rectus inferior* (Fig. 49 *ri'*).

Dugès, post-orbito-sous-oculaire, n. 12.
Zenker, depressor oculi.

Der Muskel entspringt mit sehr dünner, fast fadenförmiger Sehne vom Keilbein in der Nähe des *foramen opticum*, wird dann ziemlich rasch breiter, deckt von unten die Nickhautsehne und einen Theil des *m. retractor bulbi*, verläuft vor- und lateralwärts und setzt sich am unteren Umfang des Auges fest.

Fig. 49.

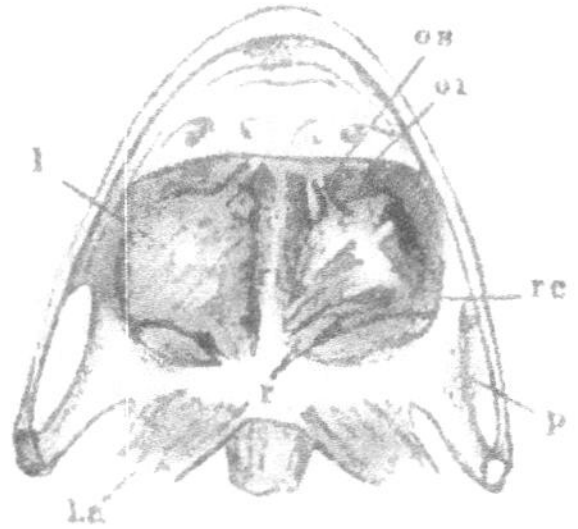

Augenmuskeln von rana esculenta, von unten gesehen.
Rechts (d. i. am linken Auge) ist der m. levator bulbi (*l*) weggenommen; links (d. i. am rechten Auge) ist er noch vorhanden.
l m. levator bulbi.
r m. retractor bulbi.
re m. rectus externus.
ri' m. rectus inferior.
ri m. rectus internus.
os m. obliquus superior.
oi m. obliquus inferior.
1 erster Halswirbel.
la m. lev. anguli scapulae.
p m. pterygoideus.

m. rectus externus.

2. *m. rectus externus* (Fig. 49 *re*).

Dugès, post-orbito-ex-oculaire, n. 14.

Entspringt mit dünner, fadenförmiger Sehne medianwärts von und hinter dem *m. rectus inferior* vom Keilbein in der Nähe des *foramen opticum*, tritt dann schräg über den *m. retractor bulbi* und die Nickhautsehne lateralwärts und setzt sich am lateralen und hinteren Umfang des *bulbus* an.

3. *m. rectus internus* (Fig. 49 *ri*). m. rectus internus.

Dugès, post-orbito-in-oculaire, n. 13.

Ein dünner, langer Muskel, welcher mit fadenförmiger Sehne vom Keilbein im hinteren inneren Winkel der Augenhöhle entspringt, längs der medialen Augenwand verläuft und sich am vorderen und medialen Umfang des *bulbus* befestigt.

4. *m. rectus superior* (Fig. 50 *rs*). m. rectus sup.

Dugès, post-orbito-sous-oculaire.

Entspringt mit zarter Sehne vom *os fronto-parietale*, verläuft, indem er sich rasch verbreitert, vor- und lateralwärts und setzt sich am oberen Umfang des *bulbus* fest.

5. *m. obliquus inferior* (Fig. 49 *oi*). m. obliquus inf.

Dugès, pre-sous-orbito-oculaire.

Dieser Muskel entspringt nahe am Boden der Augenhöhle am vorderen inneren Winkel der Augenhöhle vom *os palatinum* mit einer dünnen und langen Sehne, verläuft unter der Harder'schen Drüse hinziehend lateral- und rückwärts und setzt sich, ziemlich rechtwinklig zur Augenaxe, am vorderen Umfang des *bulbus* an.

Fig. 50.

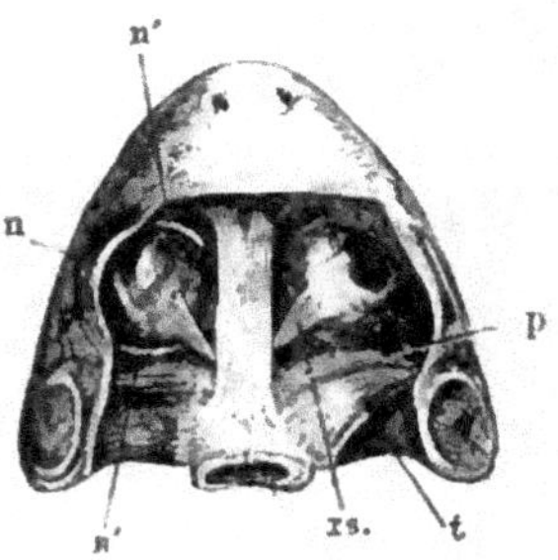

Augenmuskeln von rana esculenta von oben gesehen.
rs m. rectus superior.
n Nickhaut.
n' Nickhautsehne.
p m. pterygoideus.
t m. temporalis.

6. *m. obliquus superior* (Fig. 49 *os*). m. obliquus sup.

Dugès, pré-sus-orbito-oculaire, n. 7.

Die Sehne dieses kleinen Muskels entspringt vom medialen Ende des Gaumenbeins nahe über dem Ursprung des *m. obliquus inferior*, steigt auf-, rück- und lateralwärts und geht in einen platten Muskel über, welcher sich rasch verbreitert und an der oberen Fläche des *bulbus* ansetzt.

7. *m. retractor bulbi* (Fig. 49 *r*, Fig. 51 *r* und *r'*). m. retractor bulbi.

Dugès, orbito-post-oculaire oder choanoide, n. 10.
Zenker, m. opticus.

Dieser Muskel, welcher innerhalb des von den geraden Augenmuskeln gebildeten Conus gelagert ist, umgiebt zunächst den *nervus opticus* und besteht aus drei Portionen, welche, breit und fleischig (die *recti* und *obliqui* entspringen mit dünnen Sehnen), von der unteren Fläche des Keilbeins ihren Ursprung nehmen. Die erste Portion (Fig. 51 *r*) entspringt breit und fleischig von der unteren Fläche des Keilbeins bis fast zur Mittellinie, bedeckt von unten die Sehne des *rectus externus* und läuft vor- und lateralwärts. Die zweite (*r'*) liegt über dieser und der Sehne des *m. rectus externus*, entspringt ebenfalls breit und fleischig und läuft mehr gerade nach vorwärts, mit der vorigen sich etwas kreuzend. Die dritte entspringt, von den vorigen von unten bedeckt, mit einer starken dünnen Sehne am Keilbein und läuft in der Richtung des *m. rectus internus* mehr gerade nach vorwärts. Die beiden ersten Portionen gehen mehr auf die obere Fläche des *bulbus*, die dritte mehr auf die untere, so dass der ganze Muskel einigermaassen einem um die Axe gedrehten Bündel gleicht. Die Fasern, welche auf die obere Fläche des *bulbus* gehen, setzen sich etwas vor, die unteren etwas hinter dem Aequator des Auges an.

Fig. 51.

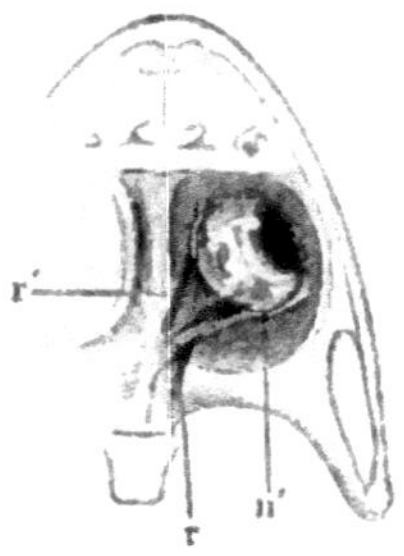

Augenmuskeln von rana esculenta von unten gesehen. Die m. recti und obliqui sind entfernt.
r m. retractor bulbi, untere Portion.
r' zweite Portion desselben.
n' Nickhautsehne.

m. levator bulbi.

8. *m. levator bulbi* Dugès. (Fig. 49 *l*. — Fig. 52 *l*. — Fig. 53 *l*).

Dugès, fronto-pterygoidien, n. 9.
Klein, sustentator bulbi.

Ein knöcherner Boden der Augenhöhle fehlt bekanntlich dem Frosch, und es sind nur Weichtheile, welche Augen- und Mundhöhle trennen, zunächst die Schleimhaut dieser letzteren, dann eine dünne Fascie und über dieser der in Rede stehende hautartige, den Augapfel tragende Muskel. Die Fasern dieses Muskels laufen in schräger Richtung von vorn und innen nach hinten und lateralwärts und bedecken von unten alle übrigen Augenmuskeln, mit Ausnahme des Ursprungs des *m. retractor bulbi* und der Sehne des *m. obliquus inferior*, und auch den *m. pterygoideus*; sie entspringen medianwärts vom oberen Seitenrand des *os fronto-parietale* (Fig. 52), hinten vom Querast des *os sphenoideum* und *pterygoideum*, vorn vom *os ethmoideum* und *palatinum*, verlaufen zuerst abwärts, dann in der bezeichneten Richtung unter dem Auge weiter lateral- und rückwärts und setzen sich nach aussen vermittelst sehniger Fasern am oberen Rand des Oberkiefers an.

9. Von dem soeben beschriebenen Muskel lösen sich einzelne Faserbündel als ein besonderer Muskel ab, welcher an das untere Augenlid tritt und den man als *Depressor palpebrae inferioris* bezeichnen kann (Fig. 53 *dp*). m. depressor palpebr. inf.

Manz hat als *Depressor palpebrae inferioris* einen kleinen Muskel beschrieben [1]), welcher in der Nähe des äusseren Augenwinkels etwas nach rückwärts vom unteren Augenhöhlenrand entspringt, schräg nach aufwärts steigt und sich am unteren Augenlid inserirt. Diese Beschreibung ist in Bezug auf die Insertion richtig, bedarf dagegen in Bezug auf den Ursprung einer Berichtigung. Der Muskel hängt mit dem Augenhöhlenrand nur dadurch zusammen, dass die Sehnenhaut, in welche der *levator bulbi* im Ganzen am lateralen Rand übergeht, sich an den Oberkiefer befestigt; das in Rede stehende Bündel löst sich schon in der Mitte der oberen Fläche des genannten Muskels von demselben ab und geht an der unteren Fläche des *bulbus* lateralwärts verlaufend an den hinteren Theil des unteren Augenlids.

Fig. 52.

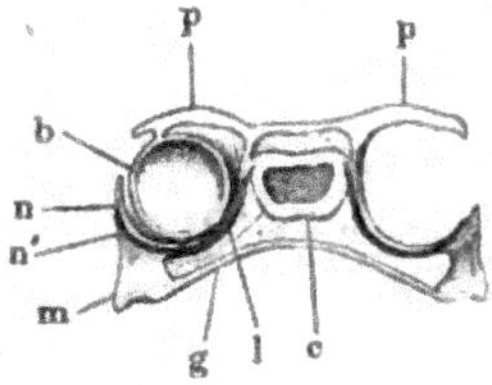

Frontaler Durchschnitt durch Schädelhöhle u. Augenhöhlen von rana esculenta.
c Schädelhöhle.
m Oberkiefer.
g Gaumenhaut.
p Oberes Augenlid.
b Bulbus.
n Nickhaut.
l m. levator bulbi.
n' Ansatz desselben am unteren Augenlid.

Fig. 53.

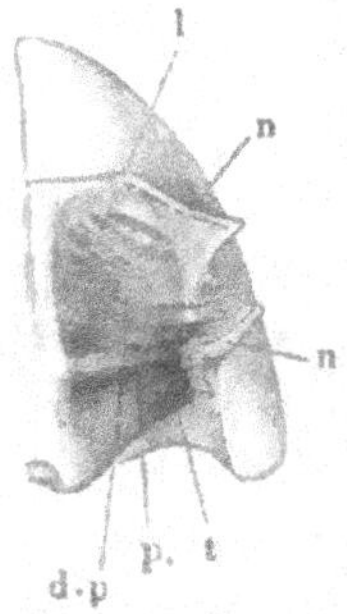

m. levator bulbi von rana esculenta von oben gesehen; der Augapfel, der auf ihm ruhte, ist entfernt.
l m. levator bulbi.
n Nickhaut, vom freien Rand aus eingeschnitten.
dp m. depressor palpebrae inferioris.
p m. pterygoideus.
t m. temporalis.

10. Die Nickhautsehne [2]) (Fig. 54 *n'*). Der pigmentirte freie Rand der Nickhaut geht am inneren und äusseren Augenwinkel in eine Sehne über, welche eine Strecke weit durch fibröses Gewebe verläuft, dann an die untere Fläche des *bulbus* herabsteigt und mit der der anderen Seite zusammenfliesst, so dass der Augenlidrand zusammen mit dieser Sehne einen vollständigen Ring darstellt. Die sehnige, einen dünnen, runden Faden darstellende Partie des Ringes, welche sich an der unteren Fläche des *bulbus* befindet, liegt unter dem *m. retractor bulbi* und ist mit diesem Muskel durch Binde- Nickhautsehne.

---

[1]) Manz, Berichte der naturf. Gesellschaft zu Freiburg. 2. Band 4. Heft. 1862. S. 391. Tafel VI.

[2]) Vergl. Manz l. c.

gewebe verbunden. Es ist richtig, was Manz (l. c.) angiebt, dass die beiden Muskeln, welche Dugès als Heber des unteren Augenlids beschrieben hat (*orbito-palpebral anterieur* und *posterieur*, n. 5 und 6) nicht existiren und (was insbesondere aus der Abbildung Tafel VI bis, 5 und 6 bei Dugès erhellt), dass er die Nickhautsehne damit verwechselt hat.

Was die Wirkungen der Augenmuskeln betrifft, so ist es wohl keinem Zweifel unterworfen, dass die vier geraden und zwei schiefen Augenmuskeln den *bulbus* um drei Axen, die Augenaxe, eine senkrechte und eine von hinten nach vorn und medianwärtsgehende, drehen. Der *m. retractor* zieht denselben in die Augenhöhle zurück und herab, während der *levator* denselben in die Höhe hebt.

Fig. 54.

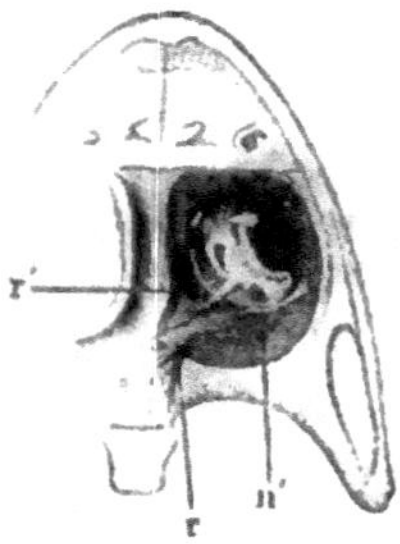

Weniger ist man in Uebereinstimmung über die Bewegung der Augenlider oder vielmehr des unteren Augenlids, da das obere keine selbstständige Bewegung hat. Dugès (*l s*) nimmt an, dass die zwei Muskeln, die er als Heber des unteren Augenlids betrachtet und die nach ihm mit dem *m. retractor bulbi* verbunden sind, das Augenlid in demselben Moment, in welchem der *bulbus* durch diesen zurück- und herabgezogen wird, über den Augapfel heraufziehen. Das Heruntersinken des Augenlids beim Wiederaufsteigen desselben soll eine blosse Folge der Elasticität sein. Manz [1]) hat ganz richtig dargethan, dass das durch die Contraction des *retractor* bewirkte Herabsinken des *bulbus* nothwendigerweise eine Hebung der Nickhaut herbeiführen muss, indem ihre mit jenem Muskel verwachsene Sehne seinem Zug nach rück- und abwärts nur dadurch folgen kann, dass während ihr unterer Bogen nach abwärts rückt, der vordere (der freie Nickhautrand) sich auf der Cornea nach aufwärts verschiebt.

Das Herabsinken des unteren Augenlids geschieht gleichzeitig mit der Hebung des *bulbus* durch den *m. levator bulbi* vermittelst des aus diesem hervorgehenden *m. depressor palpebrae inferioris* und es begreift sich leicht, weshalb diese beiden nur Theile eines und desselben Muskels sind.

---

[1]) l. c. S. 4.

2. Gesichtsmuskeln.

11. *m. intermaxillaris* s. *dilatator narium* (Fig. 55 *im*). m. intermaxillaris.

Dugès, intermaxillaire, n. 1.
Zenker, intermaxillaris medius.

Dieser kleine Muskel füllt den Zwischenraum zwischen den aufsteigenden Aesten der Zwischenkiefer und besteht aus schräg aufsteigenden, sich kreuzenden Fasern, welche von dem einen der genannten Knochen entspringen und am gegenüberliegenden sich inseriren. Er nähert die aufsteigenden Aeste der Zwischenkiefer einander, so dass diese mit ihren oberen Enden sich gegeneinander neigen. Gleichzeitig mit dieser Bewegung treten die Nasenflügelknorpel (*a n*) auseinander und die Nasenlöcher erweitern sich, so dass man diesen Muskel auch passend als *m. dilatator narium* bezeichnen kann.

Fig. 55.

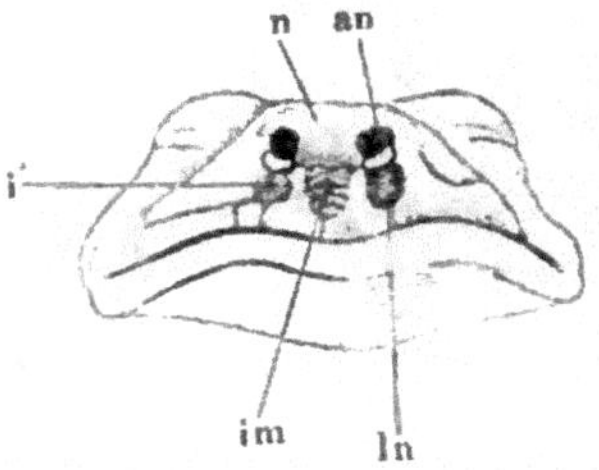

Gesichtsmuskeln von rana esculenta von vorn.
n knorplige Nasenkapsel.
a n Nasenflügelknorpel.
i' aufsteigender Ast des Zwischenkiefers.
im m. intermaxillaris.
l n m. lateralis narium.

12. *m. lateralis narium (mihi)* (Fig. 55 *ln*). m. lateralis narium.

Zenker, m. intermaxillaris lateralis.
Klein, m. nasalis inferior.
Dugès, sus-maxillo-pré-nasal, n. 2.

Dieser kleine Muskel füllt den Raum zwichen dem vorderen Theil des Oberkiefers und dem aufsteigenden Ast des Zwischenkiefers und entspringt vom Oberkiefer, um schräg vorwärts aufsteigend sich an den lateralen Rand des aufsteigenden Astes vom Zwischenkiefer anzusetzen. Er ist der Antagonist des vorhergehenden.

Einen dritten Muskel beschreibt Dugès als *sus-maxillo-post-nasal*, n. 3 (*nasalis externus* Klein), und es soll dieser vom *proc. nasalis* des Oberkiefers zum äusseren Rand des Nasenlochs gehen und dieses öffnen. Nach Klein, l. c. S. 9, soll er sich bei *rana temporaria* lang und schmal am oberen Rand des Oberkiefers unter das untere Augenlid hinziehen. Ich habe in dieser Gegend niemals Muskelfasern auffinden können.

3. Muskeln des Unterkiefers.

m. depressor max. inf.

13. *m. depressor maxillae inferioris*, Carus, Zenker (Fig. 56, 57, 64 *dm*).

Cuvier, l. c. II, 141, digastricus.
Dugès, sus-occipito-dorso-angulaire, 32.

Ein starker, dreieckiger, oben breiter, nach unten sich zuspitzender Muskel, welcher oben zwischen Kopf und Schulterblatt liegt. Er entspringt mit zwei Portionen, die eine grössere von der *Fascia dorsalis* (*fd*), welche die *scapula* deckt und sich nach median- und rückwärts über die Rückenmuskeln, nach vorn über den *m. temporalis* erstreckt und sich am *os fronto-parietale* und *tympanicum* befestigt und in die Fascie des oberen Augenlids fortsetzt. Die zweite Portion entspringt fleischig vom hinteren oberen Arm des *os tympanicum* und vom hinteren und unteren Rand des knorpligen Trommelfellrings, beide vereinigen sich und setzen sich am hinteren Winkel des Unterkiefers an. Cuvier betrachtet richtig nur die vordere Portion als dem *digastricus* entsprechend, die hintere entspreche dem *m. cervico-maxillaris* der Schlangen. — Er zieht den Unterkiefer herab, öffnet den Mund.

Fig. 56.

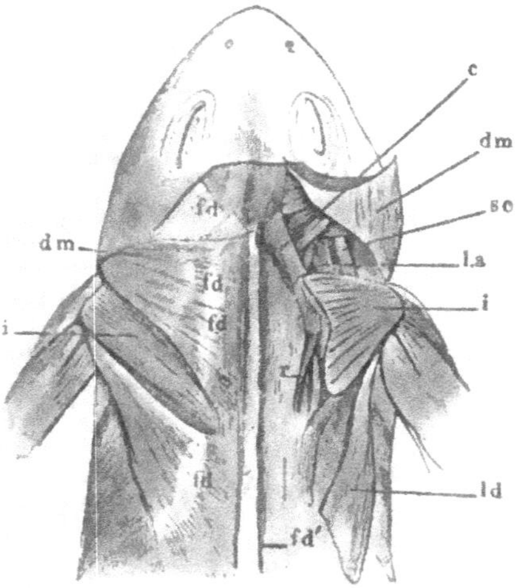

Muskeln des Rückens und Schulterblatts.

fd fascia dorsalis.
fd' dieselbe rechts in der Nähe der Dornfortsätze durchschnitten.
dm m. depressor maxillae, von der fascia dorsalis entspringend, auf der rechten Seite durchschnitten und zurückgeschlagen.
ld latissimus dorsi.
i m. infraspinatus.
c m. cucullaris.
la m. levator anguli scapulae.
sc m. sternocleidomastoideus.
r m. retrahens scapulae.

m. temporalis.

14. *m. temporalis* (Fig. 57, 58, 53, 50 *t*).

m. temporalis. I. Cuv. l. c. S. 138.
Dugès, sous-rupéo-temporo-coronoidien.

Er füllt mit dem *m. pterygoideus* den Raum zwischen *os petrosum* und Augapfel und entspringt mit dem grössten Theil seiner Fasern von der oberen Fläche des *os petrosum*; er geht dann, sich verschmälernd unter dem vorderen Arm des *os tympanicum*, dann über das *os pterygoideum*, zwischen diesem und *os maxillare* und *jugale* hindurch und nimmt auf diesem Wege andere Fasern auf, die vom vorderen Rande des unteren Armes des *os tympanicum* (und vom vorderen Umfang des knorpligen Trommelfellrings) entspringen. Sämmtliche Fasern heften sich an eine breite platte Sehne, die an der medialen Seite des Unterkiefers am *proc. coronoideus* sich ansetzt.

Fig. 57.

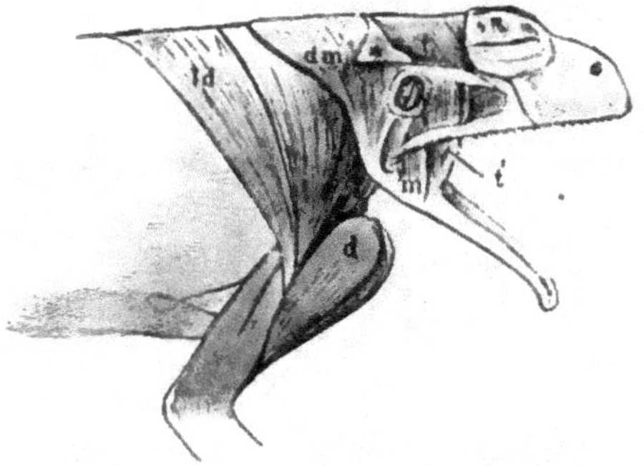

Muskeln des Unterkiefers von rana esculenta.
dm m. depressor maxillae, seine den m. temporalis bedeckende Ursprungssehne bei * zurückgeschlagen.
t m. temporalis, Ursprung.
t' unterer Theil desselben.
m m. masseter.
ld m. latissimus dorsi.
d m. deltoideus.

15. *m. pterygoideus* (Fig. 58 *pt*, 53, 50 *p*). m. pterygoideus.

Cuvier, m. temporalis. II. l. c.
Zenker, m. massetericus. l. c. S. 25.
Dugès, pré-rupéo-pterygo-maxillaire, 31.

Er liegt zwischen dem vorigen und dem *bulbus*, theilweise vom ersteren bedeckt, und entspringt an der medialen Wand der Augenhöhle vom *os fronto-parietale* und von dem Theil des *os petrosum*, welchen man als *ala magna* bezeichnet hat, über dem *m. retractor bulbi*. Der von vorn nach hinten plattgedrückte ziemlich breite Muskel verläuft vom *m. temporalis* bedeckt abwärts und geht bald in eine lange dünne Sehne über (Fig. 58 *pt* unten), welche sich hinter dem *m. temporalis* und unmittelbar vor dem Gelenk an die mediale Fläche des Unterkiefers befestigt.

Fig. 58.

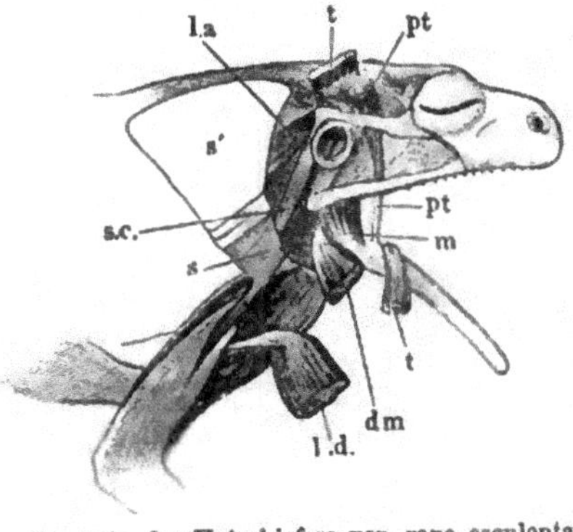

Muskeln des Unterkiefers von rana esculenta, Maul weit geöffnet.
tt m. temporalis, durchschnitten und zurückgelegt.
pt m. pterygoideus.
dm m. depressor maxillae, durchschnitten und zurückgelegt.
m m. masseter.
s scapula.
s' pars suprascapularis.
la m. levator anguli scapulae.
sc m. sternocleidomastoideus.
ld m. latiss. dorsi, durchschnitten und zurückgelegt.

m. masseter.

16. *m. masseter* (Fig. 57, 58 *m.*).

Dugès, zygomato-maxillaire, n. 29.

Entspringt vom horizontalen Ast des *os jugale* als eine ziemlich breite Muskelmasse und setzt sich an die äussere Seite des Unterkiefers, gegenüber der Insertion des *m. temporalis* an.

Fig. 59.

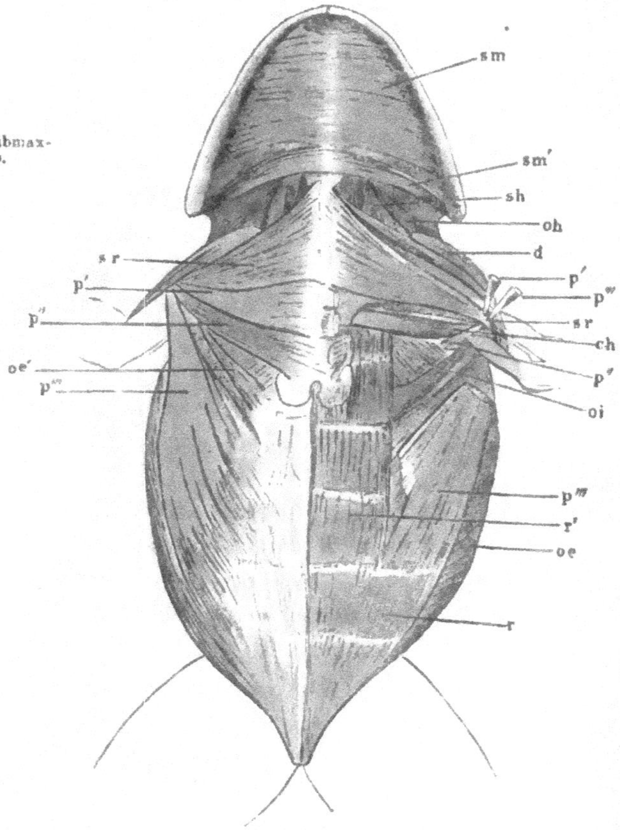

Muskeln der Kehle, der Brust und des Bauchs von rana esculenta.
sm m. submaxillaris.
sm' hintere Portion desselben, welche vom vorderen Zungenbeinhorn entspringt.

Die drei letztgenannten Muskeln heben den Unterkiefer und schliessen den Mund.

m. submaxillaris.

17. *m. submaxillaris* (Fig. 59, 60, 62 *sm*, *sm'*.)

Cuvier, m. mylo-hyoideus, l. c. II, 536.

Zenker, mylo-sternoideus, S. 25.

Dugès, sous-maxillaire, n. 15.

Dieser Muskel bildet, wie der *mylo-hyoideus* des Menschen, den Boden der Mundhöhle, setzt sich aber, wie schon Cuvier richtig bemerkt, an das Zungenbein gar nicht an. Er entspringt 1. von der ganzen medialen Fläche des oberen Unterkieferrandes [1]), jedoch nicht bis nach hinten zum Winkel (Figur 59 *sm*);

[1]) Ein zweiter unterer Ursprung vom unteren Rand des Unterkiefers, wie ihn Klein angiebt, existirt nicht. Der Anschein eines solchen entsteht durch den reihenweisen Eintritt von Gefässen und Nerven aus der Rinne zwischen Unterkiefer und dem Muskel, welche die Stämme dieser Gefässe und Nerven nebst vielem Bindegewebe enthält.

2. mit einer kleinen Portion (Fig. 59, 60, 62 *sm'*) vom vorderen knorpligen aus dem Knorpel des *os petrosum* hervorgehenden Zungenbeinhorn, ziemlich nahe am Schädel. Diese Portion steigt längs dieses Horns herab, um sich mit der anderen, vom Unterkiefer entspringenden Portion zu verbinden. Die beiden Theile treten zusammen und bilden einen hautartigen Muskel, dessen Fasern quer verlaufen und in der Mittellinie in einem Bindegewebstreifen, einer Art *linea alba*, von beiden Seiten zusammenstossen. Dieser Streifen geht vorn bis an die Spitze des Unterkiefers und bedeckt von unten den *m. submentalis.* Etwas vor seinem hinteren Rand steht der Muskel in seiner ganzen Breite durch eine feine Bindegewebelamelle, welche bisweilen durchbrochen ist, mit der Haut der Kehle in Verbindung. Der hintere Rand des Muskels verbindet sich mit dem Bindegewebe, welches zwischen die tieferen Muskeln eindringt, und ist auf diesen verschiebbar. Dass dieser Muskel bei den Athem- und Schlingbewegungen eine wichtige Rolle spielt, ist bekannt; die Wirkungen im Einzelnen festzustellen ist jedoch noch nicht versucht worden.

Fig. 60.

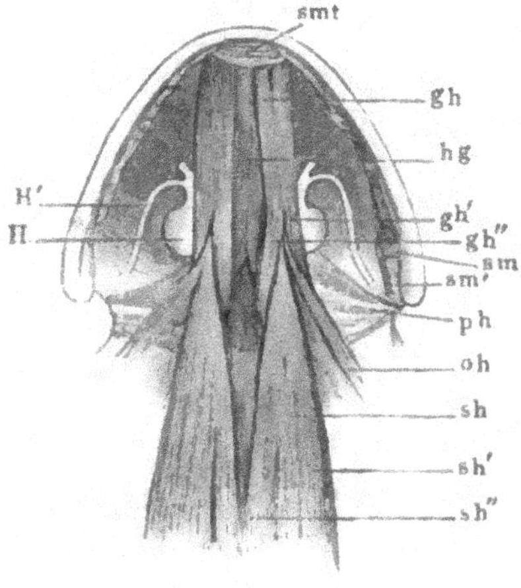

Muskeln des Zungenbeins und der Zunge von rana esculenta, von unten.
Der m. submaxillaris ist in der Nähe seiner Insertion abgeschnitten und entfernt.

sm m. submaxillaris.
sm' Ursprung der hinteren Portion desselben vom Zungenbeinhorn.
smt m. submentalis.
gh m. geniohyoideus.
gh' laterale Portion desselben.
gh'' mediale Portion desselben.
hg m. hyoglossus.
sh m. sternohyoideus.
sh' lateraler Ursprung desselben (m. rectus abdominis).
sh' medialer Ursprung desselben.
oh m. omohyoideus.
ph mm. petrohyoidei.
H Zungenbeinkörper.
H' vorderes Horn.

18. *m. submentalis* (Fig. 60 *smt*). m. submentalis.

Cuvier, transversus, l. c. 588.
Dugès, 4, sous-mentonnier.
Zenker, m. lingualis (fälschlich mit m. hyoglossus in Verbindung gebracht).

Dieser kleine Muskel liegt im vordersten Winkel des Unterkieferrahmens zwischen den beiderseitigen *ossa dentalia*, und besteht aus queren Fasern, die von einem Unterkieferast zum anderen herüberlaufen. Er ist von unten bedeckt vom vordersten Theil des *m. submaxillaris.*

Was seine Wirkung betrifft, so nähert er die beweglichen Aeste des Unterkiefers einander, nach Dugès, l. c. S. 123, soll er mittelbar auf den Schluss der Nasenlöcher dadurch einwirken, dass er die unteren Ränder der *ossa dentalia* einander nähert und deren mediales Ende und hiermit die *ossa intermaxillaria* hebt.

4. Muskeln des Zungenbeins und der Zunge.

m. geniohyoideus.

19. *geniohyoideus* (Fig. 60 *gh*, 61 *gh*).

Cuvier, IV, 1, 536.
Dugès, n. 16.
Zenker, S. 30.
M. St. Ange, l. c. S. 423. tb. XXVI, f. 1, 13.

Entspringt vom Unterkiefer mit zwei Portionen, die eine mediale neben der Mittellinie über dem *m. submentalis*, die andere

Fig. 61.

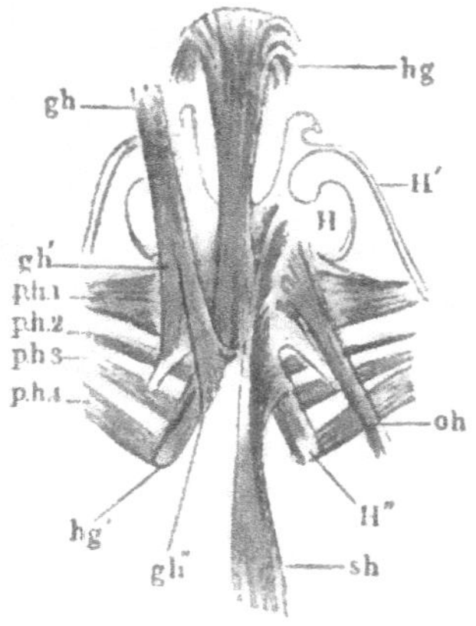

Muskeln der Zunge und des Zungenbeins von rana esculenta, von unten.
hg m. hyoglossus, vorn sich in die Zunge umschlagend.
hg' hinterer Ursprung desselben.
gh m. geniohyoideus.
gh' lateraler Ursprung.
gh'' medialer Ursprung desselben.
oh m. omohyoideus.
sh m. sternohyoideus.
ph 1. 2. 3. 4. erster, zweiter, dritter, vierter m. petrohyoideus.
H Zungenbeinkörper.
H' vorderes Horn.
H'' hinteres Horn.

Fig. 60.

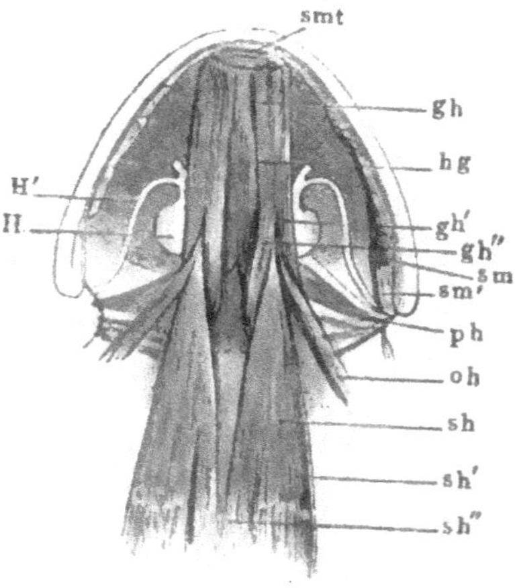

mehr lateralwärts vom oberen Rand des Unterkiefers. Im Verlaufe vereinigen sich beide Portionen zu einem langen, platten Muskel, der auf der ventralen Fläche des Zungenbeinkörpers aufliegt und sich nach hinten in zwei Theile spaltet. Der eine, der mediale (Fig. 60, 61 *gh''*), setzt sich an dem medialen Rande des knöchernen hinteren Zungenbeinhorns an und hängt hier mit einer Fascie zusammen, welche den *m. hyoglossus* von unten her überzieht. Durch die gleiche Fascie hängen auch die Muskeln der beiden Seiten in dem Winkel, welchen die genannten Hörner mit einander bilden, unter sich zusammen, die laterale Portion (Fig. 60, 61 *gh'*) setzt sich an den hinteren knorpligen Fortsatz des Zungenbeinkörpers an.

20. *m. sternohyoideus* (Fig. 60, 61 *sh*). m. sternohyoideus.

Cuvier, IV, 1, 538 (pubio-hyoideus).
Dugès, n. 17, sterno-xipho-hyoidien.
Zenker, S. 30.

Dieser Muskel bildet den Halstheil des *m. rectus abdominis* und ist zum grossen Theil eine unmittelbare Fortsetzung desselben. Er entsteht mit einer medialen Portion (Fig. 60 *sh''*) von der oberen Fläche des medialen Endes des *os coracoideum* und dem *os hyposternale*, während die laterale (*sh'*) die unmittelbare Fortsetzung des *m. rectus abdominis* ist, welcher ungefähr an der fünften *inscriptio tendinea* in den in Rede stehenden Muskel übergeht. Der Muskel verläuft auf der oberen Fläche des *os coracoideum* und der *clavicula* unter dem Pericardium vorwärts gegen das Zungenbein; hier wendet sich der Muskel, der bis dahin mit seinen Flächen in einer horizontalen Ebene verlief, plötzlich in eine sagittale (vgl. Fig. 61), schiebt sich zwischen die zwei Ansatzportionen des *m. geniohyoideus* ein und setzt sich in einer ziemlich beträchtlichen Länge auf der unteren Fläche des Zungenbeinkörpers und dem vorderen Ende des hinteren Horns an.

21. *m. omohyoideus* (Fig. 60, 61 *oh*). m. omohyoideus.

Cuvier, l. c. 539.
Dugès, n. 18, interscapulo-hyoidien ou omohyoidien.
Zenker, S. 31.
M. St. Ange l. c.

Entspringt von der knöchernen Scapula an ihrem vorderen Rande und setzt sich an der ventralen Fläche des Zungenbeinkörpers an, lateralwärts und theilweise bedeckt vom *m. sternohyoideus*.

22. *m. petrohyoideus anterior (mihi)* (Fig. 62 *ph* 1). m. petrohyoideus ant.

Dugès, 10, rupéo-cérato-hyoidien.
Zenker, m. petro-ceraus? — S. 30.
Klein, basiohyoideus, l. c. S. 71.

Ein oben schmaler, nach unten sich rasch verbreiternder, platter, dünner Muskel, welcher vom lateralen Ende des Felsenbeins entspringt, nach unten den Schlund umfasst und mit einem Theil seiner Fasern sich in demselben inserirt, mit einem anderen Theil sich auf der ventralen Fläche des Zungenbeinkörpers nahe dem lateralen Ausschnitt festsetzt. Die Hauptwirkung dieses Muskels scheint die eines *m. constrictor pharyngis* zu sein.

mm. petrohyoidei post.

23. 24. 25. *mm. petrohyoidei posteriores (mihi)* (Fig. 62 *ph* 2, 3, 4).

Cuvier, mm. stylohyoidei, l. c. S. 537.
Dugès, 20, 21, 22, masto-hyoidiens (Fig. 44).
Zenker, petro-hyoideus superior und inf.
Klein, stylo-hyoideus, l. c. S. 18.

Drei lange und dünne Muskeln, die in ziemlich paralleler Richtung hintereinander liegen und vom Felsenbein zum hinteren Zungenbeinhorn verlaufen. Alle drei nehmen, bedeckt vom *m. sternocleidomastoideus* ihren Ursprung vom lateralen Ende des *os petrosum*, gehen um den Schlund herum und setzen sich der *m. petrohyoideus posterior primus* (Fig. 62 *ph* 2) an das vordere Ende, der *secundus* (Fig. 62 *ph* 3) an die Mitte, der *tertius* (Fig. 62 *ph* 4) an das hintere Ende des hinteren Zungenbeinhorns. Auch die Wirkung dieser Muskeln wird ebensowohl das Zungenbein als den Schlund betreffen.

Fig. 62.

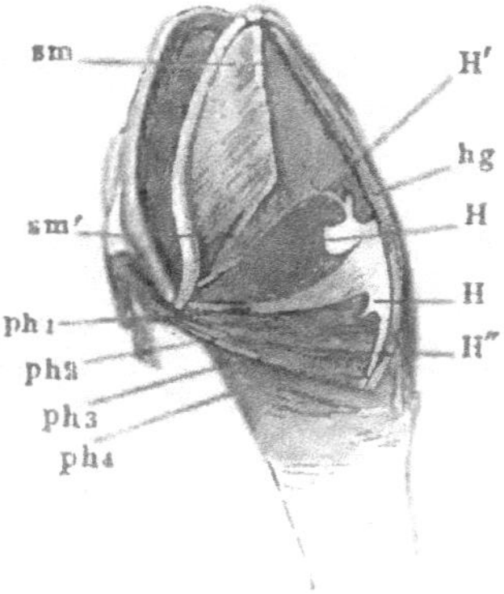

Muskeln des Zungenbeins von rana esculenta.

Der Schädel mit Zungenbein und Schlund ist von der Wirbelsäule abgelöst; Ansicht von rechts und unten.

sm m. submaxillaris.
sm' hinterste Portion desselben, welche vom vorderen Zungenbeinhorn entspringt.
ph 1 m. petrohyoideus anterior.
ph 2, 3, 4 mm. petrohyoidei posteriores.
hg m. hyoglossus.
H H Zungenbeinkörper.
H' vorderes Horn.
H'' hinteres Horn.

m. hyogloss.

26. *m. hyoglossus* (Fig. 60, 61, 62 *hg*).

Cuvier, l. c. 588.
Dugès, 24, hyo-glosse.

Entspringt vom knöchernen hinteren Horn des Zungenbeins und zwar vom hinteren Ende desselben (*hg'*). Die Muskeln beider Seiten laufen convergirend nach vorn und vereinigen sich in der Mittellinie. Der so entstandene unpaare Muskel verläuft auf der ventralen Fläche des Zungenbeins zwischen den *mm. geniohyoideis* vorwärts über den vorderen Rand des Zungenbeins hinaus und senkt sich, indem er sich rückwärts wendet, von unten in die Zunge ein, in welcher er bis zur Spitze verläuft. Ueber das Verhalten in der Zunge siehe bei dieser.

27. *m. genioglossus.* m. genioglossus.

Cuvier, l. c. 587.
Meckel, l c. IV, 339.
Dugès, 23, genio-glosse.

Entspringt über der Insertion des *m. geniohyoideus* jederseits neben der Mittellinie von den beiden vorderen Stücken des Unterkiefers. Die beiden Ursprünge vereinigen sich bald zu einem dicken, sehr festen Muskelbauch, der im Verlauf nach hinten sich rasch zuspitzt, und mit zahlreichen Bündeln, die mit denen des *m. hyoglossus* sich unter spitzem Winkel kreuzen, in das vordere Ende der Zunge ausstrahlt.

II. Muskeln des Stamms.

1. Bauchmuskeln. Bauchmuskeln.

An der Bildung der Bauchwand nehmen Antheil 1. der *m. rectus abdominis*; 2. der *m. obliquus externus*; 3. *m. obliquus internus*; 4. die *port. abdom.* des *m. pectoralis*. Nach oben ist es namentlich der *m. obliquus internus* (siehe diesen), der, indem er eine Art Diaphragma bildet, die Bauchhöhle sammt der Brusthöhle abschliesst.

28. *m. rectus abdominis* (Fig. 63 *r*). m. rectus abdominis.

Dugès, pubio-thoracique, n. 52.

Dieser zu beiden Seiten der unteren Mittellinie gelagerte Muskel ist in der Regel mit fünf zackigen *inscriptiones tendineae* durchflochten. Er entspringt, ziemlich schmal, mit starker Sehne vom unteren Rande des Schambeins, verläuft von hier, rasch breiter werdend, vorwärts und theilt sich an der zweiten *inscriptio tendinea* (von hinten gerechnet) in zwei Portionen.

a) Die laterale (Fig. 63 *r*) geht in die *portio abdominalis* des *m. pectoralis* über und bildet den grösseren lateralen Theil dieses Muskels (s. unten).

b) Die mediale (*r'*) setzt ihren Weg als *m. rectus abdominis* fort und verschmälert sich nach vorn allmälig. Am Brustbein angekommen, setzt sich ein Theil ihrer Fasern und zwar die medianwärts gelegenen, an die Rückenfläche der Knorpelscheibe des Hyposternum an, während die Hauptmasse des Muskels über dem *os coracoideum* an Breite stets abnehmend vorwärts verläuft, um ungefähr an der fünften *inscriptio tendinea* direct in den *m. sternohyoideus* (s. diesen) überzugehen.

Fig. 63.

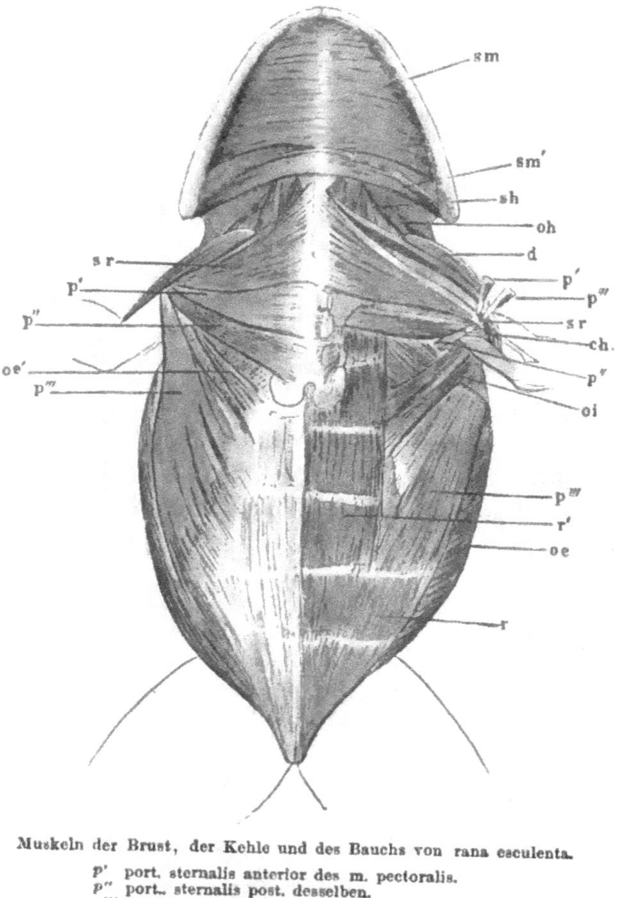

Muskeln der Brust, der Kehle und des Bauchs von rana esculenta.

p' port. sternalis anterior des m. pectoralis.
p'' port. sternalis post. desselben.
p''' portio abdominalis desselben.
d m. deltoideus.
ch m. coraco-humeralis.
sr sternoradialis.
oi m. obliquus abdom. internus.
oe m. obliq. abdom. externus.
oe' Scapularportion desselben.
r m. rectus abdom.
r' mediale Portion desselben.
oh m. omohyoideus.
sh m. sternohyoideus.
sm m. submaxillaris.
sm' m. Zungenbeinursprung desselben.

29. *m. obliquus externus* (Fig. 64 *oe*, *oe'*). m. obliquus externus.

Zenker, l. c. S. 31, m. obliquus.
Dugès, dorso-sous-abdominal, n. 54.

Der *m. obliq. abdominis externus* entspringt

a. von der Aponeurose, welche die langen Rückenmuskeln deckt und mit dieser von den Dornfortsätzen. Der vordere Rand des

Fig. 64.

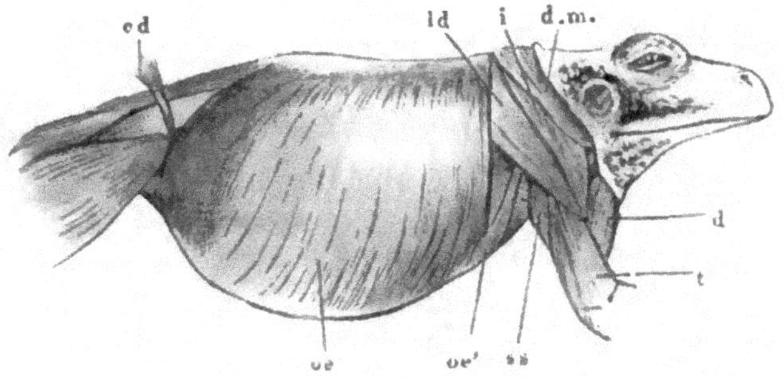

Muskeln des Stammes von rana esculenta, von der rechten Seite.

oe m. obliquus abdom. externus.
oe' Scapular-Ursprung desselben.
ld m. latiss. dorsi.
i m. infraspinatus.
dm m. depressor maxillae.
ss m. subscapularis.
d m. deltoideus.
t m. triceps brachii.
cd m. cutaneus femoris.

obliquus externus deckt den hinteren Rand des *m. latissimus dorsi*, welcher von der unteren, ventralen Fläche der Aponeurose entspringt. Die Aponeurose theilt sich lateralwärts gleichsam in zwei Zipfel, wovon der eine, hintere, in den *obliquus externus* übergeht, während der vordere die Ursprungssehne des *depressor maxillae inf.* (*dm*) bildet (vergl. Fig. 67).

b. Eine zweite schmale Portion, *portio omo-abdominalis* (Fig. 64 *oe'*) (*m. xipho-adscapulaire* Dugès n. 62) entspringt vom hinteren Rande der *scapula* mit dünner Sehne, verbreitert sich im Verlauf nach hinten und unten und fliesst mit dem vorderen Rand der grossen Portion zusammen.

Der ganze Muskel setzt sich mit seinen vordersten Fasern an den Knorpel des *hyposternum* an, die folgenden gehen in eine Aponeurose über, die über die untere Fläche des *m. rectus abdominis*, mit dessen *inscriptiones tendineae* verwachsen, zur *linea alba* geht.

m. obliquus internus.

30. *m. obliquus internus* (und *transversus*) (Fig. 65 und 66 *oi*).

Dugès, ileo-transverso-sous-sternal, S. 53.
Zenker, transversus, l. c. S. 31.
Kuhl, transversus, l. c. S. 116.

Dieser Muskel entspricht zugleich dem *obliq. internus* und *transversus*, und ist daher von verschiedenen Autoren bald mit dem einen bald mit dem anderen Namen bezeichnet worden.

Die Fasern entspringen sehnig:

a. von den Querfortsätzen der Wirbel (vom vierten an rückwärts) und von einer die *mm. intertransversarii* bedeckenden Fascie, ferner

b. vom Darmbein, und zwar mit starker Sehne vom oberen Rand und mit schwächeren und weniger Fasern von der lateralen Fläche desselben. Die letzteren Fasern sind von den ersteren bedeckt und diese enden nach hinten mit einem scharfen concaven Rande.

Die Muskelbündel laufen von den genannten Punkten aus divergirend theils vor- theils rückwärts; die ersteren werden vorn, vor dem vorderen Rand des *m. obliquus externus*, nur theilweise bedeckt

Fig. 65.

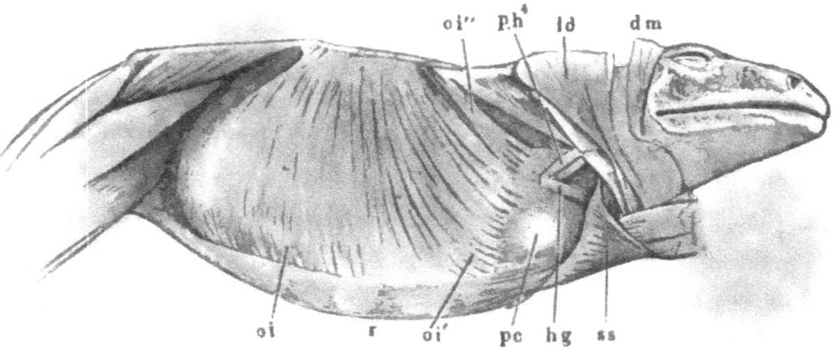

Bauchmuskeln der zweiten Schicht von rana esculenta von rechts und unten gesehen. Der m. obliquus externus ist entfernt, die rechte Vorderextremität stark nach vorn umgewendet.

oi m. obliquus internus.
oi′ Ansatz der dritten Portion desselben am Herzbeutel.
pc Herzbeutel.
oi″ Zweite Portion, welche sich an den Schlund ansetzt.
r m. rectus abdominis.
ss m. subscapularis.
dm m. depressor maxillae.
ld m. latiss. dorsi und infraspinatus.
ph⁴ m. petrohyoideus quartus.
hg m. hyoglossus.

von der *portio omo-abdominalis* desselben (vergl. Fig. 63, 64), sichtbar. Der hintere Rand des Muskels ist frei.

Die Insertion des Muskels ist eine sehr verschiedenartige und es vereinigt dadurch dieser Muskel sehr verschiedene Functionen in sich.

a. Der vorderste Theil des Muskels (Fig. 66 *oi'''*), dessen Fasern nach vorwärts verlaufen, setzt sich

1. mit einem Theil seiner Fasern an das *hyposternum* und das *os coracoideum* an;
2. ein zweiter Theil, es ist dies der vom Querfortsatz des vierten Wirbels entspringende (Fig. 63 *oi''*), umfasst zwerchfellartig den Schlund (Fig. 66 *oe*) und setzt sich an dessen Seite bis nach hinten hin an (Fig. 66 *oi'*). Diese Portion ist von der folgenden etwas getrennt;
3. eine dritte Portion, hinter der vorigen gelegen, geht von dem Schlund über das Pericardium (Fig. 65 *pc*) und an diesem befestigt bis gegen die Mittellinie (Fig. 65 *oi'* und Fig. 66 *oi''*) über dem *sternum*, dem *m. rectus* und *sternohyoideus* laufend. Die Insertionsränder der Muskeln beider Seiten bilden einen nach vorn offenen Winkel.

   In diesen dünnen Rändern liegen die Muskelbündel in fast nur einfacher Lage und sie eignen sich daher gut zu mikroskopischer Untersuchung.

Fig. 66.

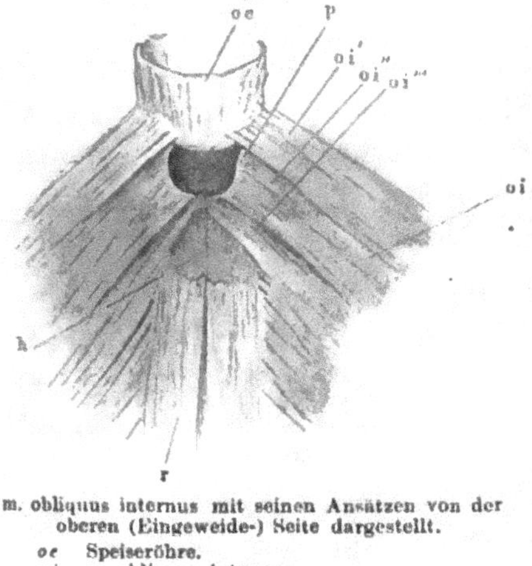

m. obliquus internus mit seinen Ansätzen von der oberen (Eingeweide-) Seite dargestellt.

oe Speiseröhre.
oi m. obliquus internus.
oi' Fasern des obliq. int., welche sich an dieser ansetzen.
oi'' Fasern desselben, welche sich am Herzbeutel *p* ansetzen.
oi''' Fasern desselben, welche sich am hyposternum und os corac. befestigen.
h hyposternum.
r m. rectus abdominis.

b. Der mittlere und hintere Theil des Muskels geht gerade abwärts oder etwas rückwärts gegen den lateralen Rand des *m. rectus* und geht hier in eine Sehne über, die zum grösseren Theil auf der oberen Fläche des *rectus* zur *linea alba* verläuft.

2. Rückenmuskeln.

Die Rückenmuskeln sind von einer Fascia, *fascia dorsalis* (Fig. 67 *fd*), bedeckt, welche an den Dornfortsätzen der Wirbel befestigt ist und nach vorn, den *m. temporalis* deckend, sich am *os frontoparietale* u. *tympanicum*, nach hinten am oberen Rand der Darmbeine und dem Steissbeinende sich ansetzt. Der hintere Theil, welcher den Ursprung des *m. longissimus dorsi*, den *m. coccygeo-iliacus* und *coccygeo-lumbaris* deckt, ist besonders stark. Von dem vorderen Theil entspringen seitlich mehrere Muskeln, nämlich ein Theil des *m. obliquus abdominis externus*, der *m. latissimus dorsi* und der *m. depressor maxillae inferioris* (siehe diese). In der obersten Schicht liegen, unmittelbar von der *fasc. dorsalis* bedeckt, der *m. cucullaris*, der *m. retrahens scapulae*, der von der Fascia selbst entspringende *latissimus dorsi* und die Scapula mit ihren Muskeln; dann folgen die langen Rückenmuskeln und in der dritten tiefsten Schicht die kurzen Rückenmuskeln.

Die einzelnen Muskeln sind folgende:

A. Gliedermuskeln des Rückens (der Bewegung des Schultergürtels und Arms bestimmt).

m. cucullar. 31. *m. cucullaris* (Fig. 67 *c*).

Cuvier, angularis.
Dugès, n. 58, sous-occipito-adscapulaire.
Zenker, levator scapulae sublimis.

Um diesen Muskel zu sehen, muss man die *fascia dorsalis* von den Dornfortsätzen trennen und mit dem von derselben entspringenden *m. depressor maxillae inf.* nach aussen zurückschlagen. Derselbe entspringt von der hinteren Fläche des *os occipitale laterale* bis nahe gegen die Mitte; beide Muskeln verlaufen divergirend, einen nach hinten offenen Winkel bildend, nach rückwärts, und setzen sich an der vorderen oberen Ecke der *pars suprascapularis scapulae* an deren ventrale Fläche und medialen Rand an.

Cuvier betrachtet diesen Muskel als Analogon des *m. levator anguli scapulae.* Dugès und Meckel sehen in ihm den vorderen Theil des *m. cucullaris*; als hinteren Theil dieses Muskels betrachtet der erstere den *m. rhomboideus.* Dieser letzteren Anschauung kann ich aus Gründen, die bei diesem ihre Erörterung finden werden, nicht beitreten, und betrachte daher den in Rede stehenden Muskel als einzigen Repräsentanten des *m. cucullaris* des Menschen.

32. *m. latissimus dorsi* (Fig. 67, 57 *ld*). m. latissimus dorsi.

Dugès, n. 66, lombo-huméral.
Zenker, depressor brachii.

Dieser dünne, dreieckige Muskel entspringt von der ventralen Fläche der *fascia dorsalis* und wird nach hinten theilweise vom vorderen Rand des *m. obliquus abdominis externus* bedeckt. Lateralwärts verschmälert sich der Muskel und geht in eine platte Sehne über, welche mit der des *m. infraspinatus* verschmilzt und sich an die laterale Fläche der *crista deltoidea* mit einer dreieckigen Ausbreitung ansetzt.

33. *m. retrahens scapulae, mihi* (Fig. 67 *r*). m. retrahens scapulae.

Dugès, n. 59, lombo-adscapulaire.
Klein, m. rhomboideus, l. c. S. 26.
Zenker, omoplateus rectus? S. 37 l. c.
Kuhl, l. c. 124, retrahens rhomboideus.

Dieser platte, länglich viereckige Muskel entspringt vom Querfortsatz des vierten Wirbels und hängt mit dem dritten (von vorn gezählt) der den *m. longiss. dorsi* quer durchsitzenden Sehnenstreifen zusammen. Nach hinten bildet seinen Ursprung ein convexer Rand, von da verläuft er vor- und etwas lateralwärts und inserirt sich an der ventralen Fläche der knorpligen Scapula nahe dem medialen Rand. Dieser Muskel liegt neben dem *m. serratus* oder *transv. scap. tertius* (Fig. 69 *ts''*) und hat einen diesem ganz analogen Verlauf. Es wäre daher vielleicht am geeignetsten, ihn auch als *m. serratus* zu bezeichnen. Er entspringt von Theilen, welche Rippen entsprechen und setzt sich an

Fig. 67.

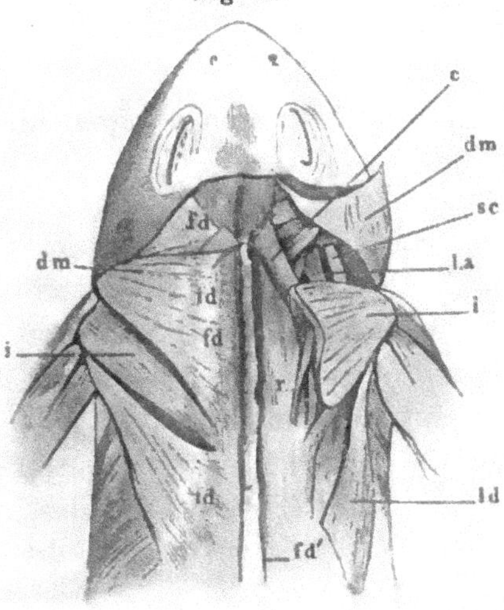

Muskeln des Rückens und Schulterblatts.

fd fascia dorsalis.
fd' Dieselbe rechts in der Nähe der Dornfortsätze durchschnitten.
dm m. depressor maxillae, von der fascia dorsalis entspringend, auf der rechten Seite durchschnitten und zurückgeschlagen.
ld latissimus dorsi, desgl. (links ist der Muskel nicht bezeichnet).
i m. infraspinatus.
c m. cucullaris.
la m. levator anguli scapulae.
sc m. sternocleidomastoideus.
r m. retrahens scapulae.

die Scapula an, wie dieser. Mit dem *m. cucullaris*, womit ihn Dugès (als hintere Portion desselben) zusammenbringt, und dem *m. rhomboideus*, für welchen ihn Klein erklärt, hat er jedenfalls keine Analogie, da er nicht von Dornfortsätzen, wie diese, entspringt.

B. Lange Rückenmuskeln.

m. extensor dorsi comm.

34. *m. extensor dorsi communis* (Fig. 68 *lgd*).

Cuvier, long-dorsal, l. c. I. 301.
Dugès, n. 33 — 40, masse des muscles surspinaux divisée en huit faisceaux principaux: 1. vertébro-sus-occipital, 2-5. transverso-spinaux, 6. transverso-coccyg., 7. sacro-coccygien, 8. ileo-coccygien. Die Muskeln 1 bis 7. bilden den lombo-costal, 8. den ischiococcyg. Cuv.
Zenker, m. sacrolumbaris.
Klein, longiss. dorsi, coccygeo-lumb., coccyg.-iliac.

Diese Muskelmasse ist bedeckt von der *fascia dorsalis*, dem *m. cucullaris* und *retrahens scapula* und der knorpligen Scapula, und entspricht 1. dem *m. ileo-costalis* und *longissimus lumborum*, *dorsi* und *cervicis* (Henle); 2. dem *semispinalis* und *spinalis* (ebenfalls in Henle's Sinn genommen).

Man kann an demselben folgende Abtheilungen unterscheiden:

m. longiss. dorsi.

35. 1) *m. longiss. dorsi* (Fig. 68 *lgd*).

Derselbe entspringt vom vordersten Theil des *os coccygis* und läuft neben der Mittellinie durch die Dornfortsätze von dem der anderen Seite getrennt vorwärts. Der mediale Theil geht über die hinteren Dornfortsätze, ohne sich mit denselben zu verbinden, hinweg bis zum fünften, und setzt sich von diesem an dieselben und dann an das Hinterhauptsbein an. Der laterale Theil steigt aus- und aufwärts, um sich an die Querfortsätze und *processus obliqui* vom sechsten an vorwärts anzusetzen, und zugleich entspringen an den Querfortsätzen und an den oberen Dornfortsätzen accessorische Muskelbündel, welche, in den gemeinschaftlichen Muskelbauch übergehend, sich mit diesem an das Hinterhaupt ansetzen.

Der Muskel ist von sehnigen Scheidewänden durchzogen, welche von den Querfortsätzen ausgehen und in einer von unten und vorn nach hinten und oben gerichteten Ebene den Muskel durchsetzen. Dieselben haben einen wellenförmigen Verlauf, wie Fig. 68 zeigt. Es verräth durch diese Anordnung der Muskel noch seinen Ursprung aus den Seitenrumpfmuskeln der Fische und fischartigen Amphibien, aus welchen er bei der Froschlarve hervorgeht.

36. 2) *m. coccygeo-sacralis* (Fig. 68 *cl*). m. coccygeo-sacralis.

Dieser Muskel ist theilweise bedeckt vom hinteren Theil des vorhergehenden und entspringt von den Seitenflächen der vorderen Hälfte des *os coccygis*. Die lateral- und vorwärtsverlaufenden Fasern desselben setzen sich theils an den *proc. transversus* des letzten (Kreuzbein-) Wirbels, das sind die hintersten Fasern, theils, und das sind die am vordersten Theil des Steissbeins entspringenden, an den Bogen des letzten Wirbels. Die ersteren kann man somit wohl als den letzten *m. intertransversarius*, die letzteren als den hintersten *m. intercruralis* betrachten.

Fig. 68.

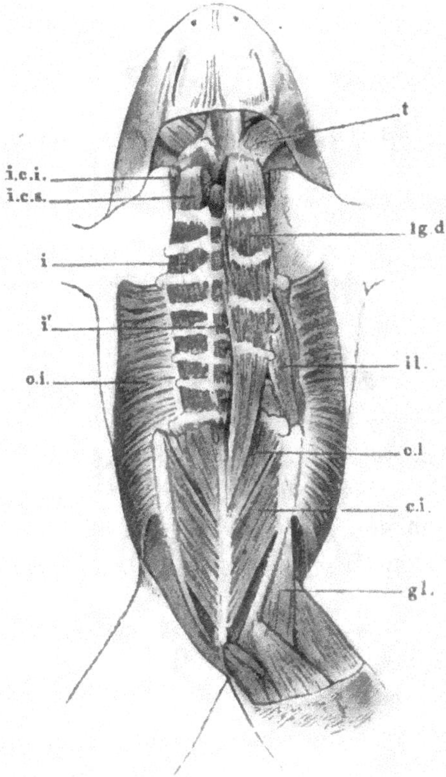

Muskeln des Rückens und Beckengürtels von rana esculenta.

- *t* m. temporalis.
- *lg d* m. longissimus dorsi.
- *i* mm. intertransversarii.
- *i c i* m. intertransv. capitis inferior.
- *i c s* m. intertr. cap. sup.
- *i'* mm. intercrurales.
- *i l* m. ileo-lumbaris.
- *c l* m. coccygeo-sacralis.
- *c i* m. coccygeo-iliacus.
- *o i* m. obliq. internus.
- *gl* m. glutaeus.

37. 3) *m. coccygeo-iliacus* (Fig. 88 *c i*). m. coccygeo-iliacus.

Dieser seitlich und hinter dem vorigen gelagerte Muskel entspringt von der Seitenfläche des *os coccygis* fast der ganzen Länge nach und setzt sich an die zwei vorderen Drittheile der medialen Fläche des *os ilei* an. Der medialste und vorderste Theil des Muskels ist von dem vorhergehenden bedeckt.

m. ileolumbaris.

38. *m. ileolumbaris* Klein (Fig. 68 *il*).

Dugès, 51, transverso-iliaque.
Cuvier, Zenker etc., quadr. lumborum.

Dieser offenbar dem *quadratus lumborum* entsprechende Muskel entspringt vom vorderen Ende des Darmbeins, verläuft vorwärts und setzt sich an die Querfortsätze des siebenten bis vierten Wirbels.

C. Kurze Rückenmuskeln.

m. intertransversar. capitis sup.

39. *m. intertransversarius capitis superior (mihi)* (Fig. 68 *ics*).

Dugès, 41, ex-occipito-transversaire sup.

Dieser kleine Muskel entspringt vom *os petrosum*, von unten her bedeckt vom *levator anguli scapulae*, und setzt sich an den Querfortsatz des zweiten Wirbels an.

m. intertransversar. cap. inferior.

40. *m. intertransversarius capitis inferior* (Fig. 68 *ici*).

Dugès, 42, ex-occipito-transv. inf.

Liegt an der Bauchfläche des vorigen, lässt sich aber leicht von demselben trennen; er entspringt von der Ecke des Felsenbeins und setzt sich mit dem vorigen an den *proc. transversus* des dritten Wirbels an. Zwischen diesen beiden Muskeln verläuft der *N. vagus* nach aussen.

mm. intertransversarii dorsi.

41. *mm. intertransversarii dorsi* (Fig. 68 *i*).

Dugès, n. 43 bis 50, intertransversaires.

Es sind dies sieben kleine Muskeln, welche die eben genannten nach hinten fortsetzen und vom zweiten Wirbel an rückwärts zwischen den Querfortsätzen ausgespannt sind.

mm. intercrurales.

42. *mm. intercrurales (mihi)* (Fig. 68 *i'*).

Klein, S. 29, interspinales, interobliqui.

Unter diesem Namen fasse ich die kleinen Muskeln zusammen, welche den Raum zwischen den Wirbelbogen ausfüllen; *m. interspinales* kann man sie bei der Kürze der *proc. spinosi* kaum nennen.

III. Muskeln der vorderen Extremität.

1. Muskeln am Schultergürtel.

A. Hintere (Schulterblattmuskeln).

I. **Muskeln, welche, vom Kopf oder Rumpf entspringend, sich an die Schulterblätter ansetzen und diese und damit den ganzen Schultergürtel bewegen.**

Von diesen Muskeln liegen die einen am Rücken, wie der *m. cucullaris* und *retrahens scapulae.* Diese wurden bei den Rückenmuskeln beschrieben. Die anderen, die sich zum Theil auf der unteren Fläche der Schulterblätter ansetzen, sind nur zum Theil von hinten, vollständig dagegen dann sichtbar, wenn nach geschehener Eventration der Schultergürtel unten in der Mittellinie durchschnitten und die Hälften beiderseits nach oben umgelegt werden, so wie dies an dem in Fig. 69 abgebildeten Präparat geschehen ist.

a. Muskeln, welche vom Kopf entspringen:

43. *m. levator anguli scapulae* (Fig. 69 *la*). m. levator anguli scap.

Dugès, sous-occipito-adscapulaire, n. 60.
Zenker, protractor scapulae. Tab. I, Fig. 5.
Cuvier, leçons I, 379, erwähnt diesen Muskel als einen Theil des m. Serratus anticus magnus.

Dieser ziemlich starke Muskel entspringt breit von der unteren Fläche des *os petrosum* und *os occipitale basilare* bis zum Rand des *foramen magnum,* auch wohl mit einigen Fasern vom Seitenschenkel des *os sphenoideum.* Von da verläuft derselbe rückwärts und lateralwärts und setzt sich, indem er aus der frontalen Ebene in eine mehr sagittale sich wendet, an die untere Fläche der *pars suprascapularis* nahe dem hinteren Rande an und umfasst mit seiner Insertion den hinteren Rand des *m. interscapularis.* Wirkung: zieht die Schulterblätter nach vor- und medianwärts oder den Kopf abwärts.

m. sternocleidomastoideus.

44. *m. sternocleidomastoideus* (Fig. 69 *sc*).

Dugès, scapulo-mastoidien, n. 65.
Cuvier, sterno-mastoidien.
Zenker, protractor scapulae, I, 5. 1.

Dieser ziemlich schmale Muskel verläuft in ziemlich gleicher Richtung mit dem vorigen und liegt vor- und lateralwärts von demselben.

Seine Fasern nehmen ihren Ursprung vom äussersten Theil des *os petrosum* und vom hintersten des *os tympanicum*, bedeckt vom *m. digastricus maxillae* und vom hinteren Rand des knorpligen Trommelfellrings. Der Muskel verläuft vom letztgenannten Muskel bedeckt nach rück- und abwärts und setzt sich an die Concavität des vorderen Randes der Scapula, lateralwärts vom Ursprung des Deltamuskels. Offenbar zieht derselbe die Schulter vor- und medianwärts oder beugt den Kopf abwärts.

m. protrahens scap.

45. *m. protrahens scapulae* (Fig. 69 *ps*).

Dugès, Zenker, protractor acromii, tb. I, Fig. 5, 3.

Dieser Muskel, welcher an der lateralen Seite des *rectus capitis inferior* liegt, entspringt vom *os petrosum* und läuft, von unten her vom *levator anguli scapulae* bedeckt, rückwärts und lateralwärts und setzt sich an die ventrale Fläche der knorpligen Scapula an, die er nach vorwärts zieht.

b. Muskeln, welche von der Wirbelsäule entspringen.

m. transv.-scapularis maior.

46. *m. transverso-scapularis maior (mihi)* (Fig. 69 *ts*).

Dugès, transverso-interscapulaire, n. 63.
Bei Cuvier, l. c. S. 380, wahrscheinlich ein Theil des Serratus.
Zenker, tb. I, Fig. 5, 3, depressor acromii tb. II, Fig. 3, 15.
Klein, depressor scapulae.

Der Muskel entspringt sehnig vom *proc. transversus* des vierten Wirbels und zwar von der knorpligen Apophyse, mit einer kleinen Zacke auch vom Knorpel des *proc. transversus* des dritten Wirbels. Von da verläuft der Muskel sich verschmälernd lateralwärts, vor- und aufwärts gegen die Scapula und setzt sich am hinteren Rand derselben, gegenüber der Insertion des *m. sternocleidomastoideus* an dieselbe an. Er zieht die Schulter einwärts, rück- und abwärts.

47. *m. transverso-scapularis minor (mihi)* (Fig. 69 *ts'*). m. transv.-scapularis minor.

Dugès, transverso-adscapulaire, n. 61.
Bei Cuvier wahrscheinlich ein Theil des Serratus.
Zenker, tb. I, Fig. V, 7, detractor scapulae.

Dieser Muskel, welcher beträchtlich kürzer als der vorige ist, nimmt seinen Ursprung von dem *processus transversus* des dritten Wirbels, bedeckt vom *m. levator anguli scapulae,* und liegt vor dem vorhergehenden Muskel; er läuft lateral- und vorwärts und setzt sich an die ventrale Fläche der knorpligen Scapula. Dugès betrachtet diesen Muskel, dessen Wirkung offenbar die gleiche ist, wie die des vorigen, als einem Theil des *serratus anticus magnus* entsprechend; den anderen Theil des *serratus* findet er in der *portio scapularis* des *m. obliquus externus* repräsentirt (*xipho-adscapulaire* Dugès, n. 62).

Fig. 69.

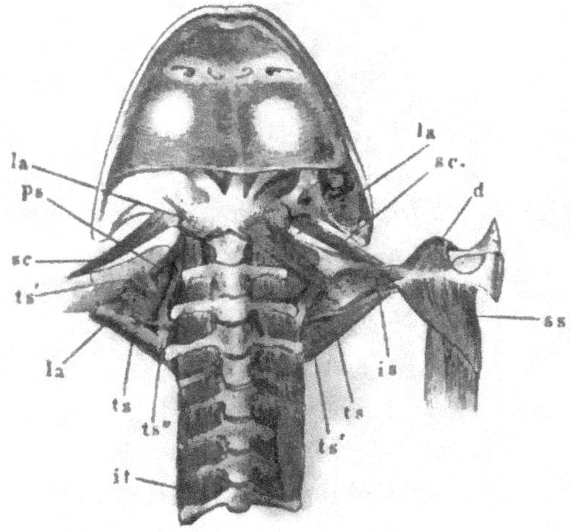

Muskeln des Schulterblatts von der unteren Seite. Der Schultergürtel ist unten in der Mittellinie durchschnitten und die Hälften sind nach beiden Seiten auseinandergelegt.

sc m. sternocleidomastoideus.
la lev. anguli scapulae.
ts transverso-scap. maior.
ts' transverso-scapularis minor.
ts" transverso-scapularis tertius s. serratus.
ps protrahens scapulae.
is interscapularis.
ss subscapularis.
d deltoides.
it intertransversarii.

48. *m. transverso-scapularis tertius s. serratus (mihi)* (Fig. 69 *ts"*). m. transv.-scapularis III us.

Der *transverso-scap. tertius* ist grösser als der vorige, breit und flach und nimmt seinen Ursprung vom *proc. transv.* des dritten und vierten Wirbels. Von da verläuft er aufwärts und medianwärts und setzt sich an die ventrale Fläche der knorpligen Scapula nahe dem medialen Rande an. In Lage, Verlauf und offenbar auch in der Wirkung entspricht dieser Muskel am meisten dem *m. serratus anticus maior* des Menschen.

II. Muskeln am Schulterblatt, welche von diesem entspringen und sich wieder an diesem oder am Humerus inseriren.

a. Auf der unteren Fläche.

m. interscapularis.

49. *m. interscapularis* (Fig. 70 *is*).

Dugès, interscapulaire, n. 64.

Die eine breite sehnige Insertion dieses dreieckigen Muskels ist am lateralen Ende der knorpligen Scapula befestigt, von da geht derselbe, fleischig werdend und sich zuspitzend, medianwärts, um sich an der Leiste an der Eingeweidefläche der Scapula zu befestigen, von welcher sowohl der *m. deltoides* als der *m. subscapularis* entspringt, indem er sich mit seiner Spitze zwischen diese beiden Muskeln einschiebt; er nähert die beiden Abtheilungen des Schulterblatts und stellt sie im Winkel zu einander.

Fig. 70.

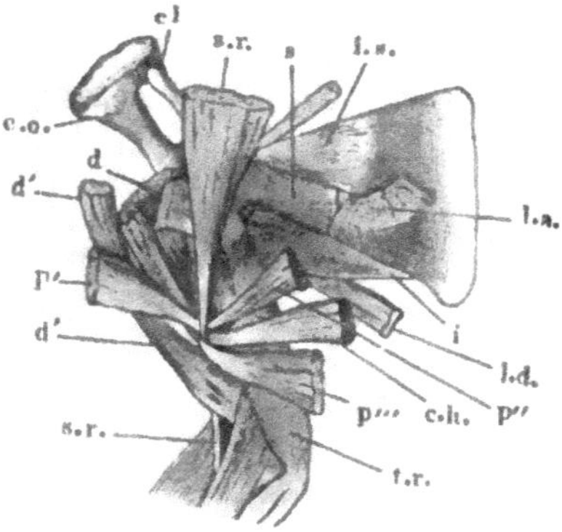

Muskeln des Schultergürtels und des Arms der rechten Seite. os coracoideum (*co*) und clavicula (*cl*) sind nach Durchschneidung des in der Medianebene gelegenen Knorpels lateralwärts umgelegt.

co os coracoideum.
cl clavicula.
s knöcherne Scapula.
s' knorplige Scapula.
sr m. sternoradialis, am Ursprung abgeschnitt.
d m. deltoideus.
d' port. clavicul. desselben.
p' port. sternalis ant. des m. pectoralis.
p'' port. stern. post.
p''' port. abdominalis.
ch m. coraco-humeralis.
ld m. latissimus dorsi.
is m. interscapularis.
i m. infraspinatus.
la m. levator anguli scapulae.
tr m. triceps brachii.

m. subscapularis.

50. *m. subscapularis* (Fig. 71 *ss*).

Dugès, sous-scapulo huméral, n. 72.

Derselbe liegt auf der oberen oder Eingeweidefläche der ventralen Abtheilung des Schultergürtels, von unten her vom *m. coraco-humeralis* bedeckt und entspringt von der dorsalen Fläche der knöchernen Scapula und des *os coracoideum* von einer Knochenleiste, die, auf dem letzteren

Fig. 71.

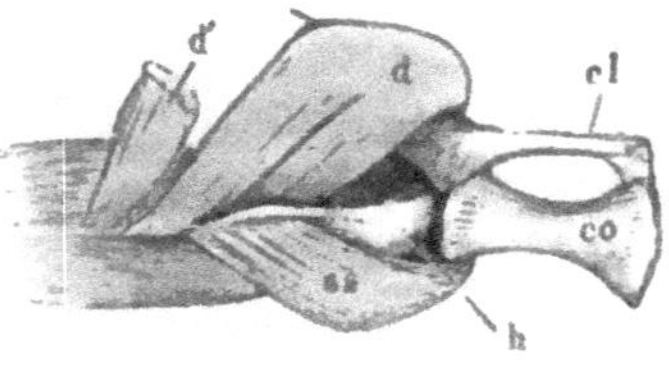

Schultergürtel der rechten Seite, von unten gesehen, der Arm in stärkster Abduction.

co os coracoideum.
cl clavicula.
h humerus.
ss m. subscapularis.
d m. deltoideus.
d' port. clavicularis desselben.

Knochen beginnend, sich auf den dem *proc. coracoideus* entsprechenden dorsalen Fortsatz der knöchernen Scapula fortsetzt und vom hinteren Rande des *os coracoideum.* Von da läuft der starke Muskel lateralwärts und setzt sich in ziemlicher Ausdehnung an die mediale Fläche der *crista deltoidea* des Humerus; der *m. subscapularis* ist ein kräftiger Antagonist des Deltamuskels und zieht den gehobenen Arm rückwärts und an den Rumpf an.

b. Auf der oberen Fläche.

51. *m. infraspinatus* (Fig. 72 *i*, Fig. 57 zwischen *ld* und *dm*). m. infraspinatus.

Dugès, adscapulo-huméral, n. 67.

Dieser Muskel, welcher dem *m. infraspinatus, teres minor* und *maior* des Menschen entspricht, ist von dreieckiger Gestalt, die breite Basis gegen die Mittellinie gewendet und bedeckt die obere Fläche des knorpligen Schulterblatts. Von der oberen Fläche des letztgenannten Skeletstücks entspringen seine Fasern und zwar nahezu von der ganzen Fläche mit Ausnahme des medialen hyalinknorpligen Randes, laufen convergirend lateralwärts und gehen in eine platte Sehne über, welche sich mit der des *m. latissimus dorsi* verbindet und an die laterale Fläche der *crista deltoidea humeri* mit einer dünnen platten dreieckigen sehnigen Ausbreitung sich ansetzt.

Fig. 72.

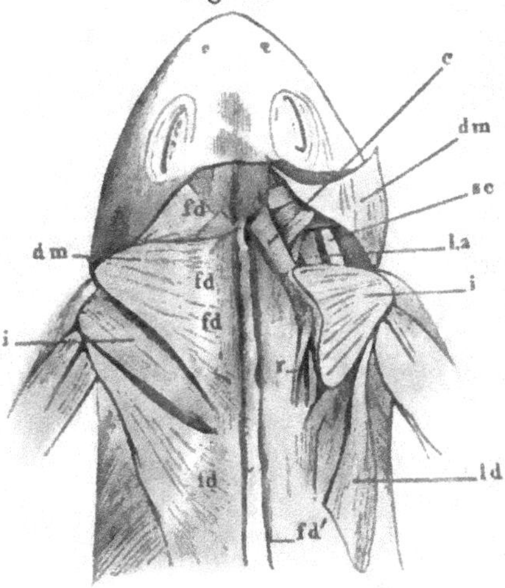

Muskeln des Rückens und Schulterblatts.

fd fascia dorsalis.
fd' Dieselbe rechts in der Nähe der Dornfortsätze durchschnitten.
dm m. depressor maxillae, von der fascia dorsalis entspringend, auf der rechten Seite durchschnitten und zurückgeschlagen.
ld latissimus dorsi, desgl. (links ist der Muskel nicht bezeichnet).
i m. infraspinatus.
c m. cucullaris.
la m. levator anguli scapulae.
sc m. sternocleidomastoideus.
r m. retrahens scapulae.

Allgemeine Uebersicht der Schulterblattmuskeln.

Die am Schulterblatt befestigten Muskeln sind:

1. Rückenmuskeln *(m. cucullaris* und *m. retrahens scap.)*, s. diese.
2. Halsmuskeln *(m. omohyoideus)*.

3. Bauchmuskeln (*port. scapularis* des *m. obliquus externus*).
4. Eigentliche Schulterblattmuskeln: *m. levator anguli scapulae*; *m. sternocleidomastoideus*; *m. protrahens scapulae*; *mm. transverso-scapularis maior, minor* und *tertius* s. *serratus*; *m. interscapularis*, *m. subscapularis*; ferner der lange Kopf des *m. triceps*.

Von hinten sind sichtbar der *m. cucullaris*, *m. rhomboideus*, *m. subscapularis* (zum Theil) und *m. transverso-scapularis maior*. Durchschneidet man den Schultergürtel unten in der Mitte und legt die Hälften auseinander, so erblickt man den *omohyoideus*, *sternocleidomastoideus*, *levator anguli scapulae*, *protrahens scapulae*, *transverso-scapularis minor* und *tertius*, *interscapularis* und *subscapularis*.

B. Untere Muskeln am Schultergürtel (Brustmuskeln).

Sie entspringen alle vom Schultergürtel und inseriren sich am Humerus oder dem Vorderarm.

m. pectoralis.

52. *m. pectoralis* (Fig. 73).

Liegt auf der unteren Seite des Schultergürtels und besteht aus mehreren Portionen.

Portio sternalis anter.

a. *portio sternalis anterior (mihi)* (Fig. 73, 74 *p'*).

Dugès, clavi-huméral, n. 70 (port. clavic. du grand pectoral).

Diese vorderste Abtheilung des *m. pectoralis* entspringt von dem *os hyposternale* und dem in der Medianebene gelegenen Knorpel, welcher die beiderseitigen *ossa coracoidea* verbindet. Der in der Mittellinie breite Muskel verläuft, sich verschmälernd, lateralwärts und setzt sich mit seiner Sehne an die *crista deltoidea* des Humerus an.

Portio sternalis post.

b. *portio sternalis posterior (mihi)* (Fig. 73 und 74 *p''*).

Dugès, sterno-huméral, n. 71 (port. sternal du grand pectoral).
Klein, humero-sternalis.

Dieser Muskel, welcher mit seinem vorderen Rand eng am hinteren Rand des voranstehenden Muskels anliegt, entspringt ziemlich breit vom *os hyposternale* und von der Knorpelscheibe (Schwertknorpel) desselben; von dem Ursprung aus wendet er sich lateral- und etwas vorwärts und setzt sich in der Rinne des *os humeri* an, welche neben der *crista deltoidea* herunter läuft. Zwischen den

Sehnen dieses und des vorigen Muskels liegt die Sehne des *m. sterno-radialis.*

c. *portio-abdominalis* (Fig. 73, 74 p'''). Portio abdominalis.

Dugès, abdomino-huméral, n. 69 (port. costal du grand pectoral).
Zenker, brachio-abdominalis.
Klein, humero-abdominalis.

Diese Portion entspricht dem Rippenursprung des *m. pectoralis maior* des Menschen und insbesondere der Zacke desselben, welche mit der Aponeurose des *m. obliquus abdominis externus* in Verbindung steht. Der laterale Theil dieses Muskels entspringt von dem *m. rectus abdominis*, d. h. er bildet eine unmittelbare Fortsetzung des lateralen Theils dieses Muskels (Fig. 73 *r*); der kleinere mediale Theil entspringt von der oberen Fläche der Aponeurose des *m. obliquus abdominis externus.* Von diesen Ursprüngen verläuft der Muskel, sich

Fig. 73.

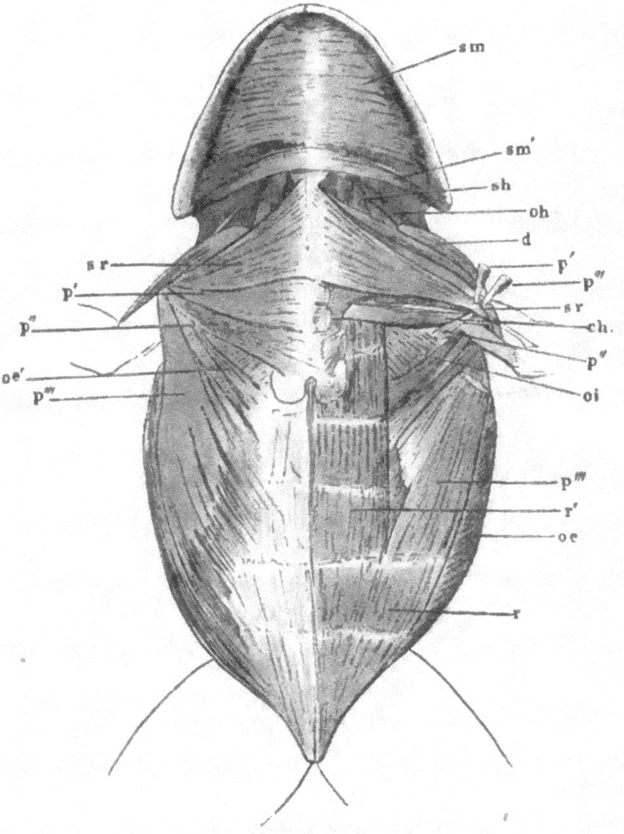

Muskeln der Brust, der Kehle und des Bauchs von rana esculenta.

p'	port. sternalis anterior des m. pectoralis.	*oe*	m. obliquus abdominalis externus.
p''	portio sternalis post. desselben.	*oe'*	scapularportion desselben.
p'''	portio abdominalis desselb.	*r*	m. rectus abdominalis.
d	m. deltoideus.	*r'*	mediale Portion desselben.
ch	m. coraco-humeralis.	*oh*	m. omohyoideus.
sr	m. sternoradialis.	*sh*	m. sternohyoideus.
oi	m. obliquus abdominalis internus.	*sm*	m. submaxillaris.
		sm'	Zungenbeinursprung desselben.

verschmälernd, lateralwärts und vorwärts; die lateralen Bündel sind die längsten und verlaufen am steilsten, die medialen laufen mehr horizontal und sind kürzer. Dass die Wirkung dieses Muskels je nach der isolirten oder combinirten Wirkung der einzelnen Portionen eine sehr verschiedene sein wird, liegt auf der Hand, jedenfalls werden die beiden Vorderextremitäten dadurch gegen einander und nach abwärts bewegt.

m. coracohumeralis.

53. *m. coracohumeralis* Dugès (Fig. 73, 74 *ch*).

Dugès, n. 73.
Klein, adductor humeri.

Dieser lange und schmale Muskel liegt bedeckt von der *port. sternalis ant.* und *posterior* des *pectoralis maior* auf dem hinteren Rande des *os coracoideum* und dem untersten Theil des *m. subscapularis* auf und entspricht, wenn auch nicht der Insertion, doch der Lage nach am meisten dem *m. pectoralis minor.* Er entspringt schmal vom medialen Ende des *os coracoideum* nahe am *os hyposternale* und verläuft, bedeckt von der *port. sternalis* des *pectoralis* lateralwärts und setzt sich an der Mitte des Humerus an, zwischen *m. deltoideus* und *caput internum* des *m. triceps.* Er zieht den Arm gegen den Rumpf.

m. sternoradialis.

54. *m. sternoradialis* Cuvier (Fig. 73, 74 *sr*).

Dugès, pré-sterno-clavi-radial, n. 74.

Dieser Muskel, welcher offenbar dem *biceps brachii* des Menschen entspricht, liegt vor der *portio sternalis anterior* des *m. pectoralis*; der hintere Rand des Muskels wird von diesem bedeckt. Er entspringt mit breiter Basis von dem *os episternale* und dem Knorpel desselben, sowie von dem in der Mitte zwischen beiden *ossa coracoidea* liegenden Knorpel; die Fasern laufen convergirend theils rückwärts, theils lateralwärts und gehen in eine lange starke Sehne über, welche in der Rinne neben der *crista deltoidea* durch sehnige Fasern, die von den Ansätzen des *m. pectoralis* ausgehen, darin befestigt, verläuft, dann den untersten Theil der Fleischmasse des Deltamuskels durchbohrt und sich am vorderen Gelenkende des *os antibrachii* an der dem *radius* entsprechenden Seite ansetzt.

Der *m. sternoradialis* ist ein kräftiger Beuger des Vorderarms.

55. *m. deltoideus* (Fig. 73, 74, 71 *d*). m. deltoideus.

Dugès, pré-sterno-scapulo-huméral, n. 68.

Liegt vor- und lateralwärts vom *m. sternoradialis* und entspricht dem *m. deltoideus* und *supraspinatus* des Menschen; er entspringt mit drei Portionen:

a. Die grössere laterale, *portio scapularis*, mit einem kleinen medialen Theil vom lateralen Ende der Clavicula, dann von dem einen Vorsprung nach vorn bildenden Knorpel zwischen Clavicula und Scapula, zum grössten Theil aber von der Scapula und zwar von der dorsalen Fläche (von derselben Leiste, von welcher der *m. subscapularis* entspringt), vom vorderen Rand und von der ventralen Fläche derselben. Von da geht der Muskel, das Schultergelenk bedeckend, lateralwärts und verbindet sich mit der zweiten Portion.

Fig. 74.

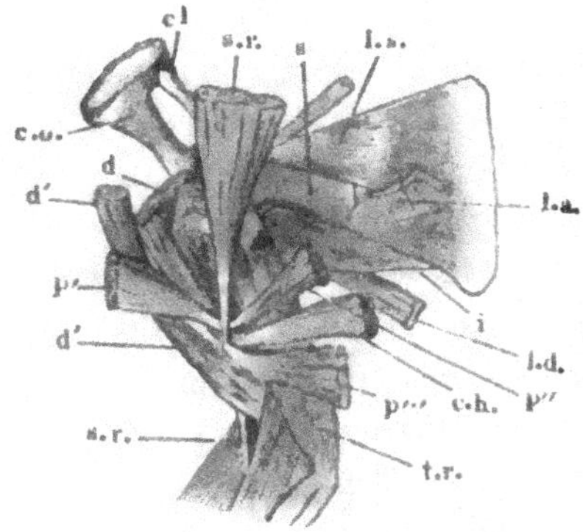

Muskeln des Schultergürtels und des Arms der rechten Seite. os coracoideum (*co*) und clavicula (*cl*) sind nach Durchschneidung des in der Medianebene gelegenen Knorpels lateralwärts umgelegt.

- *co* os coracoideum.
- *cl* clavicula.
- *s* knöcherne Scapula.
- *s'* knorplige Scapula.
- *sr* m. sternoradialis, am Ursprung abgeschnitt.
- *d* m. deltoideus.
- *d'* port. clavicul. desselben.
- *p'* port. sternalis ant. des m. pectoralis.
- *p''* port. stern. post.
- *p'''* port. abdominalis.
- *ch* m. coraco-humeralis.
- *ld* m. latissimus dorsi.
- *is* m. interscapularis.
- *i* m. infraspinatus.
- *la* m. levator anguli scapulae.
- *tr* m. triceps brachii.

b. Diese, die kleinere mediale Portion, *pars clavicularis* (*musc. cleido-humeralis* Klein) entspringt vom medialen Ende der Clavicula und dem *os episternale* und legt sich im Verlauf an die anderen an. Die *portio scapularis* setzt sich mit einem Theil der Fasern am Anfang der *crista deltoidea humeri* an, mit einem anderen mehr lateralen Theil dieser Portion und mit der *portio clavicularis* dagegen am Ende derselben und an der medialen Seite des Humerus bis zum hinteren Gelenkende hin an; kurz vor dem Ansatz tritt die Sehne des *m. sternoradialis* zwischen den Fasern desselben durch.

Der Deltamuskel zieht den Arm nach vorwärts.

4. Muskeln des Arms.

a. Muskeln des Oberarms.

1. *m. sternoradialis (biceps)* s. Brustmuskeln, Seite 96.

m. triceps brachii.

56. 2. *m. triceps brachii* (Fig. 74 *tr*).

Dugès, scapulo-huméro-olecranien, n. 75.
Capes. Zenker, m. anconaeus.

Liegt an der oberen oder Rückseite des Oberarms und verhält sich in ähnlicher Weise wie beim Menschen. Der erste oder lange Kopf entspringt vom hinteren Rande der Scapula am oberen Pfannenrand und ist hier mit der Kapsel des Schultergelenks verbunden, der zweite oder mediale Kopf entspringt von der oberen und medialen Fläche der vorderen Hälfte des Humerus, bis hinauf zum *caput humeri*, der dritte oder laterale von der lateralen Fläche des Humerus. Ausserdem entspringen, von den vorgenannten Köpfen bedeckt, Fasern von der oberen Fläche des Humerus in seiner hinteren Hälfte, welche man vielleicht als einen vierten Kopf *(m. subanconaeus)* bezeichnen kann. Sämmtliche Muskelursprünge vereinigen sich zu einem starken Muskel, welcher die obere und die beiden Seitenflächen des Humerus deckt und in eine Sehne übergeht, welche mit der Kapsel des Ellenbogengelenks sich verbindet und an den oberen Umfang des vorderen Gelenkendes des *os antibrachii* sich ansetzt. In der Wand der Kapsel ist da, wo sich die Sehne mit derselben verbindet, eine faserige Scheibe eingesetzt, welche offenbar das Olecranon repräsentirt.

b. Muskeln am Vorderarm.

I. An der Beugeseite.

Dieselben liegen in zwei Gruppen, zwischen welchen gegen den Ellenbogen hin eine dreieckige Vertiefung *(plica cubiti)* entsteht, in welche die Sehne des *m. sternoradialis* sich einsenkt.

A. Auf der medialen Seite der Beugefläche.

m. flexor carpi I. s. radialis.

57. *m. flexor carpi I s. radialis* (Fig. 75 *Fc*).

Dugès, sous-huméro-carpien, n. 83.

Entspricht dem *flexor carpi radialis* oder *rad. ant.* des Menschen, und entspringt von der medialen Kante des Humerus, oberhalb des *epicondylus medialis* ziemlich breit, verschmälert sich nach abwärts und setzt sich mit seiner Sehne an das *os semilunare* und *naviculare* des *carpus* an. Im Verlauf hängt er durch einzelne Fasern mit dem folgenden Muskel zusammen. Dieser Muskel (s. oben S. 49) ist beim Männchen, entsprechend der nur bei diesem vorhandenen *crista*, viel stärker.

Fig. 75.

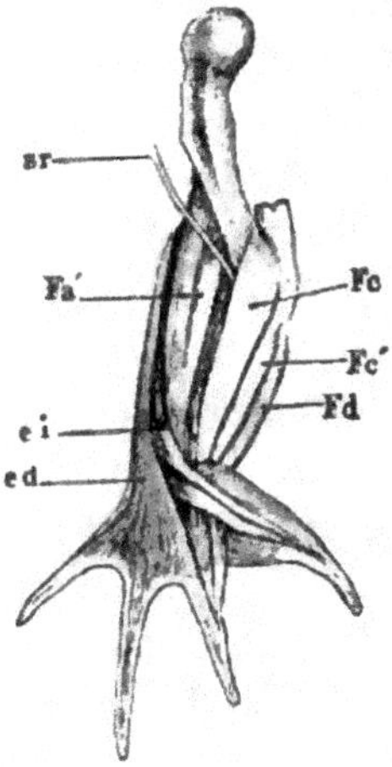

Muskeln des rechten Arms von rana esculenta

sr Sehne des m. sterno-radialis.
Fa' m. flexor antibrachii lateralis superficialis.
Fc m. flexor carpi radial.
Fc' m. flexor carpi ulnar.
Fd m. flexor digitorum communis.
ed m. extens. digitorum communis.

58. *m. flexor carpi II* s. *ulnaris* (Fig. 75 *Fc'*). m. flexor carpi II. s. ulnaris.

Dugès, epitrochlo-carpien, n. 84.

Entspricht dem *flexor carpi ulnaris* oder *ulnaris anterior* und liegt medianwärts neben dem vorigen. Er entspringt vom *epicondylus medialis* zum Theil mit dem vorigen und dem *flexor digitorum communis* durch Muskelfasern verbunden und setzt sich am *os naviculare* an.

59. *m. flexor digitorum communis* (Fig. 76, 77, 78 *Fd*). m. flexor digitor. com.

Dugès, epitrochlo-sous-phalangettien, n. 118.

Liegt am meisten medianwärts und entspricht dem *m. flexor digitorum sublimis* des Menschen. Er entspringt mit dem vorigen gemeinschaftlich vom *epicondylus medialis* und verläuft abwärts gegen die Hohlhand. Beim Eintritt in diese verschmälert sich der Muskel und geht in die platte *aponeurosis palmaris* über. (Ueber diese siehe bei den Muskeln der Hand.)

60. *m. flexor antibrachii medialis (mihi)* (Fig. 76 *Fa*). m. flexor antibrachii medialis.

Dugès, epitrochlo-sous-radial, n. 79.

(Häufig als pronator rotundus bezeichnet, eine Bezeichnung, die nicht beibehalten werden kann, da die betreffende Bewegung beim Frosch ganz fehlt.)

Dieser Muskel liegt, von den beiden *flexores carpi* bedeckt, tief an der medialen Seite des Vorderarms, entspringt sehnig vom *epicondylus medialis* und setzt sich an die mediale Fläche des dem *radius* entsprechenden Theils des *os antibrachii* bis an das untere Gelenkende.

m. flexor antibrachii lateral. superficialis.

61. *m. flexor antibrachii lateralis superficialis (mihi)* (Fig. 75, 76 *Fa'*).

Dugès, premier ex-huméro-radial, n. 76.

(Gewöhnlich als supinator longus bezeichnet, eine Bezeichnung, gegen welche die beim vorhergehenden Muskel namhaft gemachten Gründe gleicherweise sprechen.)

Die Lage dieses Muskels entspricht der des *supinator longus* beim Menschen, er liegt an der lateralen Seite der Sehne des *m. sternoradialis* und entspringt mit zwei Köpfen, der eine hoch oben von der lateralen Kante des Humerus, der andere tiefer, vom *epicondylus lateralis.* Beide verbinden sich und gehen in eine Sehne über, welche, über das untere Gelenkende des *os antibrachii* hinweggehend, sich theils am Carpus ansetzt, theils mit der Sehne des *m. extensor digiti II proprius longus* (siehe diesen) zusammenhängt.

Dass dieser Muskel ebensowohl den Vorderarm zu beugen als die Hand zu strecken im Stande ist, geht aus Lage und Insertion deutlich hervor.

Fig. 76.

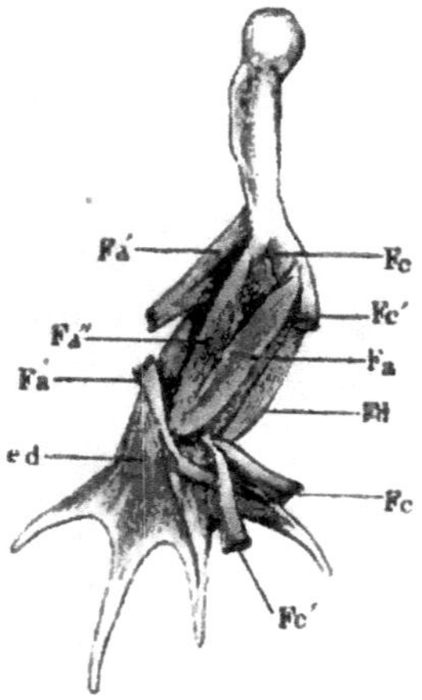

Muskeln des rechten Arms von rana esculenta, tiefere Lage.

Fc flexor carpi radialis durchschnitten.
Fc' flexor carpi ulnaris, desgl.
Fa flexor antibrachii medialis.
Fa' flexor antibrachii lat. superficialis, durchschnitten.
Fa'' flexor antibr. lat. profund.
Fd flexor digitorum communis.
ed extensor digit. communis.

m. flexor antibrachii lat. profundus.

62. *m. flexor antibrachii lateralis profundus (mihi)* (Fig. 76 *Fa''*).

Dugès, epicondylo-sus-radial, n. 78.

Klein, flexor antibrachii.

(Supinat. brevis autt.)

Dieser Muskel entspringt bedeckt vom vorhergenannten Muskel über dem *epicondylus lateralis* von der lateralen Seite des Humerus, wird nach unten breiter und setzt sich in der ganzen Länge des *os antibrachii* an dessen untere (volare) Kante an. Er ist ein kräftiger Beuger des Vorderarms.

II. An der Streckseite.

m. extensor digitorum communis longus.

63. *m. extensor digitorum communis longus* (Fig. 76 *ed*).

Dugès, huméro-sus-digital, n. 95.

Dieser Muskel liegt am lateralen Rande des Vorderarms und entspringt, gemeinschaftlich mit dem kurzen Kopf des *flexor antibr.*

lateralis superficialis vom *epicondylus lateralis* und über demselben und verläuft an der lateralen Seite des Vorderarms abwärts, um auf dem Rücken der Hand in eine Aponeurose überzugehen, welche sich, an Breite zunehmend, über den Rücken des dritten, vierten und fünften Fingers ausbreitet, und zwischen diesen Fingern mit einem freien concaven Rande endet. Diese aponeurotische Ausbreitung hängt mit den Sehnen des *extensor brevis digitorum* zusammen.

63. *m. abductor digiti II* (i. e. *pollicis*) *longus* (Fig. 75 *ei*). m. abductor digiti II. longus.

Dugès, cubito-métacarpien, n. 87.

Dieser Muskel liegt zwischen dem vorigen und dem *flexor antibrachii lateralis superficialis* und erscheint in der Furche zwischen diesen beiden Muskeln an der Oberfläche. Er entspringt von der lateralen Fläche des *os antibrachii*, verläuft schräg über den *m. flexor antibrachii lateralis profundus* und das hintere Ende des *os antibrachii* gegen den zweiten Finger und setzt sich am *os metacarpi* desselben an. (Siehe unten bei den Muskeln der Hand unter Nr. 91 das Nähere.)

64. *m. extensor carpi ulnaris* s. *ulnaris post.* (Fig. 77 *ec*). m. extensor carpi ulnar.

Dugès, epicondylo-sous-carpien, n. 85.
Klein, abductor carpi internus.

Fig. 77.

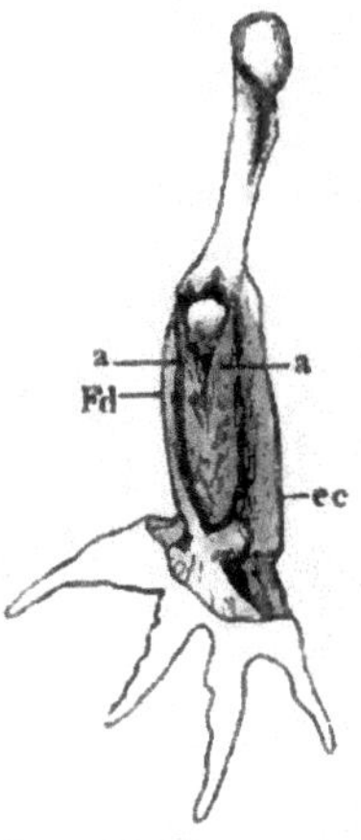

Muskeln des Vorderarms von rana esculenta von der Rückenfläche.

a a m. anconaei.
f d m. flex. digitor.
e c m. extens. digit. communis.

Der Muskel entspringt ziemlich schmal vom *epicondylus lateralis*, wird im Verlauf längs des Vorderarms, wo er zwischen den *mm. anconaeis* einerseits und dem *extensor digitorum communis* andererseits liegt, breiter und befestigt sich an der Kleinfingerseite des Carpus in folgender Weise. Mit einer sehnigen Zacke heftet er sich am Volarrand des *os pyramidale* an, mit einer zweiten am lateralen Rand des grossen *os carpi*, der am meisten gegen den Handrücken gelegene Theil des Muskels hängt mit dem *extensor digitorum communis brevis* zusammen.

65, 66. *m. anconaei* s. *extensores antibrachii* (Fig. 77 *aa*). m anconaei.

Dugès, epicondylo-cubital und epitrochlo-cubital, n. 80 und 81.

Diese beiden Muskeln, die auf der Streckseite des Vorderarms liegen, entspringen, der eine vom *epicondylus lateralis*, der andere vom *epicondylus medialis*, beide laufen convergirend abwärts, nehmen das Olecranon zwischen sich und setzen sich, von beiden Seiten einen *m. pennatus* bildend, an den oberen (dorsalen) Rand der Ulna. Beide sind Strecker des Vorderarms, die den *m. triceps* in seiner Wirkung unterstützen.

c. Muskeln der Hand.

I. Auf der Volarfläche.

1. Gemeinschaftliche.

m. flexor digitor. com.

67. *m. flexor digitorum communis* und *m. palmaris brevis* (Fig. 78 *fd pb*).

Der Ursprung und Verlauf dieses Muskels am Vorderarm ist oben beschrieben (Seite 99). Beim Eintritt in die Volarfläche der Hand verschmälert sich derselbe plötzlich und geht in eine platte dreieckige Aponeurose, *Aponeurosis palmaris*, über. An den Kleinfingerrand dieser Aponeurose setzt sich der *m. palmaris brevis* (Fig. 78 *pb*) an, welcher vom hinteren oder Ulnarrand des unteren Gelenkendes des *os antibrachii* unterhalb des Ansatzes der *mm. anconaei* entspringt und schräg abwärts in den Rand der Aponeurose sich inserirt.

Vom unteren freien Rand der Aponeurose entspringen eine Anzahl Muskeln der Finger, die im Folgenden zugleich mit den übrigen Fingermuskeln betrachtet werden sollen.

2. Muskeln des Daumenrudiments.

m. abductor pollicis.

68. *m. abductor pollicis* (Fig. 78, 79 *ap*).

Dugès, cubito-pollicien, n. 100.

Dieser kurze Muskel entspringt vom oberen Rand des hinteren Gelenkendes des *os antibrachii* (Ulna), verläuft in querer Richtung lateralwärts und setzt sich an den vorderen Rand des Daumenrudiments an.

m. adductor pollicis.

69. *m. adductor pollicis* (Fig. 78, 79 *ad p*).

Dugès, sous-carpo-pollicien, n. 101.

Liegt der Handfläche näher als der vorangehende Muskel und entspringt von der Volarfläche des grossen Carpusknochens, um sich mit dem vorigen convergirend am Daumenrudiment anzusetzen. —

Auch setzen sich einige Fasern des *extens. dig. II brevis* an das Daumenrudiment an. Die Beweglichkeit dieses von der Haut ganz überzogenen Gliedes ist nur eine unbedeutende.

3. Muskeln des zweiten Fingers, welcher die Function des Daumens hat.

70. *m. flexor digiti II longus* s. *sublimis* (Fig. 78 *f*2). m. flexor digiti II. longus.

Dugès, sous-carpo-phalangettien de l'index, n. 133.

Ein platter Muskelbauch, welcher mit dem grösseren Theil fleischig vom hinteren freien Rand der *aponeurosis palmaris*, mit

Fig. 78.

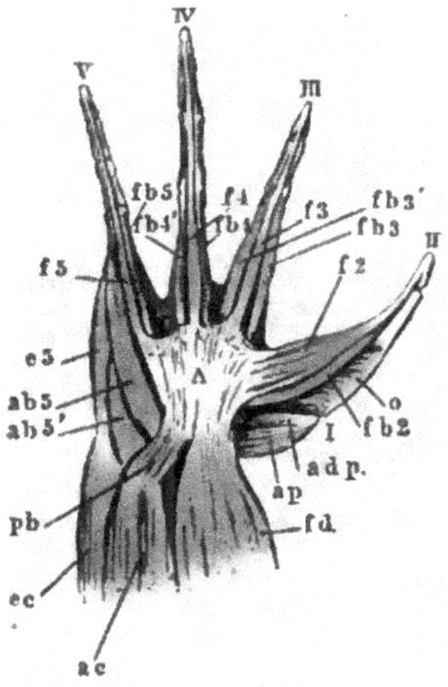

Muskeln der Hand von rana esculenta, Volarfläche, vergrössert.

A Aponeurosis palmaris.
fd flexor digitorum communis.
pb m. palmaris brevis.
ac mm. auconaei.
ec m. extensor digitorum communis.
I Erster Finger (Daumenrudiment).
II Zweiter Finger (die Stelle des Daumens versehend).
III—V Dritter bis fünfter Finger.
ap m. abductor pollicis.
adp m. adductor pollicis.
fb2 m. flexor digiti II brevis.
o m. opponens
f2 m. flexor dig. II longus.
f3 m. flexor dig. III longus.
fb3 u. *fb3'* mm. flexores dig. III brevis.
f4 m. flexor dig. IV longus.
fb4 u. *fb4'* mm. flexores dig. IV breves.
f5 m. flexor dig. V longus.
fb5 m. flexor dig. V brevis.
ab5 m. abductor dig. V primus.
ab5' m. abductor dig. V secundus.
e5 m. extens. dig. commun. brevis.

Fig. 79.

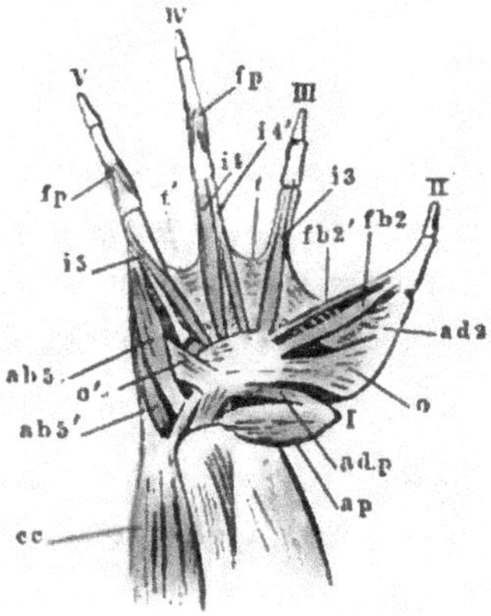

Muskeln der Hand von rana esculenta, Volarfläche, zweite Schicht, vergrössert.

ec m. extensor carpi.
ap m. abductor pollicis.
adp m. adductor pollicis.
o m. opponens dig. II.
ad2 m. adductor dig. II.
fb2 m. flexor dig. II brevis.
fb2' m. flexor dig. II tertius.
tt' mm. transversi metacarpi.
ab5 m. abductor digiti V primus.
ab5' m. abductor digiti V secundus.
o' m. opponens digiti V.
fp mm. flexores proprii phalangum.
i3, *i4'*, *i5* mm. interossei volares.
i4 m. flexor metacarpi.

einem kleineren Theil von der Volarfläche des grossen Carpusknochens entsteht, und welcher bald in eine dünne und lange Sehne übergeht, die sich an die Endphalanx des Daumens ansetzt.

m. flexor dig. II brevis.

71. *m. flexor digiti II brevis* s. *profundus* (Fig. 78 *fb* 2).

Duges, sous-carpo-phalangien de l'index, n. 102.

Bedeckt von dem vorigen, entspringt dieser platte Muskel sehnig von der Volarfläche des grossen Carpusknochens zugleich mit dem einen Kopf des *flexor sublimis* und setzt sich an die Grundphalanx an.

m. flexor dig. II tertius.

72. *m. flexor digiti II tertius* (Fig. 79 *fb* 2').

Dugès, tendini-phalangien de l'index, n. 103.

Ein kleiner dünner Muskel, welcher neben dem vorigen vom grossen Carpusknochen entspringt und sich an die Grundphalanx ansetzt (s. unten *m. interosseus volaris I*).

m. adductor digiti II.

73. *m. adductor digiti II* (Fig. 79 *ad* 2).

Dugès, métacarpo-métacarpien de l'index, n. 89.

Dieser dem *adductor pollicis* entsprechende Muskel entspringt von der Basis des dritten *os metacarpi* und setzt sich an das *os metacarpi* des zweiten Fingers an, welchen er dem dritten nähert.

m. opponens digiti II.

74. *m. opponens digiti II* (Fig. 78 und 79 *o*).

Dugès, sous-carpo-métacarpien de l'index, n. 90.

Dieser, dem gleichnamigen des Menschen entsprechende Muskel entspringt vom volaren Vorsprung des grossen Carpusknochens mit schmaler Sehne und geht in einen breiten platten Muskel über, der sich an der unteren Fläche und dem lateralen Rand des *os metacarpi* des zweiten Fingers, ziemlich in der ganzen Länge des Knochens, ansetzt. Er hat unstreitig eine ähnliche Wirkung, wie der betreffende Muskel beim Menschen.

4. Muskeln des dritten Fingers.

m. flexor dig. III longus.

75. *m. flexor digiti III longus* s. *sublimis* (Fig. 78 *f* 3).

Der eine kleinere Theil dieses Muskels entspringt vom freien Rande der *aponeurosis palmaris*, der Hauptheil zugleich mit dem *flexor brevis* von der Volarfläche des grossen Carpusknochens, beide Theile gehen in eine lange Sehne über, die sich an die Endphalanx befestigt.

76, 77. *mm. flexores digiti III breves* s. *profundi I, II* (Fig. 78 *fb* 3 und *fb* 3'). mm. flexores digiti III breves.

Dugès, tendini-phalangiens du medius, n. 104, 105.

Diese beiden Muskeln entspringen theils vom freien Rand der *aponeurosis palmaris*, theils von der volaren Fläche des grossen Carpusknochens, und gehen zu beiden Seiten des vorgenannten Muskels rückwärts, um sich an die Grundphalanx anzusetzen. Dugès betrachtet dieselben als Analoga der *m. lumbricales*.

78. *m. flexor metacarpi dig. III.* m. flexor metacarpi dig. III.

Ein ziemlich starker Muskel, der fleischig von der Volarfläche des grossen *os carpi* entspringt und sich an der Volarfläche des *os metacarpi* befestigt.

5. Muskeln des vierten Fingers.

79. *m. flexor digiti IV longus* s. *sublimis* (Fig. 78 *f* 4). m. flexor dig. IV longus.

Entspringt vom freien Rand der *aponeurosis palmaris* und setzt sich mit dünner Sehne an die Endphalanx an.

Fig 78.

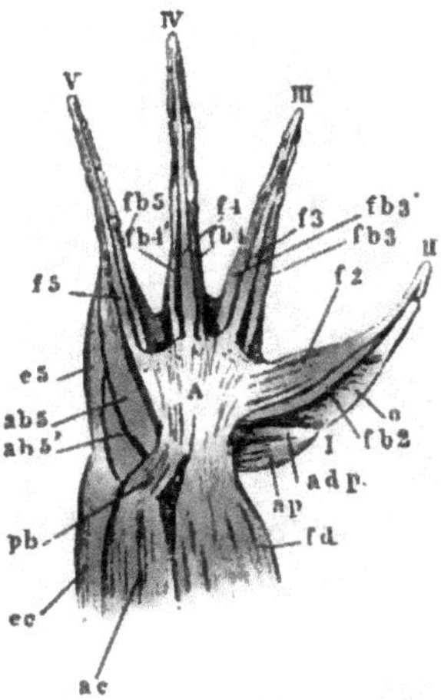

Fig. 79.

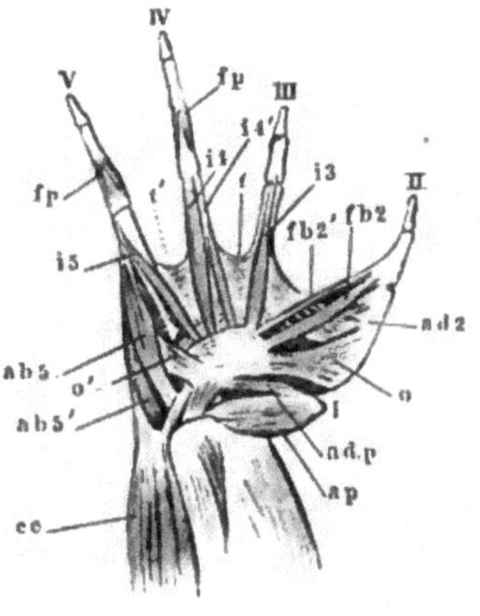

80, 81. *mm. flexores digiti IV breves* s. *profundi I, II* (Fig. 78 *fb* 4 und *fb* 4'). mm. flexores digiti IV breves.

Dugès, tendini-phalangiens de l'annulaire, n. 108, 109.

Diese beiden Muskeln, welche Dugès ebenfalls als Analoga der *m. lumbricales* betrachtet, entspringen zu beiden Seiten des vorigen vom freien Rande der *aponeurosis palmaris* und setzen sich mit ihrer Sehne an die Grundphalanx an.

m. flexor proprius phalangum digiti IV.

82. *m. flexor proprius phalangum dig. IV* (Fig. 79 *fp*).

Dugès, phalango-phalanginien, n. 115.

Ein kleiner Muskel, der mit zwei Zacken von der Volarfläche der Grundphalanx entspringt und sich an die Basis der Mittelphalanx befestigt.

m. flexor metacarpi digiti IV.

83. *m. flexor metacarpi dig. IV* (Fig. 79 *i* 4).

Ein ziemlich starker Muskel, der vom grossen Carpus entspringt und sich an die Volarfläche des vierten *os metacarpi* ansetzt.

6. Muskeln des fünften Fingers.

m. flexor dig. V long.

84. *m. flexor dig. V longus* s. *sublimis* (Fig. 78 *f* 5).

Verhält sich ganz so wie der gleichnamige Muskel des vierten Fingers.

m. flexor dig. V brev.

85. *m. flexor dig. V brevis* (Fig. 78 *fb* 5).

Entspringt vom freien Rand der Aponeurose und setzt sich an die Grundphalanx an.

m. flexor proprius phalangum dig. V.

86. *m. flexor proprius phalangum dig. V* (Fig. 79 *fp*).

Dugès, phalango-phalanginien, n. 17.

Verhält sich ganz so wie der gleichnamige Muskel des vierten Fingers.

m. opponens dig. V.

87. *m. opponens dig. V* (Fig. 79 *o'*).

Dugès, deuxième sous-carpo-métacarpien du digitule, n. 92.

Dieser Muskel entspringt schmal von der Volarfläche des grossen Carpusknochens und setzt sich, indem er sich ausbreitet, an den lateralen Rand des *os metacarpi* des kleinen Fingers an, welchen er dem Daumen nähert.

m. abductor dig. V prim.

88. *m. abductor dig. V primus* (Fig. 74 und 75 *ab* 5).

Dugès, sous-pyro-pré-métacarpien du digitule, n. 93.

Entspringt von dem volaren Rande und der lateralen Fläche des *os pyramidale* und setzt sich mit dünner Sehne an die Grundphalanx an.

89. *m. abductor dig. V secundus* (Fig. 74 und 75 *ab* 5'). m abductor dig. V secundus.

Dugès, sous-pyro-post-métacarpien du digitule, n. 94.

Entspringt vom hinteren Theil des *os pyramidale*, ist kürzer und setzt sich fleischig an die laterale Seite des *os metacarpi* an.

II. Auf der Dorsalfläche.

m. extensor digitorum communis longus (Fig. 76 *ed*; Fig. 79, 80 *ec*). m. extensor digitorum communis longus.

Den Verlauf dieses Muskels s. oben S. 100.

90. *m. extensor digitorum commun. brevis* (Fig. 80 *e*3, *e*4, *e*5). m. extensor digitorum communis brevis.

Dugès, sous-pyro-phalangettien du III, IV, V, n. 124, 128, 131.

Bedeckt vom vorhergehenden entspringt dieser Muskel vom *os pyramidale* in Verbindung mit dem *extensor pollicis* und vom grossen *os carpi*. Der für den dritten Finger bestimmte Theil, sowie der für den vierten Finger entspringen vom *os pyramidale* und gehen schräg rückwärts und in eine Sehne über, welche an der medialen Seite des betreffenden Fingers bis zur Endphalanx verläuft und sich hier ansetzt. Der für den fünften Finger bestimmte Muskelbauch entspringt vom medialen Vorsprung des grossen *os carpi*, ist hier mit dem Ansatz des *m. extensor carpi ulnaris* verbunden und setzt sich in ähnlicher Weise an der Endphalanx des fünften Fingers an.

Fig. 80.

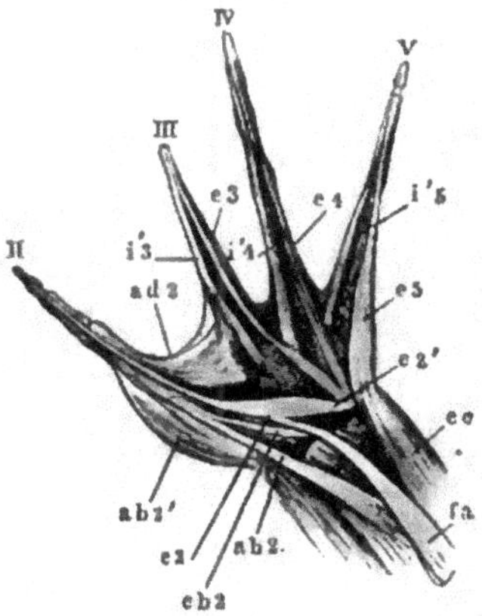

Muskeln der Rückenfläche der Hand von rana esculenta, 2 mal natürl. Grösse.

II, III, IV, V, zweiter bis fünfter Finger.
fa m. flexor antibr. lat. superficial.
ec m. extensor carpi ulnaris.
ab 2 m. abductor dig. II longus.
e 2, *e* 2' } m. extensor dig. II longus.
eb 2 m. extensor dig. II brevis.
ab 2' m. abductor dig. II brevis.
ad 2 m. adductor dig. II.
e 3, *e* 4, *e* 5 m. extensor digitorum communis brevis.
i' 3, *i'* 4, *i'* 5 mm. interossei.

91. *m. abductor digiti II* (i. e. *pollicis*) *longus* (Fig. 75 *ei*; Fig. 80 *ab* 2). m. abductor dig. II (i. e. pollicis) longus.

Den Ursprung und Verlauf dieses Muskels am Vorderarm s. oben n. 63. Der Muskel verläuft schräg über das Handgelenk von dem kleinen Finger gegen die Daumenseite und von vorn nach hinten und setzt sich am *os metacarpi* des zweiten Fingers (Daumens) an. Die Insertionsstelle dieses Muskels am *os metacarpi* ist (vergl. oben Seite 55) beim ♂ in eine Leiste und Spitze ausgezogen und der Muskel selbst bei diesem zur Brunstzeit vergrössert. Er abducirt den Daumen, wodurch dieser beim Umfassen des Weibchens sich in die Brust desselben eindrückt.

m. extensor dig. II proprius longus.

92. *m. extensor digiti II proprius longus* (Fig. 80 *e* 2, *e* 2′).

Dugès, cubito-radio-sous-phalangien de l'index, n. 96.

Dieser Muskel liegt in schräger Richtung auf dem Handrücken parallel mit und fingerwärts vom *m. abductor digiti II.* Er entspringt mit zwei Köpfen, der eine von der Sehne des *flexor antibr. lat. superf.* (n. 60) auf dem hinteren Ende des Radius. Diese Sehne bedeckt mit einer patellaartigen Verdickung das hintere Ende dieses Knochens und schickt drei sehnige Verlängerungen aus, wovon die eine sich am Ulnarrand des *os antibrachii*, die zweite an dem *os naviculare* sich befestigt, während die dritte den einen sehnigen Kopf des in Rede stehenden Muskels bildet. Der zweite Kopf entspringt vom *os pyramidale* in Verbindung mit dem *extensor digitorum communis brevis* (n. 90). Beide Köpfe verbinden sich zu einem länglichen Muskel, der in schräger Richtung zum zweiten Finger verläuft und in eine dünne platte Sehne übergeht, welche, nachdem sie noch Muskelfasern vom *os metacarpi* aufgenommen hat, an der Kleinfingerseite rückwärts verläuft, um sich an die Endphalanx anzusetzen.

m. extensor dig. II propr. brev.

93. *m. extensor dig. II proprius brevis* (Fig. 80 *eb* 2).

Dugès, sus-luno-phalangettien de l'index, n. 120.

Liegt zwischen dem vorigen Muskel und dem *abductor dig. II longus*, entspringt vom *os naviculare* und nimmt Fasern auf, welche vom *os metacarpi II* entspringen. Die Sehne verläuft längs der Daumenseite und setzt sich, mit der des vorhergehenden Muskels convergirend, an die Endphalanx an.

m. abductor dig. II brev.

94. *m. abductor dig. II brevis* (Fig. 80 *ab* 2′).

Dugès, sus-luno-métacarpien de l'index, n. 88.

Entspricht dem *abduct. pollic. brevis* des Menschen, liegt am lateralen Rande der Hand, entspringt vom *os naviculare* und setzt sich an das *os metacarpi II* an.

95. *m. extensor dig. III proprius.* m. extensor dig. III proprius.

Dugès, sus-luno-phalangettien du médius, n. 122.

Dieser Muskel entspringt mit zwei Köpfen von der oberen Fläche des *os naviculare* und *lunatum*. Dieselben fliessen zu einem Muskelbauch zusammen, welcher sich bald verschmälert und in eine Sehne übergeht, die, nachdem sie noch einige von dem *os metacarpi III* entspringende Muskelfasern aufgenommen hat, an der lateralen Hälfte der Rückenfläche dieses Fingers bis zur Endphalanx verläuft, woselbst sie sich ansetzt.

96. *m. extensor dig. IV proprius.* m. extensor dig. IV proprius.

Dugès, sus-pyro-phalangettien de l'annulaire, n. 128.

Dieser Muskel entspringt ziemlich breit vom *os naviculare* und *lunatum*. Die Sehne nimmt Fasern vom *os metacarpi IV* auf und läuft an der lateralen Hälfte der Rückenfläche dieses Fingers bis zur Mittelphalanx, woselbst sie sich ansetzt.

III. *mm. interossei.* mm. interossei.

97, 98. a. *mm. transversi metacarpi (mihi)* (Fig 79 *t*, *t'*, *ad* 2).

Liegen in querer Richtung zwischen den *ossa metacarpi*. Es sind deren drei; der erste ist der schon beschriebene *m. adductor digiti II* (n. 73); der zweite ist zwischen den *ossa metacarpi* des dritten und vierten, der dritte zwischen denen des vierten und fünften Fingers ausgespannt.

99, 100, 101. b. *mm. interossei volares.*

Als solche kann man vier dünne lange Muskeln betrachten, welche nahe beisammen von der Volarfläche des grossen *os carpi* entspringen und von da divergirend gegen den zweiten und fünften Finger verlaufen.

1. Der erste dieser Muskeln (Fig. 79 *fb* 2') ist schon oben (unter n. 72) als *m. flexor digiti II tertius* beschrieben.
2. Der zweite (Fig. 79 *i* 3) geht von der erwähnten Ursprungsstelle an die Volarfläche der Grundphalanx des dritten Fingers.

3. Der dritte (Fig. 79 *i* 4′) geht in derselben Weise an den vierten Finger.
4. Der fünfte (Fig. 79 *i* 5) an den fünften Finger [1]).

102 bis 108. c. *mm. interossei dorsales.*

Sie entspringen im Allgemeinen von den *ossa metacarpi* und setzen sich an die Grundphalanx derselben Fingerseite.

1. Der dritte Finger hat deren zwei, einen auf der Daumenseite (Fig. 80 *i′* 3) und einen auf der Kleinfingerseite.
2. Der vierte Finger hat deren drei, der dritte (Fig. 80 *i′* 4), der vom Carpus entspringt, würde vielleicht besser als ein Extensor bezeichnet.
3. Der fünfte Finger hat deren zwei.

IV. Muskeln der hinteren Extremität.

1. Muskeln am Oberschenkel.

Allgemeine Uebersicht (Fig. 81, 82).

a. Den lateralen Rand des Schenkels nimmt der *m. triceps femoris* ein und erstreckt sich von hier sowohl auf die dorsale als auf die ventrale Seite. Der laterale Rand entspricht dem vorderen des Menschen, da die natürliche Lage des Froschschenkels eine nach auswärts rotirte ist. Dann folgt

b. auf der ventralen Seite zunächst am *m. vastus internus* (*v i*) der *adductor longus* (*a d′*), der nicht ganz sichtbar ist, dann der *sartorius* (*s*), ein Theil des *adductor magnus* (*a d‴*) und schliesslich der *rectus internus maior* (*r i′*);

c. am medialen Rand liegt der *rectus internus minor* (*r i″*);

d. auf der dorsalen Seite liegt zunächst am Rumpf der *glutaeus* (*gl*), dem lateralen Rand zunächst liegt der *vastus externus* (*v e*), dann folgen der *pyriformis* und *biceps* (*p* u. *b*), dann der *semimembranosus* (*s m*), an welchen wieder der *rectus internus minor* (*r i″*) stösst;

---

[1]) Ob diese Muskeln mit Recht als interossei bezeichnet werden, lasse ich dahingestellt, sie scheinen vielmehr wie eben so viele mm. opponentes zu wirken.

e. nimmt man den *rectus internus maior* weg (vergl. Fig. 83), so sieht man den *semitendinosus* (*st*) und den ganzen Verlauf des *adductor longus* und *magnus* (*ad'* und *ad'''*), sowie den *adductor brevis* (*ad''*). Entfernt man den *triceps*, so sieht man den *ileo psoas* (*ip*) und unter dem *semimembranosus* den *quadratus* (*qf*) und *capsularis femoris* (*og*).

Fig. 81.

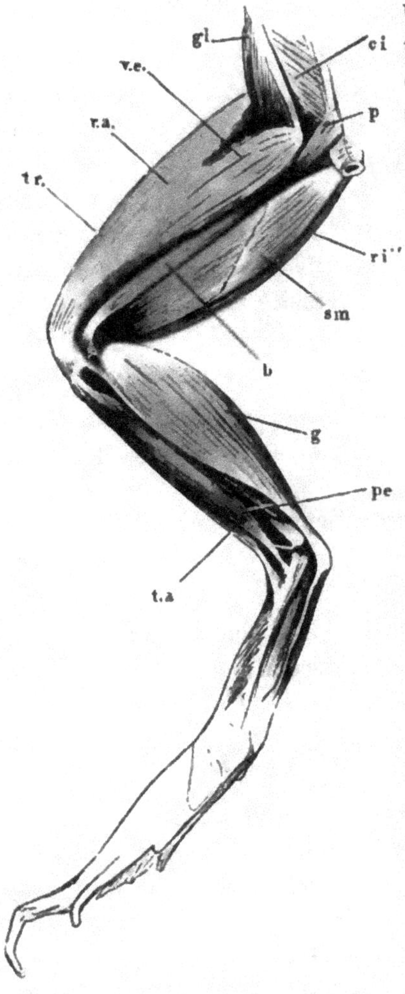

Muskeln des linken Schenkels von rana esculenta, von oben.

ci m. coccygeo-iliacus.
gl m. glutaeus.
p m. pyriformis.
ra m. rectus anterior.
ve m. vastus externus.
tr m. triceps fem.
ri'' m. rectus internus minor.
sm m. semimembranosus.
b m. biceps.
g m. gastrocnemius.
ta m. tibialis anticus.
pe m. peroneus.

Muskeln im Einzelnen.

A. Auf der Rückenseite.

109. *m. glutaeus* (Fig. 81 *gl*). m. glutaeus.

Dugès, ex-ilio-trochantérien.
Zenker, glutaeus maior.

Der sehnige Ursprung dieses Muskels befindet sich an der lateralen Fläche und dem oberen Rand der zwei hinteren Drittheile des Darmbeins. Von da verläuft derselbe lateral- und rückwärts zwischen dem Kopf des *m. vastus externus* (*ve*) einerseits und dem *ileo-psoas* und *rectus anticus* (*ra*) andererseits und setzt sich hinter dem Gelenkkopf an ein *tuberculum* (*trochanter*) des Oberschenkelknochens an.

110. *pyriformis* (Fig. 81 *p*). m. pyriform.

Cuvier, pyramidal.
Dugès, coccy-fémoral, n. 136.

Ein kleiner schmaler Muskel, der von der Spitze des Steissbeins entspringt und schräg lateral- und rückwärts gegen den Schenkel verläuft und sich, hinter dem *m. vastus externus* und *biceps* in die

Tiefe dringend, an die mediale Fläche des Oberschenkels, ziemlich tief gegen die Bauchfläche hin ansetzt.

m. triceps femoris.

m. triceps femoris s. *extensor cruris communis* (Fig. 81).

Dugès, pelvi-fémoro-rotulien, n. 145, 146, 147.

Ein grosser, starker, aus drei Ursprungstheilen bestehender Muskel, der sich mit einer Sehne an den Unterschenkelknochen ansetzt. Die drei Köpfe sind das *caput longum* oder der *rectus femoris anticus* (*ra*), das *caput externum* oder der *vastus externus* (*ve*) und das *caput internum* oder der *vastus internus* (*vi*), von diesen liegt der erstere am lateralen Rand des Schenkels, der zweite auf der Rückenseite, der dritte auf der Bauchseite desselben.

111. a. *m. rectus femoris anticus* (Fig. 81, 83 *ra*).

Entspringt vom unteren (ventralen) Rande des Darmbeins, etwa in der Mitte der Länge unter dem *m. glutaeus*. Der Muskelbauch geht bald in eine Aponeurose über, welche die beiden anderen Muskelbäuche überzieht und mit deren Sehnen verschmilzt.

112. b. *m. vastus externus* (Fig. 81 *ve*).

Entspringt von der oberen hinteren Ecke des Darmbeins (Fig. 43 *il'*) hinter dem *glutaeus*, welcher zwischen demselben und dem *rectus anterior* sich einsenkt.

113. c. *m. vastus internus* (Fig. 82, 83 *vi*).

Entspringt von der ganzen unteren und lateralen Wand der Hüftgelenkkapsel, mit welcher die Ursprungssehne sich abtragen lässt und von einem von dieser ausgehenden Sehnenstreifen, der von da auf der Schenkelfläche des Muskels herunterläuft (vom Schambein und Schenkelbein, wie anderwärts angegeben, sehe ich keine Fasern abgehen). Nach vorn hin lässt sich der *vastus* ziemlich leicht in zwei Köpfe trennen. Die beiden *vasti* vereinigen sich zu einem gemeinsamen Muskelbauch, an dessen Bildung, wie schon erwähnt, der *rectus anticus* keinen Antheil nimmt. Dieser gemeinsame Muskelbauch geht über dem Kniegelenk in eine Sehne über, die am vorderen Ende des *os cruris* ohne Vermittelung einer Patella sich befestigt und seitlich sich in die Fascia des Unterschenkels fortsetzt.

114. *m. ileo-fibularis s. biceps* (Fig. 81 *b*). m. ileo-fibularis.

Dugès, ileo-péronien, n. 149.
Zenker, flexor externus tibiae, S. 42.

Ein langer, ziemlich schmaler Muskel, welcher medianwärts und theilweise bedeckt vom *m. vastus externus* zwischen diesem und dem *semimembranosus* gelagert ist. Derselbe entspringt zwischen *ileo-psoas* und *pyriformis* sehnig vom *os ilei* über dem Acetabulum und hinter dem Ursprung des *vastus externus*. Von da verläuft derselbe nach hinten, vom *vastus externus* durch ein starkes *ligam. intermusculare* getrennt. An der medialen Seite dieses Muskels, zwischen ihm und *m. semimembranosus*, verlaufen die Schenkelgefässe und der *N. ischiadicus*. Im weiteren Verlauf theilt sich derselbe in zwei Theile, wovon der eine sich hoch oben an der medialen und unteren Fläche des Femur ansetzt. Es ist dies wahrscheinlich der Muskel, welchen Klein (l. c. Seite 61) als *extensor brevis* beschreibt. Der andere lange Bauch geht am hinteren Theil des Schenkels in eine dünne Sehne über, welche sich in zwei Zacken theilt, von denen die vordere an die Rückenfläche des hinteren Gelenkendes des *os femoris*, die hintere an die Rückenfläche der Tibia ansetzt. Zwischen beiden ist ein lateralwärts concaver Bogen ausgespannt. Dieser Ansatz des Biceps ist von der stärkeren Ursprungssehne des *m. gastrocnemius* bedeckt (vergl. Fig. 87).

115. *m. semimembranosus* (Fig. 81, 87 *sm*). m. semimembranos.

Dugès, sus-ischio-poplité, n. 148.
Klein, S. 60, extensor femoris sublimis.

Ein auf der dorsalen Fläche des Schenkels medianwärts vom *biceps* und *pyriformis* liegender, ziemlich breiter Muskel, welcher von der hinteren oberen Ecke der *symphysis ossis ilei* sehnig entspringt und mit einer platten Sehne, die ziemlich plötzlich aus dem starken Muskelbauch hervorgeht, sich auf der dorsalen Seite an die Zwischengelenkbänder des Kniegelenks und durch diese an das *os cruris* ansetzt; die Sehne wird umfasst (Fig. 87) von dem concaven Rand, welchen die Ursprungssehnen des *gastrocnemius* (s. diesen) bilden. Der Muskel wird (vergl. Fig. 81) etwas hinter seiner Mitte von einem aponeurotischen Septum in schräger Richtung in eine vordere und hintere Hälfte getheilt und reisst, da wohl alle Muskelfasern dadurch unterbrochen sind, hier sehr leicht durch.

B. Auf der Bauchseite.

m. sartorius.

116. *m. sartorius* (Fig. 82, 83 *s*).

Dugès, sous-iléo-tibial, n. 150.
Klein, gracilis.

Dieser lange platte Muskel liegt auf der Mitte der Bauchfläche des Schenkels, entspringt sehnig an der unteren vorderen Ecke, welche von der Symphyse der Darmbeine gebildet wird, und breitet sich mit seiner Endsehne hinter dem Kniegelenk in einer Art *pes anserinus* in die Fascie des Unterschenkels, mit dem *semitendinosus* zugleich, aus [1]).

m. rectus intern. maior.

117. *m. rectus internus maior (mihi)* (Fig. 82 *ri'*, 83 *ri*).

Dugès, post-ischio-tibial profond, n. 152.
Klein, semimembranosus.

Ein breiter, platter, nach vorn und hinten verschmälerter Muskel, welcher die mediale Hälfte der Bauchfläche des Schenkels einnimmt und lateralwärts vorn vom *adductor magnus*, hinten vom *sartorius*, medianwärts vom folgenden Muskel begrenzt wird. Derselbe entspringt sehnig von der Symphyse der Schambeine, bedeckt in seinem Verlauf den *semitendinosus* und geht in eine starke Sehne über, welche mit der Sehne des folgenden Muskels verschmelzend, zwischen den Sehnen des *sartorius* und *semitendinosus*, welche zusammen einen aponeurotischen Bogen bilden, hindurchgeht, um sich mit einer Zacke an eine Hervorragung des *os cruris*, welche wohl der *tuberositas tibiae* entspricht, anzusetzen; eine zweite Zacke befestigt sich, unter der Sehne des *m. semitendinosus* hindurchgehend, auf der oberen Fläche des *os cruris*. Unter dieser letzteren geht der *N. tibialis* durch; eine dritte fadenförmige Sehnenzacke geht an den *m. semimembranosus*. Etwas hinter der Mitte (Fig. 82) ist der Muskel von einer *inscriptio tendinea* durchsetzt, an welcher, wie es scheint, sämmtliche Muskelfasern unterbrochen sind.

---

[1]) Der sartorius wurde in neuester Zeit von Kühne zu seiner Untersuchung über die Endigung der Nerven in den Muskeln und über die Muskelzuckungen ohne Betheiligung der Nerven (Dubois-Reymond's und Reichert's Archiv. 1859. Seite 314) benutzt.

118. *m. rectus internus minor (mihi)* (Fig. 81, 82 *ri''*). m. rectus in tern. minor.

Fig. 82.

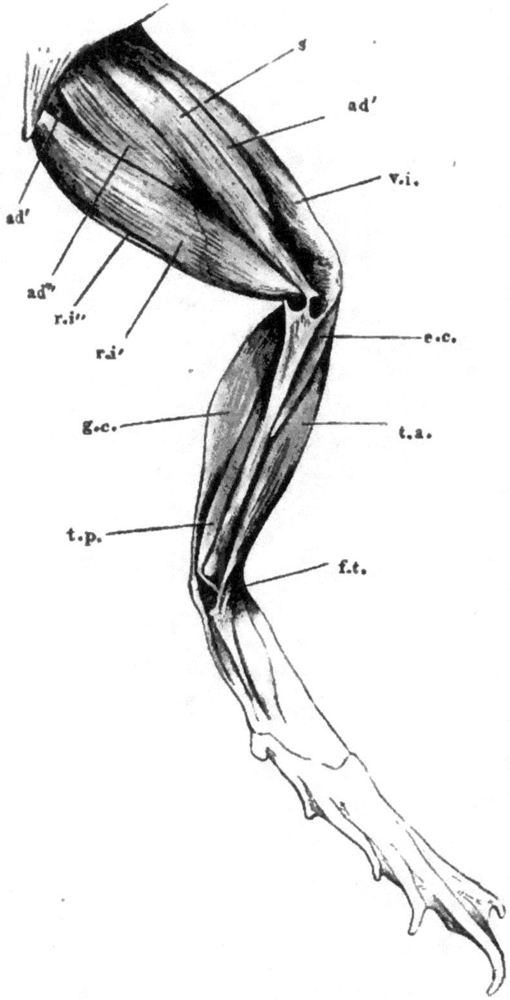

Muskeln des linken Schenkels von rana esculenta von der unteren (Bauch-) Seite.

s m. sartorius.
ad' m. adductor longus.
ad'' m. adductor brevis.
ad''' m. adductor magnus.
ri' m. rectus internus maior.
ri'' m. rectus internus minor.
vi m. vastus internus.
gc m. gastrocnemius.
ec m. extensor cruris.
ta m. tibialis anticus.
tp m. tibialis posticus.
ft m. flexor tarsi.

Dugès, post-ischio-tibial superficiel, n. 151.
Zenker, flexor tibiae magnus.
Klein, ischio-tibialis.

Dieser schmale, ganz am medialen Rande des Oberschenkels liegende Muskel entspringt von einem sehnigen Streifen, der in der Mittellinie nach hinten mit dem *sphincter ani*, nach vorn mit dem *rectus abdominis* verbunden, längs der Symphyse der Beckenknochen verläuft, und geht nach hinten in eine dünne Sehne über, welche sich mit der des vorhergehenden Muskels verbindet. Im Verlaufe am Oberschenkel hängt derselbe theils durch Gefässe, theils durch Bindegewebebalken mit der Haut zusammen.

Die beiden voranstehenden Muskeln, der *rectus internus maior*, und *minor* entsprechen zusammen dem *rectus internus* oder *gracilis* des Menschen, der also beim Frosch doppelt ist. Dass der zweite, der *rectus internus minor*, demselben entspricht, kann wohl nicht bezweifelt werden; auch Dugès betrachtet ihn als ein Analogon desselben; dass aber der erstere, der *rectus internus maior*, nicht dem *adductor magnus*, wie Dugès will, und noch weniger dem *semimembranosus*, wofür ihn Klein hält, entspricht, geht wohl aus der Lage und dem gemeinschaftlichen Ansatz beider zur Genüge hervor.

mm. adductores femor.

mm. adductores femoris.

m. adductor longus.

119. 1) *m. adductor longus* (Fig. 83 *ad'*).

Dugès, sous-iléo-fémoral, n. 141.

Ohne weitere Präparation nur theilweise sichtbar zwischen *m. sartorius* und *vastus internus* (Fig. 82 *ad'*), entspringt dieser lange, platte Muskel von der vorderen unteren Ecke der Symphyse der Darmbeine (Osteol. Fig. 43 *s*), theilweise bedeckt vom Ursprung des *sartorius*. Von da verläuft der Muskel zwischen *vastus internus* und *adductor magnus* rückwärts, um sich schliesslich unterhalb der Mitte des Schenkels mit letzterem zu verbinden.

Fig. 83.

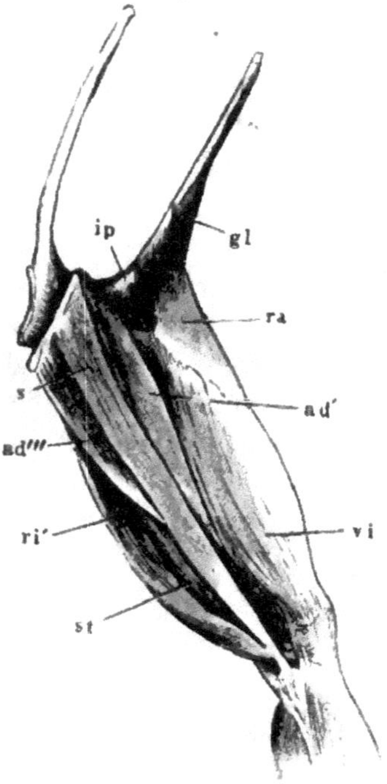

Muskeln des linken Oberschenkels von rana esculenta, von der Bauchfläche. Die Bauchmuskeln sind entfernt.

ip m. ileo-psoas.
gl m. glutaeus.
s m. sartorius.
ra m. rectus fem. anticus.
ad m. adductor longus.
ad''' m. adductor magnus.
ri m. rectus int. maior.
st m. semitendinosus.
vi m. vastus internus.

m. adductor magnus.

120. 2) *m. adductor magnus* (Fig. 83, 84 *ad'''*).

Dugès, sous-ischio-pubi-fémoral (adductor 1 u. 2), n. 142, 143.
Klein, adductor magnus und Extensor femoris profundus.

In der vorderen Hälfte des Schenkels zwischen *sartorius* und *rectus internus maior* sichtbar, wird derselbe nach hinten von diesen Muskeln bedeckt. Er nimmt sehnig seinen Ursprung a) von der *symphysis ossium pubis* und *ischii*, und ist hier in zwei Portionen gespalten, zwischen welchen die Sehne des einen Kopfes des *m. semitendinosus* (Fig. 84 *st''*) hindurchtritt; b) eine zweite Portion entspringt von eben dieser Sehne (Fig. 84 *st'''*) und verbindet sich mit der vorhergehenden Portion. Die Fasern des so gebildeten Muskels setzen sich an dem *os femoris* ziemlich in der hinteren Hälfte desselben bis zum Condylus hin an. Der

Ansatz findet hauptsächlich an der medialen Seite des *os femoris* statt, gegen das hintere Gelenkende wendet er sich über die Rückenfläche des Knochens auch auf die laterale Seite und bildet so eine Art Muskelrohr um das hintere Ende desselben.

121. 3) *m. adductor brevis* (Fig. 82, 84 *ad''*) m. adductor brevis u. m. pectineus.

und

122. 4) *m. pectineus* (Fig. 84 *pe*).

Dugès, sous-pubio-fémoral (Analogon des pectineus und vielleicht auch des add. brevis).

Diese beiden kurzen Muskeln liegen bedeckt vom *sartorius, adductor longus* und *magnus* und stellen äusserlich nur einen Muskel dar, der sich aber (vgl. Fig. 84) leicht in zwei trennen lässt. Beide entspringen nebeneinander von der Symphyse und setzen sich, ohne sich mit dem *adductor magnus* zu verbinden, an die mediale Fläche der vorderen Hälfte des *femur* an.

123. *m. semitendinosus* (Fig. 84 *st, st', st''*). m. semitendinosus.

Dugès, bis-ischio-tibial, n. 153.
Zenker, biceps.

Dieser lange dünne Muskel liegt an der medialen Seite des Schenkels vollkommen bedeckt vom *m. rectus internus maior*, nach dessen Wegnahme er erst sichtbar ist. Er entspringt mit zwei langen dünnen Sehnen, die eine *(caput posticum st')* von der *symphysis ossis ischii*, die andere *(caput anticum st'')* von der Vertiefung zwischen Symphyse und Acetabulum. Diese verläuft durch einen Spalt des *adductor magnus*, dessen Fasern zum Theil von dieser Sehne entspringen, dann zwischen *adductor magnus*

Fig. 84.

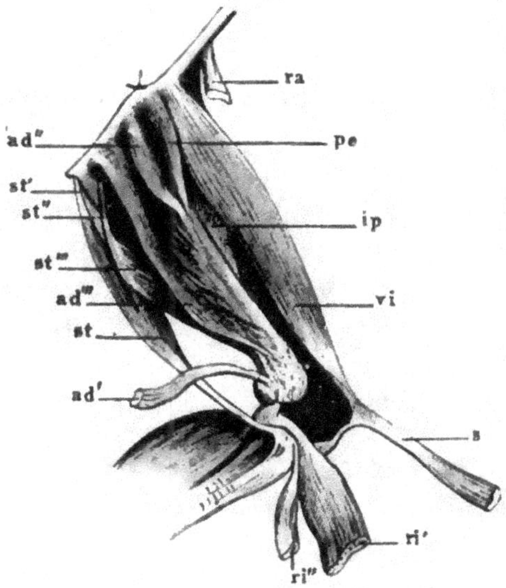

Muskeln des linken Oberschenkels von rana esculenta, tiefe Schicht. Der m. sartorius, rectus anticus, rectus internus maior und minor, adductor longus sind durchschnitten.

ra	m. rectus anticus.	durchschnitten.
s	m. sartorius.	
ri'	m. rectus internus maior.	
ri''	m. rectus internus minor.	
ad'	m. adductor longus.	
st'	m. semitendinosus (cap. posticum).	
st''	m. semitendinosus (cap. anticum).	
st'''	Fasern, welche von diesem in den adductor magnus übergehen.	
st	Bauch des m. semitendinosus.	
ad''	m. adductor brevis.	
pe	m. pectineus.	
ip	m. ileopsoas.	
vi	m. vastus internus.	

und *rectus internus maior* rückwärts und verbindet sich im unteren Drittel des Oberschenkels mit dem hinteren Kopf. Der durch die Verbindung beider entstandene Muskel geht in eine dünne Sehne über, welche mit der des Sartorius zusammen einen aponeurotischen Bogen bildet, unter welchem die Sehne des *rectus internus maior* und *minor* hindurchgeht und der mit der Fascia des Unterschenkels zusammenhängt.

C. Tiefe Schenkelmuskeln.

Zu diesen gehören ausser dem *adductor brevis, pectineus* und der vorderen Portion des *biceps*, die schon im Vorigen betrachtet wurden, die folgenden:

m. ileopsoas.

124. *m. ileopsoas* (Fig. 83, 84, 85 *ip*).

Dugès, intra-iléo-fémoral (= iliacus und psoas).
Cuvier, Zenker, Klein, iliacus internus.

Die Fasern dieses Muskels entspringen breit von der medialen oder Beckenhöhlenfläche des Darmbeins, wenden sich über den unteren Rand dieses Knochens lateralwärts, und bilden einen platten, nach rückwärts zugespitzten Muskel, welcher über das Hüftgelenk, dann zwischen *m. rectus* und *vastus internus*, die hintere Hälfte des *m. glutaeus* deckend, verläuft, und sich im mittleren Drittheil des *os femoris* an dessen laterale Fläche ansetzt.

m. quadratus femor.

125. *m. quadratus femoris* (Fig. 85 *qf*).

Dugès, post-iléo-fémoral (Analogon des glutaeus maximus), n. 137.
Zenker, glutaeus minor, S. 42.

Ein länglich dreieckiger Muskel, welcher vom Darmbein hinter dem *acetabulum*, vom pyriformis bedeckt, entspringt, über dem Gelenk rückwärts verläuft und sich an der medialen und unteren Fläche des *os femoris* zwischen *pyriformis* und *ileopsoas* ansetzt; er stösst nach unten unmittelbar an den *adductor brevis*.

m. obturatorius.

126. *m. obturatorius* (Fig. 85, 86 *og*).

Dugès, ischio-pubi-fémoral, n. 139?
Zenker, m. capsularis femoris.

Ein kleiner Muskel, welcher ganz in der Tiefe auf dem Hüftgelenk, bedeckt von allen Muskeln, die von der Symphyse entspringen, gelagert ist. Derselbe füllt die Vertiefung zwischen dem

Kamm der Symphyse und dem Acetabulum aus und entspringt von der ersteren, von der hinteren oberen Ecke der *symph. ossis ilei* an bis etwa zur Mitte der *symph. ossis pubis*; die Fasern laufen convergirend

Fig. 85.

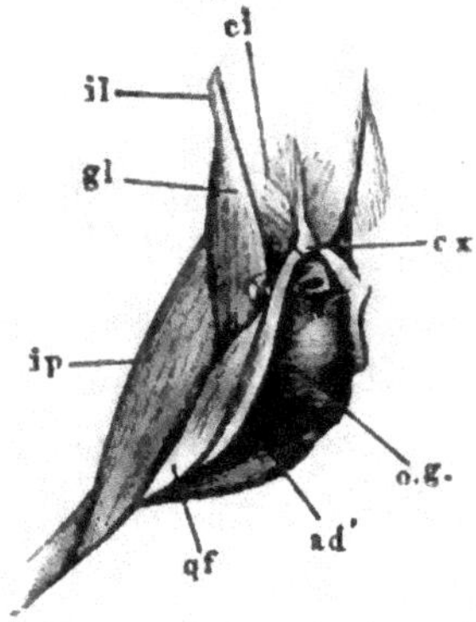

Tiefe Muskeln der oberen Fläche des linken Oberschenkels von rana esculenta. Der m. vastus extern., rectus anterior, semimembranosus sind weggenommen.

cx Steissbein.
il Darmbein.
ci m. coccygeo-iliacus.
gl m. glutaeus.
ip m. ileopsoas.
qf m. quadratus femoris.
ad m. adductor brevis. Zwischen diesem und dem vorhergehenden liegt der auf der Figur nicht bezeichnete m. pyriformis.
og m. obturatorius.

Fig. 86.

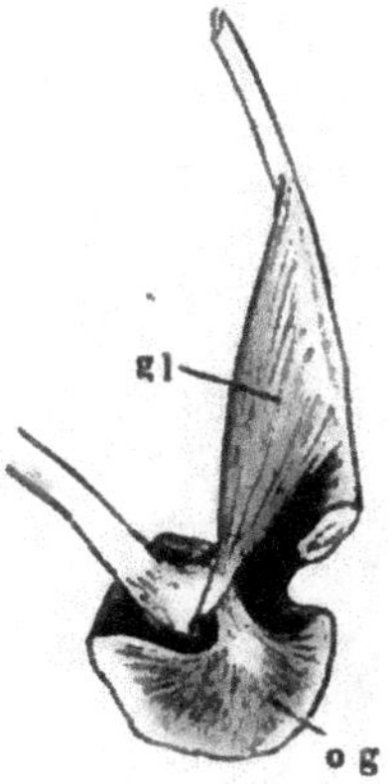

Linke Hälfte des Beckengürtels und Oberschenkels von rana esculenta; der Schenkel unter den Bauch nach vorn geschlagen.

gl m. glutaeus.
og m. obturatorius.

von oben nach unten und von unten nach aufwärts, und gehen schliesslich in eine starke Sehne über, welche an die hintere und obere Seite des *caput femoris* sich ansetzt. — Der Muskel entspricht, wie es scheint, den kleinen Rollmuskeln, *m. obturator externus* und *internus* und den *gemellis* zusammen.

2. Muskeln am Unterschenkel.

Allgemeine Uebersicht.

Auf der lateralen Fläche (der vorderen des Menschen entsprechend) liegen, bedeckt von der *fascia cruris*, in welche sich die Sehne des *extensor communis cruris* oder *triceps* fortsetzt, die folgenden Muskeln: Zunächst am Knochen der *m. extensor cruris brevis* (*ec*), dann in der Richtung lateralwärts der *m. tibialis anticus* (*ta*) und der *m. peroneus* (*pe*). Auf der medialen Fläche (der hinteren des Menschen entsprechend) liegen der *gastrocnemius* (*gc*) und *tibialis posticus* (*tp*) und ganz in der Tiefe der *flexor tarsi sup.* (*ft*).

m. gastrocnemius.

127. *m. gastrocnemius* (Fig. 81, 82, 87).

Dugès, bi-fémoro-plantaire, n. 159.

Dieser den Physiologen vor allen anderen bekannte starke Muskel entspringt mit zwei sehnigen Köpfen. Der eine (Fig. 87 *g'*), mehr in der Mitte der Kniekehle gelegen, ist der bei weitem stärkere und geht aus einer starken, sehnigen Ausbreitung hervor, welche das Kniegelenk von oben deckend, sich mit einem vorderen Bündel an den Femur, mit einem hinteren an das *os cruris* ansetzt, und medianwärts mit einem concaven aponeurotischen Rande endet; der andere Kopf ist ein dünner Sehnenstrang, der aus der gemeinschaftlichen Sehne des *triceps* hervorgeht, welche das Kniegelenk überkleidet. Der Muskel ist kurz nach seinem Ursprung am dicksten und verschmälert sich allmälig nach hinten; die nach der Haut sehende Fläche desselben ist gewölbt, die auf den tiefen Muskeln aufliegende Fläche platt; beide gehen durch seitliche stumpfe Ränder in einander über. Verfolgt man den Verlauf der Ursprungssehnen in den Muskel hinein, so sieht man, dass beide convergiren und bald in eine gemeinschaftliche Sehnenplatte übergehen, welche nach vorn breit ist, nach hinten

Fig. 87.

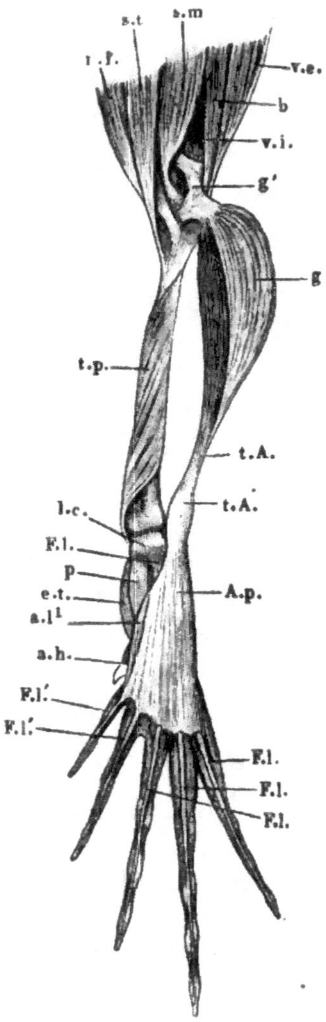

Muskeln des rechten Unterschenkels und Fusses von rana esculenta, von der oberen Fläche.

r i	rectus internus maior u. minor.
st	m. semitendinosus.
sm	m. semimembranosus.
v e	m. vastus externus.
v i	m. vastus internus.
b	m. biceps.
g	m. gastrocnemius, etwas nach rechts abgezogen.
g'	Ursprungssehne desselben.
t A	Endsehne (tendo Achillis).
t A'	Fibröse Verdickung dieser.
A p	aponeurosis plantaris.
F l	flexor digitorum I und II longus.
t p	m. tibialis posticus.
l c	ligamentum calcanei.
F l	flexor digitorum III, IV, V longus.
p	m. plantaris.
e t	m. extensor tarsi.
a l 1	m. abductor longus digiti I.
a h	m. abductor hallucis.

sich zuspitzt und in einer schräg von der platten gegen die gewölbte Fläche des Muskels gerichteten Ebene verläuft, ohne jedoch die letztere zu erreichen. Von den beiden Flächen dieser Sehnenplatte entspringen die Muskelfasern unter spitzen, nach hinten offenen Winkeln. Die äussere Fläche des Muskels ist von einer starken Sehnenhaut umkleidet, welche nach hinten allmälig noch stärker wird und schliesslich in die Achillessehne übergeht. Auf die innere Fläche dieser Sehnenhaut und weiterhin an die aus dieser hervorgehende Endsehne inseriren sich die aus der vorerwähnten Sehnenplatte, welche ungefähr am hinteren Ende des zweiten Drittels des Muskels endet, entspringenden Muskelfasern. An der Ferse zeigt die Achillessehne eine fibröse Verdickung und geht dann in die *aponeurosis plantaris (A p)* über, welche unten näher beschrieben werden soll.

128. *m. tibialis posticus* (Fig. 87 *t p*). m. tibialis posticus.

Dugès, cruro-astragalien, n. 160.

Dieser Muskel ist von dem *gastrocnemius* bedeckt und nimmt, nach hinten an Dicke zunehmend, die ganze mediale und obere Fläche des *os cruris* ein, von welcher er mit zahlreichen Fasern entspringt. Erst gegen das hintere Gelenkende des genannten Knochens wird er frei und geht ziemlich plötzlich in eine Sehne über, die in einer Rinne hinter und über dem *malleolus internus* verlaufend, sich auf den Fussrücken wendet und hier am vorderen Gelenkende des *astragalus* sich ansetzt. Der Deutung dieses Muskels als *soleus* durch Dugès kann ich nicht beipflichten.

129. *m. extensor cruris brevis* (Fig. 88 *e c*). m. extensor cruris brev.

Dugès, pré-fémoro-tibial, n. 154.

Von der starken *fascia cruris* bedeckt, liegt dieser Muskel zwischen dem *m. tibialis anticus* und dem Unterschenkelknochen; seine lange Ursprungssehne ist am medialen Condylus des Oberschenkelknochens befestigt und verläuft von da in der rinnenförmigen Vertiefung des vorderen Gelenkendes des *os cruris* und bedeckt von der Sehne des *triceps femoris* nach rückwärts, um in einen Muskel überzugehen, welcher sich an die laterale (vordere) Fläche des eben genannten Knochens bis gegen das hintere Drittheil desselben ansetzt.

(Dugès bezeichnet diesen Muskel als oberen d. i. vorderen Theil des *tib. anticus.*)

m. tib. ant. 130. *m. tibialis anticus* (Fig. 81, 82, 88 *ta*).

Dugès, pré-fémoro-astragalien und pré-fémoro-calcanien, n. 156 und 157; den ersteren hält er für einen Theil des tib. anticus, den letzteren für den peroneus lateralis I.
Zenker, tib. ant. biceps.

Wie der vorige von der *fascia cruris* bedeckt, entspringt dieser Muskel mit einer langen Sehne, die neben der des vorhergehenden liegt, von dem Oberschenkelknochen und den Zwischengelenkbändern. Dieselbe verläuft unter der Sehne des *triceps* in einer besonderen Scheide durch das Gelenk und geht nach hinten in den Muskelbauch über, welcher sich in der Mitte des Unterschenkels in zwei Bäuche spaltet, wovon der eine der medialen, der andere der lateralen Seite des Unterschenkels näher verläuft. Die Sehne des ersteren setzt sich an die Rückenfläche des *astragalus*, die der letzteren an die des *calcaneus* an. Die Wirkung des Muskels besteht sowohl in Streckung des Unterschenkels als in Beugung des Tarsus. Die letztere ist, der Insertion des Muskels nahe am *hypomochlion* wegen, schon bei ganz geringer Contraction eine sehr bedeutende, und es scheint sich derselbe aus diesen Gründen zu mancherlei Muskelversuchen sehr zu eignen.

Fig. 88.

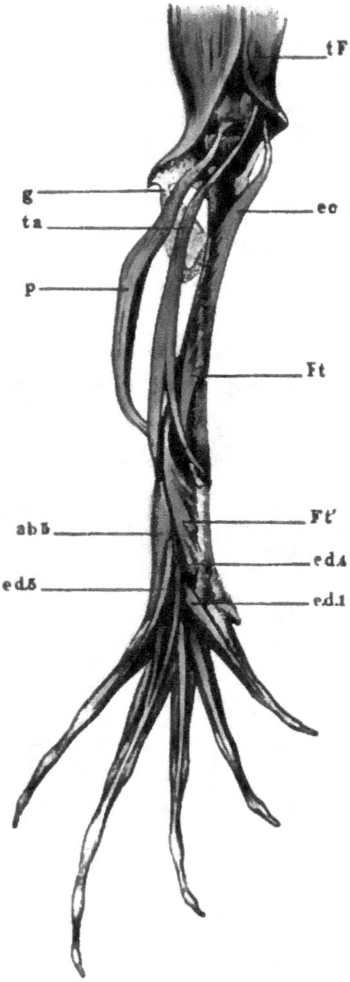

Muskeln des Unterschenkels und Fusses von rana esculenta, von der unteren Fläche (der vorderen des Menschen entsprechend).

tF m. triceps femoris.
g m. gastrocnemius.
ta m. tibialis anticus.
p m. peroneus.
ec m. extensor cruris brevis.
Ft m. flexor tarsi anterior.
Ft' m. flexor tarsi posterior.
ab5 m. abductor dig. V longus.
ed5 m. extensor dig. V longus.
ed4 m. extensor dig. IV longus.
ed1 m. extensor dig. I longus.

131. *m. flexor tarsi anterior (mihi)* (Fig. 88 *ft*). m. flexor tarsi anter.

Dugès, ex-tibio-astragalien, n. 155.
Zenker, tibialis anticus simplex.

Derselbe entspringt da, wo der Ansatz des *extensor cruris brevis* aufhört, von der Mitte der unteren Fläche des *os cruris* und geht an der lateralen Seite des eben genannten Muskels rückwärts, tritt mit seiner Sehne zwischen den beiden Sehnen des *m. tibialis anticus* durch und inserirt sich an die mediale Seite des vorderen Gelenkendes des *astragalus* und in die *fascia dorsalis pedis.*

132. *m. peroneus* (Fig. 88 *p*, 81 *pe*). m. peroneus.

Dugès, génio-péronéo-calcanien, n. 158.

Ein starker Muskel, welcher mit einer langen Ursprungssehne am hinteren Gelenkende des Femur und den Zwischengelenkbändern des Kniegelenks befestigt ist. Diese Sehne verläuft in einer Scheide durch das Gelenk und geht hinter diesem in den Muskel über, welcher auf der lateralen Seite des *os cruris* abwärts verläuft und sich am *malleolus externus* dieses Knochens und am vorderen Ende des Calcaneus ansetzt. Derselbe hat die gleiche Wirkung wie der *m. tibialis anticus.*

3. Muskeln am Fusse.

A. Muskeln der Plantarfläche.

133. *Aponeurosis plantaris* (Fig. 89 *Ap*). Aponeurosis plantaris.

Die Sehne des *m. gastrocnemius* geht, wie schon erwähnt, an der Ferse in eine starke Aponeurose über, und zeigt an dieser Stelle, da, wo sie auf dem Gelenke gleitet, eine Verdickung. Die Aponeurose ist von dreieckiger Gestalt und hängt an der gegen die Zehen gerichteten Basis dieses Dreiecks mit den Sehnen der Zehenbeuger in nachher zu beschreibender Weise zusammen. Die seitlichen Ränder dieses Dreiecks gehen in eine schwächere Fascie über, welche sich an die beiden langen Tarsus-Knochen ansetzt, der mediale Rand insbesondere giebt ein starkes Faserbündel an den inneren Knöchel ab, welches mit der Fascie des Fussrückens zusammenhängt; lateralwärts ist die Aponeurose an einen Knorpel befestigt (Dugès, *os sesamoïde*, n. 60), welcher sich an der Plantarfläche des Gelenks zwischen Calcaneus und *os metatarsi IV* befindet.

ligamentum calcanei.

134. *Ligamentum calcanei (mihi)* (Fig. 89, 90 *lc*).

Durchschneidet man die Achillessehne und schlägt die *Aponeurosis plantaris* gegen die Zehen zurück, so sieht man vom hinteren Gelenkende des *os cruris*, ziemlich in der ganzen Breite desselben ein Band entspringen (zwischen *tib. posticus* und *peroneus*). Dieses Band geht in eine feste Platte über, auf welcher sich die verdickte Stelle des *tendo Achillis* bewegt. Diese Platte repräsentirt offenbar den Fersenbeinhöcker, weshalb ich das ganze Band *ligamentum calcanei* nenne.

Von diesem Band entspringen mehrere Muskeln, nämlich:

Fig. 89.

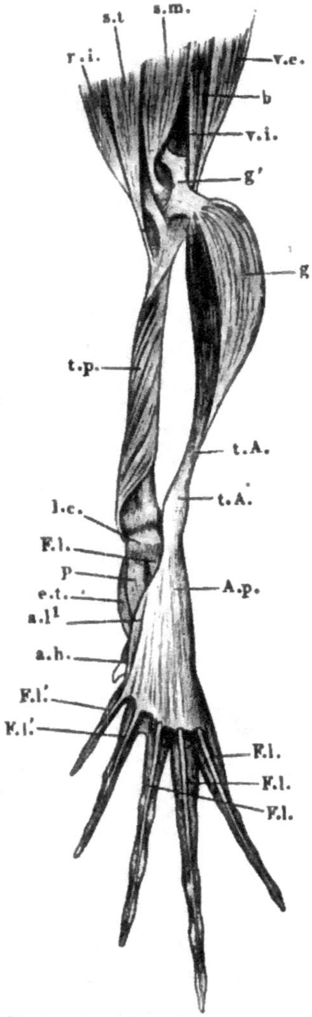

Muskeln des rechten Unterschenkels und Fusses von rana esculenta, von der oberen Fläche.
ri m. rectus internus maior und minor.
st m. semitendinosus.
sm m. semimembranosus.
re m. vastus externus.
ri m. vastus internus.
b m. biceps.
g m. gastrocnemius, etwas nach rechts abgezogen.
g' Ursprungssehne desselben.
tA Endsehne (tendo Achillis).
tA' Fibröse Verdickung dieser.
Ap Aponeurosis plantaris.
Fl' flexor digitorum I u. II longus.
tp m. tibialis posticus.
lc ligamentum calcanei.
Fl flexor digitorum III, IV, V longus.
p m. plantaris.
et m. extensor tarsi.
al1 m. abductor longus digiti I.
ah m. abductor hallucis.

m. extensor tarsi.

135. *m. extensor tarsi*, Klein (Fig. 89, 90 *et*).

Dugès, tibio-sous-astragalien (von ihm als Analogon des tibialis posticus betrachtet).

Von den zwei folgenden Muskeln bedeckt, entspringt dieser vom *ligamentum calcanei*, verläuft rückwärts und setzt sich an die Plantarfläche des *astragalus* der ganzen Länge nach bis ans hintere Ende an. Streckt den Fuss.

m. plantaris.

136. *m. plantaris* (Fig. 89, 90 *p*).

Vom *lig. calcanei* seinen Ursprung nehmend, an der medialen und Fusssohlenseite des vorigen, verläuft dieser Muskel rückwärts und setzt sich an die Rückenfläche der *Aponeurosis plantaris* an.

Fig. 90.

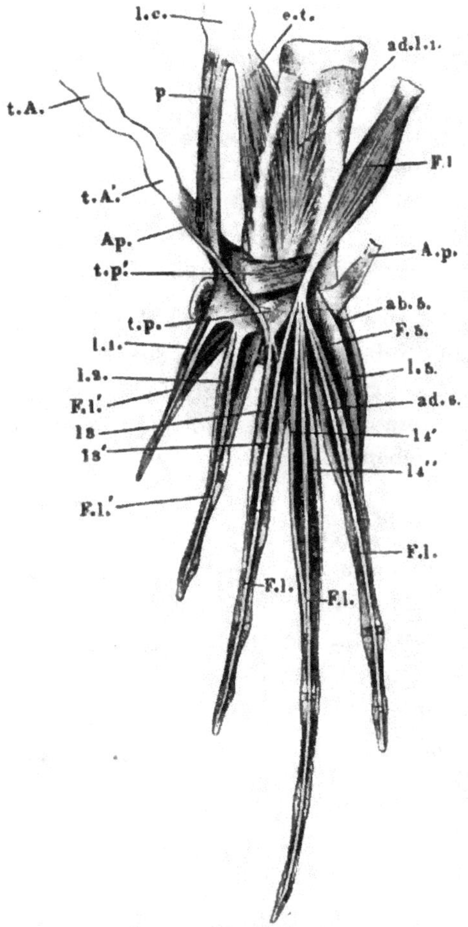

Muskeln der Plantarfläche des Fusses von rana esculenta, zweimal natürliche Grösse.

lc ligamentum calcanei, mit den von demselben entspringenden Muskeln, von dem os cruris abgelöst und nach links herüber gelegt.
et m. extensor tarsi.
p m. plantaris.
tA Achillessehne, abgeschnitten und nach links darüber gelegt.
tA' Verdickung derselben.
A.p *Ap* Aponeurosis plantaris, durchschnitten und nach beiden Seiten zurückgelegt.
Fl m. flexor digitorum III, IV, V longus, am Ursprung vom lig. calcanei durchschnitten u. nach rechts gelegt. Die Sehnen an den drei Fingern sind mit demselben Buchstaben bezeichnet.
tp m. transversus plantae posterior.
tp' m. transversus plantae anterior.
adl1 m. adductor longus digiti I.
ab5 m. abductor dig. V.
F5 m. flexor brevis dig. V.
ad5 m. adductor dig. V.
l1, l2, l3. l3', l4', l4'', l5 musculi lumbricales.

137. *m. flexor digitorum III, IV, V longus (mihi)* (Fig. 89, 80 *Fl*). m. flexor digitorum III, IV, V long.

Dugès, péroneo-sous-phalangettien (flexor dig. longus.)

Auch dieser Muskel nimmt seinen Ursprung vom *ligamentum calcanei* und zwar lateralwärts vom vorigen. Er verläuft über der *aponeurosis plantaris* nach hinten und geht gegen den freien Rand dieser ziemlich plötzlich in eine starke Sehne über, welche durch einen aponeurotischen Canal hindurchgeht. Dieser entsteht dadurch, dass Fasern der Aponeurose, sowohl über als unter dem Muskel von dem bei ersterer erwähnten Sehnenknorpel, wo sie festsitzen, zum medialen Rand der Aponeurose sich begeben. Die Sehne spaltet sich alsbald in drei, für die fünfte, vierte und dritte Zehe, welche unter dem hinteren freien Rand der Aponeurose, an denselben etwas befestigt, hervortreten und sich, durch Sehnenscheiden festgehalten, zur Endphalanx der drei genannten Zehen begeben, an welche sie sich ansetzen. (Die den Lumbricalmuskeln entsprechenden kleinen Muskeln, welche von diesen Sehnen entspringen, sollen mit denen der übrigen Zehen weiter unten im Zusammenhang abgehandelt werden.)

m. flexor digiti I, II longus.

138. *m. flexor digitorum I, II longus (mihi)* (Fig. 89, 90 *Fl'*).

Die Sehnen, welche die Endphalanx der ersten und zweiten Zehe beugen, also den Sehnen des eben genannten Muskels entsprechen, entspringen direct vom hinteren Rand der Aponeurose.

mm. transversi plant.

139, 140. *mm. transversi plantae (mihi)* (Fig. 90 *tp*, *tp'*).

Auf die Bewegung der Aponeurose und mittelbar der mit dieser durch Sehnen verbundenen Zehen influiren nicht nur der *m. gastrocnemius* und *plantaris*, sondern noch zwei weitere Muskeln, die man zusammen als *flexor dig. longus internus* (Klein) oder als *tarso-sous-phalangettien* (Dugès 221) beschrieben hat.

a) *m. transversus plantae posterior* (*tp*).

Entspringt von dem Fusssohlenknorpel, verläuft von da, sich ausbreitend, rück- und medianwärts und senkt sich in die Rückenfläche der *aponeurosis plantaris* ein. Da wo sich derselbe ansetzt, entspringen die Sehnen für die erste und zweite Zehe (*flexor dig. longus I* u. *II*), ein directer Uebergang der Muskelfasern des ersteren in die letzteren findet nicht statt.

b) *m. transversus plantae anterior* (*tp'*).

Liegt, vom vorigen Muskel bedeckt, etwas weiter nach vorn, entspringt vom Calcaneus und setzt sich medianwärts vom vorigen in die Rückenfläche der Aponeurose fest. Auch dieser Muskel setzt sich nicht direct in die Sehnen der Zehenbeuger fort und man kann daher beide wohl nicht als Flexoren der Zehen bezeichnen, wenn sie auch mittelbar wohl entschieden diese Wirkung haben.

Musculi lumbricales.

141 bis 149. *Musculi lumbricales* (Fig. 90 *l* 1—5).

A. Von der *aponeurosis plantaris* und zwar von deren hinterem Rande entspringen:

1) *m. lumbricalis digiti I* (*l* 1).

Dugès, tendini-sous-phalangien du pouce, n. 185.

Setzt sich am vorderen Gelenkende der Grundphalanx an.

2) *m. lumbricalis digiti II* (*l* 2).

Dugès, tendini-sous-phal. du I. doigt, n. 186 (u. 187). Nach D. doppelt.

Ansatz der gleiche.

3 u. 4) *mm. lumbricales digiti III* (*l* 3).

Dugès, tendini-sous-phal. du III doigt, n. 188 (nach D. nur einfach).

Der eine (*l* 3) setzt sich an das vordere Gelenkende der Grundphalanx, der andere (*l* 3') an die gleiche Stelle der Mittelphalanx.

5) *m. lumbricalis digiti IV* (*l* 4).

Dugès, tendini-sous-phal. du IV doigt.

Ansatz: das vordere Gelenkende der Grundphalanx.

B. Von den Sehnen des *flexor longus III, IV, V* entspringen:

6) u. 7) *mm. lumbricales digiti IV* (*l* 4' u. *l* 4'').

Dugès, tendini-sous-phalanginien du IV doigt, n. 201, 202.

Der eine (*l* 4') setzt sich an das hintere Ende der Grundphalanx, der zweite (*l* 4'') an die gleiche Stelle der zweiten Phalanx.

8) *m. lumbricalis digiti V* (*l* 5).

Dugès, tendini-sous-phalanginien du V doigt, n. 203.

Entspringt mit an der Sehne für die fünfte Zehe, läuft mit dünner Sehne neben der des Flexor rückwärts und setzt sich an die Mittelphalanx an.

Besondere Muskeln der einzelnen Zehen.

I. Muskeln des Grosszehenrudiments.

150. *m. abducfor hallucis* (Fig. 91, 89 *ah*). m. abductor hallucis.

Dugès, tibio-sous-tarsien, n. 163.

Entspringt vom medialen Rand der *aponeurosis plantaris*, gerade da, wo der *m. plantaris* sich inserirt, so dass er fast als Fortsetzung dieses Muskels betrachtet werden kann, und setzt sich an den vorderen Rand der rudimentären Zehe.

II. Muskel des Grosszehenrudiments und der ersten Zehe.

m. adductor long. dig. I.

151. *m. adductor longus digiti I* (Fig. 90, 91 *ad l* 1).

Dugès, calcanéo-scaphoidien, n. 164.

Dieser starke Muskel nimmt seinen Ursprung von der Plantarfläche des *calcaneus* und *astragalus*; seine Fasern convergiren gegen eine in der Mitte liegende Sehne, welche am hinteren Ende des Muskels frei wird und unter einem *ligamentum tarsi transversum* hindurch in einer Rinne am hinteren Gelenkende des *astragalus* in einem Bogen medianwärts sich wendet, um sich an das *os naviculare*, welches das Grosszehenrudiment und das *os metatarsi I* trägt, anzusetzen.

III. Muskeln der ersten Zehe.

m. abductor longus dig. I.

152. *m. abductor longus digiti I* (Fig. 89 *a l* 1, Fig. 91 *ab* 1).

Nimmt seinen Ursprung vom medialen Rand der *aponeurosis plantaris* und liegt an der Sohlenfläche des *abductor hallucis*. Seine Sehne verläuft in der Aushöhlung, welche das Grosszehenrudiment nach der Fusssohle hin bildet und setzt sich an die mediale Seite des *os metatarsi I*.

m. flexor brevis dig. I.

153. *m. flexor brevis digiti I* (Fig. 91 *fb* 1).

Dugès, sous-metatarso-phalangien du I doigt, n. 193.

Ein kleiner dünner Muskel, der vom vorderen Gelenkende des *os metatarsi II* entspringt und sich an die Grundphalanx der ersten Zehe ansetzt. Diesen kleinen Muskel, in welchem die Nervenverbreitung ziemlich vollkommen übersehen werden kann, möchte ich, sowie auch den *m. lumbrical. dig. V* (*l* 5, Fig. 90) zur weiteren mikroskopischen Untersuchung empfehlen.

m. opponens digiti I.

154. *m. opponens dig. I* (Fig. 91 *op*).

Dugès, sous-metatarso-phalangien du pouce, n. 192.

Entsteht medianwärts vom vorigen, vom *os metatarsi II* ziemlich schmal, breitet sch fächerförmig gegen das *os metatarsi I* aus, an dessen vorderer Hälfte er sich ansetzt.

IV. Muskeln der zweiten Zehe.

155. *m. flexor metatarsi dig. II* (Fig. 91 *Fm* 2). m. flexor metatarsi dig. II.

Dugès, sous-tarso-metatarsien du II doigt, n. 173.
Klein, extensor metatarsi.

Fig. 91.

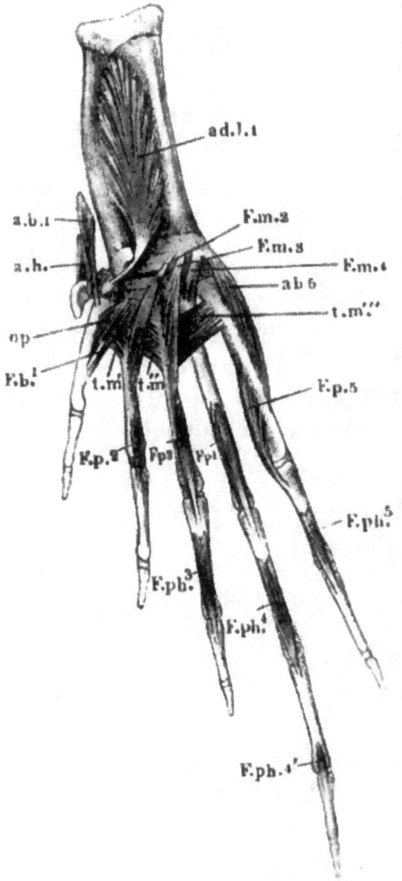

Muskeln der Plantarfläche des Fusses von rana esculenta, tiefe Schicht, 2 mal natürl. Grösse.

ah m. abductor hallucis.
adl1 m. adductor longus digiti I.
ab1 m. abductor longus digiti I.
op m. opponens digiti I.
Fm 2. 3, 4 m. flexores metatarsi II, III, IV.
tm' / *tm''* / *tm'''* } mm. transversi metatarsi 1, 2, 3.
Fb 1 m. flexor brevis digiti I.
ab 5 m. abductor digiti V.
Fp 2, 3, 4, 5 mm. flexor. proprii digit. 2, 3, 4, 5.
Fph 3, 4, 4', 5 mm. flexor. phalang. dig. 3, 4, 5.

Entspringt schmal vom hinteren Ende des *calcaneus*, wird nach hinten breiter und setzt sich in ziemlicher Ausdehnung an die Plantarfläche des zweiten *os metatarsi* an.

156. *m. flexor dig. II proprius* (Fig. 91 *Fp* 2). m. flexor dig. II prop.

Dugès, sous-metatarso-phalangien, n. 194.

Entspringt von der Plantarfläche des *os metatarsi II* und setzt sich mit dünner Sehne an die Plantarfläche der ersten Phalanx.

Dugès bezeichnet diesen und die analogen Muskeln der dritten, vierten und fünften Zehe (*Fp* 3, 4, 5) als die *interossei plantares*, eine Bezeichnung, die mir nicht richtig scheint, da diese Muskeln ganz auf der Plantarfläche liegen und die Zehen nicht an- oder abziehen, sondern beugen.

V. Muskeln der dritten Zehe.

157. *m. flex. metatarsi dig. III* (*mihi*) (Fig. 91 *Fm* 3). m. flexor metatarsi dig. III.

Dugès, sous-calcaneo-métatarsien du III doigt, n. 174.
Klein, extensor metatarsi.

Entspringt, wie der entsprechende Muskel der zweiten Zehe (n. 155), mit schmaler Sehne vom hinteren Gelenkende des *calcaneus*, verläuft rückwärts und setzt sich an die Plantarfläche des *os metatarsi III* an. Der grösste Theil des Muskels liegt unter dem *m. transversus metatarsi* (*tm*), der vorderste Theil über demselben. Diesen letzteren Theil hat Dugès als besonderen Muskel (n. 176, *metatarso-métatarsien du III*) beschrieben; das Gleiche gilt für die zweite Zehe (n. 177, Dugès).

Fig. 92.

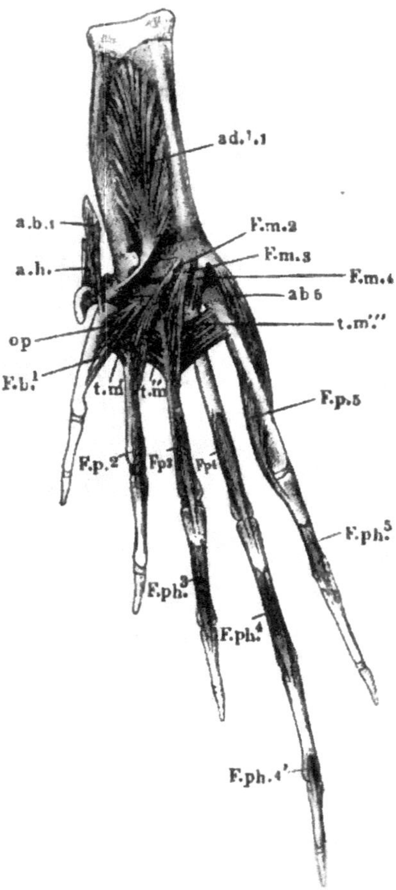

m. flexor dig. III proprius.

158. *m. flexor dig. III proprius (mihi)* (Fig. 92 *Fp* 3).

Dugès, sous-métatarso-phalangien du III doigt, n. 195.

Verhält sich wie der gleiche Muskel der zweiten Zehe, entspringt von der Plantarfläche des *os metatarsi III* und setzt sich mit dünner Sehne an die Plantarfläche des vorderen Gelenkendes der ersten Phalanx an.

m. flexor phalangum proprius dig. III.

159. *m. flexor phalangum proprius digiti III (mihi)* (Fig. 92 *F.ph* 3).

Dugès, phalango-phalanginien, n. 204.

Dieser kleine Muskel entspringt muskulös von der Plantarfläche der Grundphalanx und setzt sich mit einer Sehne an das vordere Gelenkende der Grundphalanx an.

VI. Muskeln der vierten Zehe.

m. flexor metatarsi dig. IV.

160. *m. flexor metatarsi dig. IV* (Fig. 92 *Fm* 4).

Dugès, métatarso-métatarsien, n. 175.

Entspringt wie der entsprechende Muskel der dritten Zehe vom hinteren Gelenkende des *calcaneus* und setzt sich an den vorderen Theil der Plantarfläche des *os metatarsi IV*, nicht an den grössten Theil desselben, wie beim zweiten und dritten *os metatarsi*.

161. *m. flexor dig. IV proprius* (Fig. 92 *Fp* 4). m. flexor dig. IV proprius.

Dugès, sous-métatarso-phalangien du IV doigt (interosseus plantaris), n. 196.

Ursprung und Ansatz wie bei dem gleichen Muskel der zweiten und dritten Zehe.

162. *m. flexor brevis dig. IV.* m. flexor brev. dig. IV.

Ein kleiner Muskel, welcher zugleich mit dem *m. flexor brevis* der fünften Zehe von dem bei der *aponeurosis plantaris* erwähnten Knorpel in der Fusssohle entspringt und sich an die Grundphalanx der vierten Zehe ansetzt.

163. *m. flexor phalangum proprius dig. IV anterior* (Fig. 92 *F. ph* 4). m. flexor phalangum proprius anterior dig. IV.

Dugès, phalango-phalanginien, n. 205.

Verhält sich wie der entsprechende Muskel der dritten Zehe.

164. *m. flexor phalangum proprius posterior* (Fig. 92 *F. ph* 4'). m. flexor phalangum proprius post. dig. IV.

Dugès, phalangino-phalangettien, n. 209.

Von der Plantarfläche der zweiten Phalanx zum vorderen Gelenkende der dritten.

VII. Muskeln der kleinen Zehe.

165. *m. abductor dig. V* (Fig. 92 *ab* 5). m. abductor dig. V.

Dugès, calcanéo-ex-métatarsien du digitule, n. 169.

Entspringt vom hinteren Gelenkende des *calcaneus* und setzt sich an die laterale Fläche des *os metatarsi V*.

166. *m. adductor dig. V* (Fig. 90 *ad* 5). m. adductor dig. V.

Dugès, sous-tarso-in-phalangien, n. 191.

Entspringt vom Fussohlenknorpel und inserirt sich am hinteren Gelenkende des *os metatarsi*.

167. *m. flexor brevis dig. V* (Fig. 90 *F* 5). m. flexor brev. dig. V.

Dugès, sous-tarso-ex-phalangien, n. 190.

Von derselben Stelle wie der vorhergehende an die Grundphalanx.

9*

m. flexor dig. V prop.

168. *m. flexor dig. V proprius* (Fig. 92 *Fp* 5).

(Analogon der Muskeln n. 156, 158, 161; s. die Bemerkung bei n. 156.) Dugès, sous-métatarso-phalangien, n. 197 (= inteross. plant.).

Entspringt von der Plantarfläche und medialen Fläche des *os metatarsi* und setzt sich an die Grundphalanx an.

m. flexor phalangum proprius.

169.. *m. flexor phalangum proprius* (Fig. 92 *F.ph* 5).

Dugès, phalango-phalanginien, n. 206.

Ursprung und Ansatz wie beim gleichen Muskel der zweiten, dritten und vierten Zehe, n. 159, 163, 164, 169.

mm. interossei.

170—172. Zwischenknochenmuskeln, *mm. interossei* (Fig. 92 *tm*).

Dugès, 1. 2. und 3. intermétatarsien, n. 170, 171, 172.

Drei mit ihren Fasern querverlaufende Muskeln, welche den vorderen Theil des Zwischenraums zwischen den *ossa metatarsi* einnehmen und diese einander nähern. Der erste (*tm'*) entspringt von der Kante der Plantarfläche des ersten *os metatarsi* und setzt sich an die gleiche Stelle des zweiten, der zweite (*tm''*) geht von da an das dritte, der dritte (*tm'''*) von da an das fünfte.

B. Muskeln der Dorsalfläche.

m. flexor tarsi post.

173. *m. flexor tarsi posterior (mihi)* (Fig. 93 *Ft*).

Dugès, péroneo-sus-astragal, n. 161 (dem herabgestiegenen peron. ant. verglichen).

Ein ziemlich starker Muskel, der schmal von der lateralen Seite der *tibia* unmittelbar über dem hinteren Gelenkende entspringt und sich an die dorsale Fläche des *astragalus* von der Mitte bis zu seinem hinteren Gelenkende ansetzt.

Muskeln der ersten Zehe.

m. extensor longus dig. I.

174. *m. extensor longus dig. I* (Fig. 93 *el* 1).

Dugès, calcaneo-sus-métatarsien du pouce, n. 166 (einem Theile des pediaeus verglichen).

Liegt lateralwärts neben dem vorigen und entspringt mit einem langen starken Kopf von der Mitte des *calcaneus*. Dieser läuft schräg nach hinten und medianwärts und verbindet sich mit einem kurzen Kopf, welcher gemeinschaftlich mit dem *m. extensor dig. II* von der gemeinschaftlichen Epiphyse des *talus* und *calcaneus* entspringt. Der aus diesen beiden entstandene Muskel geht in eine platte Sehne über, welche sich an die Grundphalanx der ersten Zehe befestigt.

Fig. 93.

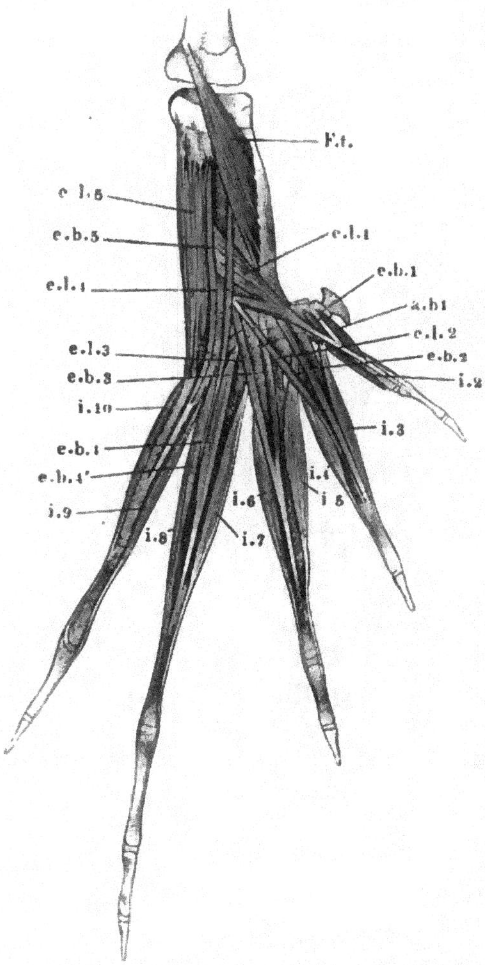

Muskeln der Dorsalfläche des Fusses von rana esculenta, 2 mal natürliche Grösse.

Ft m. flexor tarsi posterior.
el1 m. extensor longus dig. I.
eb1 m. extensor brevis dig. I.
ab1 m. abductor brevis dig. I.
el2 m. extensor longus dig. II.
eb2 m extensor brevis dig. II.
el3 m. extensor longus dig. III.
eb3 m. extensor brevis dig. III.
el4 m. extensor longus dig. IV.
eb4 m. extensor brevis 1 div. IV.
eb4' m. extensor brevis 2 dig. IV.
el5 m. extensor longus dig. V.
eb5 m. extensor brevis dig. V.
i 2 bis 10 mm. interossei.

175. *m. extensor brevis dig. I* (Fig. 93 *eb*1). m. extensor brevis dig. I.

Ein kleiner, kurzer Muskel, welcher vom *os naviculare* entspringt und sich an die Rückenfläche des ersten *os metatarsi* ansetzt.

176. *m. abductor brevis dig. I* (Fig. 93 *ab*1). m. abductor brevis dig. I

Dugès, ex-tarso-métatarsien du pouce, n. 168.

Ein kleiner, neben dem vorigen gelegener Muskel, welcher sich vom ersten Knochen des Grosszehenrudiments an die mediale Seite des ersten *os metatarsi* ansetzt.

Muskeln der zweiten Zehe.

177. *m. extensor dig. II longus* (Fig. 93 *el*2). m. extensor dig. II long.

Dugès, calcanéo-sus-phalangien du II doigt, n. 182.

Entspringt gemeinschaftlich mit dem *m. extensor longus* der dritten Zehe vom *calcaneus* und befestigt sich mit seiner Sehne an der Grundphalanx der zweiten Zehe.

m. extensor dig. II. brev.

178. *m. extensor dig. II brevis* (Fig. 93 *eb* 2).

Dugès, astragalo-sus-phalangien du II, n. 183.

Ist theilweise vom vorhergehenden bedeckt, entspringt vom *astragalus* und verbindet sich mit der Sehne des vorhergehenden.

Muskeln der dritten Zehe.

m. extensor dig. III long.

179. *m. extensor dig. III longus* (Fig. 93 *el* 3).

Dugès, sus-astragalo-phalanginien du médius, n. 199.

Entspringt mit dem *extensor longus* der zweiten Zehe vom *calcaneus*, seine Sehne verbindet sich mit der des folgenden Muskels.

m. extensor dig. III brevis.

180. *m. extensor dig. III brevis* (Fig. 93 *eb* 3).

Dugès, astragalo-sus-phalangien du médius, n. 181.

Entspringt vom *astragalus* und setzt sich mit der Sehne des vorhergehenden Muskels auf der Rückenfläche der Grundphalanx an.

Muskeln der vierten Zehe.

m. extensor longus dig. IV.

181. *m. extensor longus dig. IV* (Fig. 93 *el* 4).

Dugès, péroneo-sus-phalangien du IV, n. 178.

Ein schmales Bündel, das gemeinschaftlich mit dem *flexor tarsi inf.* entspringt und von der lateralen Seite desselben abgeht. Dasselbe setzt sich in die Sehnenhaut auf dem Rücken der Zehe an.

mm. extensores dig. IV brevis.

182. *mm. extensores dig. IV breves* (Fig. 93 *eb* 4 und *eb* 4').

Dugès, calcanéo-sus-phalangien und sus-calcanéo-phalanginien, n. 179 und 198.

Diese beiden kleinen Muskeln entspringen vom *calcaneus*, der eine setzt sich an die Grundphalanx, der andere geht mit langer dünner Sehne neben der Sehne des betreffenden *m. interosseus* bis zur zweiten Phalanx, an welche er sich befestigt.

Muskeln der fünften Zehe.

m. extensor dig. V long.

183. *m. extensor dig. V longus* (Fig. 93 *el* 5).

Dugès, calcanéo-sus-métatarsien, n. 165.

Ein starker Muskel, welcher fast die ganze Länge des *calcaneus* bedeckt, nahe dem vorderen Gelenkende desselben entspringt (von dem *m. extensor longus dig. I*), auf der lateralen Seite des Fussrückens rückwärts verläuft und sich an die laterale Fläche des *os metatarsi V* ansetzt.

184. *m. extensor dig. V brevis* (Fig. 93 *eb* 5). m. extensor dig. V brev.

Dugès, calcanéo-sus-phalangien du V, n. 1·0

Ein langer dünner Muskel, der mit dem vorigen verbunden vom *calcaneus* entspringt und sich an die Grundphalanx der fünften Zehe befestigt.

185. *m. abductor dig. V brevis* (Fig. 93 *i* 10). m. abductor dig. V brev.

Es ist eigentlich der letzte *m. interosseus* und entspringt von der lateralen Seite des fünften *os metatarsi*, um sich mit dünner Sehne auf derselben Seite an das hintere Gelenkende der zweiten Phalanx der fünften Zehe anzusetzen.

Fig. 93.

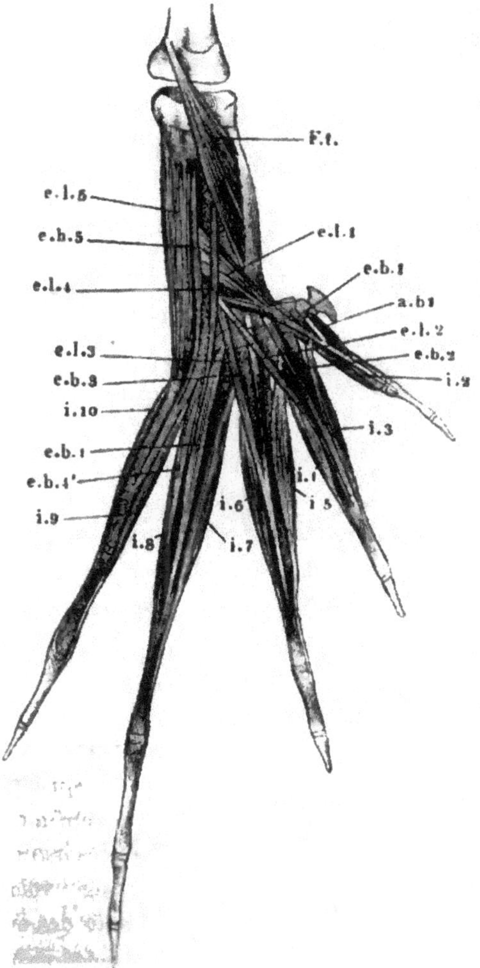

186 bis 195. Zwischenknochenmuskeln, *mm. interossei dorsales* (Fig. 93 *i* 1 bis 10). Zwischenknochenmuskeln, mm. interossei dorsal.

Erste Zehe.

1) Das Analogon des ersten *m. interosseus* ist der *m. abductor brevis dig. I* (*ab* 1).

2) Der zweite *m. interosseus* (*i* 2) entspringt von der lateralen Seite des *os metatarsi I* und befestigt sich an die laterale Seite der zweiten Phalanx derselben Zehe dorsalwärts vom *m. opponens* und *flexor brevis dig. I.*

Zweite Zehe.

3) Der dritte *m. interosseus* (*i* 3) entspringt von der lateralen Seite des ersten

os metatarsi ganz vorn mit dünner Sehne und setzt sich mit einer eben solchen an die zweite Zehe an und zwar an die mediale Fläche der zweiten Phalanx.

Fig. 94.

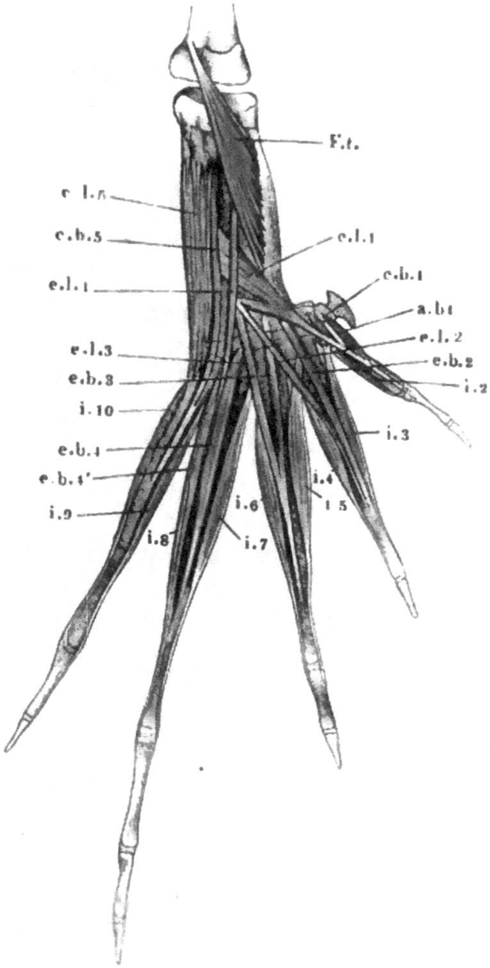

Muskeln der Dorsalfläche des Fusses von rana esculenta, 2 mal natürl. Grösse.

Ft m. flexor tarsi posterior.
el1 m. extensor longus dig. I.
eb1 m. extensor brevis dig. I.
ab1 m. abductor brevis dig. I.
el2 m. extensor longus dig. II.
eb2 m. extensor brevis dig. II.
el3 m. extensor longus dig. III.
eb3 m. extensor brevis dig. III.
el4 m. extensor longus dig. IV.
eb4 m. extensor brevis 1 dig. IV.
eb4' m. extensor brevis 2 dig. IV.
el5 m. extensor longus dig. V.
eb5 m. extensor brevis dig. V.
i 2 bis 10 mm. interossei.

4) Der vierte *m. interosseus* (*i* 4) entspringt von der lateralen Seite des zweiten *os metatarsi* und setzt sich an derselben Zehe an die laterale Seite der zweiten Phalanx an.

Dritte Zehe.

5) Der fünfte *m. interosseus* entspringt von der lateralen Seite des *os metatarsi* der zweiten Zehe und setzt sich mit dünner Sehne an derselben Zehe, an die mediale Fläche der zweiten Phalanx an.

6) Der sechste entspringt von der lateralen Seite des *os metatarsi III* und setzt sich mit dünner Sehne seitlich am hinteren Gelenkende der zweiten Phalanx der gleichen Zehe an.

Vierte Zehe.

7) Der siebente *m. interosseus* (*i* 7) entspringt mit dünner Sehne vom hinteren Gelenkende des *astragalus* und fleischig vom hinteren Gelenkende des *os metatarsi IV* und setzt sich

mit dünner Sehne an die mediale Fläche der zweiten Phalanx derselben Zehe an.

8) Der achte *m. interosseus* (*i* 8) nimmt seinen Ursprung von der lateralen Seite des vierten *os metatarsi* und der medialen des fünften und setzt sich an der vierten Zehe am hinteren Gelenkende der zweiten Phalanx an.

Fünfte Zehe.

9) Der neunte *m. interosseus* (*i* 9) entsteht von der medialen Seite des fünften *os metatarsi* und inserirt sich am hinteren Gelenkende der zweiten Phalanx derselben Zehe.

10) Der zehnte *m. interosseus* ist der schon beschriebene *abductor digiti V brevis* (Fig. 93 *i* 10).

Denken wir uns die vierte Zehe als den Mittelpunkt der Bewegungen, so ziehen der erste, dritte, fünfte, siebente, achte und zehnte *m. interosseus* von einer Linie ab, welche wir uns in der Längsachse dieser Zehe gezogen denken, der zweite, vierte, sechste und neunte ziehen gegen diese Linie hin. Wir könnten daher die ersteren, die Verhältnisse beim Menschen (wo die zweite Zehe diesen Mittelpunkt bildet) zum Ausgangspunkt nehmend, als *m. interossei dorsales*, die letzteren als *plantares* bezeichnen. Dugès bezeichnet alle diese *interossei* (den ersten oder *abductor brevis dig. I* rechnet er nicht dazu) als *mm. interossei dorsales* (*métatarso-sus-phalangettiens* n. 210, 211, 212, 213, 214, 215, 216, 218, 219). Als *interossei volares* bezeichnet er die von mir als *flexores proprii digitorum* aufgeführten Muskeln.

V. Muskeln der Haut.

196. *m. cutaneus pectoris* (Fig. 95 *cp*). m. cutaneus pectoris.

Dugès, abdomino-guttural, n. 53.
Klein, abdomino-cutaneus.
Zenker, subcutaneus pectoris.

Ein länglich-viereckiger Muskel, welcher mit seinem hinteren Rande zu beiden Seiten der Knorpelscheibe des Hyposternum an der oberen Fläche der Aponeurose des *m. obliquus externus* befestigt ist. Von da verläuft er vor- und etwas weniges lateralwärts und setzt sich unter einem sehr spitzen Winkel an die Haut an. Von vorn her setzt sich in gleicher Linie mit dem Muskel an dieser Stelle eine Bindegewebelamelle an, so dass zwischen dieser, dem Muskel und den tieferen Muskeln ein dreieckiger Raum übrig bleibt.

Fig. 95.

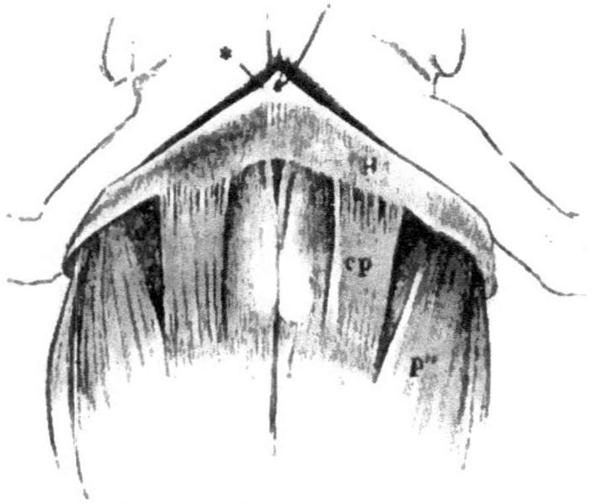

Brustgegend von rana esculenta.
Die Haut (*H*) quer durchschnitten, nach vorn umgelegt und durch einen Haken bei (*) befestigt.
cp m. cutaneus pectoris.
p''' port. abdominalis des m. pectoralis.

Ueber diesen Muskel, der seiner Dünne und Durchsichtigkeit wegen zur Untersuchung der Nervenverzweigung besonders geeignet ist, vergleiche man insbesondere

Kölliker, mikroskp. Anatomie II. 1. S. 247.

Reichert, Müller's Archiv. 1851. S. 29, Tab. I.

Kölliker, Untersuchungen über die letzten Endigungen der Nerven in den Muskeln des Frosches. Leipzig. Engelmann. 1862.

m. cutaneus dorsi.

197. *m. cutaneus dorsi* (Fig. 96 *cd*).

Dugès, pubio-dorso-cutané, n. 56.
Zenker, cutaneus iliacus.

Fig. 96.

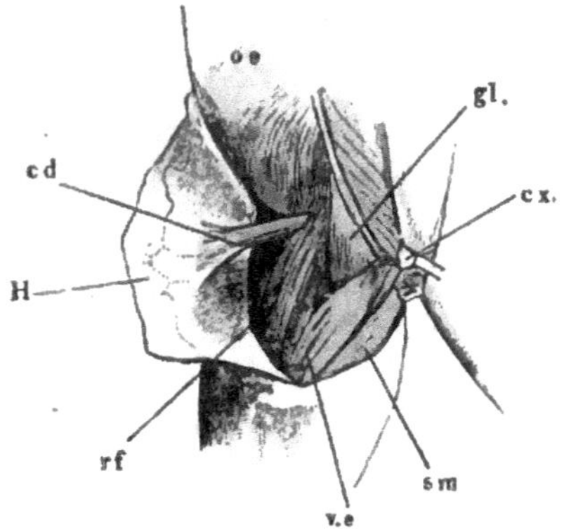

Hinterer Theil des Rückens und des linken Schenkels von rana esculenta, die Haut in der Mittellinie durchschnitten und nach links herübergelegt.
cx Steissbein.
gl m. glutaeus.
sm m. semimembranosus.
ve m. vastus externus.
rf m. rectus femoris anterior.
oe m. obliquus ext.
H Haut, nach links gelegt.
cd m cutaneus dorsi.

Dieser Muskel kommt schmal aus der Tiefe der Rinne, welche sich zwischen den Muskeln des Bauchs und des Oberschenkels befindet und hängt hier mit den Fascien zusammen, welche sich an der Symphyse der Beckenknochen befestigen, tritt an der lateralen Seite der vorderen Insertion des *m. rectus femoris anticus* median- und aufwärts, breitet sich fächerförmig aus und setzt sich mit strahlig divergirenden Fasern an die innere Fläche der Haut am hinteren Theil des Rückens an.

198. *m. coccygeo-cutaneus.* m. coccygeo-cutaneus.

Dugès, coccy-dorso-cutanés, n. 57.

Die Muskelfasern, welche Dugès unter diesem Namen beschrieben hat, liegen bedeckt vom *m. pyriformis*, hinter dem *m. coccygeo-iliacus* etc. über den Mastdarmmuskeln. Sie entspringen vom hinteren Ende des Steissbeins, hängen, wie es scheint, immer mit den Mastdarmmuskeln (wovon beim Darmcanal die Rede sein wird) zusammen, verlaufen quer lateralwärts und hängen hier mit der Haut zusammen.

Zu den Hautmuskeln kann man auch noch vielleicht den *m. submaxillaris* nehmen. Die von den Sehnen der Zehenbeuger an warzenförmige Körper der Sohlenfläche der Zehen abgehenden Sehnenfäden*) werden wohl besser mit jenen bei der Haut abgehandelt.

*) Vergl. Klein, l. c. S. 72.

DIE

ANATOMIE DES FROSCHES.

ZWEITE ABTHEILUNG:

NERVEN- UND GEFÄSSLEHRE.

DIE

ANATOMIE DES FROSCHES.

EIN HANDBUCH

FÜR

PHYSIOLOGEN, ÄRZTE UND STUDIRENDE

VON

DR. ALEXANDER ECKER,

Professor der Anatomie und vergleichenden Anatomie an der Universität zu Freiburg.

ZWEITE ABTHEILUNG:

NERVEN- UND GEFÄSSLEHRE.

MIT BEITRÄGEN

VON

PROF. R. WIEDERSHEIM.

MIT ZAHLREICHEN IN DEN TEXT EINGEDRUCKTEN HOLZSTICHEN.

BRAUNSCHWEIG,

1881.

VORWORT

ZUR

ZWEITEN ABTHEILUNG.

Seit dem Erscheinen des ersten Theils dieser Anatomie des Frosches sind 16 Jahre verflossen und es bedarf daher der hier vorliegende zweite Theil wohl einer entschuldigenden Einleitung.

Nervenlehre und Gefässlehre waren seit einer Reihe von Jahren in der Hauptsache ziemlich vollendet; einzelne Abschnitte bedurften aber einer gründlichen Revision. Insbesondere galt dies von den Hirnnerven. Durch meine anthropologischen Arbeiten und insbesondere durch Uebernahme der Redaction des Archivs für Anthropologie in eine ganz andere Arbeitsströmung gerathen, konnte ich mich nicht entschliessen, dieses Capitel nochmals vollständig durchzuarbeiten — und so ruhte das Ganze. Und hätte wohl noch länger geruht, wenn mir nicht von anderer Seite Hülfe gekommen wäre.

Herr Prof. Wiedersheim übernahm es auf mein Ansuchen, die Hirnnerven und dann auch noch Gehirn, Rückenmark und Sympathicus neu und ganz selbständig zu bearbeiten, und es ist die hier gegebene Anatomie der genannten Gebiete ganz sein Werk. Gewiss darf ich es als eine Empfehlung für diesen zweiten Theil betrachten, dass ein in der Anatomie der Amphibien so bewanderter Forscher demselben seine Mitwirkung gewidmet hat.

Was die übrigen Abtheilungen betrifft, so erscheinen sie ziemlich unverändert so, wie sie vor einer Reihe von Jahren niedergeschrieben wurden und aus derselben Zeit stammt auch die Mehrzahl der Abbildungen. Das Ganze nochmals ausführlich durchzuarbeiten, dazu fehlte mir nicht nur die nöthige Zeit, sondern auch der nöthige *animus* und ob um 20 Jahre ältere Augen die Sache besser machen würden, müsste ohnehin sehr zweifelhaft erscheinen.

So empfehle ich denn diese — in einem gewissen Sinn nachgelassene — Arbeit der nachsichtigen Aufnahme der Fachgenossen. Mindestens wird dieselbe — so hoffe ich wenigstens — eine Grundlage zu bilden geeignet sein, auf der leicht weiter gearbeitet werden kann und mehr als das bieten zu können, habe ich, wie ich dies im Vorwort zum ersten Theil — ein Wort von Soemmering zu Grunde legend — aussprach, überhaupt nie gehofft.

Der Schluss des Werkes — Eingeweide und Sinnesorgane, welchen Herr Prof. Wiedersheim zu bearbeiten übernommen hat — wird im Frühjahr 1882 folgen.

Freiburg, im August 1881.

Alexander Ecker.

III.

LEHRE VOM NERVENSYSTEM.

Lehre vom Nervensystem.

Literatur.

1. A. W. Volkmann, Von dem Baue und den Verrichtungen der Kopfnerven des Frosches. Müller's Archiv für Anatomie, Physiologie und wissensch. Medicin. Jahrg. 1858. S. 70. Taf. II.
2. J. G. Fischer, Amphibiorum nudorum neurologiae specimen primum. Berlin 1843. 4°. (Müller's Archiv 1844. S. 57.)
3. A. Ecker, Icones physiologicae. Leipzig 1851 bis 1859. Taf. XXIV.
4. Schiess, Versuch einer speciellen Neurologie der Rana esculenta. St. Gallen und Bern 1857. 4°. Mit 4 Tafeln.
5. Jeffries Wyman, Anatomy of the nervous system of rana pipiens. (Smithsonian contributions to Knowledge. Vol. V. S. 6.)
6. de Watteville, A description of the cerebral and spinal nerves of Rana esculenta. Journal of anatomy and physiology. Vol. IX. 1875. S. 145.

I. Das centrale Nervensystem

von

Prof. R. Wiedersheim.

A. Das Rückenmark, Fig. 1. *M.*

Es ist im Verhältniss zum Gehirn von sehr unbedeutender Ausdehnung und geht ohne scharfe Grenze nach vorn in die *Medulla oblongata* über.

Man unterscheidet an ihm eine vordere und hintere Anschwellung, während die kurze Mittelpartie schwach eingeschnürt erscheint.

Hinter der zweiten Anschwellung verjüngt es sich ziemlich rasch zum sogenannten *Conus medullaris* und endet schliesslich als *Filum terminale.* Aus der *Intumescentia anterior* und *posterior* entspringen die Nerven für die vordere und hintere Extremität und dass beide in proportionalem Verhältniss zu einander stehen, dass also die hintere Extremität ungleich stärkere Stränge erhalten wird als die vordere, liegt auf der Hand.

Die hintere Partie des *Plexus lumbalis* stellt eine *Cauda equina* dar, welche sich um den medianwärts laufenden Endfaden gruppirt. Letzterer dringt in die Höhle des *Os coccygeum* ein, wo er vor seinem Verschwinden noch einen *Nervus coccygeus* nach jeder Seite entsendet.

Das Rückenmark besteht wie dasjenige der übrigen Wirbelthiere aus einer weissen Rinden- und grauer Marksubstanz (Ober- und Unterhörner), in deren Centrum der bekannte Canal verläuft. Letzterer liegt der unteren Peripherie näher als der oberen und rückt schliesslich im *Filum terminale* ganz an die Unterfläche [1]).

---

[1]) Stieda, Zeitschr. f. wiss. Zool. Bd. XX.

Auf der dorsalen und ventralen Seite des Rückenmarkes findet sich ein in der Medianlinie verlaufender *Sulcus longitudinalis*, von

Fig. 1.

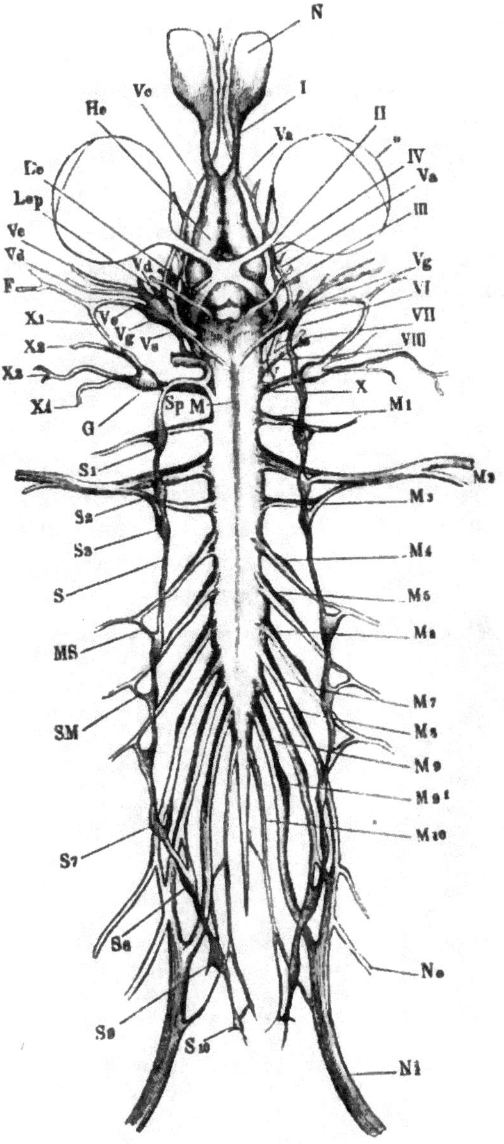

Darstellung des gesammten Nervensystems von Rana esculenta.
Nach A. Ecker, Icones physiologicae. Taf. XXIV. Fig. 1.
(Die Erklärung dieser Figur siehe unten bei den Spinalnerven.)

welchem auf dem *Conus medullaris* und dem Endfädchen nichts mehr sichtbar ist.

Die dorsale Längsfurche erweitert sich nach vorn hin zur Rautengrube, und im Grunde derselben mündet der *Canalis centralis*, wovon bei der Beschreibung des Gehirns noch einmal die Rede sein wird.

Vom Rückenmark entspringen zehn Paare von Nerven mit doppelter, d. h. einer oberen und unteren, mit einem Ganglion versehener Wurzel. Letztere setzt sich aus mehreren zarten Fäserchen zusammen, welche in der Nähe der entsprechenden Längsfurchen entstehend nach kurzem Lauf zu einem Stamme sich vereinigen. An der Austrittsstelle eines jeden Nerven finden sich zwischen *Pia mater* und *Arachnoidea* krystallinische Kalkmassen, ganz ähnlich, wie wir ihnen auch in der Schädelhöhle in der Circumferenz des Gasser'schen Ganglions begegnen [1]).

B. Das Gehirn [2]), Fig. 2 bis 5.

1) Medulla oblongata.

Was zunächst das verlängerte Mark (*Mo*) betrifft, so entwickelt es sich, wie schon oben bemerkt, aus einer ganz allmälig erfolgenden Anschwellung der Medulla, deren directe Vorwärtsverlängerung es darstellt. Die durch ein dem Standpunkt unserer heutigen morphologischen Kenntnisse entsprechendes Resultat geliefert haben.

Fig. 2.

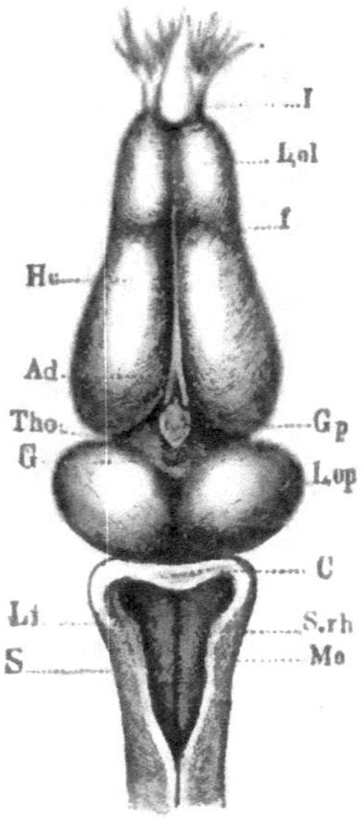

Gehirn von Rana esculenta von oben.
MO Medulla oblongata.
S, rh Fossa rhomboidalis.
S Sulcus centralis.
Li Limbus fossae rhomboidalis.
C Cerebellum.
L, op Lobus opticus.
Gp Gland. pinealis.
Tho Thalamus opticus.
Ad Adergeflechtknoten.
Hc Grosshirnhemisphären.
I Nerv. olfactorius.
L, ol Lobus olfactorius.
f Einschnürungsstelle.
G Hirnschlitz.

1) Bei dem Rückenmark so wenig als beim Gehirn kann auf feinere histologische Details näher eingegangen werden. Es wäre schwer, hierbei eine Grenze zu ziehen und würde auch gar nicht mit der dieser Schrift zu Grunde liegenden Absicht, ein brauchbares Handbuch für Physiologen abzugeben, im Einklang stehen.

2) Das Gehirn der Anuren ist schon oft Gegenstand anatomischer Studien gewesen, es mag jedoch genügen, diejenigen hervorzuheben, welche

das Auseinanderweichen ihrer Seitentheile zu Stande kommende, dorsalwärts liegende, breite Bucht ist in embryonaler Zeit noch von einer dünnen, dreieckigen Marklamelle bedeckt (*Velum medullare*), bis auch diese später von den Seitentheilen sich ablöst und nur noch den unteren, epithelartigen Ueberzug des Adergeflechtes repräsentirt [1]). Letzteres besteht aus zahlreichen, von einem mittleren Hauptstamm entspringenden, strickleiterartig angeordneten Gefässen, welche lateralwärts schleifenförmig umbiegen und, da sie in tiefe Furchen des eigentlichen Aderhautstromas eingebettet liegen, dieses in Form von zahlreichen Querleisten ins Lumen der Rautengrube vordrängen. Die *Fossa rhomboidalis* (*S,rh*) wird demnach in ihrer ganzen Ausdehnung erst dann sichtbar, wenn man jene Membran entfernt und ist dies geschehen, so sieht man die Ränder der Bucht umsäumt von wulstigen Lippen (*Li*). Diese nehmen ihre Richtung anfangs von hinten und innen nach vorn und aussen, um hierauf, fast unmittelbar am hinteren Umfang des Mittelhirnes (*L,op*) medianwärts in eine querliegende und zugleich senkrecht stehende Markplatte umzubiegen. Letztere erscheint von dem stark sich entwickelnden Mittelhirn nach hinten leicht umgebogen und ragt mit wulstigem Hinterrand in den *Sinus rhomboidalis* herein [2]).

Wir haben in dieser Bildung (*C*) einen dem Cerebellum der übrigen Wirbelthiere homologen Gehirntheil zu erkennen. 2) Cerebellum.

Auf dem Grunde der Rautengrube, also des vierten Ventrikels (*S,rh*), genau in der Medianebene, erblickt man eine Längsfurche (*Sulcus centralis*) (*S*), welche in der Tiefe des *Calamus scriptorius* mit dem *Canalis centralis medullae* communicirt.

An seiner centralen Fläche erfährt das Cerebellum resp. die ohne Unterbrechung in dasselbe übergehende *Medulla oblongata* eine Ausbauchung, so dass die ganze übrige, nach vorn gelegene Hirnmasse von der hinteren Partie abgeknickt und in einer anderen Ebene zu liegen scheint (Fig. 4). Diese Abknickung ist eine so unerhebliche, dass sich die Axen beider Abschnitte nur unter einem sehr weit offenen Winkel

---

Ich habe dabei vor Allem Stieda's (l. c.) und Götte's (Entwickel.-Gesch. der Unke) Arbeit im Auge und werde öfter Gelegenheit haben, im Lauf dieser Betrachtungen darauf zurückzukommen resp. dieselbe in den meisten Punkten zu bestätigen. W.

1) Götte.

2) Bezüglich des Grades der Umbiegung resp. der dadurch erfolgenden mehr oder weniger vollkommenen Deckung des *Sinus rhomboidalis* scheinen viele individuelle Schwankungen vorzukommen.

schneiden würden. Nach vorn öffnet sich der vierte Ventrikel mit einer kleinen, vom Kleinhirn brückenartig überspannten Oeffnung in den Ventrikel des Mittelhirnes (Fig. 5, *Vv, Aq*), den wir als Homologon des *Aquaeductus Sylvii* aufzufassen berechtigt sind. Diese Verhältnisse lassen sich erst deutlich erkennen, wenn man vorsichtig sondirt, oder noch besser, das Cerebellum Stück für Stück abträgt. Ist das geschehen,

3) Mittelhirn.

so erblickt man die zwei kugelig hervorragenden Ballen des Mittelhirnes (*Lobi optici* der Autoren) (*L, op*), wie sie durch eine dünne Marklamelle medianwärts verbunden und von den hintersten Fasern des *Tractus opticus* (*To*) umschlungen werden [1]).

Fig. 3.

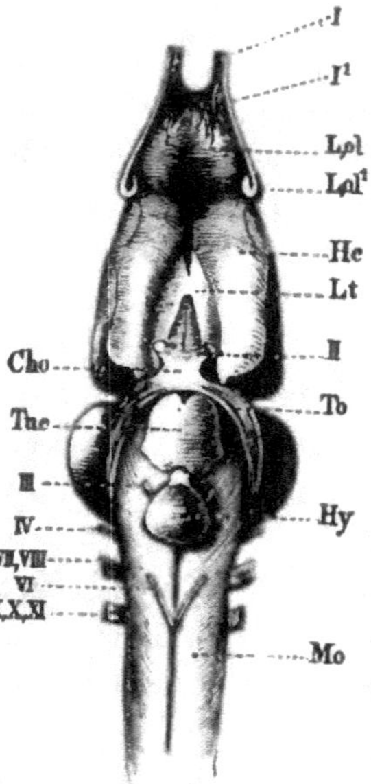

Gehirn von Rana esculenta von unten.
Mo Med. oblongata.
Hy Hypophysis.
Tuc Tub. cinereum.
To Tractus opticus.
Cho Chiasma n. opt.
Lt Lamina terminalis.
Hc Grosshirnhemisphäre.
L, ol Lobus olfactorius.
L, ol1 Lobus olfactorius 2.
I N. olfactorius 1te} Wurzel.
I1 N. olfactorius 2te} Wurzel.
II Nervi optici.
III N. oculomotorius.
IV N. trochlearis.
V, VII, VIII Quintus, Facialis und Acusticus.
VI N. abducens.
IX, X, XI N. glossopharyngeus, N. vagus und N. accessorius.

Die *Lobi optici* werden auch an ihrem vorderen Umfang vom Zug der Sehnerven umgriffen resp. diese entspringen auch aus jenem. Im Lauf nach vorn und abwärts zur Hirnbasis vereinigen sie sich mit jener oben erwähnten, hinteren Wurzel und formiren, nachdem sich ihnen noch zahlreiche aus dem Zwischenhirn entspringende Fäden beigesellt haben (Fig. 4, *Th, o* und *To*), jederseits ein mit der Spitze abwärts schauendes Dreieck. Weiterhin entsteht daraus das Chiasma, und diesem endlich entstammen die *Nervi optici* (Fig. 3, *Cho, II*).

Von oben betrachtet besteht das Mittelhirn aus zwei grossen, rundlich ovalen Körpern, deren Längsaxen unter einem nach vorn weit offenen Winkel schräg zur Medianebene gerichtet sind. Sie ragen dabei lateralwärts so stark hervor, dass sie das Vorderhirn beträchtlich überragend den breitesten Abschnitt des ganzen Gehirnes überhaupt darstellen. Von vorn her springt das Dach des dritten Ventrikels winklig zwischen

1) Durchfärbungen des ganzen Präparates mit Beale'schem Carmin, welches die Fasermassen des ganzen Opticus-Gebietes, ebenso wie diejenigen der übrigen Nerven viel begieriger aufnehmen, als die übrige Hirnsubstanz, leisten zur Klarlegung dieser Verhältnisse vortreffliche Dienste.

sie hinein und setzt sich ohne Unterbrechung in die zwischen ihnen befindliche commissurartige Marklamelle fort.

Durch einen vorsichtig geführten Horizontalschnitt durch die Mittelhirnblasen gelangt man zur Ansicht ihres Binnenraumes, der sich von der Mittellinie ausgehend jederseits taschenartig weit lateralwärts erstreckt und an dessen hinteren Umhang rechts und links von der Mittellinie zwei Protuberanzen erscheinen.

Dieser Raum ist sehr tief und man erblickt im Grund desselben die gegen die *Commissura posterior* ziehende Fortsetzung des *Sulcus centralis.*

Wie die Communication mit dem vierten Ventrikel durch einen engen Canal erfolgt, so existirt auch eine enge Verbindung mit dem dritten Ventrikel (Fig. 5, *Dv*).

Ventralwärts zeigt sich das Mittelhirn vom ***Tuber cinereum*** (Fig. 3, *Tu,c*) und der ***Hypophyse*** (*Hy*) überlagert und erst nach Entfernung derselben erkennt man, dass die eigentliche Basis des Mittelhirns durch die Grosshirnschenkel gebildet wird. Zwischen ihnen verläuft die Fortsetzung der vorderen (unteren) Längsfurche der Medulla, welche in der Höhe der Hypophyse durch ein graues Höckerchen unterbrochen wird (Stieda).

Das Zwischenhirn (*Thalami optici* der Autoren) (Fig. 2, 4, *Th,o*) stellt, wie Götte zur Evidenz nachgewiesen hat, die primäre Vorderhirnblase dar, aus welcher sich die Hemisphären oder das spätere 4) Zwischenhirn.

Fig. 4.

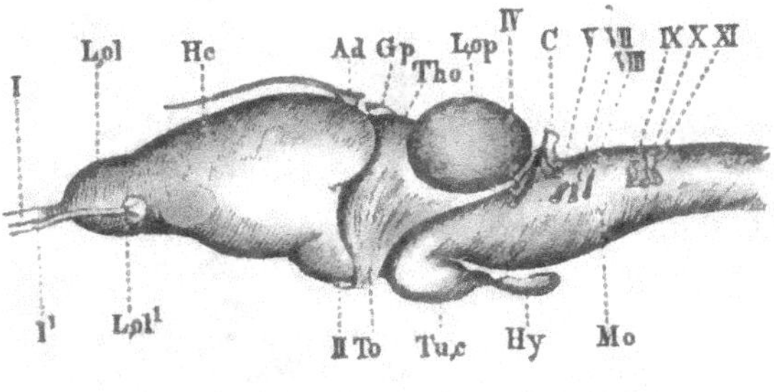

Gehirn von Rana esculenta von der Seite.

Mo Med. oblongata.
C Cerebellum.
L,op Lobus opticus.
Hy Hypophysis.
Tu,c Tuber cinereum.
Tho Thalamus opticus.
Gp Gland. pinealis.
To Tract. opticus.
Ad Adergeflechtknoten.
Hc Grosshirnhemisphäre.
L,ol Lobus olfactorius.

I, *I'* N. olfact. 1te, 2te Wurzel.
II N. opticus.
IV N. trochlearis.
V N. quintus.
VII N. facialis.
VIII N. acusticus.
IX, *X*, *XI*, N. vagus, glossoph. und access.

(anatomische) Vorderhirn erst secundär entwickeln. Aus diesem Grund betrachtet er auch die Ventrikel beider Regionen als ein Continuum, woran man jedoch eine hintere und vordere Abtheilung („Vorder- und Hintergewölbe“) unterscheiden kann.

Für unsere Zwecke dürfte es praktischer sein, beide schärfer auseinanderzuhalten und jede, für sich getrennt, als Vorder- und Zwischenhirn zu bezeichnen. Was zunächst das letztere anbelangt, so wird es oben durch den Hirnschlitz mit der Zirbel und dem Adergeflechtsknoten (Fig. 2, *Gp*, *Ad*), unten durch die Opticuskreuzung mit *Tuber cinereum*, *Infundibulum* und *Hypophyse* charakterisirt (*Tuc*, *Hy*). Nach hinten sitzt es mit seiner ganzen Breite dem Mittelhirn auf, während es nach vorn und medianwärts durch eine Marklamelle mit der vorderen Commissur und zu beiden Seiten mit dem Vorderhirn in Verbindung steht.

Das eben Mitgetheilte kommt erst dann deutlich zur Anschauung, wenn man den Aderhautknoten (*Ad*) entfernt und die Hemisphären etwa bis zur Mitte ihrer Höhe Schicht für Schicht abträgt. Dabei

5) Zirbel. erkennt man auch die feineren Verhältnisse der Zirbel, des Aderhautknotens, die *Commissura posterior* und den Uebergang des dritten Ventrikels in die Seitenventrikel (*Foramen Monroi*) (Fig. 5, *FM*).

Götte hat das Verdienst, nachgewiesen zu haben, dass alle früheren Arbeiter auf diesem Gebiet die eigentliche Zirbel verkannt und den davor sitzenden Aderhautknoten als solche beschrieben haben. Auf Grund der Entwickelungsgeschichte haben wir nämlich die Zirbel als den letzten Rest der von der Epidermis sich abschnürenden Medullarplatten aufzufassen und finden sie demgemäss bei Anuren-Larven ausserhalb der *Ossa parietalia* als ein anfangs solides, später aber vom dritten Ventrikel aus sich höhlendes und mit letzterem durch einen Canal in Verbindung stehendes Bläschen [1]).

---

[1]) Dieses liegt somit dicht unter der Oberhaut in die Cutis eingebettet („Stirndrüse“ Stieda's), und es wäre noch hinzuzufügen, dass sich jener Verbindungsgang mit dem fortschreitenden Wachsthum des Gehirns immer länger auszieht, wobei er jedoch allmälig sein Lumen einbüsst und zu einem soliden Strang obliterirt.

[Vergl. darüber auch die betreffenden Arbeiten von Ehlers über die Zirbel der Haifische (Z. f. w. Z. 1878) und Balfour (Entwickelung der Selachier).]

In dieser Form trifft man die Verhältnisse selbst bei erwachsenen Fröschen und was bei diesen von der Zirbel innerhalb des Schädelraumes getroffen wird, stellt nur die verdickte Wurzel des Organs dar, während man die übrige Partie auf folgende Weise zur Anschauung bringen kann.

Was nun die intracraniell persistirende Abtheilung der Zirbel anbelangt, so lagert sie in Form einer rundlich ovalen, kuchenartigen, von wulstigen Lippen umgebenen Masse auf der Dorsalseite des Zwischenhirnes und lässt sich durch einen Zug mit der Pincette leicht aus letzterem befreien [1]).

Der tief in den Hirnschlitz hineinragende Aderhautknoten stellt ein aus zahlreichen Blutgefässen bestehendes, zapfenartiges Ge- 6) Aderhautknoten.

Man trennt die Kopfhaut oberhalb der Augen jederseits in sagittaler Richtung bis nach vorn zu den äusseren Nasenlöchern. Hinter den Bulbi verbinde man die Längsschnitte durch einen Querschnitt.

Dadurch wird ein rechteckiger, nur gegen die Schnauze zu mit der übrigen Kopfhaut noch in Verbindung stehender Lappen isolirt, den man an seinem Hinterrand fassend langsam erheben und nach vorn umlegen kann. Dies geschieht, wegen des unterliegenden Kopflymphsackes mit grosser Leichtigkeit bis zu einer Stelle, welche mit einer Querlinie zusammenfällt, die man sich durch die vordere Circumferenz beider Augäpfel gezogen denkt. Hier sieht man nämlich ein schon weiter hinten aus der Sagittalnaht der Stirn-Scheitelbeine auftauchendes, haarfeines Fädchen zur Unterfläche der Cutis herantreten und sich fest mit derselben verbinden. Zugleich wird hier die ganze Haut auf ihrer freien Oberfläche kuppelig vorgebaucht und verliert die sonst überall vorkommenden Drüschen, sowie auch das Pigment. Letzterem Umstand ist es zuzuschreiben, dass man die betreffende Stelle, wie Stieda ganz richtig bemerkt, ihres helleren Colorites wegen schon an jedem Froschkopf ohne weitere Hülfsmittel constatiren kann. Es scheint dies übrigens, was die Deutlichkeit anbelangt, grossen individuellen, vielleicht nach Alter und Geschlecht sich richtenden Schwankungen unterworfen zu sein und jedenfalls scheint bei *Rana temporaria* der Stirnfleck im Allgemeinen besser ausgeprägt zu sein, als bei *Rana esculenta.*

Sehr gut kann man ihn zur Anschauung bringen, wenn man die betreffende Hautstelle ausschneidet, mit aufhellenden Mitteln behandelt und dann gegen das Licht hält. Auch ohne diese Procedur übrigens wird man schon die von der umgebenden Haut transparent sich abhebende Stelle bemerken können.

Es würde zu weit führen, wenn hier auch noch auf die histologischen Details jenes Stranges sowie des Bläschens näher eingegangen werden wollte. Es mag daher die Angabe genügen, dass letzteres aus einer bindegewebigen Hülle und einem merkwürdig geformten, zelligen Inhalt besteht und dass andererseits in jenem Verbindungsfaden ein Blutgefäss constatirt werden kann, während schwer festzustellen sein wird, ob die dasselbe begleitenden Fasern, wie Stieda will, nervöser Natur sind oder ob sie nicht vielmehr dem Bindegewebe zugerechnet werden müssen.

1) Am frischen Präparat ist sie, worauf Götte mit Recht aufmerksam macht, für ein unbefangenes Auge kaum oder auch gar nicht sichtbar und deshalb wird zu ihrer Darstellung eine Behandlung mit schwacher Chromsäure mit nachfolgender Carminfärbung und Härtung zu unerlässlicher Bedingung. Ist man so vorgegangen, so hebt sie sich durch ihre zarte Rosafarbe von der intensiv roth gefärbten Substanz des Zwischenhirns deutlich ab.

In dieser ihrer, immerhin mit einigen Umständen verbundenen Darstellung liegt auch der Grund, warum sie früher stets übersehen und wie andererseits der unmittelbar vor ihr liegende röthliche Aderhautknoten (Fig. 2, *Ad*) als solche beschrieben wurde. Letzterer sowohl wie die Zirbel wird, was man am besten am frischen Präparat erkennt, von den hell schimmernden, mit Kalkkrystallen gefüllten Säcken des endolymphatischen Apparates seitlich umrahmt.

bilde dar, auf das sich das Epithel der Pia in der Weise fortsetzt, dass es in Form von fingerartigen Lappen zwischen die Gefässe eindringt. Es lässt sich leicht von den letzteren befreien und man wird, nachdem dies geschehen, lebhaft an schlauchförmige Drüsen erinnert, nur dass es nie gelingt, ein Lumen nachzuweisen.

Der so beschaffene Aderhautknoten ruht in einem rundlichen Ausschnitt der Pia, wie in einem Rahmen, aus dem er mit Leichtigkeit befreit werden kann. Nach vorn zu entspringt aus ihm ein in die Gefässhaut eingebetteter, gegen die Ethmoidgegend nadelfein auslaufender Bindegewebsstrang, dessen Bedeutung mir nicht klar geworden. Ich habe ihn übrigens auf der Fig. 2 und 4 vor *Ad* dargestellt und möchte ausdrücklich darauf aufmerksam machen, dass er nicht mit dem obliterirten Zirbelgang verwechselt werden darf. Letzterer ist nämlich auf der Höhe von *Gp* (Fig. 2, 4) kurz abgeschnitten und ragt kaum noch als zartes Spitzchen hervor.

Entfernt man Zirbel und Aderhautknoten, so klafft der sogenannte Hirnschlitz und man sieht dadurch in die steil abstürzende Schlucht des dritten Ventrikels hinab. Die Seitentheile desselben repräsentiren die *Thalami optici* und zwischen beiden spannt sich, genau die Grenze zwischen Aderhautknoten und Zirbel einhaltend, ein zarter Markstrang aus, in welchem wir die *Commissura posterior* erkennen. Drängt man die Grosshirnhemisphären etwas aus einander, so sieht man ganz vorn und in der Tiefe des Hirnschlitzes auch die vordere Commissur. Ventralwärts zieht sich das Zwischenhirn zum *Tuber cinereum* (Fig. 3, *Tu,c*) aus, an dessen eingekerbtem Hinterrand das *Infundibulum* sammt der *Hypophyse* (*Hy*) erscheint.

Was das hinter der Zirbel gelegene Grübchen (Fig. 2, *G*) für eine Bedeutung hat, ist mir nicht klar geworden; wahrscheinlich jedoch dient es zum Eintritt eines Gefässes.

7) Vorderhirn. Das Vorderhirn oder die Hemisphären, Fig. 2 bis 4, *Hc*, setzt sich dorsalwärts durch eine tiefe Bucht und ventralwärts durch das Chiasma der Sehnerven von dem dahinter liegenden Zwischenhirn ab. Es stellt den weitaus stattlichsten Abschnitt des ganzen Organes dar, und während besonders seine hintere Partie mächtig in die Breite und Höhe entwickelt ist, erfährt es nach vorn zu eine von der übrigen Masse durch eine Furche (*f*) abgesetzte Verjüngung.

Letztere pflegt man mit dem Namen der Riechlappen (*L,ol*) zu bezeichnen und sie stellt, wie Götte gezeigt hat, einen erst secundär erfolgenden Auswuchs des Vorderhirns dar. In seiner Anlage paarig, sieht man seine Doppelnatur auch bei erwachsenen Thieren noch durch eine seichte Längsfurche angedeutet [1]).

Die nach vorn gehende, strangartige Verjüngung der Riechlappen, welche die Riechnerven darstellen, werden von einem zweiten, basalwärts gelegenen Fasersystem (Fig. 3, 4, *I*[1]) verstärkt. Dieses liegt eigentlich, genauer gesagt, auf dem Uebergang der Seiten- in die Unterfläche des *Lobi olfactorii* und entspringt im Bereich ihrer Hintergrenze von einer scheibenförmigen, oder wohl auch etwas kugelig vorgewölbten Platte (Fig. 3, 4, *L*, *ol*[1]), zu welcher sich noch eine zweite, kleinere, mehr nach vorn liegende gesellen kann.

Weitere, feinste Fäserchen entspringen auch direct in grosser Anzahl von der Seiten- und Vorderfläche jedes Riechlappens und gesellen sich zum ventralen und dorsalen *Nervus olfactorius*.

Götte bezeichnet auf Grund seiner entwickelungsgeschichtlichen Studien die Ausgangspunkte des ventralen *Olfactorius*-Stammes als die ursprünglichen (primären) *Tubercula olfactoria* und betont ausdrücklich, dass ihre Anlagerung an die dorsale Nervenstrahlung erst secundär und zwar synchron mit dem Hervorwachsen der zugehörigen oberen Riechlappen erfolge [2]).

Nach hinten von der Commissur der *Lobi olfactorii* liegt in der Medianebene eine die beiden Hemisphären in dorso-ventraler Richtung durchsetzende Spalte. Sie wird, nachdem die in embryonaler Zeit sie überbrückende Marklamelle geschwunden, von der *Pia mater* ausgekleidet und wird rückwärts von der vorderen Hirncommissur resp. (tiefer unten an der *Basis cerebri*) von der *Lamina terminalis* (*Substantia cinerea anterior*) begrenzt (Fig. 3, *Lt*). Letztere setzt sich dadurch, dass sie nach abwärts (Fig. 4) weit ausgebaucht ist, durch eine Längsfurche deutlich von der übrigen Masse der Hemisphären ab

---

1) Die in Folge der Concrescenz auftretende Commissur fasst Götte als „eine erste Entwickelungsstufe eines Hirnbalkens" auf; ob mit Recht oder Unrecht, dies zu entscheiden ist hier nicht der passende Ort, doch möchte ich mit meinen Zweifeln nicht hinter dem Berg halten und zwar aus folgenden Gründen. Einmal betont Götte selbst die erst secundär erfolgende Entwickelung des betreffenden Hirntheiles und dann muss man doch meines Erachtens seine nahen, morphologischen Beziehungen zum Riechorgan sehr genau im Auge behalten, ein Umstand, der bei der Genese des Balkens der übrigen Vertebraten nicht in Frage kommt.

2) Hier wie überall, wo es sich um die Constatirung feinerer Details handelt, leistet wiederum eine Durchfärbung des ganzen Präparates vortreffliche Dienste. Erst auf diese Weise erkennt man jene einzeln von der Vorder- und Seitenfläche der Riechlappen entspringenden Fädchen, deren Menge so gross ist, dass sie jene fast wie filzig zerfasert oder auch behaart erscheinen lassen.

und bildet deren eigentliche Basis. Nach vorn, gegen den Längsschlitz des Grosshirnes zu, zieht sie sich in zwei zarte Spitzen aus, während auf ihrer höchsten Vorwölbung, d. h. unmittelbar vor dem *Chiasma N. opticorum*, eine keilförmige Figur erscheint, die sich durch ein anderes Colorit von der übrigen Masse abhebt.

Fig. 5.

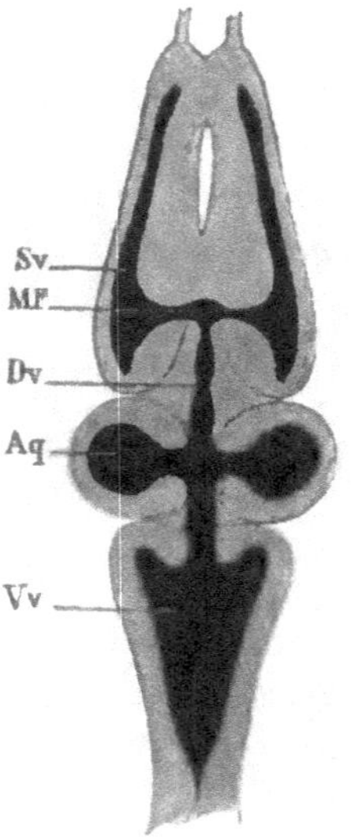

Horizontaldurchschnitt des Gehirns.
Vv Vierter Ventrikel.
Aq Ventrikel des Mittelhirns und Aquaed. Sylvii.
Dv Dritter Ventrikel.
MF Foramen Monroi.
Sv Seitenventrikel.

Zu beiden Seiten der *Lamina terminalis* springen die Hemisphären ventralwärts weit hervor (Fig. 3, *Hc*) und heben sich von den *Lobi olfactorii* durch eine viel tiefere Furche ab, als dies auf ihrer oberen Fläche der Fall ist.

Was die Höhlen des Vorderhirns anbelangt, so sind sie wie alle Ventrikel von Cylinderepithel ausgekleidet und stellen ziemlich enge, mit ihrer Convexität nach aussen schauende Spalträume dar (Fig. 5, *Sv*). Sie erstrecken sich weit nach rückwärts in die kugelige Auftreibung der Hemisphären hinein, ragen aber auch andererseits so weit nach vorn, dass sie noch eine gute Strecke innerhalb der *Lobi olfactorii* verlaufen. Letztere würden demnach bei *Rana esculenta* wenigstens keine „soliden Fortsätze“ der Hemisphären darstellen, wie sie Götte von der Unke beschreibt. Medianwärts ragt in jeden Seitenventrikel ein deutliches *Corpus striatum* herein und dadurch werden jene in ihrem Lumen noch mehr beschränkt.

II. Das peripherische Nervensystem.

C. Hirnnerven

von

Prof. R. Wiedersheim.

Da der *N. hypoglossus* durch den ersten Spinalnerven repräsentirt wird, *N. vagus* und *N. glossopharyngeus* und ebenso *N. facialis* und *N. acusticus* mit einem Stamm entspringen, während der *N. accessorius* ein Ast des *Vagus* ist, so beträgt die Zahl der Hirnnerven nur acht. Hier soll der *N. hypoglossus* mit den Hirnnerven abgehandelt werden.

1. *Hypoglossus*, Fig. 1 und Fig. 1 der Tafel bei *M*[1].

N. hypoglossus.

Dieser Nerv, welcher, wie eben erwähnt, bei den Amphibien im Allgemeinen durch den ersten[1]) Spinalnerven repräsentirt wird, liegt zwischen den *Musculi intertransversarii* und der Pharyngealschleimhaut und zwar so, dass er nach vorn die *Arteria vertebralis*, nach hinten aber die *Arteria* und den *Nervus brachialis* berührt. Die zwei Wurzeln[2]) (eine vordere grössere, aus zwei Fasern bestehende und eine hintere, sehr kleine, mit einem kleinen Ganglion versehene) verbinden sich in der Nähe des *Foramen intervertebrale* zu einem Nerven, welcher mit dem *Sympathicus* sehr enge Verbindungen eingeht.

Unter dem *Levator anguli scapulae* hindurchziehend kommt er mit der *Aorta ascendens* in Contact und kreuzt den *Vagus* und die *Carotis*-Drüse. Dabei ist er übrigens bereits zwischen den *Musculi sterno-hyoidei* und *petro-hyoidei* angelangt.

---

1) Nach M. Fürbringer entspricht er dem zweiten Spinalnerven.

2) Stieda (l. c.) hat die hintere übersehen und lässt daher den *Hypoglossus* einwurzelig entspringen.

Unter plötzlicher Krümmung nach vorwärts schlüpft er unter den *Mylo-hyoideus*, um weiterhin zwischen den Fasern des *Genio-hyoideus* bis zur Zungenwurzel zu laufen und dort zu enden. Was seine Beziehungen zum *Glosso-pharyngeus* betrifft, so liegt er zuerst an dessen Innen- und erst später an dessen Aussenseite und nicht umgekehrt, wie man nach Armand de Watteville (Journ. of Anat. & Physiol. 1875) glauben könnte.

Zu folgenden Nacken- resp. Schultermuskeln giebt er Zweige ab: *Longissimus dorsi* (vordere Partie), *Intertransversarii capitis*, *Levator anguli scapulae*, *Retrahens scapulae*. Verbindungsast (einer oder zwei) mit dem *Plexus brachialis*. Weitere Zweige des *Hypoglossus* treten zum *Hyoglossus*, *Geniohyoideus*, *Genioglossus*, *Sternohyoideus* und *Omohyoideus*.

N. accessorius.

2. *Accessorius*, Fig. 1 und Fig. 1, 4 der Tafel bei XI.

Er stellt einen Ast der Vagus-Gruppe dar und versorgt den Trapezius (Fürbringer).

N. vagus.

3. *Vagus*, Fig. 1 und 3, Fig. 1 bis 4 der Tafel bei X³.

Er tritt durch das grosse Loch vor dem Hinterhauptscondyl aus der Schädelhöhle hinaus, nachdem er zuvor innerhalb derselben einen Verbindungsast zum *Trigeminus-Ganglion* zu entsenden scheint. Bei genauerer Untersuchung wird man jedoch gewahr, dass dieser Zweig nicht zum *Vagus*, sondern zum *Sympathicus* gehört, welch letzterer mit zwei Fasern zum *Ganglion vagi* herantritt. Die eine davon verschmilzt damit, während die andere wie eben bemerkt, den Gasser'schen Knoten erreicht. Fig. 1, bei *VS*.

Ich beschreibe nun die Vagus-Bahn im Allgemeinen und bespreche erst später die feineren Verzweigungen.

Nachdem sich der Nerv unmittelbar nach seinem Austritt aus dem *Cavum cranii* von dem ursprünglich ebenfalls in seiner Bahn verlaufenden Zungen-Schlundkopf-Nerv getrennt hat, krümmt er sich unter genauer Accommodation an den *Musc. petrohyoideus IV* an der Seite des Halses nach rückwärts hinab zur Ventralseite. Dabei ist er bedeckt vom Trapezius und liegt anfangs an der lateralen Fläche des *Levator anguli scapulae*. Weiterhin passirt der Nerv zwischen dem *Hypoglossus* einer- und der *Aorta ascendens* andererseits hindurch, um gleich darauf die *Ramuli gastrici* zu entsenden. Nachdem er, immer dem obgenannten *Petrohyoideus* folgend, den Bogen der *Arteria pulmonalis* erreicht, zerfällt er unterhalb desselben in seine Endäste, welche sich zum Kehlkopf, der Lunge und dem Herzen begeben.

Aeste: Nahe am Ganglion geht ein Hautast ab, welcher zwischen *M. digastricus* und *Temporalis* hindurchpassirt und so zur Haut der *Regio suprascapularis* gelangt.

Nicht weit von der Abgangsstelle dieses Nerven entfernt, entspringt ein pinselartiges Geflecht kleinster Fäserchen, welches an der pharyngealen Seite der *Mm. petrohyoidei* hinzieht und diese Muskeln, sowie die *Mucosa pharyngis* versorgt. Fig. 1, *p. p.* der Tafel [1]).

Der *Ramus laryngeus* („*Recurrens vagi*") zieht eine lange Strecke parallel mit dem Hauptstamm des *Vagus*, von welchem er jedoch durch den vierten *Petrohyoideus* getrennt ist. In der Nähe des grossen, hinteren Hornes vom Zungenbein umwickelt er letzteres sowie die *Arteria pulmonalis*, um bald darauf in zwei Aeste gespalten in der Musculatur und der Schleimhaut des Kehlkopfes sein Ende zu finden. Fig. 1, 2 der Tafel bei *X 3 l*.

Die *Rami gastrici*, gewöhnlich zwei an Zahl, entspringen an der Kreuzungsstelle des *Vagus* mit dem *Hypoglossus*. Es sind dies stattliche Nerven, welche, wie auch Watteville ganz richtig gesehen hat, das durch die Insertion der obersten Fasern des *Obliquus internus* gebildete musculöse Diaphragma durchbohren und so an den Magen gelangen, den sie versorgen. Fig. 1 der Tafel bei *X 3 g*.

Auch die *Rami pulmonales* durchbohren jene Muskelwand und zerfallen in ein vorderes mehr ventral gelegenes und ein oberes mehr seitliches Bündel. Ihre Verzweigungen sind entlang den Gefässbahnen der Lunge auf eine weite Strecke mit der Lupe zu verfolgen. Fig. 2 der Tafel bei *X 3 p*.

Bezüglich des *Ramus cardiacus* stimme ich mit Watteville bis ins Einzelnste überein und so mag es genügen, jenen wörtlich zu citiren. „Rechterseits ist der in Frage stehende Ast meist schwächer entwickelt, als links. Er liegt zuerst von der *Art. pulmonalis* bedeckt, sodann von der *Vena cava superior*, welche ihn zum hinteren Umfang des *Sinus venosus* begleitet. Er sendet auf seinem Weg zwei bis drei Fäden zur Lungenwurzel. Fig. 1 und 2 der Tafel bei *X 3 p*. Ehe

---

[1]) Eine deutliche Verbindung desselben mit dem *Glossopharyngeus*, welche Watteville l. c. erwähnt, ist, wie mir scheint, sehr schwer darstellbar und ich habe sie nicht mit voller Sicherheit erkennen können. Auch der zum *M. interscapularis* ziehende minimale Nervenfaden ist nur schwer zu sehen, jedoch bei genügender Vorsicht nicht zu verkennen.

beide *Rami cardiaci* das Herz erreichen, stehen sie durch eine Queranastomose mit einander in Verbindung, dann betreten sie die Höhle der Vorhöfe, wo sie auf das *Septum* zu liegen kommen. Von hier aus ziehen sie abwärts gegen die *Atrio-Ventricular*-Oeffnung, allwo sie sich zu zwei Ganglien ausdehnen, aus denen dann die letzten Fasern in die Substanz des Herzmuskels eindringen.“ Fig. 1 und 2 der Tafel bei *X 3 c*.

Ein dünner, oberflächlicher Laryngeal-Nerv entspringt aus dem *Vagus* entlang dem *Ramus cardiacus*. Er ist leicht zu sehen, wie er am Hinterende des grossen Zungenbein-Hornes an der Aussenseite der Schlundkopfwand hinzieht, um schliesslich letztere zu durchbrechen und sich im Umkreis des *Introitus ad laryngem* zu verzweigen.

N. glosso-pharyngeus.

4. *Glossopharyngeus.*

Ich habe oben schon erwähnt, dass dieser Nerv kurz nach dem Austritt des *Vagus* sich von diesem abspaltet. Wenn er auch nicht so stark ist, wie letzterer, so stellt er doch immerhin einen recht ansehnlichen Nervenstrang dar, an dem man in seiner obersten Partie zwei Hälften von annähernd gleicher Dicke unterscheiden kann. Beide liegen unter den *Mm. intertransversarii capitis*, der hinteren Circumferenz der *Capsula auditiva* eng angeschmiegt und werden von aussenher durch den *Depressor mandibulae* bedeckt. Der eine davon (Fig. 1, 3, 4 der Tafel bei X^1) bildet eine schlingenartige Anastomose mit dem *Facialis* und wird uns bei Besprechung dieses Nerven wieder beschäftigen. Der andere hingegen stellt den eigentlichen *Glossopharyngeus* dar und soll hier näher erörtert werden. (Fig. 1, 3, 4 der Tafel bei *X 2*.)

In seinem Zug nach abwärts verschwindet er unter dem hintersten, d. h. dem vierten *Petrohyoideus*, taucht aber nach kurzem Lauf aus der Fasermasse des zweiten oder dritten *Petrohyoideus* wieder empor, um unter sehr schiefer Richtung parallel dem *Os hyoideum* an der Aussenfläche des dritten *Petrohyoideus* nach vorn an dem Boden der Mundhöhle hinzuziehen. Dabei schiebt er sich unter Kreuzung mit dem *Hypoglossus*, welcher nach aussen von ihm liegt, dorsalwärts von der Ursprungsstelle des *Os hyoideum* aus der Zungenbeinplatte vorbei, um endlich unter starker Schlängelung zwischen *Genio-hyoideus* und *Hyoglossus* zur Zunge zu gelangen. Dabei liegt er einwärts vom *Hypoglossus*, der hier aus leicht erklärlichen Gründen denselben stark gewundenen Verlauf zeigt. Fig. 1, 2 der Tafel bei *X 2*.

Ausser der obgenannten Verbindung mit dem *Facialis* giebt der *Glossopharyngeus* einen Ast zur Gruppe der *Petrohyoidei* und mehrere kleinere zur *Mucosa pharyngis* resp. zum *Vagus* (vergl. Watteville l. c.) [1]).

Acusticus, Fig. 3 und Fig. 4 der Tafel bei *VIII*. N. acusticus.

Dieser Nerv, welcher unterhalb des äusseren Winkels der *Fossa rhomboidalis* von der *Medulla oblongata* entspringt, muss bei Beschreibung des Gehörorganes seine Würdigung finden.

Facialis, Fig. 1, 3 und Fig. 1, 3 der Tafel bei *VII*, *VII*[1], *Ve*. N. facialis.

Er hat gleichen Ursprung mit dem Hörnerv und verläuft anfangs mit ihm, trennt sich jedoch bald ab und geht innerhalb der Schädelkapsel nach vorn zum Gasser'schen Ganglion, an dessen laterale Circumferenz er sich zuerst nur sehr eng anschmiegt, späterhin aber gänzlich damit verschmilzt. Fig. 4 der Tafel bei *VII* [2]).

Was nun den *Ramus palatinus* betrifft, so soll dieser nach Watteville durch die *Carotis* vom *Ramus palatinus* des *Quintus* getrennt werden und nachdem er einige Fasern zum hinteren Theil der Mundschleimhaut abgegeben, sich mit dem Gaumenast des letztgenannten Nerven verbinden. Es ist schwer dies deutlich zu sehen, da die Präparation an dieser Stelle mit grossen Schwierigkeiten verknüpft ist und die betreffenden Gebilde von ausserordentlicher Kleinheit sind.

Um so leichter darstellbar ist der viel stärkere *Ramus hyomandibularis* und ich halte es aus praktischen Gründen für angezeigt, die von mir zu seiner Darstellung angewandte Präparirmethode in kurzen Zügen mitzutheilen. Vergl. Fig. 3 der Tafel bei *Ve* (*VII*).

---

[1]) Auch der mittlere Theil der *Mucosa oris* erhält kleine Zweige, während die seitlichen Partieen derselben vom Mandibular-Ast des *Facialis* versorgt sind; höchstwahrscheinlich hat aber Watteville vollkommen Recht, wenn er vermuthet, dass es sich dabei wieder nur um Zweige des *Glossopharyngeus* handelt, welche in der *Facialis*-Bahn verlaufen.

[2]) Ich stehe damit im Widerspruch mit Watteville, der, wenn ich ihn recht verstehe, keine so vollkommene Verschmelzung anzunehmen, sondern den *Facialis* in zwei Zweige (*Ramus hyomandibularis* und *palatinus*) gespalten so durch das Ganglion durchpassiren zu lassen scheint, dass man beide bis zu ihrer Stammwurzel zurück direct verfolgen kann. Letzteres ist mir, wie gesagt, nie darzustellen geglückt und die beiden aus dem Ganglion entspringenden Zweige, für welche ich die oben angeführten Namen beibehalten will, stellen sich mir nur nach Analogieschlüssen und durch die Natur ihrer Verzweigungen resp. ihren topographischen Beziehungen als *Facialis*-Elemente dar.

Der Schädel liegt auf der Rückenfläche; die Schleimhaut am Boden der Orbita ist entfernt und dadurch der Bulbus mit den umgebenden Muskeln blossgelegt. (*l*, *r*, *r i*, *r i*¹, *M s ob. i.*) Das Pterygoid ist wegpräparirt, so dass man die Kaumuskeln in ihrem Verlauf sehr schön verfolgen und ihre Beziehungen zur *Trigeminus*-Gruppe erkennen kann. Ferner ist der Unterkiefer (*uk*) durchschnitten, luxirt und nach aussen gewälzt, um das *Cavum tympani* möglichst zu erweitern. Dadurch wird die *Membrana tympani* sowie der schallleitende Apparat sichtbar und man erkennt aufs Deutlichste, wie der starke Knorren der *Regio prootica* von einem aus der Gegend des *Alisphenoid* herkommenden ansehnlichen Nerven umgriffen wird. Letzterer schlüpft dann in seinem weiteren Lauf unter dem schallleitenden Apparat (d. h. dorsalwärts von ihm) hindurch, geräth in Contact mit dem *Musculus sternocleidomastoideus* (*sc*) und anastomosirt schliesslich mit dem *Glossopharyngeus* (vergl. diesen auf Fig. 1, 3 und 4 der Tafel bei * und *F*). Im weiteren Lauf nach abwärts zerfällt er da, wo er vom *Digastricus* gedeckt wird, in seine zwei Hauptäste, einen *R. mandibularis* und *hyoideus* (Fig. 2 der Tafel bei *m*¹ und *h*). Zuvor aber hat er den *Digastricus*, die Haut in der Nähe der *Membrana tympani*, des *Os jugale* und die Gegend des Unterkiefergelenkes versorgt [1]).

Der *Ramus hyoideus* ist der mächtigere der beiden Hauptäste; er verläuft subcutan in der Gegend über dem Deltamuskel und den hinteren Faserpartieen des *M. mylohoideus*. Er schickt Zweige zur Haut der Brustgegend. Der *Ramus mandibularis* umschlingt das Gelenkende des Unterkiefers und läuft an dessen medialer Fläche nach vorn zur Symphyse. Er hat somit ganz dieselbe Richtung wie der Unterkieferast des *Trigeminus*, nur dass letzterer oberflächlicher zu liegen kommt.

N. abducens.

Abducens, Fig. 3 und Fig. 4 der Tafel bei *VI*.

Er ist ungemein zart und desshalb sehr schwer darzustellen. Was sich mit Sicherheit darüber aussagen lässt, ist Folgendes. Er entspringt als selbstständige Faser in ziemlicher Entfernung hinter der Hypophyse von der *Medulla oblongata*, zieht dann eine weite Strecke frei an der Innenwand des Schädels nach vorn zum Ganglion Gasseri, mit dem er verschmilzt, um späterhin, ganz wie wir dies beim *Facialis* gesehen haben, aufs Neue zu entspringen. Dies geschieht genau an

[1]) Nach Watteville soll er mit dem *Ramus malaris* des *Ramus supramaxillaris* vom *Quintus* anastomosiren.

der Stelle, wo der *Ramus ophthalmicus* aus dem Ganglion tritt und zwar scheint sein neuer Ursprung bald ein zwei-, bald nur ein einwurzeliger zu sein. Stets aber spaltet sich der Nerv in zwei Stränge, wovon der eine im weiteren Lauf in ein ganzes Büschel von Ciliarnerven auseinanderfährt (*Trigeminus*-Elemente), und durch eine besondere Faser vorher den *Retractor bulbi* versorgt, während der andere auswärts zum *Rectus externus* zieht. Fig. 5 der Tafel bei *VI* und *VI*[1]. Vielleicht verlaufen in den Bahnen jener, die *Sclera* durchbohrenden Ciliarnerven auch *Sympathicus*-Elemente (?) [1]).

Trigeminus, Fig. 1 bis 4 der Tafel bei *VN*, *Va*, *b*, *c*, *d*. N. trigeminus.

Dieser ist, wie bei den Amphibien überhaupt, der stärkste Kopfnerv und entspringt seitlich von der Rautengrube an der *Medulla oblongata*. Fig. 1 und 4. Ich gebe seine Beschreibung an der Hand der von mir angewandten Präparirmethode. Zuvor jedoch will ich constatiren, dass man keine motorische Wurzel unterscheiden kann, was auch Watteville mit Recht hervorhebt, und dass man jenseits vom Gasser'schen Knoten drei Hauptzweige erkennt, wovon der eine die Augen- und Nasenhöhle durchzieht, während der zweite und dritte zum Maxillar- und Palatinnerven werden. Ich beginne mit der Darstellung des letzteren. Fig. 3 und 4 der Tafel bei *Vb*.

Präparirt man von dem auf seiner Rückenfläche ruhenden Schädel den Boden der Augenhöhle und die Schleimhaut am Boden des *Cavum nasale* zurück, so sieht man im hintersten Winkel der *Orbita* einen ziemlich ansehnlichen Nerv auftauchen, welcher unter steter Ausstrahlung zur Mundschleimhaut am Innenrand des *Levator bulbi* nach vorn zur Spitze des *Parasphenoids* zieht, allwo er in drei Zweige zerfällt. Der kleinste davon (*a*) geht medianwärts zur Harder'schen Drüse, der zweite (*b*), welcher die ursprüngliche Richtung des Palatinnerven beibehält, dringt unter fortwährender Abgabe von Zweigen an die *Mucosa* durch ein Loch des Vomers nach vorn zur Gegend der Ausführungsgänge der *Glandula intermaxillaris* (*G l*). Jene werden reichlich von feinen Nervenfäden versorgt, zugleich dringt aber ein stärkerer Zweig (†) am Vorderrand des Ethmoidknorpels dorsalwärts in die Tiefe, gelangt so in den von einer Menge von Drüsenschläuchen

---

[1]) Watteville hat auch hierin mehr gesehen, als ich, indem er behauptet, dass der *Abducens* durch das Gasser'sche Ganglion nur hindurchziehe, um so in directem Lauf den Ursprungspunkt des *Ramus ophthalmicus Trigemini* zu erreichen.

erfüllten *Intermaxillar*-Raum (*Internasal*-Raum Born) und anastomosirt dort durch eine oder zwei Fasern mit dem Schnauzenast des *Trigeminus* (bei *tr*).

Der dritte Ast des *Ramus palatinus* (*c*) biegt unter scharfer Krümmung an der genannten Stelle vom Hauptstamm so ab, dass er die vordere Circumferenz des *Bulbus* umschlingend und nach vorn beharrlich Aeste abgebend, entlang dem *Os palatinum* nach aussen zieht, um schliesslich in der Nähe des Zusammenstosses des letztgenannten Knochens mit dem Vorderende des *Pterygoids* die fibröse Platte zwischen *Bulbus* und *Processus pterygoideus* zu durchbohren (bei *db*). Nachdem dies geschehen, anastomosirt er mit dem *Ram. supramaxillaris* des *Quintus* (Vc^1) und begiebt sich mit ihm zur Haut der Oberlippe und der Backe. Kurz ehe jener Nerv durch die Membran dringt, schickt er einen langen Zweig zur *Mucosa oris* in der Richtung der äusseren Circumferenz des *Bulbus*. Auf Fig. 3 der Tafel bei *d* ist er frei präparirt und nach aussen gelegt [1]).

Schneidet man, um mit der Präparation fortzufahren, den *Levator bulbi* (*l*) aus, so erscheint der auch vorher schon theilweise sichtbar gewesene *Musc. obliquus inferior*, die *Mm. recti* und der *Retractor bulbi* (r, ri, ri^1, *Ms. ob. i.*) in ihrer vollen Ausdehnung. Zugleich wird man gewahr, wie sich an diesen Muskeln der *Oculomotorius* und der *Abducens* verzweigen. Doch das nur nebenbei. Exstirpirt man alle die genannten Augenmuskeln, so dass nur noch der *M. trochlearis* übrig bleibt, durchschneidet man ferner den *Opticus*, so lässt sich der *Bulbus* bequem nach aussen und oben wälzen und so von der Seitenwand des Schädels abdrängen. (Dies ist auf Fig. 5 der Tafel geschehen.) Dadurch wird man tief im *Fornix conjunctivae* einen starken Nerven gewahr (*Va*), welcher von der prootischen Gegend her dicht neben dem Schädelrohr die Augenhöhle durchzieht und weiterhin die hintere Nasenwand durchbricht. Nachdem er in zwei Zweige (*e, f*) gespalten das *Cavum nasale* (d. h. zwischen Knorpel und Schleimhaut liegend) durchsetzt, bricht er neben der *Apertura nasalis externa* und in der Schnauzengegend (Anastomose mit dem Vomer-Ast des *Ram. palatinus* vergl. oben) zur Haut durch (*gg*). Vergl. auch Fig. 4 der Tafel bei *Va*, *e*, *f*, *gg*.

---

[1]) Die eben besprochene Durchbohrung jener fibrösen Platte und dann weiterhin die starke Schlingenbildung mit dem *Supramaxillar*-Nerven kann man nur deutlich zur Anschauung bringen, wenn man den *Bulbus* möglichst weit medianwärts zerrt.

Auf seinem ganzen Weg durch die *Orbita* giebt er Zweige zur *Conjunctiva*, zum oberen Augenlid und zur Stirnhaut ab. Andererseits tritt er aber auch in gewisse Beziehungen zum *N. oculomotorius* und *Trochlearis*, welche bei Beschreibung dieser Nerven näher berücksichtigt werden sollen. Sein Verhältniss zum *Abducens* resp. zu den Ciliarnerven wurde schon oben erwähnt.

Damit habe ich den *Ramus ophthalmicus* erschöpfend zur Darstellung gebracht.

Was endlich den *Ramus maxillaris* betrifft, so sind zu seiner Klarlegung viel bedeutendere Eingriffe nöthig, als dies bei den beiden anderen *Trigeminus*-Aesten der Fall war. Der *Bulbus* und das ganze *Os pterygoideum* muss entfernt und die lange Sehne des *Musc. pterygoideus* durchschnitten werden. Hierauf wird dieser Muskel (*pt*) emporgehoben und medianwärts umgeklappt, wodurch der Raum zwischen ihm und dem *Musc. temporalis* (*t*), welcher ebenfalls durchschnitten und nach aussen gezogen werden muss, eröffnet und so ein Einblick in die vorher sehr versteckte Lage des Nerven gewonnen wird. Fig. 3 bis 5 der Tafel bei *Vc*.

Alles dies erreicht man am leichtesten, wenn man von der Dorsalseite des Kopfes in die Tiefe dringt.

Während nun also der Nerv zwischen den genannten Kaumuskeln liegt, stellt er anfangs, wenn auch nur auf eine sehr kurze Streke, einen dicken unpaaren Stamm dar. Aus ihm entspringen eine Anzahl Fasern, welche sich zur hinteren Hälfte des oberen Augenlides, sowie zur Haut über und hinter der *Orbita* begeben (*i i*). Ferner geht ein kurzes, gemeinsames Stämmchen aus ihm hervor, welches sich weiterhin gabelt, um je mit einem Zweig in den *Musc. temporalis* und *pterygoideus* einzudringen (*h h*).

Kurz nach Abgabe dieses Astes spaltet sich der Hauptnerv in zwei, anfangs noch in einer gemeinsamen Scheide liegende Zweige, einen *Ramus supramaxillaris* (Vc^1) und einen *Ramus mandibularis* (*Vd*).

Der erstere läuft, nachdem er zwischen den beiden Kaumuskeln durchpassirt ist, zwischen Bulbus und der äusseren Orbitalwand am Boden der Augenhöhle dahin, um schliesslich pinselförmig auszustrahlen (bei *K*). Einer der Endäste ist uns als *Ramus anastomoticus* mit dem *Nervus palatinus Trigemini* schon einmal begegnet und was die übrigen betrifft, so besitzen sie den Charakter von subcutanen Nerven, welche die Haut in der Gegend des *Annulus tympanicus*, die Nickhaut, das untere Augenlid, die Haut der Oberlippe und der Wangengegend bis gegen das Nasenloch hin versorgen. An letztgenannter Stelle finden sich mehrere oder auch nur eine Anastomose mit den Endästen des *Ramus ophthalmicus*. Vergl. auch Fig. 1 der Tafel bei *Va* bis *Vc*.)

Der zweite Hauptast des *Nervus maxillaris* umschlingt den *Musc. temporalis* dorsalwärts von vorn nach hinten, giebt dem *Depressor maxillae* einige Zweige, geräth dann unter das *Os tympanicum* und durchbohrt den *Masseter*. Er steigt zwischen den Fasern dieses Muskels herab, wobei er ihn versorgt, und erscheint endlich hinter seiner Insertionsstelle am hinteren Mandibel-Ende. Fig. 1 der Tafel bei *Va* und Fig. 3 der Tafel bei *m*. Dieses umgreift er, subcutan geworden, im Bogen von aussen her, klemmt sich darauf an der Innenfläche des Unterkiefers fest und verläuft daselbst bis nach vorn zur *Symphyse*, wobei er die Haut in dieser Gegend, sowie den *Musculus mylo-hyoideus* und *submentalis* versorgt. Ein stattlicher Zweig des *Ramus mandibularis*, welcher als Hautnerv an der Aussenseite der Unterkieferspange hinläuft, versorgt die Haut am Boden der Mundhöhle und die Unterlippe. Fig. 1 und 2, der Tafel, bei *us*.

N. trochlearis.

Trochlearis, Fig. 3, 4 und Fig. 5 der Tafel bei *IV*.

Dies ist ein feines, mit blossem Auge kaum sichtbares Fädchen, welches unter Kreuzung mit dem dritten Hirnnerven innerhalb der Schädelhöhle eine ziemliche Strecke nach vorwärts läuft, um oberhalb und ein wenig hinter dem *Foramen opticum* die Schädelwand selbstständig zu durchbrechen. Der Nerv tritt durch das Fleisch des oberen geraden Augenmuskels hindurch und kommt dorsalwärts vom *Ramus ophthalmicus Trigemini* zu liegen [1]).

---

[1]) Nach Watteville scheint kein Faseraustausch zwischen beiden stattzufinden. Dies ist nach meinen Erfahrungen nur sehr ausnahmsweise der Fall, indem gewöhnlich Anastomosen existiren. Die Maximalzahl derselben beläuft sich auf 4 bis 5, wobei das Bild einer Strickleiter zu Stande kommt. Die Minimalzahl ist 1 bis 2, woran sich dann jene seltenen Fälle anreihen, in denen überhaupt keine Beziehungen zwischen beiden Nerven existiren. Dies eben beschriebene Verhalten sowie auch dasjenige des *Abducens* und des später abzuhandelnden *Oculomotorius* liefert eine hübsche Illustration zu der in höheren Thiergruppen in immer stärkerer Weise hervortretenden Tendenz der Augenmuskelnerven, sich von ihrem Stammboden, der Trigeminusgruppe, zu emancipiren, um endlich eine gut individualisirte Selbstständigkeit zu erlangen.

Die enge Zusammengehörigkeit dieser Nerven mit dem *Ramus ophthalmicus Trigemini* geht auch aus der Art und Weise ihrer Function hervor. So versorgt z. B. der *Trochlearis* nicht allein den Muskel gleichen Namens, sondern giebt auch sensible Aeste an die Conjunctiva und zum oberen Augenlid. Es ist auffallend, dass Watteville alles dieses mit Stillschweigen übergeht. Es erübrigt noch, hinzuzufügen, dass der *N. trochlearis* aus der dünnen Marklamelle zwischen Mittel- und Hinterhirn (*Valvula cerebelli*) entspringt.

Oculomotorius, Fig. 3 und Fig. 3 bis 5 der Tafel bei *N, III*. N. oculomotorius.

Er entsteht an der Hirnbasis in dem Raum zwischen dem Mittelhirn und der *Hypophyse*, und durchbricht später die knorpelige Seitenwand des Schädels nach vorn vom *Ganglion Gasseri* (*Vg*). In der *Orbita* fährt er in zwei Zweige auseinander, welche zwischen den *Levator bulbi* und den *Rectus internus* sowie den *inferior* zu liegen kommen. Der eine Ast schlägt sich im weiteren Lauf am *Ramus ophthalmicus Trig.* in die Höhe und tritt in die Unterfläche des *Musc. rectus superior* hinein; der andere, untere Zweig tauscht durch einen oder zwei Fäden, oder auch nur durch dichte Anlagerung mit dem obgenannten Trigeminusast Fasern aus und versorgt dann den *Rectus internus, inferior*, sowie den *Obliquus inferior* [1]).

Opticus und *Olfactorius*, Fig. 1 bis 4 und Fig. 4 und 5 der Tafel bei *I* und *II*. N. opticus und olfactorius.

Ihre Lage und Configuration ist aus der Abbildung ersichtlich. Feinere Details gehören in die Lehre vom Gehirn (siehe dieses) und den Sinnesorganen. Es erübrigt noch, die beiden Hauptganglien des Schädels, nämlich dasjenige der Trigeminus- und Vagusgruppe, einer eingehenderen Betrachtung zu unterziehen.

Was zunächst das letztere betrifft, Fig. 4 der Tafel bei *XG*, so liegt es aussen vom *Foramen condyloideum*, eingeschlossen in eine dichte Kapsel von pigmentirtem Bindegewebe und bedeckt von den *Intertransversarii capitis*. Es ist von länglich-ovaler oder wohl auch birnförmiger Gestalt.

Ausser dem neunten, zehnten und elften Nerv tritt auch der Grenzstrang des *Sympathicus* (*Sp*) in das Ganglion hinein und zwar mit zwei Fasern. Die eine davon scheint ganz darin aufzugehen, während die andere an der Innenwand der *Capsula auditiva* weiterläuft und sich weiterhin mit dem Gasser'schen Knoten verbindet. Fig. 4 der Tafel bei *VS*. Die austretenden Nerven sind so angeordnet, dass zu oberst der *Accessorius* mit dem *Vagus* liegt, und der *Glossopharyngeus* unterhalb derselben vorbeizieht. Der letztere erhält von der ventralen Circumferenz des Ganglions noch eine feine Extrafaser, welche sich

[1]) Nach den jüngst erschienenen Untersuchungen Schwalbe's (Jenaische Zeitschr. Bd. XIII, N. F., VI) besitzt der *Oculomotorius* des Frosches an vier Stellen Anhäufungen von Ganglienzellen, wovon eine Gruppe hügelig am Stamm des Nerven hervorspringt (= *Gangl. ciliare*).

jedoch schon nach kurzem Lauf mit dem Hauptstamm verbindet, um gleich darauf aufs Neue zu entspringen und in gleicher Weise wieder zu jenem zurückzukehren. Ob man darin sympathische oder Vagus-Elemente zu erblicken hat, ist nicht mit Sicherheit zu entscheiden.

Die das Ganglion constituirenden Nerven verlassen allerdings in einer gemeinsamen Scheide — diese umschliesst auch den eintretenden *Sympathicus* —, aber keineswegs zu einem dicken Bündel (Watteville) vereinigt, den Schädel und sind nach Spaltung ihrer bindegewebigen Umhüllung mit leichter Mühe zu isoliren.

Bezüglich des Ursprungs der drei Nerven am Gehirn resp. Mark kann ich den Angaben Watteville's vollkommen beipflichten. Der elfte Nerv entspringt unter sehr spitzem Winkel mit der *Medulla* von ihrem vorderen, seitlichen Umfang gegenüber dem Körper des ersten Wirbels und ein wenig höher, als die Wurzel des zwölften. Ich finde ihn, wie oben bemerkt, gesondert von den beiden Genossen das Loch verlassend und zum Ganglion tretend.

„Die Wurzeln des neunten und zehnten entspringen dicht neben einander vom lateralen Theil der *Medulla oblongata* gegenüber den Condylen des Hinterhauptes" (Watteville). Fig. 3 und 4.

Viel umfangreicher als das zuletzt geschilderte ist das Gasser'sche Ganglion. Fig. 4, der Tafel, bei *Vg.* Es liegt nicht ausserhalb des *Cavum cranii*, wie jenes, sondern innerhalb desselben und zwar an der Stelle, wo die *Regio prootica* im Uebergang zur *Alisphenoid*-Gegend eine tiefe Nische erzeugt. Dieselbe ist von der eigentlichen Trabekelmasse durch eine scharfe Leiste getrennt und führt gegen ein Loch hin, welches im hintersten Winkel der Orbita ausmündet. Dasselbe ist hinten, oben und unten vom Prooticum, vorn vom Hyalinknorpel des *Alisphenoid* umschlossen, Fig. 6.

Das lebhaft gelbe *Ganglion Gasseri*, welches erst deutlich sichtbar wird, wenn man die dicht anliegende Carotis sowie das stark pigmentirte Bindegewebe sammt den Kalkkrystallen des *Saccus endolymphaticus* entfernt hat, steht in spitzem Winkel zur Medianebene (von vorn, oben, aussen, nach innen, unten und hinten).

In seine Zusammensetzung geht ein: 1) die in einen kleineren dorsalen und viel stärkeren ventralen Strang gespaltene *Trigeminus*-Wurzel (*VN*), 2) der *Facialis* (*VII*[1]), 3) der *Abducens* (*VI*) und 4) der *Sympathicus* (*VS*). Diese Nerven liegen in folgenden topographischen Beziehungen zu einander. Am meisten dorsalwärts die *Radix Trigemini*, lateralwärts und in seinem weiteren Lauf etwas abwärts vom Ganglion der *Facialis*. Mit der Axe dieses Nerven sich kreuzend tritt medianwärts ins Ganglion ein der *Abducens* und am meisten nach abwärts, dem Boden der Schädelhöhle genähert, schiebt sich der *Sympathicus* so unter dem Ganglion hin, dass er erst da zur Verbindung

Fig. 6.

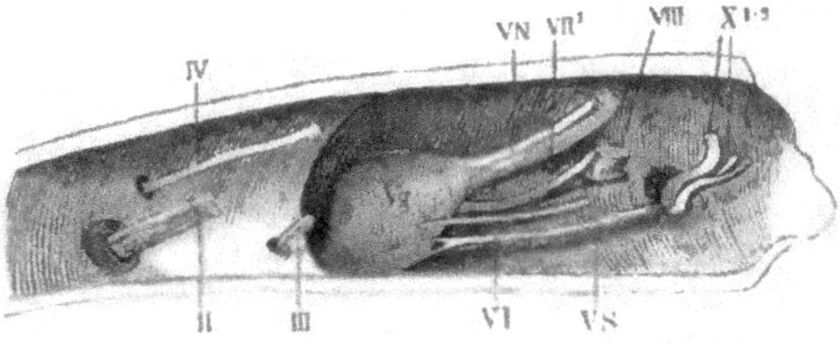

Rechte Schädelhälfte von Innen gesehen (Rana esculenta).
II N. opticus.
III N. oculomotorius.
IV N. trochlearis.
VN Wurzel des Trigeminus.
Vg Ganglion Gasseri.
VI N. abducens.
VS Verbindungsstrang mit dem Sympathicus.
VII¹ N. facialis.
VIII N. acusticus.
X¹⁻³ N. vagus.

kommt, wo einerseits der *Ramus ophthalmicus* entspringt, andererseits der *Abducens* resp. die *Nervi ciliares* wieder frei werden. Einen unmittelbaren Uebergang von sympathischen Fasern in diese Nerven habe ich im Gegensatz zu Watteville nicht wahrgenommen. Mit Sicherheit jedoch vermochte ich ihren directen Ursprung aus dem Ganglion nachzuweisen.

Ueber die eben geschilderten Verhältnisse des *Ganglion Gasseri* vergleiche man auch Fig. 6, wo Alles, unter Anwendung derselben Bezeichnungen, in stark vergrössertem Maassstab dargestellt ist.

Erklärung der Tafel.

A. Nerven.

I Nerv. olfactorius.
II „ opticus.
III „ oculomotorius.
IV „ trochlearis.
V N Stamm des Nerv. trigeminus.
V g Ganglion Gasseri.
V a Ramus ophthalmicus } des Trigeminus.
V b „ palatinus } des Trigeminus.
V c „ maxillo-mandibularis } des Trigeminus.
V c¹ „ maxillaris } des Trigeminus.
V d „ mandibularis } des Trigeminus.
VI Nerv. abducens.
VII¹ Der in das Gangl. Gasseri eintretende Nerv. facialis.
VII (Ve) Der mit dem Glossopharyngeus communicirende Zweig des Trigeminus (Nerv. facialis).
F Der aus der Vereinigung beider hervorgehende Stamm des Nerv. facialis.
VIII Nerv. acusticus.
X¹ Verbindungsast des Glossopharyngeus mit dem Facialis.
X² Stamm des Nerv. Glossopharyngeus.
X³ „ „ „ Vagus.
p. p. Aeste desselben zum Pharynx.
X 3 l „ „ „ Larynx.
X 3 c „ „ „ Herz.
X 3 g „ „ „ Oesophagus und Magen.
X 3 p „ „ zur Lunge.
XI Accessorius Willisii.
M¹ Nerv. hypoglossus.
M² „ brachialis.
Sp Verbindungsfasern des Sympathicus mit dem Vagusganglion.
V S Verbindungsfaden des letzteren mit dem Ganglion Gasseri.

B. Muskeln und andere Gebilde am Schädel.

smt Musc. submentalis.
sm „ submaxillaris (Mylohyoideus).
gh, gh¹ „ geniohyoideus.
sh „ sterno-hyoideus.
oh „ omohyoideus.
ph¹ ph⁴ „ petro-hyoideus 1 bis 4.

dm	*Musc.*	depressor maxillae.
t, t[1]	„	temporalis.
pt	„	pterygoideus,
m	„	masseter.
l	„	levator bulbi.
r	„	retractor bulbi.
ri	„	rectus inferior.
ri	„	rectus internus.
ob. i	„	obliquus inferior.
Os	„	„ superior.
la	„	levator anguli scapulae.
sc	„	sterno-cleido-mastoideus.
oi	„	obliquus internus abdom.
ics	„	intertransversar. capitis superior.
Gl		Glandula intermaxillaris. (Ausführende Gänge derselben.)
ok		Oberkiefer.
uk		Unterkiefer.
HD		Harder'sche Drüse.
H		Herz.
Lg		Lunge.
T, T		Schilddrüse.
Z		Zunge.
Oh		Os hyoideum.
Bulb.		Bulbus oculi.
Memb. tymp.		Membrana tympani.

D. Spinalnerven.

Von

A. Ecker.

Allgemeine Beschreibung.

Zahl.

Es sind deren zehn Paare vorhanden. Das erste ist der *Nervus hypoglossus.*

Ursprung und Austritt.

Die Spinalnerven entspringen vom Rückenmark mit doppelten Wurzeln, oberen (den hinteren des Menschen entsprechend) und unteren (vorderen). Nur der *N. hypoglossus* entspringt bloss mit einer Wurzel, der vorderen.

Jede Wurzel besteht aus einer Anzahl zu einem Bündel vereinigter Nervenfäden.

Länge und Richtung der Wurzeln ist so verschieden, da die vorderen vom Ursprung zur Austrittsstelle aus dem Wirbelcanal, woselbst das Ganglion liegt, nur einen kurzen Weg in horizontaler Richtung, die folgenden dagegen, je weiter sie nach hinten liegen, einen um so weiteren Weg in einer schrägen Richtung zu durchlaufen haben (s. Fig. 7).

Es stellen sich demzufolge die topographischen Verhältnisse von Ursprung und Austritt in folgender Weise dar:

1. Der erste Nerv (*N. hypoglossus*) entspringt zwischen erstem und zweitem Wirbel, verläuft horizontal nach aussen und tritt zwischen dem ersten und zweiten Wirbel aus.
2. Der zweite (*N. brachialis*) entspringt in der Höhe des zweiten Wirbels und tritt zwischen dem zweiten und dritten Wirbel aus.
3. Der dritte entpringt zwischen dem zweiten und dritten Wirbel, und tritt zwischen dem dritten und vierten Wirbel aus.
4. Der vierte entspringt in der Höhe des vierten Wirbels und verlässt den Wirbelcanal zwischen dem vierten und fünften Wirbel.

5. Der fünfte entspringt in der Höhe des vierten Wirbels und hat seine Austrittsstelle zwischen dem fünften und sechsten Wirbel.

Fig. 7.

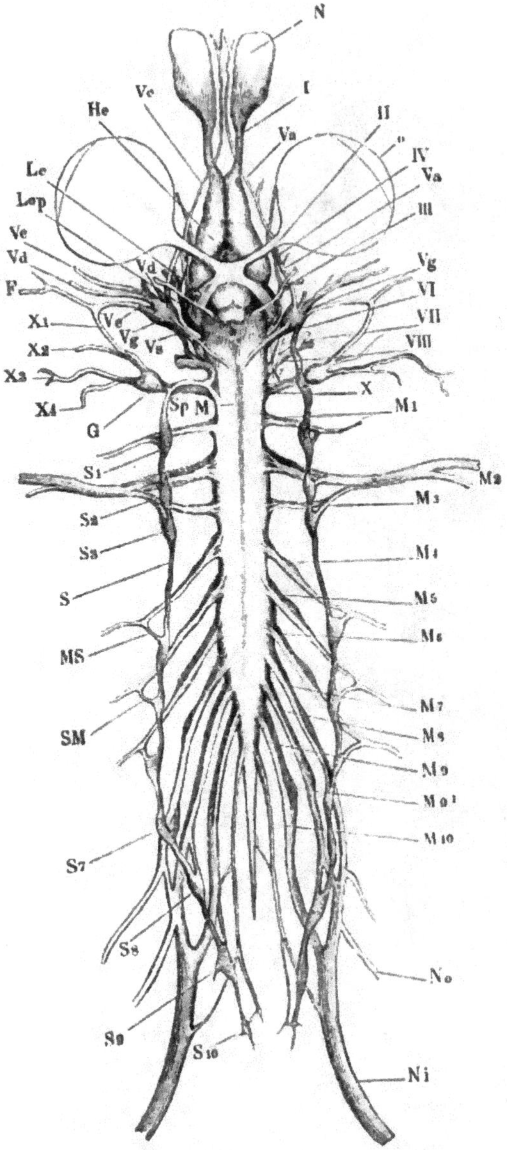

Gehirn und Rückenmark von unten.

He Hemisphäre des grossen Gehirns.

Lop Lobi optici.

M Rückenmark. Der vom Buchstaben *M* (links) ausgehende Strich giebt zugleich die ungefähre Grenze zwischen verlängertem Mark und Rückenmark an.

Hirnnerven.

I N. olfactorius.
II N. opticus.
III N. oculomotorius.
IV N. trochlearis.
V (*VI VII*) N. trigeminus.
VI N. abducens.
VII N. facialis.
VS Oberes Ende des Grenzstrangs des Sympathicus, senkt sich in das Ganglion Gasseri ein.
Va r. ophthalmicus.
Vb r. palatinus.
Vc r. maxillaris superior.
Vd r. maxillaris inferior.
Ve r. tympanicus.
F N. facialis.
VIII N. acusticus.
X (*IX* und *XI*) N. vagus.
X 1 r. communicans.
X 2 n. glossopharyngeus.
X 3 r. intestinalis.
X 4 r. cutaneus.
M 1 bis 10, erster bis zehnter Spinalnerv.
S Grenzstrang des N. Sympathicus, 5 bis 9 Ganglien desselben.
SM Rami communicantes desselben mit den Spinalnerven.

6. Der sechste entspringt in der Höhe des vierten Wirbels und tritt zwischen dem sechsten und siebenten Wirbel aus.

Fig. 8.

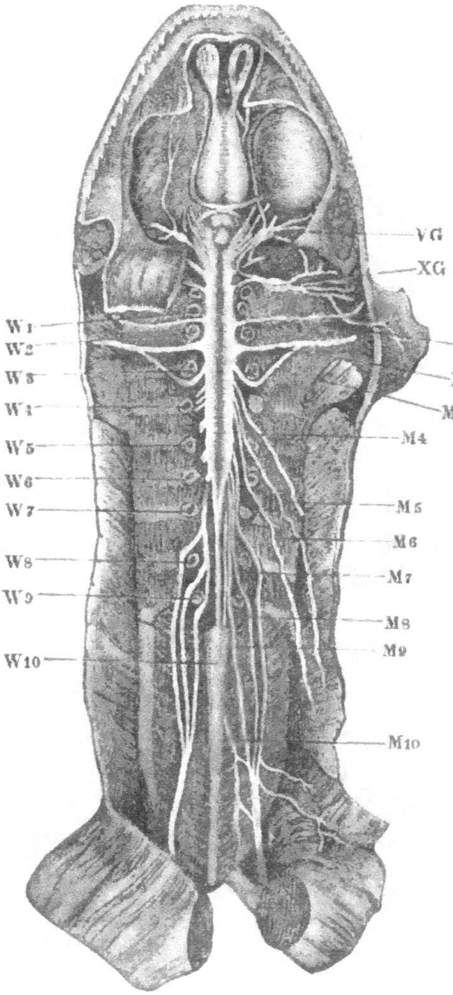

Gehirn und Rückenmark von unten mit den Austrittsstellen der Spinalnerven.
W 1—10 1 bis 10 Wirbel.
M 1—10 1 bis 10 Spinalnerv.
V G Ganglion des N. Trigeminus.
X G Ganglion des N. Vagus.

7. Der siebente, welcher zwischen dem vierten und fünften Wirbel vom Rückenmark abgeht, hat seine Austrittsstelle erst zwischen dem siebenten und achten Wirbel.

8. Der achte entspringt zwischen dem fünften und sechsten Wirbel und verlässt den Wirbelcanal zwischen dem achten und neunten Wirbel (letztem Wirbel und Kreuzbein).
9. Der neunte, der in der Höhe des sechsten Wirbels entspringt, tritt zwischen Kreuzbein und Steissbein aus.
10. Endlich der zehnte Nerv (*N. coccygeus*) entspringt unmittelbar unter dem neunten, läuft am ***Filum terminale*** (das Rückenmark endet zwischen dem sechsten und siebenten Wirbel) herab und tritt durch eine Spalte des Steissbeins aus.

Die beiden Wurzeln treten, nachdem sie den Wirbelcanal verlassen, **Spinalganglien.** in das G a n g l i o n ein und zwar so, dass die obere (hintere) Wurzel das Ganglion eigentlich bildet, während die untere (vordere) sich nur daran anlegt.

Die Spinalganglien oder *Ganglia intervertebralia* liegen in den **Lage.** weit offenen Zwischenwirbellöchern auf der unteren Fläche der *Proc. obliqui*, welche die Ganglien von hinten her bedecken, zwischen der concaven Seitenfläche der Wirbelkörper und dem medialen Rande

Fig. 9.

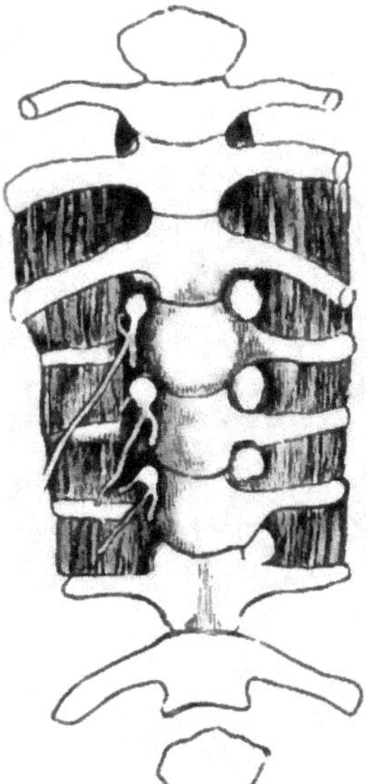

Ganglia intervertebralia von der unteren Seite gesehen, rechterseits noch von den Kalksäckchen bedeckt.

Fig. 10.

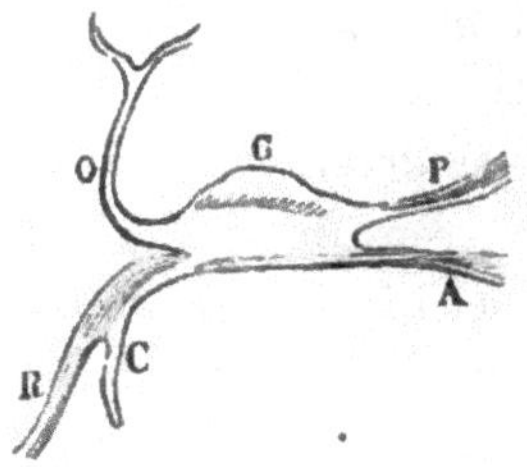

Spinalganglion, schematisch.
G Ganglion. *A* vordere Wurzel. *P* hintere Wurzel. *O* oberer oder Rückenast. *R* unterer oder Bauchast. *C* Ramus communicans.

der *Musculi intertransversarii.* Sie würden nach unten (auf der Bauchfläche) ganz unbedeckt liegen, wenn sie nicht auf dieser Seite von dem gleich näher zu erwähnenden Kalksäckchen bedeckt würden. Nach Anwendung von Salzsäure kommen sie an der genannten Stelle als gelbliche, rundliche Knötchen sofort zu Tage. Nach der Wirbelhöhle zu schliesst eine Membran, durch welche die Nervenwurzeln durchtreten, die Lagerstätte der Ganglien ab [1]).

Aeste des Ganglion.

Zu einem eigentlichen Stamm des Spinalnerven vereinigen sich die Wurzelfäden jenseits des Ganglion nicht mehr, sondern es gehen sofort aus dem Ganglion die Aeste ab und zwar:

1) der obere Ast, welcher schwächer ist und zwischen dem medialen Rand der *Musc. intertransversarii* und den Gelenkfortsätzen nach hinten tritt, und

2) der stärkere untere Ast, welcher sich alsbald wieder theilt a) in den eigentlich unteren Ast und b) den Verbindungsast, *Ramus communicans*, mit dem *Nervus sympathicus*.

Kalksäckchen.

Die Kalksäckchen, welche schon älteren Beobachtern bekannt waren, finden sich an allen Spinalnerven, auch dem *Nervus hypoglossus*, und umgeben die Spinalnerven beim Austritt aus dem *Can. spinalis* ziemlich vollkommen, indem sie den Raum zwischen zwei Querfortsätzen einnehmen. Die Oberfläche der Säckchen erscheint uneben, wie in Läppchen getheilt, und es scheint dies dadurch bedingt, dass die Membran, welche die Säckchen bildet, nach der Höhle dieser Fortsätze abschickt, wodurch diese unvollkommen in Abtheilungen geschieden wird. Den Inhalt bildet eine milchige Flüssigkeit, welche zahlreiche Krystalle enthält.

Die Grösse der Kapseln steht in keinem geraden Verhältniss zur Grösse der Nerven; die des starken *N. brachialis* ist z. B. nicht grösser als die des nächstfolgenden kleineren dritten Spinalnerven. — Sie entstehen frühzeitig und finden sich schon im Larvenzustande.

I. Hintere Aeste der Spinalnerven.

Hintere Aeste.

Dieselben gehen, wie schon bemerkt, ohne Dazwischenkunft eines Stammes direct aus dem Ganglion hervor und verhalten sich in den verschiedenen Regionen sehr übereinstimmend.

Sie treten zwischen den Gelenkfortsätzen und dem medialen Rand der *Musculi intertransversarii* aufwärts und kommen dann unter den *M. longissimus dorsi* zu liegen. Auf diesem Wege geben sie:

a) zunächst Zweige ab an die *Musc. intertransversarii*, dann theilt sich ein jeder in zwei Aeste, wovon der eine,

---

[1]) Das *Gangl. coccygeum* liegt noch im Steissbein.

b) *Ramus muscularis (rm)*, seine Richtung lateralwärts nimmt und den *M. longissimus dorsi* mit Zweigen versieht;

c) der andere, *R. cutaneus (rc)*, verläuft unter dem Streckmuskel des Rückens dicht auf dem Wirbelbogen aufliegend gegen die Mittellinie, durchbohrt dann Muskeln und *Fascia dorsalis* und geht frei durch den grossen Lymphsack des Rückens (*Sacc. cranio-dorsalis*) an die Haut.

Die Zahl dieser Hautäste betreffend, so zählt man sieben, welche frei durch diesen Raum verlaufen. Die drei ersten derselben (von vorn an gezählt) treten hart neben den Dornfortsätzen aus, der vierte ein klein wenig mehr lateralwärts, der fünfte durchbohrt den *M. coccygeo-iliacus* etwa zwischen dessen oberem und mittlerem Drittheil, der sechste und siebente durchbohren denselben Muskel weiter hinten. Der vorderste dieser sieben Hauptnerven gehört dem *N. spinal.* II. an; von I. (*N. hypoglossus*) konnte ich einen solchen nicht finden. Rechnet man zu den Rückenhautnerven noch den *R. cutan. dorsalis* des *N. vagus* (siehe oben), so sind es deren acht.

Fig. 11.

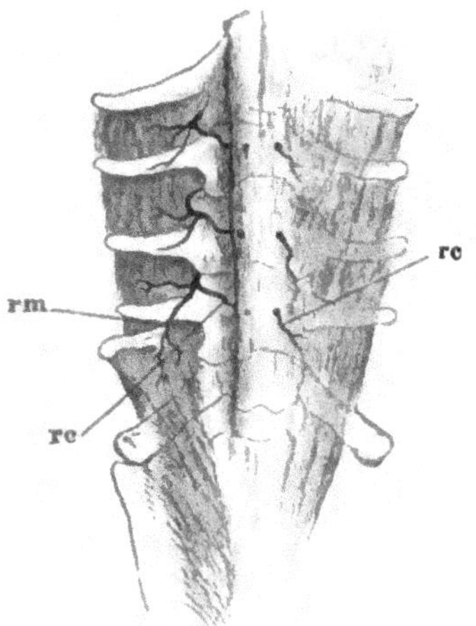

Hintere Aeste der Spinalnerven. Die Fascia dorsalis ist rechterseits gelassen, linkerseits entfernt; zu beiden Seiten der Mittellinie sieht man die in derselben befindlichen Löcher zum Durchtritt der Hautnerven.
rc rami cutanei, Hautnerven.
rm rami musculares.

Mit einem jeden Nerven verläuft, von einer gemeinsamen Bindegewebs-Scheide umschlossen, ein Arterien- und ein Venenästchen durch den Lymphsack, die alle zusammen von einer Endothel-Scheide umgeben sind, welche eine unmittelbare Fortsetzung der Endothel-Auskleidung der Lymphbehälter ist [1]).

II. Vordere Aeste.

Allen vorderen Aesten ist gemeinsam, dass sie alsbald nach dem Austritt aus dem Kalksäckchen einen *Ramus communicans* zum Grenz- Vordere Aeste.

[1]) Vergl. His, Zeitschrift für wissensch. Zoologie, XIII, 455. Brouest & Eberth, Würzburger naturwissensch. Zeitschrift, V, 34.

strang des *Sympathicus* senden (Fig. 1 *SM*); im Uebrigen haben sie einen sehr verschiedenen Verlauf. Bidder und Volkmann[1]) haben nachgewiesen, dass die *Rami communic.* mit der Mehrzahl ihrer Fasern in den Rückenmarksnerven peripherisch sich ausbreiten und nur dem kleineren Theile nach, der noch dazu von den Spinalganglien abgeleitet wird, als Wurzeln des *Sympathicus* anzusehen sind.

[1]) Bidder & Volkmann, Die Selbständigkeit des sympathischen Nervensystems durch anatomische Untersuchungen nachgewiesen. Leipzig 1842.

Die Spinalnerven im Einzelnen.

N. spinalis II s. *N. brachialis* (Fig. 12)[1].

Ein starker Nerv, welcher zwischen dem zweiten und dritten Wirbel austritt. Nachdem er den Wirbelcanal verlassen, verläuft er in Begleitung der *Art. axillaris* längs des vorderen Randes des Querfortsatzes des dritten Wirbels lateralwärts über das hintere Ende des N. spinalis II.

Fig. 12.

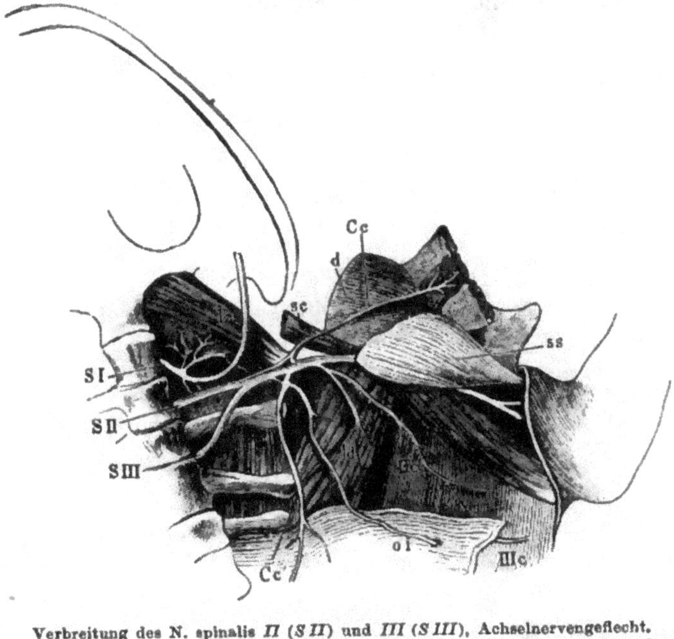

Verbreitung des N. spinalis *II* (*S II*) und *III* (*S III*), Achselnervengeflecht.
la M. lev. ang. scapulae. *sc* M. sternocleido mastoideus. *d* M. deltoides. *ss* M. subscapularis.
ld M. latiss. dorsi.

---

[1]) *N. spinalis I* s. *hypoglossus* s. oben bei den Hirnnerven.

Musc. levator scapulae und das vordere Ende des *M. transverso-scapularis maior* bis zum medialen Rand des *Musc. sub-scapularis*, von welchem bedeckt er sich an den Arm begiebt. Auf diesem Wege:

1. nimmt er zuerst einen Ast des *N. spinalis III* auf (siehe diesen), dann

2. giebt er einen Ast ab, *N. coraco-clavicularis* (Fig. 12 *Cc*), welcher in Begleitung eines Astes der *Art. axillaris* zuerst auf dem *Musc. levat. scapulae*, dann über dem *Musc. subscapularis* vor- und lateralwärts verläuft und sich in das *Foramen ovale*, zwischen *Clavicula* und *Os coracoideum*, von oben her einsenkt.

   Dieser Ast giebt gleich nach seinem Ursprung einen Zweig ab, der über den *Musc. subscapularis* rückwärts verläuft und sich in den *Musc. obliq. abdominis internus* einsenkt (Fig. 12 *Cc'*).

   Während der *N. coraco-clavicularis* durch das *Foramen ovale* durchtritt, spaltet er sich in zwei Zweige, von denen der eine vor- und lateralwärts zum Delta-Muskel geht und einen rücklaufenden Faden zum *Musc. sterno-radialis* abgiebt, während der hintere Zweig in den *Musc. sterno-radialis* auf dessen oberer Seite eintritt.

3. An dem lateralen Ende des *Musc. transverso-scapularis* angelangt, giebt der *N. brachialis* einen Ast nach hinten ab, der sich alsbald in zwei Zweige theilt, von denen

   a. der eine von unten her in den *Musc. latissimus dors. (l. d.)* und den kleineren Theil des *Infraspinatus* eindringt, während

   b. der andere, *Ramus cutaneus axillaris*, über die untere Fläche und den hinteren Rand des obengenannten Muskels in die Haut der Achselhöhle und die der Rückseite des Oberarms eindringt (Fig. 12 II *c*).

4. Einige kleinere Aeste gehen vom vorderen und oberen Umfang des *N. brachialis* ab in Begleitung einer starken Arterie und dringen zwischen *Musc. subscapularis*, *M. transverso-scapularis maior* einer- und langem Kopf des *M. triceps brachialis* andererseits nach vor- und aufwärts (gegen den Rücken) und verlieren sich theils im *M. deltoideus*, theils im *M. infraspinatus* [1]).

[1]) Die letztgenannten Nerven stellt man am besten von der Rückseite dar, alle übrigen, wie oben angegeben, von der Bauchseite.

Unmittelbar nach dem Abgang der letztgenannten Nerven tritt der *N. brachialis*, indem er zwischen langem und medialem Kopf des *M. triceps* durchgeht, an den Arm und theilt sich in seine beiden Terminaläste, den *N. ulnaris* und den *N. radialis*.

I. *N. ulnaris* (Fig. 13 *U*) tritt unter dem langen Kopf des *M. triceps* hervor und verläuft schräg über den medialen Kopf desselben gegen die laterale Seite der *Plica cubiti*. N. ulnaris.

Fig. 13.

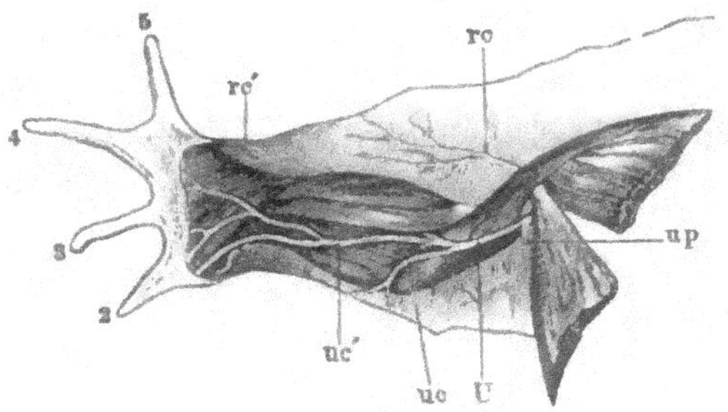

Nerven der vorderen Extremität von der unteren (Bauch-)Fläche. Die Hand in starker Pronation.

rc oberer, *rc′* unterer } Hautast des N. radialis.
U N. ulnaris.
up Ram. pectoralis des N. ulnaris an den Musc. abdomino-pectoralis und die Haut der Brustgegend.
uc Ram. cutan. sup., *uc′* Ram. cutan. inf. } des N. ulnaris.

Auf diesem Wege giebt er ab:

1. einen *Ramus subscapularis* nach rückwärts zum *Musc. subscapularis*,
2. einen *Ramus pectoralis* (Fig. 13 *up*) vorwärts zum *Musc. abdomino-pectoralis* und an die Haut der Brustgegend (*R. cutaneus pectoralis*).

Bevor er in die *Plica cubiti* eindringt, giebt er ab:

3. *N. cutaneus antibrachii superior s. medialis* (Fig. 13 *uc*) an die Haut der medialen Seite des Vorderarms.
4. *N. cutaneus antibrachii inferior s. dorsalis s. musculo-cutaneus* (Fig. 13 *uc′*). Dieser Ast giebt zuerst dem *Musc. flexor carpi radialis* [1]) Zweige, verläuft auf diesem abwärts und theilt sich dann in zwei Aeste, wovon der eine:

   a. *R. lateralis* mit zwei Zweigen, theils an den *Musc. flexor carpi ulnaris*, theils an die Haut des zweiten Fingers sich verästelt, an welchen er den *Ramus digitalis volaris* und *dorsalis* abgiebt, während der andere

---

[1]) Der *M. flexor carp. radialis* (Muskellehre, Fig. 75, *Fc*) nimmt während der Begattungszeit beträchtlich an Volumen zu; es ist daher anzunehmen, dass auch diese Nerven zu dieser Zeit wachsen werden, ein Gegenstand, der wohl genauerer Untersuchung werth ist.

b. *R. dorsalis* sich nach Abgabe eines Hautastes an den zweiten Finger mit mehreren Zweigchen an die Haut des Handrückens verliert.

Nach Abgabe der genannten Aeste senkt sich der *N. ulnaris* zwischen *Musc. flexor carpi radialis* und der Sehne des *M. sterno-radialis* in die Tiefe der Ellenbogengrube, liegt dann zwischen *M. flexor carpi radialis* und *Flexor carpi ulnaris*, dann zwischen letzterem und dem *Flexor antibrachii medialis* (*M*[1]) 76*fa*) einerseits und dem *Flexor digitorum communis* (*M* 76 *fd*) andererseits, giebt allen diesen Muskeln Aeste und theilt sich noch am Vorderarm in zwei Endäste:

Fig. 14.

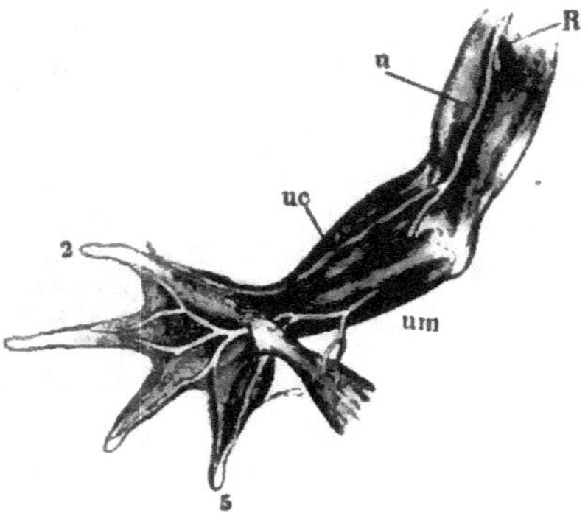

Nerven der vorderen Extremität von der unteren (Bauch-)Fläche. Die Hand in starker Supination.
u N. ulnaris.
R N. radialis.
Am Vorderarm ist die obere Muskelschicht (Flex. carpi rad. und uln., Flex. dig. commun.) weggenommen.
uc R. cut. inf. des N. ulnaris.
um Theilung des N. ulnaris in seine Endäste.

1. Der eine kleinere, *R. ulnaris medialis*, verläuft mehr medianwärts, tritt unter der Sehnenzacke des *M. extensor carpi ulnaris* (*M* 79 *ec*) durch in die Hohlhand und endet als *N. volaris digiti V. medialis.*

2. Der grössere Ast, *R. ulnaris lateralis*, geht neben dem Daumenrudiment und bedeckt vom *M. abductor pollicis* (*M* 79 *ap*) in die Tiefe der Hohlhand, spaltet sich gablig in je zwei *Rami volares* an die einander zugewandten Seiten des zweiten, dritten, vierten und fünften Fingers (*R. digit. volares*), sowie an die Muskeln der Hohlhand.

N. radialis. II. *N. radialis* (Fig. 13, 14 und 15 *R*). Der *N. radialis* senkt sich nach seinem Ursprung aus dem *N. brachialis* zwischen *Os humeri* und *Musc. triceps* in die Tiefe, geht lateralwärts um den Oberarmknochen herum und kommt an der lateralen Seite desselben zum Vorschein.

Auf diesem Wege giebt er ab:

---

[1]) Mit *M* sind die Hinweisungen auf die Figuren in der Muskellehre bezeichnet.

1. *Rami musculares* an die einzelnen Theile des *M. triceps*,
2. einen **Ramus cutaneus superior** (Fig. 15 *rc*) an die Haut der lateralen Seite des Oberarms und Vorderarms.

Fig. 15.

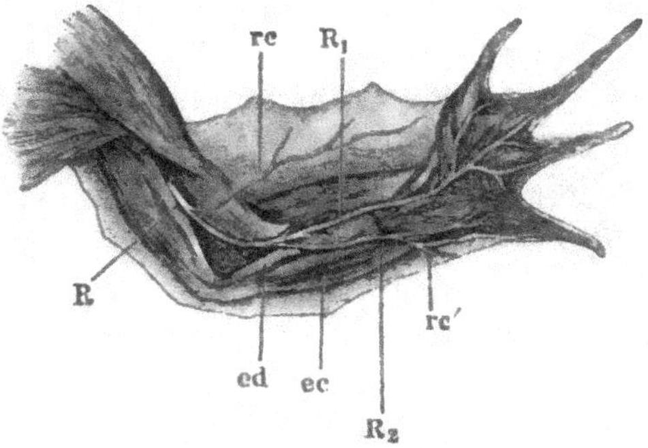

N. radialis.
R Stamm desselben.
r c R. cutaneus superior.
R_1 R. lateralis.
R_2 R. medialis.
rc′ R. cutaneus inferior.
e d M. extensor digit. comm.
e c M. extensor carpi ulnaris.

Nach Abgabe dieser Aeste senkt sich der Stamm des *N. radialis* in die Tiefe unter die Ursprünge des *M. extensor carpi ulnaris* und *M. extensor digitorum communis*, giebt

3. Aeste an die Streckmuskeln der Hand und der Finger und theilt sich dann in die beiden Endäste.
4. *R. radialis medialis* (R_2), der kleinere, giebt einen Ast an den *M. extensor digitorum communis longus*, an die Haut der Carpusgegend (*Ramus cutaneus inferior rc′*) und an die Muskeln des kleinen Fingers und endet als *R. dorsalis digiti V. medialis*.
5. *R. radialis lateralis* (R_1), der grössere, versieht die Streckmuskeln der Finger und theilt sich gablig in die *Ram. digitales dorsales*, die an die einander zugewandten Seiten des zweiten, dritten, vierten und fünften Fingers sich vertheilen (der *Ramus dorsalis lateralis* des zweiten Fingers kommt vom *N. ulnaris*).

N. spinalis III. (Fig. 12 *S III.*)

N. spinalis III.

Dieser tritt zwischen dem dritten und vierten Wirbel aus, verläuft über die Bauchfläche des grossen Querfortsatzes des dritten Wirbels lateral- und vorwärts gegen den *N. spinalis II.* Das Verhältniss zu diesem ist keineswegs immer das gleiche; bald senkt er sich vollständig in denselben ein, bald legt er sich nur an ihn an oder schickt einen kleinen Anastomosen-Faden zu ihm. Lateralwärts von der Stelle, an welcher diese Verbindung der beiden Nerven stattfindet, kommen Zweige aus dem zweiten und dritten Spinalnerven hervor, welche bald mehr dem ersteren, bald mehr dem letzteren anzugehören scheinen und meist unter sich selbst wieder Verbindungen eingehen, so dass hierdurch eine Art Geflecht, das man wohl als Achselnervengeflecht bezeichnen kann, gebildet wird.

Die an Zahl keineswegs, in Betreff des Verbreitungsbezirks jedoch ziemlich constanten Aeste sind die folgenden:

1. Ein oder mehrere Aestchen zum *Musc. transverso-scapularis maior* (*M.* Fig. 69 *ts*).
2. Mehrere Aeste, meist zwei stärkere und ein schwächerer, dringen nach rückwärts in den *Musc. obliq. abdom. internus* (*oi*) bis vorwärts zum *M. rectus* ein, verästeln sich in diesem und dringen diesen durchbohrend zur Haut durch. Es ist dies der von den vorderen Aesten aller folgenden Spinalnerven abgehende *R. cutaneus abdominalis* (Fig. 12, *IIIc*).

N. spinalis IV, V, VI.

Nervi spinales IV, V, VI.

Diese drei Nerven haben ein sehr übereinstimmendes Verhalten. (Fig. 16.)

Der *N. spinalis IV* (*M*4, Fig. 16) tritt zwischen dem vierten und fünften Wirbel über dem Kalksäckchen aus.

Derselbe geht dann über die untere Fläche des Querfortsatzes des fünften Wirbels und über den *Musc. intertransversarius* schräg lateral- und abwärts, gelangt auf die innere Fläche des *Musc. obliquus internus*, wo er sich ungefähr in der Höhe der Verbindung zwischen dem achten und neunten Wirbel einsenkt. Hier theilt er sich in zwei Aeste, wovon der

1. ein *Ramus cutaneus abdominalis*, den Muskel an dieser Stelle durchbohrt und an die Haut der Seite des Bauches sich verästelt;
2. der andere, *Ramus muscularis*, verästelt sich in den breiten Bauchmuskeln und im *M. rectus abdominis.*

Der *N. spinalis V* (Fig. 16, *M*5) tritt zwischen dem fünften und sechsten Wirbel aus, schräg ab- und lateralwärts über die untere Fläche der Querfortsätze des sechsten und siebenten Wirbels und der betreffenden *M. intertransversarii* und senkt sich etwa in der Höhe einer Linie ein, die von der Mitte des Steissbeins quer herüber gezogen wird.

Der weitere Verlauf ist ganz derselbe wie beim *Nervus spinalis IV.*

Der *N. spinalis VI* (Fig. 16, *M*6) tritt zwischen dem sechsten und siebenten Wirbel aus, verläuft schräg ab- und lateralwärts über die untere Fläche der Querfortsätze des siebenten, achten und neunten Wirbels, sowie über das Darmbein und tritt etwa in der Höhe der hinteren Hälfte des Steissbeins in den *M. obliquus abdom. internus* ein. Der weitere Verlauf ist ganz derselbe wie bei dem vierten Nerven.

Wesentlich in gleicher Weise verhält sich in Bezug auf Bauchmuskeln und Haut auch der dritte Spinalnerv (s. oben S. 41) und der *N. ileohypogastricus*.

[Die hinteren Aeste der Spinalnerven sind oben im Zusammenhang beschrieben (S. 34).]

Nervi spinales VII, VIII, IX (Fig. 16, *M* 7, 8, 9) bilden zusammen den *Plexus ischiadicus*. **N. spinalis 7, 8, 9 Plexus ischiadicus.**

Der *N. spinalis VII* (*M* 7) entspringt (s. Fig. 16, *M* 7) vom Rückenmark in der Höhe des unteren Randes des vierten Wirbels und tritt aus zwischen dem siebenten und achten Wirbel.

Der *N. spinalis VIII* (*M* 8) entspringt in der Höhe des fünften und sechsten Wirbels und tritt zwischen dem achten und neunten (Kreuz-)Wirbel aus.

Der *N. spinalis IX* (*M* 9) entspringt in der Höhe des sechsten Wirbels und tritt zwischen Kreuz- und Steissbein aus. Aus dem siebenten Nerven entspringt der *N. ileohypogastricus* und der *N. cruralis*, aus dem siebenten, achten und neunten zusammen der *N. ischiadicus*.

Mit dem *Plex. ischiadicus* steht nun auch der *N. coccygeus* mit seinen Geflechten in Verbindung, so dass man das Ganze als *Plexus sacro coccygeus* oder *ischiococcygeus* bezeichnen kann. Von diesem nachher.

In die mediale Seite der drei genannten Nerven senken sich die *Rami communicantes* des *N. sympathicus* ein und zwar in den VII. meist zwei, in den IX. einer und in den VIII. ein aus zweien zusammengeflossener (Fig. 1 *S* 7, *S* 8, *S* 9).

Es existiren übrigens in dieser Beziehung wie auch in den übrigen noch zu besprechenden sehr viele Variationen.

Die drei *N. spinalis VII*, *VIII*, *IX* laufen in ziemlich steiler Richtung über die ventrale Fläche des *N. ileo-coccygeus* herab in das Becken, um sich mit einander zum *Plexus ischiadicus* zu verbinden, und zwar meist so, dass sich zuerst der VII. und VIII. Nerv

Fig. 16.

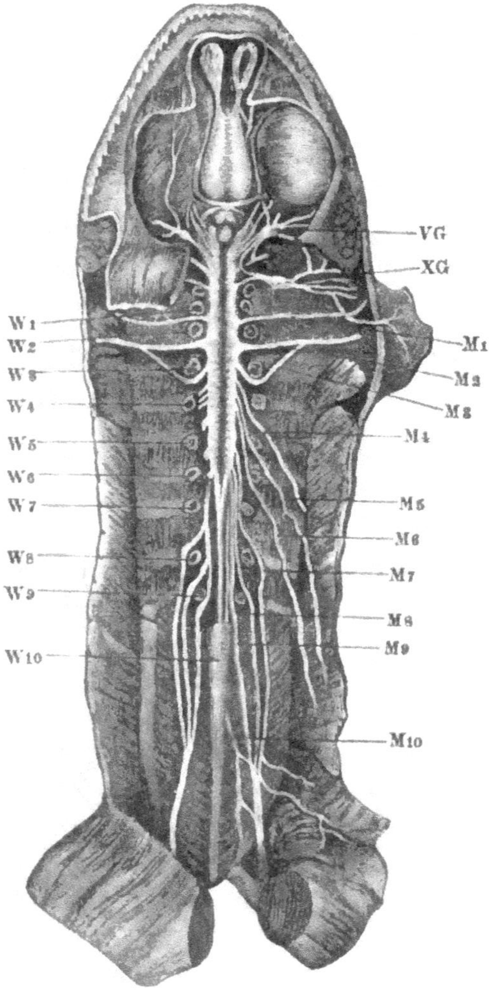

Gehirn und Rückenmark von unten mit den Austrittsstellen der Spinalnerven.
W 1—10 1 bis 10 Wirbel.
M 1—10 1 bis 10 Spinalnerv.
V G Ganglion des N. Trigeminus.
X G Ganglion des N. Vagus.

mit einander verbinden und dann der IX. mit dem aus diesen beiden gebildeten Stamm zusammenfliesst.

Der *Plexus ischiadicus* [1]) erzeugt als terminalen Ast den *N. ischiadicus* (wovon nachher), während seitlich als collaterale Aeste aus ihm hervorgehen.

1. Der *N. ileohypogastricus* (Fig. 17 *M 7 a*). Derselbe entsteht aus dem siebenten Spinalnerven vor dessen Verbindung mit dem achten und verläuft über den *Musc. ileo-coccygeus* schräg lateral- und abwärts unter deren unteren Rand des *M. obliquus abdominis internus* und theilt sich dann in zwei Aeste.
   1. Den einen, *Ramus cutaneus abdominalis*, durchbohrt nach Art der Hautäste des IV., V. und VI. *N. spinalis* den *M. obliq. abdom. internus* und verästelt sich in der Haut der unteren Bauchgegend.
   2. Der andere, *R. muscularis*, verästelt sich in den platten Bauchmuskeln und im *M. rectus abdominis*.
2. Der *N. cruralis* (Fig. 17, *M 7 b*) entspringt von dem siebenten Spinalnerv in der Höhe der Anastomose desselben mit dem achten oder auch unterhalb dieser Stelle, dann also eigentlich schon aus dem Geflecht.

   Derselbe tritt in Begleitung der *A. cruralis* alsbald über die Beckenwand hinaus an den Schenkel und liegt nun hier auf dem *M. ileopsoas* in einem nach unten spitzen Dreieck zwischen den *Mm. rectus fem. anterior* und *M. adductor longus*. Hier giebt er ab:
   1. Muskeläste an die *Mm. ileopsoas*, *rectus femoris anticus*, *M. adductor longus et brevis*.
   2. *Ram. cutaneus femoris*. Dieser Nerv verläuft in der hinteren Wand des Lymphsacks (*Saccus iliacus*, an dem *Septum inguinale*) abwärts und verzweigt sich auf der Haut der unteren und lateralen Seite des Oberschenkels.

N. spinalis X s. N. coccygeus und *Plexus coccygeus.*

Die beiden Wurzeln des X. Spinalnerven laufen eine Strecke weit im Steissbeincanal der Wirbelsäule herab, und treten dann in dem

---

[1]) Ich kann nicht unterlassen, hier zu bemerken, dass Text und Abbildungen dieses Abschnittes längst vollendet waren, als die Arbeit von De Man: „Myologie comparée de l'extremité postérieure chez les Amphibies" (Niederl. Archiv f. Zoologie, II, S. 53) erschien, womit die Nichtberücksichtigung derselben entschuldigt werden möge.

kleinen *Ganglion spinale* zusammen, das in einem *Foramen* des Steissbeins gelegen ist. Darnach theilt sich der Steissbeinnerv, wie alle Spinalnerven, in einen *R. dorsalis* und *R. abdominalis.*

a. Der *Ramus dorsalis* ist sehr klein und besteht nach Waldeyer [1]) nur aus etwa 20 Primitivfasern. Derselbe durchbohrt gleich nach seinem Austritt aus dem Steissbein den *M. ileococcygeus* und läuft auf dessen dorsaler Fläche schräg über das Lymphherz, ohne diesem jedoch Aeste abzugeben [2]) nach auswärts, durchbohrt die *Fascia* und geht an die Haut da, wo sie vom Rücken zum Oberschenkel geht.

b. Der stärkere *Ramus abdominalis* verläuft auf der Bauchfläche des *M. ileococcygeus* gegen das Lymphherz. Derselbe geht Verbindungen mit dem *N. sympathicus* ein, ferner mit dem *Plexus* oder *N. ischiadicus* und bildet ein Geflecht, *Plexus coccygeus*, das man mit dem *Plexus ischiadicus* zusammen als *Plexus ischio-* oder *sacrococcygeus* bezeichnen kann.

Die Aeste aus diesem Geflecht gehen zur Blase, dem Mastdarm, dem hinteren Lymphherzen und einigen Muskeln.

I. Verbindungen des Geflechts.

1. *Rami communicantes* mit dem *N. sympathicus.*

Es sind dies meist zwei, die sich in das letzte und vorletzte Ganglion des Grenzstranges einsenken.

2. Anastomosen mit dem *Plexus* oder *Nervus ischiadicus.*

Constant finden sich zwei solche, wie auch Waldeyer (l. c. S. 112) bestätigt, ausser diesen jedoch oft noch weitere, wenn auch zum Theil nur mikroskopische.

II. Aeste des Geflechts.

1. An den *Oviduct.* (*Ovd*) [*b*, Fig. 17].
2. An den Mastdarm (*Rect*[1]) [*cc*, Fig. 17].

---

[1]) Waldeyer, Anatomische und physiologische Untersuchungen über die Lymphherzen der Frösche. Zeitschrift für rat. Medicin, 3. Reihe, XXI. Band, S. 103.

[2]) Nach Waldeyer's bestimmter, auf mikroskopische Untersuchung begründeter Angabe.

3. An die Blase (*Ves*) [*d*, Fig. 17].
4. An den *M. levator ani* (*lev*) [*a*[1]].
5. An das Lymphherz. Dieser Ast verläuft am vorderen Rand des *M. lev. ani* auf dessen Rückenfläche und durch die umgebende Pigmentanhäufung gerade zum Lymphherzen.

Die Verhältnisse dieses Geflechts, wie sie im Vorhergehenden im Allgemeinen geschildert sind, zeigen nun aber äusserst zahlreiche Va-

Fig. 17.

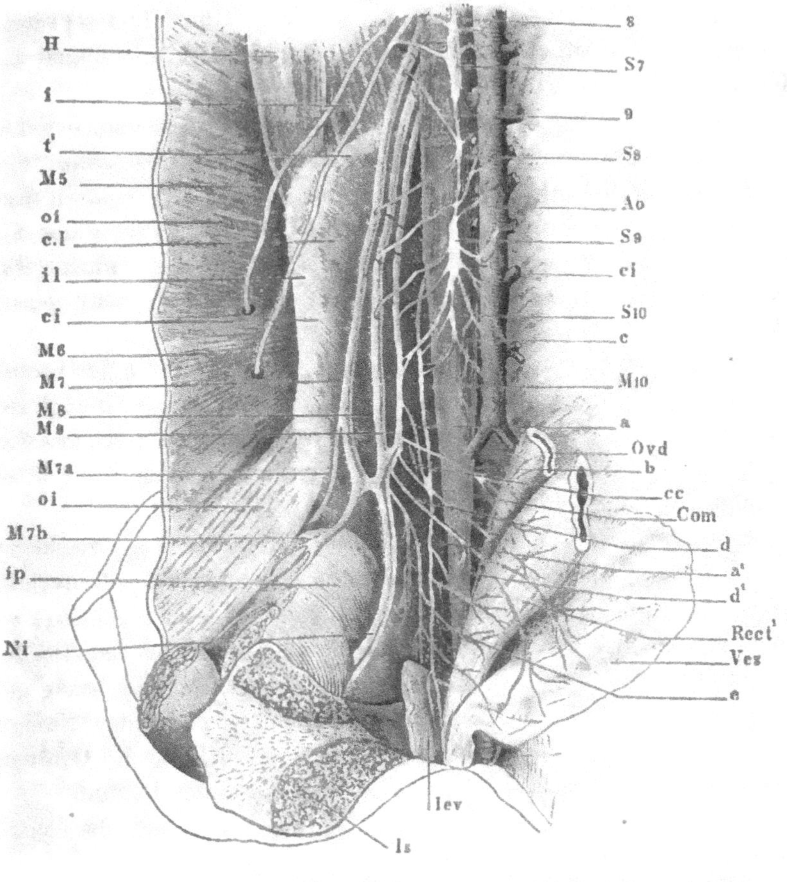

Plexus ischiococcygeus. (Nach einer Zeichnung von Professor Wiedersheim.)
8, 9 8 bis 9 Wirbel.
c Steissbein.
M 5, 6, 7, 8, 9, 10 5. bis 10. Spinalnerv.
S 7, 8, 9, 10 Ganglien des N. Sympathicus.
Ovd Oviduct.
Rect[1, 2] Rectum.
Ves Harnblase.
lev M. levator ani.
Die übrigen Bezeichnungen ergeben sich aus dem Texte.

riationen, die sich nach Professor Wiedersheim, der auf meine Bitte diese Verhältnisse nochmals genau untersucht hat, insbesondere in zwei Hauptrubriken sondern lassen. Entweder verbindet sich nämlich der in seiner Stärke sehr wechselnde *N. coccygeus* mit dem neunten Spinalnerven durch eine oder mehrere Schlingen direct, oder aber es geschieht dies nur indirect in der Weise, dass er nicht zu dem Hauptstamm des neunten, sondern nur zu einem oder mehreren Nebenästen desselben Beziehungen eingeht.

Der letztere Fall findet sich in dem Fig. 17 abgebildeten Präparat, das ich nebst Abbildung und Beschreibung, die ich hier folgen lasse, Herrn Professor Wiedersheim verdanke:

„Aus der medialen, hinteren und vorderen Circumferenz des neunten *Spinalis* entspringt von vorn nach rückwärts eine ganze Reihe feiner Zweige, die mit *a*, *b*, *cc*, *d* und *e* bezeichnet und dadurch besser zur Anschauung gebracht sind, dass nach Durchschneidung der Symphyse die Beckeneingeweide, nämlich das letzte Ende des Oviducts (*Ovd*), das Rectum (*Rect*) und die Blase (*Ves*) stark auf die Seite gezogen sind.

Hierbei sieht man, wie der vorderste Zweig (*a*), in steiler Rictung, parallel dem *N. coccygeus* über den *M. ileococcygeus* nach rückwärts läuft, um mit letzterem bei *Com* sich zu verbinden. Dasselbe geschieht von Seiten des Nerven *cc*, nachdem er zuvor von dem Zweig *b* eine Schlinge empfangen hat.

Somit treffen in dem Punkte *Com* drei Nervenstränge zusammen, deren weiteres Schicksal jedoch erst besprochen werden soll, nachdem ich zuvor des Astes *b* Erwähnung gethan habe. Dieser entspringt zwischen den beiden erstgenannten aus der Innenseite des neunten Spinalis, kurz vor dessen Confluenz mit dem achten. Seine Richtung geht fast rein transversell medianwärts unter Kreuzung mit dem Zweig *a*, dem *N. coccygeus* und dem Steissbein zum unteren Ende des Oviductes („Uterus“ der Autoren) und theilweise auch noch zum Rectum.

Seine Ausstrahlung bildet netzartige Geflechte mit den letzten Endästen des untersten Ganglion vom Sympathicus und des aus dem obgenannten Punkt *Com* wieder neu entspringenden Zweiges *cc*, welch' letzterer fast ausschliesslich auf den Mastdarm beschränkt ist.

Der zweite aus *Com* entspringende Nerv (a^1) stellt die eigentliche Fortsetzung des *N. coccygeus* (*M10*) dar und zieht senkrecht absteigend gegen das hinterste Ende der Cloake zu, wo er am oberen Rand des *Levator ani* (*lev*) in Zweige zerfällt, welche theils auf der

Innen-, theils auf der Aussenfläche dieses Muskels verlaufend diesen selbst, sowie die Schleimhaut der Cloake versorgen.

Wieder andere Fasern durchbohren die Haut dieser Gegend dorsalwärts und treten zu dem dort befindlichen Lymphherzen. Ausser diesen zwei Endausbreitungen des *N. coccygeus* zum *Levator ani* und zum Lymphherzen kann man noch eine dritte zum untersten Ende der Blase constatiren.

Alle drei zusammen führen jedoch nicht allein Elemente des *Nervus coccygeus*, sondern auch solche vom *Plexus ischiadicus*, welcher sich mit jenem durch einen oder zwei Aeste (*c*) verbindet und so ein ganzes Netzwerk zu Stande bringt. Aus diesem entspringen auch Fasern für den *M. ileo-coccygeus*, welcher in seiner oberen Partie jedoch auch vom Hauptstamm des *N. coccygeus* versorgt wird.

Die Blase (*Ves*) wird hauptsächlich von einem Zweig (*d*) innervirt, welcher unmittelbar unter der Vereinigung vom achten und neunten Spinalis aus dem *Plexus ischiadicus* entspringt und welcher auch (d^1) einige Fasern zum *M. iliacus* entsendet."

N. ischiadicus, aus dem siebenten, achten und neunten Spinalnerven entstehend, der stärkste Nerv des Körpers (Fig. 18 *I* a. f. S.) [1]. Derselbe giebt noch innerhalb des Beckens ein Aestchen an den *M. coccygeo-iliacus*, tritt dann unter diesen Muskel zwischen dem Ursprung des *M. vastus externus* (*ve*) und dem *M. pyramidalis* (*p*), liegt dann zwischen *M. biceps* (*b*) und *M. pyramidalis* und weiterhin zwischen *M. biceps* und *M. semimembranosus* (*sm*).

Auf diesem Weg giebt er ab:

1. Aeste an den *M. pyramidalis* (*1*) [1],
2. den *Nervus cutaneus femoris posterior* (*2*), welcher zwischen *M. pyramidalis* und *Vastus externus* abgeht und unter und hinter dem erstgenannten Muskel hervortritt, um sich in Begleitung einer gleichnamigen Arterie an die Haut der hinteren und medialen Seite des Schenkels zu verbreiten.
3. Etwas weniges unterhalb des oben genannten Hautnerven geht unter dem *M. pyramidalis* ein starker Collateralast (*3*) nach unten und hinten ab, welcher sich vertheilt:
   a. an den *M. semimembranosus* (*sm*) (tritt in das obere Dritttheil desselben ein);

[1]) In der Abbildung sind die Nerven mit Zahlen, die Muskeln mit Buchstaben bezeichnet.

b. an den *Rectus internus minor* (*r i'*). Ein Zweig dieses Astes (*b b*) durchbohrt den Muskel quer in Begleitung einer *Arteria cutanea* und geht an die Haut der medialen Seite der Mitte des Schenkels;

Fig. 18.

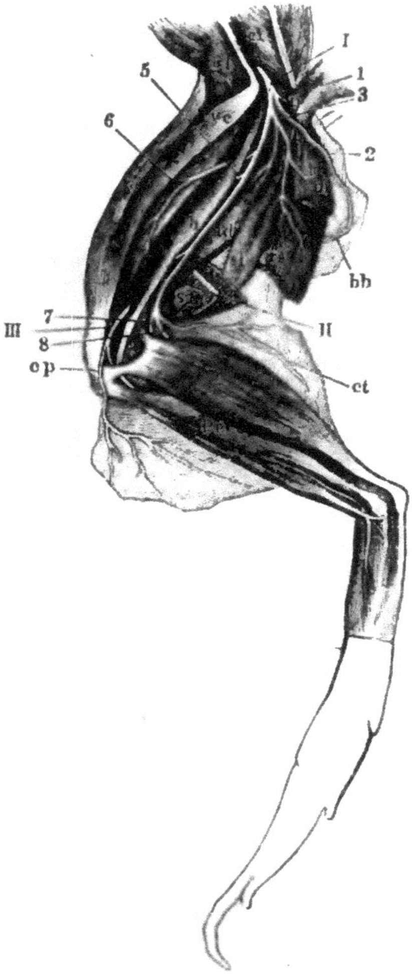

Verbreitung des N. ischiadicus.
(Bezeichnung siehe im Text.)

c. an beide Köpfe des *M. semitendinosus* (*st*) und

d. an den *M. adductor magnus* (*a d'''*).

4. Schon vorher gehen, bedeckt vom *M. pyramidalis*, Aeste an die tiefsten Schenkelmuskeln (*M. quadrat. femoris* und *obturator*).

5. Nach vorn ein Ast (*5*) an den *M. biceps* (*b*).

6. Ein Ast (*6*) geht in Begleitung der *Art. circumflexa genu lateralis sup.* nach vorwärts an die *Musc. extensores cruris*, den *M. vastus externus* (*v e*) und *Rectus anterior* (*r a*).

Darauf theilt sich der *N. ischiadicus* unter dem *M. biceps* in den *N. tibialis* (*II*) und *N. peroneus* (*III*) (Fig. 18).

N. tibialis. II. *Nervus tibialis* (*T*), Fig. 19, geht nach hinten und medianwärts, versieht insbesondere die Strecker des Fusses und die Beuger der Zehen. Seine Aeste sind die folgenden:

1. *R. cutaneus cruris posterior* (Fig. 18 und 19 *ct*), geht in Begleitung einer Arterie und Vene an die Haut der Wade.
2. Ein Aestchen an den obersten Theil des Wadenmuskels (Fig. 19 *g'*).

Dann theilt sich der Nerv in zwei Zweige. Der eine ist die

Fortsetzung des Stammes: *Nervus tibialis* (*t*), der andere der *Nervus suralis* (*s*).

1. *N. suralis*, Wadennerv (Fig. 18 *8*, Fig. 19 *s*), läuft an der medialen Fläche des Wadenmuskels herab, giebt ab: N. suralis.

Fig. 19.

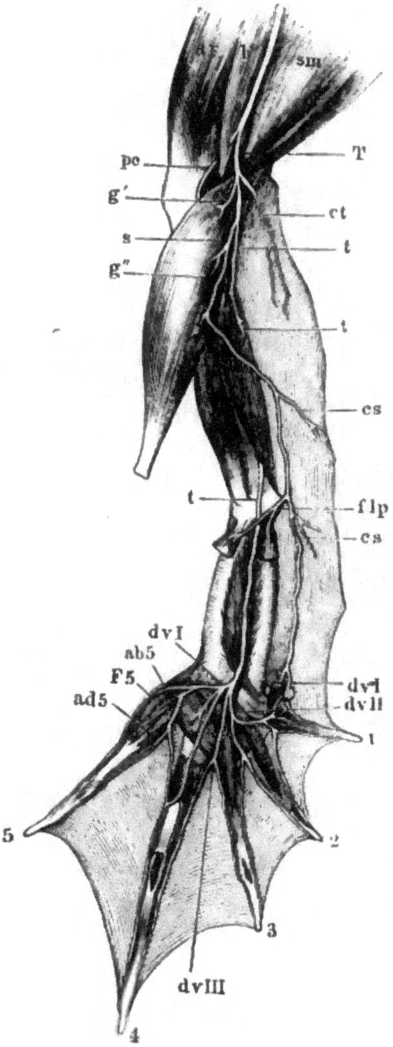

Nerven des Unterschenkels und Fusses (Fusssohle).

a. ein Aestchen an das oberste Drittel des Wadenmuskels (*g''*),

b. den *Ramus cutaneus medius* (*cs*), welcher etwas unter der Mitte der Wade abgeht und sich an die Haut der inneren und hinteren Seite des unteren Drittheils des Unterschenkels verbreitet; dann geht der *N. suralis* an der medialen Seite der Achillessehne auf der *Aponeurosis plantaris* herab an die Fusssohle und giebt ab

c. Aeste an den *Musc. plantaris* und *Flexor digitorum* (*flp*); dann gelangt der Nerv an die Fusssohle, giebt der Haut dieser Aeste und verläuft bis zum Rudiment der grossen Zehe, er giebt

d. auf diesem Wege einen Ast an den *Musc. abductor hallucis* und endet als

e. *Ramus digitalis volaris I* (*dvI*) an der medialen Seite der ersten Zehe.

2. *Nervus tibialis* (Fig. 19 *t*) geht an der hinteren Seite des N. tibialis.

Os cruris herab, senkt sich dann in die Muskelmasse des *M. tibialis posticus* und tritt unter dem hinteren Rande dieses Muskels hervor, geht dann über das Fussgelenk in die Fusssohle und liegt hier in der Mitte des Zwischenraums zwischen beiden *Ossa tarsi*, zwischen *Musc. extensor tarsi* und *Abductor digiti I longus*, verläuft in der Rinne des kleinen *Os tarsi* abwärts und theilt sich:

I. in einen Zweig (*d v II*), der seinen Weg nach dem Zwischenraum zwischen der zweiten und dritten Zehe nimmt und sich weiter in folgende Aeste theilt:

1. *Ram. digital. volaris I*, geht quer über die Muskeln der zweiten Zehe, giebt Aeste an die Muskeln der ersten Zehe ab und endet gablig sich theilend als *R. digital. volaris I* und *II*.
2. *Ram. digit. volar. II* theilt sich im Zwischenraum zwischen zweiter und dritter Zehe gablig in zwei Zweige, die an die entsprechenden Seiten dieser Zehen sich vertheilen, theils an die *Flex. phalang.*, theils an die Haut.

II. Der zweite Ast (*d v III*) läuft gegen den Zwischenraum zwischen der dritten und vierten Zehe über den *Flex. metatarsi* der dritten Zehe, theilt sich hier gablig in zwei Aeste, die (wie auch an den übrigen Zehen) zwischen den zwei Schwimmhautplatten an die gegenüberliegenden Seiten der dritten und vierten Zehe gegen die Spitze dieser verlaufen.

III. Der dritte Ast theilt sich alsbald in mehrere:

a. Der eine geht an den *M. transv. metatarsi* (*t m'''*, Fig. 19, Muskellehre).

b. Der andere an die *Mm. lumbricales* der vierten Zehe.

c. Der dritte giebt Aeste an:
M. abductor digit. V (*ab 5*),
M. flexor brevis dig. V (*F 5*),
M. adductor dig. V (*ad 5*),
und endet

d. gablig sich theilend als *R. dig. vol.* der vierten und fünften Zehe.

N. peroneus communis superior.

II. N. peroneus. (*N. peroneus communis superior* Ecker.)

Der zweite der Theilungsäste des *N. ischiadicus* (Fig. 20). Derselbe giebt bald nach seiner Entstehung ab:

1. *N. cutaneus cruris lateralis* (Fig. 18 *cp*), läuft, wie alle Hautnerven in einer Scheide mit Arterie und Vene und geht an der lateralen Seite des Knies herab bis zur Ferse.

Dann geht der Stamm des *N. peroneus communis* zwischen der lateralen Ursprungsselme des *M. gastrocnemius* und der Ansatzselme des *M. biceps* durch, dann unter der ersteren weg, liegt dann am Unterschenkel zwischen *M. gastrocnemius* und *M. peroneus*, verläuft mit der starken *Vena tibialis postica* auf dem *Os cruris*, dann auf dem *M. extensor cruris* und *Flexor tarsi ant.* herab, geht unter dem *M. peroneus* durch, dann zwischen diesem und dem *M. tibial. anticus* und giebt auf diesem Weg Zweige ab an den *M. peroneus*, *tibialis anticus*, *extensor cruris brevis* und *Flexor tarsi anterior* und theilt sich dann in zwei Aeste.

Fig. 20.

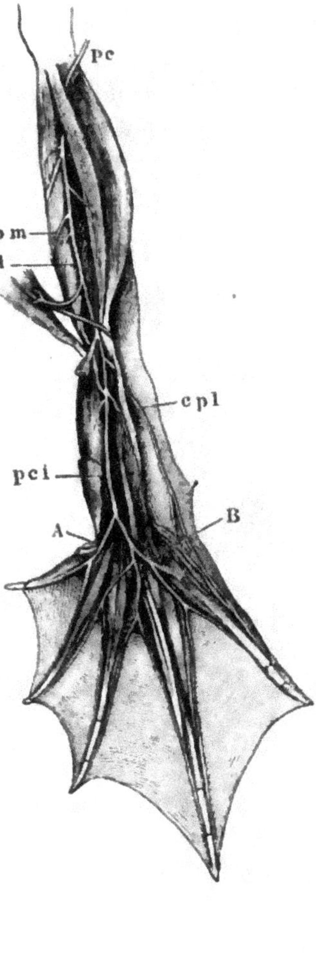

2. *N. peroneus medialis* (*pm*), der schwächere, geht mit der *Art. tibialis antica* unter dem *Flexor tarsi arterior anterior*, dann *posterior* durch und giebt Aeste an den letzteren. N. peroneus medialis.

3. *N. peroneus lateralis* (*pl*), der stärkere, geht zwischen beiden Köpfen des *M. tibialis anticus* herab, liegt am Gelenk zwischen dem lateralen Kopf des letzteren und der Ursprungsselme des *Flexor tarsi posterior*, und giebt hier ab: N. peroneus lateralis.

   1. *N. cutaneus dorsi pedis lateralis* (*cpl*) an die Haut der lateralen Seite des Fussrückens.
   2. Einen zweiten Ast vorwärts an *M. extensor* der vierten und fünften Zehe.

Dann fliessen beide Nerven, der *M. peroneus lateralis* und *peron.*

N. peroneus communis inferior.

medialis wieder zu einem Stamm zusammen, den ich als *N. peroneus communis inferior* bezeichne.

Der *N. peroneus communis inferior* (*pci*) verläuft auf dem Fussrücken mit der *Art. dorsalis pedis* unter dem *M. extensor digiti* 1 und 2 durch und giebt ab:

1. Zweige an *M. extensor longus* und *brevis digiti I.*
2. *Rami digitales dorsales* an die einander zugewandten Seiten der ersten und zweiten Zehe, bis zur Spitze derselben.
3. An die *Mm. extensores digiti II*, dann theilt sich der Stamm zwischen den *Mm. extensores* der dritten und vierten Zehe gablig.

1. Der mediale Ast (*A*) theilt sich alsbald wieder in zwei Zweige:
   a. Der eine, laterale, läuft zwischen dritter und vierter Zehe bis an die Basis der Schwimmhäute zwischen diesen Zehen, dann theilt er sich in zwei *Rami cutanei*, die zwischen der dorsalen und plantaren Platte der Schwimmhäute an den zugewandten Seiten der zweiten und dritten Zehe bis an die Spitze verlaufen.
   b. Der andere, mediale, geht theils zu den Streckmuskeln, theils vertheilt er sich an die zugewandten Seiten der dritten und vierten Zehe.
2. Der laterale Ast (*B*) geht an die Muskeln der vierten und fünften Zehe und giebt die *R. cutanei dorsales* an die laterale Seite der vierten und mediale Seite der fünften Zehe ab.

An die laterale Seite der fünften und mediale der ersten Zehe scheinen die Hautäste vom *N. tibialis* zu kommen.

E. Sympathicus.

Von

Professor Wiedersheim.

Der zu den Kopfnerven in Beziehung stehende Abschnitt wurde bei Schilderung der letzteren ausführlich behandelt und so mag es genügen, hier nur kurz Folgendes darüber zu recapituliren.

Das sympathische System beginnt (s. Fig. 1) beim Gasser'schen Ganglion, aus dem jederseits ein Fädchen entspringt, welches parallel mit der Längsaxe des Gehirnes und zugleich der Innenwand der Hörkapsel enge angeschmiegt (Fig. 6) nach rückwärts läuft, um sich in den austretenden Vagus einzusenken und mit ihm die Schädelhöhle zu verlassen.

Nachdem er jenseits vom Ganglion *N. vagi* wieder frei geworden, zieht er parallel der Wirbelsäule nach hinten und man kann hier von einem Halstheil des *Sympathicus* reden.

Dieser bildet gegenüber dem Austritt des Hypoglossus das erste *Ganglion*, welches auch durch feine und stärkere Verbindungsfäden mit letztgenanntem Nerv in innige Beziehungen tritt. So kommt es zur Bildung eines Grenzstranges, der beim Austritt des *N. brachialis* und des damit verschmelzenden dritten Spinalis ebenfalls noch zwei *Ganglien* bildet. Diese schicken sowohl Fäden zu der *Arteria axillaris* als auch zu den Aortenbögen, die sie da und dort netzartig umstricken und mit ihnen bis in die Nähe des Herzens gelangen, wo sie mit den gleich zu beschreibenden Herzganglien in Beziehungen treten.

Was die letzteren anbelangt, so unterscheidet man drei und zwar ein paariges und zwei unpaare. Von diesen liegt das eine, grössere, etwas über der Vorkammer, genau unter der Stelle in der Mittellinie, wo der *M. hyoglossus* eine Spaltung zeigt. Von ihm aus gelangen starke Geflechte zu den Vorkammern und ebenso umwickeln zahlreiche Fasern die grossen Gefässe an ihren Einmündungsstellen in das Herz. An verschiedenen Stellen verbinden sich diese feinen Geflechte mit Vagus-Elementen, welch letztere schon früher bei Beschreibung der Hirnnerven ihre Berücksichtigung fanden.

Das zweite von den unpaaren Herzganglien ist um ein Ziemliches kleiner, als das vorige und besitzt eine ovale Form, während das erste mehr scheibenartig ist. Es schickt Zweige an die Herzgefässe ab und auch einen Verbindungsast zum Hypoglossus.

Fig. 21.

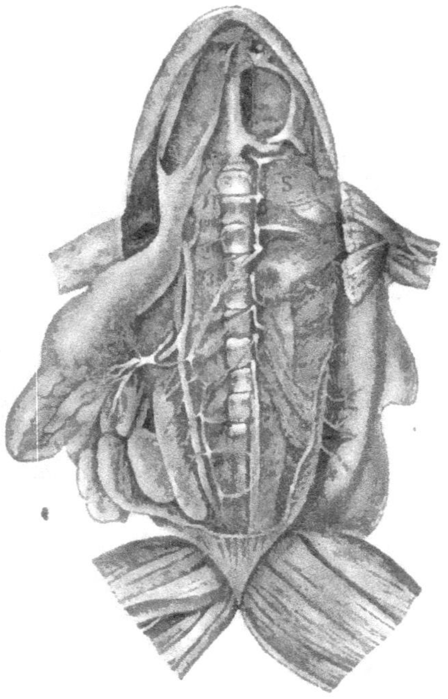

Nervus sympathicus (nach A. Ecker, Icones physiologicae, Tafel XXIV, Figur 3).
Herz, Lunge, Leber sind entfernt. Magen mit Speiseröhre und Darm sowie Nieren und Hoden sind nach rechts herübergezogen. Dadurch sind die vorderen Aeste der N. spinales und die R. communicantes blossgelegt. Der linke Grenzstrang des Sympathicus ist mit nach rechts herübergezogen.
S Stamm des Sympathicus aus dem Ganglion nervi vagi nach abwärts austretend.
1. 2. 3: 1., 2., 3tes Ganglion des Grenzstrangs; die folgenden sind nicht mehr bezeichnet.

Vom dritten *Ganglion cervicale* setzt sich der Sympathicus in der Art nach hinten fort, dass er sich zu den absteigenden Aortenbögen jederseits als ein einfacher Faden hinüberschlägt und längs denselben bis zu ihrer Vereinigung zu einem Stamm fortläuft. Von jener Vereinigungsstelle an verstärkt er sich wieder durch Aeste, welche von je einem Spinalnerven-Ursprung herkommen und sich zu einem entsprechenden Ganglion des Sympathicus begeben. Diese Ganglien sind spindelförmig oder auch dreieckig und liegen im Bereich der neun wahren Wirbel in metamerischer Anordnung.

Auf diese Weise Zweige aufnehmend und Ganglien bildend läuft der Stamm des Sympathicus parallel mit der *Aorta abdominalis* nach rückwärts. Dabei umspinnt er letztere sowie deren Aeste mit reichlichen Netzen und gelangt auf solchen Gefässbahnen zu sämmtlichen Eingeweiden des Bauches. Die stärksten Plexusbildungen finden sich am Magen, wo eine dem Sonnengeflecht der höheren Wirbelthiere homologe Bildung zu constatiren ist. Ausserdem kann man ein längs dem Darm sich ausbreitendes Geflecht, sowie einen *Plexus hepaticus, renalis, genitalis, haemorrhoidalis* und *vesicalis* unterscheiden.

Während man nun aber bei den sechs oberen Spinalnerven in regelmässiger Reihenfolge immer nur je einen Verbindungszweig zum Sympathicus unterscheiden konnte, ändert sich dieses Verhältniss bei den vier letzten Spinalnerven. So ziehen vom siebenten z. B. gewöhnlich zwei Fäden zum Sympathicus, vom achten und neunten ebenfalls zwei oder auch drei und endlich vom zehnten gar drei bis zwölf und vielleicht noch mehr.

Diese im Bereich des *N. coccygeus* auftretenden grossen Schwankungen fallen zusammen mit dem Vorkommen von einer kleineren oder grösseren Zahl von Ganglien, welche sich an das letzte Ende des Hauptstammes vom Sympathicus knüpfen. Die beiden Extreme sind einerseits durch ein bis zwei, andererseits zwölf Ganglien repräsentirt, wovon die nach rückwärts liegenden immer kleiner und kleiner werden, so dass zu ihrer Darstellung auf dem hintersten Drittel des *Os coccygis* grosse Vorsicht nöthig ist.

Diese grossen Variationen hängen wohl mit der Verwischung der Metamerie der Wirbelsäule in der *Regio coccygea* zusammen; es ist nämlich, als würde sich das sympathische System der im Skelet zu Tage tretenden Reduction noch nicht anbequemen und versuchte seine ursprünglich segmentale Anlage in Form eines Rückschlages bei diesem und jenem Frosch-Individuum wieder zur Geltung zu bringen.

Die letzten Endfädchen des Sympathicus treten, insofern sie sich nicht im Bereich der Cloake verästeln, zur *Arteria iliaca* und begleiten auch noch den *Nervus ischiadicus* eine weite Strecke.

IV.

LEHRE VOM GEFÄSSSYSTEM.

Lehre vom Gefässsystem.

Literatur.

1. Burow, De vasis sanguiferis ranarum. Diss. inaug. Regiomonti. Prussorum 1834, 4⁰. Mit 1 Tafel.
2. Brücke, Beiträge zur vergleichenden Anatomie und Physiologie des Gefässsystems der Amphibien. Denkschriften der Wiener Akademie 1852. Mit 8 Tafeln. 4⁰.
3. Brücke, Ueber die Mechanik des Kreislaufs bei den Fröschen. Wiener Sitzungsberichte 1851.
4. Fritsch, Zur vergleichenden Anatomie der Amphibienherzen. Archiv für Anatomie und Physiologie 1869.
5. Gruby, Sur le système veineux de la Grenouille. Annales des sciences naturelles. 2me série. Zoologie. 1842.
6. Müller, Ueber die Existenz von vier getrennten regelmässig pulsirenden Herzen, welche mit dem Lymphgefässsystem in Verbindung stehen, bei einigen Amphibien. Philos. transact. 1833. Müller's Archiv 1834.
7. Panizza, Sopra il sistema linfatico dei rettili. Mit 6 Tafeln. Pavia 1833. Roy. Fol.
8. Meyer, Systema amphibiorum lymphaticum disquisitionibus novis examinatum. Diss. inaug. Mit 5 Tafeln. 4⁰. Berlin 1841.
9. Rusconi, Riflessioni sopra il sistemo dei rettili etc. Pavia 1845.

I. Herz.

Lage und Umhüllung.

Lage und Umhüllung.

Das Herz liegt an der Bauchseite der Speiseröhre unweit hinter dem Kehlkopf über dem centralen Theil des Schultergürtels und dem *M. sternohyoideus;* das spitze hintere Ende des Ventrikels schiebt sich zwischen die beiden Leberlappen hinein.

Das Herz ist vom Herzbeutel umhüllt, an welchen sich Fasern des *M. obliquus abdominis internus* (s. oben Muskellehre, Seite 82 und 83, Figuren 65 und 66) ansetzen.

Vom Pericardium geht auf dem hinteren oberen Theil des Herzens eine Falte herüber, welche ein Gefäss, die sogenannte *vena cardiaca*, enthält.

Form und Abtheilungen.

Form und Abtheilungen des Herzens.

Das Herz besteht:

1. Aus einer dünnwandigen blutaufnehmenden Vorhofabtheilung, welche breiter ist als die Basis des Ventrikels. Dieselbe ist aussen einfach, innen aber durch ein Septum in einen rechten und linken Vorhof geschieden.

Fig. 22.

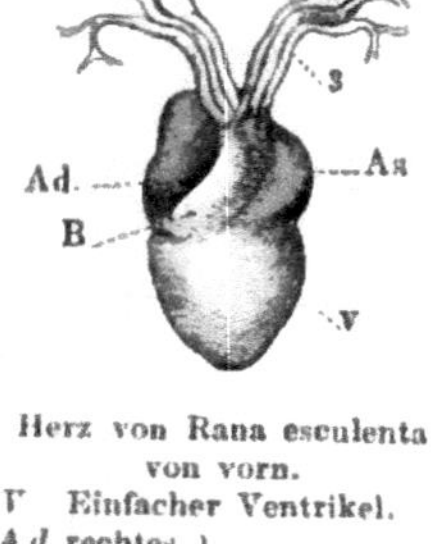

Herz von Rana esculenta von vorn.
V Einfacher Ventrikel.
Ad rechtes } Atrium.
As linkes } Atrium.
B Bulbus.

2. Aus einer dickwandigen, einfachen Ventrikelabtheilung von conischer Gestalt.

Ventrikel.

Der Ventrikel ist vielhöhlig. Die einzelnen Fächer und Hohlräume gehen einestheils bis dicht unter die Oberfläche und münden andererseits in eine rundliche Höhle, welche, im vorderen Theile des Ventrikels (an der Basis) gelegen, von links nach rechts gegen das *Ostium arteriosum* hin an Lumen zunimmt. Aus diesem Grund erscheint auch am lebenden Ventrikel die ausgehöhltere rechte Hälfte dunkler als die dichtere linke. Die Hauptabtheilungen der Fächer werden gebildet durch Fleischbalken, welche von der Wand des Ventrikels gegen die *Ostia venosa* und den besagten Gang hinziehen. Das *Ostium arteriosum* befindet sich an der Basis der Kammer nach rechts und unten. An denselben befinden sich die *Valvulae semilunares*.

Der Vorhof ist dünnwandig, sackförmig, gross, aussen ungetheilt. Im Innern erstreckt sich eine nicht immer gleichmässig ausgebildete, dünne, häutige, durchsichtige Scheidewand, die nach rechts etwas convex ist von vorn nach hinten. Diese Scheidewand endet nach hinten mit einem freien concaven Rande im *Orificium atrio-ventriculare*, so dass durch diesen Rand ein rechtes und linkes *Ostium atrio-ventriculare* abgetheilt wird. Jedes dieser Ostien ist von zwei dicken, fleischigen, rothen, linsenförmigen Klappen verschliessbar, welche durch kurze muskulöse Fäden, welche von der Kammerwand entspringen und die man sieht, wenn man die Klappe aufhebt, an dem Umfang der Oeffnung, die eine an der Rücken-, die andere an der Bauchseite, festsitzen. „Das Vorhofseptum sitzt mit dem Seitentheil seines freien Randes auf den Klappen auf. Die Vorhofswände sind dicker als das Septum, und in ersteren sieht man zahlreiche, zierliche, verzweigte Fleischbalken, die insbesondere in der Richtung von vorn nach hinten verlaufen. Von den beiden Vorhöfen ist der rechte der bei weitem grössere, nicht selten selbst doppelt so gross als der linke [1]). Vorhof.

Fig. 23.

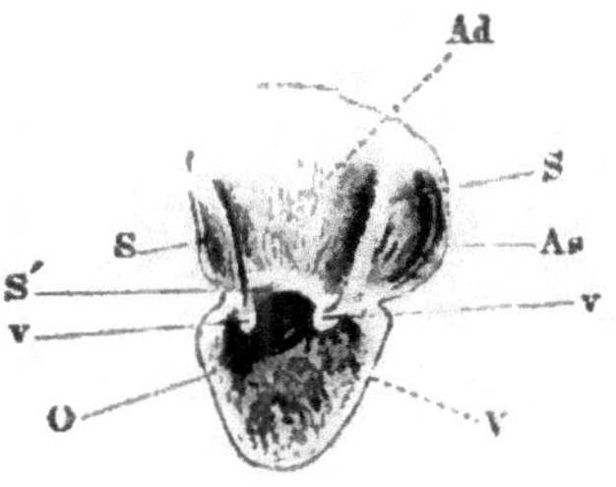

Herz von Rana esculenta.
Vorkammer und Kammer von der linken Seite her geöffnet.
Das Septum atriorum *S* durch einen Längsschnitt gespalten.
A s Atrium sinistrum.
A d Atrium dextrum.
v v Valvulae cordis.
O Oeffnung, welche in die Abtheilung des Ventrikels führt, aus welcher der Bulbus arteriosus entspringt.

Einmündung der Venen in den Vorhof.

Sämmtliches Körpervenenblut sammelt sich in einem Hohlvenensinus, *Sinus venarum cavarum*, der von den drei Hohlvenen gebildet wird (Fig. 23). Hohlvenensinus.

[1]) Bisweilen erscheint das Septum, wie z. B. in Figur 25, so weit nach links gedrängt, dass es den Anschein haben kann, als fehle dasselbe ganz.

Die paarigen oberen Hohlvenen laufen von vorn convergirend nach hinten und münden von beiden Seiten her in den Sinus ein. Von hinten her senkt sich die unpaare hintere Hohlvene in den Sack ein.

Der Hohlvenensinus liegt auf der oberen oder Rückenseite des Vorhofs. Aus dem Hohlvenensinus führt eine querovale Oeffnung, welche in der dorsalen Wand des Atrium angebracht ist, in den Vorhof und zwar in den rechten Vorhof, hart neben dem Septum. Der Rand dieser Oeffnung ist vorspringend, so dass man,

Fig. 24.

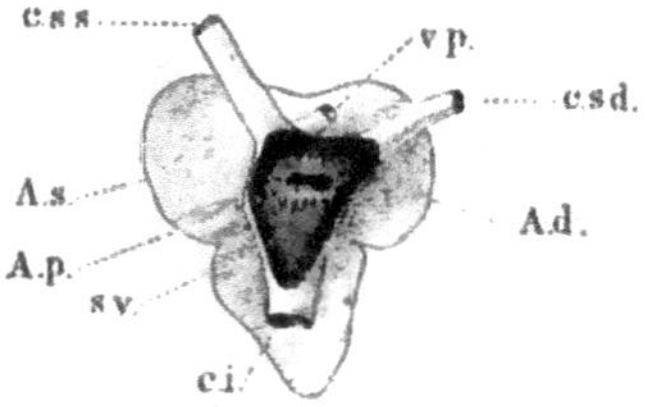

Herz von Rana esculenta von der Rückseite.
sv Sinus venarum cavarum (geöffnet).
ci Vena cava inferior.
csd Vena cava sup. dextra.
css Vena cava sup. sinistra.
vp Vena pulmonalis.
Ad Atrium dextrum.
As Atrium sinistrum.
Ap Communicationsöffnung zwischen Atrium dextrum und Sinus venarum cavarum.

Fig. 25.

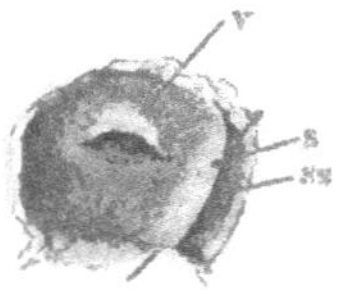

Einmündung des Hohlvenensinus in das rechte Atrium, von vorn gesehen.
v Die Klappe.
s Septum.
ss Atrium sinistrum, in demselben eine Sonde.

Fig. 26.

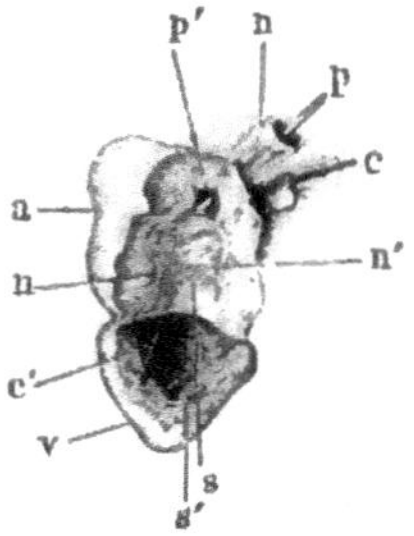

Herz von Rana esculenta. Von der linken Seite her sind Kammer (*v*) und Vorkammer (*a*) durch einen Längsschnitt geöffnet.
s Septum atriorum mit hinterem concavem Rand (*s′*).
p Oeffnung der Vena pulmonalis. Eine Sonde (*p′*) darin erscheint im linken Atrium.
c V. cava. Eine Sonde (*c′*) durch den rechten Vorhof in den Ventrikel geleitet.
n Unterer, *n′* oberer Herznerv.

ähnlich etwa wie bei der *Valvula coli* im Darm, eine obere und untere Klappe unterscheiden kann und in denselben, wie in einen Saum gleichsam in einen Sphincter inseriren sich die radiär zu dieser Oeffnung verlaufenden *Mm. pectinati*.

Einmündung der Lungenvene.

Das Lungenvenenblut sammelt sich an der medialen Wand jeder Lungenwurzel in einen Stamm (*V. pulm. dextra* und *sinistra*).

Diese beiden Stämme laufen gegen einander und bilden nach kurzem Verlauf einen gemeinschaftlichen kurzen Stamm, *V. pulm. communis*.

Die beiden *Vv. pulm. dextra* und *sinistra* verlaufen dorsalwärts von den oberen Hohlvenen nach einwärts; der daraus entstehende gemeinschaftliche Stamm mündet in die obere (dorsale) und vordere Wand des linken Atrium und liegt zwischen beiden Hohlvenen. Die Mündung der *V. pulm. commun.* befindet sich hart neben dem Septum und bildet eine halbmondförmige Oeffnung.

Nerven des Herzens.

Nerven des Herzens.

Die nervösen Elemente des Herzens verlaufen ausschliesslich in der Bahn des *N. vagus* zu demselben.

Der *N. cardiacus* ist ein Zweig des *N. splanchnicus*, welcher aus dem hinteren Aste des *N. vagus* hervorgeht. Dieser *N. splanchnicus* oder Eingeweideast giebt zuerst mehrere Fäden zur Speiseröhre und zum Magen, dann zur Lunge den *N. pulmonalis* und läuft endlich in den *N. cardiacus* aus.

Dieser geht über den oberen Theil der vorderen Lungenfläche hin und schimmert durch den serösen Ueberzug derselben durch; dann verlässt er, medianwärts laufend, den medialen Rand der Lunge und gelangt hinter die obere Hohlvene der entsprechenden Seite.

Fig. 27.

Verlauf der Nerven in der Vorhofscheidewand.

d Ramus dorsalis.
v R. ventralis.

(Die Hohlvenen sind, soweit sie im Herzbeutel liegen, nicht von allen Seiten frei, sondern an ihrer hinteren Seite durch Bindegewebe mit den angrenzenden Gebilden verwachsen.)

In demselben Bindegewebe liegt der *R. cardiacus* und gelangt, zwar ausserhalb des Pericardiums, aber Hohlvene und Sinus dicht anliegend zu der Eintrittsstelle der *Vena pulmonalis.* — Auf diesem ganzen Wege giebt er keine Aeste.

Sobald die beiderseitigen *Nervi cardiaci* an die äusseren Flächen des Atrium in den Zwischenraum zwischen Lungenvenen und Hohlvenen gelangt sind, treten sie zu einem Plexus oder Ganglion zusammen, das bald einfach ist, bald aus zwei durch eine Brücke verbundenen Seitenhälften besteht. Aus dieser Anschwellung oder noch vor ihr gehen nach Bidder mehrere Fäden an den Venensack. Dann gehen daraus die zwei Scheidewandnerven hervor.

Der obere (dorsale), kürzer und stärker, wird mehr vom linken Vagus, der untere (ventrale) mehr vom rechten *N. vagus* geliefert.

Gefässe des Herzens.

Gefässe des Herzens.

Hyrtl[1]) hat bekanntlich den Nachweis geliefert, dass das Herz der Batrachier gefässlos ist. Die in weiter Entfernung vom Herzen jenseits des *Bulbus arteriosus* entspringende sogenannte *Arteria cardiaca*, gehört nur den Wänden des Bulbus, nicht zugleich jenen des Herzens an, und löst sich an der Oberfläche des ersteren in Capillarnetze auf, welche an der Grenze zwischen Bulbus und Herz sich mit geschlossenen Maschen absetzen, aus welchen keine Verlängerungen in die Herzwand übertreten. Dieses Capillarnetz entleert sich in die sogenannte Herzvene, *Vena cardiaca*[2]), welche in einer Duplicatur des Pericardium (s. oben) sich in die *Vena abdominalis inf.*, dicht an ihrer Einmündung in die *Vena portae* entleert. Diese sogenannte Herzvene ist somit nur eine *Vena bulbi*.

---

[1]) Hyrtl, Vorläufige Anzeige über gefässlose Herzen. Sitzungsberichte der mathem.-naturw. Classe der kaiserl. Akademie der Wissenschaften in Wien, XXXIII. Bd., S. 572, 1858.

[2]) Vergl. Hyrtl, Ueber die sogenannten Herzvenen der Batrachier. Mit 1 Tafel. Ibid., XLIX. Bd., 1864.

II. Arteriensystem.

Aus dem *Ostium arteriosum* des Herzens geht der mit Muskelfasern belegte, eine wahre Verlängerung der Kammer darstellende *Truncus arteriosus* oder *bulbus* (*B*, Fig. 28) hervor. In demselben befindet sich eine unvollkommene Scheidewand, die sich durch dessen ganze Länge erstreckt. Dieselbe hat einen oberen (dorsalen) linken, angehefteten und einen unteren (ventralen) freien Rand, welcher je nach dem Grade der Füllung des Gefässes sich mehr oder weniger genau an die gegenüberliegende Wand anlegt, und verläuft S förmig gewunden; das hintere Ende ist mit einer der Semilunar-Klappen durch ein zartes Bändchen verbunden.

Fig. 28.

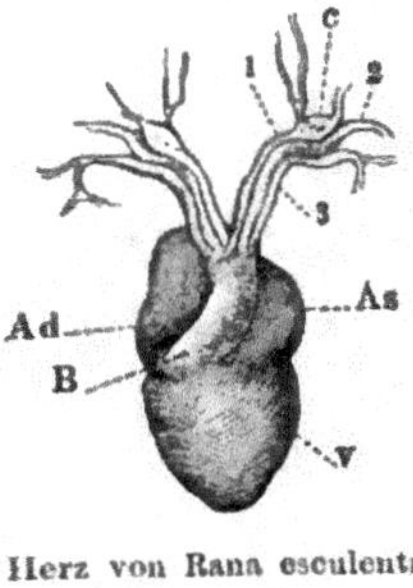

Herz von Rana esculenta von vorn.
V Einfacher Ventrikel.
Ad rechtes } Atrium.
As linkes } Atrium.
B Bulbus.

Aus dem *Truncus arteriosus* gehen zwei grosse Schlagaderstämme hervor, deren jeder durch zwei in der Länge verlaufende Septa in drei Canäle getheilt wird, die sich nach kurzem Verlaufe als besondere Gefässe ganz von einander ablösen:

1. der vorderste Arterienstamm (Fig. 28, 29, 31 *I*) ist der *Ductus caroticus* (*Canalis carotico-lingualis* Brücke);

2. der zweite, mittlere, der *Ductus aorticus*, geht jederseits in den bleibenden Aortenbogen über (Fig. 28, 29, 31 *II*);

3. der dritte, hinterste, der *Ductus pulmo-cutaneus* (Huxley) (*Canalis pulmonalis* Brücke) (Fig. 28, 29, 31 *III*), giebt die *Arteria pulmonalis* ab und verbreitet sich als *Arteria cutanea magna* an der Haut, insbesondere an der Haut des Rückens.

Ductus caroticus.

I. Ductus caroticus.

Derselbe (Fig. 30 *c*) endet in der sogenannten Carotidendrüse (Fig. 28 *c*, Fig. 30 *c'*), welche wesentlich aus dem von den Elementen

Fig. 29.

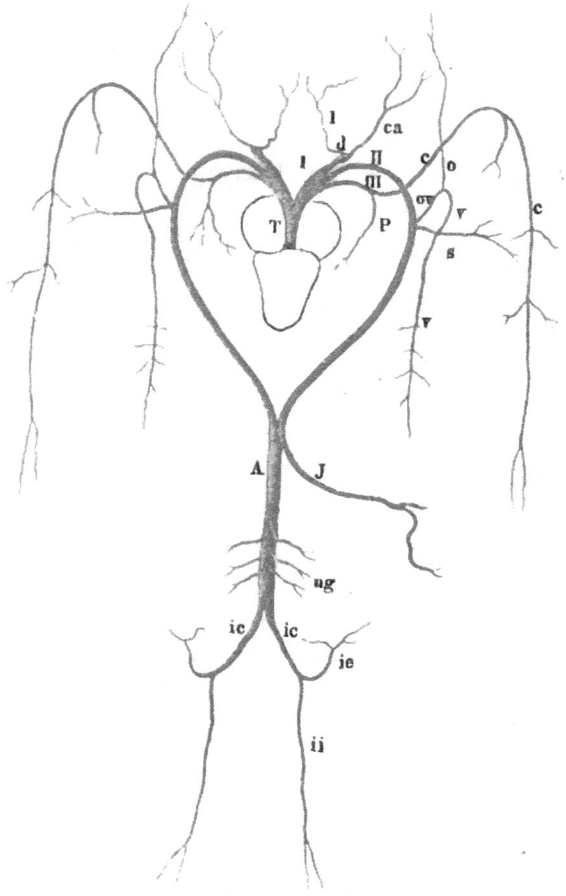

Schema des Arteriensystems von Rana esculenta.

T Truncus arteriosus.
I Ductus caroticus.
II „ aorticus.
III „ pulmo-cutaneus.
c a A. carotis communis.
l A. lingualis.
d Carotidendrüse.
o v Art. occipito-vertebralis.
o „ occipitalis.
v „ vertebralis.
P Art. pulmonalis.
c „ cutanea magna.
s „ subclavia.
A Aorta communis.
J Art. intestinalis communis.
u g Aa. uro-genitales.
i c Aa. iliacae communes.
i i A. iliaca interna s. ischiadica.
i e A. iliaca externa.

der Ringfaserschicht der Arterien gebildeten cavernösen Balkengewebe besteht und aus welcher die *Arteria carotis communis* und die *Arteria lingualis* hervorgehen.

1. Die *Arteria lingualis* (*Arteria hyoideo-lingualis*, *Arteria hyoidea*) (Fig. 29, 30 *l*, *L*) geht aus der medialen Abtheilung der Anschwellung mit zwei Wurzeln hervor, einer oberen und einer unteren. Von diesem Ursprung aus verläuft die *Arteria lingualis* vor- und medianwärts, giebt Aeste an die Schilddrüse und an die *Musculi geniohyoidei* ab, läuft dann auf der unteren Fläche des Zungenbeins am lateralen Rande der *Musculi hyoglossi* nach vorwärts, um sich nach Abgabe verschiedener Aeste an Zungenbein und Zungenmuskeln in die Zunge einzusenken.

Fig. 30.

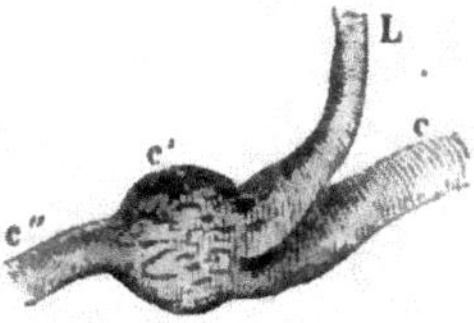

Carotidendrüse der rechten Seite.
c Ductus caroticus.
c' Carotidendrüse.
c'' Carotis communis.
L Art. lingualis.

2. Die *Arteria carotis communis* (der erste Aortenbogen) (Fig. 29 *ca*, Fig. 30 *c''* und Fig. 31 *c*) entwickelt sich aus mehreren Gängen der lateralen, nach der Achsel gelegenen Hemisphäre des cavernösen Gewebes der sogenannten Carotidendrüse und geht über den *Musculus petrohyoideus I* um den Oesophagus, da wo sich die Mundhöhle trichterförmig zu diesem verengt, herum nach hinten gegen die Wirbelsäule (ein Bindegewebsfaden, obliterirtes Gefäss, geht von da nach der Aortenwurzel), gelangt dann an die Schädelbasis und verläuft über den queren Ast des *Os sphenoideum* zum Ursprung der Augenmuskeln im Keilbeinwinkel, wo sie dann als *Arteria carotis interna* in die Schädelhöhle eindringt.

Auf diesem Wege giebt sie folgende Aeste ab:

a. Die *Arteria pharyngea ascendens* (Fig. 31 *p*), welche ihren Verlauf gegen die Mündung der *Tuba Eustachii* nimmt, sich am Schlund verzweigt und mit der *Arteria pharyngo-maxillaris* der *Arteria cutanea magna*, sowie mit dem hinteren Ast des *Ramus inframaxillaris* der *Arteria occipitalis* anastomosirt.

b. Die *Arteria ophthalmica* (Fig. 31 *o*) dringt am Keilbeinwinkel in den Conus der Augenmuskeln ein und versieht, längs des Sehnerven verlaufend, diese und den Bulbus mit ihren Zweigen.

c. Die *Arteria palatina* (Fig. 31 *p'*) verläuft unter dem *Musculus levator bulbi* zwischen diesem und der Gaumenhaut (mit dem *Ramus palatinus* des *Nervus trigeminus*) nach vorwärts gegen die Nase, wo ihre Endverzweigungen stattfinden. Unterwegs giebt sie zunächst zahlreiche Aeste an die Gaumenhaut, sendet dann am vorderen Winkel der Orbita einen Ast lateralwärts, der die **Harder**'sche Drüse (welche man stets reichlich injicirt findet) mit Zweigen versorgt und dann sich

Fig. 31.

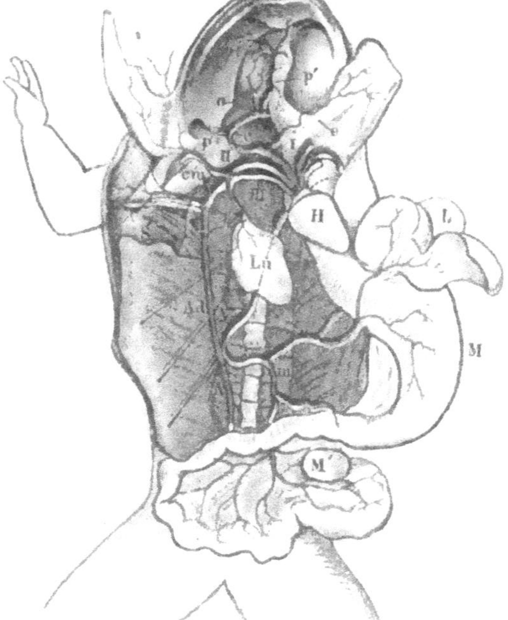

Arteriensystem von Raua esculenta.

Die untere Korperwand von der Symphyse des Unterkiefers bis zur Schamfuge gespalten, die rechte Hälfte des Unterkiefers nach links, die linke mit Zungenbeiu etc. uach rechts herüber gelegt. Herz, Magen, Leber ebenfalls uach rechts gezogen.

H Herz. *Lu* Lunge. *L* Leber.
M Magen. *M'* Milz. *H'* Harder'sche Drüse.
I Dnctus caroticus (der linke abgeschnitten).
II „ aorticus (beiderseits erhalten).
III „ pulmo-cutaneus (links abgeschnitten).
Ad Aorta dextra. *As* Aorta sinistra.
A „ communis.
c Art. carotis communis.
p Art. pharyngea ascendeus.
p' „ palatina.
o „ ophthalmica.
l „ lingualis.
cm „ cutanea magna.
s „ subclavia.
c „ coeliaca.
m „ mesenterica.

aufwärts wendet, um mit der *Arteria occipitalis* des *Ductus aorticus* (siehe diese) zu anastomosiren.

d. Die *Arteria carotis interna* dringt in die Schädelhöhle ein, wo selbst dieselbe einen vorderen und einen hinteren Ast abgiebt. Die paarigen vorderen Aeste sind durch feine Queranastomosen, welche eine *Arteria communicans anterior* vertreten, verbunden; die hinteren fliessen in einer einfachen *Arteria basilaris* zusammen, die in eine *Arteria spinalis anterior* übergeht, welche, an der Unterseite des Rückenmarks herablaufend, dieses und den Wirbelcanal versorgt und mit den Spinalästen der *Arteria vertebralis* vielfach in Verbindung steht.

II. Ductus aorticus. (Fig. 28, 29, 31 *II.*)

Ductus aorticus.

Der zweite der drei jederseits aus dem *Truncus arteriosus* entspringenden Canäle bildet den bleibenden Aortenbogen und wendet sich zwischen *Musculus petrohyoideus I* und *II* um den Oesophagus gegen die Wirbelsäule, um mit dem entsprechenden Bogen der anderen Seite die *Aorta abdominalis* zu bilden. Nur der rechtsseitige *Canalis aorticus* setzt sich aber direct in diese fort, der linksseitige communicirt mit derselben nur durch eine kleine Oeffnung und wird dann zur Arterie des Verdauungscanals (*Arteria coeliaco-mesenterica*).

Fig. 32.

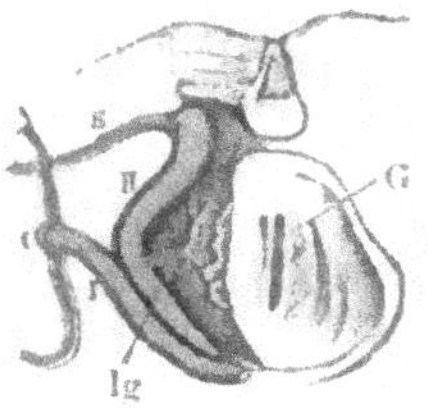

Querschnitt in der Gegend des Kehlkopfeingangs.

G Glottis.
I Ductus caroticus.
II Ductus aorticus an der Stelle seiner Umbeugung zur Aortenwurzel nach hinten.
C Carotidendrüse.
S A. subclavia.
lg A. laryngea.

Aeste des *Ductus aorticus*:

1. Die *Arteria laryngea.* Diese Arterie geht von dem medialen Umfang des Aortenbogens, bevor derselbe die Speiseröhre umgreift, um an die Seite der Wirbelsäule zu gelangen, vor- und medianwärts ab, und verästelt sich an dem Kehlkopf und dem Schlund. An der Abgangsstelle dieser Arterie findet sich nach Brücke (l. c. S. 22) eine Klappe.

2. Die *Arteriae oesophageae* gehen vom oberen Theile des Bogens ab an die dorsale Wand der Speiseröhre.

3. Die *Arteria occipito-vertebralis (E).* (Fig. 33 *ov.*) Diese Arterie geht ganz nach hinten zur Seite der Wirbelsäule ab und senkt sich sofort in den dreieckigen Raum zwischen erstem Halswirbel und medialem Rand des *Musculus levator scapulae* und tritt dann zwischen Hinterhaupt und Querfortsatz des zweiten Halswirbels von der Bauchfläche der Wirbel nach der Rückenfläche durch. Unter dem vordersten Theile des *Musculus longissimus dorsi* theilt sich alsdann die Arterie in ihre zwei Endäste, die *Arteria vertebralis* und die *Arteria occipitalis.*

a. Die *Arteria vertebralis* oder *supravertebralis* wendet sich, bedeckt vom *Musculus longissimus dorsi,* auf den Querfortsätzen und den

Musculi intertransversarii längs der Wirbelsäule hart neben den Gelenkfortsätzen (von diesen oft theilweise bedeckt) nach rückwärts und giebt auf diesem Wege folgende Aeste ab:

Fig. 33.

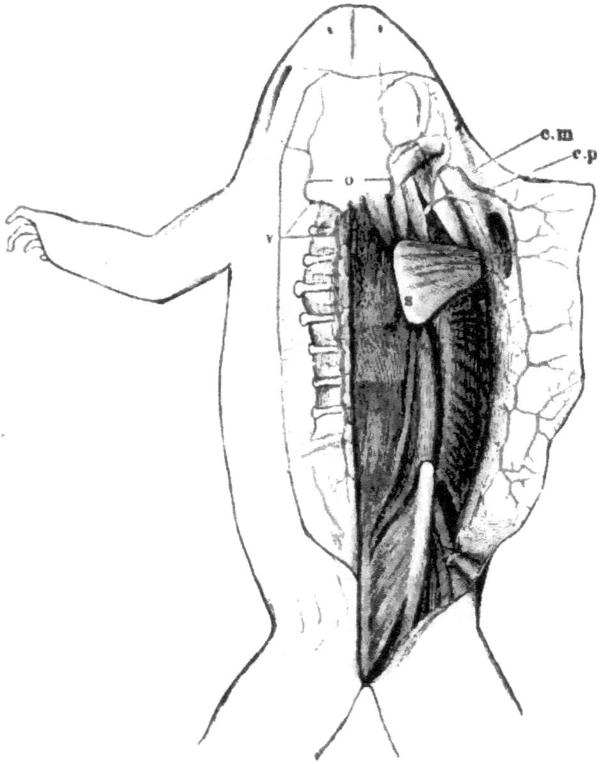

Arteria occipito-vertebralis und Art. cutanea magna. Von Rana esculenta. Die Haut des Rückens durch einen Längsschnitt gespalten; die der rechten Seite nach rechts herüber gelegt. Der rechte Oberarm ist in der Mitte durchschnitten, aus dem Gelenk gelöst und aus der Haut (bei *A*) herausgezogen, so dass man von hinten her auch die Haut der Brustgegend erblickt. Linkerseits sind die langen Rückenmuskeln entfernt.

o Art. occipitalis. *v* Art. vertebralis, beide aus dem gemeinsamen Stamm der Art. occipito-vertebralis entspringend.
cm Art. cutanea magna.
cp „ cutanea pectoris.
s „ scapula.

α. *Rami spinales*, welche durch die *Foramina intervertebralia* in den Wirbelcanal eindringen;

β. *Rami dorsales* an die Rückenmuskeln und, mit den hinteren Aesten der Spinalnerven, durch den *Saccus lymphaticus cranio-dorsalis*, an die Haut des Rückens;

γ. Rami intercostales, welche sich theils lateralwärts tretend an die *Musculi intertransversarii* verästeln, theils zwischen den Wurzeln der Querfortsätze neben den Kalksäckchen nach vorn durchtreten und in Begleitung der vorderen Aeste der Spinalnerven (siehe Nervenlehre, Fig. 16 *M* 4—8), theils an die Bauchmuskeln, theils diese durchbohrend, sich an die Haut verästeln (Fig. 31).

b. Der andere Ast ist die *Arteria occipitalis.* Diese durchbohrt den *Musculus longissimus dorsi* und verläuft dann, von der *Fascia dorsalis* bedeckt, über dem *Musculus temporalis* nach vorwärts, um sich hinter dem Bulbus in einen vorwärts — und einen lateral — und abwärts laufenden Ast zu theilen.

α. Der erstere, *Ramus orbito-nasalis* (*on*, Fig. 34), läuft in Begleitung des *Ramus ophthalmicus* des *Nervus quintus* längs der Seitenwand der Schädelkapsel vorwärts, giebt Aeste in die Orbita ab, anastomosirt mit dem aufsteigenden Ast der *Arteria palatina* und tritt schliesslich durch das *Foramen ethmoideum* an die Nase.

Fig. 34.

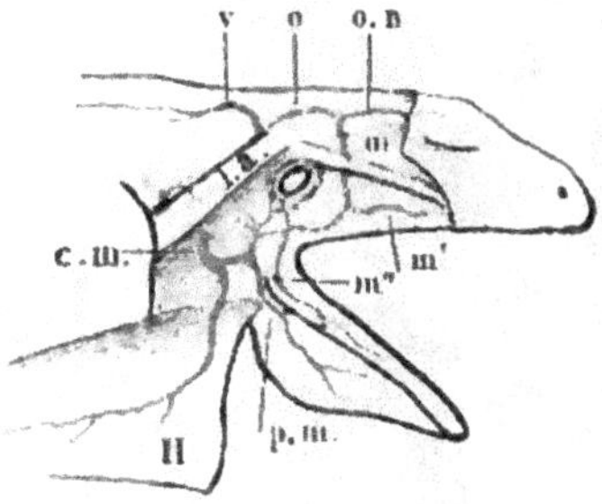

Verzweigung der Arteria occipito-vertebralis und der Art. cutanea magna am Kopf, von der Seite. Die Haut des Hinterkopfs und der Schulterblattgegend (*H*) nach unten geschlagen.

cm Art. cutanea magna.
v A. vertebralis.
o Art. occipitalis.
on „ orbito-nasalis.
m „ maxillaris communis.
m' „ „ superior.
m'' „ „ inferior.
pm „ pharyngo-maxillaris.
la M. levator scapulae.

β. Der andere Ast, *Ramus maxillaris communis* (*m*, Fig. 34), wendet sich hinter dem Auge nach abwärts und theilt sich in einen

Ramus maxillaris superior (*m'*), welcher längs des Oberkiefers nach vorwärts verläuft und sich namentlich am unteren Augenlid verästelt, und

einen rückwärts laufenden Ast, welcher sich alsbald wieder in zwei Zweige theilt

einen Verbindungsast zur *Arteria cutanea magna.* (Ein das Trommelfell umgebendes Gefässnetz stammt aus beiden hier Verbindungen eingehenden Arterien) und

einen *Ramus maxillaris inferior* (*m''*), welcher über dem *Musculus masseter* an den Unterkiefer tritt und auf der lateralen Seite desselben nach vorwärts verläuft.

Ductus pulmo-cutaneus.

III. Ductus pulmo-cutaneus. (Fig. 28, 29, 31 *III.*)

Der hinterste der drei Aeste liegt nach links und hinten vom *Septum bulbi* und ist mit einem eigenen Paar Semilunarklappen ver-

Fig. 35.

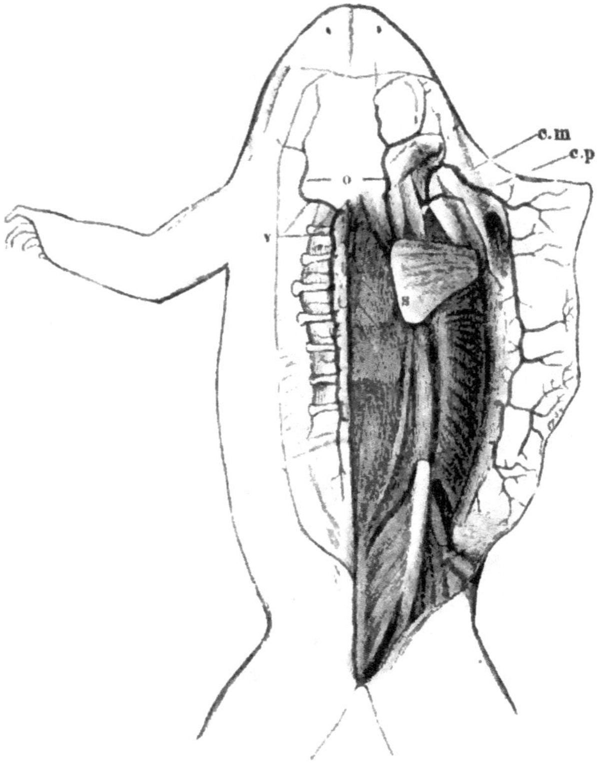

Arteria occipito-vertebralis und Art. cutanea magna. Von Rana esculenta. Die Haut des Rückens durch einen Längsschnitt gespalten; die der rechten Seite nach rechts herüber gelegt. Der rechte Oberarm ist in der Mitte durchschnitten, aus dem Gelenk gelöst und aus der Haut (bei *A*) herausgezogen, so dass man von hinten her auch die Haut der Brustgegend erblickt. Linkerseits sind die langen Rückenmuskeln entfernt.

o Art. occipitalis. *v* Art. vertebralis, beide aus dem gemeinsamen Stamm der Art. occipito-vertebralis entspringend.
c m Art. cutanea magna.
c p „ cutanea pectoris.
s „ scapula.

sehen. Der *Ductus pulmo-cutaneus* läuft bis zur Höhe der Carotidendrüse und theilt sich dann in zwei Aeste:

1. die *Arteria pulmonalis* verläuft nach rückwärts an die Lungenwurzel und verästelt sich in dem respiratorischen Gefässnetz der Lungen;

2. die *Arteria cutanea magna* (*cm*), der andere Ast des *Ductus pulmo-cutaneus*, geht nach oben und vorwärts und dringt zwischen *Musculus levator anguli scapulae* und *Musculus sternocleidomastoideus* hindurch nach dem Rücken.

Der Hauptast, die eigentliche Fortsetzung des Stammes, welcher am besten den Namen des Stammes, *Arteria cutanea magna*, beibehält, dringt am hinteren Rande des *Musculus digastricus maxillae*, am vorderen des *Musculus infraspinatus* zur Rückenhaut hindurch und verbreitet sich in derselben bis gegen das hintere Ende des Rumpfes [1]).

Unterwegs giebt diese Arterie folgende Aeste ab:

a. Die *Arteria pharyngo-maxillaris* (Fig. 34 *pm*, Fig. 35). Dieser kleine Ast verläuft vor- und lateralwärts und verästelt sich an der Schleimhaut der Rachenhöhle der *Tuba Eustachii*, des Gaumens und des Unterkiefers, sowie an die Haut des letzteren. Sie bildet ein reichliches Gefässnetz und anastomosirt mit den Verästelungen des *Ramus maxillaris inferior* der *Arteria occipitalis* und mit denen der *Arteria pharyngea ascendens* aus der *Arteria carotis communis* (s. diese); ein ziemlich starker Ast verläuft nach vorwärts, um sich an der Haut der Kehle, sowie an der medialen Fläche des Unterkiefers zu verästeln.

b. Die *Arteria cutanea pectoris* (*cp*). Dieses Gefäss verbreitet sich ausschliesslich in der Haut der Brust.

IV. Aorta communis. (Fig. 31.)

Aorta communis.

Die beiden Aortenbogen vereinigen sich ungefähr in der Höhe des sechsten Wirbels zur gemeinsamen *Aorta communis* oder *abdominalis*; es ist aber, wie oben schon erwähnt, fast ausschliesslich der rechtsseitige Aortenbogen, der sich in diese fortsetzt, indem der linke nur durch eine kleine Oeffnung mit derselben in Verbindung steht und im Uebrigen direct in die Arterien des Verdauungsapparats übergeht. Diese:

---

[1]) Man nimmt an, dass vorzugsweise diese Arterie während des Winterschlafes der Frösche die Rolle der *Arteria pulmonalis* übernehme und die Hautrespiration vermittele, obgleich die entsprechende Vene (*V. cutanea magna*) in das Hohlvenensystem einmündet.

1. Die *Arteria intestinalis communis* (Fig. 36 *mo*) (welche die *Arteria coeliaca*, *Arteria mesenterica superior* und *inferior* und die

Fig. 36.

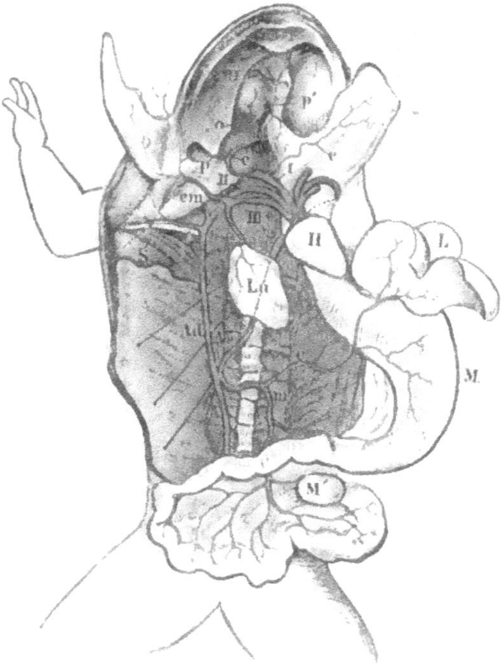

Arteriensystem von Rana esculenta.

Die untere Körperwand von der Symphyse des Unterkiefers bis zur Schamfuge gespalten, die rechte Hälfte des Unterkiefers nach links, die linke mit Zungenbein etc. nach rechts herüber gelegt. Herz, Magen, Leber ebenfalls nach rechts gezogen.

H Herz. *Lu* Lunge. *L* Leber.
M Magen. *M'* Milz.
I Ductus caroticus (der linke abgeschnitten).
II „ aorticus (beiderseits erhalten).
III „ pulmo-cutaneus (links abgeschnitten).
Ad Aorta dextra. *As* Aorta sinistra.
A „ communis.
c Art. carotis communis.

p Art. pharyngea ascendens.
p' „ palatina.
o „ ophthalmica.
l „ lingualis.
cm „ cutanea magna.
s „ subclavia.
c „ coeliaca.
m „ mesenterica.

Arteria splenica repräsentirt) theilt sich bald nach ihrem Ursprung in einen oberen Ast, die Magenarterie, und einen unteren, die Darmarterie.

a. Die Magenarterie, *Arteria gastrica s. coeliaca* (*c*) theilt sich ebenfalls bald nach ihrem Entstehen in zwei Aeste[1]).

---

[1]) Bei der Benennung ist der Magen mit der Gekrösinsertion nach dem Rücken, mit der grossen Curvatur nach dem Bauch gerichtet gedacht.

α. *Ramus dexter s. anterior;* derselbe giebt die

Arteria hepatica ab, welche sich an Leber und Gallenblase verbreitet

und geht dann an die rechte (vordere) Seite des Magens, indem er sowohl nach oben gegen die Speiseröhre, als abwärts gegen den Darm einen bogenförmig längs der Gekrösinsertion verlaufenden, sich vielfach verzweigenden Ast absendet.

β. Der *Ramus sinister s. posterior* geht an die linke (hintere) Seite des Magens und vertheilt sich in ähnlicher Weise, wie der vorhergenannte Ast.

b. Die Darmarterie (*Arteria mesenterica superior* und *inferior* und *Arterior splenica*) (Fig. 31 *m*) giebt zunächst einen rücklaufenden Ast an den Magen, der mit dem darmwärts verlaufenden Ast der Magenarterie anastomosirt, verzweigt sich mit zahlreichen Aesten an dem Darm und schickt einen Ast an die im Darmgekröse liegende Milz.

Alle die Arterien des Darms liegen in Lymphräumen eingebettet.

2. Die Arterien der Harn- und Geschlechtsorgane, *Arteriae uro-genitales.* — Bald nach dem Abgang der *Arteria intestinalis communis* treten aus dem vorderen Umfange der *Aorta communis* vier bis sechs unpaare Aeste hervor, welche sich alsbald in paarige, nach beiden Seiten divergirende Gefässe vertheilen, die sich an die Nieren, die Nebennieren, die Hoden oder Ovarien, Eileiter, Samengefässe und, die oberste derselben, an den Fettkörper verästeln (Fig. 37).

Fig. 37.

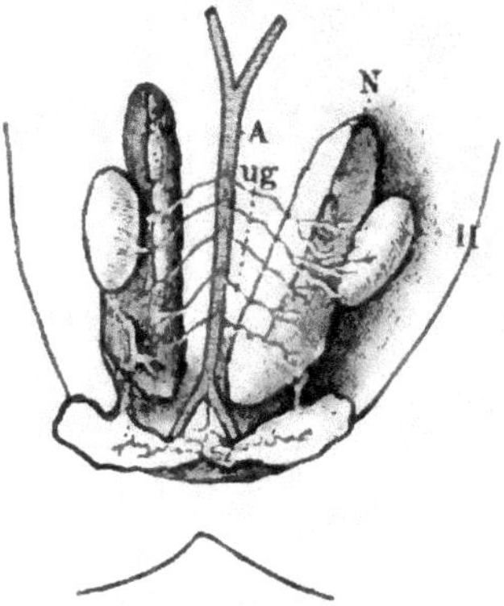

Urogenitalarterien.
A Aorta abdominals.
N Niere.
H Hoden.
ug A. a. urogenitales.

3. Ausserdem gehen einzelne *Art. lumbales* aus der Aorta ab, die theils durch die *For. intervertebralia* in den Wirbelcanal treten, theils an die Muskeln sich verästeln [1]).

4. Kurz vor der Theilung der Aorta geht noch eine unpaare *Art. mesenterica inf.* oder *A. haemorrhoidalis superior* an den Mastdarm.

[1]) Mehrmals sah ich auch *Aa. lumbales* aus den Invertebrallöchern austreten (die also von der *A. spinalis* oder den *Aa. vertebrales* stammen) und an die Niere treten.

Art. subclavia.

V. Arteria subclavia.

Die *Arteria subclavia* entspringt von dem *Ductus aorticus* nach Abgang der *Arteria occipito-vertebralis* etwa in der Höhe des zweiten oder dritten Wirbels und verläuft nach vorn von und längs des *Nervus spinalis II* (*N. axillaris*) lateralwärts und tritt zwischen *Musc. subscapularis* und *M. triceps* an den Arm. Auf diesem Wege giebt sie eine Anzahl Aeste ab, die indessen, wie es scheint, mannigfachen Variationen unterliegen.

1. *Arteria costo-cervicalis* (1. Fig. 38). So will ich wegen einiger Analogie in Lage und Richtung mit der gleichnamigen Arterie

Fig. 38.

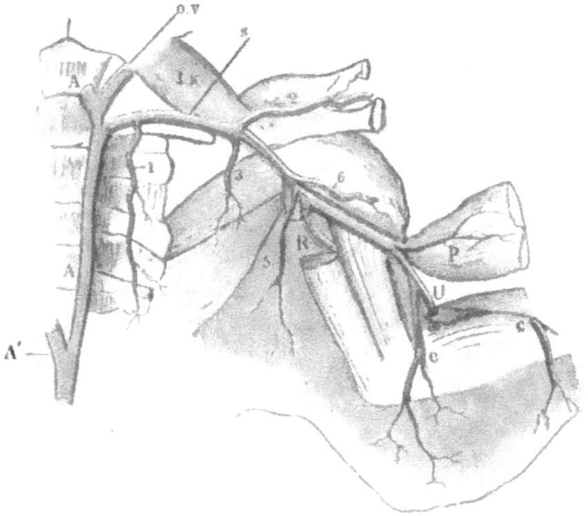

Arteria subclavia der linken Seite.
A A' Aorta.
o v A. occipito-vertebralis.
l s M. levator scapulae.
(Die übrige Erklärung siehe im Text).

beim Menschen einen Ast nennen, welcher bald nach dem Ursprung der *Art. subclavia* über den *N. spinalis II* und die Querfortsätze parallel der Wirbelsäule nach rückwärts verläuft und sich insbesondere im *M. obliq. internus* verästelt.

2. *Art. coraco-clavicularis* (2. Fig. 38). Diese Arterie geht etwas weiter lateralwärts ab und verläuft in Begleitung des gleichnamigen Nerven (s. oben Fig. 12, *Cc*) auf der dorsalen Fläche der ventralen Abtheilung des Schultergürtels median- und abwärts, um

sich zwischen Deltamuskel und *Musc. subscapularis* in das *Foramen ovale*, zwischen *Clavicula* und *Os coracoideum*, einzusenken und an die genannten Muskeln und den *M. pectoralis* zu verästeln.

3. *A. scapularis posterior* (3. Fig. 38). Lateralwärts von der Spitze des *Processus transversus II* geht ein Ast rückwärts über die *Mm. transverso-scapulares*, an diese sich verästelnd.

4. *A. scapularis superior* geht in Begleitung einiger Nerven (Seite 38, 4) zwischen *M. subscapularis*, *transverso-scapularis maior* und langem Kopf des *M. triceps* nach der Rückenseite durch, um sich am *Musc. infraspinatus*, *latissimus dorsi* etc. zu verästeln.

5. *Ramus cutaneus axillaris*.

6. *Art. subscapularis* (6. Fig. 38) ist namentlich diesem Muskel bestimmt.

Nach Abgabe dieser Aeste geht die *Arteria subclavia*, die man jetzt *Art. brachialis* nennen kann, mit dem *N. spinalis II* unter den Rand des *M. subscapularis* und verläuft dann, bedeckt von dem langen Kopf des *M. triceps* über den medialen Kopf desselben gegen die *Plica cubiti*, in welche sich dieselbe neben der Sehne des *M. sternoradialis* einsenkt.

Auf diesem Wege giebt die *A. brachialis* folgende Aeste ab:

1. Die *A. radialis* (wovon nachher) (*R*).
2. Die *A. pectoralis* (*p*).
3. Die *Art. cutanea medialis superior* (*c*).

Dann verläuft die *Arteria brachialis* mit dem *N. ulnaris* unter dem *Flexor carpi radialis* und *ulnaris* gegen die Hand abwärts. Die *Arteria brachialis* setzt sich also eigentlich direct in die *Art. ulnaris* fort und die *Art. radialis* bildet nur einen Collateralast derselben. In der Gegend des Handgelenks angelangt giebt die Arterie den *Ramus cutaneus medialis inferior* ab (Fig. 39 *ci*), welcher an die Haut der medialen Seite sich verästelt, nach abwärts einen Ast schickt, welcher an der medialen Seite des zweiten Fingers bis an dessen Spitze verläuft und einen nach aufwärts, der mit dem *R. cutaneus medialis superior* anastomosirt.

Alsdann tritt die Arterie zwischen *Musc. flexor digitorum communis* und den anconaeis an die Hohlhand, giebt einen Ast ab (*d* Fig. 39), der sich in die *Arteriae digitales volares* spaltet (eine an den II. Finger, zwei an den III., zwei an den IV., eine an den V. Finger), und wendet sich dann an der lateralen Seite auf die Rückenfläche des Carpus, um sich hier, in ähnlicher Weise wie in der Vola, in die *Aa. digitales dorsales* zu spalten.

Die *Art. radialis* (*R*) geht mit dem *Nervus radialis* um das *Os humeri herum*, verläuft dann zwischen den Muskeln, diesen Aeste abgebend auf der lateralen Seite des Vorderarms herab, giebt am unteren Ende des Vorderarms einen Hautast ab, der unter dem *M. flexor carpi*

Fig. 39.

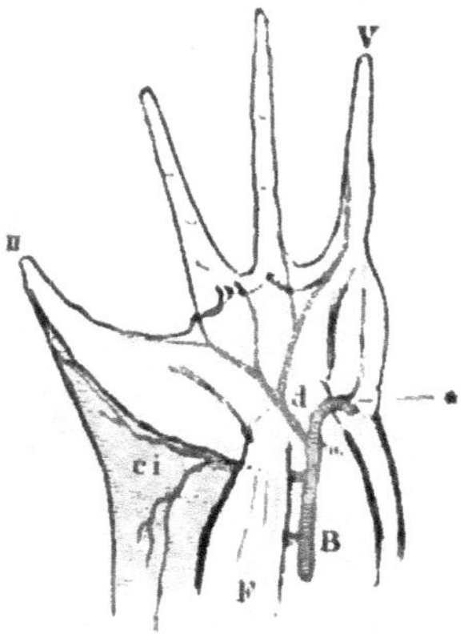

Arterien der Volarfläche der Hand.

B Art. brachialis (ulnaris) * Stelle, wo sich dieselbe auf den Rücken der Hand begiebt.
d Digitaläste derselben.
ci R. cutaneus medialis inferior.
F M. flexor digitorum communis.

Fig. 40.

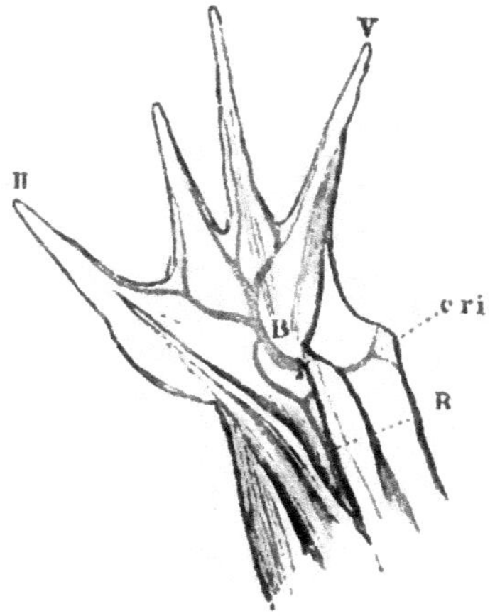

Arterien der Rückenfläche der Hand.

B A. brachialis (ulnaris).
R A. radialis.
cri R. cutaneus radialis inferior.

ulnaris an die Haut tritt (*R. cut. radialis inf. c. r. i.*) und gelangt dann zwischen *M. extensor carpi ulnaris* und *Flexor antibrachii* (Muskellehre Fig. 80, *ec* und *fa*) auf den Rücken der Hand, wo sie mit der *A. brachialis* eine Anastomose eingeht.

VI. Theilung der Aorta. Arteriae iliacae communes.

Auf der Mitte des *Os coccygis* theilt sich die Aorta in die beiden

Aa. iliacae communes.

Arteriae iliacae communes.

Diese liegen über dem Hüftnervengeflecht und geben folgende Aeste ab:

1. *Arteria epigastrico-vesicalis* (Fig. 41, *ev*). Dieser Ast entspringt bald nach der Theilung, geht über dem Geflecht lateralwärts und theilt sich in zwei Zweige:

a. Der eine, die *Arteria epigastrica* (*e*), schickt zuerst einen Ast nach rückwärts, der auf dem Hüftbein vorwärts verläuft und sich auf diesem und dem *Musculus ilio-coccygeus* verästelt, und geht alsdann nach Art der *Arteria epigastrica inferior* des Menschen auf der Bauchfläche zwischen den Bauchmuskeln, auf der inneren Fläche des *Musculus obliquus internus* nach vorwärts und verästelt sich insbesondere an diesem.

b. Der andere, *Arteria vesicalis* (*v*), wendet sich um den *Plexus ischiadicus* herum nach abwärts, verläuft im Gekröse der Harnblase und theilt sich in zahlreiche Zweige, die in diese eindringen.

Fig. 41.

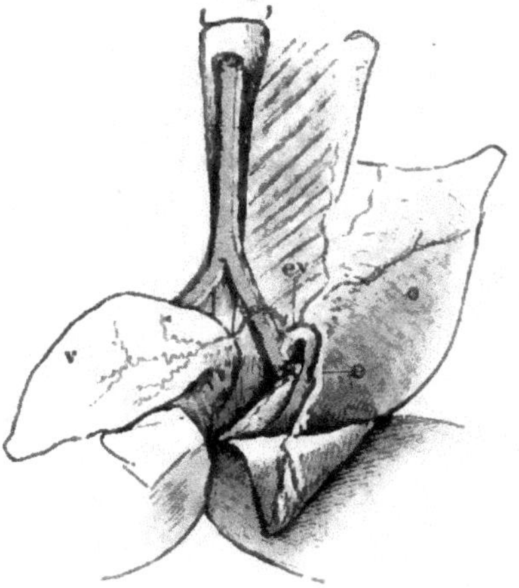

Theilung der Aorta und Arteria iliaca communis.
ev A. epigastrico-vesicalis.
e A. epigastrico.
f A. femoralis.
v A. vesicalis.
o M. obliquus internus.

2. Die *Arteria femoralis s. cruralis* (*f*) entspricht zwar der *Arteria cruralis* des Menschen, ist aber nicht die eigentliche Fortsetzung der *Arteria iliaca communis*, sondern ein Collateralast derselben. Dieselbe geht unter dem hinteren freien Rande des *Musculus obliquus internus* hindurch an den Schenkel und liegt auf dem *Musculus ilio-psoas*, an Muskeln, Haut (*cf*, Fig. 42) und den Lymphsack (*Lamina inguinalis*) Aeste abgebend und theilt sich in

a. ein Aestchen, das auf der ventralen Fläche des Hüftbeins vorwärts läuft, bedeckt von dem gleichlaufenden der *Arteria epigastrica* und

b. ein zweites, das sich, auf dem *Musculus iliopsoas* nach vor- und abwärts verlaufend, namentlich an die *Musculi iliopsoas*, *rectus anterior*, *vastus internus*, *sartorius* und das Gelenk verästelt.

3. Beim Männchen geht unterhalb des Abgangs der *Art. femoralis* von der *A. ischiadica* noch eine *Art. spermatica* ab, welche sich jederseits von unten aufsteigend an die Samenblasen verästelt.

VII. Arterien der hinteren Extremität.

Nach Abgabe vorstehender Aeste verlässt die *Art. iliaca* mit dem *N. ischiadicus* das Becken und tritt als

Arteria ischiadica an die obere Seite des Schenkels. Es ist A. ischiadica.

daher eigentlich die *A. ischiadica* oder *glutea inferior*, in welche sich der Stamm der *A. iliaca* fortsetzt, und mit dem ersteren Namen wird die Arterie auch am zweckmässigsten benannt. Der Austritt aus dem Becken findet statt zwischen dem hinteren (lateralen) Rande des *M. coccygeo-iliacus* und der medialen Fläche vom Ursprung des *M. ileopsoas*, dann zwischen ersterem und dem Ursprung des *M. vastus externus* am Hüftbein. Das Gefäss liegt dann zwischen diesem (vorn) und *M. pyriformis* (hinten). Die *Art. ischiadica* ist die Hauptarterie der hinteren Extremität.

Nach dem Austritt giebt sie folgende Aeste ab (s. Fig. 42):

1. *Art. haemorrhoidalis inferior* (*h*). Dieselbe verläuft unter dem *M. pyriformis* (*P*) nach hinten und medianwärts, und verästelt sich an den *M. sphincter ani* und die Haut des Afters.

2. *Art. cutanea femoris posterior superior* (*cf'*) geht mit dem gleichnamigen Nerven unter dem *M. pyriformis* und über dem *M. semimembranosus* an die Haut der medialen und hinteren Fläche des Oberschenkels.

Dann verläuft die *Art. ischiadica* auf dem *N. ischiadicus* zwischen dem *M. biceps* und *M. semimembranosus*, in einem Lymphraum gelagert und zwischen den Lamellen des *Septum femorale superius* (*f'* s. unten S. 112).

Auf diesem Wege giebt die Arterie ab:

3. *Rami musculares* an die Muskeln des Oberschenkels (*M. semimembranosus*, *M. biceps*, *Mm. extensores cruris*). Der Ast für den *M. rect. internus maior* durchbohrt diesen in Begleitung des Muskelnerven für diesen und geht als

4. *Art. cutanea femoris media* (*cf''*) an die Haut der Mitte des Oberschenkels an der medialen Seite. Einzelne kleine Aeste durchbohren auch den *M. rectus internus minor* und gehen an die Haut, die mit diesem zusammenhängt.

In der Kniekehle theilt sich die *Art. ischiadica* — oder *A. poplitaea*, wie sie jetzt genannt werden kann — in die *Art. peronea* und die *A. tibialis*.

A. peronea. I. ***A. peronea*** (*p*). Dieselbe geht, bedeckt von der Sehne des *M. biceps femoris*, lateralwärts, läuft in Begleitung des *N. peroneus* am Knie abwärts und giebt auf diesem Wege folgende Aeste ab:

1. Einen Muskelast an die *Mm. extensores cruris* (insbesondere *M. vastus externus*).

2. Die *Art. circumflexa genu lateralis superior*, verläuft auf der lateralen Seite des Kniees vorwärts, giebt Aeste an das Gelenk und endet als

Art. cutanea genu lateralis superior (*cgl*) in der Haut der vorderen (und lateralen) Seite des Kniees, indem sie, mit den Aesten

Fig. 42.

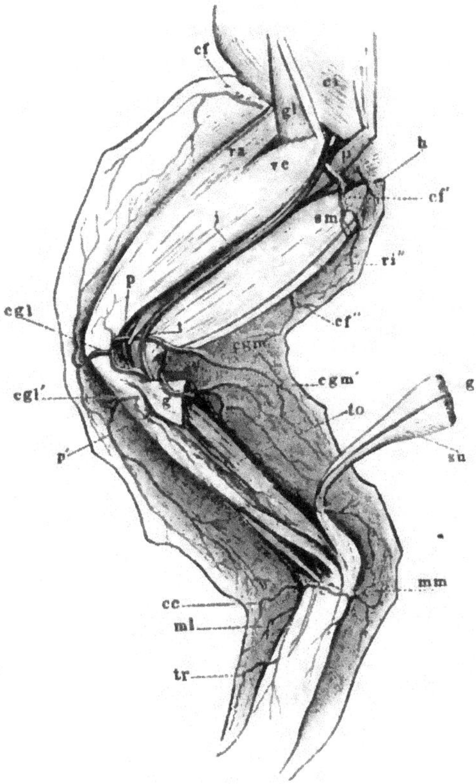

Arterien der hinteren Extremität von Rana esculenta.

Muskeln.

ci M. coccygeo-iliacus.
gl M. glutaeus.
ra M. rectus anterior.
ve M. vastus externus.
p M. pyramidalis.
sm M. semimembranosus.
gg Mm. gemelli.
ri'' M. rectus internus.

Arterien.

cf Hautast der A. femoralis.
cf' A. cutanea femoris post. sup.
h A. haemorrhoidalis inferior.
i A. ischiadica.
cf'' A. cutanea femoris media.
(Die übrige Erklärung im Text.)

der *Arteriae circumflexae genu mediales* anastomosirend, hier ein sehr reiches Capillarnetz (*Rete articulare genu*) bildet. Diese Hautarterie schickt ferner Aeste aufwärts, welche mit der *Art. cutanea femoris anterior* (*cf*) von der *A. cruralis*, und eben solche abwärts, welche mit der folgenden Arterie anastomosiren.

3. *Art. circumflexa genu lateralis inferior* (*cgl'*) geht unter der Ursprungssehne des *M. gastrocnemius* an die laterale Seite des Kniees herab und endet als *A. cutanea genu lateralis inferior* in der Haut. Die Hautäste gehen theils aufwärts, um mit der *A. cut. genu lat. superior*, theils abwärts, um mit den *Aa. malleolares* zu anastomosiren.

4. Ein Muskelast für den *M. peroneus* (*p'*). Es ist dies die eigentliche Fortsetzung der *A. peronea*, die hinter der lateralen Ursprungssehne des *M. gastrocnemius* auf dem *M. peroneus* herabläuft und sich im Fleische dieses Muskels verästelt.

A. tibialis.

II. ***Arteria tibialis*** (*t*). Dieselbe wendet sich von der Theilungsstelle an medianwärts, und bildet die eigentliche Fortsetzung der *Art. cruralis* (kann eigentlich noch *A. poplitaea* genannt werden).

Die *Art. tibialis* giebt folgende Aeste ab:

1. *Art. circumflexa genu superior medialis* (*cgm*) geht nach vorn um das Kniegelenk, giebt einen Hautast (*A. cutanea genu medialis superior*), welcher sich in der Haut der Kniegegend an der medialen Seite verbreitet, und sowohl nach aufwärts mit der *A. cutanea femoris media* als nach abwärts mit den im Folgenden zu beschreibenden Aesten Anastomosen eingeht.

2. *Art. circumflexa genu inferior medialis* (*cgm'*) giebt Aeste ans Gelenk, und geht dann als *A. cutanea inferior medialis* an die Haut des Kniees und der medialen Seite der Wade.

3. Muskeläste für den *Musc. gastrocnemius*, die oben in denselben eindringen.

4. *A. suralis* (*su*) läuft mit dem *N. suralis* auf dem Wadenmuskel herab und senkt sich an der Ferse in die Haut der medialen Seite.

Dann geht die *Art. tibialis* mit dem *Nerv. tibialis* zwischen den beiden Ursprungssehnen des *M. gastrocnemius* in die Tiefe auf die hintere Fläche des Unterschenkelknochens, bedeckt vom Wadenmuskel, dringt dann in das Muskelfleisch des *M. tibialis posticus* ein, giebt diesem Muskeläste (insbesondere einen in dem Muskel herablaufenden *Ramus descendens*), und tritt dann durch ein Loch in der *Tibia* (*to*) (s. Osteologie, S. 59) in einen Canal und durch diesen auf der vorderen Fläche der *Tibia* wieder heraus als

Art. tibialis antica (*ta*, Fig. 43). Diese läuft auf der vorderen Fläche des Unterschenkels herab, dann zwischen beiden Köpfen des *M. tibialis anticus* durch auf den Fussrücken als *Art. dorsalis pedis*.

Auf diesem Wege giebt sie ab:

1. *Rami musculares* an den *M. peroneus*, *extensor cruris* und *Flexor tarsi anterior*.

2. *A. cutanea cruris inferior* (*cci*) geht zwischen beiden Köpfen des *M. tibialis anticus* hindurch auf die vordere und laterale Seite der Haut des Unterschenkels.

Am Fussgelenk giebt die Arterie ab:

3. *A. cutanea calcanei* (*cc*), welche auf dem unteren Ende der Tibia lateralwärts läuft, Aeste ans Gelenk giebt, und dann zwischen Tibia und dem Ansatz des *M. peroneus* nach hinten verläuft, um sich

an die Haut der Ferse zu verbreiten, wo sie nach oben mit der *Circumflexa genu inf. lateralis* und nach unten mit der folgenden Arterie anastomosirt.

4. *A. malleolaris lateralis* (*ml*) geht etwas tiefer ab, verläuft unter dem Ursprung des *M. flexor tarsi* lateralwärts, giebt Aeste an Gelenk und Muskeln und endet in der Haut des lateralen Fussrandes und des Fussrückens.

5. *A. malleolaris medialis* (*mm*) geht ungefähr in gleicher Höhe mit der vorigen medianwärts ab, giebt Aeste an das Gelenk und endet in

Fig. 43.

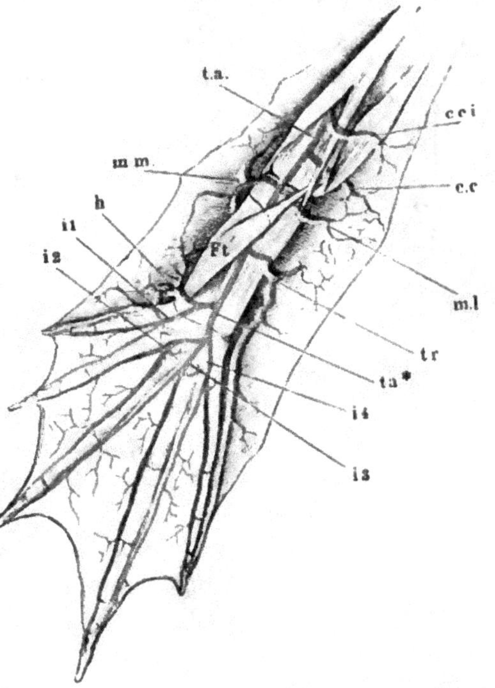

Arterien der Dorsalfläche des Fusses von Rana esculenta.
Erklärung im Text.

der Haut, reichlich mit den Endverzweigungen der *A. suralis* anastomosirend. Die Arterie geht dann um den medialen Fussrand an die Fusssohle und endet hier theils in dem *M. plantaris* und der Streckaponeurose, theils in der Haut der Fusssohle als *Art. cutanea plantaris.*

Dann tritt die *Art. tibialis antica* als *Art. dorsalis pedis* auf die Rückenfläche des Tarsus, bedeckt von dem *M. flexor tarsi posterior*, giebt hier lateralwärts die

Art. tarsea (*tr*) ab, an den *M. extensor digiti V*, sowie an die Haut des Fussrückens und lateralen Fussrandes; ein Ast läuft an der lateralen Seite der fünften Zehe bis an ihre Spitze herab, während ein anderer nach aufwärts Anastomosen eingeht.

Dann tritt die *Art. dorsalis pedis* unter dem *M. flexor tarsi* hervor an die Oberfläche und theilt sich nun bei *ta*(*) gablig in zwei Aeste, einen medialen und einen lateralen.

1. Der eine mediale Ast giebt ab:

a. *A. cutanea hallucis* (*h*) an das Grosszehenrudiment.

b. Die *A. interossea dorsalis I* (*i 1*), welche sich gablig in zwei *Rami digitales* für erste und zweite Zehe theilt und, mit der *Art. cutanea plantaris* anastomosirend, sich an die Haut des medialen Fussrandes verästelt.

Fig. 44.

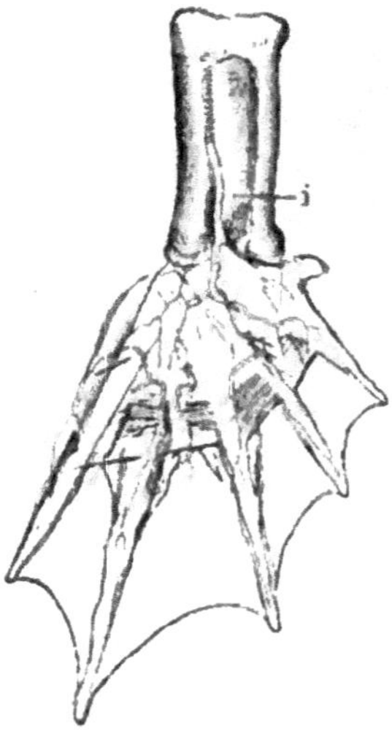

Arterien der Fussohle.

2. Der laterale Ast theilt sich in die *Arteriae interosseae dorsales II, III* und *IV* (*i 2, i 3, i 4*), von welchen zahlreiche Aeste an die Schwimmhäute sich verästeln.

Arterien der Fussohle.

Von der *Arteria dorsalis pedis* geht ein Ast ab, der die Membran zwischen Astragalus und Calcaneus durchbohrt, *Art. interossea* (*i*, Fig. 44) und in der Fusssohle sich an Muskeln und Haut verästelt. (Am Grosszehenrudiment findet sich ein gefässreiches Hautpolster.) Diese Arterie anastomosirt dann mit *Rami perforantes* (*pf*, Fig. 44), welche oberhalb des oberen Randes der *Musculi interossei* (s. Muskellehre Fig. 92 *tm*) in die *Planta pedis* eintreten, und hier kleinere *Rami interossei volares* abgeben, die mit den *Aa. interosseae dorsales* anastomosiren.

III. Venensystem.

I. Körpervenen.

Sämmtliches Körpervenenblut sammelt sich in einem Hohlvenen- Körper-venen.
sinus (*Sinus venarum cavarum*), der von den drei Hohlvenen (zwei oberen und einer unteren) gebildet wird (s. oben Fig. 24).

Die paarigen oberen Hohlvenen laufen von vorn convergirend nach hinten und münden von beiden Seiten her in den Sinus ein.

Die unpaare untere Hohlvene senkt sich von unten her in den Sack ein. Der Hohlvenensinus liegt auf der oberen oder Rückenfläche des Vorhofs; aus demselben führt eine in der dorsalen Wand des Atrium befindliche querovale Oeffnung in dieses (s. Fig. 25).

II. Lungenvenen.

Lungen-venen.

Das Lungenvenenblut sammelt sich an der medialen Wand der Lungenwurzel jederseits in einem Stamm, *Vena pulmonalis dextra et sinistra.*

Die beiden Stämme, von welchen der rechte etwas länger ist als der linke, laufen dorsalwärts von den oberen Hohlvenen gegen einander und bilden nach kurzem Verlauf einen kurzen gemeinschaftlichen Stamm, die *Vena pulmonalis communis.* Diese mündet hart neben dem Septum mit einer halbmondförmigen Oeffnung in das linke Atrium ein (s. oben Seite 64, Fig. 26).

I. Vena cava superior.

Vena cava superior.

Dieselbe wird jederseits durch den Zusammenfluss von drei Venen gebildet, zweier grösserer und einer dritten kleineren Vene, nämlich: A. *Vena cutanea magna.* B. *Vena anonyma.* C. *Vena jugularis externa.*

Vena cutanea magna.

A. *Vena cutanea magna* (*E*) (*V. musculo-cutanea* Gruby *cm*, Figuren 46, 47 und 48) ist der hinterste und grösste Ast. Diese durch ihren Verlauf merkwürdige Vene entsteht vorn an der Schnauzenspitze, verläuft dann an den Seiten des Kopfes unter dem Auge und dem Trommelfelle im festen Unterhautgewebe nach hinten, tritt dann hinter

Fig. 45.

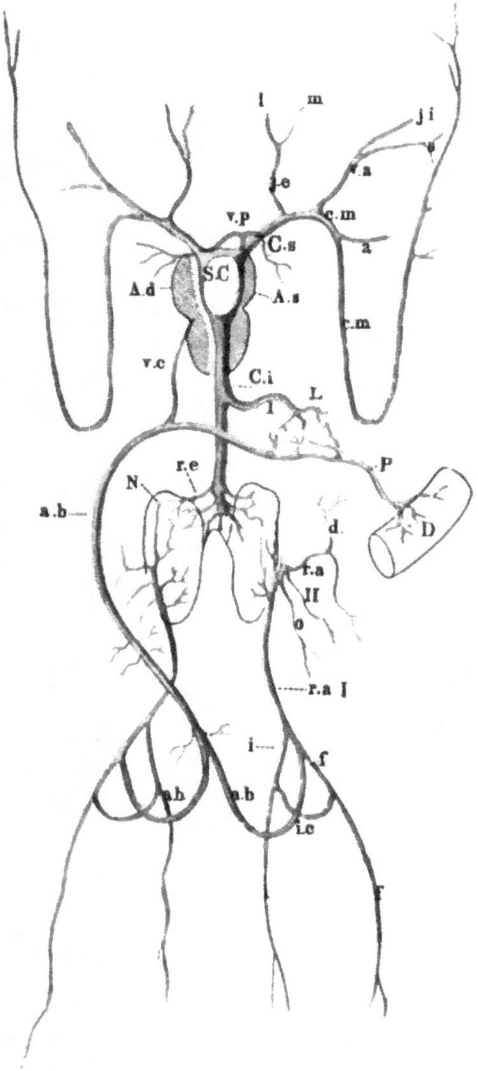

Schematische Darstellung des Venensystems von Rana esculenta.

A d A s Atrium dextrum und sinistrum.
S C Sinus venarum cavarum.
Vp Vena pulmonalis.
Cs Vena cava superior, zusammengesetzt aus:
1. Vena jugularis externa (*j e*), gebildet durch Vena lingualis (*l*) und Vena maxillaris (*m*).
2. Vena anonyma (*v a*), gebildet aus Vena jugularis interna (*j i*) und Vena subscapularis (*s*).
3. Vena cutanea magna (*c m*) welche noch die Vena subclavia (*a*) aufnimmt.

C i Vena cava inferior.
L Leber. *l* Lebervene.
vc Vena cardiaca.
D Darm.
P Darmpfortader.
a b Vena abdominalis.
N Niere.
r e Venae renales revehentes.
r a I. Vena renalis advehens primaria.
r a II. Venae renales advehentes secundariae.
(*d* Vena dorso-lumbalis. *o* Venen der Oviducte.)
i Vena ischiadiaca.
f Vena femoralis.
i c Vena communicans iliaca.

dem Trommelfell, da wo die feste Verbindung zwischen Haut und Knochen aufhört und der Seitenlymphsack beginnt (*Saccus lateralis*, s. Abbildung der Lymphsäcke, Fig. 49) an die Haut und verläuft an diese angeheftet und zahlreiche Aeste von derselben aufnehmend nach rückwärts, verlässt dann etwa in der Mitte des Rumpfes die Haut, indem sie an dem *Septum abdominale* (*a* Fig. 47) angeheftet, von dieser an die Rumpfwand und zwar an den lateralen Rand der *Portio abdominalis* des *Musculus pectoralis* übertritt. Alsbald senkt sich dieselbe am unteren Ursprung dieses Muskels in denselben ein und verläuft in einem Bogen längs der Ursprungslinie desselben am Bauch, dann in dem Fleisch dieses Muskels, viele Muskeläste aufnehmend vorwärts, wird dann von der *Portio sternalis* des *Musculus pectoralis major* bedeckt und tritt, nachdem sie vorher die *Vena subclavia* aufgenommen, auf der dorsalen Fläche des *Os coracoideum* und der Clavicula vor-

Fig. 46.

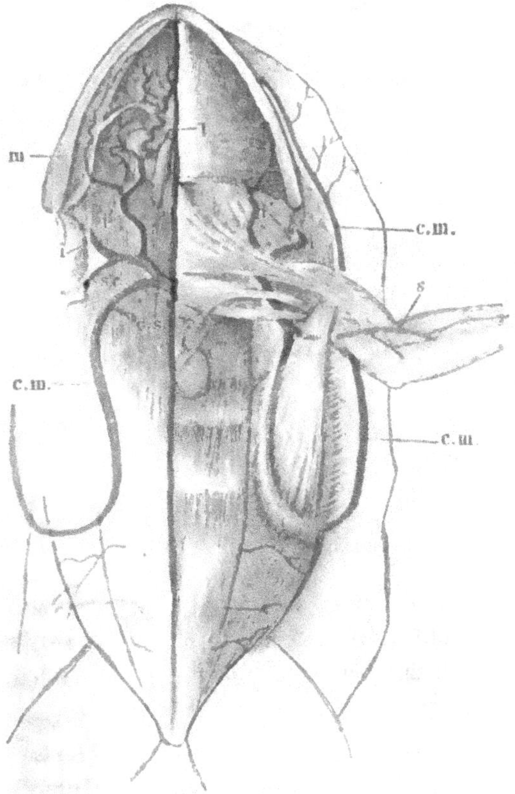

Vena cava superior und ihre Aeste.
- *c s* Vena cava superior.
- *c m* Vena cutanea magna.
- *s* Vena subclavia.
- *i* Vena jugularis interna.
- *i'* Vena jugularis externa.
- *a* Vena anonyma.
- *s c* Vena subscapularis.
- *l* Vena lingualis.
- *m* Vena maxillaris.

Rechterseits ist der Schultergürtel mit seinen Muskeln entfernt, ebenso der M. submaxillaris.

wärts, um mit der *Vena anonyma* und *Vena jugularis externa* zur *Vena cava anterior* zusammenzufliessen. Diese Vene entspricht im Ganzen dem Verbreitungsbezirk der *Arteria cutanea magna* und führt das Blut, das durch diese in der Haut verbreitet wurde, aus dieser zurück. Man bezeichnet sie daher offenbar am besten mit demselben Namen [1]).

Die Hauptäste, aus welchen die *Vena cutanea magna* sich zusammensetzt, sind die folgenden:

1. Die *Vena facialis* (Fig. 48*f*) ist der vorderste. Diese entsteht aus einem die Nasenlöcher umgebenden Netz und verläuft, den Anfang des Stammes bildend, nach rückwärts.

2. Die *Vena ophthalmica anterior* (Fig. 48*o*) entsteht insbesondere aus den zahlreichen Gefässen der Harder'schen Drüse (*h*)

Fig. 47.

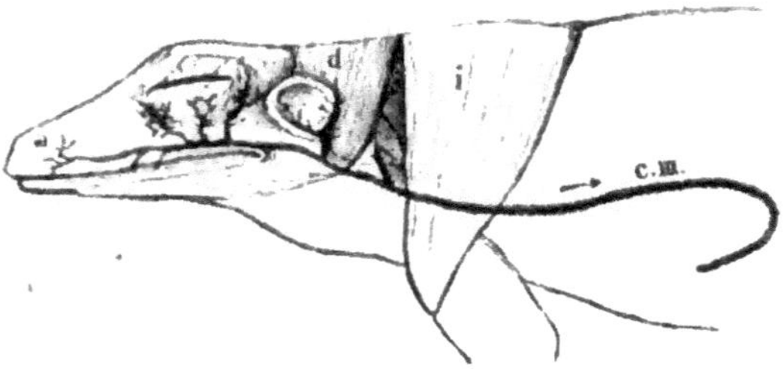

Verlauf der Vena cutanea magna *cm* von der Seite.
d M. depressor maxillae.
i M. infraspinatus.

und einem Geflecht in deren Umgebung, nimmt Aeste aus einem Geflecht am Boden der Augenhöhle auf und läuft längs der vorderen Wand derselben herab, um sich mit der *Vena facialis* zu verbinden.

3. Vom hinteren Winkel der Augenhöhle ausgehend, längs der hinteren Wand derselben (Fig. 48*o'*), verläuft die *Vena ophthalmica posterior* herab, die ebenfalls mit zahlreichen Venen am Boden und an der medialen Wand der Augenhöhle zusammenhängt und sich in den von den beiden vorgenannten Venen gebildeten Anfangstheil des Stammes der *Vena cutanea magna* einsenkt.

---

[1]) Diese Vene ist wegen ihrer relativen Grösse und leichten Zugänglichkeit — sie ist da, wo sie in der Haut verläuft, durch einen einfachen Querschnitt zu eröffnen — sowohl für anatomische als physiologische Injectionen sehr geeignet.

4. Ferner nimmt dieser, unter dem Auge herziehend, zahlreiche *Venae palpebrales* (s. Fig. 47) auf.

5. Unterhalb des Trommelfells angekommen, nimmt die *Vena cutanea magna* zahlreiche *Venae tympanicae* auf, welche theils dem Trommelfell (*T*, Fig. 48 und Fig. 47), theils einem zierlichen Netz am Boden der Trommelhöhle entstammen, und tritt dann in geringer Entfernung hinter dem Trommelfell, quer über dem *Musculus depressor maxillae* verlaufend, an die Haut.

6. Darauf nimmt die Vene die schon oben erwähnten zahlreichen Haut- und Muskeläste auf und endlich in dem Winkel zwischen *Os coracoideum* und *Portio abdominalis* des *Musculus pectoralis major* die *Vena subclavia* (Fig. 46 *S*), die Hauptvene der vorderen Extremität.

Venen der vorderen Extremität.

Die *Vena subclavia* entspricht in ihrem peripherischen Verlauf allerdings der gleichnamigen Arterie, in ihrem centralen dagegen ist es eine andere Vene, welche die *Arteria subclavia* und den *Nervus spinalis secundus* oder *axillaris* begleitet, nämlich die *Vena subscapularis*. Die *Vena subclavia*, oder *Vena brachialis*, wie sie am Oberarm genannt werden kann, setzt sich aus zwei Hauptästen zusammen, die in der *Plica cubiti* sich vereinigen. Vena subclavia.

1. Die eine derselben, die man als *Vena radialis* bezeichnen kann, läuft mehr oberflächlich auf den Muskeln der lateralen Seite und entsteht aus einem Gefässbogen auf dem Handrücken, in dessen distalwärts gewendete Convexität sich die *Venae digitales dorsales* einmünden.

2. Die andere — *Vena ulnaris* — läuft ganz in der Tiefe zwischen den Muskeln der radialen und medialen Seite und entsteht insbesondere aus den Venen der Hohlhand. In der *Plica cubita* tritt diese Vene neben der Sehne des *Musculus sternoradialis* an die Oberfläche und verbindet sich mit der anderen Vene zur *Vena brachialis*.

Die Hautvenen am Oberarm und Vorderarm verlaufen im Allgemeinen mit den Arterien, so dass ich in dieser Beziehung auf diese verweisen kann.

B. *Vena anonyma* (*A*, Fig. 48). Vena anonyma.

Der mittlere, zweitgrösste Stamm von den oben erwähnten drei, welche jederseits die *Vena cava superior* zusammensetzen, ist die *Vena anonyma.* Dieselbe wird zusammengesetzt aus der *Vena jugularis interna* und der *Vena subscapularis.*

Vena jugularis interna.

a. Die Vena jugularis interna.

Verfolgt man diese Vene von der *Vena anonyma* an zwischen Kiefersuspensorium und Schulterblatt aufwärts, so gelangt man an den lateralen Rand des *Musculus levator scapulae.* Hier mündet von hinten her über den genannten Muskel verlaufend die *Vena vertebralis* in dieselbe ein. Der Verlauf der beiden Venen ist folgender:

1. Die *Vena jugularis* (Fig. 48 *J*) geht von der Verbindungsstelle der beiden genannten Venen an auf- und vorwärts an die hintere Wand des Felsenbeins, von hier dringt sie unter dem Fortsatz (*P*, Fig. 48), welchen dieser Knochen zum Ansatz des Kiefersuspensorium lateralwärts

Fig. 48.

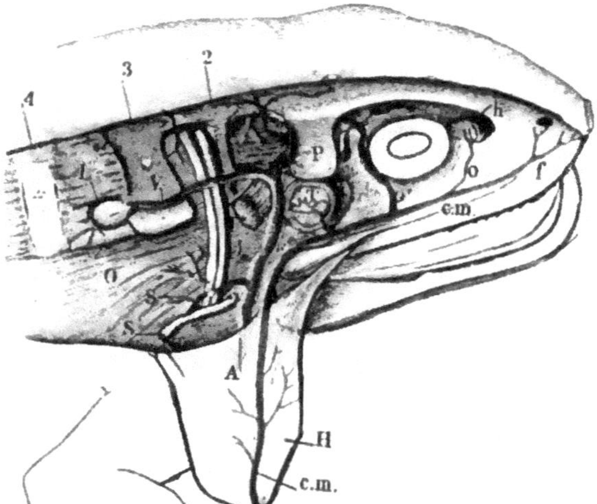

Gebiet der Vena jugularis interna und Kopftheil der Vena cutanea magna, von der rechten Seite dargestellt. Die Haut des Rückens ist durch einen Medianschnitt bis zur Schnauzenspitze gespalten.

Ein Hautlappen der rechten Schulterblattgegend (*H*) ist nach abwärts geschlagen, an dessen Innenseite verläuft die Vena cutanea magna. Das Schulterblatt zum grössten Theil abgetragen.

P Fortsatz des Os petrosum 2. 3. 4. Proc. transv. des 2ten bis 4ten Wirbels.
T Trommelfell.
h Harder'sche Drüse.
L Vorderes Lymphherz.
o M. obliq. internus.
l M. levator scapulae.
A Vena anonyma.
J Vena jugularis interna.
V Vena vertebralis mit dem Lymphherz *O* in Communication.
S Vena subscapularis.
S' Scapula.
Zwischen Proc. transv. 2 und 3 sieht man Nervus spinalis *II* und Arteria subclavia.
cm Vena cutanea magna und ihre Wurzeln:
f Vena facialis.
o Vena ophthalm. anterior.
o' Vena ophthalm. posterior.

sendet (Osteologie S. 30, Fig. 14 *p'*) nach vorwärts und verläuft in einer Rinne an der vorderen Fläche dieses Knochens gegen den hinteren Winkel der Augenhöhle, woselbst die Vene durch das Trigeminusloch mit einer starken intracraniellen Vene in Verbindung steht. Dies scheint die eigentliche erste Quelle der *Vena jugularis* zu sein, so dass dieselbe also, wie die *Vena jugularis* beim Menschen vorzugsweise das Blut aus der Schädelhöhle ableitet. Zugleich steht aber die Vene hier mit zahlreichen Venengeflechten der Augenhöhle in Verbindung, die namentlich durch die *Vena ophthalmica posterior* ihren Abfluss in die *Vena cutanea magna* haben.

2. Die andere ist die *Vena vertebralis* (Fig. 48 *V*). Diese Vene verläuft auf der oberen Fläche der Querfortsätze der Wirbel und der *Musculi intertransversarii* von hinten nach vorwärts und mündet, über dem *Musculus levator scapulae* verlaufend, mit der *Vena jugularis interna* zusammen. Dieselbe nimmt Aeste aus den Intervertebrallöchern auf (*Venae spinales*), ferner Hautäste, welche frei durch den *Saccus craniodorsalis* verlaufen. Vena vertebralis.

Insbesondere aber steht diese Vene mit dem vorderen Lymphherzen in Verbindung, und es ist dieses die Vene, welche, wie schon Joh. Müller beobachtete, durch die Pulsationen desselben bewegt wird[1]).

b. Vena subscapularis (Fig. 48 *S*).

Unter dem Schulterblatt verbindet sich diese Vene mit der *Vena jugularis interna* zur *Vena anonyma*. Dieselbe bezieht ihre Aeste insbesondere aus den queren Bauchmuskeln und den Schulterblattmuskeln. Sie entspricht in ihrem Verlauf dem centralen Theile der *Arteria subclavia*, während der peripherischen Verbreitung dieser Arterie die oben erwähnte *Vena subclavia* entspricht. Vena subscapularis.

C. *Vena jugularis externa* (Fig. 45 *je*).

Die dritte der Venen, welche die *Vena cava superior* zusammensetzen. Diese Vene entsteht am lateralen Rande des Zungenbeins aus:

1. Der *Vena lingualis* (*l*), welche von der Zungenspitze entspringend auf der ventralen Fläche des Zungenbeins in zahlreichen

---

1) Müller's Archiv für Physiologie 1834, S. 298. — Oeffnet man das Lymphherz, so sieht man, wie, bei einem gewissen Druck auf die Vene, Injectionsmasse in die Höhlung desselben eintritt.

Windungen nach hinten verläuft und aus Zunge und Zungenbeinmuskeln zahlreiche Aeste aufnimmt (Fig. 46 *l*), und der

2. *Vena maxillaris inferior* (Fig. 46 *m*), welche längs der Insertion des *Musculus submaxillaris* verläuft und sich in der Gegend des hinteren Randes dieses Muskels medianwärts wendet, um mit der *Vena lingualis* zur *Vena jugularis externa* zusammenzufliessen.

Vena cava inferior.

II. *Vena cava inferior* (Fig. 45 *Ci* — Fig. 49 *vci*).

Die untere Hohlvene entsteht zwischen den Nieren aus den *Venae revehentes* der Nieren (*r*), aus den Venen der Eierstöcke und der Hoden und nimmt die Lebervenen in sich auf.

1. Die Venen der Ovarien und Hoden, zwei bis drei an Zahl, münden zwischen den *Venae revehentes* der Nieren in die Hohlvene.

Fig. 49.

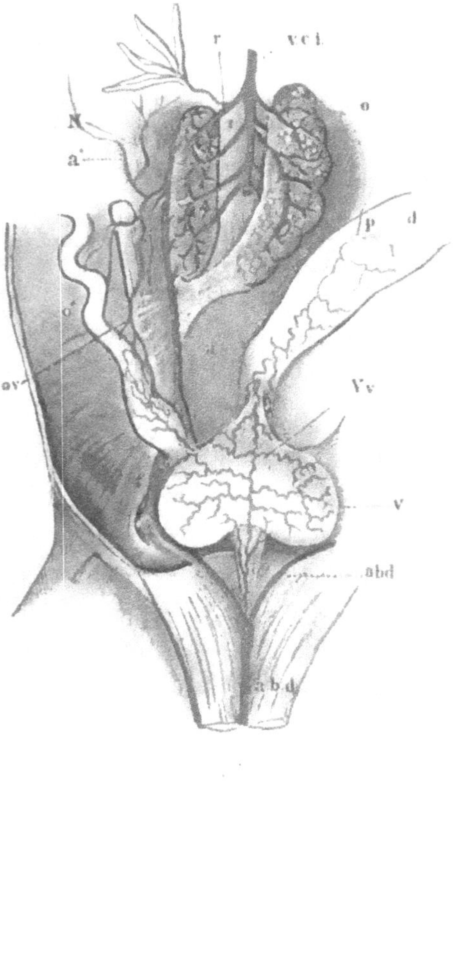

Nierenvenensystem.

Vci	Vena cava inferior.
O	Rechtes Ovarium, nach links herüber gelegt.
N	Niere.
O'	Oviduct.
d	Darm.
V	Harnblase.
r	Venae renales revehentes.
a	Vena renalis advehens primaria, gebildet aus der
f	Vena femoralis und
i	Vena ischiadica.
a' ov	Venae renales advehentes secundariae, gebildet aus den Venen der Oviducte (*ov*) und der Vena dorso-lumb. (*a'*).
abd	Vena abdominalis.
Vv	Venae vesicales.
p	Darmpfortaderäste.

2. Ebenso münden in diese oder in die vorderste *Vena revehens* der Nieren die Venen der Fettlappen ein, in deren jedem ein centrales Stämmchen verläuft.

A. Venen der Nieren (Fig. 49). Nierenvenen.

Die Niere besitzt, wie die Leber, ein Pfortadersystem; wir haben daher bei derselben zu- und abführende Venen zu unterscheiden.

I. ***Venae renales advehentes*** oder *afferentes*, die zuführenden Venen. Diese ziemlich zahlreichen Venen stammen insbesondere aus drei Quellen, einmal den Venen der hinteren Extremität, denen der Geschlechtsorgane und denen der Rumpfwand.

1. Die *Vena renalis advehens princeps* (*a*, Fig. 49) ist die von der hinteren Extremität kommende und wird von der *Vena ischiadica* und der *Vena iliaca externa* gebildet, stellt also eigentlich die *Vena iliaca communis* dar. Dieser Stamm verläuft vorwärts, wendet sich gegen den lateralen Rand der Niere und zerfällt hier in zahlreiche Aeste, die sich insbesondere auf der Rückenfläche der Niere verbreiten.

2. Die *Venae renales advehentes secundariae* werden zusammengesetzt aus:

den Venen der Oviducte (*ov*, Fig. 49) und
aus der *Vena dorso-lumbalis* (*a'*, Fig. 49).

a. Die Venen der Oviducte sammeln sich in einige wenige Stämmchen, die in die *Venae renales advehentes* einmünden. Zugleich stehen diese durch Venengeflechte, welche in den Bauchfellfalten zwischen Oviduct und Blase liegen, mit den Venen dieser letzteren in Verbindung.

b. Die *Vena dorso-lumbalis* nimmt Venen von der Rumpfwand, dem Gebiete der Intercostal- und Lumbarvenen entsprechend, auf.

B. Pfortader und Lebervenen (Fig. 50). Pfortader und Lebervenen.

Die Leber besitzt zweierlei zuführende Venen, die eigentlichen Pfortadervenen vom Darm und die *Vena abdominalis* (s. diese).

Die rückführenden Venen, *Venae hepaticae* (Fig. 50 *vh*), eine rechte und eine linke, münden kurz vor der Einmündung der *Vena cava inferior* in den *Sinus venarum cavarum* in erstere ein.

1. Die *Vena abdominalis* theilt sich (s. bei *Vena abdom.*), nachdem sie von der vorderen Bauchwand an die Leber getreten ist, in drei Aeste:

a. den *Ramus dexter* und

b. den *Ramus sinister*, welche sich direct in die Leber einsenken (Fig. 50 *a a*), während

c. der *Ramus descendens* (*b*), bevor er sich in den linken Leberlappen einsenkt,

die Darmvenen, nämlich:

a. die Pfortaderäste des Magens,

b. die des Darmcanals und die der Milz aufnimmt.

Vena abdominalis.

C. Die *Vena abdominalis* [1]).

Diese Vene entsteht jederseits aus der *Vena femoralis* oder *cruralis* (*iliaca externa*) da, wo diese unter dem Rande des *Musculus obliquus abdominis internus* die Bauchhöhle betritt.

Die beiderseitigen Venen laufen convergirend gegen die untere Bauchwand und vereinigen sich eine Strecke weit über der Symphyse zu der einfachen *Vena abdominalis*, welche in der *Linea alba* aufwärts steigt. Dieselbe verlässt dann, in der Höhe der Leber angekommen, die Bauchwand und tritt aufwärts an die Leber.

a. Collateraläste der Vena abdominalis.

1. *Vena vesicalis.* In der Medianebene geht von der unteren (vorderen) Wand der Harnblase, von der Einschnürung zwischen den beiden Hälften derselben ein Gekröse an die *Linea alba* (vorderes Blasengekröse); ein ähnliches geht von deren oberen Wand an den Mastdarm und seitlich gehen ähnliche Bauchfellfalten von den beiden Blasenhälften an die Oviducte oder Samenblasen. Von beiden Seitenhälften der Blase gehen zahlreiche, vielfach geschlängelte Venenästchen convergirend gegen die Mittellinie, um sich hier in eine in der Einschnürung zwischen den beiden Blasenhälften verlaufende *Vena vesicalis* zu ergiessen, welche in dem unteren (vorderen) Blasengekröse an die untere Bauchwand verläuft, um sich hier in die *Vena abdominalis*,

---

[1]) Auch diese ziemlich grosse und leicht blosszulegende Vene eignet sich ebenso wie die *Vena cutanea magna* (s. oben) sehr gut zu anatomischen wie auch physiologischen Injectionen.

bald nach ihrer Entstehung aus den beiden Seitenhälften zu ergiessen. Auch in dem oberen Blasengekröse (zwischen Blase und Mastdarm)

Fig. 50.

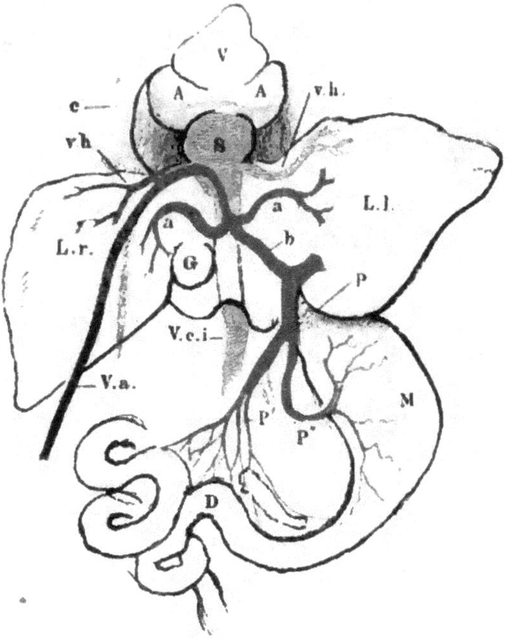

Venen der Leber.
Das Herz ist nach oben zurückgeschlagen, ebenso die beiden Leberlappen.

V Ventrikel } des Herzens.
A A Atrien } des Herzens.
S Sinus venarum cavarum.
c Vena cardiaca.
Lr Ll Rechter und linker Leberlappen.
G Gallenblase.
Vci Vena cava inferior.
Vh Venae hepaticae.
M Magen.
D Darm.
P Vena portarum, aus Magenpfortader (*P''*) und Darmpfortader (*P'*) zusammengesetzt.
Va Vena abdominalis.
a a Rechter und linker Ast derselben.
b Ramus descendens.

verlaufen Venen, die theils in die *Vena vesicalis* münden, theils aber auch dem Venennetz des Mastdarms (Pfortadergebiet) anzugehören

Fig. 51.

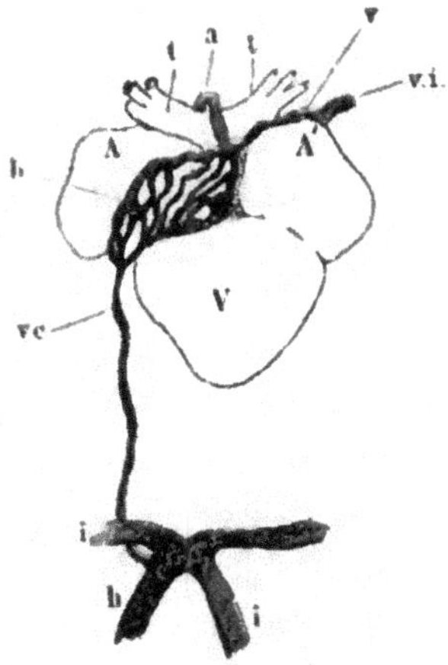

Arterien und Venen des Bulbus arteriosus von Bufo vulg. nach Hyrtl.
(Ueber die sogenannten Herzvenen der Batrachier, Sitzungsbericht der kaiserl. Akademie der Wissenschaften in Wien, Bd. 49.)

V Ventrikel.
A Rechtes, *A'* linkes Atrium.
b Bulb. arterios. mit seinem Stratum vasculosum.
a Art. bulbi aus der rechten Art. carotico-lingualis.
v Vena bulbi anterior, in die V. anonyma sinistra *vi* einmündend.
vc Vena bulbi posterior (V. cardiaca), welche sich in die Vena abdominalis inferior (*h*) entleert.
i Pfortader, die Vena abdominalis inferior aufnehmend, und sich in zwei Zweige theilend, *i' i'* für die beiden Leberlappen.
t Die zwei aus dem Bulbus hervorgehenden Arterienstämme.

scheinen. Ebenso verlaufen Venen in den seitlichen Gekrösen, die jedoch dem Gebiet der *Vena iliaca* anzugehören scheinen.

2. *Rami musculares.* Im Aufsteigen nimmt die *Vena abdominalis* zahlreiche Aeste aus den Bauchmuskeln auf, die längs der *Inscriptiones tendineae* der *Musculi recti abdominalis* verlaufend, rechtwinklig in sie einmünden.

3. Da wo die *Vena abdominalis* die Bauchwand verlässt, um an die Leber zu treten, tritt eine von dem Herzen kommende Vene in dieselbe ein, die *Vena cardiaca.* Diese Vene entsteht, wie Hyrtl gezeigt (s. oben Seite 66), aus einem den *Truncus arteriosus* umgebenden Capillarnetz und verläuft in einer Duplicatur des Pericardium an die vordere Bauchwand.

b. Endäste der Vena abdominalis.

Nachdem die *Vena abdominalis* von der Bauchwand an die Leber gelangt ist, theilt sie sich in drei Aeste: 1. *Ramus dexter;* 2. *Ramus sinister* und 3. *Ramus descendens,* wie oben schon angegeben.

D. Venen der hinteren Extremität.

Am Oberschenkel finden sich zwei Venenstämme, die
Vena ischiadica und die
Vena femoralis oder *cruralis.*

Vena femoralis.

1. Die *Vena femoralis* (Fig. 52*f*), die grössere der beiden, ist die Fortsetzung der *Vena poplitaea*, welche in der Kniekehle aus der *Vena tibialis postica* entsteht. Dieselbe liegt zuerst neben der *Arteria ischiadica* und dem *Nervus ischiadicus*, verlässt diese dann im Aufsteigen, wendet sich vor- und lateralwärts, erscheint dann zwischen den Köpfen des *Musculus vastus externus* und des *Musculus rectus anterior*, giebt hier den *Ramus communicans iliacus* (Fig. 52*ci*) zur *Vena ischiadica* und wendet sich dann um den *Musculus glutaeus maximus* vor- und ventralwärts, um auf der Bauchseite neben der *Arteria femoralis* ins Becken einzudringen. Hier fliesst sie jederseits mit der Wurzel der *Vena abdominalis anterior* zu der *Vena iliaca externa* zusammen.

Vena ischiadica.

2. Die *Vena ischiadica* (Fig. 52*i*) ist die kleinere der beiden Schenkelvenen. Dieselbe läuft von der Kniekehle an in Begleitung des *Nervus ischiadicus* aufwärts zwischen *Musculus semitendinosus* und

Musculus biceps und dringt dann mit dem Nerven zwischen *Musculus vastus externus* und *Musculus pyramidalis* in das Becken ein.

Fig. 52.

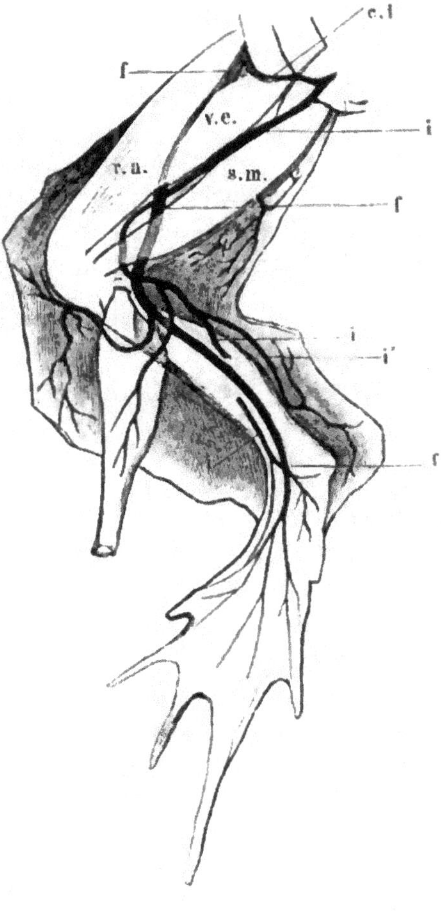

Venen der hinteren Extremität, halbschematisch gehalten. Der Unterschenkel ist von der Flexionsseite gesehen, der Fuss jedoch so gedreht, dass die Dorsalfläche sichtbar ist.

f Vena femoralis.
i Vena ischiadica.
ci Vena communicans iliaca.
ra M. rectus anterior.
ve M. vastus externus.
sm M. semimembranosus.

3. Der *Ramus communicans iliacus* (Fig. 52 *ci*). Die beiden Schenkelvenen stehen vor ihrem Eintritt ins Becken durch den *Ramus communicans iliacus* mit einander in Verbindung.

Die Quellen, aus welchen die beiden Schenkelvenen entstehen, sind die folgenden:

1. Die *Vena femoralis* ist, wie schon erwähnt, die Fortsetzung der *Vena tibialis postica.* Diese Vene entsteht insbesondere aus Aesten des Fussrückens und der Zehen und läuft neben dem Anfang der folgenden Vene und etwas oberflächlicher als diese, auf dem *Musculus extensor longus digiti primi* (jene unter demselben) über das Fussgelenk aufwärts und wendet sich dann lateralwärts um die Tibia auf deren hintere (Flexoren-) Seite.

In ihrem Verlaufe nimmt die Vene Muskeläste, und am Knie einen starken Hautast auf.

2. Die *Vena ischiadica* entsteht ebenfalls aus Aesten des Fussrückens und der Zehen; liegt aber, wie schon erwähnt, tiefer als der Anfang der *Vena femoralis,* verläuft dann eine Strecke weit als *Vena tibialis antica* am Unterschenkel

aufwärts, tritt dann durch den Canal der Tibia und erscheint auf der hinteren Seite des Unterschenkels. Hier nimmt dieselbe Muskeläste aus dem *Musculus peroneus* und *Tibialis posticus* und aus dem Wadenmuskel auf, ferner unter anderen einen starken Hautast, *Vena cutanea cruris medialis*, welche sowohl von oben als von unten her Aeste sammelt und dann in die Kniekehle tritt, von wo an ihr weiterer Verlauf schon oben angegeben ist[1]).

Fig. 53.

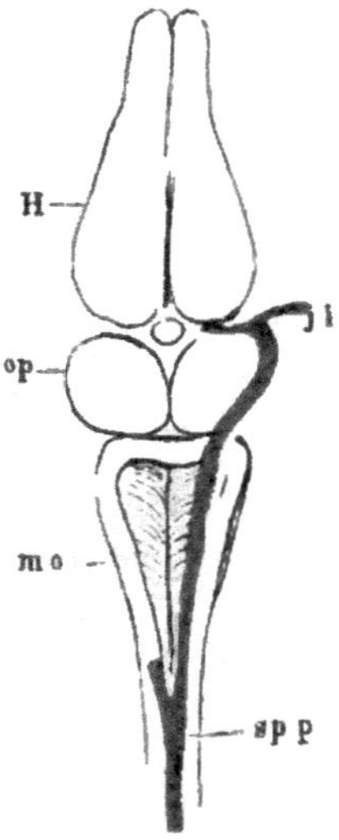

Vena spinalis posterior und Vena jugularis interna.

Aus der Fusssohle entspringt kein besonderer Venenstamm, sondern es münden die plantaren Aeste, zwischen den *Ossa metatarsi* durchtretend, in die Aeste der *Vena ischiadica* ein.

Venen der Schädelhöhle und des Wirbelcanals.

E. Venen der Schädelhöhle und des Wirbelcanals.

Auf der oberen Fläche des Rückenmarks verläuft in der Medianlinie eine starke Vene, *Vena spinalis superior*, welche nach vorn sich in zwei theilt, die längs der Ränder der Rautengrube nach vorwärts ziehen und dann durch das Trigeminusloch in den Anfang der *Vena jugularis* (s. Fig. 48) übergehen.

In diese *Vena spinalis* münden von beiden Seiten zahlreiche kleine Venenäste ein, die auch durch die Intervertebrallöcher nach aussen in Communication stehen.

---

[1]) Die Hautäste am Ober- und Unterschenkel (sowie auch die der oberen Extremität) verlaufen im Allgemeinen mit den oben beschriebenen arteriellen Hautästen, von einer und derselben Endothelscheide umgeben, so dass für die Beschreibung auf die Arterien verwiesen werden kann. Ihre Einmündung in die eine oder andere der beiden vorgenannten Venen scheint aber nicht constant zu sein.

IV. Lymphgefässsystem [1]).

I. Die Lymphsäcke.

Zwischen Haut und Muskeln befinden sich bei den Fröschen bekanntlich grosse Zwischenräume, in welchen die Haut mit den unterliegenden Theilen gar nicht zusammenhängt. Diese Räume sind von einander getrennt, theils durch dünne, bindegewebige Septa, welche zwischen Haut und Muskeln ausgespannt sind, theils durch stellenweises festes Anhaften der Haut an den Unterlagen.

Dass diese Räume dem Lymphgefässsystem angehören, hat zuerst Joh. Müller [2]) durch den Nachweis, dass die darin enthaltene Flüssigkeit Lymphe ist, festgestellt. Einen weiteren Beweis für diese Thatsache lieferte derselbe Forscher dadurch, dass er den Zusammenhang zwischen diesen Räumen und den Lymphgefässen demonstrirte, indem er zeigte, dass die Lymphsäcke von den Lymphherzen aus sich aufblasen lassen. Gegen diese Anschauungen sprach sich insbesondere Meyer [3]) aus und erklärte den anscheinenden Zusammenhang beider durch Rupturen. Für die Müller'sche Behauptung traten dann zunächst Stannius und Leydig ein, ohne jedoch weitere Beweise beizubringen. Dagegen gelang dies v. Recklinghausen [4]) in ausgezeichneter Weise. Dieser Forscher zeigte insbesondere, dass die Flüssigkeit in den Lymphsäcken sich fortbewegt und später in den Blutstrom eintritt (Milch etc. in die Säcke eingeführt geht ins Blut über) und dass sich von den Lymph-

---

[1]) An dieser Stelle sollen die subcutanen Lymphsäcke und die Lymphherzen zur Sprache kommen. Die Lymphräume der Körperhöhlen, sowie die Lymphgefässe der Eingeweide werden, um Wiederholungen zu vermeiden, zugleich mit den Eingeweiden betrachtet werden. E.

[2]) Philosophical transactions 1833, p. I. Müller's Archiv 1834, S. 296.

[3]) l. c.

[4]) l. c.

säcken aus ein Lymphgefässnetz in der Schwimmhaut und stellenweise Lymphgefässe in der Haut selbst füllen lassen[1]).

Die Lymphsäcke sind mit einem Endothel ausgekleidet, das auch die durch dieselben ziehenden Nerven- und Gefässstämme überzieht.

Die Lymphsäcke im Einzelnen.

I. Lymphsäcke des Rumpfes und des Kopfes.

1. Der grosse Rückensack (*Saccus cranio-dorsalis*).

Dieser grosse Sack erstreckt sich von der Spitze der Schnauze bis zur Spitze des Steissbeins. Derselbe beginnt in der Mitte des Zwischenkiefers, wo die Haut fest auf der Unterlage aufsitzt. Diese Befestigungslinie der Haut oder, was dasselbe ist, die seitliche Begrenzung des Sacks läuft von da am inneren Rand der Nasenlöcher vorbei, bildet vor dem Auge eine Ausbuchtung nach abwärts gegen die Wange, zieht dann längs des oberen Randes der Augenhöhle, am oberen Augenlid angeheftet, und längs des medialen Randes des Trommelfells nach rück-

---

[1]) Ich darf wohl hier erwähnen, dass ich bei Abfassung dieses Capitels, das schon im Jahre 1865 vollendet war, Gelegenheit hatte, mich von der Richtigkeit der Recklinghausen'schen Beobachtungen zu überzeugen. Insbesondere gelang es mir auch, die Lymphgefässnetze der Haut zu injiciren. Die damals (aus Gründen, die im Vorwort zur zweiten Abtheilung erwähnt sind) eingetretene Stockung in der Ausarbeitung dieses Buches verhinderte mich, diese Arbeiten weiter zu verfolgen. Einige dabei gemachte Beobachtungen erlaube ich mir jedoch hier namhaft zu machen: Bei Anwendung von constantem Druck bei Injection der Lymphsäcke findet man ferner, dass dieselben unter einander in Communication stehen, indem z. B. von denen des Schenkels aus sich ziemlich alle füllen (am seltensten der *Saccus cranio-dorsalis*) und bei genauerer Untersuchung erkennt man denn auch, dass sich in den häutigen Scheidewänden der Säcke ziemlich viele Spaltlücken befinden. Von den Lymphsäcken aus füllen sich ferner die Lymphherzen, die Lymphgefässe der Haut und die der Rumpfhöhlen. Verbindungen mit diesen letzten sind weiter unten u. a. beim *Saccus thoracicus* und *S. iliacus* erwähnt. Was die Lymphgefässe der Haut betrifft, so will ich hier nur von gewissen Räumen sprechen, die bisher weniger berücksichtigt zu sein scheinen und die ich als Hautsinus zu bezeichnen vorschlage. Bei einer gelungenen Injection sieht man in den Winkeln, in welchen die Scheidewände der Lymphsäcke sich an die Haut ansetzen (oder auch in denen, in welchen einzelne solche Septa auf einander stossen), Gefässstämme — lymphatische Sinus — verlaufen, in welche von der Haut aus sich zahlreiche Gefässe einsenken. Diese Sinus liegen ungefähr wie die Sinus der harten Hirnhaut (z. B. der *Sinus longitudinalis superior*) in dem Ansatzwinkel einer Lamelle an die Haut und werden daher wahrscheinlich durch eine Bifurcation dieser Lamelle gebildet (Fig. 55). Von solchen Sinus erwähne ich z. B. den *Sinus abdominalis lateralis* (Fig. 54). Dieser paarige der Längsrichtung folgende Sinus verläuft in dem *Septum abdominale*, welches den

wärts. Unterhalb dieser Linie ist die Haut des Kopfs (s. Fig. 57 und 59) bis zum Oberkieferrand fest mit den unterliegenden Theilen verwachsen.

Fig. 54.

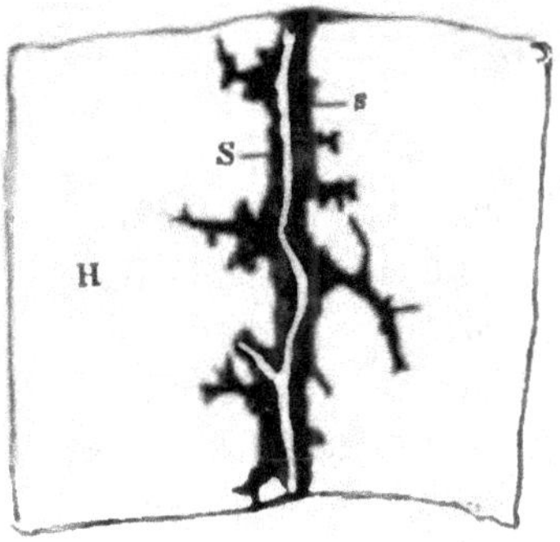

Sinus abdominalis lateralis.
In der Ansatzlinie des Septum abdominale an die Haut.
S Sinus, mit den von beiden Seiten in denselben einmündenden Lymphgefässen der Haut *H*.
s Septum, parallel mit der Haut durchschnitten.

Fig. 56.

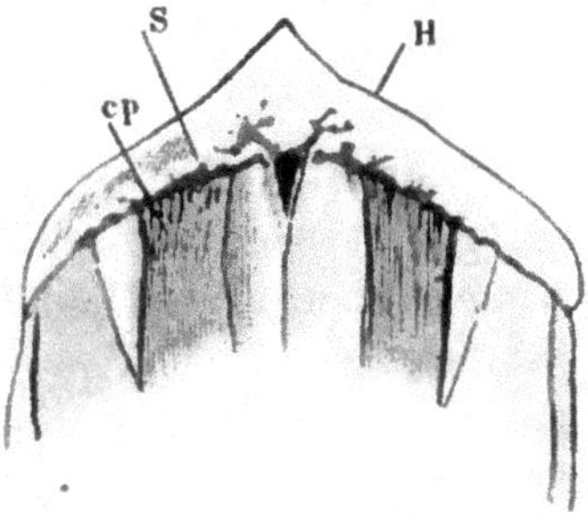

Sinus thoracicus transversus.
Am Ansatzwinkel des M. cutaneus pectoris an die Haut.
S Sinus mit den einmündenden Lymphgefässen.
H Haut nach vorn zurückgeschlagen.
cp M. cutaneus pectoralis.

Vom hinteren Rand des Trommelfells an bildet die seitliche Begrenzung des Sackes eine dünne Bindegewebslamelle, welche mit dem einen Rande an der Haut, mit dem anderen auf den unterliegenden Muskeln befestigt ist. Diese Lamelle (*Septum dorsale*) läuft nunmehr über den *Musculus depressor maxillae, M. infraspinatus* und *longissimus dorsi*, die Faserrichtung derselben kreuzend, nach hinten, erreicht dann den *Musculus obliquus abdominis externus* und verläuft über diesen bis zur vorderen Spitze des *Musculus glutaeus* (der ausserhalb dieses Sackes, im *Saccus iliacus*, liegt) und von da längs des Darmbeines nach hinten, hängt dann mit der Umgebung des

Fig. 55.

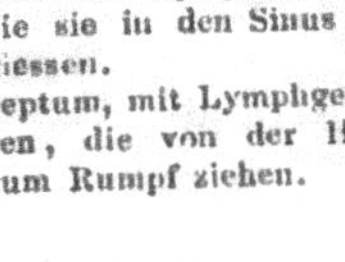

Querschnitt eines Sinus.
S Sinus.
H Haut mit Lymphgefässen, die sie in den Sinus ergiessen.
s Septum, mit Lymphgefässen, die von der Haut zum Rumpf ziehen.

---

unpaaren *Saccus abdominalis* von den beiden *sacci laterales* trennt, liegt in dem Winkel, welchen dieses Septum mit der Haut bildet und nimmt von beiden Seiten zahlreiche Lymphgefässe der Haut auf. Nach hinten stösst das genannte Septum rechtwinklig auf ein anderes, das *Septum inguinale* (s. unten), welches die Rumpfsäcke von den Schenkelsäcken trennt. In dem Berührungswinkel dieser beiden Septa trennt sich der *Sinus abdominalis lateralis* in zwei Theile: der eine (*Ramus medialis*) verläuft längs der Hautinsertion der *Lamina inguinalis* medianwärts und fliesst in der Mittellinie mit dem gleichnamigen Sinus der anderen Seite zusammen, zahlreiche Lymphgefässe von der Haut und den Septis hinteren Lymphherzens und dem *Musculus pyriformis* zusammen und endet an der Spitze des Steissbeins. Von der Mitte des Darmbeins an, wo dieses Septum die Bauchmuskeln verlässt, bildet es zugleich die obere Wand des *Saccus iliacus*.

2. **Der Bauchsack** (2, Fig. 58 und 59).

Dieser Sack, welcher die Gestalt eines Dreiecks besitzt, dessen Basis an der Brust, dessen Spitze an der Schamfuge liegt, nimmt den Raum ein zwischen der Bauchhaut einerseits und den geraden Bauchmuskeln und einem Theil des *Musculus pectoralis* andererseits. Die Begrenzung desselben wird auf folgende Weise gebildet: Von der Spitze des oben genannten Dreiecks, d. i. von der Spitze, mit welcher die beiden geraden Bauchmuskeln sich am Schambein ansetzen, verlaufen zwei dünne Bindegewebelamellen aus nach vorwärts. Diese Lamellen, die ich *Septum abdominale* (*a*) nennen will, laufen längs des äusseren (lateralen) Randes der *Musculi recti abdominales*, verbunden mit dem lateralen Rand der *Portio abdominalis* des *Musculus pectoralis* (*p'''*, Fig. 58), vorwärts und setzen sich endlich unter rechtem Winkel an eine quer über die Brust laufende, die Basis des oben genannten Dreiecks bildende Lamelle (*Septum pectorale*) an, welche die Grenze zwischen *Saccus abdominalis* und *Saccus thoracicus* bildet. Diese Lamelle entsteht von der Oberfläche des *Musculus pectoralis* (*Portio sternalis, anterior* und *posterior*, s. Muskellehre, Fig. 73 *p'* und *p''*) und setzt sich, rück- und abwärts laufend, an die Innenfläche der Haut an. Mit dieser Lamelle convergirt der vor- und abwärtslaufende *Musculus cutaneus pectoralis* (*cp*) an der Haut im spitzen Winkel. In der Mittellinie zwischen beiden *Musculi cutanei pectorales* setzt sich von der Mitte des Brustgürtels an eine senkrechte Lamelle Bindegewebes an die Haut, die, vorn breit, nach hinten spitz zuläuft. Zwischen dieser und dem medialen Rand der *Musculi cutanei pectorales* liegt ein lockeres Bindegewebe mit zahlreichen Spaltöffnungen (Lymphgefässen, Fig. 56 und 58 und Muskellehre Fig. 95).

Von dem Ansatz der *Septa dorsalia* (*d*, Fig. 57) an der Steissbeinspitze zum Ursprung der *Septa abdominalia* von der *Symphysis ossium*

---

aufnehmend; der andere geht im Winkel zwischen *Lamina inguinalis* und *Lamina lateralis abdominis* gegen die Leistenfurche, um sich hier einzusenken. Nach vorn fliesst der *Sin. abdom. later.* mit einem anderen, dem *Sin. thoracicus transversus* (Fig. 56), zusammen, der im Ansatzwinkel des *Musc. cutan. pectoris* von der Mittellinie quer lateralwärts zieht. Andere Sinus scheinen zwischen den Schenkelsäcken zu verlaufen.

pubis verläuft längs des Dammes (*sit venia verbo*) in der Mittellinie ein Septum zur Haut, welches die Lymphräume der beiden Schenkel

Fig. 57.

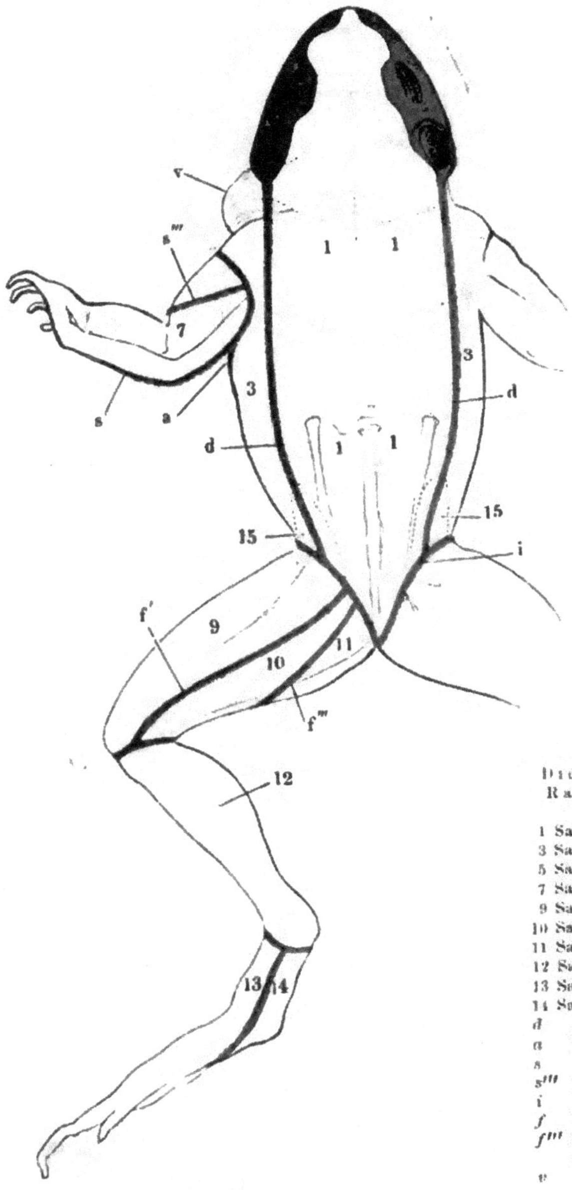

Die Lymphsäcke von Rana esculenta[1]) von der Rückseite.

1 Saccus cranio-dorsalis.
3 Saccus lateralis.
5 Saccus iliacus.
7 Saccus brachio-radialis.
9 Saccus femoralis.
10 Saccus suprafemoralis.
11 Saccus interfemoralis.
12 Saccus cruralis.
13 Saccus dorsalis } pedis.
14 Saccus plantaris }
d Septum dorsale.
a Septum abdominale.
s Septum brachiale posticum.
s''' Septum brachiale mediale.
i Septum inguinale.
f Septum femorale superius.
f''' Septum femorale intermedium.
v Stimmsack.

[1]) In allen Figuren (Figuren 57, 58, 59) bedeuten die braunen Linien die Scheidewände zwischen den einzelnen Lymphsäcken, die grösseren braunen Stellen die Gegenden, an welchen die Haut mit den unterliegenden Theilen fest verbunden ist.

Fig. 58.

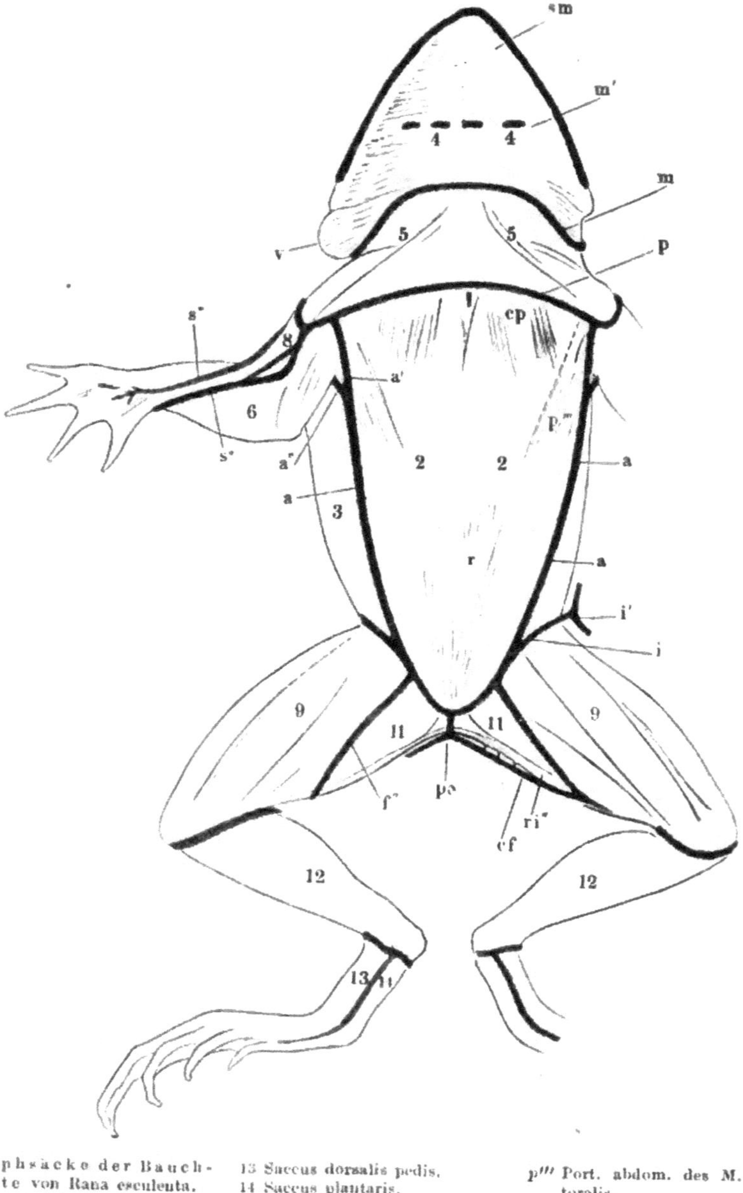

Lymphsäcke der Bauchseite von Rana esculenta.
2 Saccus abdominalis.
3 Saccus lateralis.
4 Saccus submaxillaris.
5 Saccus thoracicus.
6 Saccus brachio-ulnaris.
8 Saccus brachialis anterior.
9 Saccus femoralis.
11 Saccus interfemoralis.
12 Saccus cruralis.
13 Saccus dorsalis pedis.
14 Saccus plantaris.
a Septum abdominale.
a' } Theilung desselben in
a'' } der Achselhöhle.
m Septum maxillare.
sm Musc. submaxillaris.
m' Ansatz des Musc. submaxillaris an die Haut.
r M. rectus abdominis.
cp Musc. cutaneus pectoris.
p''' Port. abdom. des M. pectoralis.
i Septum inguinale.
i' Ansatz desselben an die Haut.
pe Septum perineale.
f'' Septum femorale inferius.
ri'' Musc. rectus internus minor.
S'' Septum brachiale anticum ulnare.
S''' Septum brachiale anticum radiale.

von einander trennt und das ich als *Septum perineale* (*pe*, Fig. 58) bezeichnen will. Von demselben entspringt der *Musculus rectus internus minor* (s. Muskellehre, S. 115).

Fig. 59.

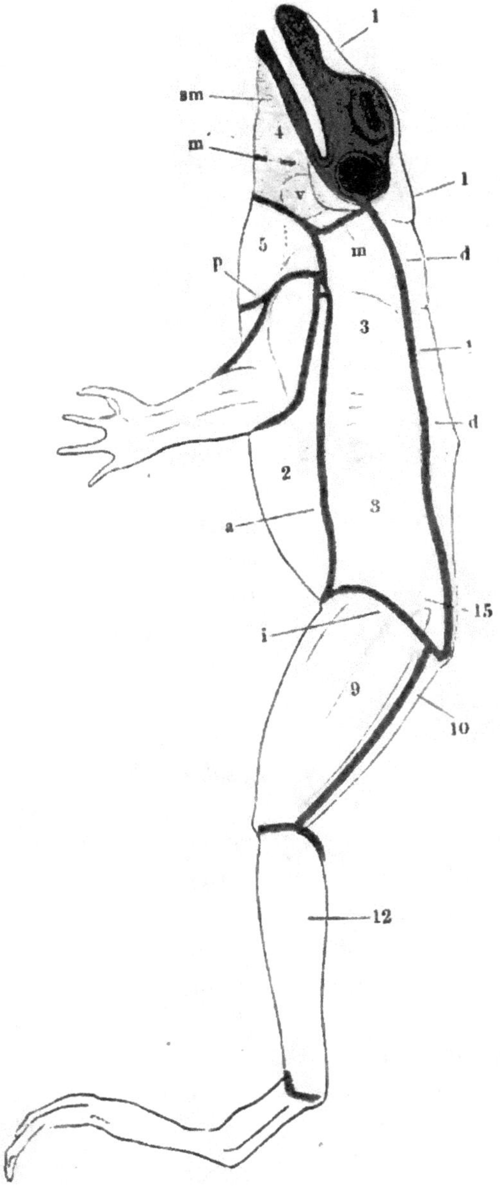

Die Lymphsäcke, von der Seite.
1 Saccus cranio-dorsalis.
2 Saccus abdominalis.
3 Saccus lateralis.
4 Saccus submaxillaris.
5 Saccus thoracicus.
9 Saccus femoralis.
10 Saccus suprafemoralis.
12 Saccus cruralis.
15 Saccus iliacus.
sm M. submaxillaris.
m' Ansatz desselben an die Haut.
v Stimmblase.
p Septum thoracicum.
m Septum maxillare.
d Septum dorsale.
a Septum abdominale.

3. Die paarigen seitlichen Rumpfsäcke (*3*, Fig. 57, 58 und 59).

Sie nehmen jederseits den Raum ein zwischen dem Rückensack einerseits und dem Bauchsack andererseits. Ihre Begrenzung ist die folgende: nach unten das *Septum abdominale* (*a*), das zuerst längs des lateralen Randes des *Musculus rectus*, dann längs des lateralen Randes der *Portio abdominalis* des *Musculus pectoralis* (*p'''*) gegen den Arm vorwärts läuft. In der Nähe des Armes angekommen geht das *Septum abdominale* in ein mehr lockeres Bindegewebe über, das den Arm an seiner Wurzel, sowohl an der Bauch- als an der Rückenseite, umfasst. Auf letzterer geht dasselbe über die Schulterblattmuskeln quer herüber und fliesst im rechten Winkel mit der *Lamina maxillaris* (*m*) zusammen. Auf der Bauchseite geht das *Septum abdominale* in das laterale Ende des *Septum pectorale* (*p*) über.

4. Der Kehlsack (*Saccus submaxillaris*) (*4*, Fig. 58 und 59).

Dieser nimmt den Raum ein unter dem *Musculus submaxillaris*, zwischen diesem und der Haut und grenzt nach hinten an den Brustsack (*p*). Nach vorn und seitlich ist er dadurch abgeschlossen, dass die Haut längs des ganzen Unterkieferrandes angewachsen ist. Nach hinten findet der Verschluss in folgender Weise statt:

a. Der *Musculus submaxillaris* (*sm*) giebt schon vor seinem hinteren Ende einzelne quere Bindegewebelamellen an die Haut ab und hängt dadurch mit dieser zusammen (*m'*).

b. Der hintere Rand des Muskels selbst setzt sich direct in eine Bindegewebelamelle (*Septum maxillare*) fort, welche sich an die Haut ansetzt und die Grenze bildet zwischen *Saccus submaxillaris* einerseits und *Saccus thoracicus* und *lateralis* andererseits. Diese Lamelle (*Septum maxillare*) geht vom hinteren Rand des Trommelfells hinter dem Unterkieferwinkel herab und fliesst dann mit dem hinteren Rand des *Musculus submaxillaris* zusammen. Mit dieser Lamelle fliesst auch der vorderste Theil der *Lamina abdominalis* zusammen, der über den *Musculus triceps brachii* und die Schulterblattgegend längs des *Musculus deltoideus* vorwärts läuft.

Der *Musculus submaxillaris* giebt Fasern ab, welche beim Männchen den ganzen Stimmsack (*v*) umgreifen. Dieser *Saccus vocalis* liegt also innerhalb des *Saccus submaxillaris* und es hängt die Muskelwand dieses Sackes (*v*, Fig. 58 und 59) mit der umgebenden Haut ebenfalls nicht zusammen.

5. Der Brustsack (*Saccus thoracicus*) (5, Fig. 58 und 59).

Derselbe ist nach hinten abgegrenzt durch die Bindegewebslamelle (*Septum pectorale p*), welche von der Oberfläche des Brustmuskels ausgeht und an der Haut mit der Insertion des ***Musculus cutaneus pectoralis*** spitzwinklig zusammenfliesst. Dieselbe läuft über die ***Musculi** pectorales* quer nach aussen und fliesst mit den beiden Bindegewebelamellen zusammen, in welche sich die ***Lamina** abdominalis* nach vorn theilt. Die vordere Grenze des Sackes bildet ein lockeres Bindegewebe, welches über dem hinteren Rande des ***Musculus** submaxillaris* liegt und diesen an die darüber liegenden (tieferen) Theile befestigt. Dieses Bindegewebe ist theilweise sehr fettreich und an demselben finden sich zahlreiche Spalten (Lymphlücken), durch welche bei Injection der Lymphsäcke die Injectionsmasse ein- und in die Tiefe dringt.

Fig. 60.

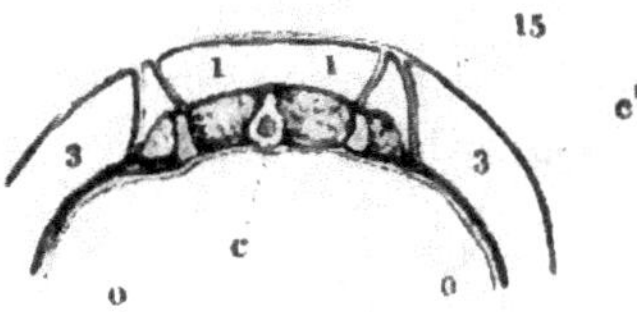

Querschnitt durch den Rumpf in der Gegend des Saccus iliacus.
1 Saccus cranio-dorsalis.
3 Saccus lateralis.
15 Saccus iliacus.
c Steissbein.
c' Cutis.
o Bauchmuskeln.

6. Der Hüftsack (*Saccus iliacus*, Fig. 57, *15* und Fig. 61).

Derselbe ist von hinten eingeschoben zwischen den *Saccus lateralis* und *cranio-dorsalis* und von hinten her begrenzt durch den *Saccus femoralis* und *suprafemoralis*. Das bindegewebige Septum, welches die beiden erstgenannten Säcke, den *Saccus cranio dorsalis* und *lateralis*, von einander trennt, theilt sich ungefähr am vorderen Ende des ***Musculus** glutaeus* in zwei Theile:

a. Der eine, die untere oder Bauchlamelle, überzieht den hintersten Theil der Rückenfläche des *Musculus obliquus abdominis externus* und heftet sich lateralwärts an die Haut, den *Saccus iliacus* vom *Saccus lateralis* trennend. In dieser Wand verläuft der ***Musculus cutaneus** iliacus* an die Haut (Muskellehre Fig. 96).

b. Die obere oder Rückenlamelle verlässt den ***Musculus obliquus** abdominis externus* und geht frei über den ***Musculus** glutaeus* und den ganzen Sack nach hinten (am Darmbein befestigt) und trennt den *Saccus iliacus* vom *Saccus cranio-dorsalis*. In dieser füllen sich bei Injection der Lymphräume zahlreiche Gefässverzweigungen.

c. Die hintere Wand des *Saccus iliacus* ist die *Lamina inguinalis* (*E*), welche Bauch und Schenkel trennt. Die Wände *a* und *b* stehen rechtwinklig auf der Wand *c* auf. Diese geht von der Steissbeinspitze aus über den hinteren Winkel des hinteren Lymphherzens, dann über den vordersten Theil des *Musculus vastus externus* und *Rectus anterior* in den *Sulcus inguinalis*, Bauch und Schenkel trennend. Vorn am Schambein fliessen dann die Lamellen beider Seiten zusammen, zwischen sich eine Vertiefung bildend. Senkrecht auf die Vereinigungsstelle stösst die *Lamina perinealis* (*p*)[1]. In diesem Sack liegt frei zu Tage der *Musculus glutaeus*, die obersten Enden des *Musculus vastus externus* und *Rectus anterior*, der *Musculus cutaneus iliacus* und der hinterste Theil des *Musculus obliquus abdominis externus*, ferner die laterale Wand des hinteren Lymphherzens. Die glatte Wand der Höhle scheint sich zwischen *Musculus obliquus abdominis* und *glutaeus* bei * in die Bauchhöhle hinein fortzusetzen. Nach Eröffnung des mit Injectionsmasse gefüllten Sackes liess sich hier ein Streif der Masse herausziehen. Geht man darauf mit einer Sonde in das Loch hinein, so gelangt man in die Bauchhöhle[2]).

Fig. 61.

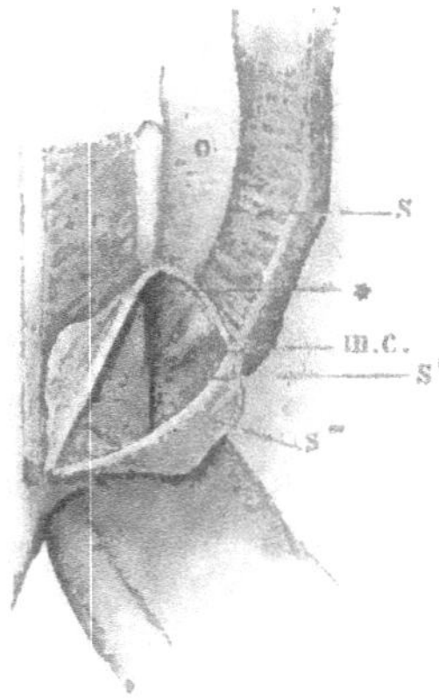

Saccus iliacus, geöffnet.

c M. ileo-coccygeus.
o M. obliquus abdom. externus.
g M. glutaeus.
v M. vastus externus.
r M. rectus.
m c M. cutaneus iliacus.
s Septum dorsale.
s' Bauchlamelle desselben.
s'' Rückenlamelle.
(*) Oeffnung des Sacks nach der Bauchhöhle.

Saccus iliacus und *Saccus axillaris* (s. u.) sind strenggenommen keine Hautlymphsäcke, da sie nicht unmittelbar unter der Haut liegen.

---

[1]) Längs des Ansatzes der *Lamina inguin.* verläuft ein Gefäss, das sich dann zwischen den Köpfen des *Musc. rect. ant.* und *vast. ext.* in die Tiefe, wie es scheint, in einen Lymphraum senkt.

[2]) Dies hat auch Panizza gesehen. *Sopra il sist. linf. dei rettili*, p. XXIX. — Dagegen spricht sich Meyer aus l. c., p. 2.

II. Lymphsäcke der vorderen Extremität.

Eine Scheidewand, das Analogon des *Septum inguinale*, trennt die Unterhautsäcke des Armes von denen des Rumpfes. Dieses *Septum axillare* geht von dem *Septum abdominale* aus, das sich (s. oben) am Arm angekommen in zwei theilt, welche die Wurzel des Arms umfassen. Der dorsale Theil, das *Septum axillare dorsale*, geht über den *Musculus triceps brachii;* der ventrale, das *Septum axillare ventrale*, unter der Achselhöhle durch zum *Septum thoracicum*, mit dessen lateralem Ende auch der dorsale Theil zusammenfliesst. Von dem *Septum axillare* gehen nun aus:

1. Ein *Septum brachiale posticum* (*s'*), verläuft auf der Mitte der Streckseite des Oberarms (*Musculus triceps, caput longum*), dann des Ellenbogens und des Vorderarms (*Musculi anconaei*) herab, geht dann schräg über die *Vola manus*, um sich am vierten Finger anzusetzen.

2. Ein *Septum brachiale anticum ulnare* (*s''*) geht von derselben Stelle des *Septum axillare* ab, schräg über das *Caput externum* des *Musculus triceps*, dann über den *Musculus flexor antibrachii lateralis* und *Supinator longus* (Muskellehre Fig. 75, 76) und *Extensor digitorum communis* auf den Handrücken gegen den vierten Finger.

3. Geht vom lateralen Winkel des *Saccus thoracicus* ein Septum aus über den medialen Kopf des *Musculus triceps* und des *Musculus flexor carpi radialis* gegen den Daumen, das *Septum brachiale anticum radiale*.

Durch diese drei Septa werden drei Räume eingeschlossen:

1. *Saccus brachialis ulnaris* zwischen erstem und zweitem Septum längs der Streckseite und Ulnarseite;

2. *Saccus brachialis radialis* längs der Streck- und Radialseite;

3. *Saccus brachialis anticus* zwischen dem zweiten und dritten Septum, ist ein länglicher, durch Bindegewebsbalken unterbrochener Raum, in welchem die Sehne des *Musculus sterno-radialis*, die Armnerven und -Gefässe liegen.

An der Hand kann von eigentlichen Lymphsäcken kaum mehr die Rede sein, da die Haut mit den unterliegenden Theilen vielfach zusammenhängt und der Sack hier eigentlich in ein Netz von Lymphräumen übergeht.

4. *Saccus axillaris.* Ein dem *Saccus iliacus* entsprechender Raum liegt zwischen *Musculus obliquus abdom.* und *subscapularis* in der Achselhöhle, von den zwei Theilen des *Septum abdominale* mit umfasst und begrenzt.

III. Lymphsäcke der hinteren Extremität.

A. Oberschenkel (Fig. 57, 58, 59 und 62).

1. *Saccus femoralis* (*9*, Fig. 58), der grosse Schenkelsack, umgiebt die ganze untere und laterale Seite des Oberschenkels. Die zwei denselben begrenzenden Bindegewebslamellen stossen vorn rechtwinklig auf die *Lamina inguinalis* (*i*) auf.

Fig. 62.

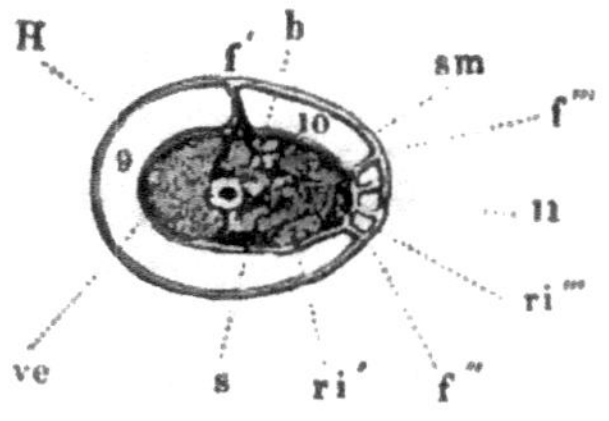

Querschnitt des Oberschenkels.

H	Haut.
f'	Septum femorale superius.
f''	Septum femorale inferius.
f'''	Septum femorale intermedium.
9	Saccus femoralis.
10	Saccus suprafemoralis.
11	Saccus interfemoralis.
b	M. biceps.
ve	M. vastus externus.
sm	M. semimembranosus.
ri'	M. rectus internus maior.
ri''	M. rectus internus minor.

a. Die eine derselben, die obere, das *Septum femorale superius* (*f'*), verläuft von der Gegend des hinteren Lymphherzens aus längs des medialen Randes des *Musculus vastus externus*, dann längs des *Musculus biceps* bis zum Knie.

b. Die andere, die untere, das *Septum femorale inferius* (*f''*) geht von hier längs des *Musculus rectus internus minor* zur Insertionsstelle des *Musculus rectus abdominis* am Becken [1]).

2. *Saccus suprafemoralis* (*10*).

c. Eine dritte Lamelle, *Septum femorale intermedium* (*f'''*) geht in der Gegend des hinteren Lymphherzens aus über den *Musculus semimembranosus* und *Rectus internus minor* und verwächst dann mit dem *Septum femorale inferius.* Dadurch wird ein zweiter Sack gebildet,

---

[1]) In der *Regio pubis* bilden *Septum femorale inferius*, *Septum inguinale* und *Septum perineale* folgende Figur: 

der *Saccus suprafemoralis (10)*, welcher die obere Fläche des Schenkels einnimmt und von den Lamellen *f'* und *f'''* begrenzt ist.

3. *Saccus interfemoralis (11)*. Zwischen dem *Septum femorale inferius (f''')* und dem *Septum femorale intermedium (f'')* entsteht ein dritter schmaler Sack, der *Saccus interfemoralis*, welcher an der inneren Schenkelseite liegt und den *Musculus rectus internus minor* einschliesst, von dessen Oberfläche zahlreiche Bindegewebebalken an die Haut gehen. Es ist also dies ein unterbrochener Lymphraum (gewissermaassen ein weites Lymphgeflecht), kein einfacher Sack. Die Gestalt desselben ist die eines Dreiecks, dessen Basis nach vorn gegen den Rumpf sieht und von dem *Septum inguinale* gebildet wird, während die Spitze nach hinten zwischen *Saccus femoralis* und *suprafemoralis* sich einschiebt.

B. Unterschenkel.

Am ganzen Unterschenkel hängt die Oberfläche der Muskeln nirgends mit der Haut zusammen, so dass also ein einziger Sack den ganzen Unterschenkel umhüllt. Derselbe ist von den Säcken des Oberschenkels durch eine das Knie umgebende Scheidewand (*Septum femorocrurale*) getrennt, welche hinten vom *Musculus biceps* bis zum *Musculus rectus internus minor* ausgespannt ist und von oben die Kniekehle deckend sich an die Haut ansetzt. In ähnlicher Weise wird von hinten her durch eine Lamelle, welche vom *Musculus gastrocnemius* ausgeht, der hintere Theil der Kniekehle gedeckt; vorn und seitlich ist die trennende Lamelle nur einfach.

Am Fersengelenk ist die Haut wieder an den unterliegenden Theilen befestigt und zwar ringsherum, auf der Streckseite oberhalb, auf der Beugeseite unterhalb des Gelenkes. Von da verläuft längs des lateralen Fussrandes zur fünften Zehe ein dünnes Bindegewebeseptum, welches Rücken und Sohle trennt und längs des *Musculus adductor digiti quinti* angeheftet ist. Längs des radialen Randes findet eine festere Verbindung, insbesondere am *Musculus abductor longus digiti primi* statt.

Der Rücken des Fusses und der Zehen ist frei. Auf der Planta hängt die Haut durch Bindegewebe und zahlreiche Sehnenfäden mit den unterliegenden Theilen, insbesondere den Beugesehnen zusammen Die beiden Hautlamellen des Rückens und der Planta treten dann in den Schwimmhäuten an einander, während zwischen beiden Platten ein reichlicher, von den Lymphsäcken aus injicirbarer Lymphgefässplexus liegt.

II. Die Lymphherzen.

Der Frosch besitzt zwei Lymphherzen, ein vorderes und ein hinteres.

1. Das vordere Lymphherz (Fig. 63) wird sichtbar, wenn man nach Entfernung der vorderen Brustwand das Thier ausweidet. Dasselbe

Fig. 63.

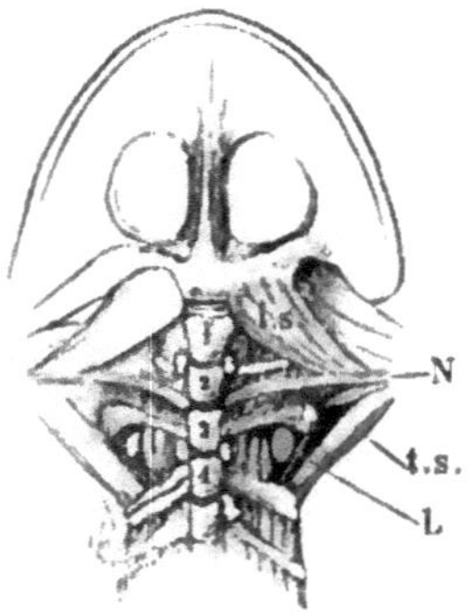

Vorderes Lymphherz.
L Lymphherz.
1, 2, 3, 4 Ister bis 4ter Wirbel.
ls M. levator scapulae.
N. spinalis II.
ts M. transverso-scapularis major.

Fig. 46.

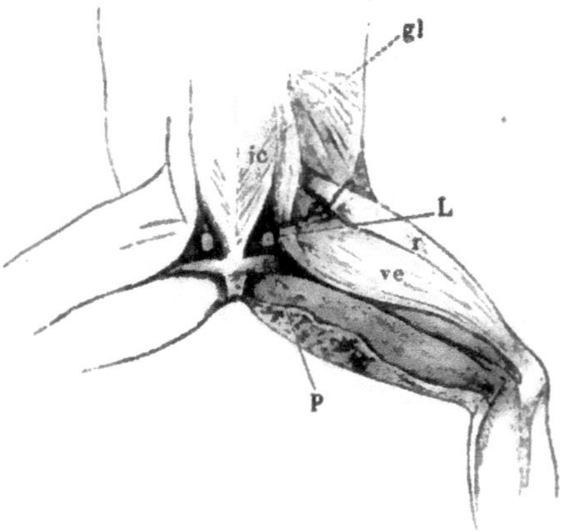

Hinteres Lymphherz.
L Lymphherz.
ic M. ileo coccygeus.
gl M. glutaeus.
p M. pyriformis.
r M. rectus.
ve M. vastus externus.

liegt hinter dem breiten Querfortsatz des dritten Wirbels in einem vertieften dreieckigen Raume, welcher durch Auseinanderweichen der Fasern des lateralen Theils des *Musc. intertransversarius* zwischen Querfortsatz des dritten und vierten Wirbels gebildet wird. Das im Ganzen rundliche Organ hängt nach vorn mit der *Vena subscapularis* zusammen, die über den *Proc. transversus* des dritten Querfortsatzes nach vorwärts verläuft, und erscheint dadurch etwas birnförmig [1]).

---

[1]) Von aussen scheinen sich Muskelfasern in dasselbe einzusenken; in der Wand selbst verlaufen diese in allen Richtungen.

2. Das hintere Lymphherz (Fig. 64). Zu beiden Seiten des Steissbeins bleibt von hinten gesehen zwischen den Muskeln dieser Gegend ein dreieckiger Raum übrig, welcher in folgender Weise begrenzt erscheint. Medianwärts und nach oben wird das genannte Dreieck von dem *Musc. coccygeo-iliacus* begrenzt, nach oben und lateralwärts durch den *Musc. glutaeus*, nach unten und lateralwärts durch den Ursprung des *M. vastus externus*. Nach unten wird der Rand durch den *M. pyramidalis* abgeschlossen. In diesem Raume liegt das rundliche Säckchen. Dasselbe zeigt eine unebene Oberfläche, indem diese zwischen den stärkeren Muskelbalken wie blasig aufgetrieben erscheint. Das Lymphherz hängt mit seiner Umgebung ziemlich fest zusammen, insbesondere dorsalwärts mit der den *M. ileococcygeus* bedeckenden *Fascia ileococcygea*, nach hinten mit *M. levator ani* und *M. pyramidalis* [1]).

Nach vorn hängt das Lymphherz mit einem Venenästchen zusammen, welches sich in die *Vena iliaca communicans* oder *transversa* ergiesst. (Ueber die Nerven des hinteren Lymphherzens siehe oben S. 49.)

---

1) Wegen dieser Verbindungen ist dasselbe von der Beckenhöhle aus leichter ganz freizulegen.

1.

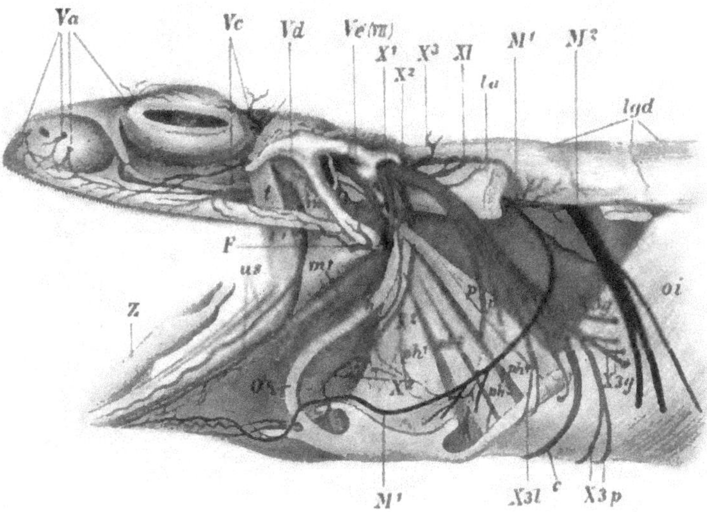
Va
Vc
Vd
Ve(VII)
X¹
X³
XI
X²
M¹
M²
la
lgd
F
us
mt
Z
oi
X3g
Os
M¹
X3l
c
X3p

3.

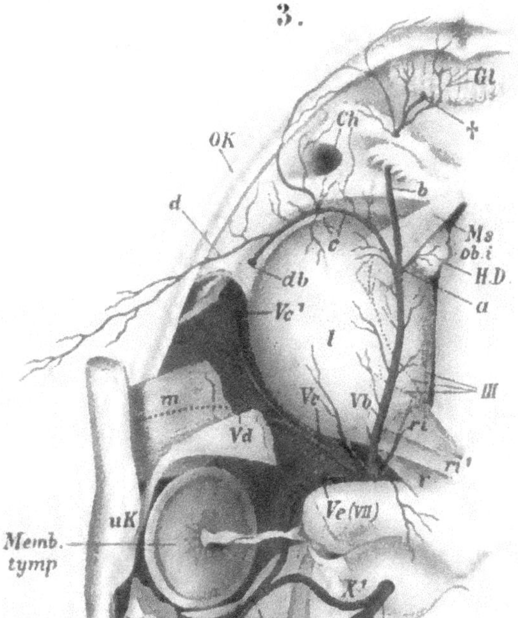
Gl
Ch
OK
b
d
Ms
ob.i
H.D
db
a
Vc¹
l
III
m
Vd
Vc
Vb
ri
ri'
Ve(VII)
uK
Memb. tymp
X¹
sc
X
F

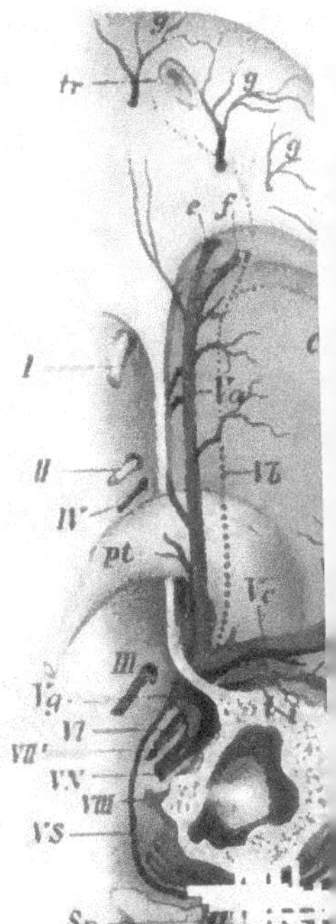
tr
g
e
f
l
Va
II
IV
pt
Vc
III
Vg
VI
VII'
VN
VIII
VS
Sp
XG
ics

2.

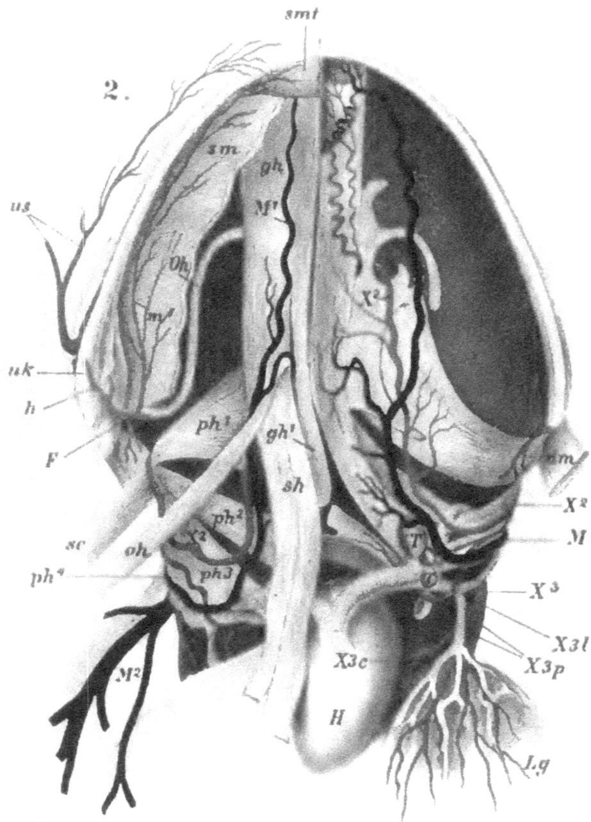
smt
sm
gh
M'
us
Oh
m'
X²
uk
h
ph¹
gh'
F
sm
sh
X²
ph²
M'
sc
oh
T
ph⁴
ph3
C
X³
X3l
X3p
M²
X3c
H
Lg

5.

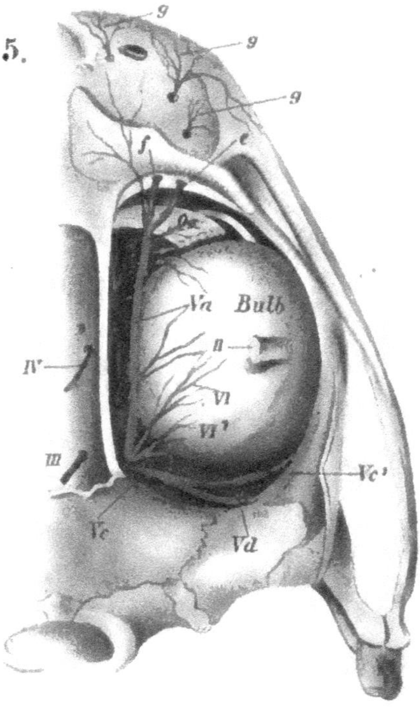
g
g
g
f
e
Va
Bulb
II
IV
VI
VI'
III
Vc'
Vc
Vd

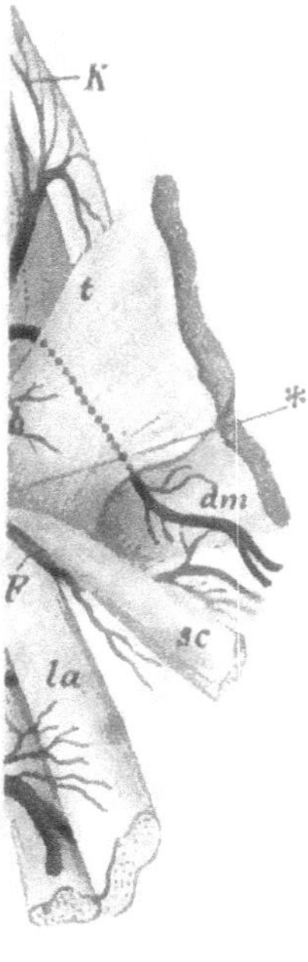
K
t
*
dm
sc
la

DIE

ANATOMIE DES FROSCHES.

DIE

ANATOMIE DES FROSCHES.

EIN HANDBUCH

FÜR

PHYSIOLOGEN, ÄRZTE UND STUDIRENDE

VON

DR. ALEXANDER ECKER,

Professor der Anatomie und vergleichenden Anatomie an der Universität zu Freiburg.

DRITTE (SCHLUSS-) ABTHEILUNG:

LEHRE VON DEN EINGEWEIDEN, DEM INTEGUMENT UND DEN SINNESORGANEN.

BEARBEITET

VON

PROF. R. WIEDERSHEIM.

MIT ZAHLREICHEN IN DEN TEXT EINGEDRUCKTEN HOLZSTICHEN.

BRAUNSCHWEIG,

1882.

VORWORT

ZUR

DRITTEN ABTHEILUNG.

Mit dem vorliegenden Hefte bringe ich die von Professor Ecker begonnene „Anatomie des Frosches" zum Abschluss. So sehr ich wünschte, das im Vorwort zur zweiten Abtheilung gegebene Versprechen einer früheren Fertigstellung dieser Lieferung einlösen zu können, so war es mir doch aus verschiedenen Gründen unmöglich.

Vor Allem nahm die Publication meines Lehrbuches der vergleichenden Anatomie der Wirbelthiere alle meine freie Zeit vollauf in Anspruch, und zweitens war ich durch äussere Verhältnisse in meiner Eigenschaft als Lehrer in den letzten Semestern doppelt in Anspruch genommen.

Endlich lag es in der Natur der zu bearbeitenden Capitel, dass ich viel mehr ins Detail gehen und eine ungleich grössere Literatur zu bewältigen hatte, als dies bei den beiden ersten Abtheilungen nöthig erschienen war.

So hatte ich die Histologie *in extenso* in den Kreis meiner Betrachtungen zu ziehen und erachtete es auch für nöthig, da und dort, wie z. B. bei der Besprechung des Hautsekretes und der Sinnesorgane, physiologische Verhältnisse zu berühren.

So möge sich dieses, auf breiterer Basis angelegte Schlussheft derselben freundlichen Aufnahme zu erfreuen haben, wie dies bei den beiden ersten Lieferungen der Fall war.

Freiburg i. B., im Juli 1882.

Robert Wiedersheim.

V.

LEHRE

VON DEN

EINGEWEIDEN.

Lehre von den Eingeweiden.

Literatur.

I. Tractus intestinalis.

1. Hertwig, Ueber das Zahnsystem der Amphibien. Archiv für mikroskop. Anatomie. Supplem. zu Bd. XI, 1874.
2. Santi Sirena, Untersuchungen über den Bau und die Entwickelung der Zähne bei den Amphibien und Reptilien. Verhdlg. der phys.-med. Gesellschaft zu Würzburg. Neue Folge. Bd. II, 1872.
3. Hoyer, Mikroskop. Untersuchungen über die Zunge des Frosches. Archiv für Anat. und Physiol. 1859.
4. Engelmann, Ueber die Endigungen der Geschmacksnerven in der Zunge des Frosches. Zeitschr. für wissensch. Zoologie, Bd. XVIII.
5. Eimer, Ueber Becherzellen, Virchow's Archiv, Bd. 42.
6. Derselbe, Zur Geschichte der Becherzellen etc. Diss. 1867.
7. Bleyer, Magen-Epithel und Magendrüsen der Batrachier. Diss. Königsberg 1874.
8. Heidenhain, Unters. über den Bau der Labdrüsen. Arch. für mikroskop. Anatomie, Bd. VI.
9. Wiedersheim, Die Kopfdrüsen der geschwänzten Amphibien und die Glandula intermaxillaris der Anuren. Zeitschr. für wissensch. Zoologie, Bd. XXVII.
10. Eberth, Ueber den feineren Bau der Darmschleimhaut. Würzb. naturw. Zeitschrift, Bd. V.
11. Derselbe, Untersuchungen über die Leber der Wirbelthiere. Arch. f. mikr. Anat. Bd. III.
12. Langer, Ueber das Lymphgefässsystem des Frosches. Wiener Sitzb. Bd. 53, Abth. I.
13. Hering, Ueber den Bau der Wirbelthierleber. Arch. f. mikr. Anat. Bd. III und in Sitzb. d. Kais. Akad. in Wien, Bd. 54. Vergl. auch dessen Artikel in Stricker's Handbuch der Gewebelehre, 1872.
14. Leydig, Lehrbuch der Histologie.
15. Derselbe, Anatomisch-histologische Untersuchungen über Fische und Reptilien.
16. W. Müller, Ueber den feineren Bau der Milz.

II. Respirations-Apparat.

1. H. Müller, Ueber das Vorkommen glatter Muskelfasern in den Lungen der Amphibien. Würzb. naturw. Zeitschrift, 1861.
2. Küttner, Beitrag zu den Kreislaufsverhältnissen in der Froschlunge. Virchow's Archiv, Bd. 61.
3. F. E. Schulze, Epithel- und Drüsenzellen. Archiv für mikrosk. Anat., Bd. III.
4. Derselbe, Die Lungen in Stricker's Handbuch der Gewebelehre.

III. Uro-genital-Apparat.

1. Heidenhain, Mikrosk. Beiträge zur Anatomie und Physiologie der Nieren. Arch. für mikroskop. Anat., Bd. X.
2. Spengel, Das Urogenitalsystem der Amphibien. Arbeiten des zool.-zootom. Laboratoriums in Würzburg, Bd. III.
3. Derselbe, Die Segmentalorgane der Amphibien. Verhdlg. der phys. med. Gesellschaft zu Würzburg, Bd. X.
4. Neumann, Die Beziehung des Flimmerepithels der Bauchhöhle zum Eileiterepithel beim Frosche mit einem Anhange „Die Drüsen des Froscheileiters". Arch. für mikroskop. Anat., Bd. XI.
5. Waldeyer, Eierstock und Ei.
6. Böttcher, Ueber den Bau und die Quellungsfähigkeit der Froscheileiter. Virchow's Archiv, Bd. 37.
7. Leydig, Anat. hist. Untersuchg. über Fische und Reptilien.
8. Bidder, Vergl. anat. und hist. Untersuchungen über die männlichen Geschlechts- und Harnwerkzeuge der nackten Amphibien. Dorpat 1846.
9. von Wittich, Beitr. zur morph. und hist. Entwickelung der Harn- und Geschlechtswerkzeuge der nackten Amphibien. Zeitschr. für wissensch. Zool., Bd. IV.
10. M. Fürbringer, Zur vergl. Anatomie und Entwickelungsgeschichte der Excretionsorgane der Vertebraten. Morph. Jahrb., Bd. IV.
11. Derselbe, Zur Entwickelung der Amphibienniere. Heidelberg, Habilit. Schrift. 1877.
12. Solger, Beiträge zur Kenntniss der Niere und besonders der Nierenpigmente niederer Wirbelthiere. Abhandl. der naturforsch. Gesellschaft zu Halle, Bd. XV.

Als erste und Hauptquelle für sämmtliche Organsysteme der Amphibien muss das C. K. Hoffmann'sche Werk (in Bronn's „Classen und Ordnungen des Thierreichs") bezeichnet werden.

I. Tractus intestinalis.

1. Organe der Mundhöhle.

Lippen und Mundspalte.

Die Mundspalte besitzt bei *Rana esculenta*, so gut wie bei allen übrigen Amphibien, abgesehen von *Siren lacertina*, *Proteus* und den Gymnophionen, eine beträchtliche Weite und reicht nach rückwärts bis unterhalb der Mitte des Trommelfelles. Ihre obere Circumferenz wird von einer Fortsetzung der Gesichtshaut klappenartig überragt, so dass man beim Oeffnen des Mundes, zumal von der Seite und von vorne her, keine Zähne zu Gesicht bekommt.

Fig. 1.

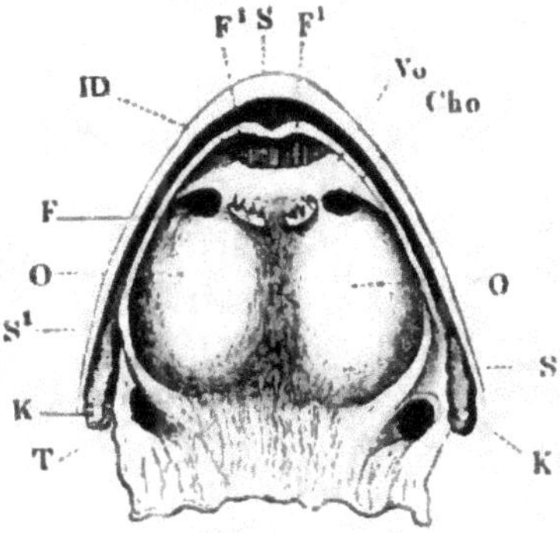

Dach der Mundhöhle.

*S S*¹ Lippensaum.
F Schleimhautfalte, bei *F*¹ *F*¹ zu zwei Prominenzen anschwellend.
ID Ausführungsgänge der Intermaxillardrüse.
Vo Vomer.
Cho Choane.
Ps Gegend des Parasphenoid.
O O Eingebauchter Boden der Orbita.
T Tuba Eustachii.
K K Durchschnittene Kaumuskeln.

In der Gegend des Zwischen- und Oberkiefers am tiefsten herabragend, verflacht sich jener lippenartige Saum nach rückwärts immer mehr und geht schliesslich unter Bildung einer starken, den Mundwinkel ausfüllenden Falte auf den Unterkiefer über (Fig. 1, *S*, *S*¹).

Von hier an kann aber, da der ganzen Mandibel entlang die Haut ihrer knöchernen Grundlage fest anliegt, von keiner Lippenbildung mehr die Rede sein.

Epithel der Mundhöhle.

Beim Uebergang der äusseren Haut in die *Mucosa oris* wird aus dem mehrschichtigen Epithel der Epidermis ein einschichtiges Stratum, dessen cylindrische Elemente an ihrer freien Fläche in der ganzen Mundhöhle Flimmerhaare tragen.

Jede Flimmerzelle besitzt ein fein granulirtes Protoplasma und einen grossen, ovalen Kern mit deutlichen Kernkörperchen.

Ausser diesen Flimmerzellen finden sich noch da und dort, regellos in der Mundhöhle zerstreut, flimmerlose Zellen mit starkem, strukturlosem Cuticularsaum und dazu kommen endlich noch zahlreiche Becherzellen, die nur in der Gegend der Geschmacksorgane zu fehlen scheinen.

Sie besitzen bald eine leicht ausgebauchte, cylindrische, bald eine völlige Kugelform mit fussartigem Anhang.

Die Grundsubstanz der Mucosa oris besteht aus fibrillärem Bindegewebe mit zahlreichen Nerven und Capillaren.

Configuration der Mundhöhle. Am Dache der Mundhöhle unterscheidet man folgende Gebilde. Unmittelbar hinter dem häutigen Saum der Oberlippe trifft man die dicht stehenden Zähne des Zwischen- und Oberkiefers, welche fast der ganzen Mundspalte entlang nach hinten reichen und dabei nach Zahl und Grösse den mannigfachsten Schwankungen unterliegen. In dem mir vorliegenden, mittelgrossen Exemplar von *Rana esculenta* zähle ich jederseits über 50 einreihig stehende Zähne, die von vorne nach hinten allmälig an Grösse abnehmen. Ueber ihren feineren Bau wird weiter unten die Rede sein.

Alle Zähne liegen in einer tiefen Furche, welche nach aussen durch den Saum der Oberlippe, nach einwärts durch eine starke Falte der Schleimhaut gebildet wird. (Fig. 1, *F*.) Letztere erhebt sich von hinten nach vorne immer mehr und schwillt unmittelbar hinter dem Zwischenkiefer zu zwei, durch einen kleinen Intervall von einander getrennten, den *Processus palatini ossis praemaxillaris* entsprechenden Prominenzen an (Fig. 1, F^1, F^1), hinter welchen die Ausführungsgänge der Intermaxillardrüse in die Mundhöhle einmünden (Fig. 1, *ID*).

Noch weiter nach rückwärts treffen wir unter stets zunehmender Vertiefung des Gaumens die beiden kleinen Zahngruppen der Pflugscharbeine (Fig. 1, *Vo*) und nach aussen davon die hinteren Nasenlöcher oder Choanen (*Cho*). Diese stellen querovale Oeffnungen dar, welche nach aussen und hinten in eine seichte, von vorne her durch eine Schleimhautfalte überbrückte Furche auslaufen.

In der dem Parasphenoid entsprechenden Mittellinie erscheint das Gaumendach (*Ps*) etwas eingesunken, während es seitlich davon, je nach dem wechselnden (vergl. die Muskeln der Orbita) Hoch- oder Tiefstand der Augäpfel mehr oder weniger weit gegen die Mundhöhle vorgewölbt ist (*O*, *O*).

Nach hinten davon, zum grössten Theile umrahmt von der Gabel des Pterygoids, erscheint lateralwärts jederseits die weite Oeffnung der Ohrtrompete (*T*), in welche sich die Mundschleimhaut continuirlich hineinzieht. Während letztere im Bereiche des Vomers und Palatinums durchaus glatt ist und der knöchernen Unterlage fest anhaftet, zeigt sie sich an der hinteren Hälfte des Parasphenoids und des Orbitalbodens zierlich gefältelt. Weiter hinten, gegen den beginnenden Schlund zu, nehmen die vorher netzartig confluirenden Falten eine Längsrichtung an und werden zugleich immer höher.

Die tief in der *Mucosa oris* steckenden Zähne zeigen durchweg eine gleichartige Form; überall handelt es sich um schlanke, mit einer schwach gekrümmten Spitze versehene Kegel, an welchen man einen Sockel und eine Krone unterscheiden kann. Beide sind an getrockneten Zähnen durch eine Ringfurche deutlich von einander abgesetzt. Die Krone spaltet sich stets in zwei Spitzen, eine längere und eine kürzere, wovon die erstere in der axialen Verlängerung des Zahnkegels gelegen ist. Zähne.

Die Zähne sind mit ihren Sockeln auf der medialen Fläche des Zahnfortsatzes der betreffenden Knochen festgewachsen, was zur Folge hat, dass die äussere, unmittelbar von der oberen Kante des Zahnfortsatzes sich erhebende Wand des Sockels viel kürzer ist, als die innere Wand, welche eine grosse Oeffnung zum Durchtritt der Pulpa besitzt.

An jedem Zahn lassen sich drei Theile unterscheiden, nämlich Dentin, Cement und Schmelz. Die Krone besteht aus Dentin oder Zahnbein und wird bis zur Mitte herab von der dünnen Schmelzschicht kappenartig überzogen. Der Sockel besteht aus Cement. Zahlreiche, meistens parallel ziehende, doch zuweilen auch anastomosirende Dentinröhrchen entspringen an der der Pulpahöhle zugewandten, mit vorspringenden Kugeln und Zacken besetzten Innenwand des Zahnbeines. Sie verlaufen gegen die freie Oberfläche des letzteren, theilen sich an der Peripherie und bilden dort ein dichtes Röhrennetz mit zahlreichen Anastomosen. Im Schmelz sind Schichtungsstreifen und Verlängerungen der Dentinröhrchen (Schmelzröhrchen) zu erkennen (O. Hertwig). Durch Entkalkungsmittel, gegen welche sich der Schmelz lange Zeit sehr resistent verhält, wird auf der freien Schmelzfläche ein Häutchen (Schmelzoberhäutchen) sichtbar. Da dasselbe aber nicht nur den Schmelz überzieht, sondern bis auf den oberen Theil des Sockels herabreicht, so hat es O. Hertwig Zahn-Cuticula genannt.

Das Cement besitzt keine Dentinröhrchen; auf Durchschnitten ist es streifig, faserig, körnig und führt stets zahlreiche Knochenkörperchen. In der Pulpahöhle, welche sich nach der Spitze zu verjüngt, nach unten aber gegen den Sockel zu erweitert, findet sich zellenreiches Bindegewebe mit Blutcapillaren. Es wird von einer Art von Epithel umschlossen, dessen Zellen Ausläufer in die Dentinröhrchen hineinschicken.

Bezüglich der Zahnresorption, sowie des Zahnersatzes resp. der Zahnentwickelung verweise ich auf die Schriften von O. Hertwig, Leydig und Santi Sirena.

Zunge. Die Zunge, die je nach verschiedenen Contractionszuständen eine individuell sehr verschiedene Form besitzt, liegt als ein breiter, fleischiger Lappen auf dem Boden der Mundhöhle, wo sie mit der vorderen Hälfte ihrer ventralen Mittellinie bis zur *Symphysis mandibulae* hin festgewachsen ist (Fig. 2, *Z*).

Fig. 2.

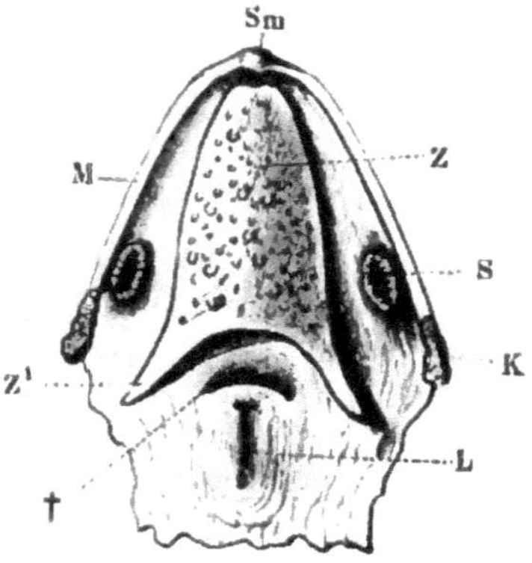

Boden der Mundhöhle.

M Mandibula.
Sm Symphysis mandibulae.
S Eingang in die Schallblase (beim Männchen).
K Durchschnittener Kaumuskel.
Z Zunge.
† Tiefe, dem Hinterrande der Hyoidplatte entsprechende Furche.
L Eingang in den Larynx.

Von oben betrachtet, besitzt sie eine keilartige Form mit vorderer Verschmälerung und hinterer Verbreiterung. Ihre dorsale Fläche, welche in Folge der zahlreichen *Papillae filiformes* und der grösseren *fungiformes* ein zart villöses Aussehen besitzt, ist in transverseller Richtung schwach convex und ihr Hinterrand zeigt sich dadurch, dass sich die beiden Seitenränder nach hinten in zwei Zipfel (Fig. 2, Z^1) verlängern, tief eingekerbt.

Dahinter liegt, durch eine tief einschneidende, dem Hinterrande der Hyoidplatte entsprechende Furche (Fig. 2, †) getrennt, der schlitzförmige *Aditus ad laryngem* (*L*).

Mit Ausnahme der denselben umgebenden Schleimhautpartie, welche sich hier in concentrische Falten erhebt, ist die übrige *Mucosa oris* am Boden der Mundhöhle ziemlich glatt oder doch nur spärlich gefältelt.

Nach einwärts und etwas nach vorne vom Hinterende der Mandibel befindet sich beim männlichen Frosch jederseits der Eingang zur Schallblase (Fig. 2, *S*). Die Oeffnung ist spindelförmig, ringsum von hohen, feingefältelten Lippen umsäumt (vergl. den Respirations-Apparat).

Muskeln der Zunge.

Erhebt man die Zunge, so sieht man in der ventralen Mittellinie den *Musculus hyoglossus* fächerartig einstrahlen.

Ausser ihm verdient noch der *Genioglossus* eine besondere Beachtung.

Ueber das allgemeine Verhalten dieser beiden Muskeln, über ihren Ursprung und ihrer Verlauf handelt schon die Muskellehre (siehe diese). Jetzt haben wir nur noch ihrer näheren Beziehungen zur Zunge zu gedenken. Anfangs weit von einander getrennt, convergiren die *Mm. hyoglossi* an der ventralen Seite der Hyoidplatte und während ihre Faserrichtung aus der schiefen in die gerade übergehen, legen sich beide Hälften in der Mittellinie dicht aneinander, ja fliessen auf eine Strecke weit vollständig zusammen, um sich weiter nach vorne zu wieder zu spalten (Fig. 3, *Hy*). Zugleich zerfällt jede Hälfte in grobe, scharf von einander getrennte Bündel, welche rechts und links von dem birnförmigen, paarigen Genioglossus (Fig. 3, *G*, G^1) in dorsaler Richtung zur Zunge aufsteigen. Dabei sind sie von einer starken, bindegewebigen, von zahlreichen elastischen Fasern durchsetzten Scheide auf's Innigste umschlossen, so dass eine synchrone Wirkung beider Hälften bestens garantirt ist.

Jene Scheide zeigt an dem hinteren Ende des Genioglossus einen runden Ausschnitt, geht aber zu beiden Seiten auf die Ventralseite des letztgenannten über. In jenem Ausschnitt verschwinden die Zungennerven (*N*, *N*) und wenden sich von dort aus unter scharfer Krümmung nach rückwärts in die Substanz der Zunge hinein.

Fig. 3.

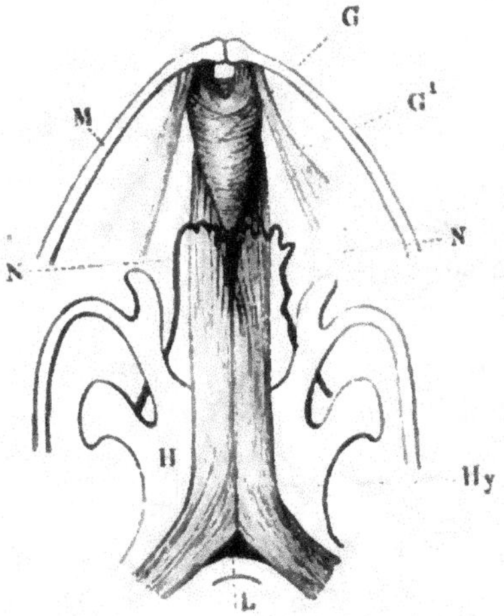

Zungenmuskeln von der Ventralseite.

M Mandibel.
H Hyoidplatte.
L Larynx.
N N Nervus glossopharyngeus.
Hy Musculus hyoglossus mit erhaltener Fascie.
G, G^1 mediale und laterale Portion des Musculus genioglossus.

Der Genioglossus entspringt jederseits mit zwei Portionen, lateralwärts von der *Symphysis mandibulae.* Die eine liegt hoch, dorsal- und zugleich medianwärts (Fig. 3, *G*), die andere tief, ventral und lateralwärts (Fig. 3, G[1]).

Letztere Portion strahlt in sagittaler oder doch nur sehr mässig schiefer Richtung, als dünner Muskelfächer, nach rückwärts in die *Mucosa oris* aus und inserirt sich nirgends an Skelettheilen.

Erstere dagegen erzeugt mit ihrem Gegenstück bogige Commissuren, welche sich in Form von immer kleiner werdenden Ringtouren (so nehmen sie sich wenigstens bei ventraler Ansicht aus) bis nach rückwärts erstrecken und so eine fleischige, kegel- oder birnförmige Figur zu Stande bringen.

Löst man die den Genioglossus und Hyoglossus umhüllenden, fibrösen Scheiden ab, so lässt sich der Hyoglossus mit leichter Mühe in seine zwei Hälften spalten und zur Seite legen und man wird seine fächerige Einstrahlung in die Zunge deutlich gewahr (Fig. 4, *Hy*). Die hintersten Fasern schlagen sich bogig in die Zunge um (*Hy*[1]); die vordersten dagegen gehen in sagittaler Richtung nach vorne und verweben sich untrennbar mit den gerade so verlaufenden Fasern der dorsalen Hälfte des Genioglossus (*Gg*).

Fig. 4.

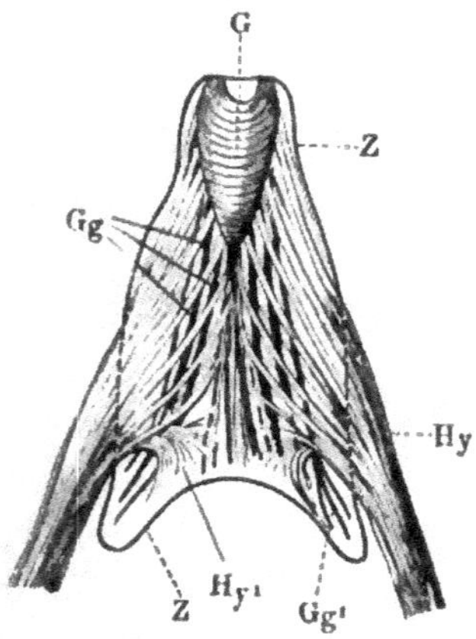

Zungenmuskeln von der Ventralseite; dorsal von ihnen sieht man den Umriss der Zunge (*Z*). *G* M. genioglossus, dessen rückwärts laufende Fasern sich bei *Gg* mit denjenigen des M. hyoglossus (*Hy*) kreuzen, um schliesslich in die Zungenzipfel auszustrahlen (*Gg*[1]).

Die vorhin beschriebenen ringförmigen Fasern des Genioglossus gehen nämlich nach hinten ihrer grössten Masse nach lateral- und dorsalwärts in die seitlichen Zipfel am hinteren Zungenrand hinein. Zum grossen Theil liegen sie dabei dorsal von der Ausstrahlung des Hyoglossus, doch bilden auch beide zusammen da und dort eine Art von Korbgeflecht (Fig. 4, *Gg*[1]). Es ist eine schwere präparatorische Aufgabe, beide dicht verfilzten Faserarten streng auseinander zu halten.

Dass der Hyoglossus der *Retractor*, der Genioglossus der *Protractor linguae* ist, liegt auf der Hand und die Wirkung des letzteren wird noch unterstützt durch die Portion *G*[1] auf Fig. 3, indem dadurch der ganze Boden der Mundhöhle nach vorne gerissen wird.

Drüsen der Mundhöhle.

Abgesehen von überaus zahlreichen sackförmigen und länglichen Drüschen der Zunge, wo sie oft tief ins Muskelstratum hinabreichen und nach oben zwischen den Papillen ausmünden, existirt nur ein einziges grosses Drüsenorgan, die von mir schon früher sogenannte *Glandula intermaxillaris* (Zwischenkieferdrüse). Sie besteht aus zahlreichen, gewundenen Schläuchen, welche ihrer Hauptmasse nach vor dem knorpeligen Nasengerüst, oder eigentlich zwischen diesem und dem Zwischenkiefer liegen und welche mit zahlreichen Ausführungsgängen in die Mundhöhle ausmünden (Fig. 1, *ID*). Ein Theil der Drüse erstreckt sich auch noch tief in die Nasenhöhle hinein (G. Born) (vergl. das Geruchsorgan). Dorsalwärts wird die Drüse, abgesehen von den aufsteigenden Aesten des Zwischenkiefers auch noch von der Cutis bedeckt und darunter findet sich der *Musculus dilatator* und *M. lateralis narium*. Beide zusammen sind ihrer Lage nach im Stande, als Compressoren der unterliegenden Drüsenschläuche zu wirken (vgl. die Myologie). Dabei wirken zwei, von mir schon vor einer längeren Reihe von Jahren nachgewiesene, zwischen der vorderen Circumferenz des knorpeligen Nasengerüstes und der Unterfläche der aufsteigenden Zwischenkieferäste ausgespannte Knorpelbälkchen insofern als Antagonisten jener Muskeln, als sie wie elastische Federn die nach einwärts und abwärts gezogenen Zwischenkieferäste wieder aufzurichten im Stande sind.

Die 20 bis 25 dicht aneinander liegenden Ausführungsgänge der *Glandula intermaxillaris* liegen, wie wir schon oben gesehen haben, im vordersten Winkel des Gaumengewölbes und durchsetzen mit ihren Mündungen die *Mucosa oris* in einer, mit ihrer Convexität nach hinten schauenden, halbmondförmigen Linie (Fig. 1, *ID*).

Man kann letztere an jedem frischen Schädel zur Anschauung bringen, wenn man den anhaftenden Schleim vorsichtig abwischt; weit besser aber kommt man zum Ziele nach vorausgegangener Behandlung mit Müller'scher Flüssigkeit und darauf folgender Färbung mit Beale'schem Carmin. Dazu ist nur die Vergrösserung mittelst einer guten Lupe nothwendig, besser aber wendet man noch stärkere Vergrösserungen an und kann mittelst derselben die perlschnurartig aufgereihten Oeffnungen der, wie Orgelpfeifen neben einander liegenden Ausführungsgänge bestens constatiren. Letztere stellen gleichmässig dicke, dicht neben einander liegende, cylindrische Schläuche dar und werden von einem reich entwickelten Nervennetz umsponnen. Ihr Epithel besteht aus flimmernden Cylinderzellen und auch die Drüsenschläuche sind von Cylinderzellen ausgekleidet.

Das Secret der genetisch als Ausstülpung der Mundschleimhaut zu betrachtenden Drüse besitzt eine excessive Klebrigkeit und wird von der nach vorne umklappenden Zunge abgestrichen, so dass letztere einen vortrefflichen Fangapparat für die zu erhaschende Beute abgiebt. Die *Glandula intermaxillaris* ist — dafür spricht auch ihr histologisches und mikrochemisches Verhalten — eine reine Schleimdrüse und besitzt bei sämmtlichen Urodelen ihr Homologon, nur dass sie hier nicht vor der Nase, sondern zwischen beiden Nasenhöhlen, in das hier hohle Septum zu liegen kommt (*Glandula internasalis*).

Speicheldrüsen finden sich bei Anuren so wenig als bei Urodelen.

2. Speiseröhre und Magen (Vorderdarm).

Speiseröhre und Magen.

Fig. 5.

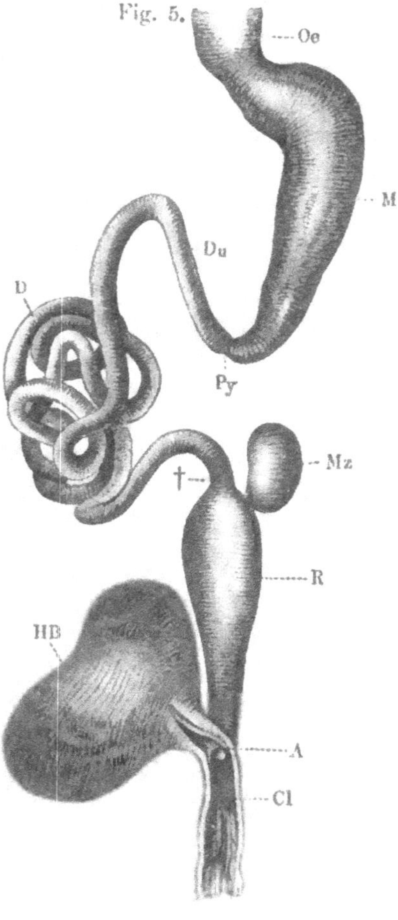

Der Schlund bildet eine, durch kein besonderes Merkmal abgegrenzte, unmittelbare Fortsetzung der Pharyngo-Oralhöhle. Er besitzt eine nur geringe, bei mittelgrossen Fröschen nur auf wenige Millimeter sich erstreckende Länge (Fig. 5, *Oe*), liegt genau in der Medianebene des Körpers und wird gabelartig umgriffen von den beiden Hörnern des Zungenbeinapparates. Der Larynx mit den Eingängen zu den beiden Lungen liegt ventral vom Oeso-

Der gesammte Tractus intestinalis.

Oe Oesophagus.
M Magen.
Py Pylorusgegend.
Du Duodenum.
D Dünndarm.
† Uebergang des Dünndarmes in den Dickdarm.
R Dickdarm (Rectum).
Cl Cloake.
Mz Milz.
HB Harnblase.
A Ausmündung des Dickdarmes in die Cloake.

phagus. Aeusserlich glatt, dickwandig zeigt sich seine Schleimhaut in starken Längsfalten erhoben.

Der Uebergang in den Magen wird durch eine oft kaum merkliche Erweiterung des Canallumens angedeutet, doch grenzt sich der Magen immerhin dadurch scharf vom Schlunde ab, dass er sich gleich mit seinem Anfangsstück mehr oder weniger weit von der Medianebene nach links herüberkrümmt (Fig. 5, *M*). Diese Convexität wird um so mehr gesteigert, in je stärkerem Füllungsgrad sich der Magen augenblicklich befindet (Fig. 6, *M*).

Fig. 6.

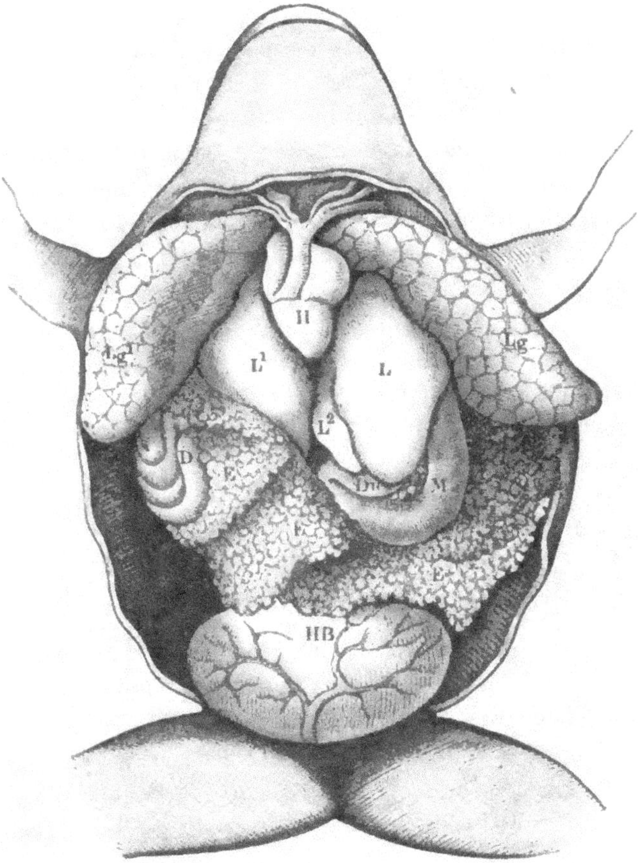

Der gesammte Situs viscerum von Rana esculenta.

H Herz.
Lg Lg[1] Lungen.
L L[1] *L*[2] Leber.
M Magen.
Du Duodenum.
D Dünndarm.
HB Harnblase.
E E Eierstock, welcher eine grosse Ausdehnung besitzt, da sich das Thier in der Fortpflanzung befindet.

Was die äusseren Formverhältnisse des Magens anbelangt, so besteht er aus einer langen, cylindrischen, von vorne nach hinten nur sehr allmälig an Volumen abnehmenden Röhre mit dicken, parallelen und äusserlich glatten Wandungen.

3. Der Dünndarm (Mitteldarm).

Dünndarm (Mitteldarm). Etwas hinter der Mitte des Abdomens beginnt unter schwacher Einschnürung der Anfang des Dünndarms (*Duodenum*) (Fig. 5, 9, *Du*) und zwar läuft derselbe unter scharfer Abknickung wieder direct nach vorne gegen den Kopf, parallel der Längsachse des Magens. In der so gebildeten Schlinge liegt das Pankreas (Fig. 9, *P*).

Dieser ganze, nach vorne laufende Abschnitt des Dünndarmes, sowie auch der grösste Theil des Magens wird von der Leber (Fig. 6, 8, $L - L^2$) bedeckt, welche also zurückgeschlagen werden muss, wenn man einen guten Ueberblick gewinnen will (Fig. 9).

Unter der Leber biegt der Dünndarm, nachdem er sich mit jener durch ein kurzes starkes *Ligamentum hepato-duodenale* fest verbunden hat, wieder nach hinten um, gewinnt ein stärkeres Kaliber und erzeugt zahlreiche Windungen (Fig. 5, *D*), die in der rechten Hälfte der Abdominalhöhle liegen.

4. Der Dickdarm (Enddarm).

Dickdarm, Enddarm. Die am meisten nach hinten gelegene Schlinge krümmt sich gegen die Mittellinie herüber, wo sie sich in den mit kolbenartiger Erweiterung beginnenden Dickdarm einsenkt (Fig. 5, †). Letzterer stellt den voluminösesten Abschnitt des ganzen Darmrohres dar, ist ziemlich dünnwandig und mündet unter allmäliger, kegelartiger Verjüngung in die Cloake aus. Die Mündungsstelle liegt dorsal von derjenigen der Harnblase (Fig. 5, *A*).

Die Längenmaasse des gesammten in die Länge gestreckten Darmrohres stellen sich für die verschiedenen Abschnitte bei einer ausgewachsenen *Rana esculenta* folgendermaassen:

Vom *Aditus ad laryngem* bis zum Pylorus	5,5 cm
Vom Pylorus bis zum Anfang des Dickdarmes . . .	22 „
Vom letztgenannten Punkt bis zum *Exitus cloacae* . .	4 „
Gesammtlänge	31,5 cm

Die feineren Detailverhältnisse des *Tractus intestinalis*.

Die Wandung des ganzen Darmtractus baut sich aus folgenden Hauptschichten auf: 1) aus einer Mucosa, 2) einer Submucosa, 3) einer Muscularis, 4) einer bindegewebigen Aussenhülle (subperitoneales Bindegewebe) und 5) aus einer Serosa (*Peritoneum*). **Histologie des Darmrohres.**

Was zunächst die Muscularis betrifft, so unterliegt sie nach verschiedenen Regionen sehr bedeutenden Stärkeschwankungen; stets aber lassen sich zwei über einander liegende Muskelschichten unterscheiden, eine äussere Längs- und eine innere circuläre Schicht. **Muscularis des Darmrohres.**

Am Oesophagus noch von annähernd gleicher Stärke tritt vom Beginn des Magens an bis zum Pylorus hin ein ungleichartiges Verhalten ein, indem die Längsschicht mehr und mehr in Hintergrund tritt, während die circuläre Schicht prävalirt.

Am Mitteldarm wird die Längsschicht wieder relativ stärker als am Magen, doch steht sie der Ringmuskelschicht immerhin an Stärke noch weit nach.

Kurz vor dem Uebergange in den Enddarm nehmen beide Muskelschichten wieder an Stärke zu und am ganzen Enddarm treffen wir eine Prävalenz der Längsschicht über die circuläre Schicht; die Ringmuskeln sind hier sehr schwach geworden.

Die aus grossmaschigem Bindegewebe und Lymphräumen bestehende Submucosa ist im Magen besser ausgeprägt, als an den übrigen Stellen des Darmrohres und zugleich tritt hier eine deutliche, zweischichtige *Muscularis mucosae* dazu. Stets laufen die feineren (capillären) Gefässe in der Submucosa, die grösseren dagegen zwischen Submucosa und Muscularis; ebendaselbst liegen auch die Lymphgefässnetze des Darmes, und zwar kann man ein feineres submucöses und ein aus gröberen Bahnen bestehendes subseröses Netz unterscheiden (Langer, Auerbach). Von jenem feineren Netz aus ziehen sich kleinste Lymphgefässchen in alle Falten und Leistenbildungen der Darmschleimhaut hinein und bilden hier wieder äusserst engmaschige Netze. **Submucosa.** **Lymphgefässe.**

Die Darmschleimhaut besitzt eine wechselnde Dicke und zeigt sich in zahlreiche Falten erhoben. Letztere liegen im Oesophagus und **Mucosa.**

Magen in der Längsrichtung oder sind sie je nach wechselnden Expansionszuständen des Magens mehr oder weniger stark geschlängelt oder gekräuselt; ebenso wechselt natürlich ihre Höhe und deutliche Ausprägung.

Gegen den Beginn des Dünndarmes drängen sich die Falten immer enger zusammen, werden zugleich niederer und hören plötzlich ganz auf (Fig. 7, *a*, *a*¹).

Diese Stelle entspricht dem Pylorus der Säugethiere, wenn auch von keiner eigentlichen (kreisförmigen) Klappe im Sinne der menschlichen Anatomie die Rede ist.

Kurz hinter dem Pylorus besitzt die Schleimhaut des ausgebreiteten Darmes ein unregelmässiges Netz von feinsten Fältchen, welche sich auf der concaven, dem Magen zuschauenden Seite der Duodenalschlinge zu einem dichten Längszuge zusammendrängen (Fig. 7, *b*). Hier sind die Maschen viel enger und viel dichter zusammengeschoben als dies zu beiden Seiten der Fall ist. Nach einem Verlauf von zwei bis drei Centimetern kommt insofern eine gewisse Regelmässigkeit in das Faltensystem, als es sich zu zwei neben einander liegenden Systemen von Querleisten ordnet (Fig. 7 *c' c'*). Jede Querleiste stellt eine halbmondförmige, mit der Convexität nach vorne gerichtete Falte dar, deren freier Rand und taschenförmige Höhlung nach hinten schaut. Das Ganze erinnert am meisten an die Aorten- und Pulmonalklappen des menschlichen Herzens und auch ihre Wirkung bei der Fortschaffung des Speisebreies muss eine analoge sein, d. h. hier wie dort wird eine Rückstauung verhindert (Taschenventile).

Fig. 7.

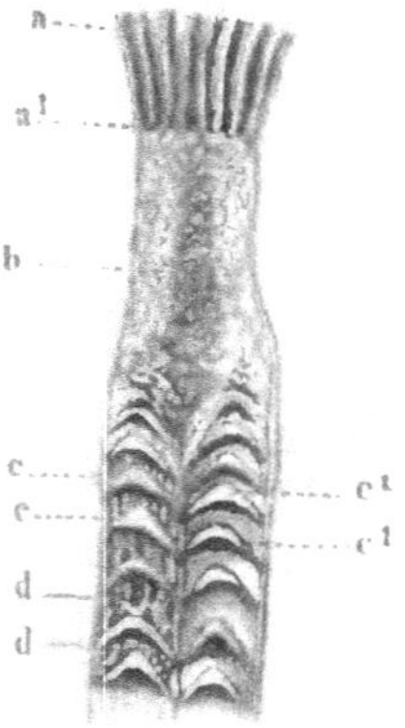

Endtheil vom Magen und Anfangsstück des Dünndarmes (Duodenum) aufgeschnitten.

a Schleimhaut des Magens, *a*¹ ihre Abgrenzung gegen das Duodenum.
b Schleimhaut des Duodenums.
cc, *c*¹ *c*¹ halbmondförmige Falten, welche bei *dd* durch kleinere Längsfalten verbunden sind. Auf der rechten Seite der Figur sind letztere weggelassen.

Die beiden Querfaltensysteme des Dünndarmes fliessen unter spitzen, nach vorne offenen Winkeln zusammen und werden überall durch zahlreiche secundäre Falten, die in der Längsachse des Darmrohres oder auch netzartig verlaufen, untereinander verbunden (Fig. 7, *dd*).

Einige Centimeter vor der Mitte des Dünndarmes verliert dieses oben beschriebene Faltensystem seinen regelmässigen Charakter; es treten unregelmässige Netze auf, die noch weiter nach hinten durch Längsfalten ersetzt werden, welche unter mannigfachen Schlängelungen und Kräuselungen bis gegen den Dickdarm hin verlaufen. Da wo sich letzterer durch eine ringförmige Klappe scharf am Mitteldarm absetzt, ändert sich der Charakter der Darmschleimhaut plötzlich; sie nimmt eine zarte, sammtartige Beschaffenheit an, indem sie auf ihrer freien Fläche tausende von kleinsten, wabenartigen Hohlräumen erzeugt, die durch sehr zarte Bälkchen und Leistchen von einander abgekammert werden.

Gegen die Mitte des Enddarmes treten wieder parallel ziehende Längsfalten auf und diese setzen sich fort bis zum hintersten Cloakenende; ja sie ziehen sich auch hinein in die Harnblase, die als ventrale Ausstülpung des Dickdarmes aufzufassen und die mit der vorderen Bauchwand verwachsen ist (Fig. 5, 6, *HB*). (Vergl. das Kapitel über die Harnorgane.)

So können wir also constatiren, dass die vielen anderen Batrachiern zukommenden eigentlichen Darmzotten *Rana esculenta* fehlen und dass sie hier durch ein sehr complicirtes Faltensystem ersetzt werden.

Das ganze Darmrohr wird von einem Cylinderepithel ausgekleidet, dessen Zellen im ganzen Oesophagus, sowie an zahlreichen Stellen des Magens einen Wimperbesatz tragen. Die letzten Andeutungen eines früher durch den ganzen Darmcanal sich erstreckenden Wimperkleides finden sich an den Epithelien des Mitteldarmes in Form eines gestrichelten Cuticularsaumes. Auch die Epithelien des Dickdarmes besitzen jenen stark lichtbrechenden Basalsaum, jedoch ohne jegliche Spur einer Strichelung, so dass jene regressive Metamorphose des Flimmerbesatzes, die wir uns von der Cloake aus nach vorne fortschreitend zu denken haben, hier schon vor sehr langer Zeit gespielt haben muss.

Allenthalben im Darmrohre zerstreut finden sich sogenannte Becherzellen, die von den Einen (Eilh. Schulze und Eimer) für selbständig secernirende Organe, d. h. für einzellige Drüsen erklärt werden, während sie Andere für in fettiger (regressiver) Metamorphose begriffene, gewöhnliche Cylinderzellen halten.

In der Mucosa des Schlundes finden sich acinöse Drüsen, die in breiter Lage schon beim Uebergange der Mundhöhle in den Schlund, also mit dem Beginn der glatten Muskulatur entstehen. Die einzelnen Acini sind rundlich und oval, das Epithel ist rundlich, cubisch und cylindrisch.

Im Magen kann man Magensaftdrüsen (Labdrüsen) und Magenschleimdrüsen unterscheiden; beide sind schlauchförmige, einfache oder zusammengesetzte Gebilde.

Die Magenschleimdrüsen sind von einem einfachen Cylinderepithel, wie es im Magen vorkommt, ausgekleidet, in den Labdrüsen hingegen besitzt nur der Ausführungsgang ein Cylinderepithel, weiter hinab, an der Theilungsstelle des Schlauches finden sich grosse, blasige Zellen (Schleimzellen Heidenhain's). Die eigentlichen Schlauchzipfel sind der Hauptmasse nach von polygonalen Zellen erfüllt, welche den Belegzellen der Säugethiere entsprechen (Heidenhain). Die Hauptzellen Heidenhain's sind bis jetzt noch nicht nachgewiesen.

Im Mitteldarm finden sich massenhaft Lieberkühn'sche Drüsen, die aus cylindrischen Einstülpungen der Mucosa hervorgegangen und dem entsprechend von Cylinderzellen ausgekleidet sind.

5. Drüsige Anhänge des *Tractus intestinalis.*

Die Leber.

Aeussere Configuration der Leber.

Die Leber repräsentirt ein massiges, im frischen Zustande lebhaft rothbraunes Organ, das die ganze Oberbauchgegend, sowie einen grossen Theil der Brusthöhle einnimmt.

Sie besteht aus drei bis vier in der Form und Grösse zahlreichen individuellen Schwankungen unterliegenden Lappen (Fig. 6, 8, 9, $L^1 - L^3$), einem kleineren, mittleren (L^2) und zwei seitlichen Hauptlappen (L, L^1). An allen drei unterscheidet man zwei Hauptflächen, nämlich eine ventrale, beziehungsweise laterale, convexe und eine dorsale, den übrigen Baucheingeweiden zugewandte, concave Fläche. Die nach oben schauenden Ränder der zwei grösseren, seitlichen Lappen sind stumpf und erzeugen mit einander einen kopfwärts offenen Winkel, in welchem der Herzbeutel mit dem Herz eingelassen ist; die unteren Ränder aller drei Lappen sind scharf.

Fig. 8.

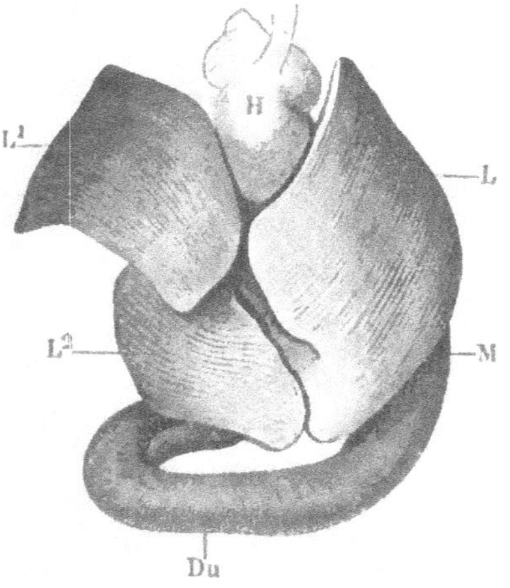

Die Leber von der ventralen Seite.

L, *L*¹ Die seitlichen Lappen.
*L*² Der mittlere Lappen.
M Der Magen.
Du Duodenum.
H Das Herz.

Der linke Seitenlappen bedeckt den grössten Theil des

Magens und besitzt dicht neben seinem medialen Rande eine nach vorne laufende tiefe Incisur, woraus die mehr oder weniger deutliche Abspaltung eines vierten Lappens resultirt. Nach rechts davon hängt der linke und rechte Leberlappen durch eine schmale Commissur zusammen.

Der mittlere Lappen (Fig. 6, 8, L^2) reicht bis zur *Pars pylorica* des Magens hinunter und unter ihm steigt, wie oben schon erwähnt, der Anfang des Dünndarmes empor und unter scharfer Krümmung wieder zurück (Fig. 5, 9, *Du*); ebenso liegt unter ihm das Pankreas (Fig. 9, *P*). Alle diese Theile werden erst sichtbar, wenn man die ganze Leber gegen den Kopf zu nach vorne umschlägt und ist dies geschehen, so wird man auch die grosse Gallenblase gewahr, welche in der tiefen Nische zwischen dem rechten und linken Leberlappen ihre Lage hat. Dorsalwärts von ihr kann es zur Abspaltung eines fünften Leberlappens kommen (L^3), welcher mit seinem unteren Rande durch das oben schon erwähnte straffe *Ligamentum hepato-duodenale* an die Umbiegungsstelle des Dünndarmes geheftet ist (Fig. 9, *Lhp.*) Hinter diesem Ligament tritt die *Vena portarum* in die Leber hinein.

Der rechte Leberlappen erstreckt sich, da er nicht, wie der linke durch den Magen aufgehalten wird, viel weiter nach hinten, d. h. dorsalwärts und stösst bis an die Lunge, von deren netzartig angeordneten Gefässen er hie und da Eindrücke erhält (Spiritus-Exemplare). Ausserdem berührt er noch den Anfang des Fettkörpers und beim Weibchen den Oviduct.

Zieht man die beiden seitlichen Leberlappen auseinander und schlägt das Herz gegen den Kopf zurück, so sieht man die *Cava inferior* von der Leber zum Herz aufsteigen, und zugleich wird man eine schmale Substanzbrücke gewahr, mittelst deren die beiden seitlichen, sowie der mittlere Leberlappen miteinander zusammenhängen.

Die Gallenblase (Fig. 9, *G*), deren Lagebeziehungen ich oben schon bestimmt habe, ist mit ihrer dorsalen Seite durch kurzes straffes Bindegewebe mit der Leber verbunden und erhält noch eine weitere Fixation von Seiten des Bauchfelles. **Gallen-system.**

Von rundlich-ovaler Form besitzt sie überall glatte Wände und ist von einem engmaschigen Capillarnetz überzogen. Im frischen Zustande erscheint die gefüllte Gallenblase tief schwarzgrün, die Galle selbst lebhaft saftgrün.

Das ohne vorhergegangene Injection nur sehr schwer darzustellende Gallenausführungssystem setzt sich, was die gröberen Canäle anbelangt, folgendermaassen zusammen. An der dorsalen Fläche des mittleren

Leberlappens, unmittelbar hinter der Incisur, welche diesen vom rechten Leberlappen absetzt, findet sich ein Netzwerk von drei bis vier *Ductus hepatici* (Fig. 9, *Dh*), mit welchen sich der anfangs unpaare, bald aber in zwei Gänge sich spaltende *Ductus cysticus* (*Dcy*) verbindet. Aus diesem Canalnetz gehen drei Gallengänge von sehr ungleichem Caliber hervor (3). Sie legen sich gegen den vordersten Zipfel des Pankreas hin immer enger zusammen und treten, zu einem Gang confluirend, in die Substanz desselben ein. Im Moment, wo dieser Gang in die Längsachse des Pankreas umbiegt, erhält er noch einen weiteren Zuzug von Gallengängen (Fig. 9, Dh^1), die aus dem mittleren Leberlappen entspringen. So verstärkt läuft der Ductus choledochus in der Längsachse des Pankreas nach hinten und liegt dabei entweder an dessen ventraler Fläche frei zu Tage, oder er ist von einer dünnen Schicht des Drüsenparenchyms bedeckt. Nachdem er dann die Ausführungsgänge des Pankreas (Fig. 9, P^1) aufgenommen, tritt er als ein sehr starker, cylindrischer Canal an jener Stelle frei zu Tage, wo das Pankreas etwa in seiner Längenmitte anfängt, sich in fingerartige Lappen zu spalten (Fig. 9, Dc^1). Nachdem er so eine Strecke weit im *Ligamentum gastroduodenale* verlaufen ist, trifft er unter sehr spitzem Winkel auf das Duodenum, dessen dorsale Wand er mit schlitzförmiger oder länglich-ovaler Oeffnung durchbohrt.

Fig. 9.

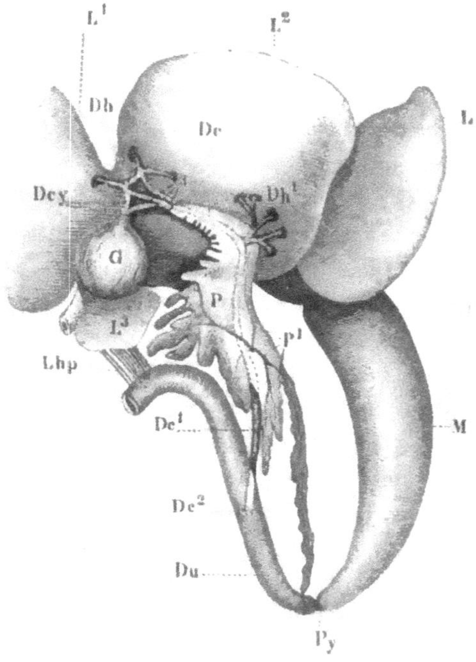

Pankreas und Gallenapparat.

Die Leber ist kopfwärts umgeschlagen ($L - L^3$), *Lhp* Ligamentum hepato-gastricum, *G* Gallenblase, *Dcy* Ductus cysticus, *Dh* Ductus hepatici, welche sich bei 3 zu dem Ductus choledochus (*Dc*) vereinigen. Dieser tritt in die Substanz des Pankreas (*P*) hinein und nimmt nach kurzem Lauf auf's Neue Ductus hepatici auf (Dh^1), P^1 Ductus pancreatici (durchscheinend gezeichnet), welche sich in den Ductus choledochus ergiessen. Letzterer tritt bei Dc^1 aus dem Pankreas hervor und mündet bei D^2 in das Duodenum (*Du*), *Py* Pylorus, *M* Magen.

Was die histologische Structur der Leber betrifft, so verdanken wir hierüber die sichersten Mittheilungen den Untersuchungen Hering's und Eberth's. Ihre Gefässverhältnisse, sowie auch die innigen Contactbeziehungen zwischen den Parenchymzellen einer- und den venösen Capillaren andererseits stimmen vollständig mit dem Bau der menschlichen Leber überein. Histologie der Leber.

Die Leber zeigt sich am nächsten verwandt den tubulösen Drüsen, ihre zelligen Elemente sind aber viel grösser als bei Säugern und nur drei bis vier Zellen sieht man auf dem Querschnitt das Lumen je eines Drüsenschlauches umschliessen. Die grossen Zellkerne liegen stets an der, die Capillaren berührenden, Wand der Zelle; die Gallenwege sind drehrund, verlaufen dabei aber meist in stumpfwinkligem Zickzack. Ueberall stehen die Blutbahnen um den Durchmesser einer Leberzelle von den Gallenwegen ab und beide zusammen, Gallenwege und Capillaren, bilden in inniger gegenseitiger Durchflechtung rundmaschige Netze.

Die Amphibienleber zeichnet sich durch einen grossen Pigmentreichthum aus und die der Bindesubstanz angehörigen Farbzellen sind angehäuft zwischen den Blutgefässen und dem eigentlichen Leberparenchym, wo sie von einem bindegewebigen Gerüste getragen werden (Eberth).

Man kann diese Pigmentzellenmassen in eine corticale und eine centrale Schicht scheiden, wenn auch gerade bei Rana beide weit nicht so scharf differenzirt sind, wie bei anderen Amphibien. Ausser dem Alter ist auch die Jahreszeit von einem gewissen Einfluss auf die Entwickelung und Metamorphose der in Frage stehenden Gebilde. Die oft mit Fortsätzen versehenen, einzelnen, bald rundlichen, bald abgeplatteten Zellen sind von der Grösse weisser Blutkörperchen, durch einen grossen Reichthum an Kernen (2 bis 7), sowie durch amöboide Bewegungen (junge Thiere) ausgezeichnet. Stets bleibt, mag die Zelle einoder mehrkernig sein, neben den Kernen nur eine ganz schmale Zone Protoplasma übrig. Je grösser der Pigmentinhalt, desto geringer ist die Fettinfiltration der Leberzellen, doch kommen auch Ausnahmen vor. Vielleicht stehen Pigmentzellen und die Entwickelung der Geschlechtsstoffe in causalem Zusammenhang (Eberth).

Das Pankreas.

Die Bauchspeicheldrüse stellt ein membranartig dünnes, langgestrecktes Gebilde von lichter, gelblich brauner Farbe dar. In seiner Bauchspeicheldrüse.

vorderen Hälfte mehr compact und stärker verbreitert, zeigt es nach hinten eine unregelmässig gelappte Form und kommt, wie oben schon bemerkt, in die Schlinge zwischen Magen und Duodenum zu liegen (Fig. 10, *P*).

Fig. 10.

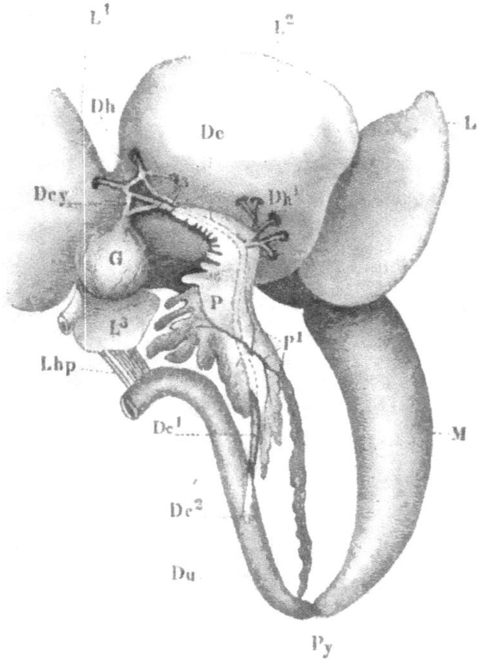

Auf zweierlei Weise kann man das Pankreas zur Anschauung bringen; entweder schlägt man die Leber mit dem ganzen Magen und Duodenum kopfwärts nach vorne, wodurch man die Dorsalseite des Organs zu Gesicht bekommt, oder man schlägt nur die Leber zurück und schneidet sämmtliche Bauchfellduplicaturen durch, welche das Duodenum mit dem hinteren Leberrand und dem Magen verbinden. Durch diesen Eingriff kann man alle drei Organe bequem von einander abziehen und das Pankreas nach Belieben entfalten.

Obgleich die einzelnen Lappen des Pankreas, welche sich fast ausschliesslich nur an seinem, dem Duodenum zugewandten Rande finden, nach Grösse, Form und Zahl bedeutenden, individuellen Schwankungen unterliegen, so kann man doch im Allgemeinen, die von uns oben aufgestellte Differenz bezüglich der Configuration der vorderen und hinteren Hälfte des Organs aufrecht erhalten. Der längste jener fingerartigen Fortsätze an seiner hinteren Circumferenz erstreckt sich bis zur *Pars pylorica* des Magens. Hier ist er durch Bindegewebe fixirt, und ebenso ist, wie uns bereits bekannt, das Vorderende des Organs, welches sich gegen die Gallenblase hin zu einem zungenartigen Fortsatz verlängert an die Unterfläche der Leber befestigt. Erwägen wir noch ferner, dass die ganze Drüse im *Ligamentum gastro-duodenale* suspendirt erhalten und die Duodenalschlinge fest mit dem hinteren Leberrande verlöthet wird, so sehen wir das Pankreas in einem festen von der temporären Füllung und Entleerung des Magens und des Duodenums sowie durch die Peristaltik wenig alterirten Rahmen fixirt. Der Nutzen davon liegt auf der Hand, wenn wir uns des oben geschilderten, in der Längsachse des Organs verlaufenden *Ductus choledochus* erinnern, dessen Lumen dadurch ein für allemal garantirt erscheint.

Kurz bevor der Gallengang etwa in der Längenmitte des Pankreas (vergl. oben) frei zu Tage tritt, nimmt er dessen Ausführungsgang (*Ductus Wirsungianus*) auf (Fig. 10, *P*[1]). Beide können vor ihrer Einmündung Netze erzeugen, doch scheinen auch noch kleinere separate Gänge an anderen Stellen einzumünden.

6. Die Milz.

Obgleich zum lymphatischen System gehörig soll sie, um den *Situs abdominis* vollends zu ergänzen, hier abgehandelt werden. Sie stellt einen kleinen, rundlich-ovalen, rothbraunen Körper dar, der in der Wurzel des *Mesenteriums* suspendirt und in der Höhe des beginnenden Dickdarmes, oder auch etwas nach vorne davon gelegen ist (Fig. 5, *Mz*). Ihr längster Durchmesser (6 mm bei mittelgrossen Fröschen) liegt in der Längsachse des Körpers. Ihr Querdurchmesser beträgt circa 5, ihr Dickendurchmesser 3 bis 4 mm. Der medianwärts schauende Rand (*Hilus lienis*) ist gerade oder auch leicht eingedrückt und enthält die ein- und austretenden, relativ grossen Milzgefässe; im Uebrigen ist das Organ allseitig glatt abgerundet und wendet seine grösste Convexität nach links. Allgemeine Configuration der Milz.

Wie überall, so ist auch die Froschmilz aus Zellen, intercellularer Stützsubstanz und Blutkörperchen componirt. Ein Theil der sehr verschieden geformten zelligen Gebilde ist mit der Milzpulpa nur sehr locker verbunden und lässt sich in Folge dessen leicht isoliren, ein anderer Theil haftet fester an. Die Zwischensubstanz, die theils fadenartig, theils körnig-streifig ist, ist stellenweise nur spärlich entwickelt, so dass sich die einzelnen Zellen unmittelbar berühren; an anderen Stellen ist sie in mächtigen Lagen vorhanden. Sie enthält zuweilen beträchtliche Mengen von Pigment (C. K. Hoffmann). Die Capillarenenden gehen in der Regel mit zwei bis drei kurzen, breiten Zweigen in die Blutbahnen der Pulpa über. Letztere sind in Form eines Netzes rundlicher und polygonaler Maschen angeordnet, die durch Histologie der Milz.

kurze, schmale Ausläufer mit einander in Verbindung stehen und die von den Kernen der Zellen der Pulpa, sowie von feinen Fädchen und Membranen der Stützsubstanz begrenzt werden.

Die Venen beginnen als gestreckt verlaufende, rasch sich erweiternde Canäle, welche an ihren Anfängen nur von einem gestreckten, mit elliptischen Kernen versehenen Netzwerk feiner, hier und da zu Membranen verbreiteter Fäden begrenzt sind; mit anderen Worten, ihre Anfänge besitzen durchbrochene Wandungen, und durch die Oeffnungen erfolgt ihre Communication mit den Räumen der Pulpa (C. K. Hoffmann).

7. Das Bauchfell.

Bauchfell. Von der Mitte der vorderen Bauchwand ausgehend steigt das Peritoneum als *Peritoneum parietale* gegen die Herzgegend empor. Es folgt dabei dem in dieser Gegend diaphragmaartig sich verhaltenden, inneren Bauchmuskel und biegt mit ihm gegen das Pericardium um, mit dessen Unter- und Aussenseite es innig verwächst. Von hier aus schlägt es sich auf die Leber um (*Ligamentum coronarium*), streicht als viscerales Blatt auf ihrer Vorderfläche herunter und erzeugt zwischen ihr und der Bauchwand das in der Medianlinie liegende und auch auf das Pericard continuirlich sich fortsetzende *Ligamentum suspensorium hepatis et pericardii.* Auf den Seitenlappen der Leber streicht das Bauchfell nach rückwärts gegen die Lungen zu und indem letztere von vorne her in dasselbe eingestülpt sind, entsteht so jederseits ein weit in die Bauchhöhle eingetriebener beutelartiger Pleural- oder eigentlich Pleuroperitonealsack.

An der hinteren Lungencircumferenz verwächst das Bauchfell in der Gegend der *Radix pulmonis* mit der linken und rechten Seite des Oesophagus (Beginn des Mesenteriums) und indem es sich von hier aus zur Austapezirung der dorsalen Brustwand lateralwärts wendet, öffnet sich der Peritonealsack gerade hinter der Lungenwurzel in das *Ostium abdominale* der *Tuba Fallopiae.*

Während nun das dorsale Blatt des parietalen Bauchfells in seinem Laufe nach hinten an der ventralen Seite der Nieren herunterstreicht, kommen letztere retroperitoneal zu liegen. Im Gegensatz dazu sind die Geschlechtsdrüsen sowie die Oviducte vollständig in das Bauchfell eingestülpt und erzeugen dadurch starke Mesenterien.

Die Mesovarien werden, je mehr sich die Oviducte der Cloake nähern, um so länger und erhalten unter zahlreichen Faltenbildungen ihre höchste Ausbildung bei hochträchtigen Weibchen (vergl. den Geschlechtsapparat).

Am hinteren Ende der Oviducte, da wo letztere eine uterusartige Erweiterung zeigen, verkürzt sich das Mesoarium unter Bildung einer tiefen Tasche bedeutend und streicht nur noch auf der ventralen Seite der Oviducte herunter, so dass also ihre den Nieren zugekehrte Fläche vom Bauchfell frei bleibt. Jene Falte beruht auf der Einlagerung grosser, zwischen Oviduct und Ovarium ausgespannter Gefässe.

Nach hinten gegen die Cloakengegend schlägt sich das Mesenterium jedes Oviductes unter Bildung einer hohen, freien Falte auf die Blase hinüber und da letztere in ihrer dorsalen Mittellinie mit der vorderen Circumferenz des Enddarmes enge verlöthet ist, so handelt es sich nicht, wie beim Menschen, um ein unpaares *Cavum recto-versicale*, sondern um zwei tiefe, taschenartige Excavationen, welche hinter den beiden zipfelartigen Seitenhälften der Blase gelegen sind und sich in die Beckenhöhle hinab erstrecken.

Ihre dorsale Wand zieht sich jederseits zwischen Steissbein und Rectum hinein und erzeugt so ein sehr starkes Mesorectum, welches gegen die *Valvula Bauhini* immer höher wird und das sich von hier aus direct in das Mesenterium fortsetzt. Die Harnblase ist somit in ihrer ganzen Ausdehnung, mit Ausnahme ihrer dorsalen, mit dem Rectum verwachsenen Mittellinie, und eines kleinen Theiles ihrer Vordercircumferenz, vom Bauchfell eingeschlossen.

Gegen das hintere Ende des Mastdarmes wird das Mesorectum sehr kurz und straff und umhüllt jenes nur noch zu beiden Seiten. Die Hinterwand bleibt unbedeckt und an der vorderen adhärirt, wie wir gesehen haben, die Blase.

Das Mesenterium des *Tractus intestinalis* beginnt, wie oben bemerkt, schon weit vorne im Bereiche des Oesophagus zwischen beiden Lungenwurzeln. Von hier aus schiebt es sich an der Unterfläche der Leber herab, bedeckt die *Cava inferior* und wird durch die Gallenblase eingestülpt. Von hier aus schlägt es, durch das zungenförmige Vorderende des Pankreas abgelenkt, eine freie, bogige Falte hinüber zum concaven rechten Rande des Magens, welcher vollkommen ins Peritoneum eingestülpt ist.

Von jener Falte an bis zum Pylorus spannt sich, wie früher schon bemerkt, das starke *Ligamentum gastro-duodenale*, in welchem das Pankreas suspendirt ist. Von seiner Fortsetzung, dem *Ligamentum hepato-duodenale* und ebenso von den Beziehungen des Mesenteriums zur Milz war oben schon die Rede.

Die Wurzel des Mesenteriums, welche die Wurzel der Aorta einschliesst, liegt genau in der Medianlinie, gerade vor der Wirbelsäule.

II. Respirations-Organe.

Larynx.

Kehlkopf.

Den Eingang zum Larynx habe ich bei der Betrachtung der Mundhöhle schon einmal, wenn auch nur kurz, berührt und verweise deshalb auf die Fig. 2.

Unmittelbar am Ausschnitt des hinteren Zungenrandes liegt eine tiefe, halbmondförmige Falte, die sich nach hinten und abwärts vertieft, so dass das Kehlkopfgerüste als schwacher schnabelartiger Höcker gegen die Mundhöhle vorspringt.

Fig. 11.

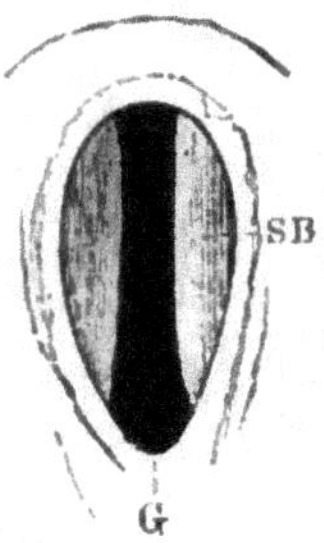

Aditus ad laryngem.

SB Stimmbänder.
G Stimmritze, weit geöffnet.

Zieht man die Stimmritze auseinander, so sieht man in der Tiefe die Stimmbänder weit gegen das Kehlkopflumen hereinspringen und die Stimmritze fast geradlinig begrenzen (Fig. 11, *SB*).

Geht man zur Darstellung des Larynx von de[illegible]de aus und präparirt vorsichtig die Schleim[illegible] zurück, so geräth man zuerst auf die zugehörigen Muskeln, die sämmtlich paarig angeordnet sind, die jedoch erst später zur Sprache kommen sollen, nachdem wir uns zuvor mit der Lage und dem Bau des Kehlkopfgerüstes bekannt gemacht haben.

Der Kehlkopf von *Rana esculenta* liegt zwischen die, von den hinteren Zungenbeinhörnern gebildete, nach hinten offene Gabel eingelassen und ist darin ringsum durch fibröses Gewebe, das namentlich an der vorderen Circumferenz des Kehlkopfes eine ausserordentlich starke Entfaltung zeigt, fest fixirt (Fig. 13, *G G*[1]).

Zugleich ist durch die später zu betrachtenden *Musculi petro-hyoidei* (Fig. 13, Ph^4) eine Garantie für das constante Offenbleiben des Einganges in die Lungen gegeben, so dass wir namentlich den vierten *Petro-hyoideus* als ein förmliches Sicherheitsventil für die ein- und ausströmende Luft betrachten dürfen.

Skelet des Kehlkopfes.

Was das Skelet des Kehlkopfes anbelangt, so besteht es aus drei hyalinknorpeligen Stücken, wovon zwei paarig angeordnet sind. Letztere liegen in Gestalt zweier breiter, dreieckiger, senkrecht oder doch nur mässig schiefstehender Lamellen, rechts und links vom Kehlkopfeingang. Sie sind lateralwärts ausgebaucht, so dass beide zusammen an eine geschlossene Malermuschel erinnern (Fig. 12, *Ca*). Vorne und hinten sind sie durch straffes Gewebe beweglich mit einander verbunden. Ihrer Gestaltung gemäss lassen sich an ihnen drei Ränder unterscheiden, wovon der eine, wellig gebogene, die nach abwärts schauende Basis jeder Lamelle repräsentirt. An ihrem verjüngten vorderen und hinteren Ende sind sie etwas nach einwärts gebogen, und diese Protuberanzen bilden die äussersten Anheftungspunkte der beiden Stimmbänder (Fig. 12, 13 Ca^1). Der zweite und dritte Rand der Lamelle schaut dorsalwärts und beide würden in der Mitte nach Art eines Dachgiebels zusammenstossen, wenn sich hier nicht drei zahnartige Prominenzen finden würden, eine kleinere vordere und hintere, sowie in dem halbkreisförmigen Ausschnitt zwischen diesen eine mehr lateralwärts sitzende grössere (Fig. 12, **).

Fig. 12.

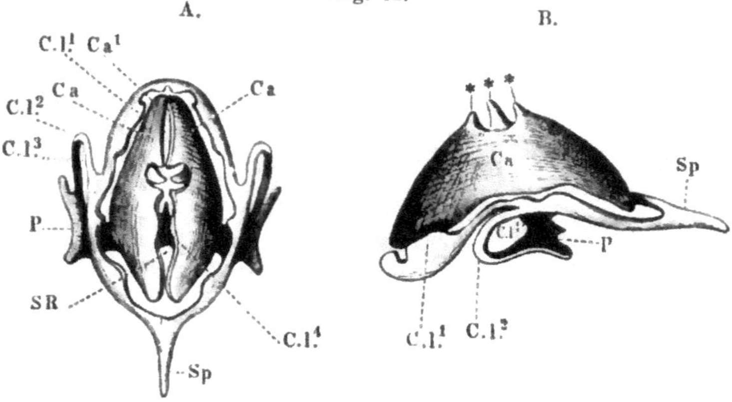

Knorpeliges Kehlkopfgerüste.

A von oben, B von der Seite gesehen. *Ca. Ca* Cartilago arytaenoida, *C.l.*, $C.l.^1$ — $C.l.^4$ Cartilago cricoidea. *Sp* Spiessartiger Fortsatz der letzteren. *P* Plattenartige Ausbreitung des ventralen Theiles der Cartilago cricoidea. *SR* Stimmritze. * * * Drei zahnartige Protuberanzen am Ary-Knorpel.

Auf der ganzen Länge der concaven Seite jeder Knorpellamelle spannt sich, etwa in der Mitte ihrer Höhe das breite Stimmband aus (Fig. 11, *SB*). In dorsaler Richtung gewölbt, erzeugt es von der Ventralseite betrachtet eine Kuppel, die zuweilen durch eine von der Seite einspringende Querfalte in zwei Abtheilungen, eine vordere und hintere zerfallen kann, Fig. 13, *SB*. Bei gewissen exotischen Anuren ist letzteres constant der Fall und es sind dann die beiden Abtheilungen ausserordentlich tief.

Der zweite Kehlkopfknorpel ist unpaar und repräsentirt seinem Grundplane nach, einen rundlich-ovalen Ring, mit welchem der oben beschriebene Knorpel durch kurzes, straffes Gewebe verbunden ist.

An seiner hinteren Circumferenz (Fig. 12, *Sp*) trägt er einen starken, spiessartigen Fortsatz, welcher der ventralen Schlundwand innig anliegt. Die Seitenpartien des Knorpelringes (Fig. 12, 13, $Cl - Cl^4$) zeigen an verschiedenen Stellen individuell stark variirende Anschwellungen und zwar begegnen wir den stärksten in Form von senkrecht sich erhebenden, plattenartigen Anschwellungen, welche wie zwei Bügel die vorhin betrachteten Knorpel zwischen sich fassen (Fig. 12, 13, $C.l.^1$). Der vordere Rand des Knorpelringes ist eingekerbt.

Vor der Mitte seiner seitlichen Circumferenz schickt der Knorpelring

Fig. 13.

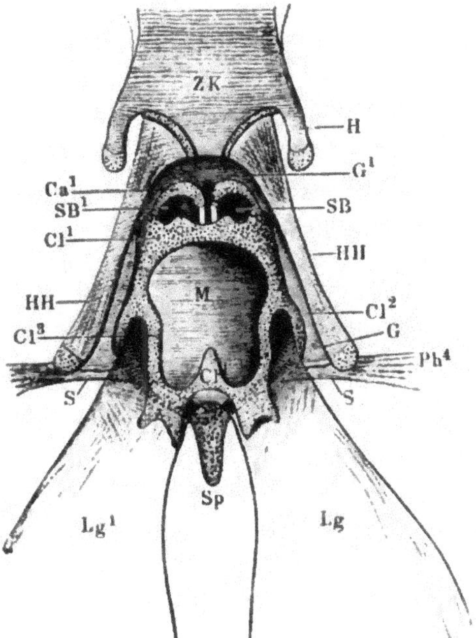

Ventrale Ansicht des Kehlkopfes sammt einem Theile des Zungenbein-Apparates und der Lungen.

Z K Zungenbeinkörper.
H H Grosse und *H* kleine Hyoidhörner.
G G^1 Bindegewebe, welches das Kehlkopfgerüste in der Gabel der Zungenbeinhörner befestigt.
Ph^4 Vierter M. petrohyoideus.
S Sehne desselben.
M Fibröse Membran.
$C. a.^1$ Vorderende der Cartilago arytaenoidea.
S B, $S B^1$ Schleimhautbucht an der Unterseite der Stimmbänder.
C.l. $C.l.^1$ – $C.l.^4$ Cartilago arytaenoidea (siehe den Text).
S p Fortsatz der letzteren.
Lg Lg Lungen.

jederseits einen schlanken, elegant bogig geschwungenen Fortsatz in die Tiefe (Fig. 12, 13, *C, l²*). Anfangs nach vorne gekrümmt, wendet er sich bald darauf, weit auswachsend, nach rückwärts und verbreitert sich zu einer Platte (*P*), welche zwei Fortsätze erzeugt und die durch eine schlanke, nach vorne schnabelartig ausspringende Knorpelcommissur mit der Gegenplatte der anderen Seite zusammenhängt (*Cl⁴*). Dieses basalwärts liegende Spangensystem liegt in einem Niveau mit dem vor dem Seitenast liegenden Theile des Knorpelringes. Indem es also basalwärts von der hinteren Hälfte des Knorpelringes liegt, existirt zwischen beiden ein Hohlraum, der nach rückwärts in die beiden Lungen hineinführt. Mit anderen Worten, jede Lungenwurzel wird von einer Knorpelspange umrahmt (Fig. 12, 13, *C. l.²*, *C. l³*, *P*) und so expandirt erhalten.

Die Lichtung des Ringknorpels wird basalwärts von einer fibrösen Membran (Fig. 13, *M*) ausgefüllt und diese bildet den ventralwärts mässig ausgebauchten, eigentlichen Boden der Stimmlade. Von oben her in letztere hineinschauend, sieht man von hinten her in der Mittellinie eine starke Schleimhautfalte vorspringen, wodurch die hintere Hälfte der Stimmlade in zwei Buchten getheilt wird. Sie bildet jederseits die mediale Begrenzung des Einganges in die Lungen und entspricht bezüglich ihrer Lage der sogenannten Carina der menschlichen Trachea. Eine eigentliche Luftröhre im Sinne der höheren Wirbelthiere kommt dem Wasserfrosch nicht zu.

Was endlich die Deutung der oben beschriebenen Kehlkopfknorpel anbelangt, so sind die beiden muschelartigen Knorpellamellen mit den Aryknorpeln, der zweite Knorpel aber mit dem Ringknorpel der höheren Vertebraten zu vergleichen. Sehr wahrscheinlich aber ist in letzterem auch noch der Anfangstheil einer Luftröhre mit enthalten. Die ganz fehlende *Cartilago thyreoidea*, sehen wir physiologisch durch die hinteren Zungenbeinhörner ersetzt.

Muskeln des Kehlkopfes. Von der Mundhöhle her präparirend trifft man jederseits zuerst auf einen breiten, vom Hinterende des hinteren Zungenbeinhornes entspringenden Muskel, der quer zur Längsachse des Kehlkopfes angeordnet ist und sich nahe dem oberen Rande des Aryknorpels unter fächerartiger Ausstrahlung inserirt (Fig. 14, *D. l.*). Seine Wirkung als Dilatator liegt auf der Hand.

Mit einer zweiten, kleineren Portion inserirt er sich seitlich am Ringknorpel und an eben dieser Stelle verbindet er sich aufs Engste mit den Fasern des tiefliegenden Constrictors (*Col¹*).

Nach Entfernung des ganzen Dilatators (vergl. die linke Seite der Fig. 14) übersieht man die in tieferem Niveau gelegenen Verengerer des Kehlkopfes, deren jederseits drei vorhanden sind. Zwei davon (*Co. l* und *Co. l*¹.) wirken in directer, der dritte (*C. a. l*) in indirecter Weise.

Um mit letzterem zu beginnen, so entspringt derselbe jederseits von der hinteren Hälfte der dorsalen Fläche des hinteren Zungenbeinhornes, verlässt dieses und biegt dann nach vorne und medianwärts ab, um mit seinem Gegenstück zusammenzufliessen. Dies geschieht unter Bildung einer sehnigen Raphe genau in der Mittellinie in jenem Winkel, wo sich die beiden verbreiterten Basen der Zungenbeinhörner mit der Zungenbeinplatte verbinden (Fig. 14, *I. t.*).

Dort verwachsen sie mit einer äusserst derben Membran, welche jenen Winkel ausfüllt und die *Rima laryngis* von vorne her capuzenartig überlagert (Fig. 13 u. 14, *G*¹).

Fig. 14.

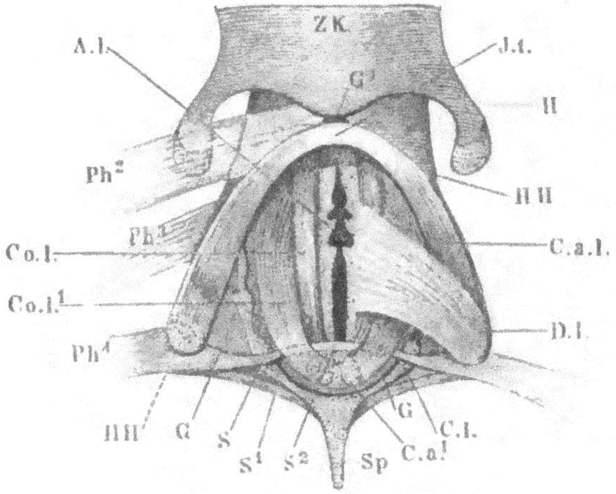

Muskeln des Kehlkopfes.

D. l. Dilatator laryngis.
C. a. l Hoher und zugleich lateralwärts liegender Constrictor laryngis, dessen beide Hälften bei *J. t.* eine Inscriptio tendinea bilden.
Co. l. Hoher, medianwärts vom letzteren liegender Constrictor.
*Co. l.*¹ Tiefer Constrictor laryngis.
*Ph*² — *Ph*⁴ Zweiter bis vierter Petrohyoideus; der vierte erzeugt die sehnigen Ausstrahlungen *S S*¹ *S*².
H H Grosse Zungenbeinhörner, welche durch fibröses Gewebe (*G G*¹) mit dem Ringknorpel *C. l.* verbunden sind.
Sp Fortsatz des Ringknorpels.
A. l. Aditus laryngis zwischen den Aryknorpeln.
*C. a.*¹ Hinterenden der letzteren, von welchen der hohe Constrictor *Co. l.* entspringt.
H. Kleine Zungenbeinhörner.
Z K Zungenbeinkörper.

Der eben beschriebene Muskel wirkt als Adductor der hinteren Zungenbeinhörner und indem diese den ganzen Kehlkopf in die Klemme nehmen, wird eine Verengerung der *Rima glottidis* auf indirecte Weise zu Stande gebracht.

Die beiden anderen Constrictoren lassen sich, obgleich in sehr enger gegenseitiger Berührung stehend, in einen hohen, mehr medianwärts und einen tiefen, mehr lateralwärts liegenden scheiden. Ersterer (Fig. 14, *Co. l.*) entspringt am medialen Rande des Vorderendes des Zungenbeinhornes, läuft entlang der ganzen Aussenfläche des Aryknorpels, nahe seinem oberen Rande, nach rückwärts und strahlt am hinteren Ende desselben, medianwärts mit dem der anderen Seite etwas convergirend, in eine fibröse Platte aus.

Mittelst dieser Platte, welche die *Rima laryngis* nach hinten zum Abschluss bringt, hängt sich der Muskel an einer starken, fadenartigen Sehne (Fig. 14, *S*²) auf, welche in rein transverseller Richtung an der hinteren Circumferenz der *Rima laryngis* herüber zieht und die als fibröse, in der Mittellinie mit der der anderen Seite continuirlich sich verbindende Ausstrahlung des vierten *Musculus petro-hyoideus* aufzufassen ist.

Letztgenannter Muskel (Fig. 14, *Ph*⁴) inserirt sich nämlich mit dem grössten Theil seiner Fasern an der hinteren, knorpeligen Apophyse des Zungenbeinhornes *HH*, mit einem kleineren Theil aber strahlt er in zwei Sehnen aus, wovon die eine eben geschildert wurde (Fig. 14, *S*, *S*²), während sich die andere seitlich an der hinteren Partie des Ringknorpels inserirt (*S*¹).

So hängt also der vierte *Petro-hyoideus* und der hohe Constrictor durch eine intermediäre Sehne direct zusammen und beide zusammen lassen sich gewissermaassen als die zwei Bäuche eines Biventers auffassen. Aus dem Mitgetheilten geht nun auch die oben schon kurz angedeutete Wirkung des vierten *Petro-hyoideus* als eines Spanners und Fixators des Ringknorpels klar genug hervor.

Die Faserrichtung des tieferen Constrictors (Fig. 14, *Co. l.*¹) läuft anfangs mit derjenigen des oben beschriebenen Muskels parallel, gewinnt aber bald einen mehr medianwärts ziehenden Verlauf. Er entspringt rechts und links neben der Mittellinie je von dem hintersten, höckerartig prominirenden Ende (Fig. 14, *Ca.*¹) der *Cartilago arytaenoidea*. Dabei liegt er hinter und tief unterhalb der Sehne des vierten *Petro-hyoideus*. Im Laufe nach vorwärts füllen seine Fasermassen den Winkel zwischen dem hinteren Zungenbeinhorn und dem hochliegenden Constrictor zum grössten Theil aus. Sie senken sich dabei, entsprechend der schiefen Längsachse der Giessbeckenknorpel nach vorne zu immer mehr in die Tiefe, so dass man ihren Ansatzpunkt am vordersten Ende der Aryknorpel erst gewahr wird, wenn man die beiden, zuerst beschriebenen Constrictoren entfernt. Ihr Hinterende liegt somit in viel höherem Niveau als ihr Vorderende.

In histologischer Beziehung besteht die Auskleidung des Larynx aus einer directen Fortsetzung der *Mucosa oris et pharyngis.* Ueberall — auch auf den Stimmbändern — ist er von hohem Flimmerepithel und zahlreichen Becherzellen ausgekleidet. Histologie des Kehlkopfes.

Die Grundsubstanz der Stimmbänder bildet ein äusserst dichtfaseriges, von zahllosen, spindelförmigen Zellen, die an beiden Polen zu Fibrillen auswachsen, durchsetztes Bindegewebe.

Die Lungen.

Die Lungen stellen zwei weite, dünnwandige, symmetrisch gelagerte Säcke dar (Fig. 13, *Lg*, *Lg*[1]). Bei ihrem Ursprung aus der Stimmlade halsartig verengt, dehnen sie sich weiterhin zu ellipsoiden, mit weitem Lumen versehenen Blasen aus, die beide von gleicher Grösse sind und nach hinten zipfelartig zugespitzt enden. Mit Ausnahme ihres, an der Stimmlade adhärirenden Anfangstheils liegen sie mit ihrer ganzen übrigen Masse frei im Leibesraume und erhalten hier, wie wir oben gesehen haben, von Seiten des Bauchfelles einen serösen, glatten Ueberzug, eine Pleura. Allgemeine Configuration der Lungen.

An ihrer Innenfläche findet sich ein reiches Netzwerk, das aus zahlreichen, ins Lumen einspringenden Bälkchen besteht. Ihre Stärke unterliegt ausserordentlich zahlreichen Schwankungen, immer jedoch stehen sie in gerader Proportion zu den unterliegenden Gefässen, d. h. sie repetiren letztere in Form eines zierlichen Reliefs. Der grosse Blutreichthum lässt das frische Organ zart hellroth erscheinen und da, wie oben bemerkt, die Wände sehr dünn sind, so schimmert das Balkenwerk schon äusserlich durch und erzeugt auf der Lungenoberfläche eine netzartige Zeichnung (Fig. 6, *Lg*, *Lg*[1]).

Die grösseren Gefässe verlaufen stets an der Peripherie der weiteren Maschen, während die kleineren, beziehungsweise die Capillaren im Binnenraume, im Fundus derselben angeordnet sind. Sämmtliche Oeffnungen des so entstehenden, aus vier- bis fünfeckigen Nischen oder Alveolen componirten Netzwerkes sind dem allgemeinen Lumen des Lungensackes zugekehrt, so dass die eingeathmete Luft mit der gesammten, alveolaren Binnenfläche in Contact zu kommen im Stande ist.

Histologie der Lunge.

Die eigentliche Gerüstsubstanz der Lunge besteht aus einem faserigen Bindegewebe, dem zahlreiche elastische Fibrillen und vor Allem grosse Mengen glatter Muskelfasern beigemischt sind. Dazu kommen noch schwarze Pigmentzellen.

Die Muskelzüge bilden, nächst den eingelagerten Gefässen, die Hauptstütze der die Alveolenmaschen bildenden Leisten und zwar treten sie besonders reichlich in den verdickten, freien Innenrändern derselben auf. Von diesen starken und compacten Hauptstämmen gehen dünnere Züge und von diesen selbst wieder einzelne, isolirte Muskelfasern ab, um über den flachen Grund der Alveolen, nahe ihrer inneren Oberfläche wegzuziehen (C. K. Hoffmann).

Die respiratorischen Capillarnetze ziehen, unregelmässige, rundliche oder polygonale Netze bildend, über die kleineren Alveolensepta continuirlich hinweg und würden, abgesehen von ihrer der Lungenwand angewachsenen Circumferenz frei in das Lungenlumen zu liegen kommen, wären sie nicht von einem, die ganze respirirende Lungeninnenfläche überziehenden Plattenepithel bedeckt. Die Zellkerne kommen dabei stets in die Lichtungen der Capillarmaschen zu liegen.

Auf den freien Rändern aller höheren Leisten, sowie in der Lungenwurzel finden sich als Fortsetzungen des den Vorderdarm charakterisirenden Epithels cylindrische Flimmer- und Becherzellen. Solche cylindrische Zellen finden sich oft auch gruppenweise mitten im Alveolenepithel, wo sie eine grössere Capillarmasche erfüllen können (C. K. Hoffmann).

Nach den Untersuchungen Küttner's spaltet sich die an die Lunge herantretende *Arteria pulmonalis* in rascher Aufeinanderfolge in drei, gleich dicke Hauptstämme (*Ramus posterior, externus* und *internus*), die unter allmäliger Convergenz zur Lungenspitze ziehen.

Jeder dieser Hauptstämme erzeugt auf seinem Wege dahin einen kürzeren, ebenfalls zur Lungenspitze gehenden Zweig, so dass die Lungenoberfläche in sechs arterielle Gefässsectoren getheilt wird. Von diesen sechs Gefässen strahlen Zweige zweiter resp. dritter Ordnung federbartartig aus und erst aus ihren Enden bilden sich baumartige Verzweigungen mit endlichem capillärem Zerfall. Von hier aus erfolgt dann wieder die Sammlung zu einem capillaren Venennetz, dessen Muttergefäss, eine kurze Strecke sichtbar, an das erste nächste Septum tritt und in die Tiefe hinabsteigt. An den meisten Alveolen begegnet man einer zuführenden Arterie und zwei bis drei abführenden Venenwurzeln (C. K. Hoffmann).

Schallblasen.

Ueber ihren paarigen Eingang wurde schon oben bei der Beschreibung der Mundhöhle (Fig. 2, *S*) berichtet. Sie bilden Aussackungen der Mundschleimhaut und kommen nur den männlichen Thieren zu. Ihre Wand besteht aus einem bindegewebigen, von reichlichen elastischen Fasern durchzogenen Stroma, innen von einem Plattenepithel, aussen von einer quergestreiften Muskelschicht überzogen. Letztere ist eine directe Fortsetzung des die ganze Blase schleuder- oder beutelartig umhüllenden *Musculus mylo-hyoideus* (Fig. 15, *My*, *My*¹). Schallblasen.

Fig. 15.

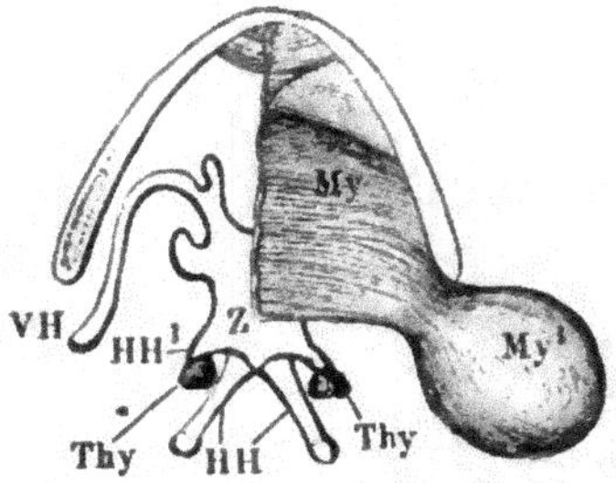

Ausgestülpte Schallblase und freigelegte Glandula thyreoidea.

My M. mylohyoideus, der sich bei *My*¹ auf die Schallblase fortsetzt.
Thy Glandula thyreoidea.
Z Zungenbeinkörper.
VH, *HH*¹ u. *HH* Vordere, kleine und grosse Zungenbeinhörner.

Wenn das Thier schreit, so werden die Schallblasen aufgebläht und fungiren als Resonatoren; dabei treten sie bei *Rana esculenta* jederseits hinter und etwas unterhalb des *Angulus oris* und des Trommelfelles sackartig hervor. Die äussere Haut, die, während die Blasen in der Ruhelage sich befinden, an der betreffenden Stelle eine von hohen Falten begrenzte Nische erzeugt, wird mit ausgestülpt, denn sie ist hier verdünnt und ungemein dehnbar. Zur Verwachsung mit dem Sacke kommt es nicht.

Jede Schallblase liegt ganz getrennt für sich und communicirt nirgends mit der der anderen Seite.

III. Blutgefässdrüsen.

Thymus.

Form und Lage der Thymus.

Man findet das Organ, wenn man die Haut hinter dem Trommelfell und dem Kieferwinkel entfernt und den dadurch zum Vorschein kommenden *M. depressor mandibulae* (Fig. 16, *D. m.*) zurückschlägt. Sie liegt als ein länglich-ovales oder wurstförmiges Gebilde (*Th*) in der Spalte zwischen ihm und dem anstossenden *M. sterno-cleido-mastoideus* (*St.*) und schaut auch wohl am hinteren Rande des erstgenannten Muskels etwas hervor.

Fig. 16.

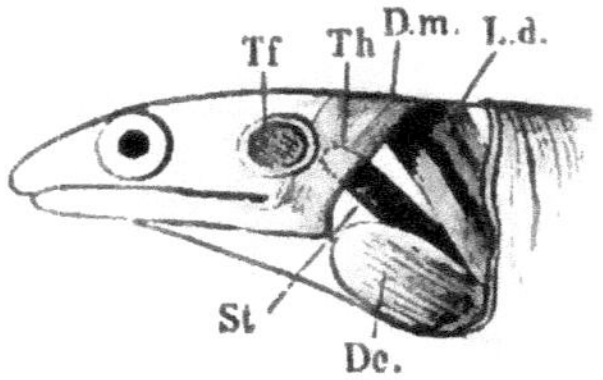

Lagebeziehungen der Glandula Thymus.

Th Gl. Thymus.
Tf. Trommelfell.
D. m. Depressor mandibulae.
L. d Latissimus dorsi.
St Sternocleido-mastoideus

Stets liegt sie in einem lymphartigen, von viel Bindegewebe, Fett und zahlreichen Gefässen erfüllten Hohlraume. Bei *Rana temporaria*, wo die Thymusdrüse viel kleiner und kugelartiger ist, liegt sie weiter zurück auf dem Kopfnicker in dem Winkel zwischen *Latissimus dorsi* und dem Deltamuskel (Fig. 16, *L. d.* und *Dc.*).

Histologie der Thymus.

In histologischer Beziehung lässt sich constatiren, dass sie von einer bindegewebigen Aussenhülle eingeschlossen wird, von welcher zahlreiche, zu Netzen sich verbindende Bälkchen ins Innere hineinspringen. Die dadurch entstehenden Hohlräume werden von lymphoiden Zellen dicht erfüllt, ohne dass es mir gelungen wäre, ein eigentliches Epithel nachzuweisen. Ausser jenen kleinen lymphkörperchenartigen Zellen finden sich auch noch grössere, zellige Elemente von runder Form, deren Natur ich nicht näher untersucht habe.

Glandula thyreoidea.

Schlägt man den *M. sterno-hyoideus* zurück, so erscheint dorsal von seinem vorderen Ende, kurz, ehe sich dasselbe, zwischen den *Mm. genio-hyoidei* hindurch gegen das Zungenbein in die Tiefe senkt, jederseits ein kleines, rothbraunes Körperchen (Fig. 17, *Thy, Thy*) von dreieckiger oder auch mehr ovaler Form. Es liegt genau in dem Winkel, den das grosse und kleine hintere Zungenbeinhorn (*HH*, *HH*[1]) an der hinteren Circumferenz des Zungenbeinkörpers (*Z*) mit einander erzeugen. Es ist leicht kenntlich durch die zahlreichen Gefässe, die sich in seiner Nähe büschelartig zusammendrängen, besonders aber durch die mächtige *Vena jugularis*, mit deren ventraler Circumferenz es fest verlöthet ist. Schilddrüse.

Fig. 17.

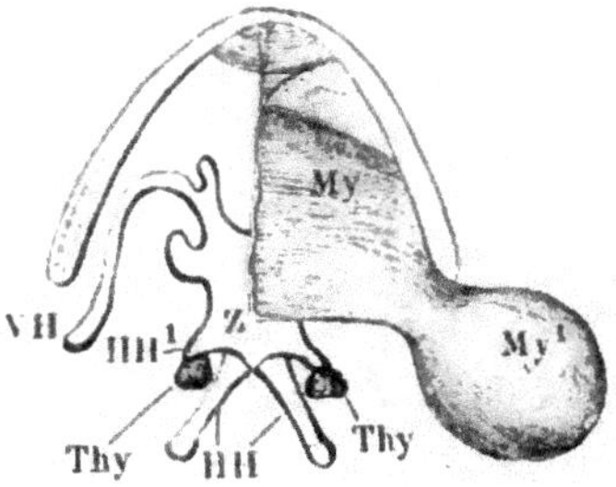

Ausgestülpte Schallblase und freigelegte Glandula thyreoidea.

My M. mylohyoideus, der sich bei *My*[1] auf die Schallblase fortsetzt.
Thy Glandula thyreoidea.
Z Zungenbeinkörper.
VH, *HH*[1] u. *HH* Vordere, kleine und grosse Zungenbeinhörner.

Seine dorsale Oberfläche ist unregelmässig buchtig und zerklüftet, seine ventrale dagegen meistens convex und glatt.

Nicht selten trifft man in der Nähe des überreich vascularisirten, von einem dichten Capillarnetz durchzogenen Organs noch mehrere, kleinere Nebenschilddrüsen.

Aehnlich wie bei der Thymus springen auch hier von einer bindegewebigen Aussenhülle aus zahlreiche, zu Netzen sich verbindende Septa ins Innere herein und die maschigen Hohlräume sind von lymphoiden Zellen dicht erfüllt.

IV. Urogenital-System.

Topographische Verhältnisse.

Topographie des Urogenital-Systems.

Schneidet man das Mesorectum durch, so sieht man, wie dorsalwärts von ihm, zwischen den beiden, in Folge des Schnittes klaffenden Blättern seiner Wurzel ein starkes Gefäss erscheint, die *Vena cava inferior* (vergl. Fig. 49 der Gefässlehre). Sie bekommt rechts und links einen Zuzug zahlreicher Queräste, welche der Niere und dem Hoden entstammen (Fig. 18, *Cv*).

Fig. 18.

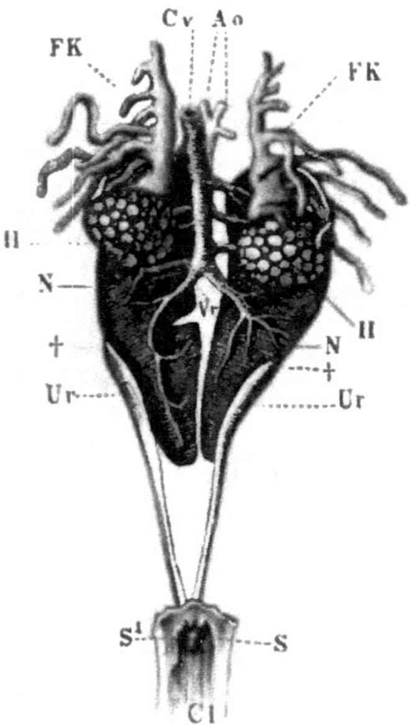

Der gesammte männliche Urogenital-Apparat, von der Ventralseite gesehen.

N N Nieren.
Ur Ur Die Ureteren, welche bei † am lateralen Nierenrande hervortreten.
S S[1] Ihre Ausmündung in die Cloake (*Cl*).
H H Hoden. *FK*, *FK* Fettkörper.
Cv Vena cava inferior. *Ao* Aorta.
Vr Venae revehentes.

Das so entstehende Gefäss trennt die beiden Hoden, sowie die nach vorne von ihnen befindlichen Fettkörper (Fig. 18, *H*, *FK*). Diese beiden Gebilde stossen, so lange das Mesorectum erhalten ist, in der Mittellinie noch viel näher zusammen und weichen nach Durchschneidung desselben etwas zur Seite (vergl. Fig. 18).

Zieht man die untere Hohlvene etwas lateralwärts, so erscheint hinter ihr die *Aorta descendens* (Fig. 18, *Ao*), welche in einer und derselben Achse mit jener gelegen ist.

Die Hoden liegen in einer seichten Delle der ventralen Nierenfläche und sie sowohl als der Fettkörper bedecken somit den vorderen Theil der Nieren. Will man also letztere ganz überschauen, so muss man jene beiden Organe zuvor entfernen.

Nach hinten von den Hoden liegen die Nieren sammt ihrem Ausführungsgang, dem Ureter, frei zu Tage und reichen vom vorderen Rande des vorletzten Wirbels bis etwas über die Längenmitte des Steissbeines nach hinten (*N*, *Ur*).

Wie ich oben schon bemerkte, sind die Hoden ganz in das Bauchfell eingestülpt und nur medianwärts bleibt eine kleine Stelle (*Hilus*) für den Ein- und Austritt der Gefässe und der Ausführungsgänge davon frei. Die Nieren liegen, wie wir ebenfalls schon wissen, retroperitoneal, d. h. sie sind nur an ihrer ventralen Fläche vom Peritoneum überzogen. Dorsalwärts stossen sie an den *Plexus lumbo-sacralis*.

Die Ausmündungsstellen der Ureteren liegen, wohl von einander getrennt, in der dorsalen Wand der Cloake in Gestalt zweier, in einer nischenartigen Vertiefung gelegener Längsschlitze (Fig. 18, 23, *S*, S^1).

Beide sind nur durch einen kleinen Intervall von einander getrennt und stossen rechts und links beinahe in der Medianlinie zusammen.

Dies eben Mitgetheilte gilt, was den Harnapparat und die Gefässverhältnisse betrifft, in gleicher Weise für beide Geschlechter. Die Ovarien entsprechen in ihrer Lage im Wesentlichen den Hoden (Fig. 23, *Ova*), d. h. sie liegen in symmetrischer Anordnung an der Ventralseite der Nieren. Lateralwärts von ihnen wie von den Nieren liegt jederseits der Oviduct, der die ganze Längsachse des Körpers, von der Lungenwurzel bis zur Cloake, durchzieht. Beide, der Eileiter sowohl wie der Eierstock, unterliegen, je nach verschiedenen Jahreszeiten, den allergrössten Schwankungen nach Form und Ausdehnung, so dass die Nieren zu gewissen Zeiten von ihnen vollkommen verdeckt werden (Fig. 23, *Ov*).

Ueber das Nähere handeln die speciellen Capitel.

1. Der Harnapparat.

Die Nieren.

Allgemeine Formverhältnisse der Nieren.

Jede **Niere** stellt einen braunrothen, länglichen Lappen dar, von ungefähr halbmondförmiger Gestalt, mit innerem geradem und äusserem convexem Rande (Fig. 19).

Fig. 19.

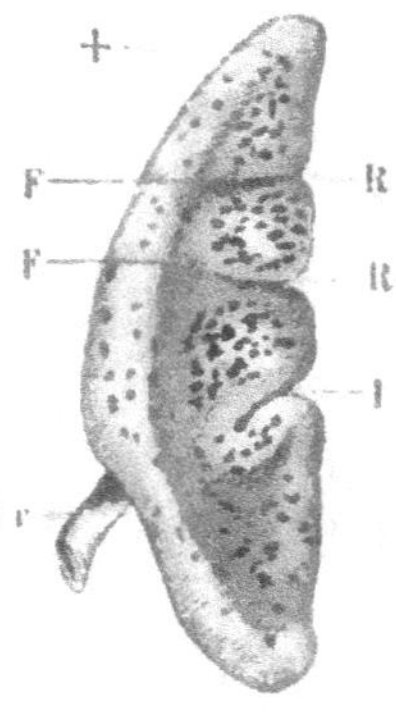

Die rechte Niere von der Ventralfläche.

R R I Incisuren am medialen Rande, welche lateralwärts in die Furche *F F* münden. Bei † beginnt (auf der Dorsalseite) der Ureter, der bei *Ur* frei zu Tage tritt. Die schwarzen Punkte zeigen die Hauptverbreitungsbezirke der Nephrostomen.

Das in dorso-ventraler Richtung stark abgeplattete Organ verjüngt sich nach vorne und hinten zu ziemlich stark. Seine, mit der Längsachse des Körpers zusammenfallende, grösste Längenausdehnung beläuft sich bei mittelgrossen Fröschen auf ca. 16 mm, die grösste Breite auf 6 bis 7 mm.

Während der äussere convexe Rand durchaus glatt ist und nur an seinem hinteren Drittel von Seiten des Ureters eine leichte Impression erfährt, ist der mediale Rand an verschiedenen, gewöhnlich an drei Stellen eingekerbt. Die tiefste von zwei wulstigen Lippen umsäumte Incisur (Fig. 19, *I*) ist die hinterste, die beiden vorderen (*R R*) zeigen individuelle Schwankungen.

Jede Incisur setzt sich lateralwärts in eine tiefe und breite Furche fort und alle drei Furchen münden in eine breite, die ganze Länge der Ventralfläche des Organs durchziehende Furche ein (Fig. 19, *FF*). Alle diese Vertiefungen beruhen auf der Einlagerung der *Venae revehentes* d. h. der Nierenwurzeln der *Vena cava inferior*.

Die ganze, ventrale Nierenfläche erhält so ein lappiges und gefurchtes Aussehen; sie ist *in toto* mässig concav, die dorsale Fläche dagegen glatt und etwas convex.

Feinerer Bau der Nieren-Nephrostomen.

Auf der **ventralen** Nierenfläche — am deutlichsten nach vorhergegangener Chromsäure-Alkohol-Behandlung — trifft man zahlreiche, gerade noch mit blossem Auge erkennbare, weissliche Körperchen, die am zahlreichsten auf den, durch die *Venae revehentes* abgegrenzten

Territorien getroffen werden. Sie liegen hier zu mehreren Hunderten zerstreut, nehmen aber sowohl gegen den lateralen Nierenrand, als auch gegen das hintere Nierenende bedeutend an Menge ab, und liegen nicht mehr gruppen- oder reihenweise zusammen, sondern treten nur noch vereinzelt auf (Fig. 19).

Schon bei guter Lupenvergrösserung erweckt jedes Körperchen den Eindruck eines kurzen Fädchens mit angeschwollenem, freiem Ende. Man bekommt den Eindruck als hätten sich zahlreiche, minimale parasitische Würmchen in schiefer Richtung in das Nierenparenchym eingebohrt.

Mit der Grenze des Peritoneums hören auch alle jene Körperchen, die man als Nierentrichter oder Nephrostomen zu bezeichnen pflegt, auf, d. h. die dorsale Nierenfläche ist ganz frei davon.

An jedem Nephrostom lassen sich zwei verschiedene Abschnitte unterscheiden, nämlich das frei gegen die Peritonealhöhle geöffnete, erweiterte, von Flimmerzellen ausgekleidete Trichterende und der in die Nierensubstanz sich einsenkende Trichterstiel. Letzterer kann sich theilen und andererseits können auch zwei Trichterstiele zu einem gemeinsamen Nephrostom zusammenfliessen oder endlich kommen Oesenbildungen vor, indem sich zwei aus einem gemeinsamen Nephrostom entsprungene Trichterstiele wieder mit einander vereinigen.

Allen diesen Vorgängen begegnet man bei *Rana esculenta* nicht so häufig, wie bei *Rana temporaria*, wo sie beinahe die Regel zu bilden scheinen (J. W. Spengel).

In welchen Abschnitt der Harncanälchen die Trichterstiele einmünden, war lange Zeit Gegenstand der Controverse und erst in neuester Zeit wurde durch M. Nussbaum das Dunkel vollständig aufgehellt und Folgendes darüber festgestellt.

Im Larvenstadium der anuren Batrachier existirt eine gewisse Periode, in welcher die Wimpertrichter, wie dies bei Urodelen das ganze Leben hindurch die Regel bildet, mit dem ersten Abschnitt, d. h. mit dem Hals der Harncanälchen in continuirlichem Zusammenhange stehen. Im Laufe der Entwickelung jedoch werden bei den Anuren die Wimpertrichter vom Hals der Harncanälchen abgedrängt und treten in Verbindung mit den den vierten Abschnitt der Harncanälchen in lang gezogenen Maschen umspinnenden Portalvenen.

Durch diese Thatsache stellt sich nun die Bauchhöhle der Anuren als ein Lymphraum heraus, wie bei den höheren Wirbelthieren. Zur Zeit der functionirenden Vorniere aber und während des Zusammenhanges der Wimpertrichter mit dem Hals der Urnierencanälchen ist die Bauchhöhle, wie bei den erwachsenen Urodelen, ein Excretionsapparat, da die in ihr enthaltene Flüssigkeit durch die Wolff'schen Gänge, die späteren Ureteren, nach aussen abgeführt wird.

„Es vollzieht sich demgemäss — bemerkt Nussbaum weiterhin — im Laufe der Entwickelung bei den anuren Batrachiern ein gewaltiger Functionswechsel der Bauchhöhle, ein Fortschritt von einer weniger vortheilhaften zu einer besseren Einrichtung, da das vorher für den Organismus verloren gehende, flüssige und sicher lymphähnliche Transsudat der Bauchhöhle späterhin nach Art der übrigen Lymphe dem Blutgefässsystem wieder zugeführt wird.

Aehnliche Unterschiede finden sich bei Würmern, wenn man bedenkt, dass bei vielen dieser Thiere die Schleifencanäle mit offenen Trichtern in die Leibeshöhle hineinragen, bei anderen dagegen nach innen blind geschlossene, auf der äusseren Haut mündende Schläuche darstellen. Die letztere Einrichtung führt in die Excretionsorgane nur diejenigen Stoffe hinein, welche von den Zellen ausgewählt werden, während der offene Trichter mechanisch durch seine Wimperung noch den ganzen flüssigen Inhalt der Bauchhöhle hineintreibt."

Harncanälchen und Malpighi'sche Kapseln.

Im Vorstehenden war schon da und dort vorübergehend von den Harncanälchen die Rede und es ist jetzt Zeit, uns näher darüber zu orientiren.

In der Anuren- wie überhaupt in der Amphibienniere kann man nach dem Vorgange J. W. Spengel's vier verschiedene Abschnitte der Harncanälchen unterscheiden.

Was zunächst die grossen Malpighi'schen Kapseln betrifft, so sind sie von einem Endothelium ausgekleidet, das dem inliegenden Gefässknäuel in der Regel nicht dicht anliegt. Die Malpighi'schen Körperchen liegen, wie Spengel ganz richtig angiebt, vorzugsweise an der ventralen Nierenfläche.

Den ersten, aus den Malpighi'schen Kapseln entspringenden Abschnitt der Harncanälchen pflegt man als Hals zu bezeichnen. Er ist genau wie der dritte Abschnitt von einem Flimmerepithel ausgekleidet, dessen ausserordentlich lange Cilien gegen den zweiten, stark gewundenen Canababschnitt gerichtet sind. Letzterer besitzt ein cylindrisches Epithel mit granulirtem Inhalt und deutlichen, randständigen Kernen. Das Verbindungsstück mit den Sammelröhren ist von hellen, cubischen oder cylindrischen Zellen ausgekleidet. Die Sammelröhren ziehen quer durch die Nieren und verbinden sich am lateralen Rande mit dem Harnleiter.

Der aus der dorsalen Circumferenz der Malpighi'schen Kapseln entspringende Hals wendet sich gegen die dorsale Nierenfläche, ohne sie jedoch ganz zu erreichen. Der auf dem Wege dahin entstehende, zweite Canalabschnitt erzeugt seine Windungen ebenfalls in der dorsalen Nierenhälfte, wendet sich aber schliesslich wieder ventralwärts, wo er in das dritte, ebenfalls wimpernde Canalstück übergeht.

Das vierte Stück liegt vorwiegend in der ventralen Nierenhälfte, mündet aber schliesslich etwa unter rechtem Winkel in die dorsal gelegenen Sammelröhren (C. K. Hoffmann, J. W. Spengel).

Ich will die Harncanälchen nicht verlassen, ohne zuvor einer Mittheilung zu gedenken, die ich der Freundlichkeit B. Solger's verdanke.

Die am meisten dorsal gelagerten Harncanälchen zeigen da und dort eine bald schwächer, bald gesättigter auftretende, goldgelbe, manchmal auch braungelbe Färbung und heben sich dadurch scharf von ihrer Umgebung ab. Die Farbe beruht auf der Einlagerung einestheils diffusen, anderentheils in Körnchen auftretenden Farbstoffes in den Cylinderzellen der betreffenden Canalstrecke. Der Fuss der Zelle, sowie ihr in das Canallumen schauender, freier Rand wird von jenem Farbstoff in der Regel freigelassen. Die Frage nach der chemischen Natur des Pigmentes und des Stoffes, an welchen dasselbe gebunden ist, hat Solger vorderhand offen gelassen, er knüpft daran aber folgende interessante Bemerkung. Nierenpigment.

Jene pigmentirten Harncanälchen, die „zweiten Abschnitte“ der Harncanälchen Heidenhain's sind es auch, die nach Nussbaum die Ausscheidung des durch das Gefässsystem dem Frosche einverleibte indig-schwefelsaure Natron ausschliesslich übernehmen. „Es stimmt diese experimentelle Erfahrung vortrefflich zu der Thatsache, dass der Organismus sich derselben Strecke des Excretionsorgans bedient, um unter normalen Verhältnissen physiologischer Pigmente sich zu entledigen. Auch die Erfahrungen an Säugethieren, die Möbius und Ponfick hinsichtlich der Ausscheidung des Gallen- und Blutfarbstoffes gewannen, stehen damit in Einklang. Auch hier passiren die Farbstoffe das Epithel der gewundenen Canälchen, die dem zweiten Abschnitt der Harncanälchen des Frosches entsprechen.“

Da die Solger'schen Untersuchungen, wovon mir die Correcturbogen vorgelegen haben, in allernächster Zeit publicirt werden [1]), so beschränke ich mich darauf, noch kurz zu bemerken, dass Solger ganz ähnliche Bildungen auch bei Fischen und Reptilien nachzuweisen vermochte. In jener Arbeit finden sich auch höchst werthvolle Winke über andere Punkte der feineren Nierenanatomie und ebenso die betreffenden technischen Angaben.

Der Harnleiter und die Harnblase.

Harn- und Samenleiter.

Mit seinem Anfangsstück ganz in das vordere Nierenende eingebettet, tritt der Ureter, der zugleich den Samenleiter repräsensirt, schon nach kurzem Laufe dicht neben dem convexen Nierenrande zu Tage (Fig. 18, 19, *Ur*). Er liegt dabei, eingebettet in eine Rinne, eben noch auf der dorsalen Circumferenz des Organes (Fig. 20, *Ur*) und zieht, mit dem Nierenparenchym aufs Innigste verlöthet und begleitet von der *Vena advehens*, nach hinten (Fig. 20, *Va*).

Fig. 20.

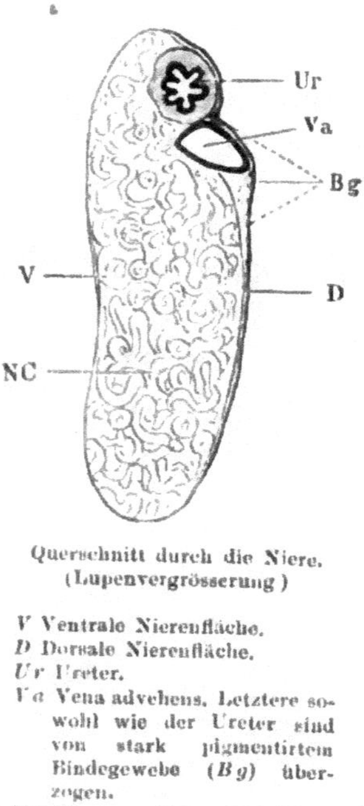

Querschnitt durch die Niere. (Lupenvergrösserung)

V Ventrale Nierenfläche.
D Dorsale Nierenfläche.
Ur Ureter.
Va Vena advehens. Letztere sowohl wie der Ureter sind von stark pigmentirtem Bindegewebe (*Bg*) überzogen.
NC Nierencanälchen (skizzirt).

In dieser Lage bleibt er bis gegen den Beginn des hinteren Nierendrittels, dann schlingt er sich, unter Beschreibung einer sehr lang gezogenen Spirale um den lateralen Nierenrand herum, wird frei und kommt auf die ventrale Nierenfläche dicht neben ihrem Aussenrande zu liegen (Fig. 18, *Ur*).

Seinen gestreckten Lauf beibehaltend und mit dem der anderen Seite convergirend zieht der Ureter frei in der Bauchhöhle liegend hinab zur Cloake, deren dorsale Wand er, wie oben geschildert, durchbricht [2]). Wenn sich auch beide Ureterenmündungen sehr nahe liegen,

---

[1]) Dies ist einstweilen in den Abhandlungen der naturforschenden Gesellschaft zu Halle, Bd. XV, geschehen.

[2]) Beim Weibchen läuft der Ureter nicht frei durch die Leibeshöhle, sondern legt sich von der Stelle an, wo er den lateralen Nierenrand verlässt und wo beim Männchen die gleich zu beschreibende Samentasche beginnt, der dor-

so kommt es doch nicht zu einem Zusammenfluss derselben, sondern sie bleiben vollkommen von einander getrennt.

Jene, auf die ventrale Nierenfläche übergreifende Partie des Ureters (Fig. 18, 21, *Ur*) zeigt eine spindelförmige Anschwellung und repräsentirt überhaupt den weitesten Abschnitt des ganzen Rohres. Sie entspricht dem bei anderen Anuren, wie z. B. bei *Rana temporaria*, sackartig erweiterten *Receptaculum seminis*.

Die Wand des Ureters baut sich zum grössten Theile auf aus einem zellreichen Bindegewebe sowie aus glatten Muskeln. Die Schleimhaut ist in zahlreiche Längsfalten gelegt und das Epithel besteht aus kurzen Cylinderzellen mit grossen, randständigen Kernen. Drüsen konnte ich nirgends mit Sicherheit constatiren, auch nicht in jenem spindelartig erweiterten Abschnitt. Es ist dies um so auffallender, als die Samentasche von *Rana temporaria* durch mächtige, verästelte Drüsenschläuche ausgezeichnet ist.

Die oben schon kurz erwähnte Harnblase stellt eine Ausstülpung der ventralen Cloakenwand dar und ist auch stets von der Cloakenhöhle aus leicht aufzublasen. Sie ist im Verhältniss zum ganzen Körper von monströser Grösse und indem sie auf ihrem Scheitel eine Einkerbung besitzt, zerfällt sie hier in zwei, durchaus nicht immer ganz gleich grosse Lappen und weist so auf ihre paarige Anlage zurück. Berücksichtigt man dabei noch den aus der Cloakenwand entspringenden, stark eingeschnürten Blasenhals, so resultirt daraus eine äussere Configuration des Organes, die man am besten mit birn- oder vielleicht noch besser mit herzförmig bezeichnet (Fig. 5, 6, *HB*). Die Beziehungen der Harnblase zum Enddarme und Bauchfell habe ich oben schon erörtert. Ihre Wandungen, die aus glatten, netzebildenden Muskel- sowie aus elastischen Fasern und zellenarmem Bindegewebe bestehen, sind sehr zart und beim aufgeblasenen Organ durchaus glatt und faltenlos. Harnblase.

Das Organ ist ausserordentlich blutreich (Fig. 6, *Hb*) (vergl. die Gefässlehre) und innen von einem gemischten Epithel ausgekleidet.

Nach Lavdowsky finden sich in der Harnblase birnförmige, von einer kernhaltigen Hülle umgebene Ganglienkörper („Endzellen"), in welche die Nervenfasern pinselförmig ausstrahlen. Ausserdem finden sich noch zahlreiche, sympathische Ganglien.

---

salen Circumferenz des erweiterten Oviductendes innig an, verwächst mit ihr und läuft förmlich eingefilzt in dessen Wand herab zur Cloake (Fig. 23).

Nebennieren.

Obgleich in keinem genetischen Connex zum Urogenitalapparat stehend, so sollen die Nebennieren ihrer engen Lagebeziehungen zur Niere wegen doch hier kurz besprochen werden. Leider reichte mir die Zeit nicht, um diesen interessanten Organen ein eingehenderes Studium widmen zu können und so kann ich hier nur wenige Bruchstücke zu ihrer Kenntniss liefern.

Auf der Ventralseite jeder Niere, und zwar etwas jenseits ihrer Längenmitte gegen die Aussenseite zu, bemerkt man schon mit blossem Auge, viel besser aber mit der Lupe, einen mit den Netzen der *Venae revehentes* und dadurch auch mit der Niere selbst eng verwachsenen, bandartigen Körper. Er ist bei frischem Organ von sattgelber Farbe und hebt sich dadurch von dem dunkelrothen Untergrunde deutlich ab.

Da und dort von der Seite her eingekerbt, folgt er fast der ganzen Längsachse der Niere und erweist sich bei schwacher Vergrösserung als ein Convolut zahlreicher, eng neben einander liegender gelblicher Schläuchchen oder Würstchen, die zum Theil von einer Masse gelber Kerne erfüllt, zum Theil aber auch einen förmlichen Epithelbelag besitzen. Ueber die Beziehungen des Sympathicus zur Nebenniere vermag ich keine Auskunft zu geben.

2. Der Geschlechtsapparat.

a. Der männliche Geschlechtsapparat.

Männlicher Geschlechtsapparat.

Die männlichen Geschlechtsdrüsen liegen, wie oben schon erwähnt, symmetrisch zu beiden Seiten der Wirbelsäule auf der Ventralseite der Niere (Fig. 18, *H, H*). Sie besitzen eine nach Individuen, wie nach Jahreszeiten schwankende Grösse und Gestalt; am häufigsten ist letztere rundlich oder rundlich-oval, seltener kegel- oder birnförmig. Auch zwischen den Organen beider Seiten finden sich zuweilen Differenzen.

Vasa efferentia.

Schon mit blossem Auge erkennt man, dass die vom Peritoneum bedeckte Aussenfläche nicht glatt, sondern fein gekörnt, morulaartig ist.

Während die vordere Circumferenz des Hodens mit dem später zu schildernden Fettkörper enge verwachsen ist, treten auf seiner medialen, der *Vena cava inferior* zugekehrten Circumferenz die Ausführungsgänge, die *Vasa efferentia* frei zu Tage und lassen sich als solche ihrer milchweissen Farbe wegen durch das Mesorchium deutlich erkennen (Fig. 21, 22, *Ne*). Anfangs nehmen sie ihren Weg medianwärts, bald aber krümmen sie sich dorsalwärts gegen die Niere und schieben sich zwischen letztere und die Dorsalfläche des Hodens hinein. Die ventrale Fläche der Niere durchbohren sie nahe dem medialen Rande und halten dabei mit den Nierenarterien und den *Venae revehentes* eine vollkommen parallele Richtung ein.

Bezüglich der Zahl der Hodenausführungsgänge kommen nicht nur die allergrössten individuellen, sondern auch Schwankungen bei einem und demselben Thiere zwischen Rechts und Links vor (Fig. 21, 22). Es lässt sich hierüber so wenig eine feste Regel aufstellen, als über die Formation des häufig (Fig. 21) aber nicht immer (Fig. 22) von ihnen gebildeten Netzes. Gewöhnlich spalten sich die Canälchen kurz, bevor sie in der Nierensubstanz verschwinden, unter spitzen Winkeln und erst die daraus resultirenden, zahlreichen Zweigchen senken sich in den Sammelgang ein. Nie begegnete ich weniger als vier und nie mehr als elf Hodenausführungsgängen. Nicht alle aber erreichen stets die Niere, beziehungsweise den Sammelgang, sondern häufig endigt ein Theil derselben blind geschlossen im Mesorchium (Fig. 21, ††).

Der Hoden.

Der Hoden wird subperitoneal von einer dünnen, bindegewebigen Kapsel umhüllt, welche ins Innere zarte Bälkchen abschickt und so ein Stroma erzeugt, in das die samenentwickelnden Kapseln, sowie die ausführenden Canäle, welche ein intratesticulares Hodennetz bilden, eingelagert sind.

Während bei der weitaus grössten Zahl der Amphibien die kugeligen oder durch gegenseitigen Druck polygonal gewordenen Kapseln den Canalenden beerenartig aufsitzen und wohl auch theilweise, anstatt in die ausführenden Gänge zu münden, unter Durchbrechung ihrer Scheidewände in gegenseitiger Communication stehen[1] (Spengel), beginnt bei Rana das intratesticulare Hodennetz mit einem länglichen, central und gegen die mediale Seite des Organes hin gelegenen Sinus, in welchen sämmtliche Kapseln einmünden. Letztere besitzen bei Rana, ähnlich wie bei *Discoglossus pictus* keine rundliche, sondern eine schlauchförmige Gestalt; dabei sind sie mehrfach gewunden und während sie sich gegen die Hodenperipherie mehrfach verästeln, zeigen sie zugleich eine radiäre Anordnung (Spengel).

Intrarenales Canalsystem der Hodenausführungsgänge.

Aus jenem Sinus entspringen die oben erwähnten, zur Niere sich begebenden *Vasa efferentia*. Nahe dem medialen Nierenrande mün-

[1]) Dieser Zusammenhang scheint nach den Untersuchungen J. W. Spengel's erst während der Reifung und Ausstossung der Spermatozoën zu entstehen.

den diese in einen Längscanal (Fig. 21, *L*), woraus quer zur Längsachse der Niere gerichtete, in das Nierenparenchym eingebettete Canälchen in kammartiger Anordnung entspringen (Fig. 21, *C*, *C*.). Sie

Fig. 21.

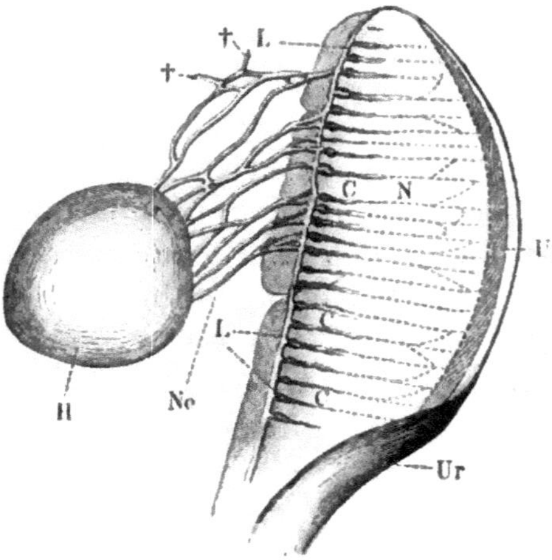

Fig. 22.

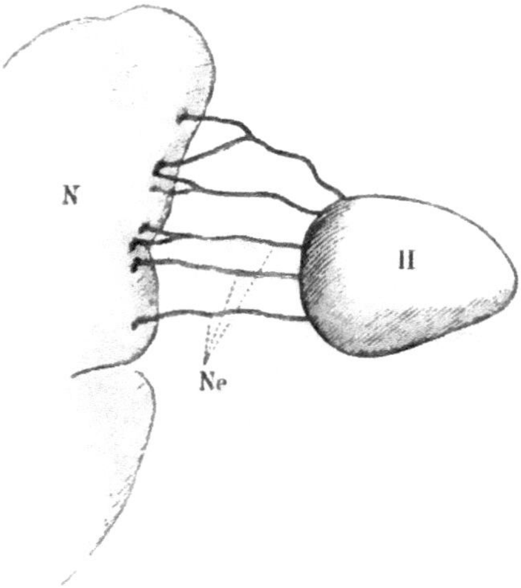

Männlicher Geschlechtsapparat. (Schwach vergrössert.)

H Hoden. *Ne* Vasa efferentia (Netze bildend). †† Blinde Endigungen der Vasa efferentia *L L* Längscanal, aus dem das intrarenale Canalnetz (*C C*) entspringt. *Ur* Ureter. *N* Niere.

besitzen an ihrem Ursprunge eine ampullenartige Erweiterung, aus der nicht recht ersichtlich ist, ob sie einer metamorphosirten oder einer gar nicht entwickelten Malpighi'schen Kapsel entspricht. Ihre Epithelien sind übrigens nicht pflasterförmig, sondern cylindrisch und die aus den Ampullen entspringenden Canäle gleichen nicht dem ersten Abschnitt, d. h. dem sogenannten Halsstück der Harncanälchen, sondern vielmehr den Sammelröhren. Sie besitzen nicht nur das entsprechende Epithel, sondern sie nehmen auch, wie jene, von der ventralen Nierenfläche her eine Anzahl von Harncanälchen auf. Am lateralen Nierenrande münden sie, nachdem sie Verbindungen unter einander eingegangen haben, in den Ureter, so dass es sich also bei Rana im Gegensatz zu den Bufonen nirgends um eine Verbindung der Samenwege mit den Malpighi'schen Kapseln handelt (Fig. 21).

So sehen wir also, dass sich bei Rana von Seiten der Samenwege schon das Bestreben geltend macht, sich von den intrarenal liegenden Harnwegen zu emancipiren, ein Verhalten, das bei anderen Anuren, wie z. B. bei Bombinator und Discoglossus noch weiter gedeiht, bis schliesslich bei Alytes die Emancipation eine vollständige geworden ist. Hier verbindet sich nämlich das aus dem Hoden hervorgehende Canalnetz gar nicht mehr mit dem Harnsystem, sondern kreuzt nur die Niere und mündet in einen besonderen, neben dem lateralen Nierenrand hinziehenden und nach vorne gegen die Lungenwurzel ein spitzes, blindgeschlossenes Divertikel erzeugenden Gang. Dieser entspricht, wie Spengel dargethan hat, dem Müller'schen Gang, fungirt als Samenleiter und entwickelt in der Nähe seines Hinterendes eine starke Samenblase [1]). Die Sammelröhren der Niere münden in einen zweiten, ebenfalls am lateralen Nierenrand gelegenen Canal und dies ist der gewöhnliche Ureter. Beide Gänge vereinigen sich erst kurz vor der Cloake.

Die Spermatozoen sind von ansehnlicher Grösse, doch sind dieselben so oft und gut beschrieben worden, dass ich auf die betreffende Literatur und namentlich auf die schönen Untersuchungen Eimer's über die Bewegung derselben verweisen muss [2]). Spermatozoen.

b. Der weibliche Geschlechtsapparat.

Die Ovarien, deren topographische Verhältnisse ich schon oben näher präcisirt habe, stellen zwei durch das Bauchfell gebildete Säcke dar, die zur Brunstzeit eine ganz exessive Ausdehnung erreichen und die dann, den grössten Theil des Leibesraumes für sich in Anspruch nehmend, eine starke Dislocation der übrigen Eingeweide verursachen (Fig. 6, *E*, *E*). Ovarien.

Jeder Ovarialsack ist durch dünnwandige Septa in mehrere, wohl von einander getrennte Säcke abgekammert, an deren Binnenfläche die Ovula suspendirt sind. Zwischen je zweien dieser Säcke verwachsen die anstossenden Wände fest mit einander und die Abkammerung des

---

1) Auch bei Rana sind im männlichen Geschlechte Spuren des Müller'schen Ganges nachgewiesen (Spengel, Leydig). Die männliche Tube verläuft hier nahe am lateralen Nierenrand gerade so weit nach vorne als der Eileiter beim Weibchen und hört an derselben Stelle zugespitzt auf. Nicht immer besitzt sie ein freies Lumen, sondern repräsentirt häufig einen soliden Zellstrang. Bei Bufonen sind die männlichen Tuben viel stärker entwickelt; sie confluiren hier, wie die Eileiter, gegen die Cloake hin, in einen Canal.

2) Bei Discoglossus sind die Samenfäden, nach den Untersuchungen Spengel's, am längsten unter allen Anuren, ja vielleicht unter allen Wirbelthieren. Fast die Hälfte des über 2 mm langen Spermatozoon fällt auf den dünnen, korkzieherartig gewundenen Kopf, der Rest auf den in eine unmessbar feine Spitze auslaufenden, mit einer äusserst zarten, undulirenden Membran versehenen Schwanz.

Ovariums ist schon äusserlich an der lappigen Configuration desselben erkennbar (Fig. 23, *Ova*). Spengel giebt die Zahl der Fächer bei Rana auf 15 an.

Welche Bedeutung dem Zerfall des Anurenovariums zukommt, ob wir darin den Ausdruck einer Segmentirung (die jedenfalls mit derjenigen der Wirbelsäule nicht übereinstimmt) erkennen dürfen, muss vorderhand dahingestellt bleiben. Vielleicht existirt darin eine Uebereinstimmung mit den embryonal angelegten Nierensegmenten (Spengel).

Fig. 23.

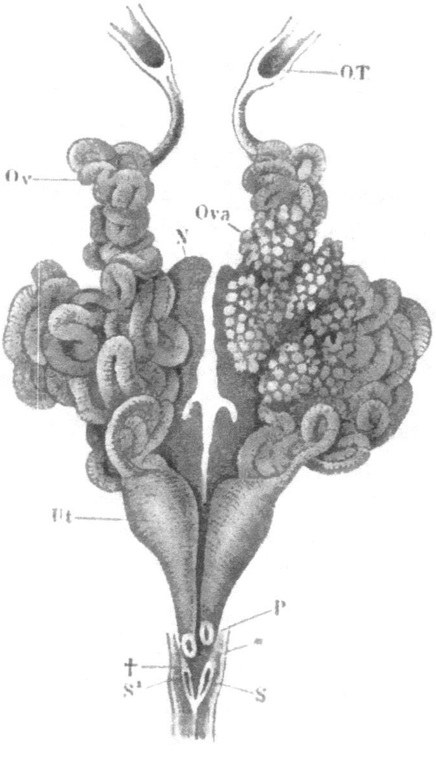

Weiblicher Urogenital-Apparat.
Ova Ovarium der einen Seite (das der anderen ist entfernt).

Ov Oviduct. *O. T.* Ostium Tubae. *Ut* Das aufgetriebene Hinterende des Oviductes (der Uterus der Autoren). *P* Ausmündung desselben in die Cloake, *N* Niere. *S S*¹ Ausmündungen der Ureteren in die Cloake, welche auf zwei, durch einen tiefen Intervall (†) von einander getrennten Längsfalten (*) liegen.

Rana esculenta besitzt keine Andeutung des bei Bufonen vorkommenden Bidder'schen Organs.

Eileiter.

Die Eileiter stellen ausserhalb der Fortpflanzungszeit geschlängelte, weissliche Röhren von geringem Kaliber und dünnen Wandungen dar. In der Jugend sind sie ganz gestreckt, in der Brunstzeit dagegen tritt eine extreme Hypertrophie ein und zugleich beginnen sie sich ausserordentlich stark zu winden und zu förmlichen Klumpen aufzuknäueln.

Dabei drängen sie sich zwischen die übrigen Baucheingeweide herein und bedecken in der Regel die ganze ventrale Nierenfläche, sowie auch gewisse Abschnitte des Ovariums (Fig. 23, *Ov*).

Um ihr vorderstes Ende zu sehen, muss man den Magen mit dem Oesophagus nach vorne schlagen, worauf es im vordersten, blindsackartigen Raum des *Cavum pleuro-peritoneale* dicht neben der Lungenwurzel erscheint (Fig. 23, *O T*).

Die hier liegende, von Flimmerepithel umsäumte Oeffnung (*Ostium abdominale tubae*) stellt einen halbmondförmigen, ventralwärts in den Leibesraum geöffneten Schlitz dar und dieser führt in das trichterartig erweiterte, ebenfalls von Flimmerzellen ausgekleidete Ende des Oviducts hinein. Dorsalwärts von dieser Oeffnung strahlt die Oviductwand ohne deutliche Grenze in das wandständige Bauchfell aus.

Wie in der Gegend des *Ostium abdominale tubae* finden sich auch an verschiedenen anderen Stellen des Bauchfells Flimmerzellen tragende Inseln. Sie dienen wohl dazu, einerseits die Peritonealflüssigkeit in die Nephrostomen (?), andererseits die Eier nach ihrer Entleerung aus den Eierstöcken in die Tuben zu leiten.

Unmittelbar hinter dem *Ostium abdominale* findet sich die engste Stelle des Oviducts, darauf bleibt er so ziemlich gleich dick, bis er sich schliesslich, kurz vor seiner Ausmündung in die Cloake, plötzlich aufbläht und so eine Art von Uterus formirt (Fig. 23, *Ut*).

Diese kolbenförmige, nach hinten stark sich verjüngende Partie, in welcher sich die aus den Oviducten niedersteigenden Eier zu den bekannten Laichklumpen ballen, ist sehr dünnwandig und indem sich die Hälften beider Seiten in der Mittellinie sehr enge aneinanderlegen, scheinen sie nur eine einzige Masse auszumachen. Geht man aber mit Sonden und Querschnitten vor, so erkennt man, dass es, im Gegensatz zu den Bufonen, zu keinem eigentlichen Zusammenfluss kommt, sondern dass jeder Oviduct getrennt für sich auf einer Papille ausmündet (Fig. 23, *P*). Die beiden dicht neben der Mittellinie liegenden Papillen ragen stark in die dorsale Cloakenwand herein und zwar finde ich die rechte constant etwas weiter nach hinten gelegen, als die linke, so dass also keine symmetrische Lage zwischen beiden existirt. Von jeder Papille erstreckt sich entlang der dorsalen Cloakenwand eine mit der der anderen Seite unter Bildung eines spitzen Winkels convergirende Schleimhautfalte (Fig. 23*), nach rückwärts und auf jeder Falte liegt die schlitzförmige Oeffnung des Ureters (Fig. 23, *S*, S^1).

Was die Wandung der Oviducte anbelangt, so unterscheidet man, abgesehen von jener uterusähnlichen Erweiterung, drei Schichten, eine peritoneale bindegewebige, eine starke Drüsenschicht und eine höchst eigenthümliche und complicirte Epithelbekleidung. **Feinerer Bau des Oviductes.**

Die in ihrer Entwickelung mit der Brunstzeit in geradem Verhältniss stehende Drüsenschicht stellt das Hauptstratum vor, ja sie macht fast die ganze Dicke der Eileiterwandung aus. Die einzelnen Drüsen sind lange, cylindrische Schläuche, die an ihren, der Peritonealhülle zugekehrten, blinden Enden häufig gegabelt sind. Wie Böttcher dargethan hat, verdanken die Eileiter den Epithelzellen dieser Drüsenschläuche die merkwürdige Eigenschaft, durch Imbibition mit Wasser auf mehr als das Hundertfache ihres natürlichen Gewichtes anzuschwellen.

Diese Zellen füllen das Schlauchlumen fast ganz aus, so dass nur eine enge, centrale Lichtung übrig bleibt.

Innerhalb jeder Zelle finden sich nach den Untersuchungen Neumann's eigenthümliche, kleine, kugelige Körperchen, die einzeln oder gruppenweise oder auch perlschnurartig angeordnet sind und die nach Wasserzusatz aufquellen. Neumann hat sie als „Colloidkugeln" bezeichnet und sie sind es, die in letzter Instanz jene oben erwähnte Imbibitionsfähigkeit des Oviductes bedingen. Im Innern jeder Zelle liegen nun ausser dem ovalen, fein granulirten, wandständigen Kern auch jene Körperchen und zwar so dicht gedrängt, dass der ganze Zellinhalt nicht etwa in Kügelchen gesondert, sondern als eine homogene, mattglänzende Substanz erscheint.

Durch eine dem Lumen des Drüsenschlauches zugekehrte, grosse, kreisrunde Oeffnung in der, jede Zelle umhüllenden Aussenmembran (becherzellenartig) wird der Inhalt entleert und gelangt in den Oviduct, wo er die zur Cloake wandernden Eier umhüllt.

Wie ausserordentlich quellbar und schlüpfrig diese Gallerte ist, weiss Jeder, der einmal Froschlaich beobachtet und versucht hat, ihn aus dem Wasser herauszuheben.

Nach der Laichzeit gehen die Eileiter eine regressive Metamorphose ein, die sich im Wesentlichen durch fettige Degeneration der Drüsenzellen documentirt.

Schneidet man den Eileiter in seiner Längsrichtung auf, so sieht man seine Schleimhaut in zahlreichen Längsfalten erhoben, die da und dort untereinander Verbindungen eingehen und Netze bilden.

Auf der Höhe dieser Falten, unter welchen stets Gefässe verlaufen, finden sich Flimmerepithelien, vermischt mit ausserordentlich zahlreichen Becherzellen. Zwischen den Falten liegt ein dickes Pflasterepithel, das da und dort einen cylindrischen Charakter annimmt und hier zwischen den Falten finden sich die Ausmündungen der schlauchförmigen Drüsen (Neumann).

Mit dem Beginn der von den Autoren unpassenderweise als Uterus bezeichneten, hinteren Partie des Oviductes, die sich, wie oben schon erwähnt, durch viel dünnere Wandungen charakterisirt, hören die schlauchförmigen Drüsen plötzlich auf. Die Wand besteht aus Bindegewebe und platten Muskeln. Auch gegen das *Ostium abdominale tubae* hin hören die Drüsen auf und die ganze Innenfläche wird dann nur noch von Flimmerzellen ausgekleidet.

Als Anhang zum Urogenitalapparat soll hier noch der sogenannte Fettkörper einer kurzen Betrachtung unterzogen werden. Derselbe besteht aus einem paarigen, dem Vorderende des Hodens resp. des Eierstockes fest angewachsenen sattgelben Körper von lappigem Aussehen. Seiner Hauptmasse nach liegt er in der Längsachse des Körpers und entsendet nach vorne, hinten und lateralwärts fingerartige Fortsätze, die sich kurz nach ihrem Ursprung, oder auch später Fettkörper.

Fig. 24.

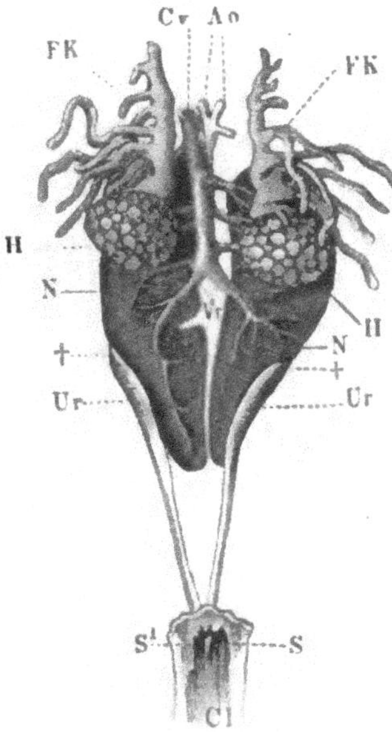

dichotomisch gabeln können. Die seitlichen Fortsätze sind weitaus die längsten und bedecken oft quastenartig den grössten Theil des Hodens (Fig. 24, *FK*).

Das ganze Organ, das bezüglich seines Volums, je nach verschiedenen Jahreszeiten, starken Sehwankungen unterworfen ist, ist sehr stark vascularisirt und zwar läuft im Centrum jedes Lappens ein starker Längsstamm, der rechts und links Zweige abgiebt.

Der Fettkörper ist ganz vom Peritoneum überzogen und besteht, wie ich sehe, aus einem zarten, grossmaschigen Gerüste von adenoidem Bindegewebe. Die Kerne liegen regelmässig auf den Kreuzungsstellen der Bündel. Das Innere der Maschen ist ausgefüllt von Fettkugeln und freiem Fett, ferner von weissen Blutkörperchen und grösseren Arterien, die eine ausserordentlich starke Muscularis besitzen [1]).

---

[1]) Ich möchte das Interesse der Physiologen ganz speciell auf dieses, für die Ernährung der Winterfrösche, so hochwichtige Organ hinlenken. Es würde sich gewiss lohnen, gerade hier die Ernährungsverhältnisse genau zu studiren.

VI.

LEHRE VOM INTEGUMENT

UND

VON DEN SINNESORGANEN.

Lehre vom Integument und von den Sinnesorganen.

Literatur.

1. Merkel, Ueber die Endigungen der sensiblen Nerven in der Haut der Wirbelthiere. Rostock 1880.
2. Leydig, Ueber Organe eines sechsten Sinnes. Dresden 1868.
3. Retzius, Das Gehörorgan der Wirbelthiere. Stockholm 1881.
4. Hasse, Gesammelte Abhandlungen über das Gehörorgan der Wirbelthiere.
5. Kuhn, Ueber das häutige Labyrinth der Amphibien. Arch. f. mikrosk. Anat. Bd. XVII.
6. Born, Ueber die Nasenhöhlen und den Thränennasengang der Amphibien. Breslau. Habilit. Schrift, 1877.
7. F. Leydig, Ueber die allg. Bedeckungen der Amphibien. Arch. f. mikrosk. Anat. Bd. XII.
8. R. Wiedersheim, Die Kopfdrüsen der geschwänzten Amphibien und die Glandula intermaxillaris der Anuren. Zeitschr. f. wissensch. Zoologie. Bd. XXVII.
9. Zalesky, Ueber das Samandarin. Med.-chem. Untersuchungen; herausgegeben von Hoppe-Seyler. Heft I.
10. Leydig, Anat.-histolog. Untersuchungen über Fische und Reptilien.
11. H. Virchow, Ueber die Gefässe im Auge und in der Umgebung des Auges beim Frosche. Zeitschr. f. wissensch. Zoologie. Bd. XXXV.
12. Götte, Entwickelungsgeschichte der Unke.
13. Wiedersheim, Lehrbuch der vergl. Anatomie der Wirbelthiere. I. Theil. Jena 1882.

A. Integument.

Wie überall, so unterscheidet man auch hier eine **Oberhaut** oder *Epidermis* und die darunter liegende **Lederhaut** oder das *Corium* (*Cutis*).

1. Epidermis.

Epidermis. Die Epidermis besteht bei jungen Larven nur aus zwei Zelllagen, einer hohen, abgeplatteten, mit gestricheltem Randsaum an der freien Fläche versehenen und einer tieferen Lage, die aus mehr cubischen Zellen besteht.

Beim ausgebildeten Frosch trifft man die Epidermis mehrschichtig, sie ist dicker geworden und besteht im Allgemeinen aus einer tiefen Reihe von hohen Cylinderzellen, welche dem Corium mit gezähnelten Rändern direct aufsitzen. Darüber finden sich mehrere Lagen polyedrischer Zellen, die eine um so abgeplattetere Form aufweisen, je näher sie der freien Epidermisfläche liegen (Fig. 25, *Ep*). Während man bei der Larve noch von keiner eigentlichen Hornschicht sprechen kann, ist sie sehr stark entwickelt bei ausgewachsenen Thieren, wo sie als eine continuirliche Schicht (Fig. 25, *H*) die gesammte Epidermis überzieht.

Früher als **Cuticula** aufgefasst, ist sie neuerdings als ein Compositum von überaus platten Zellen erkannt worden, die in regressiver Metamorphose begriffen und einer temporären Abstossung unterworfen sind. Der Häutungsprocess erstreckt sich über die ganze Körperoberfläche mit Ausnahme der Cornea, die in keiner Lebensperiode einem Wechsel unterworfen ist.

Von der freien Fläche betrachtet stellen die Epidermiszellen ein schönes, meist aus hexaëdrischen Platten bestehendes Mosaik dar, mit central gelagerten, ovalen, blassen Kernen. Da und dort hat es den Anschein, als ob je zwei Zellen an ihren Berührungsflächen einen halbkreis- oder halbmondförmigen Ausschnitt hätten, wodurch wie mit dem Locheisen herausgeschlagene, intercellulare Oeffnungen entstehen. Dieselben gehören, wie Eilh. Schulze und Pfitzner nachgewiesen haben, nicht in die oberste, sondern in die zweitoberste Schicht der Epidermis. Sie werden ausgefüllt durch das obere Ende eigenthümlicher, flaschenförmiger Zellen (Becherzellen Eilh. Schulze's, Schleimzellen Leydig's), die als umgewandelte Epidermiszellen aufzufassen und nach der freien Hautfläche zu nicht geöffnet sind.

Es erscheint nicht unmöglich, dass sie zu den von Pfitzner nachgewiesenen, intercellularen Lymphbahnen und wohl auch zum Häutungsprocess in Beziehung stehen, wobei man sie vielleicht als Producenten eines Sekretes ansehen darf, das von Zeit zu Zeit die Verbindung der obersten Zelllagen mit den unterliegenden zu lockern und schliesslich eine Ablösung hervorzurufen im Stande ist (Pfitzner).

Die freie Oberfläche der Epidermis zeigt sich durchaus nicht überall glatt, sondern erhebt sich da und dort, wie namentlich auf der Dorsalseite des Rumpfes und der hinteren Extremitäten zu zahlreichen Protuberanzen oder Warzen (Fig. 25 u. 26, *W, W*). Diese können mehr spitz, pyramidenförmig oder mehr rundlich und abgeplattet sein, stets aber zeigt sich die darüber hinziehende Hornschicht etwas verdickt. Auf der sogenannten Daumendrüse des Männchens liegen sie dicht nebeneinander und sind hier durch keine grösseren Intervalle von einander getrennt; zugleich sind sie auch viel niederer und ihr Hornschicht-Ueberzug besitzt zahllose kleinste kugelförmige oder auch stachelige Prominenzen (Fig. 26, *W, W*). In Folge dessen erscheint der ganze Wulst an seiner Oberfläche rauh und hilft so die physiologische Function der „Daumendrüse“ als eines Haft- und Haltapparates für das Weibchen noch steigern.

Was die meisten Hautwärzchen charakterisirt, das ist ihr dunkles Colorit, wodurch sie sich mit ihrer Basis von ihrer Umgebung oft sehr scharf abheben. Es beruht dies auf dem Pigmentgehalt der einzelnen Zellen, die, einzeln für sich betrachtet, oft wie mit einer gelblichen oder bräunlichen staubartigen Masse erfüllt erscheinen. Letztere tritt sogar da und dort auch noch in dem hornigen Ueberzug auf, als einzige Andeutung seines Zerfalles in Zellterritorien (Fig. 25, W^1).

Abgesehen von den Hautwärzchen findet sich, wenn auch mehr vereinzelt, Pigment noch an anderen Stellen der Epidermis und zwar entsprechend dem bekannten Colorit des Thieres, viel häufiger auf der

Fig. 25.

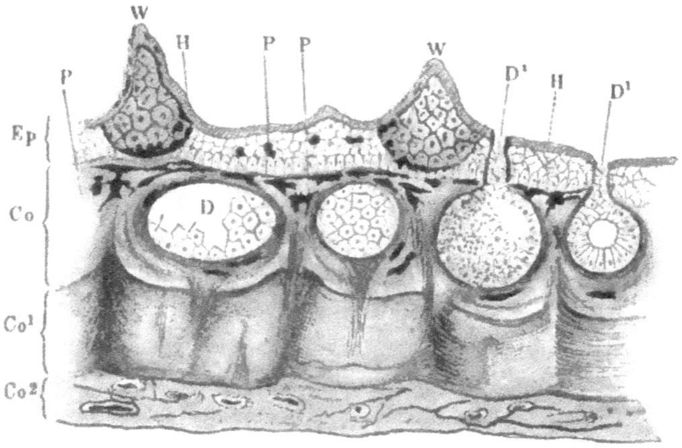

Schnitt durch die Rückenhaut.

Ep Epidermis mit ihren warzigen Prominenzen (*W W*) und ihrem Hornhautsaum (*H H*). *PP* Pigment in der Epidermis und im Corium. *D D* Hautdrüsen. *Co*, *Co*, Co^2 Obere, mittlere und untere Schicht des Coriums.

Dorsal- als auf der Ventralseite, allwo auch die Wärzchen entweder ganz fehlen oder doch nur eine sehr unbedeutende Entwickelung erfahren. Das Pigment findet sich theils in freier, theils in Zellenform, und in letzterem Falle handelt es sich um vielfach verästelte, unter dem Einflusse des Nervensystemes stehende, contractile Chromatophoren.

Die Epidermis zeigt nicht überall die gleiche Dicke, sondern schwankt bedeutend, je nach verschiedenen Körpergegenden. Am dicksten finde ich sie an gewissen Stellen der Volarseite von Hand und Fuss, wo sie an den Verbindungsstellen der Phalangen starke, von der Umgebung deutlich abgesetzte, schon makroskopisch leicht erkennbare Warzen erzeugt (Fig. 27, *W*, *W*). Auch auf dem Rücken, entlang den beiden, rechts und links von der Wirbelsäule hinziehenden Längsstreifen zeigt sie sich stark entwickelt. Dabei darf indessen nicht unerwähnt bleiben, dass beim Zustandekommen jener Prominenzen das unterliegende und hier ausserordentlich verdickte Corium weitaus die Hauptrolle spielt.

2. Corium.

Die Epidermis setzt sich an den meisten Körperstellen durch eine continuirliche Lage von schwarzen und weissen, reichlich verästelten Pigmentzellen, die mit ihren Ausläufern in gegenseitiger Verbindung stehen und so ein förmliches Netzwerk erzeugen, von dem unterliegenden Corium ab (Fig. 25, *P*). Corium.

Letzteres ist selten ganz geradlinig gegen die unterste Epidermisschicht abgesetzt, sondern erzeugt häufig Leisten und Papillen, welche dann von der Epidermis in umgekehrter Weise repetirt werden. Am stärksten finde ich den im Schnitt daraus resultirenden, welligen Contur in der Daumendrüse (Fig. 26) und zwar entsprechen sich hier

Fig. 26.

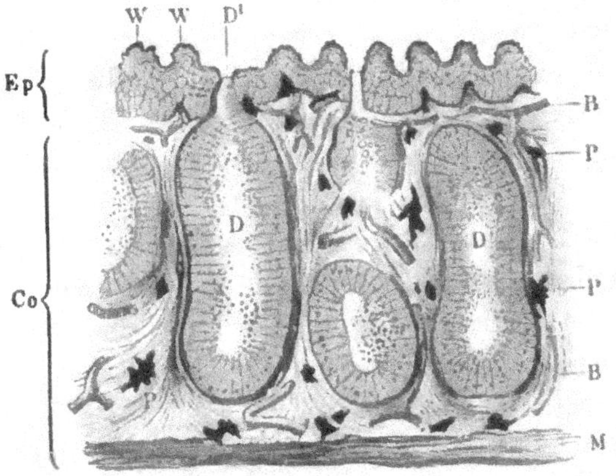

Schnitt durch die Daumendrüse.

Ep Die Epidermis mit ihren Warzen (*W W*). *Co* Corium. *P P* Pigment *B B* Blutcapillaren, die die grossen Drüsen (*D D*) umspinnen. *M* Musculatur.

die Erhebungen des Coriums und der Epidermis an derselben Stelle ganz genau[1]).

---

[1]) Nach Leydig kann man die Erhabenheiten der Lederhaut folgendermaassen gruppiren: 1. feine Leisten, 2. grössere Leisten, 3. Papillen mit Tastkörperchen, 4. Papillen ohne Tastkörperchen, 5. Papillen mit Drüsenöffnungen, 6. Blutcapillaren in Form von Papillen, 7. Hauthöcker, den Organen des sechsten Sinnes entsprechend.

Abgesehen von der Daumendrüse und den Schwimmhäuten lassen sich allenthalben im Corium drei deutlich von einander differenzirte, übereinanderliegende Bindegewebslagen unterscheiden. Sie sind — und dies gilt vor Allem für die Rücken-, Kopf- und Nackengegend — durchzogen von zahlreichen glatten Muskelfasern.

Die oberste Schicht, welche netzartig, maschig und von reichlichem Pigment, Gefässen und Nerven durchsetzt ist, bildet ein lockeres Fachwerk für zahlreiche Hautdrüsen (Fig. 25, *Co*).

Die zweite Schicht bildet den eigentlichen Grundstock, so zu sagen, den eigentlichen Körper des Coriums, besitzt schon auf den ersten Blick einen viel festeren, compacteren Charakter und präsentirt sich auf dem mikroskopischen Schnitt als ein breites, aus zahlreichen, dicht aneinander liegenden Fasern bestehendes Band, das sich nach oben zu an gewissen Stellen mit einem förmlichen Saum scharf absetzt (Fig. 25, Co^1). An anderen Punkten, wo die Faserzüge senkrecht aus der Tiefe des Coriums emporziehen, ist jene Grenze gänzlich verwischt und beide Lagen gehen direct in einander über. Viel zahlreicher trifft man in der mittleren Lage des Coriums horizontale oder leicht wellig verlaufende Faserzüge, die sich mit jenen senkrechten Bündeln zu einer Art von Korbgeflecht verbinden, ein Verhalten, das bekanntlich die Lederhaut der Fische, Amphibien und Reptilien in gleicher Weise charakterisirt.

Die dritte Coriumschicht, welche aus einem weitmaschigen, zarten, nerven- und gefässreichen Reticulum besteht, hat die Bedeutung eines Lymphraumes, dessen Wände sich aus zahlreichen elastischen Fasern componiren und durch den die eigentliche Haut von den unterliegenden Theilen getrennt wird.

3. Hautdrüsen.

Hautdrüsen. Durch die in überreichlicher Zahl vorhandenen Drüsen erhält die Amphibienhaut ihre eigenthümliche, schlüpferige Beschaffenheit. Diese Organe sind über den ganzen Körper verbreitet und erstrecken sich selbst über das Trommelfell und die Nickhaut. Was ihre Form anbelangt, so sind sie meistens rundlich oder oval und zugleich besitzen sie eine so verschiedene Grösse (Fig. 25, 26, *DD*), dass es schwer hält, dieselben in besondere Rubriken zu bringen. Neben rundlichen oder ovalen Formen begegnet man häufig auch birn- oder beutelartigen. Dabei sind sie bald mehr bald weniger tief ins Corium eingesenkt und besitzen oft einen langen, leicht geschlängelten Ausführungsgang (Fig. 25 u. 26, *D*¹), der eine Strecke weit auch noch durch das Corium verlaufen kann.

Solchen Verhältnissen begegnet man z. B. nicht selten unterhalb jener Epidermishöcker in der Vola manus et pedis und ebenso auch in der Rückenhaut seitlich von der Wirbelsäule.

Häufig liegen sie auch dicht unter der Epidermis, nahe zusammen oder auch in grösseren Abständen, wie z. B. in der Nickhaut. In diesen Fällen begegnet man dann stets einem nur sehr kurzen, aber dickwandigen und ganz im Bereich der Epidermis gelegenen Ausführungsgang, der, wie es scheint, verschiedener Contractions- und Expansionszustände fähig ist (Fig. 25, *D*¹, *D*¹).

Neben diesen rundlichen, flaschen- oder birnförmigen Drüsen finden sich an gewissen Stellen des Körpers, wie z. B. in der sogenannten Daumendrüse des Froschmännchens, auch noch cylindrische (Fig. 26, *D*, *D*).

Sie sind aus jenen zuerst beschriebenen Drüsenformen hervorgegangen zu denken und stehen gerade in der Daumendrüse so dicht, dass letztere im Wesentlichen aus ihnen besteht. Das faserige Zwischengewebe ist äusserst spärlich, dagegen sind die einzelnen, hier und da leicht gewundenen Schläuche von zahlreichen Pigmentzellen, Nerven und Blutcapillaren umgeben (Fig. 26, *P*, *B*).

Sie erstrecken sich fast durch das ganze Corium hindurch bis in die Nähe der Muskulatur (*M*).

Die Daumendrüse (Fig. 27, *D*) stellt mit unbewaffnetem Auge und ohne weiteren präparatorischen Eingriff betrachtet, einen rundlich-ovalen, auf der radialen Seite der Mittelhand und des Carpus liegenden Wulst dar, der in peripherer Richtung durch den Daumen einen spitzen Abschluss erfährt.

Fig. 27.

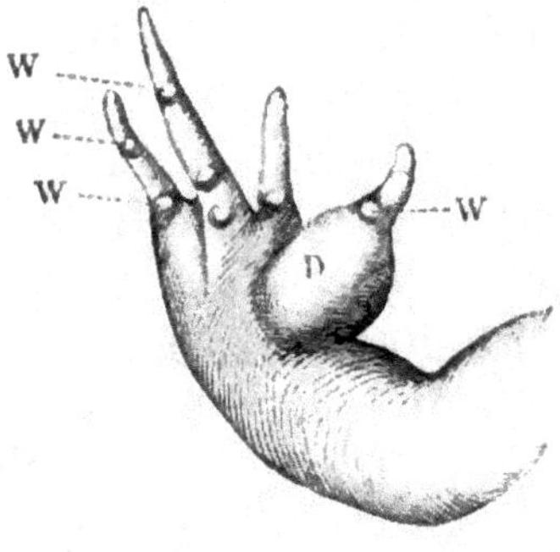

Daumendrüse des Froschmännchens.

D Daumendrüse.
W W Warzige Höcker an den Stellen der Interphalangealgelenke.

Jede Hautdrüse steht unter dem Einflusse einer sie in meridionaler Richtung umhüllenden, glatten Muskulatur.

Nach den Untersuchungen Engelmann's lassen sich unter den gewöhnlichen Hautdrüsen (also abgesehen von der Daumendrüse) ihrer feineren Structur nach zwei Arten von Drüsen unterscheiden. Jede von ihnen besitzt ein von der anderen verschiedenes Sekret. Bei der einen, in der Regel viel grösseren Art, lässt sich die verhältnissmässig starke Muskelhülle stets leicht nachweisen und da ihr Lumen immer von zahlreichen, kleinen, stark lichtbrechenden Körnchen erfüllt ist, hat sie Engelmann mit dem Namen der Körnchendrüsen bezeichnet.

Die andere kleinere Art, deren äusserst dünne muskulöse Umhüllung nur schwer nachzuweisen ist, besitzt einen wasserklaren, schleimigen Inhalt und die dahin gehörigen Drüsen werden deshalb von Engelmann als Schleimdrüsen aufgefasst.

Die Körnchendrüsen entsprechen den Parotiden und Seitendrüsen der Kröten und Molche (Giftdrüsen). Die kleineren Drüsen, also die Scheimdrüsen, stehen viel dichter, häufig in unmittelbarer, gegenseitiger Berührung; sie sind durch die ganze Haut zerstreut und denkt man sie sich gleichmässig auf der Körperoberfläche vertheilt, so würden circa 60 von ihnen auf einen Quadratmillimeter zu liegen kommen.

Das Epithel, von der Fläche gesehen, polyedrisch, besteht aus langen, wandungslosen Pallisaden, die sich mit ihrem spitzen, umgebogenen, wandständigen Ende, dachziegelartig decken, eine durchaus feinkörnige Structur zeigen und centralwärts von dem ebenfalls feinkörnigen Sekret nur in seltenen Fällen deutlich abzugrenzen sind (Fig. 25, 26, *D*).

Der Kern ist stets randständig und die Zellen, die je nach verschiedenen, physiologischen Zuständen in einer und derselben Drüse eine verschiedene Form und Grösse besitzen, scheinen nach dem Lumen zu geöffnet zu sein. Sie sind in der Regel so wenig von einander abgegrenzt, dass sie nur eine einzige, zusammenhängende Protoplasmamasse auszumachen scheinen (Fig. 25, D^1) (Engelmann).

Im oberen Bereich des Ausführungsganges findet sich eine gegen Säuren und Alkalien sehr resistente, elastische Haut, die bei der Häutung im Zusammenhange mit der obersten Schicht der Epidermiszellen abgestossen wird. Im Niveau der Hautoberfläche endigt dieselbe mit einem runden, membranösen Deckel, den Eberth mit dem Namen Stomazelle bezeichnet hat. Diese stellt eine, zwischen den übrigen, eckigen Epidermiszellen liegende, kleinere Zelle dar von rundlicher Form, an der man eine centrale, dreieckige, einem Blutegelstich ähnliche, spaltförmige Oeffnung unterscheiden kann (Eberth).

Ich will das Capitel über die Haut nicht schliessen, ohne zuvor noch der schönen, in Hoppe-Seyler's Institut ausgeführten Untersuchungen Zalesky's über das Hautdrüsensecret der Amphibien gedacht zu haben. Sie erstrecken sich zwar in erster Linie auf *Salamandra*, *Triton* und *Bufo*, allein da die histologischen Verhältnisse ihrer Drüsen nur wenig oder gar nicht von denjenigen der Frösche abweichen, so lassen sich die gewonnenen Resultate höchstwahrscheinlich ebenso gut auf letztere anwenden. Sie lauten folgendermaassen: „Das in den Parotiden und Seitendrüsen des gefleckten Landsalamanders enthaltene giftige Sekret ist eine organische, nicht unzersetzt flüchtige Base, die sich in Alkohol oder Wasser leicht löst, mit Krystallwasser krystallisirt, in ihren Lösungen stark alkalische Reaction besitzt, mit Säuren neutrale Salze bildet, durch Phosphormolybdänsäure aus ihren Lösungen gefällt, durch Platinchlorid gleichfalls gefällt, aber zugleich zersetzt wird“ etc. Wirkung des Drüsensekretes.

Was die Wirkung des Salamandergiftes betrifft, so fasst Zalesky seine Beobachtungen folgendermaassen zusammen: „Nach Verlauf einiger (3 bis 29) Minuten zeigt das vergiftete Thier Unruhe, zittert, bald stellen sich epileptiforme Convulsionen ein, die Anfangs nur schwach auftreten und nur an einigen Gliedern zu bemerken sind. Das Thier (Hund, Vogel) will sich fortbewegen, geht aber rückwärts, statt vorwärts; dabei zeigen sich heftige Kaumuskelkrämpfe (besonders bei Kaninchen) und vor Allem, nach der Vergiftung mit frischem Safte, bedeutender Speichelfluss. Die Convulsionen nehmen mehr und mehr zu, es stellt sich Opisthotonus ein, das Thier kann nicht mehr sitzen, sondern fällt mit Convulsionen und nach hinten gezogenem Kopf zu Boden. Die Augen stehen offen, die Pupille ist sehr erweitert und ihre Reflexthätigkeit bis zum Tode aufgehoben. Für jeden Reiz scheint das Thier unempfindlich, die Respiration ist schwach, die Herzpulsationen sind unregelmässig, doch kräftig, die Muskeln schlaff. Während der Convulsionen bleibt die Herzthätigkeit unbehindert, die Respiration ist während derselben völlig suspendirt. Die Convulsionen dauern nur höchstens eine bis zwei Minuten, dann tritt für einige Zeit wieder Ruhe ein, das Thier erholt sich, bis ein neuer Anfall es befällt, der oft mit stärkerer Heftigkeit auftritt, als der vorhergehende, so dass das Thier in die Höhe geschleudert wird. Oft lassen die Thiere während der Krampfanfälle Harn oder Excremente; manche schreien mit Eintritt der Convulsionen. Der Tod tritt unter lähmungsähnlicher Ermattung ein.“

Zalesky hat die tödtliche Wirkung des Salamandergiftes auch an Fischen und Fröschen erprobt und überall die oben geschilderten Symptome wahrgenommen. Es scheint somit seine Wirkung auf die Nervencentra direct auszuüben, ohne — und darin steht es im Gegensatz zum Tritonengift — die Thätigkeit des Herzens wesentlich zu beeinträchtigen. Ganz ähnlich verhält sich auch das Krötengift. Dieses, sowie das Salamandergift, wirkt auch auf Frösche energisch, bleibt aber, auf die eigene Species angewandt, wirkungslos.

B. Sinnesorgane.

a) Hautsinn.

Dass die Cutis sich durch einen grossen Nervenreichthum auszeichnet, habe ich oben schon erwähnt. Die Nerven bestehen aus markhaltigen und blassen Fasern, die sich im Unterhautbindegewebe in zahlreiche, feinere Zweige theilen, woraus schliesslich ein Nervengeflecht resultirt, ohne dass man jedoch von wirklichen Anastomosen reden könnte. Aus den stärkeren Stämmen treten zahlreiche Ausläufer senkrecht in die Höhe und erzeugen, während sie die Cutis durchsetzen, ein zweites Netz mit weiteren und dann wieder mit sehr engen Maschen, welche die Drüsen reichlich umspinnen und da und dort (wie auch die zuführenden Nerven) ovale oder spindelförmige Kerne führen (Eberth, Engelmann). Nervenendigungen in der Haut

Die feinsten Ausläufer dieses äusserst feinen Drüsennervennetzes verschwinden in den contractilen Zellen der Drüsenperipherie.

Ueber die Tastpapillen verdanken wir Leydig, Ciaccio, Eberth und namentlich Merkel werthvolle Mittheilungen. Was bis jetzt sicher ermittelt ist, ist kurz Folgendes. Tastorgane.

In jeder, ein Nervenendorgan enthaltenden Papille des Coriums trifft man eine, nach Körpergegenden sehr variable Anzahl blasser, abgeplatteter Zellen, die einzeln oder auch haufenweise zusammenliegen und zu denen je eine feinste Nervenfibrille tritt. Ihre Breitseite liegt stets parallel der Hautebene, doch kann man, da sie zu keiner einheitlichen, geschlossenen Masse vereinigt sind, nicht von Tastkörperchen, im Sinne der höheren Vertebraten reden, sondern gebraucht passender den Merkel'schen Ausdruck „Tastflecken".

Die grösseren Zellengruppen stehen auf minimalen Hautwärzchen, die kleineren bedingen keine Niveaudifferenz der Epidermis.

Am schönsten finden sie sich während der Brunstzeit in der Daumendrüse, jedoch auch an anderen Stellen, wie z. B. auf der ganzen Dorsalfläche des Körpers und am zahlreichsten an den hinteren Extremitäten (*Planta pedis*). Nach der Brunstzeit scheinen die Tastflecken der Daumendrüse eine regressive Metamorphose einzugehen; man findet dann statt ihrer ein aus mehreren spindel- und sternförmigen Zellen und deren Ausläufern gebildetes Netz.

Nervenhügel.

Nervenhügel nenne ich nach dem Vorgang Merkel's jene für das Wasserleben eingerichteten, d. h. auf die Larvenperiode beschränkten Organe, die man früher als Organe eines sechsten Sinnes zu bezeichnen pflegte (Leydig). Wenn ich nun eben sagte, dass diese Organe auf das Larvenleben beschränkt seien, so ist dies in physiologischer Hinsicht allerdings vollkommen richtig, in morphologischer Beziehung muss aber dieser Satz nach Merkel's Untersuchungen eine Einschränkung erfahren.

Nach diesem Autor gehen jene Organe mit der Metamorphose nicht zu Grunde, sondern persistiren, wenn auch in reducirter Form, bei allen Amphibien das ganze Leben hindurch. Das Paket der, gleich näher zu schildernden, birnförmigen Neuro-Epithelien sinkt auf den Grund einer durch Wucherung der Stützzellen gebildeten Röhre herab, welch' letztere sich mit Schleim verstopft und collabirt. Dabei bleibt sie aber stets durch ein deutliches Loch nach der freien Hautfläche zu geöffnet. So steht das Organ natürlich ausser Function und um wieder functionsfähig zu werden, bedarf es erst einer Rückbildung der gewucherten Stützzellen. Hand in Hand mit diesem Rückbildungsprocess erfährt auch der *Ramus lateralis N. vagi* eine Abnahme seines Volumens und deutet so seine Zusammengehörigkeit mit jenen Organen an [1]).

---

[1]) Dieser Auffassung steht eine andere, nämlich die von Pfitzner entgegen, wonach die Seitenorgane schon mehrere Wochen vor der Häutung resp. Transmutation der Larve dadurch von der freien Oberfläche abgeschlossen werden, dass die sich abplattenden Zellen des *Stratum corneum* über ihnen zusammenwachsen. Ihre Eigenthümlichkeiten verwischen sich dabei mehr und mehr und endlich entziehen sie sich ganz dem Auge, d. h. sie sind wieder zu gewöhnlichen Epidermiszellen zurückgebildet. — Dem erwachsenen (landlebenden) Thiere fehlen also nach Pfitner die Organe der Seitenlinie vollkommen.

Der in Frage stehende Apparat kommt auch den Fischen zu, wo er schon in den Fünfziger Jahren von Leydig entdeckt worden ist. F. E. Schulze hat ihn zuerst bei Amphibien nachgewiesen.

Hier wie dort ist er aus einer Differenzirung gewöhnlicher Epidermiszellen hervorgegangen. Jedes Organ stellt einen Hügel dar, dessen Oberfläche etwas eingesunken ist und an dem man eine centrale und eine periphere Zone unterscheiden kann (Fig. 28, *c* und *p*). Erstere besteht aus einer Gruppe meilerartig angeordneter, birnförmiger Sinneszellen, deren unteres Ende sich je mit einer Nervenprimitivfaser verbindet, während sich auf ihrer freien Fläche eine kurze, starre Borste erhebt. Sämmtliche Borsten werden von einer, auf der Hügelkuppel entspringenden, zarten, hyalinen Röhre schützend umgeben und indem diese in's Wasser hinausragt und an ihrem freien Ende offen ist, kommen jene Borsten mit dem umgebenden Medium in directen Contact (Fig. 28, *R*).

Fig. 28.

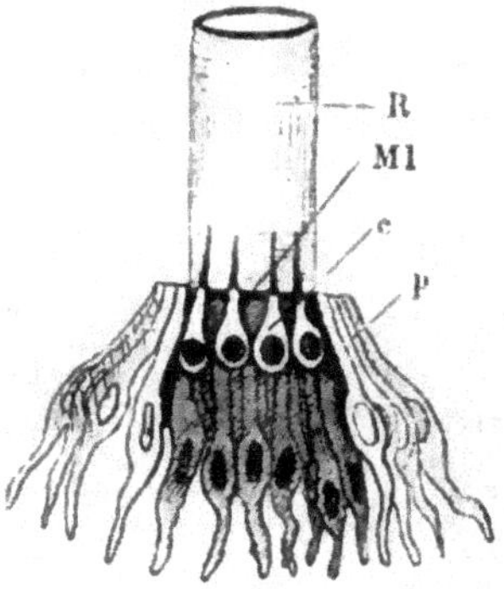

Ein Nervenhügel der Froschlarve, halbschematisch. Die umgebenden Epidermiszellen sind weggelassen.

c Centrale Zellen (Neuro-Epithelien).
p Periphere Mantelzellen (Stützzellen).
Ml Membrana limitans.
R Hyaline Röhre.

Rings um die central gelagerten Neuro-Epithelien findet sich ein Mantel blasser, bandartiger Cylinderzellen, welche an ihrem oberen, freien Ende eine siebartig durchbrochene *Membrana limitans* erzeugen, durch deren Maschen die Sinnesborsten hindurchpassiren (Fig. 28, *Ml*).

Die peripheren Mantelzellen dienen nur als stützende Hülle und sind von aussen her noch umgeben von einer Fortsetzung der gewöhnlichen Epidermiszellen, die sich von ihrer Umgebung nicht besonders abheben.

Was die Verbreitung und Anordnung der Nervenhügel betrifft, so ergiebt sich bei Fischen und Amphibien eine vollständige Uebereinstimmung. Am reichlichsten finden sie sich am Kopfe, der wie besät damit ist. Sie umgeben das Auge, ziehen sich dann von hier aus nach vorne in die Umgebung der Nase und Schnauze und ebenso entlang dem Unterkiefer.

Alle diese am Kopfe angeordneten Organe liegen im Bereich des Trigeminus. Von der hinteren Circumferenz des Auges verläuft ein

Zug nach rückwärts gegen die Kiemenbüschel und weiter gegen die Nackengegend, wo sich dann die Züge beider Seiten durch eine Queranastomose in Verbindung setzen, doch scheint dies nicht constant der Fall zu sein.

Von hier aus endlich setzen sie sich auf den Rumpf und von da aus bis zur äussersten Schwanzspitze fort. Während wir nun aber bei Fischen in der Regel nur eine einzige Längslinie (*Linea lateralis*) unterscheiden können, existiren bei Anurenlarven, sowie bei Proteus und allen Salamandrinenlarven drei Linien, wovon aber stets die mittlere, an den Flanken sitzende, als die typische Hauptlinie aufzufassen ist. Die obere liegt neben der Wirbelsäule, die untere auf dem Uebergang der Flanken zur Bauchseite (Malbranc).

In sehr frühen Entwickelungsstadien lässt sich die segmentale Anordnung nach Körpermetameren sehr schön nachweisen; bei älteren Thieren kommt aber nicht nur je ein Organ, sondern fast immer eine ganze Gruppe von solchen auf je ein Körpersegment.

Die Organe des Rumpfes und Schwanzes liegen im Bereich des hier in drei Aeste zerfallenden *Ramus lateralis N. vagi.*

Wie bei Fischen, so findet auch bei Amphibien stets ein Regenerationsprocess der Nervenhügel statt und zwar durch Theilung, welche activ durch das Organ selbst erfolgt, so dass man stets Organe von sehr verschiedener Entwickelungsstufe trifft (Merkel).

Was nun die Wirkungsweise der Nervenhügel und ihre verschiedenen Modificationen bei Fischen und Amphibien anbelangt, so kann ich füglich absehen von einer Erörterung der von den verschiedensten Seiten darüber aufgestellten Hypothesen. Mit voller Sicherheit lässt sich darüber Nichts behaupten, die grösste Wahrscheinlichkeit jedoch hat die von Merkel aufgestellte Ansicht, nach welcher es sich keinesfalls um einen chemischen, sondern nur um einen mechanischen Reiz handeln kann. Wir hätten also Tastorgane vor uns, die in besonderer Weise modificirt sind und die von jedem Gegenstand, mit welchem sie in Berührung kommen, einen adäquaten Reiz erhalten, der dann weiterhin in Nervenschwingung umgesetzt wird. In welcher Weise dieses Gefühl dann zur Perception kommt, lässt sich natürlich nicht eruiren.

Es ist nicht unmöglich, ja sogar sehr wahrscheinlich, dass hier der experimentellen Physiologie ein sehr weites, interessantes und fruchtbares Feld eröffnet ist. Was die Morphologie darin zu leisten vermag, ist meiner Ansicht nach geleistet und nur von physiologischer Seite kann weitere Förderung erwartet werden[1]).

In nächster morphologischer Verwandtschaft mit den eben betrachteten Nervenhügeln, ja sehr wahrscheinlich aus ihnen hervorgegangen, sind die Organe des Geschmacksinnes. Geschmacksorgan.

Wie dort, so unterscheidet man auch hier einen centralen und einen als Stützorgan fungirenden Manteltheil. Während aber dort die borstentragenden, centralen Neuroepithelien eine kurze Birn- oder Keulenform besitzen, zeigen sie hier eine den Mantelzellen vollkommen gleiche Länge, d. h. sie erstrecken sich durch das ganze Organ hindurch.

Bei Fischen noch über den ganzen Körper hin regellos zerstreut und besonders zahlreich auf den Lippen, Lippenfalten, Barteln, Flossen sowie in der Mundhöhle bis zum Beginn des Oesophagus sich findend, sind sie bei Amphibien auf die Mundhöhle beschränkt und kommen ausserhalb derselben nicht mehr vor. Sie sind auf Papillen über das ganze *Cavum oris* hin bis zum Eingang in den Oesophagus hin vertheilt.

Während die Organe bei Larven mehr tonnen- oder keulenförmig sind, tritt bei erwachsenen Anuren eine bedeutendere Verbreiterung derselben auf, so dass man hier anstatt von Endknospen von Endscheiben sprechen kann (Merkel).

Im Bereich der Zunge stehen sie auf dem Gipfel der *Papillae fungiformes*, am zahlreichsten aber finden sie sich rings um die Zähne des Vomers. Ihre Mantelzellen ermangeln der Flimmerhaare.

b. Das Geruchsorgan.

Die *Apertura nasalis externa* liegt in directer Vorwärtsverlängerung des vorderen Augenwinkels und zwar bei erwachsenen Thieren 5 bis 6 mm davon entfernt. Aeussere Formverhältnisse des Geruchsorganes.

Der Abstand der hinteren Nasenlöcher oder Choanen von den vorderen beträgt 4 mm und dieses Maass entspricht zugleich so ziemlich der Längsachse des ganzen Geruchsorganes.

---

[1]) Wenn ein Vorschlag nach jener Seite erlaubt ist, so möchte ich darauf hinweisen, dass vielleicht auf negativem Wege, etwa durch Elimination jener Organe mittelst eines Lack- oder Firnissüberzuges (Photographielack?) Etwas erreicht werden könnte. Vielleicht auch durch vorsichtiges Cauterisiren, doch dürfte sich dieses eher für Fische empfehlen.

Die äussere Nasenöffnung ist von einem lippigen Saum umgeben, welcher sich in der Richtung nach hinten und aussen zu einer kurzen, tentakelartigen Prominenz verlängert.

Ueber die äusseren Nasenmuskeln wurde früher schon gehandelt (vergl. die Myologie).

Skeletogene Grundlage des Geruchsorganes.

Das Dach des *Cavum nasale* wird von folgenden Knochen gebildet: 1) von der dorsalen Platte des Gürtelbeines, 2) vom *Os nasale*, 3) vom *Os praemaxillare*. Letzteres bildet, wie wir bei Betrachtung der Intermaxillardrüse constatiren konnten, ein Vorwerk der Nasenhöhle und formirt zugleich auch die vordere Wand derselben.

Der Boden wird gebildet vom *Vomer* und vom *Os palatinum*, die Hinterwand hauptsächlich von dem gegen das *Cavum nasale* herein becherartig ausgehöhlten *Os en ceinture*, d. h. dem Gürtelbein, die Seitenwand bildet der Oberkiefer.

Ueber alle diese Verhältnisse sowie über die knorpelige Grundlage der Nase wurde im Capitel über das Skelet schon Mittheilung gemacht, allein seither wurde die Kenntniss der *Pars cartilaginea* des Nasenskeletes theils von Born, theils von mir in so beträchtlicher Weise erweitert, dass ich hier specieller darauf einzugehen habe.

Die mustergiltigen Arbeiten Born's beschränken sich aber nicht allein auf eine Beschreibung des Nasenskeletes, sondern erstrecken sich über die ganze Anatomie des Geruchsorgans, sowie auf den von jenem Forscher bei Amphibien zum erstenmal nachgewiesenen *Ductus nasolacrimalis*.

Der folgenden Darstellung lege ich die Born'schen Untersuchungen, die ich bis ins Einzelne bestätigen kann, zu Grunde und werde da und dort Gelegenheit haben, jenen Autor wörtlich zu citiren.

Was zunächst das knorpelige Skelet der Nasenhöhle anbelangt, so lässt sich Born folgendermaassen darüber vernehmen: „Die knorpeligen Stützen der Nasenhöhle und ihren Ausbuchtungen sind der Beschaffenheit dieser selbst entsprechend vorne complicirter, wie hinten. Ein allgemeines Bild ist folgendes: Die Nasenhöhlen sind durch ein vollständiges hyalinknorpeliges Septum (Fig. 29, *S*) von einander geschieden und an ihrem vorderen und hinteren Ende von zwei mit dem Septum zusammenhängenden Knorpelschalen umfasst, welche durch eine schmale Decke längs des Septums und einen, vorne vollständigen, weiter hinten durch die Choanen ausgeschnittenen Boden mit einander verbunden sind, während an den Seiten der Nasenhöhlen von vorne her ein complicirtes Spangenwerk sich hinzieht, welches die Umgrenzung der hinteren Knorpelschale bei den meisten Anuren im verwachsenen Zustand nicht erreicht. Die hintere Schale ist in die quere, bei jungen Thieren knorpelige, bei alten durch Bildung des *Os en ceinture* theilweise verknöcherte Scheidewand eingegraben, welche die Schädelhöhle nach vorne abschliesst und sich seitlich in die Gaumenbalken verlängert. Diese Ethmoidalwand ist jederseits neben dem Septum durch ein grösseres Loch für den Olfactorius und nach aussen von der Schädelwand, die sich von hinten an dieselbe ansetzt, durch ein kleineres, für den *Ramus nasalis* des ersten Trigeminusastes durchbrochen. In dieser Schale ruht das hintere, blinde Ende der Nasenhöhle. Die vordere Schale ist viel weniger gleichmässig und weniger vollständig; weniger gleichmässig deswegen, weil die drei Blindsäcke (des Nasencavums) nicht gleich weit nach vorne reichen — der seitliche am wenigsten weit — und weil die Dicke der Schale selbst in der Mitte viel grösser ist, als an den Seiten. Dieselbe sendet bei Rana (Fig. 29, 30) aus ihrer inneren Wand knorpelige Scheidewände (muschelartige Vorsprünge der Autoren) zwischen die drei Blindsäcke nach rückwärts hinein, so dass jeder derselben in einer besonderen Knorpelschale liegt, die sich seiner eigenthümlichen Gestalt accommodirt.

Vollständig ist nur die knorpelige Begrenzung des unteren Blindsackes.

Die äussere Wand des oberen resp. seine seitliche Ausbuchtung läge ganz frei, wenn sich nicht ein muschelartig ausgehöhlter, halbmondförmiger Knorpel vorne und aussen um dieselbe legte, der nur an einer kleinen Stelle seiner unteren Umrandung mit der darunter liegenden, oberen Wand des unteren Blindsackes verwachsen ist. Es ist dies der Nasenflügelknorpel der Autoren. Aber auch so lässt er den hinteren und unteren Theil der seitlichen Ausbuchtung des oberen Blindsackes ohne knorpelige Bekleidung. Sein oberer Rand umrahmt von vorne und aussen die *Apertura nasalis externa.* Die Knorpelschale für den äusseren Blindsack ist in der ganzen lateralen Hälfte der oberen Seite von vorne her durch eine breite Spalte eingeschnitten. Die seitliche knorpelige Begrenzung des unteren Blindsackes reicht nach hinten nur bis dahin, wo sich aus seiner äusseren Seite die Kieferhöhle herabzusenken beginnt, dagegen verlängert sich seine Decke mit zwei Knorpelfortsätzen in die beiden Falten, die den Zugang von dem oberen Raume der einfachen Nase zu dem unteren verengen. Der innere Fortsatz entfernt sich vom Septum, er endigt bald. Der äussere bildet eine knorpelige Decke für die Kieferhöhle, senkt sich mit derselben stark nach unten und verbindet sich mit einer Knorpelspange, die der gekrümmten Wand der Nasenhöhle entsprechend schief vom vorderen Theil der Decke nach rückwärts herabsteigt zu einer breiten Platte, die eine unvollständige Seitenwand der einfachen Nasenhöhle darstellt."

„An der Grenze zwischen der vorderen Wand, dem Septum und dem Boden ist in der Knorpelkapsel bei Rana ein grosses Loch, durch welches der Hauptzweig des Nasalastes des Trigeminus die Nasenhöhle verlässt und durch welches reichliche Knäuel der *Glandula intermaxillaris* in das vordere Ende des unteren Blindsackes eindringen."

Bezüglich der von der knorpeligen Nasenkapsel entspringenden Fortsätze kann ich um so eher auf die Born'sche Arbeit verweisen, als sie für den Zweck dieses Buches nur von untergeordneter Bedeutung sind.

Im Vorstehenden habe ich verschiedene Bezeichnungen und Ausdrücke gebraucht, die erst verständlich werden können, nachdem wir uns einen Einblick in die Organisation des *Cavum nasale* verschafft haben werden und dies soll jetzt geschehen.

Configuration des nasalen Binnenraumes.

Im Gegensatz zu den Urodelen, deren Nasenhöhlen, mit einer einzigen Ausnahme (*Plethodon glutinosus*), wo ich schon vor Jahren die ersten Spuren einer Muschelbildung nachgewiesen habe, einfache, plattwandige Hohlräume darstellen, besteht die Nasenhöhle der Frösche in Folge des oben beschriebenen, höchst complicirten Knorpelgerüstes aus mehreren, zum Theil sehr engen Spalträumen, die in gegenseitiger Communication stehen. Am besten kann man diese Verhältnisse an Querschnitten studiren und kommt dabei zu dem Resultat, dass man einen oberen, dem *Septum nasale* anliegenden Hauptnasenraum (Fig. 29, 30, *on*) und einen unteren, schmalen Theil (*un*) zu unterscheiden hat. Beide stehen durch eine schief aufsteigende Spalte mit einander in Verbindung. Der untere Raum, welcher aus einem senkrechten und horizontalen Schenkel besteht und der sich nach hinten in die Choane öffnet, wird vom Gesichts- und Gaumentheil des *Os maxillare* umschlossen und stellt die Kieferhöhle des Frosches dar. Mit der Choane ist sie aber noch nicht abgeschlossen, sondern setzt sich in Folge der Kürze des Gaumens über sie hinaus nach hinten fort, wobei sie mit ihrer inneren, offenen Seite in die Mundhöhle herein sieht.

Auch der obere, grosse Nasenraum erstreckt sich über die Choane nach hinten, bis er schliesslich in der vorderen Ethmoidalwand einen blindsackartigen Abschluss erfährt. Nach vorne verkürzt sich der eine, steil in die Maxilla abstürzende Schenkel des unteren Nasenraumes immer mehr und schliesslich persistirt nur noch der horizontale Schenkel, welcher nach vorne von jener Stelle, wo die Communicationsöffnung mit dem oberen Nasenraume besteht, blind endigt.

Es handelt sich also in dieser Gegend um eine complete, knorpelige Scheidewand zwischen dem unteren und oberen Nasenraume (Fig. 30, *se*). Auch der letztere endigt nach vorne mit einem kuppeli-

Fig. 29.

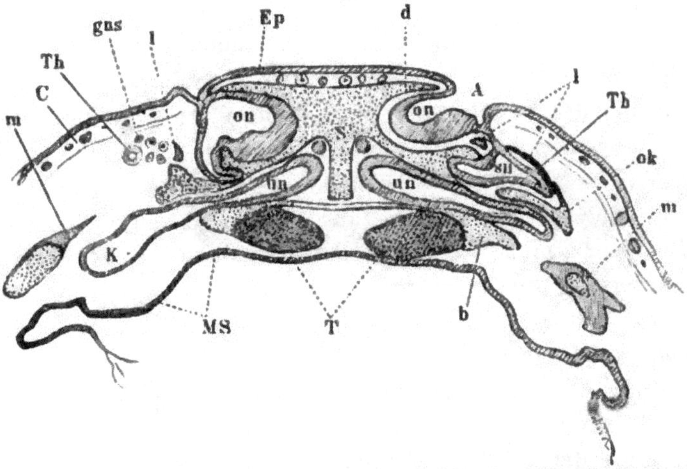

Fig. 30.

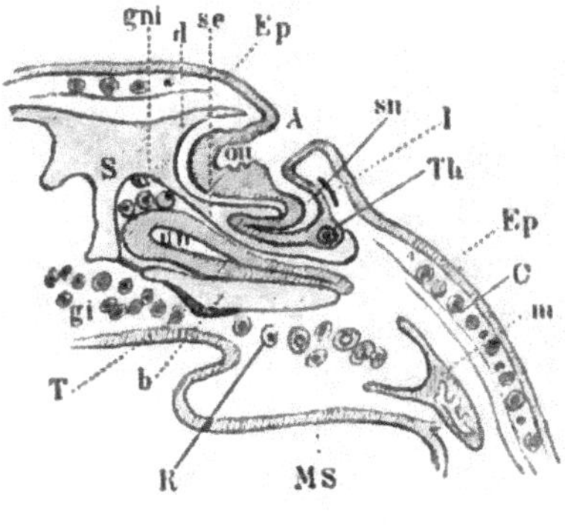

Quer- (Frontal-) Schnitt durch das Riechorgan zweier Froschlarven, einer jüngeren (Fig. 29) und einer älteren (Fig. 30) nach G. Born.

on Oberer —, *sn* seitlicher —, *un* unterer Nasenblindsack.
A Apertura nasalis externa.
K Kieferhöhle.
Th Thränennasengang.
l Lacrimale.
S Septum nasale.
d Knorpeliges Dach —, *b* knorpeliger Boden der Nasenhöhle.
ok Oberkieferknorpel.
m Maxilla.
T Trabekel.
gns Obere —, *gni* untere Nasendrüse.
gi Glandula intermaxillaris.
R Rachendrüse.
Ep Epidermis.
C Cutis.
MS Mundschleimhaut.

gen Blindsack und beide Blindsäcke sind mit hohem Riechepithel ausgekleidet. Zu ihnen gesellt sich nun noch ein dritter Blindsack hinzu, welcher zwischen dem oberen und unteren Blindsack in dem äusseren Theile der oben erwähnten Scheidewand gelegen ist und auf ihrem freien Rande in den oberen und unteren Nasenraum ausmündet. Genauer präcisirt liegt dieser seitliche Nasensack zwischen dem unteren Nasenraume und einer lateralen Aussackung des oberen, in welche die äussere Nasenöffnung einmündet (Fig. 29, 30, *sn*). Auch mit diesem steht der seitliche Nasensack in weitester Verbindung, so dass also die *Apertura nasalis externa*, wie Born ganz richtig bemerkt, nicht direct in den oberen Blindsack führt, sondern in einen an der Aussenseite desselben gelegenen, durch eine Falte unvollkommen von ihm abgesetzten Raum, der nach hinten mit der Ausmündung des seitlichen Canales in Zusammenhang steht.

Drüsen der Nasenhöhle.

Abgesehen von den allenthalben zerstreuten, kleinen Bowman'schen Drüsen von sack- oder birnförmiger Gestalt, kann man in der *Regio nasalis* des Frosches vier verschiedene, grössere Drüsen unterscheiden, wovon zwei in die Nasenhöhle und zwei in die Mund- beziehungsweise Rachenhöhle einmünden.

Ueber die wichtigste und weitaus voluminöseste derselben über die *Glandula intermaxillaris*, welche sich mit zahlreichen Schläuchen in den unteren Nasenblindsack hineinzieht, habe ich oben schon berichtet; hinzuzufügen ist aber noch, dass sie sich mit der gleich zu besprechenden „unteren Nasendrüse" innig verfilzt und sich dabei mit ihren Ausläufern zwischen die Gaumenplatte des Oberkiefers und die Kieferhöhle hinein erstreckt (Fig. 30, *gi*).

Bezüglich der feineren histologischen Details muss ich auf meine Arbeit über die Kopfdrüsen der Amphibien (s. das Literaturverzeichniss) verweisen.

Die zweite Drüse, welche ich nach dem Vorgange von Born die untere Nasendrüse nennen will, breitet sich ihrer grössten Ausdehnung nach längs dem Septum bis zur Choane aus und besitzt eine eigene Ausmündung in die Nasenhöhle (Fig. 30, *gni*). Letztere liegt in dem unteren Blindsack, kurz vor dessen Zusammenfluss mit den beiden anderen zu dem einfachen Nasenraume. In histologischer Beziehung bestehen zwischen der unteren Nasendrüse und der Zwischenkieferdrüse keine, oder doch kaum merkliche Differenzen.

Eine dritte Drüse, welcher wir an der äusseren Wand der Nasenhöhle begegnen, füllt mit ihren Schläuchen die Spalten aus zwischen der *Concha narium* (Ecker) (*Os lacrimale*, Born) und der ihr benachbarten Knorpelspange, welche von der Decke der Nasenhöhle zur Seitenwand nach hinten herabzieht. Sie wuchert aber von hier aus auch noch weiter und umgiebt den nasalen Anfang und die Einmündungsstelle des Thränencanales (Fig. 29, *gns*). Ihre zahlreichen Ausführungsgänge liegen auf der medialen Seite und an dem vorderen Rande der mehrfach besprochenen, schrägen Knorpelspange und ihrer Fortsetzung nach hinten. Born, dem wir die Entdeckung dieser Drüse verdanken, nennt sie die obere Nasendrüse.

Die vierte Drüse (Rachendrüse Born's) bildet ein queres, dicht hinter den Choanen liegendes Band und breitet sich rings um den Zahntheil des Vomers aus. Eine Anzahl Schläuche zieht sich in die Choane hinein und mündet dort aus; die übrigen öffnen sich an zwei symmetrischen Stellen — die ganze Drüse ist nämlich ursprünglich paarig — in die Rachenhöhle (Fig. 30, *R*).

An jener Stelle, wo sich das hintere Ende des seitlichen Nasenblindsackes dorsalwärts in den *Recessus lateralis* des oberen Blindsackes öffnet, zweigt sich von der Aussenseite des ersteren der Thränencanal ab, der durch die äussere, knöcherne Wand desselben, die *Concha narium*, nach hinten und aussen sich erstreckt (Fig. 29, 30, *Th*). **Thränencanal.**

Nachdem er den Knochen durchbohrt hat, verläuft er, von den Schläuchen der oberen Nasendrüse umgeben und begleitet von einem grösseren Blutgefässe zwischen der Haut und der von der Decke der Kieferhöhle seitlich und nach hinten sich erstreckenden, schrägen Knorpelspange nach rückwärts, überschreitet dann, nachdem er seine knorpelige Unterlage verloren hat, den queren Gaumenbalken und zerfällt am unteren Augenlide in zwei Aeste, die getrennt, hinter einander am freien Rande der inneren Hälfte des unteren Augenlides ausmünden.

In diesem seinem Laufe nach rückwärts liegt der von Flimmerepithel ausgekleidete Thränencanal, nachdem er den vorderen Rand jener schrägen Knorpelspange umgriffen, d. h. nachdem er das *Cavum nasale* verlassen hat, zwischen dem oberen Rande des Maxillare und dem unteren des Nasale, in dem Winkel, in welchem die Kieferhöhle von der Nasenhöhle abgeknickt ist (Born).

Obgleich an der äusseren Haut vom Thränencanal Nichts zu sehen ist, so kann man seinen Lauf, wie Born ganz richtig bemerkt, mit ziemlicher Sicherheit nach dem schwarzen Bande bestimmen, das bei *Rana esculenta* meist von der Nase zum Auge zieht.

Bezüglich der genaueren Details, namentlich auch hinsichtlich der bei der Sondirung des Thränencanales in Anwendung zu bringenden Technik, muss ich auf die Arbeit Born's (S. 17 bis 20) verweisen.

Ueber die *Lobi olfactorii* des Gehirns sowie über die Doppelnatur der Riechnervenwurzel jeder Seite habe ich schon bei der Lehre vom Gehirn Mittheilung gemacht und es erübrigt jetzt nur noch der termi- **Riechepithel.**

nalen Ausbreitung des, wie überall aus marklosen Fasern bestehenden, *Nervus olfactorius* zu gedenken.

An der Nasenhöhle angekommen, zerfällt er in seine Theiläste, die weiterhin in Primitivbündel beziehungsweise in Primitivfibrillen zerfallen. Die Verfolgung der letzteren in ihrem Zuge gegen das Riechepithel wird durch die grosse Zahl der überall vorhandenen Drüsen ausserordentlich erschwert.

In dem auf einer bindegewebigen Grundlage aufsitzenden Epithel lassen sich in der *Regio olfactoria* der Nasenhöhle zweierlei, faserartige Zellarten unterscheiden, die nach Exner ganz allmälige Uebergangsstufen erkennen lassen sollen, nämlich Epithelialzellen und Riechzellen. Max Schultze und C. K. Hoffmann schliessen sich hierin jenem Autor nicht an, sondern stellen beide Zellformen einander scharf gegenüber.

Was zunächst die Epithelzellen betrifft, so sind dieselben von langgestreckter, breiter, bandartiger Form, besitzen einen deutlichen, ovalen Kern und gehen an ihrem einen Ende in einen langen, ziemlich breiten, an den Seiten ausgebuchteten und oft wie angenagt aussehenden Fortsatz aus, welcher gegen das subepitheliale pigment- und gefässreiche Bindegewebe hin meist mehrfach getheilt endigt und mit Nachbarzellen anastomosirend Netze bildet. Ihr freies, ins *Cavum nasale* hereinschauendes Ende ist entweder — und dies scheint die Regel zu sein — quer abgestutzt oder mit einem dichten Büschel zarter und langer Flimmerhaare besetzt (Fig. 31, *Ep*).

Fig. 31.

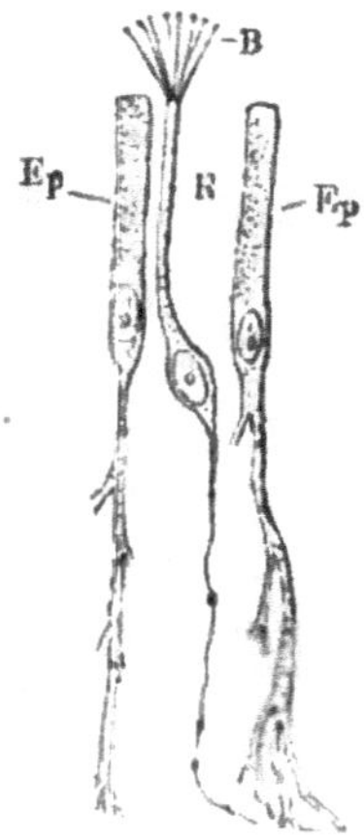

Zellen aus der Riechschleimhaut von Rana esculenta (juv.).

Ep Epithel (Stütz-) Zellen. *R* Eine Riechzelle mit Borsten (*B*) auf der freien Oberfläche.

Zwischen den so gestalteten Epithelzellen sitzen nun die eigentlichen Riechzellen, die sich durch eine viel schlankere Gestalt auszeichnen (Fig. 31, *R*). Der spindelartig aufgetriebene, einen grossen, ovalen Kern einschliessende Zellleib verjüngt sich gegen das *Cavum nasale* zu ganz allmälig in einen schlanken, cylindrischen Stab, der auf seiner freien Fläche äusserst zarte, pinselartig angeordnete Borsten trägt (Riechhärchen, Max Schultze)[1].

[1]) Neben diesen, in frischem Zustande eine leicht wogende Bewegung zeigenden Riechhärchen kommen nach C. K. Hoffmann auf manchen Zellen

Der andere Pol des Zellkörpers läuft unter plötzlicher Verjüngung in einen äusserst feinen, mit varicösen Anschwellungen versehenen Faden aus, den man sich mit einer terminalen Nervenprimitivfibrille im Zusammenhange zu denken hat. Ob die von v. Brunn für die Riechschleimhaut der Säugethiere nachgewiesene *Membrana limitans olfactoria*, in deren Maschen die peripheren Enden der Riechzellen eingelassen sind, auch bei Amphibien existirt, müssen künftige Untersuchungen lehren.

c. Das Gehörorgan.

Das Gehörorgan. Topographie.

Drei Männer sind es, die sich um die Erforschung dieses ebenso wichtigen, als schwierigen Apparates in hohem Maasse verdient gemacht haben, nämlich Hasse, Kuhn und Retzius.

Wenn ich im Folgenden eine Uebersicht über die von ihnen gewonnenen Resultate zu geben versuche und dabei in erster Linie Retzius folge, so muss ich mich, um den, diesem Buche gesteckten Rahmen nicht zu überschreiten, gedrängter Kürze befleissigen und nur die Hauptpunkte möglichst klar hervorheben.

Die knöcherne Gehörkapsel des Frosches liegt jederseits neben dem Gehirn und wird von zwei Knochen, nämlich vorne vom Prooticum (*Petrosum*) und hinten vom *Occipitale laterale*, sowie noch von den diese Knochen verbindenden, dem Primordialschädel angehörigen Knorpelfugen gebildet. Das *Frontoparietale*, das *Tympanicum* (passender: *Squamosum*) und das *Parasphenoid* nehmen an der Umschliessung nur indirecten Antheil. Man kann eine obere, äussere, eine innere, untere, eine vordere und hintere Fläche unterscheiden und sieht man genauer zu, so entdeckt man gewisse Unebenheiten, Prominenzen und Concavitäten, welche als Relief der inliegenden Bogengänge aufzufassen sind.

Im unteren Theile der Knorpelfuge zwischen *Petrosum* und *Occipitale* findet sich im Grund einer dellenartigen Einsenkung (*Fossa fenestrae ovalis*) ein rundlich ovales Loch, das *Foramen ovale* (*Fenestra ovalis*), welches zusammen mit jener grubigen Einsenkung

auch noch starre, unbewegliche Haare vor, die eine viel grössere Dicke und Länge erreichen und wovon gewöhnlich nur je eines auf einer Riechzelle aufsitzt. Beide Arten von Haaren scheinen in einander überzugehen und sind ausserordentlich vergänglicher Natur, namentlich auf Berührung mit Wasser (der Frosch schliesst seine Nasenlöcher im Wasser).

vom Operculum (*Columella*, Retzius) bedeckt wird. An der hinteren Kapselfläche, in der äusseren Wand des lateralwärts vom *Condylus occipitalis* liegenden *Foramen jugulare* finden sich zwei kleine, dicht neben einander liegende Löcher, die man nach dem Vorgange von Hasse als *Foramen rotundum* und als *Aquaeductus cochleae* aufzufassen pflegt.

An der medialen, dem *Cavum cranii* zuschauenden Kapselwand und zwar genau auf der das *Petrosum* und das *Occipitale laterale* verbindenden Knorpelfuge trifft man wieder eine kleine Oeffnung, den *Aquaeductus vestibuli.*

Nach abwärts von ihr tritt der vordere (*Ramus vestibularis*), nach hinten und etwas nach oben von ihr der hintere Ast (*Ramus cochlearis*) des *N. acusticus* in die Gehörkapsel.

Was den Binnenraum der letzteren betrifft, so findet man im unteren, äusseren Bezirk eine verhältnissmässig grosse, rundliche Höhle oder tiefe Grube, welche den später zu besprechenden Sacculus und die Cochlea beherbergt (*Fovea sacculi et cochleae*). Nach oben geht diese Fovea in einen mehr unregelmässigen Raum über, welcher unten den Utriculus und weiter aufwärts den *Sinus utriculi superior* enthält.

Nach vorne und aussen liegt, in eine tiefe Grube eingebettet, die vordere und äussere Ampulle, von welchen die entsprechenden Bogengänge, der vordere und der äussere, ausgehen. Ersterer öffnet sich oben und hinten in den Canal des *Sinus utriculi superior*, letzterer aber in eine Grube für die hintere Ampulle, welche nach oben und innen in den *Canalis semicircularis posterior* übergeht (G. Retzius).

Ehe wir uns nun zur Betrachtung des häutigen Labyrinthes wenden, wollen wir vorher noch der accessorischen Theile des Gehörorganes gedenken. Wir können uns bei Betrachtung derselben um so kürzer fassen, als sie zum grossen Theile schon bei der Besprechung des Kopfskeletes ihre Erledigung gefunden haben.

Das mittlere Ohr, das *Cavum tympani*, welches sich durch die Ohrtrompete (*Tuba Eustachii*) in den Rachen öffnet, wird nach aussen zu durch ein Trommelfell (*Membrana tympani*) abgeschlossen. Indem diese Membran, mit deren Aussenfläche die Körperhaut enge verwachsen ist, sich etwas eingesunken zeigt, finden wir die erste schwache Andeutung eines äusseren Gehörganges. Das rundlich-ovale Trommelfell ist schief von oben-innen nach unten-aussen gegen die Horizontalebene gestellt. Dabei ist es in einem Knorpelringe (*Annulus membranae tympani*) ausgespannt, der vorne und oben an das Tympanicum (*Squamosum*), im Uebrigen aber nur an den umgebenden Weichtheilen, *Musculus depressor maxillae inferioris*, *temporalis* und deren Fascien befestigt ist. Ein Contractionszustand der betreffenden Muskeln wird somit immer auf den Annulus beziehungsweise auf den Spannungsgrad der *Membrana tympani* zurückwirken müssen.

Das Trommelfell ist sehr dünn und besteht im Wesentlichen aus radienartig angeordneten Bindegewebsfasern, welchen sich, namentlich gegen die Peripherie zu, glatte Muskelfasern beimischen. An seiner Innenfläche wird es von einer Fortsetzung der Schleimhaut der Trommelhöhle, d. h. von einem niedrigen Cylinderepithel überzogen.

Eine schon von aussen her sichtbare, weissliche Partie in der Mitte des Trommelfells entspricht der peripheren Endplatte der Columella, die gleich näher geschildert werden soll.

Hat man das Trommelfell entfernt, so ist damit der volle Einblick in das *Cavum tympani* eröffnet und man überzeugt sich, dass dasselbe aus einem ziemlich flachen trichterartigen Raume besteht, der von einer pigmentirten Schleimhaut ausgekleidet ist. Zieht man letztere ab, so wird man gewahr, dass sich das knorpelige Gewebe des *Annulus tympanicus* in die Paukenhöhle hinein fortsetzt und hier unter schalenartiger Verbreiterung eine knorpelige Auskleidung fast des ganzen Paukenraumes zu Stande bringt (G. Retzius).

Am Boden des letzteren bemerkt man eine länglich-ovale Spalte, welche nach dem Inneren der Trommelhöhle führt und theils vom Tympanicum, theils von Weichtheilen begrenzt ist. Jener innere Raum der Paukenhöhle trägt in seinem Dach, eingelassen in die Schleimhaut, die nach innen ziehende knöcherne Partie der Columella, welche mit ihrem letzten, oval verbreiterten knorpeligen Endstück das an der inneren Wand der Trommelhöhle befindliche *Foramen ovale* (*Fenestra ovalis*) bedeckt. Aber nicht nur letzteres wird davon bedeckt, sondern die Platte greift mit ihren Rändern darüber hinaus und inserirt sich an der Circumferenz jener Grube (*Fossa fenestrae ovalis*), in deren Hintergrund das *Foramen ovale* gelegen ist.

Diese soeben beschriebene innere Abtheilung der Paukenhöhle öffnet sich nun durch die oben schon erwähnte, einen geräumigen Gang repräsentirende *Tuba Eustachii* in den Rachen.

Von vorne und aussen wird die Ohrtrompete vom Flügelbein, hinten aber von Weichtheilen begrenzt, in welchen der knorpelige Griffelfortsatz eingelassen nach unten steigt.

Durch die Tubenöffnung kann man von unten her die Trommelhöhle zum grössten Theil überblicken, ja sogar durch die Spalte des

Fig. 32.

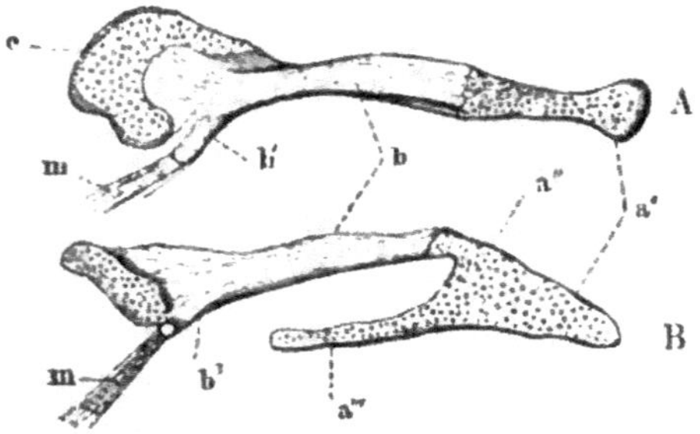

Die Columella, achtmal vergrössert. A von oben, B von hinten gesehen. Nach G. Retzius.

a Aeusserer knorpeliger Theil, dessen äusseres Ende bei *a'*, dessen oberes inneres, langes Ende bei *a''*, dessen unteres inneres, langes Ende bei *a'''* dargestellt ist; der mittlere, an *a''* befestigte knöcherne Theil (*b*) sendet einen kurzen, am inneren Ende knorpeligen Fortsatz (*b'*) aus, an welchem sich ein quergestreifter, kleiner Muskel (*m*) ansetzt; am inneren, breiteren Ende des knöchernen Theiles haftet die innere knorpelige Platte (*c*) der Columella, welche die Fossa fenestrae ovalis und somit auch die Fenestra selbst deckt.

Knorpeltrichters das Trommelfell mit dem Ansatze der Columella beobachten (G. Retzius).

Bezüglich der aus drei, theils knöchernen, theils knorpeligen Theilen bestehenden Columella verweise ich auf die Anatomie des Schädels. Die genaueren Details sind aus der beistehenden Abbildung und deren Erklärung zu ersehen.

Das häutige Gehörorgan füllt die knorpelig-knöcherne Gehörkapsel nicht vollständig aus; zwischen beiden liegt ein ziemlich geräumiger perilymphatischer Raum, der sich namentlich nach abwärts in der *Fovea sacculi et cochleae* stärker ausdehnt. Ebenso ist er an der concaven Circumferenz der Bogengänge viel weiter, als an der convexen, so dass letztere, wie überall im Wirbelthierreich excentrisch in ihren Canälen liegen. Von dem die Aussenwände des perilymphatischen Raumes überziehenden Periost beziehungsweise Perichondrium entspringen Faserbündel, welche den Raum mit einem eigenthümlichen Netzwerke durchziehen und sich an der äusseren Wand des häutigen Gehörorgans befestigen.

Aus dem perilymphatischen Raume gehen zwei röhrenartige Ausstülpungen des Periostes hervor; die eine, welche ihr Entdecker, G. Retzius, *Ductus fenestrae ovalis* genannt hat, findet sich am unteren hinteren Umfange des den Sacculus umgebenden Raumes, genau da, wo die *Fenestra ovalis* gelegen ist, die andere ist der von Hasse nachgewiesene *Ductus perilymphaticus.*

Der *Ductus fenestrae ovalis* kommt, nachdem er durch das ovale Loch hindurchgetreten ist, zwischen den inneren plattenartig verbreiterten Theil der Columella und die schon öfters erwähnte, an der äusseren Gehörkapselwand in der Circumferenz der *Fenestra ovalis* gelegene, platt ovale Höhle (*Fossa fenestrae ovalis*) zu liegen. Dabei erweitert sie sich und endigt, nach oben steigend, mit einem rundlichen, abgeplatteten Blindsack.

Der *Ductus perilymphaticus*, welcher sich nach oben und hinten vom *Ductus fenestrae ovalis*, in der Gegend des cochlearen Theiles vom Gehörorgan als periostale Ausstülpung entwickelt, tritt durch die oben schon erwähnte Oeffnung des *Aquaeductus cochleae* der Gehörkapsel und gelangt von hier aus in den *Canalis jugularis*, wo er sich, neben dem *Glossopharyngeus* und *Vagus* liegend, zu einem Sacke (*Saccus perilymphaticus*) erweitert. Nach vorne und innen geht von dem Halse des Sackes eine Fortsetzung der Röhre hervor, welche mit dem Subarachnoidalraum des Gehirns in Verbindung steht.

Am membranösen Gehörorgane des Frosches unterscheidet man folgende Theile: Utriculus mit dem *Sinus superior*, *Recessus utriculi*, *Ampulla anterior* mit *Canalis membr. anterior*, *Ampulla externa* mit *Canalis membr. externus*, *Ampulla posterior* mit *Canalis membr. posterior*, Sacculus mit dem Ductus und *Saccus endolymphaticus*, *Pars neglecta*, *Lagena cochleae*, *Pars basilaris cochleae*, und das sogenannte *Tegmentum vasculosum*. Häutiges Gehörorgan.

Von Nervenendstellen unterscheidet man: *Macula acustica recessus utriculi*, drei *Cristae acusticae ampullarum*, *Macula ac. sacculi*, *Macula ac. neglecta*, *Papilla ac. lagenae cochleae*, *Papilla ac. basilaris cochleae.*

Der Hörnerv zerfällt gleich nach seinem Ursprunge aus der *Medulla oblongata* in einen *Ramus anterior* und *posterior.* Ersterer giebt folgende Aeste ab, den *Ramulus sacculi*, *recessus utriculi*, *ampullae anterioris* und *ampullae externae*, letzterer entsendet den *Ramulus lagenae*, *neglectus*, *basilaris* und den *Ramulus ampullae posterioris.*

Der Utriculus ist ein unregelmässiger, weiter Cylinder, welcher sich nach der einen Seite in den *Recessus utriculi*, nach der anderen in den *Sinus posterior* verlängert. An seiner Mitte wird er durch eine an der Einmündungsstelle des hinteren Endes vom äusseren Bogengange gelegene, sichelartig einspringende Falte unvollständig in zwei Abschnitte und zwar in einen vorderen und hinteren getheilt, die durch die sogenannte *Apertura utriculi* mit einander communiciren.

In die hintere Abtheilung mündet die schlanke Bogengangcommissur (*Sinus superior*), welche die beiden verticalen Bogengänge mit einander verbindet. In die vordere Abtheilung mündet das hintere, trompetenartig erweiterte Ende des äusseren Bogenganges und in der unteren Wand, dicht neben der *Apertura utriculi* findet sich die schmale, in der Längsachse des Utriculus liegende Oeffnung zum Sacculus (*Canalis utriculo-saccularis*).

Im Bereich des *Recessus utriculi* liegen dicht neben einander die vordere und die äussere Ampulle, zwei rundlich ovale Blasen, die sich in die gleichnamigen Bogengänge fortsetzen und auf deren Boden sich ein quergestelltes, durch Faltung der Wand entstandenes Septum befindet. Auf dessen freiem Rande liegt die oben schon erwähnte *Crista acustica* mit einer hellen und durchsichtigen *Cupula terminalis*. Letztere erscheint wie um die Crista herumgegossen und ist zart gestreift, als Ausdruck ihrer Composition aus Fasern.

Vom hinteren Ende des *Sinus posterior utriculi* geht die hintere Ampulle aus, welche nach ihrer äusseren Form, sowie bezüglich der Crista und Cupula mit der vorderen Ampulle fast ganz übereinstimmt. Sie geht in den hinteren Bogengang über und dieser vereinigt sich, wie wir oben gesehen haben, mit dem hinteren Bogengang in der Bogencommissur s. *Sinus superior.*

Alle die bis jetzt beschriebenen Gebilde gehören der oberen Abtheilung des Gehörorgans an, und wir wenden uns jetzt zur *Pars inferior*, bei welcher der Sacculus die Hauptrolle spielt. Dieser bildet eine unter dem Utriculus liegende und mit ihm durch den oben erwähnten *Canalis utriculo-saccularis* communicirende, ovale Blase. An seiner medialen Wand findet sich die grosse *Macula acustica sacculi* mit dem den grössten Theil des Binnenraumes ausfüllenden Otolithen.

Nach oben einwärts stülpt sich die Sacculuswand zu dem *Aquaeductus vestibuli* (*Ductus endolymphaticus*) aus, einem langen und engen Canal, welcher an der medialen Utriculuswand emporzieht, in die *Apertura aquaeductus vestibuli* der Gehörkapsel eindringt (siehe oben) und endlich in die Schädelhöhle zu liegen kommt. Hier steht er, wie Hasse nachgewiesen hat, in Verbindung mit einem grossen, gelappten, dünnwandigen Sack, welcher das Gehirn von beiden Seiten umspannt und n welchen zahlreiche Kalkkrystalle von der Form der Otolithen-krystalle eingelagert sind.

Nach oben und hinten geht der Sacculus ohne bestimmte Grenze in jene, aus drei Abtheilungen bestehenden cochlearen Gebilde über,

Fig. 33.

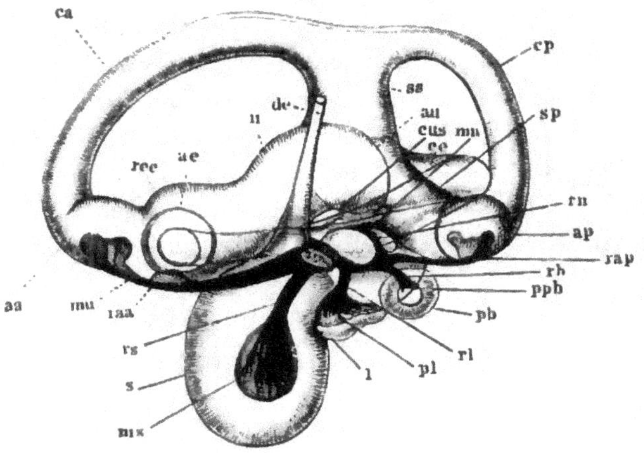

Fig. 34.

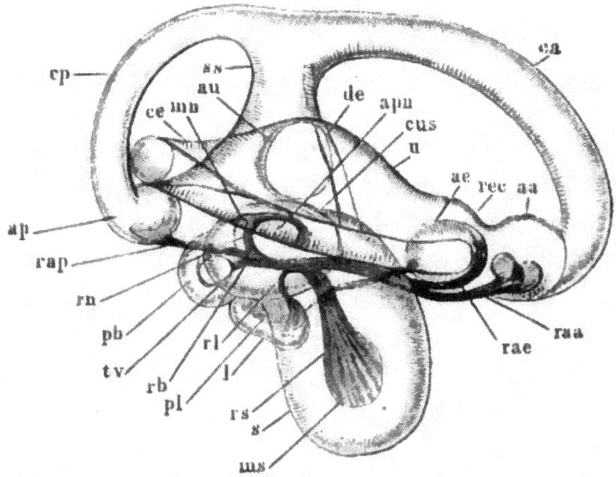

Das membranöse Gehörorgan von Rana esculenta von der medialen (Fig. 33) und lateralen (Fig. 34) Seite. Zwanzigmal vergrössert. Nach G. Retzius.

u Utriculus.
au Apertura utriculi.
ss Sinus utriculi superior.
sp Sinus utriculi posterior.
rec Recessus utriculi.
aa Ampulla anterior.
ae Ampulla externa.
ap Ampulla posterior.
ca, ce, cp Canalis semicircularis anterior, externus und posterior.

s Sacculus.
de Ductus endolymphaticus.
tv Tegmentum vasculosum.
l Lagena cochleae.
pb Pars basilaris cochleae.
cus Canalis utriculo-saccularis.
apn Apertura partis neglectae.
mu Macula ac. recessus utriculi.
ms Macula ac. sacculi.

mn Macula ac. neglecta.
pl Papilla ac. lagenae.
ppb Papilla ac. basilaris.
raa Ramulus amp. anterioris.
rae Ramulus amp. externae.
rap Ramulus amp. posterioris.
rs Ramulus sacculi.
rn Ramulus neglectus.
rl Ramulus lagenae.
rb Ramulus basilaris.

die man als *Lagena*, *Pars basilaris cochleae* und als *Tegmentum vasculosum* bezeichnet. Ein viertes Gebilde, das Hasse seiner Zeit als „Anfangstheil der Schnecke" deuten zu können meinte, gehört nach G. Retzius nicht zu den eigentlichen cochlearen Theilen und hat von ihm den Namen *Pars neglecta* erhalten. Gleichwohl sind alle vier Theile, von denen die Lagena weitaus an Grösse prävalirt, vom gleichen genetischen Standpunkte aus zu betrachten, indem sie alle als Ausbuchtungen des membranösen Gehörorgans zu betrachten sind und mit dem Sacculus-Lumen in offener Communication stehen. Wie oben schon bemerkt, sind die Lagena, die *Pars basilaris* und die *Pars neglecta* mit besonderen Nervenendstellen versehen.

Bezüglich der feineren Detailverhältnisse dieser hochinteressanten Gegend des häutigen Gehörorgans muss ich auf die ausführlichen Arbeiten von Kuhn, Hasse und Retzius verweisen.

Die Wandungen des häutigen Gehörorgans, welche an verschiedenen Stellen sehr verschieden dick sind, bestehen aus einer hellen, homogenen Substanz, die da und dort eine leichte Streifung und Faserung erkennen lässt. An den dickeren Stellen, wie sie sich z. B. an den Nervenausbreitungen finden, trifft man schwach körnige, sehr verzweigte Zellen und dazu kommt noch an der Aussenfläche der Membran das Pigmentzellen führende Balkennetz des perilymphatischen Raumes (vergl. oben).

Die ganze Innenfläche des membranösen Gehörorgans ist von einem einschichtigen Epithel ausgekleidet. Dasselbe ist an den meisten Stellen ein polygonales, ziemlich plattes Pflasterepithel, dessen Zellen an verschiedenen Stellen eine wechselnde Grösse darbieten (G. Retzius). Im *Tegmentum vasculosum*, im *Utriculus* und in den *Ampullen* findet sich noch eine Art von Zellen, die, zum Theil gruppenweise angeordnet, durch eine cylindrische Form, starke Granulirung, feine fibrilläre Streifung und durch gelbliches Pigment ausgezeichnet sind.

Nervenend-apparat.

An den Nervenendstellen kann man überall die Haarzellen, sowie die zwischen ihnen regelmässig angeordneten Fadenzellen unterscheiden.

Nicht überall ist dieses Nervenepithel gleich hoch, sondern wechselt nach verschiedenen Punkten derselben Endstelle.

Die körnigen Haarzellen, die in ihrer Grösse bedeutenden Schwankungen unterliegen, besitzen im Allgemeinen eine längliche Flaschenform mit einem rundlich-ovalen Kern im Innern, und tragen an ihrem oberen, stark glänzenden, abgeplatteten Ende je ein langes, steifes Haar, welches, mit breiter Basis entspringend, sich nach seinem freien Ende zu mehr und mehr zuspitzt.

Diese Haare, von denen jedes aus einer Anzahl parallel und dicht neben einander gelagerten, geraden feinen Fädchen zusammengesetzt erscheint, sind an den einzelnen Nervenendstellen von verschiedener Länge.

Fig. 35.

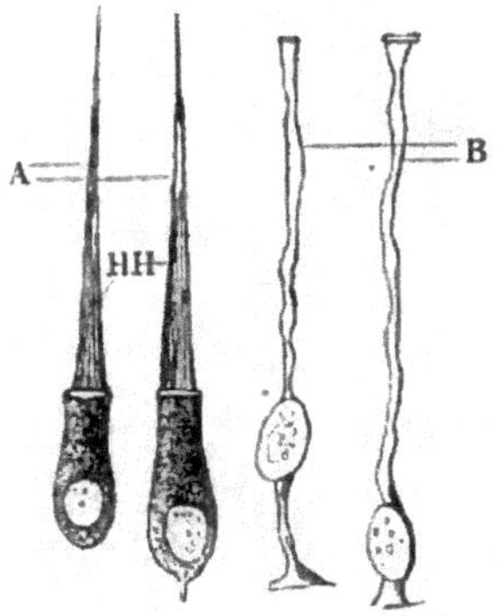

Isolirte Elemente aus der Crista acustica der vorderen Ampulle. Nach G. Retzius.

A Zwei Haarzellen.
B Zwei Faserzellen.
H H Hörhaare der Haarzellen.

Unter diesen Haarzellen finden sich mehrere Lagen sogenannter Faserzellen (Zahnzellen, Stütz- oder Isolationszellen), die an zwei gegenüberliegenden Polen des grossen Kernes in eine schmale, fadenartige Verlängerung ausgezogen erscheinen. Das eine wandständige Stück ist kürzer und an seinem Ende zuweilen fussartig erweitert. Der andere freie Abschnitt ist viel länger und zieht zwischen den Haarzellen bis zur freien Oberfläche des Nervenepithels empor.

Die Nervenfasern verlieren erst an der inneren Fläche des häutigen Gehörorgans ihre Markscheiden und treten dann scheidenlos, also nackt, in das Epithel ein. Hier verlaufen sie oft eine Strecke ohne Theilung, nicht selten aber kommt, wie G. Retzius nachgewiesen hat, eine Zweitheilung der Nervenfasern vor, wobei gewöhnlich der eine Zweig feiner ist, als der andere. Die wirkliche Endigungsweise ist noch nicht erkannt und was man allein mit Sicherheit behaupten kann, ist das, dass die unteren Enden der Haarzellen von feinsten Fäserchen aufs Engste umstrickt werden (G. Retzius).

d. Das Sehorgan.

Wie in dem Auge aller Wirbelthiere, so unterscheidet man auch beim Aufbau des Froschauges zweierlei Elemente, wovon die einen den Sinnesapparat im engeren Sinne formiren, während die an- Das Sehorgan.

deren einen Schutz- und Bewegungsapparate zu liefern bestimmt sind. Unter den ersteren versteht man den Augapfel (*Bulbus oculi*) mit den lichtbrechenden und lichtempfindenden Organen, unter den letzteren die Augenlider, Drüsen und Muskeln.

Bulbus oculi.

a. Der Augapfel

besteht aus drei, concentrisch angeordneten Häuten, die von aussen nach innen in folgender Weise sich decken: Sclera, Chorioidea und Retina. Das Bulbus-Lumen birgt die Linse und den Glaskörper.

Sclera und Cornea.

Sclera und Cornea.

Die opake, undurchsichtige Sclera besteht aus einer derben, eng verfilzten, äusseren Bindegewebs-, sowie aus einer nach innen davon liegenden Knorpelschicht, welch letztere in der Umgebung des Opticuseintrittes besonders stattlich entwickelt ist, nach vorne aber in einer dem Ansatz der *Musculi recti* entsprechenden Aequatorialebene ihr Ende erreicht.

Auf ihrer inneren Fläche ist die Sclera von Endothelien überzogen.

Nach vorne zu setzt sich die Sclera in die durchsichtige Hornhaut (*Cornea*) fort, an welcher man einen nach aussen gerichteten Epithelsaum, sowie eine darunter liegende, fibrilläre, die eigentliche Hornhautsubstanz repräsentirende, dicke Schicht unterscheiden kann. Beide Lagen sind durch einen stark glänzenden Basalsaum von einander getrennt und lassen sich leicht von einander lösen. Da die Hornhaut von jeher den Physiologen und Morphologen als ein besonderes Lieblingsthema zur Untersuchung diente, so hat sich darüber nach und nach geradezu eine eigene Literatur angesammelt, auf die specieller einzugehen hier nicht der Platz ist. Die Hauptresultate der darauf gerichteten Untersuchungen lassen sich kurz folgendermaassen zusammenfassen.

Das äussere Epithel der Hornhaut besitzt einen geschichteten Charakter, ohne dass jedoch die Form der Zellen überall die gleiche wäre. Man kann vielmehr eine tiefe aus pallisadenartigen, eine mittlere aus Riff- und Stachelzellen, und eine obere aus platten Polygonen bestehende Lage unterscheiden. In der tiefsten Lage, in den „Fusszellen“ Rollet's, gelingt es leicht, Theilungsvorgänge zu beobachten, wie überhaupt diese Schicht als die eigentliche Matrix des sich in peripherer Richtung stets ergänzenden Hornhaut-Epithels aufzufassen ist. Sehr wahrscheinlich aber finden diese Vorgänge auch noch in der mittleren Schicht statt (Waldeyer).

Den Hauptbestandtheil der eigentlichen Hornhautsubstanz bildet, wie oben schon erwähnt, eine fibrilläre, aus ausserordentlich feinen Bindegewebsfasern bestehende Substanz. Die einzelnen Fibrillen sowohl wie die grösseren Fibrillenbündel werden durch eine, im frischen Zustande glashell, nach Reagentien aber fein granulirt erscheinende Kittsubstanz fest unter einander verbunden.

In derselben findet sich ein eigenthümliches Lücken- und Canalsystem, das v. Recklinghausen'sche Saftcanalsystem, das sowohl an frischen Hornhäuten, als nach Versilberung deutlich zur Anschauung zu bringen ist. Es handelt sich dabei um flache, linsenartige Höhlungen, die durch zahlreiche feine, canalähnliche Ausläufer mit einander in Verbindung stehen. Im Innern ist eine wasserklare, seröse Flüssigkeit, daneben aber kommen auch noch Formelemente vor, nämlich contractile Hornhautzellen, Wanderzellen und Pigmentzellen.

Erstere bilden bis heute noch einen Gegenstand der Controverse, indem sie von den Einen mit den Recklinghausen'schen Saftlücken geradezu identificirt, von den Anderen aber als selbständige, in jene Lücken nur eingebettete Gebilde erklärt werden.

An ihrer hinteren Fläche ist die Cornea von der elastischen und durchsichtigen *Membrana Descemetii* überzogen und diese wiederum ist auf ihrer freien, der vorderen Augenkammer zuschauenden Fläche mit Endothelzellen belegt.

Bezüglich der complicirten Innervations-Verhältnisse der Cornea muss ich, da die Frage namentlich hinsichtlich der letzten Nervenendigungen bis dato noch keine sichere Beantwortung erfahren hat, auf die betreffende, ungemein reichhaltige Literatur und zwar in erster Linie auf die Schriften Kölliker's, Engelmann's, Cohnheim's und Lippmann's verweisen.

Nur das sei noch bemerkt, dass die Nerven vom Ramus I. Trigemini stammen, dass sie aber nicht, wie bei Säugern, in Form der sogenannten *Nervi ciliares* den hinteren Theil der Sclera durchbohren, sondern bis an den vorderen Rand des scleralen Knorpels ausserhalb des Bulbus verlaufen. Erst von jener Stelle an senken sie sich in den vorderen Abschnitt der Sclerotica ein, und ziehen zur Corneaperipherie, wo sie dichte Netze erzeugen, woraus dann weiterhin markhaltige und marklose feine Fasern zur Cornea laufen.

Chorioidea und Iris.

Chorioidea und Iris.

Die Chorioidea, welche, wie wir schon oben constatirt haben, zwischen die Sclera und Retina eingeschoben ist, wächst nach vorne zur Regenbogenhaut oder Iris aus.

An zwei Stellen ist die dünne, gefässreiche Chorioidea fester mit der Sclera verbunden, in der Circumferenz des Opticuseintrittes und vorne an der Uebergangsstelle der Sclerotica in die Cornea.

Das eigentliche Stroma der Chorioidea besteht aus einem zellreichen, fibrillären Bindegewebe mit zahlreichen, an sternförmige Zellen gebundenen Pigmenteinlagerungen. Nach aussen, gegen die Sclera hin, lockert sich das Gewebe mehr und mehr auf, nimmt eine bräunliche Farbe an und heisst *Lamina fusca* oder *Suprachorioidea.* Nach innen zu gegen das Pigmentepithel der Retina hin treffen wir die eigentliche Gefässschicht, welche mehr homogen erscheint und *Membrana chorio-capillaris* genannt wird. Sie hat in neuester Zeit von Hans Virchow eine sehr fleissige Bearbeitung erfahren, doch würde es viel zu weit führen, wenn wir auf die oft sehr verwickelten Detailverhältnisse eingehen wollten.

Ob auch die Aussenfläche der Chorioidea, wie wir dies für die Innenfläche der Sclera constatiren konnten, von einem Endothelium (wie bei den Säugern) überkleidet ist, bedarf noch der Bestätigung. Während die Chorioidea im Allgemeinen mit der Retina nur locker verbunden ist, haftet sie ihr an der *Ora serrata* und namentlich an den *Processus ciliares* aufs Innigste an (C. K. Hoffmann).

Die Regenbogenhaut besteht nur zum kleinsten Theile aus zarten Bindegewebsfibrillen, zum grössten Theile jedoch aus pigmentirten, sternförmigen Zellen, welche unter einander sehr dichte Anastomosen eingehen (C. K. Hoffmann). Die feinere Analyse der Muskeln,

Nerven und Gefässe der Iris ist durch den ausserordentlichen Pigmentreichthum sehr erschwert und es lassen sich bis zur Stunde darüber noch keine genaueren Mittheilungen machen.

Die Iris ist in der Mitte mit einer Oeffnung, dem Sehloch (Pupille) versehen und dem entsprechend kann man einen *Margo ciliaris* und *pupillaris Iridis* unterscheiden. Auf ihrer vorderen Fläche wird die Regenbogenhaut von einem polygonalen Epithel überkleidet, welches sich in der Gegend des *Corpus ciliare* auf die Hinterfläche der Cornea umschlägt. Die hintere Irisfläche ist tief schwarz gefärbt; während der die Pupille begrenzende Rand der Iris von lebhafter, goldglänzender Farbe ist. Es beruht dies auf der Anwesenheit von blassgelblichen Pigmentkugeln im Innern der Zellen, welche den Kern durchschimmern lassen.

Aehnlich, wie die Nerven der Hornhaut, dringt auch, wie aus den Untersuchungen Hans Virchow's hervorgeht, die *Arteria ophthalmica* erst jenseits des Aequators in die Sclera ein, und zwar so schief, dass sie die Chorioidea erst am *Corpus ciliare* erreicht. „In diesem läuft sie vermittelst eines flachen Bogens, der seine Convexität der Iris zuwendet, bis zu seinem äussersten Punkte. Aus diesem Bogen treten die beiden Arterien der Iris aus und der Rest der *A. ophthalmica* ist die *Arteria hyaloidea*. Diese geht von dem untersten Punkte des *Corpus ciliare* auf die anliegende Stelle des Glaskörpers hinüber. Ehe die *A. ophthalmica* den Bulbus erreicht, giebt sie, ziemlich an derselben Stelle, mehrere Muskeläste und zwei Arterien der Chorioidea (*Arteriae ciliares*) ab (H. Virchow)." Die eine davon tritt in temporaler, die andere in nasaler Richtung zur Chorioidea. Der Augapfel besitzt zwei Venen, eine grössere untere, mit der *Vena hyaloidea* sich vereinigende *V. ophthalmica* und eine kleinere obere, die *V. bulbi superior*. Erstere tritt aus der Sclera etwas proximal von dem untersten Punkte des Aequators, und erreicht, temporalwärts und wenig medianwärts gerichtet, die *V. orbitalis posterior*.

Die kleinere, obere Augenvene entsteht aus zwei Wurzeln, einer nasalen und temporalen, die sich erst unmittelbar nach dem Verlassen der Sclera vereinigen (H. Virchow).

Retina.

Retina. Die aus der Ausstrahlung des Sehnerven hervorgehende Netzhaut liegt nach einwärts von dem aus der äusseren Membran der secundären Augenblase sich entwickelnden, einschichtigen Pigmentepithel; gegen den Glaskörper zu wird sie von einer glashellen Haut, der *Membrana limitans interna*, abgegrenzt.

Man unterscheidet in der Retina eigentliche nervöse Elemente und eine dieselben hauptsächlich in radiärer Richtung durchflechtende und isolirende Stützsubstanz („Müller'sche Fasern"). Dieselbe ist fachwerkartig zwischen der *M. limitans interna* und *externa* wie zwischen zwei Rahmen ausgespannt.

Nach dem Vorgange von Max Schultze kann man die concentrisch angeordneten Schichten der Retina in der Richtung von innen nach aussen folgendermaassen unterscheiden und benennen.

1) *Membrana limitans interna*,
2) Opticusfaserschicht,
3) Ganglienzellenschicht,
4) Innere granulirte (moleculäre) Schicht,
5) Innere Körnerschicht,
6) Aeussere granulirte (Zwischenkörner-) Schicht,
7) Aeussere Körnerschicht,
8) *Membrana limitans externa*,
9) Stäbchen- und Zapfenschicht,
10) Pigmentschicht (Pigmentepithel).

Die eigentliche lichtpercipirende Schicht wird durch die, bei allen Amphibien durch ihre Grösse sich auszeichnenden, Stäbchen und Zapfen repräsentirt, und diese zusammen mit den genetisch im engsten Connex mit ihnen stehenden Elementen der äusseren Körnerschicht kann man als die Sinnes- oder Nervenepithelien im engeren Sinne bezeichnen und dieselben mit den früher schon beschriebenen specifischen Riech- und Hörzellen in directe Parallele bringen.

Bezüglich der feineren Structurverhältnisse der Retina verweise ich auf das schöne Werk C. K. Hoffmann's über die Amphibien, wo dieselben eine vorzügliche und erschöpfende Darstellung gefunden haben.

Ebendaselbst begegnet man auch einer kritischen Beleuchtung der einschlägigen Literatur.

Im Hintergrunde der Retina, nach aussen von der Eintrittsstelle des Opticus liegt beim Frosch wie bei anderen Wirbelthieren der Punkt des schärfsten Sehens, d. h. die nur von (mehrfach über einander geschichteten) Zapfen ausgekleidete *Fovea centralis* (W. Krause).

Die Linse.

Die Linse nähert sich, wie bei den Fischen, der Kugelform und stimmt hierin überhaupt mit der Linse aller wasserbewohnenden Thiere überein. Linse.

Sie ruht, wie überall, in einer Kapsel (*Capsula lentis*), an der man eine homogene, durchsichtige und elastische Membran, sowie einen Epithelbelag unterscheiden kann.

Die Substanz der Linse selbst besteht aus metamorphosirten Ektodermzellen, wovon jede in ein langes, wasserhelles Band ausgezogen erscheint. Während diese Bänder, welche zum Theil wellige oder gezähnelte Randcontouren besitzen, von der Fläche gesehen breit, von der Kante aus aber schmal erscheinen, erscheinen sie auf dem Durchschnitt als regelmässige, sechseckige Prismen. An den central liegenden Bändern, welche ein viel dichteres Gefüge zeigen und schwächer sind, als die peripheren, hat C. K. Hoffmann eine sehr deutliche Querstreifung nachgewiesen.

Abgesehen von der oben beschriebenen Zähnelung werden die Linsenfasern noch durch eine Kittsubstanz verbunden, welche besonders nach Silberbehandlung deutlich hervortritt (Arnold).

Die Anordnung der Linsenfasern ist eine derartige, dass sie, vom Centrum der vorderen Kapselfläche ausgehend, in meridionaler Richtung über den Aequator des Organs zu der entsprechenden Stelle der hinteren Linsenfläche verlaufen. Dabei wenden sie ihre breite Fläche nach aussen, legen sich mit den Längskanten fest an benachbarte Fasern an und begegnen einander mit zugespitzten Enden auf einem Punkte der Linsenachse (C. K. Hoffmann).

Glaskörper.

Der Glaskörper

füllt den nach Abzug der grossen Linse übrig bleibenden intrabulbären Raum vollständig aus. Er besteht aus einer wasserhellen, gallertartigen Substanz und wird von einer aus dem Mesoderm hervorgehenden, pelluciden, elastischen Haut, der *Membrana hyaloidea*, umschlossen. Genauere Untersuchungen über letztere, sowie über die Substanz des Glaskörpers, sind zur Zeit noch Desiderat.

Nebenapparate des Auges.

b. Nebenapparate des Auges.

Augenmuskeln.

Augenmuskeln.

Sie haben im myologischen Abschnitte dieses Buches, S. 66 bis 70, eine ausführliche Erörterung erfahren, so dass ich hier nicht mehr darauf zurückzukommen brauche. Ebendaselbst wurde auch der von W. Manz nachgewiesene Nickhautmechanismus besprochen.

Augenlider, Harder'sche Drüse.

Augenlider. Harder'sche Drüse.

Bei den Anuren finden sich constant zwei Augenlider, wovon das obere mit dem Bulbus verwachsen ist und dessen Bewegungen folgt. Es trägt einen ziemlich rudimentären Charakter und besitzt keinen besonderen Muskelapparat.

Viel grösser ist das der Nickhaut (*Membrana nictitans*) der übrigen Vertebraten entsprechende untere Augenlid, das durch einen besonderen, höchst interessanten Mechanismus von unten her in Form eines durchsichtigen Fensters über die ganze vordere Bulbusfläche heraufgezogen und so in physiologischer Beziehung mit dem oberen und unteren Augenlid der höheren Vertebraten parallelisirt werden kann. Bei den Bufonen kommt nach C. K. Hoffmann noch ein rudimentäres, eigentliches unteres Augenlid hinzu.

Thränendrüsen sind bis jetzt bei Amphibien nirgends nachgewiesen, was eine um so auffallendere Erscheinung ist, als, wie wir oben gesehen haben, in dieser Thierclasse ein wohl ausgebildeter *Ductus naso-lacrimalis* existirt.

Im inneren Augenwinkel und von hier bis zum Boden der Orbita sich hinaberstreckend, liegt bei allen Anuren, also auch bei *Rana esculenta*, die grosse Harder'sche Drüse. Dieselbe besteht aus einer grösseren Anzahl von reichlich vascularisirten Lappen und Läppchen, die durch bindegewebige Septa verkittet und auch von aussen her durch eine bindegewebige Hülle zu einem compacten, einheitlichen Körper zusammengehalten werden. Die die Drüsenalveolen und -Schläuche auskleidenden Zellen sind von cylindrischer Form, besitzen ein äusserst feinkörniges Protoplasma und einen randständigen Kern.

Das Secret ist ein öliges, fettiges, und ist somit demjenigen der Meibom'schen Drüsen des Menschen verwandt.

INHALTSVERZEICHNISS.

A. Inhalt der ersten Abtheilung.

Skelet und Musculatur.

B. Inhalt der zweiten Abtheilung.

Nerven- und Gefässlehre.

Gefässlehre.

C. Inhalt der dritten Abtheilung.

Lehre von den Eingeweiden, dem Integument und den Sinnesorganen.

CPSIA information can be obtained
at www.ICGtesting.com
Printed in the USA
LVHW110103200422
716647LV00003B/66

9 783752 597219